MARGARET
ATWOOD

キャッツ・アイ

マーガレット・アトウッド　著
松田雅子／松田寿一／柴田千秋　訳

開文社出版

Japanese translation published by arrangement with
O. W. Toad, Ltd. c/o Curtis Brown Group Ltd. through The
English Agency (Japan) Ltd.

Sに捧ぐ

目次

I 鉄の肺 …… 1

II 銀紙 …… 11

III ブルーマー帝国 …… 47

IV 猛毒のベラドンナ …… 105

V 絞り機 …… 141

VI キャッツ・アイ …… 193

VII 絶えざる御助けの聖母 …… 229

VIII 半顔《はんがん》 …… 257

IX ライ病 …… 295

X 人体デッサン …… 349

XI 落ちて行く女たち …… 415

XII 片翼《かたよく》 …… 489

XIII 一兆分の一秒《ピコセカンド》 …… 521

XIV 統一場理論 …… 545

XV 橋 …… 565

訳者あとがき …… 573

トゥクナ人に首を斬り落とされたとき、老女は自らの手で自分の血を掻き集め、太陽に向かってその血を吹きかけた。

「わが魂もお前の裡《うち》に入って行け！」と叫びながら。

それ以来、人を殺《あや》める者は皆、心ならずも知らぬ間に、その犠牲者の魂を自らの体内に受け入れるのである。

——エドゥアルド・ガレアーノ

『火の記憶——創世』

われわれは過去を憶えているのに、なぜ未来を思い出せないのだろうか？

——スティーブン・W・ホーキング

『ホーキング、宇宙を語る』

I　鉄の肺

1

時間は線ではなくて一つの次元なんだよ、空間にいくつも次元があるようにね。もし空間を曲げることができるなら、時間も曲げることができる。もっと解明が進んで行って、光より速く移動できるようになったなら、過去へと時間をさかのぼり、人は同時に二つの場所に存在することもできるのさ。

こう話してくれたのは私の兄のスティーブンだ。ほつれたえび茶色のセーターを着て勉強していたあの頃の兄。血の巡りを促進させ、脳の働きを良くするために、兄はよく逆立ちしていたものだった。私には兄の話は難しすぎたけれど、彼もたぶん、私にもわかるように話してはいなかった。兄はすでに言葉の不正確な世界から遠ざかろうとしていたから。

しかし、そんな話を聞いてから、時間とは目に見える形を持った何かだと思うようになり始めた。幾重にも重なる液状の透かし絵みたいなものなのだと。だから時間の流れを辿らずに、見下ろして眺めてみる、水を透かして見るように。すると、あれやこれやの出来事が浮かび上がることがある。時には、何も現れてはこない。だが、消えてなくなるものはない。

2

「スティーブンが時間は線じゃないと言ってたわ」と私が言う。案の定、コーデリアはあきれたように目を回す。

「それで？」と彼女が言い返す。この返答が二人には小気味よい。時間を、そしてスティーブン自身をも本来の場所に戻してくれる。兄はいつも、自分は違うと言わんばかりに、私たちを「ティーンエイジャー」とからかうから。

冬の日のいつもの土曜日のように、コーデリアと私は街の中心部へ向かう路面電車に乗っている。人いきれとウールの冬服のにおいのせいで電車の中は息苦しい。コーデリアは気にも留めず、時おり肘で私を小突いては、不透明な光を放つ金属的な灰緑色の目で他の乗客を無表情に見つめている。彼女にじっと見られて、怯《ひる》まない人間などいない。睨みつけるのは私だって引けを取らない。何事にも動じることがなく、火花を発する私たちは十三歳だった。

結び紐のある長いウールのコートを着て、映画スター気取りで襟を立てる。ゴム長靴の上の端を折り曲げて、中には男物の靴下をはく。母親の前ではかぶって見せるが、見えなくなるとすぐさまはずすスカーフは、ポケットの中に押し込んでいる。髪を覆うなんてオバサンだ。マニキュアみたいにテカテカのクレヨンレッドの口紅できっぱり結んだ二人の唇。私たちはお互いを親友だと思っている。

電車にはいつも老婦人が乗っている。もっとも私たちの方で勝手にお年寄りと思っていたにすぎないが。さまざまな女性たちがいた。上品な身なりをした人たちは、ハリスツイード仕立てのコートに揃いの手袋をはめ、こざっぱりとした帽子の片側に小さな羽飾りを小粋にきりりと刺している。みすぼらしい外国人風の顔立ちの人たちは、頭や肩に黒っぽいショールを巻いている。そして、ぎゅっと閉ざした独善的な口元の、ずんぐりお腹の出ている女性たち、その両腕は花綱飾りさながらの買い物袋でいっぱいだ。安売りや地下の特売場で仕入れた品だろう。コーデリアは一目で安っぽい生地を見抜いてしまう。「ギャバジンよ、しょぼーい」と彼女は言う。

　と思うと、いまだに諦めることもなく、自らの魅力の効果を試す女性たちが乗り込んでいる。多くはないが、彼女たちは人目を引く。深紅か紫色の服、ぶらぶら揺れるイヤリング、芝居がかった婦人帽。奇抜な、きわどい色のスリップがスカートの裾からのぞいている。白でなければ、どんな色も挑発的だ。髪の毛はクリーム色か空色に、あるいは紙のように薄い彼女たちの肌との取り合わせがショッキングな、古い毛皮のコートみたいな艶のない黒色に染めている。唇に引いた口紅は大きくはみ出して、ほお紅は赤いシミのよう、本物の目の周りには工具で描いたようなアイライン。この人たちはたぶん自分自身に話しかけている。ある者は「ぶつぶつ、ぶつぶつ」意味ない言葉を歌うように繰り返す。またある者は、私たちの脚を傘で突っつき、「生脚だなんて」と言ってくる。

　私たちの好みに合うのはこうした女性たちだ。彼女らにはある種の陽気さと創意工夫の才がある。まわりがどう思おうとかまわない。何からなのかはわからないが、彼女たちは逃れてきた人間たちである。風変わりな衣装や話す言葉の奇妙な癖、それらは自ら選びとったものだった。それならいつか私たちも気兼ねなく自由に選ぶことができるだろう。

「私もあんな風になるつもりよ」とコーデリアは言う。「ただ、私の場合はキャンキャン吠えるペキニーズを飼って、近所の子をうちの芝生から追い出すの。羊飼いの杖も要るわね」

私はと言えば、「ペットならイグアナで、サクランボ色《セリーズ》の服しか着ないつもりよ」と答える。サクランボ色は習いたての語だ。

今だから私は思う。もしも彼女たちが、自分はどう見えているか知らないだけだったとしたら？　老眼が原因、ただそれだけのことだったかもしれない。私も今では彼女らと同じ問題に悩んでいる。鏡に近づきすぎると自分の姿はぼやけてしまい、離れすぎると細部が見えない。だとすれば、どんな化粧をしているか、自分の顔をどんな現代美術に創り上げているかなどわかりようがない。たとえ距離を調整しても、顔の映りは違ってしまう。私は日々変化する。くたびれ果てた三十五歳に見える日もあれば、はつらつとした五十歳に思えるときもある。あまりに多くの事柄が光と視線の角度にかかっている。

私はピンクが基調のレストランで食事をする。ピンク色は肌をきれいに見せてくれる。黄色だと肌は黄ばんで見える。実際私は、こんなことを考えながら時を過している。見栄が煩わしくなりつつある。だから女性がやがてそれを捨て去る理由はよくわかる。しかし、私にはまだその準備ができてない。

最近、まわりに聞こえる声で鼻歌を歌ったり、ちょっぴりよだれを垂らしながら、口をかすかに開けて通りを歩いているのに気がつき、ハッとした。よだれと言ってもほんのわずかだったが。けれどもそれは何かの始まりかもしれないし、やがて何かに向かって広がる壁の亀裂かもしれない。だが、それは何に向かってか。行く末には、いったいどんな突飛な行動や狂気が待っているのだろう。

こんなことを話せる相手は誰もいない、コーデリアを除いては。でも、それはどのコーデリアだろう。私が自分の心に呼び招いたコーデリア、それとも上の端を折り返した長靴を履き、襟を立てていたコーデリア、それともそれ以前の、あるいはそれ以後のコーデリア？　唯一のコーデリアなどいやしない。誰だって、一人の自分しか存在しないなんてことはない。

もしコーデリアに再び会えたなら、今の自分のことをどう話せばいいだろう。真実を話す？　それとも自分を良く見せることなら、何でも？

おそらく後者にちがいない。私にはまだそんなことが必要だ。

彼女とは長い間会ってない。会うことを期待してもいなかった。しかし、こうしてトロントに戻って通りを歩くと、角を曲がる一瞬や、ドアを開け、中へ入って行く瞬間に必ず彼女の姿が目に映る。肩の感じ、ベージュとキャメル色の髪の毛、横顔、後ろからの脚の姿など。言うまでもなく、彼女を連想させるこんな断片的な姿態の持ち主は、全体を眺めると、コーデリアとは違う女性たちなのだ。

彼女が今どんな姿か私は全く分からない。ぶくぶくに太ってしまったか、バストは垂れているのだろうか、口元には何本か白い髭が見えるだろうか。そんなことはありえない。彼女ならしっかり抜いているはずだ。おしゃれなフレームの眼鏡をかけているだろうか、瞼のたるみはリフトアップしてもらったか、髪はメッシュ、それとも染めているのだろうか。どんなことが起こっていてもおかしくない。私たちは二人とも境目の年齢に達している。明るい日差しさえ避けるなら、まだそんな策も効き目があると信じられる緩衝地帯に来たということだ。

コーデリアが目の下のたるみを調べる様子を思い浮かべる。間近で見れば張りを失い、肘のように皺が寄った皮膚だ。ため息まじりに彼女はクリームをたたきこむ。もちろん、しかるべきクリームだ。コーデリアならぴったりのクリームがわかっている。両手も精査する。甲には皺が深まり始め、少しばかりたわんでいるのは私と変わらない。手にはふしくれが、口元には細かい皺が寄り始めている。下あごにかけて広がる首の贅肉の輪郭が地下鉄の車両の暗い窓に映り、見てわかるようになる。念入りに見ない限りは、まだ他の人には気づかれないだろう。しかし、コーデリアと私は細かいところまで見てしまう。

彼女は緑のバスタオルを床に落とす。彼女の瞳の色に合わせた淡い海緑色である。肩越しに鏡を見ると、腰のあたりに犬の首周りみたいな襞が映っている。七面鳥の肉垂のようにお尻が垂れ、振り向くと、枯れたシダのような陰毛がのぞく。タオルと同じ海緑色のジョギングスーツを着用し、どこかのジムでぐっしょり汗を流している彼女を思い浮かべる。こうしたこと、こういったすべてについて彼女が何と言うか、私にはわかる。コーデリアの姉たちが脚の脱毛に使っていたワックスが、短い毛がついたまま小瓶の中で固まっているのを私たちが見つけたとき、気持ち悪いけれど嬉しくてたまらずに、どれほど忍び笑いをしたことか。肉体のグロテスクさはいつも彼女の興味を引きつけた。

思いもかけず、コーデリアに出くわす場面を想像する。たとえば彼女は、くたびれたコートに身を包み、ポットカバーのような毛糸の帽子をかぶり、買い物袋二つにわずかな持ち物を詰め込んで、縁石に座り込み、独り言を呟いている。〈コーデリア！　私のことがわからないの？〉と私は言う。気づいていても彼女は知らないそぶり。立ち上がると、むくんだ足を引きずりながら彼女はよろよろ去っていく。ゴム長靴の空いた穴から履き古した靴下がのぞく。肩越しに彼女は私を一瞥する。

そんな様子を思い浮かべると、なぜか満足感を覚えてしまう。事態がさらにひどいと、よりその気持ちが高まるのだ。私は窓から外を見つめている。あるいは、もっとよく見えるようにバルコニーに出る。下の舗道で何者かがコーデリアを追いかけている。彼女は捕まり、わき腹が殴られる――その瞬間の彼女の顔までは思い描けない――殴り倒されたコーデリア。けれど、想像はそこで止まってしまう。

酸素補給テントの場面に切り替えよう。コーデリアは昏睡状態だ。私が病床に呼び出されたのはずでに手遅れのときだ。花瓶の中でしおれた花が嫌な臭いを放っている。腕や鼻腔に装着された管。末期の呼吸音が聞こえている。私は彼女の手を握る。焼く前のビスケットの生地みたいに膨れ上がった白い顔。閉じた目の下に黄色いくまが広がっている。瞼はピクリともしない。しかし、かすかに指が動いたようだ。それとも、そう思っただけか？　私は彼女の腕から管を、壁からプラグを抜いてしまうべきか迷いながら座っている。脳は活動していませんと医師たちが告げる。私は泣いているのか？　とすれば、そもそも誰が私を呼び出したのだろう？

もっとましな想像をしよう――鉄の肺のことを。実際に見たことはない。けれど新聞に鉄の肺に入った子どもの写真が載っていた。まだ人類がポリオに悩まされていた頃だ。ソーセージの入ったロールパンのような巨大な金属製の円筒型の鉄の肺、その一方の端からは頭が突き出ていて、それはいつも女の子だ。枕には彼女の髪が広がり、目は夜行性動物のような大きな目だ。こうした写真は私を魅了した。薄氷の上に出て行って、落ちて溺れ死んだ子どもの話、あるいは線路で遊んでいるうちに列車に手足を切断された子どもの話よりずっと。どこで、どうしてなのか知らないうちにポリオに罹《かか》り、わけもわからず鉄の肺に入ってしまう。吸い込んだもの、口にした何か、それとも保菌者が触れたお金からの感染なのか、知る由《よし》もない。

　鉄の肺は私たちを恐れさせ、したいことができない理由にも使われた。夏に公衆プールで泳ぐことも、人混みの中に行くことも許されなかった。〈死ぬまで鉄の肺の中で過ごしたい？〉と大人たちは訊いたものだ。わかりきった愚かな質問だ。もっとも私はといえば、動けないことで憐れみを誘う生活に秘かな魅力を感じたけれど。

　鉄の肺の中のコーデリア。アコーディオンを奏でるみたいに呼吸をさせられる。ゼーゼーと響く機械音が彼女のまわりから聞こえてくる。彼女の意識に異常はない。しかし、動くことも話すこともできないままだ。私は病室に入り、彼女に近づき、声をかける。二人の目が合う。

コーデリアはどこかで生きているに違いない。ひょっとすると私の目と鼻の先にいるかもしれない。すぐ隣の街区で暮らしているのかもしれない。でも、もし偶然に、たとえば地下鉄に乗っていて、真向かいに座っていたり、あるいは広告を見ながら駅のホームで待っているときに彼女に出くわしたらどうしよう。結局、どうしていいかわからない。大きな赤い口が板チョコにかぶりつこうとしている広告を眺めながら二人が隣り合わせに立っているようなとき、振り向きざまに言うかもしれない。〈コーデリア、私よ、イレインよ〉。彼女は振り返って、芝居がかった叫び声をあげるだろうか？　知らないふりを装うか？

　そんな機会があったとしても、私の方が知らないふりをするのだろうか？　それとも無言のまま近づいて、ぎゅっと彼女の首に抱きつくか？　あるいは、肩をつかみ何度も何度も揺するだろうか？
坂道を下り、中心街までの道のりを何時間か歩いたようだ。今ではもう、この区間に路面電車は走っていない。夕暮れが訪れる。水に溶けた塵のような、灰色の水彩絵の具の夕暮れだ。秋のトロントの空の色。少なくともこの季候は今も私になじみがある。

あの頃二人がよく電車から降りた場所に辿り着く。降りて足を踏み入れたのは、一月の雪融け水にぬかるむ道端の盛り土だ。そして、みすぼらしい平屋根の建物の間に見える湖から吹きつける、身を切るように冷たく、軋む音を立てる風の中だった。私たちに都会をイメージさせたのはそんな建物だったけれど、このあたりはもはや平屋根でも、みすぼらしい斜陽の地でもなくなった。改築されたレンガ造りの店先を管状ネオンの筆記体が飾っている。大量の真鍮の装飾、おびただしい不動産の物件、多額の資金。頭上高く、ガラス張りの巨大な長方形の高層ビルが照明を浴び、冷光を帯びた巨大な墓石のように立ち並ぶ。凍結資産さながらに。

けれど私はビルの方には目を向けない。流行の装いや輸入品、手作りの革製品やスエード革、そうしたものを身に着けて行き交う人にも目を向けない。代わりに私は舗道を見下ろす。誰かを追跡しているかのように。

咽喉が締めつけられ、下あごに痛みを感じる。私はまた爪を噛み始めた。血が滲む。覚えのある味だ。オレンジ味のアイスキャンディー、一セントのチューインガム、赤い甘草菓子、かじられた髪の毛、泥で汚れた氷の味。

II　銀紙

3

私は床に横になっている。布団の上に羽毛布団を掛けて。〈布団《フトン》、羽毛布団《ドゥヴェ》〉——昔とどれほど隔ったかはこうした寝具からわかる。スティーブンは布団や羽毛布団が何であるか知っていただろうか。おそらく知らなかっただろう。もし彼に〈布団《フトン》〉と言ってみたら、自分の耳がおかしくなったか、それとも、相手の頭が狂ったのかと訝《いぶか》し気に見つめ返していただろう。彼は布団が存在する時空間にはいなかった。

布団も羽毛布団もなかった時代、ソフトクリームは五セントだった。昔ほど大きくなくても、今なら良くて一ドルだ。昔と今との収益差は九十五セントになっている。

今、人生の中頃に私はいる。そこを私はひとつの場所のように思い描く。たとえば川や橋を半分渡ったか、越えたあたり。これまでに私は多くのものを蓄積したことになっている。財産、責任、業績、経験と知恵。私はそれなりの資産を持った人間のはずだ。

しかし、トロントに戻って来てからは、そんな重みが感じられない。まるで体の成分が抜け落ちて、骨からはカルシウム、血液からは血球が奪われて、分子を失い、軽くなっていく感じがする。体が縮み、冷気や静かに降る雪が体を満たしていくかのようだ。

こんなにもふわりと軽い体となったのに、起き上がるどころか、下降していく気がしてしまう。いやむしろ下方へと引きずりこまれている。液化した泥に沈んでいくように、この土地の地層深くへと。

実のところ私はこの都市を憎んでいる。あまりに憎悪を向けてきたものだから、それ以外の感情が思い出せないほどだ。

かつてこの都市の退屈さを揶揄《やゆ》することが流行っていた。一等賞はトロント一週間の旅、二等は二週間、善き人々の町トロント、保守的なトロント、日曜にワインが手に入らないところ。ここに住んだ誰もがこんなことを言っていた、野暮ったく、自己満足した、退屈な町だと。そう評した人たちはトロントのそんな気風を認めていたが、自分たちはそうじゃないと思っていた。

今ではそれは昔の話とされている。〈国際的な都市〉という文句が今や雑誌でくどいほど繰り返される。立ち並ぶエスニックレストラン、劇場やブティック。ここはゴミの山と路上強盗を免れたニューヨークというわけだ。かつてトロントの人々は週末にはバッファローに出かけ、男性なら、ストリップショーを観て、時間外営業のビールを飲む。女性は買い物を楽しんだ。成金気分で酔っぱらい、首尾よく税関を抜けようと、何枚も重ね着をして帰国する。しかし、今や週末の車の流れは逆になった。

退屈な町か国際的な都市か、どちらの説も私は信じたことはない。トロントが退屈だったことは決してない、少なくとも私には。退屈という言葉では、あのような惨めさと幻惑とを表現することなどできはしない。

トロントが変わったというのも信じられない。昨日は空港からタクシーに乗り、平たい工場や倉庫が整然と広がるあたりを過ぎた。かってはそこに平坦な農場が整然と広がっていた。何マイルも続く用心深い実利主義の工場群を過ぎ、やがて派手な外観とヨーロッパ風の日よけや敷石が併存する市街を抜けるとき、私には今も変わらぬトロントが見えてくる。仰々しい自己顕示の下に以前の町の姿が、厚いレンガの家並みが隠れている。毒キノコの灰白色の茎を思わせるポーチの柱、油断なく、抜け目ない目で見つめる窓、意地が悪く、吝嗇《りんしょく》で、執念深く、冷酷な町が。

トロントが夢の中に出てくると、私はいつも、ここはどこかと迷ってしまう。

こんな思いとは別に私にも、もちろん現実の生活がある。しかし、その生活が信じられなくなるときがある。この生活をやり通すことができないのでは、そもそも私はそれに値するのだろうかと。この感情は私が抱くもう一つの思いと重なっている。同年代の他の人々はみな大人だけれど、私は単にそれを装っているだけだという思いである。

私は一戸建ての家に住んでいる。窓にカーテンが掛かり、芝生のあるその家はブリティッシュ・コロンビア州にある。トロントからは海を渡らずに行けるいちばん遠いところだ。その都市の景観の非現実さが、逆に私を元気づける。黄昏どきのやけに感傷的な文を添えたあいさつ状《グリーティングカード》にお決まりの山々。七人の小人たちが建てたような一九三〇年代のコテージ風の家、ここまで巨大でなくてもいいのにと思えるナメクジ。雨でさえ度を越しているので、私は全く呆れてしまう。こうしたことはみな、その土地で生まれ育った人たちには現実的で重苦しい。私にとってのトロントがそうであるように。しかし、天気の良い日は休暇気分の解放された気持ちになる。悪い日にはそれにも何も気づかない。

私には夫がいる。最初の夫ではない。名前はベン。彼がいわゆる芸術家の類いではないことが私にはありがたい。メキシコを専門に扱う旅行会社を経営している。さらに彼の魅力のひとつはユカタン地方への格安チケットが買えることだ。こうした仕事の関係で今回彼は私に同行していない。クリスマス前の数か月はこの業界の書き入れ時だ。

私には娘が二人いる、もう成人したけれど。サラとアン、どちらも良識のある良い名だ。一人は医者の卵、もう一人は会計士で、職業も良識のある選択だ。私は、自分の多くの選択とは全く違う、良識ある選択の信奉者なのだ。子供の名前についてもそうだ。コーデリアという名の子が一体どうなったか考えてみるといい。

実生活では私は仕事を持っている。とは言え、現実的な生活というのには厳密にはあたらないかもしれない。私は絵描きだからだ。パスポートにも見栄を張ってそう書いた。他には〈主婦〉と記すより選択肢がなかったためだ。絵描きになるとは思わなかった。今でも絵描きであることが疎《うと》ましく感じてしまう日だってある。立派な人間は絵描きにならない。大げさで、自惚れの強い、胡散臭い連中だけがなる。〈画家〉と呼ばれると気恥ずかしい。〈絵描き〉の方がましだ。その方がまともな職の感じがする。この国でしばしば言われているように、画家は派手好きで怠惰な人間だ。絵描きだと言ったところで、奇異の目では見られるだろう。もちろん、もし野生動物の絵を描いて、それで儲けているなら話は別だ。私の収入はせいぜい絵描き仲間の間にだけ嫉妬を抱かせる程度で、彼ら以外の人たちに「馬鹿にしないでよ」などと乱暴な言葉を吐けるほど稼いではいない。

しかし、たいていは意気揚々と振舞っている。何とか勝ち残ってきたと思っているから。

仕事が理由で私はここにいて、布団の上に横になり、羽毛布団をかけている。回顧展が開かれる。私の初めての回顧展。画廊の名は転覆《サブ・ヴァージョンズ》という。「転覆」とその掛け言葉「並みの作品」という洒落は、あまりに流行りすぎるまでは面白いと思ったものだ。回顧展の開催を私は喜ぶべきだろう。けれど気持ちは複雑だ。たとえ女性たちが運営する反主流派の画廊であるにせよ、こうした展覧会を催すほど年を取り、偉くなったとは認めたくない。実現したこと自体も信じがたい。それに嫌な予感もする。回顧展から始まって、やがては死体置き場行きではないのかと。しかし、オンタリオ美術館が私の回顧展を開催してくれないのには、ほとほと嫌気もさしている。オンタリオのもっぱらの関心は亡くなった外国の男性画家に向けられている。

羽毛布団は前夫のジョンのアトリエにある。自分の家が別にあるのに、ここに布団があることが私に好奇心を抱かせる。これまでのところは、ヘアピンや女性用の制汗剤《デオドラント》を探して彼の薬戸棚を調べることは控えている。以前ならきっとそうしていただろう。だが、それはもう私がやってよいことでない。ヘアピンは鉄の鎧を身に着けた彼の妻の領分だ。

ここにいることが、おそらく愚かなことなのだ。あまりに回顧的すぎる。しかし、ジョンの娘でもあるサラのことで二人はいつも連絡を取ってきた。それに、叫声と割れたグラスの日々を生き抜いた後は、ある種の友だち関係に行き着いた。遠く離れて住んでいるせいで、近くにいるより、いつもうまく行っている。回顧展の話を聞いたとき、彼の方が申し出た。二流のホテルだとしてもトロントのホテルはべらぼうに高くなっていると彼は言う。主催者が援助してくれたかもしれないが、そのことは彼には伝えない。ホテルのこぎれいさも私は苦手だ。キュキュッと音がするほど磨かれた浴槽も嫌だった。とりわけ夜間に自分の声が反響するのも好きになれない。服を脱ぎ捨て、散らかしたり、私やジョンみたいな生身の人間の汚れがあるのが好ましい。私たちは、一つ所に留まることのない放浪の民だから。

ジョンのアトリエは埠頭近くのキング通りにある。ここも以前は決して訪れることのない場所だった。黒ずんだ倉庫群や轟音を立てて走るトラック、怪しげな路地、そこが今や芸術家《アーティスト》が群棲する表舞台の地区になっている。実際には最初の芸術家の到来の波は束の間だった。しかし、その後は真鍮の文字デザイン、消防車の赤色に塗りたくられた暖房の配管、そして弁護士事務所が引き継いでいる。そんな倉庫の一つの五階最上階にジョンのアトリエはある。現在のような仕事場にしていられるのもそう長くはないだろう。移動照明が天井に広がり、低い階の部屋では古いリノリウムが剥ぎとられている。ずっと昔の吐しゃ物や尿、それをかすかな香りのベースにして、パインソル洗剤の臭気が漂っている。その下の幅広の板には砂吹き作業が施されている。こうした様子がわかるのは、五階まで私は歩いて登るからである。エレベーターまでは手が回っていない。

アトリエの鍵と〈おめでとう〉と書かれたカードが入った封筒を、ジョンはマットの下に置いていた。カードを見ればどれだけ彼が柔らかくなり、成熟したのかがわかる。祝いのカードを添えるなど、以前の彼の流儀でない。彼はさしあたりロサンゼルスに滞在し、チェーンソー殺人のような仕事を終え、回顧展の開催初日までに戻ることになっている。

最後に彼に会ったのは四年前のサラの卒業式だった。ありがたいことに、私を煙たがっている妻を伴わず、一人で西海岸に飛んできた。会ったことはないけれど、彼女が私に好意を抱いていないことはわかっている。ややこしい無意味な儀式、その後のお茶会といった式典の間中、私たちはしっかりとした分別ある親として振舞った。二人の娘を夕食に連れ出したときも申し分のない態度で臨んだ。サラが望むような身だしなみに整えた。私は服に靴やその他も合わせ、ジョンはスーツにネクタイというでたちだった。まるで葬儀屋ねと私は彼をからかった。

けれど次の日は二人だけで抜け出して昼食《ランチ》に行き、へべれけになるまで飲んだ。すたれかけた陳腐な〈へべれけ(plastered)〉という言い回しには関係の修復という意味が含まれていて、その出来事が二人にとってどんなことかを示している。それは懐旧の情なのだ。私はそれをまだお忍びのデートだと思っている。もちろんベンはすべて知っていた。もっともベンなら前妻とは絶対に昼食などに出かけたりはしないだろう。

「ひどい災難だったといつも言ってたじゃないか」とベンは当惑して言った。

「そうなの、本当におぞましかったわ」と私は答えた。

「じゃあ、どうして奴と昼食に行きたいなんて気になったんだ?」

「説明するのは難しいわ」と私は言った。でも、本当は難しくはないかもしれない。ジョンと私が共有するのは交通事故みたいなものだと思う。しかし、二人はそれを分かち合っている。私たちは互いから生き残った者同士である。互いにとって鮫であり、救命ボートでもある関係。二人にはそれが大切なことなのだ。

昔、ジョンは立体作品に取り組んでいた。廃物から拾い集めた木や革製品の切れ端で造形したり、バイオリンやガラス製品とかを叩き潰しては、破片を壊れた元の位置に貼り付けた。彼はそれらを粉砕模様と呼んでいた。あるときは木の幹に色テープを巻きつけて、その写真を作品にした。カビに覆われたパンの塊のレプリカをこしらえたこともある。小さな電気モーターの力を借りて呼吸しているように見えるカビの部分は、彼や友人の毛髪を集めて作られた。そこには私の髪さえ何本かあったはずだ。私のヘアーブラシから彼が失敬するのを見つけたことがあったから。

芸術家の習性を維持するために彼は現在、映画の特殊効果を担当している。だから彼のアトリエには作業途中の材料や道具が散乱する。塗料、接着剤、ナイフ、そしてペンチが置かれた作業台にはプラスチック樹脂でできた手や腕、切り口から出てきた動脈やそれを縛るための紐がある。象の足の形をした傘立てみたいに、床のあちこちに立つ中空の脚や足首の鋳型もある。その中の一つには確かに傘が一本差してある。俳優の本物の顔に合わせて作られたのか、黒ずんで皺の寄った肌の顔面の一部もある。歪められ、復讐に燃えた怪物の顔だ。

切り刻まれた肉体の製作は自分が打ち込むべき仕事のように思えないとジョンは言う。暴力的すぎて、人間の善性には寄与しないのだと。年を重ねた彼は人間の善性というものを信じるようになっている。確かにひとつの変化にちがいない。食器棚にはハーブティーさえ置かれていた。むしろ子ども向き番組の愛嬌のある動物たちを作りたいと彼は言う。しかし自分で認めているように、背に腹は替えられない。切断された手足の方がずっと需要が高いのだ。

ジョンがここにいてくれたらと思う。あるいはベンや私が知っている誰かが。未知の人に対する好奇心は徐々に薄れている。昔なら出会いの期待に心を躍らせていただろう。つまり恋の冒険というものに。けれど今は面倒でわずらわしいだけだ。優雅に服を脱いでみせるなんてとてもできない。事の後で、以前に使った言葉を頭の中で反芻しなくては話すべきことが浮かばない。さらに厄介なのは、またしても足指の爪や耳の穴や鼻毛など、些細なことが気になるのだ。たぶんこれくらいの年齢になると、子どもの頃に持っていた淑女ぶりが戻るのだろう。

よく眠れなかった感じのまま、布団から抜け出す。簡易台所に置かれたハーブのティーバッグをカサカサ探ってはみるものの、結局、レモンミスト、モーニングサンダーは素通りして、健康にはよくないが眠気を払う濃いコーヒーに落ち着いている。気がつくと居間の中央に立っている。いつ、どうやって台所から移動したのだろう。一瞬のタイムスリップ、スクリーン上の画面飛び、おそらくは時差ボケか。昨夜はあまりに遅かったので、朝になっても意識が朦朧《もうろう》としているのか。アルツハイマーの初期症状かも知れない。

窓際に座る。コーヒーを飲み、爪を噛みながら、五階から下を見下ろす。ここからだと歩行者は上から押し潰されたかのようで、変形した子どもみたいな姿に見える。まわりには平屋根の箱のような倉庫群が立ち並ぶ。その向こうの平坦な広がりは鉄道の機関区で、以前は車両の入れ替えが行われていた場所だ。かつては、それを眺めるのが日曜日にここで得られるただ一つの楽しみだった。さらに向こう側には始めから終わりまで何もない、のっぺりとしたオンタリオ湖が広がっている。青灰色のその湖の岸辺には有害物質があふれんばかりに打ち寄せる。湖からの雨でさえ発癌物質を含んでいる。

薬品棚をのぞいてみたい気持ちに抗《あらが》いながら、薄汚れた狭いジョンの浴室で顔を洗う。くすんだ白のペンキが塗られた浴室に指の跡が残っている。実際よりもよく見せてくれるような明かりもない。どこかに薄汚さがないと芸術家の感じがしないとジョンは思っているのだろう。横目で鏡を見ながら私は化粧に取りかかる。コンタクトをつけると鏡が近すぎる、それがないと遠すぎる。鏡を覗きこむときは口に片方のレンズを入れておくのが最近の習慣だ。レモンキャンディーの切れ端のような薄いレンズ。うっかりそれを飲み込んで咽喉を詰まらせてしまうかもしれない。みっともない死に方だ。遠近両用の眼鏡にすべきなのだろう。でもそうしたら口うるさい婆さんのように見えてしまう。

芸術家っぽく見えないように水色のジョギングスーツを着用する。きびきびと、そして目的を定めた足どりを装いながら四つの階を下りて行く。ひょっとしてジョギングに出かけるビジネスウーマンに、あるいは休日を楽しむ銀行の部長クラスには見えるだろう。北に向かい、やがてクイーン通り沿いに東に曲がる。そこも私たちが決して足を踏み入れなかった界隈で、いかがわしい酔っ払いが出没すると噂されていた。私たちは彼らをエタノール中毒と呼んでいた。というのも彼らは消毒用アルコールを飲み、公衆電話ボックスの中で眠り、路面電車の客の靴にゲロを吐くと言われていたからだ。しかし今ではそこに画廊や書店、黒っぽい服や奇妙な履物で埋めつくされたブティックが立ち並ぶ流行の最先端を行く場所になっている。

画廊を見に行ってみようと思う。電話と手紙のやりとりだけで、これまで実際には見たことがない。中に入るつもりはない。今はまだ自分だとは知られたくはない。ただ外から眺めて確かめたいだけだ。前を通りすぎて、何気なく一瞥する。主婦、旅行者、あるいはウィンドーショッピングをしている人のふりをして。画廊は怖いところだ。評価と判断がなされる場だ。私はそれに応えなくてはならない。

画廊に着く前に取り壊し作業中の合板を張りめぐらせた場所に出る。合板にはスプレーでいたずら書きがされている。清廉潔白なトロント市に挑むかのように〈かわいこちゃん、ベーコンそれともオレはどうだい〉とある。そしてその下には〈このベーコンって何のこと？　で、どこで買えるのかな？〉と別の文が書き加えられている。この傍らにはポスターが貼られている。ポスターというよりはチラシといった感じだ。緑色で縁どられたどぎつい紫色を背景に、黒い文字で「リズリー回顧展」と記されている。男性のように苗字だけだ。名前はもちろん、顔も一応は私のものだ。私が画廊に送った写真に違いない。ただしこれには口髭がたくわえられている。

誰がこの髭を描いたにせよ、彼は自分の意図がわかっている。いや、描いたのは女性かも知れない。女性が描いていけない理由はない。流れるような渦巻きの、騎士を思わせる口髭は優雅なあご髭によく似合う。私の髪型にも合っている。

この髭のことは考えてみなければならないだろう。気まぐれで書いたものか、それとも政治的なコメントか、私への攻撃か？　単に〈キルロイ参上〉［訳註 米軍兵士が進軍先で、“Kilroy was here.”と落書きしたことに由来する句。壁の向うから長い鼻を垂らしてこちらを覗くキャラクターを伴う］とか〈くたばっちまえ〉の類いの落書きなのか？　以前私もこんな髭を描いたことがある。それに手を染めるときの悪意、笑いものにして、相手の気をくじきたい欲望、力を行使する感覚を覚えている。それは面子《メンツ》を失わせる行為、顔を奪い去ることだった。もっと若かったなら腹を立てるかもしれない。

ところがその口髭をじっと見ると、〈なかなかよく描けている〉と思ってしまう。髭もまた衣装のようなものだ。自分でもひとつ購入しようかと、さまざまな角度から観察する。すると髭という存在に別な光が当てられる。男性と顔の髭、そして男性が自在に施す変装や隠ぺい工作に私は思いを巡らす。口髭を生やしている男、そしてそれが剃り落とされた時のひどく無防備な感じを思い浮かべる。彼らは何とちっぽけに見えることか。たいていの人間は、髭を生やすとより立派に見えるのだ。

その時、突然私は驚きを覚える。私はついに髭が描かれるような顔、髭で茶化したくなるような顔になったのだと。公的な立場の顔、面子を失わせるに値する顔に。これは達成の証だ。何であれ、私もひとかどの人間になったというわけだ。

コーデリアはこのポスターを見るだろうか。口髭があっても私とわかるだろうか。たぶん彼女は開幕初日にやって来るだろう。入り口から彼女が歩いてくると私は振り向く。いかにも絵描きらしい黒い服を着て、すべては順調よと言わんばかりにB級ワインのグラスを手に持って。一滴たりと私はワインをこぼさない。

4

トロントに引っ越すまでは幸せだった。

それ以前の私たちは必ずしも決まった場所に住んではいなかった。思い出せないくらいさまざまな土地で家族は暮らした。大半を大型の低床式スチュードベーカー車に乗って過ごした。田舎道や二車線の幹線道路を北に向かい、いくつもの曲がりくねった湖岸を過ぎ、山々を越えた。道の中央に白線が伸び、高低さまざまな電柱が道沿いに流れてゆく。電線が上下に揺れるように動いて見える。

私は旅行かばん、食料やコートを入れた段ボール箱が載っている後部座席に一人だけで座る。座席カバーからはドライクリーニングのガスのような臭気が漂う。兄のスティーブンは前の座席に座っている。少しだけ開いた窓のそばだ。兄はペパーミント味のライフセーバーキャンディーのにおいをさせている。でも、その下には杉鉛筆と湿った砂の、彼のいつものにおいが隠されている。時おり、兄は吐き気を催しては紙袋に吐く。父がうまく車を止めることができたときは道路脇でもどす。兄は車酔いするが、私はならない。だから兄は前に座らなくてはならない。車酔いは私の知る限り、兄の唯一の弱点だ。

狭苦しい後部座席は家族の耳を観察するには都合のいい場所だ。大きく、柔らかそうな父の耳には長い耳たぶが付いている。小枝や樹脂や毛虫から髪を守る古ぼけたフェルト帽の縁から耳が突き出ている。それはノーム［訳注 大地を司る妖精で、老人のような容貌をした小人］の耳や、ミッキーマウスの漫画本に脇役として登場する肌色の犬みたいな連中の耳を思わせる。母は平たいヘアピンで後ろ髪の両側を留めている。だから母の耳はよく見える。幅の狭い母の耳は陶器のカップの握りのように先がもろくて砕けそうだ。もっとも母本人は弱々しいどころではないけれど。兄の耳は干した杏子みたいに丸い。それは、彼が色鉛筆で描く卵形の頭をした緑色の宇宙人の耳にもよく似ている。耳のまわりや首筋あたりまで濃い金髪の直毛がこんもり小さな束になって生えている。兄は散髪に抵抗する。

車の中で兄の丸い耳にささやきかけるのは難しい。どのみち兄も返事はできない。酔わないように兄は地平線の見える方角か、あるいは次々と、ゆっくりうねりながら寄せてくる道路の白線をまっすぐ見つめなくてはならないからだ。

戦争の時代だったから道路にはほとんど車が走っていない。時おり、伐採された木の幹や生木を積載したトラックがおが屑の香りをたなびかせて通り過ぎるだけだ。昼どきは車を道端に止め、白くて紙みたいに薄っぺらなムギワラギクや紫色の火跡地雑草《ダンドボロギク》の間にシートを広げ、母が作った昼食をとる。パンとイワシ、パンとチーズ、他に何もないときにはパンと糖蜜かパンとジャム。肉とチーズが不足していた配給の時代。配給手帳を携えてカラースタンプを押してもらっていた頃だ。

父は火を起こし、キャンプ用の湯沸しでお茶を用意する。昼食が済むとポケットにトイレットペーパーを何枚か入れ、一人ひとり藪の中に姿を消す。めったに見かけることはないけれど、すでに他の人のトイレの紙がシダの茂みや枯葉の中で溶けていることもある。熊を警戒しながら私はしゃがむ。アスターの葉が腿のあたりでざらざら擦れる。用を足すと小枝や樹皮、枯れたシダの下に紙を埋める。人間がいた気配を残してはいけないと父に言いつけられている。

斧やリュック、それに革の肩ひもの付いた大きな木箱を携え、父は森の中に入って行く。一本、一本木を見上げて吟味する。そして選んだ木の下に防水シートを広げ、幹のまわりを包むように敷く。父は仕切りごとに小瓶がぎっしり詰まった木箱を開く。斧の背で幹を打つ。木が揺れると葉や小枝や毛虫たちがパタパタ落ちて、灰色の父のフェルト帽に当たって跳ね返り、防水シートに着地する。スティーブンと私は屈んで毛虫を拾い上げる。青い縞模様の虫たちは犬の鼻づらみたいに滑らかでひんやりとした手触りだ。青白いアルコール液を満たした収集瓶に毛虫を入れる。虫たちが身をよじりながら沈んでいくのを私たちはじっと見つめる。

父は採集した虫を自分が育てたかのように眺めている。虫たちに噛みくだかれた葉を調べる。「みごとな食いっぷりだ」と父は嬉しそうに言う。今の私の年齢よりも若い時分の父だ。

冷たく、近寄りがたいアルコールのにおいが突き刺すように私の指に染みつく。鋼《はがね》の針が食い込むように。それはエナメルの白いたらいみたいなにおいがする。白く冷たい光を放つ夜の星を見上げるとき、星もそんなにおいにちがいないと私は思う。

一日の終わりになると私たちは再び車を止め、杭を打ち、重たいキャンバスのテントを張る。厚くてごわごわしたカーキ色の寝袋はいつもどこか湿っぽい。その下に防水シートと膨張式のマットを敷く。それを膨らませると目まいがして、鼻や口にはカビくさい雨靴や車庫に積まれたスペアタイヤのような味が広がる。焚き火を囲んで食事をとる。木々の影が黒々とした枝のように伸びて行くにつれ、火の明るさが増していく。私たちはテントの中にもぐり込み、寝袋の中で服を脱ぐ。懐中電灯がテントのキャンバスに輪を作る。明るい方の光の輪が濃い色の光輪を標的のように囲んでいる。テントの中に漂うのはタールや寝袋の絹綿、チーズの油脂が付いた茶色の紙袋、そして押し潰された草のにおい。朝になるとテントのまわりの野草には露のしずくが降りている。

時にはモーテルで過ごすこともある。けれどもそれは、夜も遅く、テントを張る場所が見つけられないときだけだ。モーテルはいつも遠く離れた所にあり、背後には暗い壁のような森を従えている。そして、あたりを覆いつくす闇の中で、船の灯りやオアシスの灯火のようにちらちら明かりを瞬かせる。戸外には等身大の給油機が置かれている。そのてっぺんにある円盤にはそれぞれ光が点《とも》されている。それらは青白い月のように、あるいは頭部を欠いた神の像の後光のように浮かび上がる。円盤には貝殻、星、オレンジ色のカエデの葉、白いバラのマークが付いている。モーテルに泊り客がないのはたびたびで、給油機も空っぽになっているか閉鎖されていた。その頃、ガソリンは配給制で、止むを得ないとき以外、遠出する人はいなかった。

個人または国営の宿泊所や伐採作業員の去った飯場に泊まることもある。寝泊り用と物資用とで二つのテントを張るときもある。冬にはスーやノースベイ、サドベリーなど北方の町や都市で部屋を借りて滞在する。実際には他人の家の屋根裏部屋なので、木の床に靴音を立てないよう気をつける。家具は倉庫から出してくる。いつも同じ家具なのに、なぜか見慣れない感じがする。

こうした場所には水洗トイレがついている。轟音を立て、一瞬でものが消えてしまう白くて驚くべきトイレ。初めての町に来ると、兄と私は何度もトイレに通っては、その度ごとにマカロニや何かを落とし、それらが消えるのに見入る。空襲警報が聞こえるとカーテンを閉め、明かりを消す。戦争はここまでは来ないわと母は言うけれど。戦争がラジオを通して、遠く、途絶えがちに漏れ聞こえる。ロンドンから送られる声は雑音と混じり合い、やがて徐々に消えていく。両親は唇をきつく閉ざし、ひょっとして我々の側が負けているのではと疑わしげに耳を傾ける。

兄はそんな風には考えない。私たちは正しい側だから敗れるはずはない。飛行機の写真が印刷されたタバコのカードを集めている兄は全機種名を覚えている。

兄は金づち、木材、それに自分専用の折り畳み式ナイフを持っている。用材を削り、金づちで叩いて銃をこしらえている。正確な角度で二枚の木片に釘を打ち、もう一本の釘で引き金を仕上げる。彼は何丁かこんな木製銃を持っている。刃に赤鉛筆で血の色を施した短剣や剣も持っている。赤色がなくなるとオレンジ色で代用する。彼は歌う。

片翼でかすかな望みでも戻って来い
片翼でかすかな望みでも戻って来い
エンジンの一つはなくなった
けれど我らはまだやれる
片翼でかすかな望みでも戻って来い

［訳注　第二次世界大戦中の英国におけるいわゆる戦意高揚歌 "Coming in on a Wing and a Prayer" からの一節。原曲は一九四三年にヒットし、その後も多くの歌手に歌われた］

兄は明るく歌うが、悲しい歌だと私は思う。タバコカードについている飛行機の写真を見たことはあるけれど、いったいどうやって飛ぶのだろう。鳥のように見えるけれど、翼が一枚だけで飛べるはずはない。あの冬の日の、家族以外の人たちもいた夕食の席で、グラスを掲げながら、父が言った通り、「片翼では飛べやしない」。だから歌詞の祈りは、実際は無益なのだ。

スティーブンは私に銃とナイフを持たせ、二人は戦争ごっこを始める。これが彼のお気に入りの遊びだ。父と母がテントを立て、火を起こし、調理をしているようなとき、二人は立木や藪の後ろにそっとまわりこみ、葉陰から狙う。私は歩兵役だったから兄の指図通りにしなくちゃならない。兄は手を振りながら、前に進めと合図をし、後退するよう身振りで指示を出す。敵にぶっ飛ばされないよう身をひそめていろと兄は私に命令する。

「お前は死んだんだ」と兄が言う。

「死んでないわ」

「いや死んだんだ。やられたんだよ。起き上がっちゃだめだ」

兄には敵が見えても、私には見えないから、兄に逆らうことはできない。生き返るよう言われるまでは、体が濡れすぎないよう切り株にもたれ、湿った地面の上に倒れていなくてはならないのだ。

時には戦争ごっこではなく、森の中を探索し、丸太や石をひっくり返し、何がいるかを調べて遊ぶ。蟻、地虫や甲虫、カエルやガマ、ガーターヘビ、運が良ければサンショウウオにも出くわすこともある。見つけたものをどうするというわけでもない。もしそれらを瓶に入れ、うっかり車の後部の日当たりに置きざりにでもしたらみんな死んでしまうことは、すでにやったことがあるので知っている。だからただ、蟻たちが錠剤みたいな彼らの卵を慌てて隠そうとする様子や、ヘビがにゅるりと暗がりへ移動する姿を眺めるだけだ。そして丸太を元に戻す。釣餌が必要なときは別だけど。

たまにはケンカをすることもある。兄とのケンカに私は勝てない。スティーブンは体も大きいし、私より情け容赦がないからだ。それに兄が私と遊びたいと思うより、私の方が兄と遊びたい。ケンカは小声でするか、あるいは気づかれないような場所でする。見つかると二人とも叱られてしまうから。だから互いの告げ口もしない。密告で得られる満足感にはさほど値打ちがないことは経験から知っている。ケンカはこっそりするから、そこには別の楽しみもある。たとえば「ケツ」のように下品な禁句を使う魅力。共謀と結託がもたらす醍醐味だ。私たちは互いの足を踏みつけたり、腕をつねったりはするけれど、痛くしないように気をつける。腹立たしいと思っていても、互いに対して誠実なのだ。

戦争から遠く離れた最果ての地でいつまでこんな暮らしが続いただろう、こんな遊牧民のような生活が。

今日は終日車を走らせて、遅い時間にテントを張っている。私たちは岸辺にごつごつした岩がころがっている名もない湖のそばの道路脇にいる。湖を囲む木々の影が湖に映って対《つい》をなす。秋に向かうポプラの木々は黄色に葉色を変えている。太陽が長い時間をかけながら、ひんやりと暮れなずむ空に沈んでいく。空はやがてフラミンゴピンクからサーモンピンクに、そして信じがたいほど鮮やかなマーキュロクロムの赤色に染まる。水面に安らぐピンクの光が、震えながら色あせ、やがて消え去って行く。月もなく澄みわたる空。満天には清浄な星々、冴えわたる天の川。明日は荒れた天気になるだろう。

こうしたことに二人は興味がない。というのもゲリラ隊員さながらに闇を見通す技を兄が私に教えようとしているからだ。いつその技が必要になるかは予期できないと彼は言う。懐中電灯は使えない。だから暗闇の中、光のない状態に目が慣れていくまでは、じっと待たなくてはならないのだ。やがて物の形が現れ始める。大気が凝縮したかのように灰色のおぼろな形がうっすらと。小枝を踏まないよう気をつけながら、片足ずつバランスをとり、ゆっくり両足を移動させろとスティーブンは言う。そして音を立てずに息をしろと。「敵に気づかれたら、やられてしまうぞ」と兄がささやく。

彼は私のそばで身を屈める。湖を背に、湖水よりも黒々とした彼の身体の輪郭が見える。兄の目がきらりと光った瞬間にすでに姿は消えている。これが兄の早業だ。

両親のいる焚き火の近くに兄が忍び寄っていく。父と母の姿は影のようにちらちら揺れて、二人の顔はぼやけている。自分の鼓動と荒い息づかいの他には何も聞こえない。けれど兄は正しい。暗闇の中で今、私は見える。


これが私の心に映る死者たちだ。

5

八歳の誕生日はモーテルで祝った。プレゼントは黒い長方形のブローニーカメラだった。上につまみが付いていて、のぞき口の丸い穴が裏にある。

そのカメラで最初に撮ってもらったのは私自身の姿だ。モーテルの部屋の戸枠にもたれている私。後ろの白い扉は閉じていて、金属の部屋番号が九の数字を示している。膝のあたりがぶかぶかのズボン、上着の袖はつんつるてんだ。写真からは見えないけれど、上着の下には兄のお下がりの茶と黄色の縞のメリヤスセーターを着こんでいる。たいていの服は兄のお古だ。写真に写る私の肌は露光のしすぎで極度に白い。首を傾げ、手袋をはめていない手首がだらりと垂れている。移民たちの古ぼけた写真を思わせる。私はまるで戸口に立たされて、そのままじっとしているよう言いつけられたかのようだ。

私はどんな風だったのだろう、何を欲しがっていたのだろう？　すぐには思い出せそうにない。誕生日にカメラが欲しかったのか？　もらって嬉しくはあったけれど、たぶん欲しかったわけではないと思う。

私がもっと欲しいのはナビスコのシリアルの箱についてくるカードだ。その灰色の絵入りカードに着色したり、切り取ったり、折り曲げたりしながら町に家を作る。モールも欲しい。家には『雨の日の遊び』という本がある。そこには空き缶二個と紐一本で糸電話を作る方法や潤滑油を穴に垂らすと進む船の作り方、小型のマッチ箱から人形の整理ダンスを作る方法、モールを使って犬や羊やラクダなどさまざまな動物をこしらえる遊び方が載っている。船や整理ダンスには関心がない。しかし、モールだけは別だ。見たことはなかったが。

タバコの箱の中の銀紙も私は欲しい。何枚かは持っていたが、もっと欲しい。父も母も煙草を吸わない。だから見つかりそうなガソリンスタンドの隅《すみ》やモーテル近くの雑草の中で拾い集めなくてはならない。こうして地面をあさる癖がついた。発見すると汚れを落として平らに伸ばし、教科書のページの間にはさみこむ。いっぱい集めたらどうするつもりか決めてはいない。けれど、すごいことになるだろう。

風船も欲しい。今では戦争が終わったので、ゴム風船が入手しやすくなっている。冬のある日、おたふくかぜに罹《かか》ったときに、母が船旅用トランクの底にゴム風船を一つ見つけたことがある。しばらくは手に入らないと思い、戦争前に取っておいたに違いない。母はそれを膨らましてくれた。青くて半透明の丸い風船は私だけのお月さまのようだった。けれどもゴムが古く傷んでいて、それはすぐに割れてしまった。私はひどくがっかりした。もう一つ風船が欲しい、決して割れない風船が。

友だちが欲しい、少女になって行く友だちが。女の子の友だちが。本で読んで、彼女たちが存在することは知っている。しかし、一か所に長くいたことのない私には、女の子の友だちはいなかった。

毎日のように底冷えのする日が続き、空はどんより曇っている。金属の光沢を湛えた晩秋の低い空。そうでない日は一日中雨が降り、私たちはモーテルの中にいなくてはならない。そこは私たちになじみのモーテルだ。貧弱な造りのコテージが並び、黄や青や緑色のクリスマスツリーのライトを吊した紐が張り渡されている。「家具・台所付きコテージ」と呼ばれるこのモーテルには備え付きのコンロ、鍋が一つか二つ、やかん、そして防水クロスをかけたテーブルがある。床には色あせた四角い花模様のリノリウムが敷き詰められている。短くて薄っぺらなタオル。シーツは他の泊り客の体にこすられて、真ん中あたりの所々が擦り切れている。額に入った冬の森の複製画が掛かっている。もう一枚は飛び立つ水鳥の絵だ。屋外便所のモーテルもあるけれど、少なくともこのモーテルには、においはするが本物の水洗トイレがあり、浴槽もついている。

珍しいことに、私たちは何週間もこのモーテルに滞在している。これまでは一回に一晩以上、モーテルに留まったことはない。私たちはへこんだ鍋にハビタント社の豆のスープを入れ、バーナーが二つあるコンロで温める。そして糖蜜を塗ったパンと厚切りのチーズで食事をとる。戦争が終わり、チーズが手に入りやすくなったのだ。部屋の中でも屋外用の服を着て、夜は靴下をはく。一枚壁で作られたこれらのコテージは夏の旅行者のために建てられている。お湯といってもぬるま湯なので、母は湯沸しで加熱して、浴槽に注ぐ。「垢を落とすだけね」と母が言う。

朝は肩に毛布をかけて食事をとる。室内でさえ息が白いこともある。こうした滞在生活は普段とは違うので、ちょっとしたお祭り気分だ。学校に行かなかったわけではないが、何しろ続けて三、四か月以上通ったことがない。最後に行ったのは八か月前だった。だから学校がどんなだったかでさえも、うっすらとしか思い出せない。

午前中は学習帳で学校の勉強をする。どのページを勉強するか母が言う。そして私たちは教科書を読む。私の教科書に載っている二人の子どもは襞のあるカーテンが掛かった白い家に住み、垣根に囲まれた前庭には芝生がある。父親は会社に勤めて、母親はワンピースにエプロン姿、子どもたちは犬や猫と芝生でボール遊びをしている。私とは全く違った暮らしのお話だ。テント生活や幹線道路、藪の中のオシッコも湖やモーテルもない。戦争ごっこもない。子どもたちはいつも清潔そうで、可愛らしいドレス姿のジェーンという名の女の子はストラップの付いたエナメル靴を履いている。

これらの本に描かれた異国のような世界が私を魅了する。スティーブンと私が色鉛筆で何かを描くときは、彼はもっぱら戦争の絵だ。ふつうの戦争か宇宙の戦争。赤や黄やオレンジ色の鉛筆は爆発の場面ばかりを描いたので、使いさしのようになる。金や銀色の芯も、きらめくメタルの戦車や宇宙船、ヘルメットや複雑な銃器を描くために使い切る。けれど私は女の子を描く。丈の長いスカートやエプロンドレス、パフスリーブといった昔風のドレスを着た女の子を。あるいは大きな蝶結びの髪リボンを頭につけたジェーンみたいな服の子だ。これが私が抱く上品で繊細な他の少女たちのイメージだ。もし実際に彼女たちに会ったなら、何て話しかけたらよいかなんて考えてもみない。そんなところまでまだ私の思いは及ばない。

夕食後の皿洗いの仕事は私たちの担当だ。母はそれを「ガラガラしよう」と呼んでいる。声をひそめ、短い言葉で、どちらの番かを言い争う。洗うのは手が温かくなっていいけれど、冷たく湿った布巾で乾かすのはそうじゃない。皿とコップを洗い桶に浮かせると、「ぶっ飛ばせ」と言いながらスプーンとナイフを急降下で爆撃させる。実際に当てたりはしないけれど、可能な限り至近距離で狙撃する。皿は自分たちの家の皿じゃない。それで母ははらはらする。いよいよ母の癇に障わったときは、母は自分で皿を洗う。怒っているのだと伝えるために。

夜にはマットがへこんだ引き出し式ベッドに横になる。早く眠りにつけるからと促され、兄と私は互いの頭とつま先を反対の向きにして眠る。しかし、毛布の下でこっそり足を蹴りあったり、あるいは靴下をはいた足を互いのパジャマのズボンの中にどれくらい入れられるかを試す。時おりモーテルの窓越しに、通り過ぎる車のライトが室内を照らす。一つ目の壁から次の壁へと移動しながら、やがて光は遠ざかる。エンジンの音、濡れた路面にタイヤが擦れる音。そして静寂が訪れる。

6

誰が私のあの写真を撮ったのだろう。それは兄だったに違いない。母は白いドアの奥の部屋にいるのだから。母は灰色のスラックスをはき、格子縞の濃紺のシャツを着て、食料を段ボール箱に、衣類は旅行かばんに納めている。母には母なりの詰め方がある。細目まで思い出そうと、独り言を呟きながら作業を続ける。母は私たちに邪魔をされたくない。

写真を撮った後すぐに雪が降り始める。北国の十一月の鋼《はがね》のような空からひとひらずつ舞い降りる小さなさらさらの雪片。初雪までの期間にはある種の静けさと倦怠がある。日差しが弱まり、ヘラジカカエデの最後の葉が海藻みたいに枝からぶら下がる。雪が降り始める頃まではものうい時間が流れていた。しかし今は心が弾む。

私たちは擦り切れた夏靴を履き、モーテルの外を走り回る。落ちてくる雪片に素手を広げ、空を仰ぎ、口を開けて雪を食べる。厚く雪が積もったときは泥の中でじゃれる犬のように転げまわる。犬と同じ興奮にひたる瞬間だ。けれど窓から様子を眺めていた母は、中に戻って足を拭いて乾かしなさいと声をかける、あの薄いタオルで。私たちは足に合った冬靴を持っていない。室内にいるうちに雪はみぞれに変わっていく。

父は車のキーをポケットの中でジャラジャラさせて床の上を行き来する。せっかちなので、すぐにも出発したいのだ。母は「ちょっと落ち着いて」と父に言う。私たちは外に出て、父を手伝い一緒に車窓に張った氷をかき落とす。荷物を積むと、体を車内に押し込んで、いよいよ私たちは南へ向かう。光の方角から南だとわかる。日差しは今、雲間から弱々しく射しこんでいる。凍った木々に触れるとそれはちらちら光る。けれど、道端の氷の張った水たまりに反射するときは、眩いほどの光になる。

新しい家に向かっているのだと両親が言う。借家ではなく今度は自分たちの家なのだと。その家はトロントという町にある。私には町の名前はどうでもよい。教科書で見た垣根と芝生、窓にカーテンのついた白い家を思い浮かべる。私の寝室はどんなだろうか、見てみたい。

その家に着く頃には午後も遅くなっていた。最初は何かの間違いだと思う。でも、そうじゃない。これが確かに私たちの家なのだ、父がもう鍵でドアを開けているのだから。通りに面するどころか家は野原のようなところに立っている。周囲をむきだしの泥に囲まれた、四角い平屋の黄色いレンガ造りの小さな家。家の外の片側にはとてつもなく大きな穴が掘られていて、そのまわりには大きな泥の山がいくつも見える。正面の道路はぬかるみのまま舗装もされず、道には穴が開いている。泥の中に埋められたコンクリートのブロックは玄関に辿り着くための踏み石だ。

室内を眺めてさらに気持ちがくじかれる。確かにドアと窓があり、壁があって暖炉が使える。居間には見晴し窓もある。しかしそこから見えるのは、泥水がさざ波を立てる茫漠とした景色だけだ。なるほど水洗トイレにはちがいない。けれど便器の内側には黄褐色のシミの輪が付着して、煙草の吸い殻が浮いている。給湯栓を回すと赤みがかったぬるま湯が出る。床は板張りでもなければ、リノリウムすら敷かれていない。幅の広いざらざらした床板にはひび割れが走っている。石膏のちりで床は灰色になり、鳥の糞のような白い斑点が散在する。照明器具が設置されているのは数か所だけで、天井からは配線がだらりとぶら下がっている。台所に調理台はなく、むき出しの流しがあるだけだ。コンロもない。ペンキも塗られていない。窓や敷居、調度品や床の至る所に埃が積っている。あちらこちらにハエの死骸がころがる。

「みんなで何とかやるしかないわね」と母が言う。つまり愚痴は禁物だという意味だ。私たちでやれるだけやらなくちゃ、業者が倒産したのだから、残りは自分たちでやるしかない。「とんずらしちゃったのね」と母は言う。父は母ほど明るい顔はしていない。家の中を歩き回り、じっと眺めては壁をつつき、独り言を呟きながら、小さな口笛みたいな音を立てる。「くそっ、何てこった」と父は言う。

車の奥のどこからか、母は携帯用の小型石油コンロを探し出してくる。食卓がないので台所の床にそれをじかに置く。母は豆のスープを温め始める。兄は外に行く。家の脇の土の山に登っているか、それとも大きな穴の使い道を探っているのだと思う。私にはそれに加わる気力はない。

私はバスルームの赤みがかった水で手を洗う。洗面台のひびが目に入る。その瞬間にそのことが、他のどんな不備や欠陥よりも、どうしようもなく不幸なことに思えてしまう。埃まみれの鏡の中の自分を見る。傘のついていない明かり。裸電球が頭の上にぶら下がるだけだ。その光のせいで目の下にくまができ、私の顔は青白く、病んでいるかのようだ。私は両目をこする。泣いているのを知られるのはよくない。屋外用の服を着ているせいか、未完成の家なのに家の中がひどく暑い。私はきっと騙されたのだ。あのモーテルに戻りたい。放浪の生活に戻りたい。一つ所にいられないけれど、安全な私の昔ながらの根なし草の生活に。

最初の何日かの夜は床にエアーマットレスを敷き、寝袋の中で眠る。やがて軍払い下げの簡易ベッドが登場する。麻布を張った金属の骨組みは上の方より下が小さくなっている。だから夜中に寝返ると、私は床に投げ出され、おまけにベッドが私の上に落ちてくる。夜ごと私はベッドから落っこちて、粗末な埃っぽい床の上で、ここはどこかと訝《いぶか》りながら目を覚ます。けれども今は、自分だけの部屋にいるので、兄にくすくす笑われることはない。やかましいと怒られたりもしない。初めは自分の部屋がもらえることに心を躍らせていた。スティーブンや、散らかった彼の服や木製銃も気にかけず、好きなように使える場所ができるのだと。でも今は寂しいと思う。夜、一人で部屋にいたことは、それまでにはなかったから。

私たちが学校に行っているうちに、毎日、目新しい物が次々と家にやって来る。ガスレンジ、冷蔵庫、カードテーブルと椅子が四脚。おかげでごく普通の仕方で食事がとれるようになる。暖炉の前にシートを広げ、あぐらを組んだりもせず、みんなで食卓を囲むのだ。実際、暖炉に不都合はない。家の中で完成していた箇所の一つがこれだった。暖炉には建設中に出た残り物の木端をくべる。

時間ができると父は家の内装に精を出す。床には床板を敷く。居間には幅の狭い硬材を、寝室にはアスファルトのタイルを一列一列広げていく。私たちの家は、より家らしく見え始める。けれど私が望んでいたよりはずっと時間がかかっている。垣根や白いカーテンからは程遠い。大戦後の泥でできた潟《かた》のようなこの土地だから。

7

私たちが見慣れていた父は、ウインドブレーカーを着用し、くたびれた灰色のフェルト帽をかぶり、ブヨが腕に這い上がってこないようきつく袖口を留めたフランネルのシャツを着て、厚いズボンの裾をウールの作業用靴下の上部にたくしこんでいた。フェルト帽を除くと、母の服装も父とはそれ程大きく違わなかった。

しかし今や父は、ジャケットを着て、白いシャツにネクタイを締め、ツイードのコートをまとい、マフラーを首に巻く。留め金の付いたガロッシュ［訳注 防水・防寒用の長靴の一種］がベーコン脂で防水した革の長靴に取って替わる。母には彼女の脚が現れた、後ろに縫い目のあるストッキングにぴったり納まって。外出するときには口紅を塗る。灰色の毛皮の襟のついたコートに身を包み、羽根飾りを一本さした帽子をかぶる。この帽子をかぶるとあまりに鼻が長く見えてしまうので、鏡をのぞき、「まるで、エンドールの魔女［訳注 預言者サムエルの霊を呼び起こす魔女］みたいね」と母はいつも言う。

父の仕事が変わったのだ。これで説明がつく。森林昆虫野外研究員から、今は大学の先生になったのだ。以前は至る所に置かれていた、きついにおいの広口瓶や採集瓶の数はぐんと減った。代わって家に散乱するのは学生が色鉛筆で描いたスケッチの山だ。すべて昆虫の絵だ。バッタ、ハマキガの幼虫、テンマクケムシ、キクイムシ。それぞれが一ページ大に描かれて、下顎、口肢、触角、胸郭、腹部の各器官がきちんと分類されている。中には、管や支脈、球状のかたまりや細かい繊維といった体の内部がわかるように切開された断面図もある。こうした絵が私の一番のお気に入りだ。

　夕方になると父はひじ掛け椅子に腰をおろし、椅子の両そでに載せたボードの上で、赤鉛筆を手に彼らのスケッチを点検する。ときどき父はひとり笑いをしたり、首を振ったり、チッチッと舌を鳴らす。「ばかな」とか「まぬけな奴だ」と呟く。スケッチを眺めながら父の椅子の後ろに私が立つと、この学生は違った位置に口を描いている、そっちの絵には心臓がない、オスとメスの区別がわかってないと指摘する。それは私と違う評価の仕方だ。私は色使いで出来不出来を判断するから。

　毎週土曜日には車に乗って、父の仕事場に行く。そこは動物学研究棟なのだが、私たちはそんなふうには呼ばない。単に建物と呼んでいる。

　それはとてつもなく大きな建物だ。しかし、行くのはいつも土曜日なので、人の気配はほとんどない。それで建物が一層大きく見える。風雨に晒され、暗褐色に変色したレンガ造りのせいか、実際にはないのだけれど、小塔《タレット》を構えているかのような気がしてしまう。壁には蔦《つた》が這っている。もっとも今は冬なので、葉を落とした蔦が細い血管みたいに広がっている。内部には堅い木張りの長い廊下が伸びている。何代もの学生の泥まみれの冬靴のせいで汚れが染みつき、擦り切れている。でも床は、今もきれいに磨かれている。登るとギシギシ軋む木製の階段や、滑り降りてはいけない階段の手すり、そして石のように冷たくなるか、焼けるように熱くなるかどちらかの、バンバン音を立てる鉄のラジエーターがある。

　二階の廊下はさらに別の廊下に続いている。そこには死んだトカゲや薬品に漬けられた牡牛の目玉が詰まった瓶が棚に陳列されている。ある部屋のガラスのケージには見たこともないほど大きなヘビが何匹も入っている。人に馴れているニシキヘビもいる。飼育員がいるときは、ケージからヘビを取り出して、自分の腕にまきつけながら、どうやって獲物を絞め殺して食べるかを教えてくれる。ヘビを撫でてみることも許された。ヘビの皮膚はひんやりして、乾いた感じだ。別のケージにはガラガラヘビがいて、牙から毒を絞り出してみせてくれる。この時は、彼は革手袋をつけている。湾曲した牙は、中が空洞で、そこから黄色い毒がしたたり落ちる。

同じ部屋には、どろりとした緑の水を張ったセメント塗りの小さな池がある。そこには大きなカメたちがうずくまり、まばたきをし、時おり、置かれた石におもむろに登り、私たちが近づきすぎるとシュッシュッと警戒の声を出す。ヘビやカメの飼育のために、ここは他の部屋よりもずっと蒸し暑い。

そこは麝香《じゃこう》のにおいがする。さらに別の部屋には巨大なアフリカゴキブリがいっぱい入ったケージがある。この白いゴキブリはあまりに強い毒を持つために、給餌のときや取り出すときは飼育員が麻酔ガスを吹きつけ、仮死状態にしなくてはならない。

地下室には白いドブネズミや黒いハツカネズミの棚が所狭しと並んでいる。野生ではない特別の目的のためのネズミたちだ。ケージの中のネズミたちはじょうご型の器から粒餌を食べ、点滴用の瓶から水を飲む。噛みちぎられた新聞紙で作られた巣は、毛の生えていないピンク色の赤ちゃんネズミですし詰めになっている。上になったり下になったり、重なるように動き回り、山になって彼らは眠る。そして鼻をヒクヒクさせて、互いのにおいを確かめ合う。もしそこにおかしな、異質のにおいを放つ見慣れないネズミを入れでもしたら、そいつはかみ殺されてしまうだろうと飼育員が教えてくれる。

地下室にはネズミの糞の強いにおいが充満している。においは上の階全体に流れていくが、階を登るにつれて薄れていき、やがてそれは緑色の床洗浄剤や床磨き剤、家具用ワックス、ホルマリン消毒剤、ヘビのにおいなど種々の臭気と混じり合う。

　建物の中で気味が悪いと感じるものは私たちには全くない。細かい点では違っていても、そこに置かれているものはどれもみんななじみがある。もっとも、一か所にあれほど多くのネズミを見たことはなく、その数とにおいには圧倒される。カメを池から出して一緒に遊びたい。でもそれは気性の荒いカミツキガメなので指を噛みちぎりかねない。それで私たちは分別よくあきらめる。兄は瓶から牡牛の目玉を一つ取り出して、持ち帰りたいと考える。他の男子がすごいと思うはずだから。

　上の階には実験室もある。高く広々とした天井、そして前面には黒板がある。どちらかと言えばテーブルといった感じの大きな黒みがかった机が何列も並び、丈の高い丸椅子が備えられている。机には緑のガラスの傘のあるランプが二つ、それに顕微鏡も二つセットされている。その古めかしい顕微鏡には重たくて薄い管や真鍮の器具が付いている。

　顕微鏡は見たことがある。でも、これほど背の高いものは初めてだ。私たちは飽きるまでそれを使って時間を過ごす。スライドを貸してもらえることもある。蝶の羽、蠕虫《ぜんちゅう》の横断面、各部位が識別できるようピンクや赤紫色に染められたプラナリア、またあるときはレンズの下に指を置いて自分の爪を観察する。暗いピンクの空を背景に丘のように曲線を描く青白い部分。そのまわりを包む肌はきめが粗く、砂漠の端《はし》のような皺が寄る。髪の毛を抜いて観察したこともある。それは昆虫のキチン質の外皮から生える剛毛みたいに固くてつややかだ。末端にはとても小さな玉ねぎのような毛根がある。

　かさぶたが私たちのお気に入りだ。顕微鏡の下に腕や脚をまるごと置けはしないので、それを引き剥がして、倍率をできる限り高く引き上げる。かさぶたはでこぼこの岩のように見えるけれど、シリカのような光沢がある。あるいは何かの種類のキノコみたいな感じもする。指からかさぶたを剥がすことができたら、その手をレンズの下に置き、液果のような丸いボタンの形の真っ赤な血がにじみ出るのを二人で見つめる。後でその血をペロリと舐める。耳垢や鼻水、つま先の垢も調べてみる。もちろんまわりに誰もいないことを確かめてみた後だ。訊くまでもなく、してはいけないことだとわかっている。はっきりどの程度までとは言われなくても、好奇心も一線を越えてはいけないから。

土曜日の午前はこんな風に二人は過ごす。一方、父は研究室で仕事を始め、母は食料品の買い出しに行く。そうすることで私たちを厄介払いできるのだと母は言う。

建物からは大学通りが見下ろせる。そこには芝生が敷かれ、馬に乗った人物の緑青色の像が点在する。通りをはさんだ真向かいにオンタリオ議事堂が立っている。議事堂も古めかしくて黒ずんでいる。そこにも軋む、長い廊下があり、薬品漬けのトカゲや牡牛の目玉の棚でいっぱいに違いないと私は思う。

サンタクロースのパレードを初めて見たのはこの建物からだ。それまでパレードというものを見たことはない。このパレードの様子はラジオで聞くことができる。しかし、もし実際に見たいと思えば、防寒服に身をくるみ、体が冷えないように足踏みし、両手をこすりながら舗道に立っていなくてはならない。もっとよく見えるように馬の銅像に登る人もいる。建物の中央実験室の窓枠に座っている私たちにはその必要はない。埃まみれのガラス窓が私たちを外気から切り離し、鉄のラジエーターから立ち昇る熱風が両脚に吹きつけているのだから。

その場所から私たちは粉雪や小妖精やウサギたち、そしてコンペイトウの妖精に扮した人々が通り過ぎていくのを見つめる。上から見下ろしているせいで、上半分が切り取られたような奇妙な姿に彼らは見える。キルトの衣装を身に着けたバグパイプの奏者たちや大きなケーキらしきものの上で手を振っている人たちを乗せた台車が滑るように通り過ぎる。霧雨が降り始める。下の人たちは誰もかれも寒そうだ。

最後にサンタクロースが現れる。期待していたよりは小さなサンタだ。サンタの声と拡声器から流れるジングルベルの音楽は埃まみれのガラス窓に遮られ、かすかにしか聞こえない。サンタは機械仕掛けのトナカイの後ろで、びしょ濡れになりながら見物人に投げキスをして、体を前後に揺らしている。

本物のサンタクロースでないことはわかっている。誰かがサンタの衣装をつけているだけだ。しかし、サンタクロースに対しての私の理解は変化した。新たな見方が加わった。それからは、サンタを思い浮かべる時はいつも、ヘビやカメ、薬品漬けの目玉、黄色い瓶に浮かぶトカゲたちが甦る。こだまのように広がっていく鼻をつくようなあのにおい、古びてうら寂しいのだけれど、どこか心が安らぐような、古い木材やワニス、消毒剤、そして遠く離れた地下のネズミたちのにおいが甦る。

III　ブルーマー帝国

8

ベッドから出るのがつらい日がある。人と話すのにも努力が必要なくらいの日が。バスルームに行くのさえ、一歩、また一歩と、歩数を数えて進む。私が成し遂げたことと言えばこの歩みだ。練り歯磨きのふたを取り、ブラシを口まで持ち上げようと集中する。そんなことで腕を上げるのさえつらい。つくづく自分には価値がないと感じる。私がやれることには何の価値もない、特に、自分自身に対しては。〈何か言い分はある?〉コーデリアはよく私に訊いたものだ。何もないわ、と私は答える。〈何もない〉、それは私が自分自身と結びつけるようになった言葉。まるで私が無であるかのように、私には全く何もないかのように。

昨夜、無が近づいてきたと私は感じた。間近にまでは来てないが、その気配を感じたのだ。鳥の羽ばたき、ひんやりとした風、引き波の最初のかすかな力に気がつくように。ベンと話したかった。家に電話をしたがベンは不在で、代わりに自動音声が作動した。聞こえたのは明るく、落ち着いた私自身の声だった。〈お電話ありがとうございます。ベンと私はただいま電話に出ることができません。メッセージを残してくだされば、折り返しこちらからお電話をいたします〉。そしてピーという音。

空中に浮遊する肉体を離脱した声、天使の声。もしこの瞬間に私が死んでも、声はそんな風に漂い続けるだろう。死後も電子的な霊魂となって、穏やかな声で誰かの役に立とうとして。その声を聞くと泣きたくなった。

「きつく抱いて」がらんとした空間にひとり呟いた。目を閉じて、西海岸の山並みを思った。間違いなくそこは私が実際に生活しているところ、わが家なのだと独り言を呟いた。あの芝居がかった風景に囲まれた場所、厚紙で作られた映画の背景幕のように美しすぎる土地が。そこは現実味がなく、単調で平坦でもなくて、あまり薄汚れてもいない。もっとも今はそんな町になりつつあるけれど。見晴窓から見えなくなるまで、二、三マイルもあちらこちらに向かって行けば、切株だらけの土地に出る。

バンクーバーは自殺者の多い町だ。疲れ果てるまで人は西へと歩みを進める。地の果てに達すると、そこで身を投げてしまうのだ。

羽毛布団の下から這い出る。本来私は多忙な人間だ。どれ一つとしてやりたいことではないけれど、やらなければならないことは山ほどある。簡易台所の冷蔵庫をのぞき、卵を一個探し出し、ゆで卵にし、紅茶茶碗に入れて潰す。ハーブティーには見向きもしない。健康には良くない、本物のコーヒーに私はまっすぐ手を伸ばす。カップを持つ手が小刻みに震える。すぐにきりっとなると思えば元気が出る。黒い液体を飲み干しながら、切断された腕や空洞の脚の間を行き来する。このアトリエが好きだ。ここでなら仕事ができるだろう。私にとって必要な当座のものは揃っているし、適度な汚らしさもある。バラバラに壊れたモノたちが私を勇気づけてくれる。何であれ、私の方がまだましな形をしてるから。

今日は絵を壁に吊す日だ。「吊す《ハング》」とは何とも不吉な言いまわしだ。

服に私の体を押しこんでいく。自分の腕や脚を、それほど大柄ではなく、それほど健康でもない誰か他の人の体のように操りながら。今日も水色のジョギングスーツを身に着ける。服はあまり持ってきていない。手荷物を預けるよりは、機内の座席の下に持ち物全部を押し込みたい。そうすれば、飛行中にもし、何か不測の事態が起きたとしても私のバッグをつかみ出し、潔《いさぎよ》く窓から外に飛び出せる、あとには何も残さずに。心の奥ではこんなことを考えている。

広場に向かい、足早に通りを歩く。かすかに口を開けながら、頭の中で拍子を取る。〈ハッピーギャングと一緒にハッピーで行こうよ〉と歌いながら。以前はジョギングをしていたが、膝のためには良くはない。カロチンの摂りすぎは体をオレンジ色にしてしまい、カルシウムの過剰摂取は腎結石の原因になる。健康志向もほどほどだ。

がらんとしたかつてのトロントの面影はすでにない。今は人でひしめき合う。膨れ上がり、死を迎えつつあるトロント市、それだけは確かだ。交通量はすさまじい。警笛音や渋滞は茶飯事で、車は交差点の中央にまで入りこみ、信号が変わるまでずっとそこに居座っている。歩いてきて良かったと思う。通り過ぎる倉庫群のどの建物も、〈私を改装して《リノベート・ミー》！お願いだから改装して《リノベート・ミー》！〉と叫んでいるかのようだ。不動産欄でリノ［訳注 リフォームした家］という文字を初めて目にしたときはギャンブルリゾート［訳注 ギャンブルのリゾート地リノ（ネバダ州の観光都市）］のことだと思い込んだ。言葉にも私はついて行けない。

キング通りとスパディーナ通りの角まで来て、北に向かって歩いて行く。このあたりは以前、卸売りの服を買い求めに来たものだ。まだその場所はある。しかし、昔ながらのユダヤ式デリカの店は消えつつある。その後を継いだのは中国人の市場で、籐の家具や切り抜き刺繍のテーブルクロス、竹製の風鈴などが並んでいる。いくつかの道路標識は中国語の表示もあり、多文化主義が進行中だ。通りの名前の下に〈ファッション区〉と記されたところもある。かつては「区」なんてものはなかったけれど、今ではすべてが「区」だ。

回顧展の初日には新しいドレスが必要かもしれない、そんな思いに襲われる。もちろん一着は持ってきた。旅行用アイロンですでに服の皺は伸ばしていた。ジョンの作業台の隅《すみ》を片付けて、その一面をタオルで覆い、アイロン台の代わりにした。服は黒。そうした場には一番ふさわしい色だから。交響楽団の女性チェロ奏者の服のようにシンプルで、落ち着いた黒のドレス。それなら来場者よりも目立ってしまうことはない。

しかし、このドレスのことを考えると今は気が滅入ってしまう。黒い色は糸くずが目立つのに、洋服ブラシを忘れてしまった。一九四〇年代のセロテープの広告を思い出す。セロテープを裏返し、ミイラのように手に巻いて、服の埃をとる広告だ。目に浮かぶのは、おしゃれな一品ものの服と本真珠に囲まれながら、セロテープがないせいで、未亡人みたいな黒い服をけば立たせ、画廊に佇む私の姿だ。他の色だって考えられる。例えばピンク。ピンクは敵の気分を和らげて、相手を優しい気持ちにさせるという。だから女の子の赤ん坊に使われるのに違いない。不思議なことに軍隊はこれに気づかない。バラ飾りをつけた淡いピンク色のヘルメット、大隊全体が上陸地点へと、いざピンク色で攻撃だ。今こそ切り替えるべき時だ。すぐにでも少しはピンクを使ってみよう。

安売りをしているウィンドーをゆっくり眺めながら歩いて行く。それぞれが内側から明かりを灯した聖堂のようだ。陳列された女神たちは手を腰にあてているか、脚を前に突き出して、ベージュ色の顔がよそよそしい。パーティードレスがまた流行り出している。蝶結びやフラメンコ風の襞飾り、肩ひもがないものやフープスカート、布製のマシュマロみたいなパフスリーブなど、永久に過去の遺物だと思っていたが。ミニスカートも戻ってきた、相変らずひどいものだけど。だが、ミニスカートには一線を引いている。最後にミニが流行ったときも私は好きになれなかった。スカートの中が見えすぎだ。フリル付きも無理。自分がキャベツに見えてしまう。肩ひもが付いていないドレスも私は着ない。鎖骨がむき出しになってしまったり、雌鶏の足のような私の肘が目立ってしまう。必要なのは縦柄で、少し襞があるのが良いかもしれない。

セールの広告が店の中へ私を誘う。洒落た服を扱う店《ブティック》ではないけれど、「おしゃれブティック」という名の店だ。天井は低く、流行が終わる服がぎっしり並ぶ。混んでいるのが私にはうれしい。女性店員には怖気づく。服を選んでいるときに、声をかけられるのも嫌だ。さりげなく**セール**品がかかるラックをぱらぱら手繰《たぐ》る。スパンコール、ローズ柄のアンゴラや金糸もの、薄汚れた白の皮革などは避け、別のものを探してみる。望みは今と違う姿に変わること。しかし、それがますます難しくなっている。変身は若いときには造作ない。

三着を試着室に持っていく。ドル硬貨サイズの白い水玉模様のサーモンピンク、サテンの縫込みレースのメタリックブルー、もう一着は他がだめなときの安全策の黒いドレス。サーモンピンクにしたい気持ちはやまやまだけど、水玉模様は私に着こなせるかしら？　するりと服に体をとおして、ファスナーをしめ、フックで留める。いつものながらのひどい照明具合の鏡の前で、体の向きを右に左に変えてみる。もし私が店主なら、すべての試着室をピンクにして鏡に予算をつぎ込むだろう。女性が見たいものは何であれ、ありのままの自分じゃない。とにかく、最悪の光に晒された姿ではないことだけは確かである。

首を伸ばして後姿を確かめる。靴を替えたら、あるいは違うイヤリングなら、悪くないんじゃないかしら？　値札がお尻のあたりにぶらさがる。その幅広い空間に水玉模様が転がっている。後ろから眺めると、何と大きく見えるのかといつも唖然としてしまう。おそらく後姿には、背中に丘と平地が単調に広がるだけで、これといった特徴がないからだ。

振り返った瞬間に床に置きっぱなしのハンドバッグに私は気づく。こんなに年を重ねても、私は今も隙だらけだ。バッグの口が開いている。試着室の仕切りは床から三十センチほどの高さまでしか下りていない。その隙間から音を立てずに、すうっと腕が引いていく。その手は私の財布を握りしめている。蛍光色の緑の爪。

裸足の足でその手首を思い切り踏みつける。キャーッという叫び、かん高くクックッと笑う数人の声。若いギャングの予備軍たち、徘徊する女子中高生。ポトリと財布が落ち、手が触手のようにさっと引っ込む。

仕切りをぐいと押し開ける。〈まあ、あなた、コーデリアね！〉と私は思う。

だが、彼女の姿はとうにない。

9

私たちが行くことになった学校はいくぶん家から離れている。墓地を過ぎ、渓谷を越え、古い家屋が立ち並ぶ、幅の広い曲線道路を歩いて通う。学校の名はクイーン・メアリー小学校だ。朝、新しい冬靴を履き、凍り始めたぬかるみを行く。紙袋に昼食を入れ、果樹園の跡地を抜けて一番近い舗装道へと向かい、そこでスクールバスを待つ。バスは坂を登り、でこぼこ道をよろめきながらやって来る。私は新しい防寒スーツを着こんでいる。スカートは脚のまわりに巻きつけて、だぼっとしたズボンの脚に詰め込んでおく。私が歩くと、ズボンも一緒にささっと動く。学校ではズボンは許されていない。スカートをはかなくてはいけないのだ。私はそのことに慣れてない。じっと机に向うことにも慣れてない。

昼食は薄暗い明かりの灯る肌寒い校舎の地下の部屋でとる。花綱模様のような配管暖房の下、私たちは傷跡だらけの長い木の椅子に、決められた通りの列になって座る。子どもたちのほとんどは昼食時に自宅に戻る。残らなくてはならないのはスクールバスの子どもだけだ。小さな牛乳瓶が配られると、厚紙のフタに穴をあけ、ストローを差し込んで飲む。ストローで飲むのは初めてなので、すごいと感心してしまう。

校舎は古くて大きな建物で、レバー色のレンガ造りだ。天井も高く、どことなく不気味な木の廊下が続いている。ラジエーターは全開か、完全に閉じているかのどちらかなので、私たちも寒さに震えるか、暑すぎるかのどちらかだ。高い所にある薄い窓は、多くの枠で分割され、色画用紙で作った切り絵が飾られている。今は季節が冬なので雪の結晶だ。正面玄関があるけれど、子どもたちは決して使わない。裏には堂々とした入り口が二つあり、それぞれの扉のまわりに模様が彫られ、扉の上には厳かな曲線的な文字で**女子**、**男子**と記した装飾がはめ込まれている。先生が校庭で真鍮の鈴を鳴らすと、男子、女子別々の列で、クラスごと二人一組になって並び、別々の扉の中に入って行かねばならない。女の子たちは手をつなぐけれど、男の子たちはそうしない。もしも違う扉に入ったら、鞭打ちとかの罰を受けると噂されている。

私は**男子**の扉に興味津々だ。自分が男子で、違った扉から入ってみたらどんな感じがするのだろう？ちょっと覗いてみただけで鞭を受けるほどだとしたら、そこには何があるのだろう？　中にある階段には別に特別なものなどは何もなく、ごく普通の階段なのだと兄は言う。男子だから異なる教室があるわけではなく、男子と女子は一緒の教室だ。**男子**の扉から入り、結局私たちと同じ場所にやって来る。男子用トイレがあるのは理解ができる、オシッコの仕方が違うから。男子用の校庭にも納得がいく、互いに蹴ったり、殴りあったりしているから。けれど扉はどう考えていいかわからない。私は扉の向こうを見てみたい。

男子と女子に別々の扉があるように校庭にも区別された場所がある。正面の、先生用玄関の外側に炭殻に覆われた広場がある。そこが男子の運動場だ。通りに背を向けると校舎の横に小山が見える。木の登り段がついていて、すり減った片側には浸食してできた溝があり、やせ細った常緑樹が数本頂上に生えている。普段はそこが女子に充てられた場所になっていて、年長の女子が三、四人集まって頭を内側に向け、ひそひそ話をしながら立っている。時には、声を張り上げ腕を振り回し、男子が小山に突撃することがあるけれど。男子と女子の扉の外側にあるコンクリートで舗装された場所は共用の領土になっている。男子が自分の扉に入るにはそこを通らなければならないからだ。

学校で兄の姿を目にするのは整列のときだけだ。家ではブリキ缶二つと一本の紐とで間に合わせの糸電話を作った。二人の寝室の窓の間を繋いでいたので、電話の聞こえはあまり良くない。私たちは異国の不可解な言語で書かれた伝言を互いのドアの下に押し込む。XやZで埋め尽くされた伝言は解読しなければ理解できない。食卓の下で互いの足を突つき、蹴りあいながら顔は真っ直ぐテーブル掛けの上を見る。ときには合図を送るため、二人の靴ひもを結び合わせたりもする。こうしたブリキ缶越しのガサガサ音の入り込む通信や母音を欠落させた文、足で交わすモールス信号が、今や私と兄との主要な意思の疎通の手段となる。

しかし昼間、あの扉から出て行く瞬間に、私は兄を見失う。兄は雪玉を投げつけながら、ずっと前の方にいる。バスに乗っているときは、兄は年長の男子たちと一緒に後部座席の騒がしい渦の中だ。放課後は、どの学校のどの転校生にも要求される、加入儀式としてのケンカを切り抜けてきた兄は、近くのカトリック学校の男子との戦争に助っ人として出かけて行く。それは「絶えざる御助けの聖母《アワ・レディ・オブ・パーペチュアル・ヘルプ》」という名の学校だが、私たちの学校の男子たちはそれを「絶えざる地獄の聖母《アワ・レディ・オブ・パーペチュアル・ヘル》」と校名を変えて呼ぶ。この学校の生徒はひどく荒っぽく、雪玉にはひそかに石を埋め込むという。

こうしたときに兄に話しかけたり、兄やどんな男子の関心も私に向けたりしないよう気を配る。妹がいることだけで男子はからかうものだから。どんな姉妹でも、母親であってもそれは同じで、新しい服を手に入れたときみたいなものなのだ。兄は買ったばかりの服を着るときは、新品だとは気づかれないよう、できる限り汚しておく。私や母と一緒にどこかへ行かなくてはならないときは、前を歩くか通りの反対側に渡って歩く。もし私のことでからかわれたら、兄はまた彼らとケンカをしなくてはならない。私が兄に近づいたり、兄の名を呼んだりすれば兄を裏切ることになる。私はそれがわかっていたから、そうしないようひたすら努める。

それで私は女の子、つまり生身の本物の女子の中にひとり残される。けれど女の子には慣れていない。彼女らのしきたりにもなじんでない。彼女たちといると私はぎこちない。何を話してよいかもわからない。男の子の暗黙のルールならわかっている。でも、女の子と一緒だと、私はいつも、予期しない、とんでもないヘマをやらかしそうな気がしてしまう。

キャロル・キャンベルという女の子が私の友だちになる。ある意味で、彼女にその必要がある。彼女は私の学年でただ一人のスクールバス組だから。バスで通い、家に戻らずに地下で昼食をとる子どもたちはよそ者と見なされるきらいがある。振鈴が鳴り、整列の時間が来たときに一緒に並ぶ子がいない心配もある。だからキャロルはバスの中では私の隣りに座り、整列時には私の手を握り、私に耳打ちをしたり、地下にある木の長椅子に腰かけて、私のそばで昼食をとる。

キャロルは廃園になった果樹園の向かい側の古い住宅地に住んでいる。私の家よりも学校に近い黄色いレンガ造りの彼女の家は二階建てで、窓に取り付けられた鎧戸は緑色に塗られている。よく笑うずんぐり型の女の子だ。彼女が言うには彼女の髪の色は蜂蜜色の金髪で、髪型はページボーイ《ページボーイ》［訳注　肩のあたりで髪を内巻きにする髪型］といって、二か月に一度は髪をセットしてもらいに美容院に行く。ホテルの給仕や美容師のような人がいると私は全く知らなかった。私の母は美容院に行かない。戦時中のポスターの女性のように母は長い髪の両側をヘアピンで留めていた。私の髪も人に刈ってもらったことがない。

日曜日にはキャロルと妹はお揃いの服を着る。ビロードの襟の付いたぴったりとした茶色のツイードのコートや、あごの下で留めるゴムひもの付いた丸い茶色のビロードの帽子だ。彼女たちは茶色の手袋と小さな茶色のハンドバッグを持っている。彼女はこうしたことをすべて私に教えてくれる。彼女の家族は聖公会信徒だ。キャロルは私にどの教会に通っているのと尋ね、私は知らないと答える。実際、私の家族は教会には行っていない。

放課後、私たちは歩いて家路につく。朝、スクールバスが走るのとは違う道だ。裏通り沿いに進み、渓谷に架かる崩れ落ちそうな木の歩道橋を渡る。私たちはここを一人で渡ったり、子どもだけで渓谷に下りないように言われている。下には男の人たちがいるかもしれないからというのがキャロルの説明だ。それは普通の男の人じゃなく、別な種類の男の人、私たちに何かをしでかしかねない、いかがわしくて、どこの誰かもわからないような人たちだ。〈男の人たち〉と彼女がささやくときは、まるでゾクゾクさせる特別なジョークを言い出すような微笑みを浮かべる。私たちはそっと橋を渡っていく。板が腐食しかけた場所を避け、男の人たちがいやしないかと用心して。

放課後キャロルは私を彼女の家に誘い、彼女の全部の服が掛けてある自分の洋服ダンスを見せてくれる。たくさんのドレスとスカートがあり、ガウンと、それに揃いのふわふわした毛のスリッパも持っている。一か所に、こんなに多くの女の子の服があるのを私はこれまで見たことがない。

彼女はドア越しに、私たちが入ることは許されていない居間も見せてくれる。彼女自身もピアノの稽古のとき以外は入れない。居間にはソファーと椅子が二脚、それらに合わせたカーテンが掛かっている。どれもがバラの花柄で、チンツ［訳注　プリント模様の光沢のある厚地の木綿地で、特に掛け布、垂れ布として用いる］だとキャロルが教えてくれたベージュ色の生地だ。チンツという語をキャロルはまるで聖なるものの呼び名のようにうやうやしく発音する。だから私も〈チンツ〉とそっと呟いてみる。けれどそれはザリガニの一種か、兄の描く遠い惑星の異星人の名のようにしか聞こえない。

キャロルのピアノの先生は彼女が譜面を弾き間違うと定規で彼女の指を打ち、母親もヘアブラシの背やスリッパやらで彼女を叩くと教えてくれる。もっとまずいことをしでかすと父親が帰宅するまで待つ羽目になり、ベルトで彼女の裸のお尻が鞭打たれる。こうしたことはみな内緒の話だ。彼女の母はラジオ番組に出て、別名で歌を歌っているという。確かに大きな声を震わせながら居間で音階練習をするのを偶然耳にしたことがある。父親は夜になると歯を取り外し、ベッドの脇の水の入ったコップに入れておく。彼女はコップを見せてくれる。でもその時には歯は入っていない。彼女には隠しごとはないらしい。

誰にも話さないようにとキャロルは念を押してから、学校のどの男子に彼女が好かれているか教えてくれる。あなたを好きなのはどの子なのと彼女が訊く。これまで考えもしなかった質問だけど、何か答えが期待されているらしい。わからないわと私は答える。

私の家にやって来たときは、キャロルは信じられないといった様子のはしゃぎぶりで、すべてに見入る。ペンキの塗られていない壁、天井から垂れ下がる電線、仕上がっていない床、軍払い下げの簡易ベッド。「ここで〈眠る〉の？」「ここが〈食事をする〉ところ？　これがあなたの〈服〉なの？」と彼女は訊く。それほど多くはない私の服の大半はズボンとジャージー生地の上着などだ。ドレスは二着で夏用と冬用が一着ずつ、通学用にチュニックとウールのスカートが一枚だけ。もっと服が必要かも、そんな気がし始める。

私たち家族は床の上に寝ているとキャロルは学校のみんなに話す。けれど、それは田舎から来た私たちの習慣で、生活上の信念なのだと伝わるように説明する。私の家に倉庫から、他の家と同じようなマットレス付きの本物の四脚ベッドが届いたとき、キャロルはがっかりしてしまう。所属の教会を知らないとか、カードテーブルで食事をとったりすることを彼女はあちらこちらでふれまわる。こうしたことを言いふらすのは、軽蔑しているからではなくて、もの珍しい生活習慣だと思っているからだ。整列時に彼女と一緒に並ぶのは結局私なのだから、私のことでみんなに驚いてほしいだけなのだ。正確には、驚くべきことを口にして、自分が賛嘆されたいのかもしれない。ちょうど原始部族の不可解な行動を報告しているみたいに、本当ではあるが、信じがたいというような。

10

土曜日に私たちはキャロル・キャンベルを父がいる建物に連れて行く。中に入ると鼻に皺を寄せながら、「ここがお父さんが〈働いてる〉ところなの？」と訊く。私たちはヘビやカメを彼女に見せる。「オェー」というような声を出し、絶対さわりたくはないわと彼女は言う。長いことそんな気持は持たないように言われてきたから、この反応に私は驚く。スティーブンもそうだ。さわる機会が与えられて、二人が触れないものはほとんどない。

キャロルは弱虫だと私は思う。同時にそうした彼女の繊細さを少しうれしくも思う。兄はふしぎな様子で彼女を眺める。軽蔑の目で見ているのは確かだし、もし私が彼女と同じようなことを口にしたら、兄は私をからかうだろう。しかし表には出さないが、やっぱりだね、とうなずくような雰囲気が兄にはある。まるで、そうであってほしいと予期したことが現実になったみたいな感じだ。

本来なら、こんな反応を見た後で兄は彼女を無視していてもいいはずだ。けれども兄は、トカゲや牡牛の目玉の瓶でさらに彼女を試してみる。「ゲェー」と彼女は声を上げる。「〈背中〉にそいつを入れられたらどうする?」「夕食に、少しいかが?」と言いながら、兄は噛んだり、ずるずる呑み込む音を出す。

「ゲゲェー」彼女は顔をもみくしゃにして、身悶える。私はと言えば、ぎょっとしたり、吐き気を催すふりなどできはしない。そんなことをしてみても兄には嘘だとわかってしまう。とは言え、ヒキガエルバーガーやヒルのチューインガムのようなぞっとする食べ物を発案する男子の遊びにも私は加われない。もし兄と二人だけか、他の男子と一緒なら、躊躇なく参加しているはずだけど。だから私は何も言わない。

建物から戻ると私は再びキャロルの家に行く。キャロルは彼女の母の新しいツインセットを見てみたいかと私に尋ねる。私にはそれがどんなものかはわからない。けれど好奇心にそそられて、見たいわと私は返事をする。彼女は忍び足で私を母親の寝室に連れて行く。見つかったら大変よと言いながら、棚の上に折りたたまれたツインセットを見せてくれる。それはただの二着のセーターだ。同じ色だが、片方は前側の下の方までボタンが付いて、もう一着にはそれがない。私は前にキャンベル夫人が、ベージュ色のツインセットを着ているのを見たことがある。胸を突き出し、ボタン付きのセーターをケープみたいに肩に掛けているのを。これがツインセットなのだと知ってがっかりする。呼び名から双子《ツイン》か何かと関係すると期待してたから。

キャロルの両親は私の父と母のようにひとつの大きなベッドで寝ていない。代わりに二人は全く同じような二つの小さなベッドで眠る。ベッドと揃いのピンク色のシェニール［訳注　表面をビロード状にふんわりさせる織り方］織りのベッドカバーと、ベッドと揃いのナイトテーブル。これらのベッドはツインベッドと呼ばれている。ツインセットよりはずっと納得がいく。しかし、キャンベル夫妻が夜、そこに横たわっているのを想像すると、どこか奇妙な感じがする。シーツと毛布の下には、片方が口髭をたくわえ、もう片方はそれがない別々の顔が、それでも双子のように瓜二つなそっくりの姿で横たわっている。こんな印象を抱くのは、揃いのベッドカバー、ナイトテーブル、ランプ、化粧ダンスなど部屋のすべてが対《つい》になっているからだ。私の父母の部屋にはそれほど対称性がない。きちんと整頓されてもいない。

キャロルの母は食器を洗うとき、ゴム手袋をはめるという。キャロルはその手袋と給水栓に付いている切換えシャワーを見せてくれる。給水栓をまわし、流しの中にシャワーをかけ、たまたまそれが床の上にかかってしまう。するとそのとき、ベージュのツインセットを着たキャンベル夫人が入ってきて、顔をしかめ、二階で遊んでちょうだいと言う。でも、たぶん顔をしかめていたわけではない。微笑んでいるときでさえ、彼女は少し口を下に曲げるから、喜んでいるのかどうかわからないのだ。髪の色はキャロルと同じだけれど、髪全体にパーマネント・ウェーブをかけている。パーマのことを私に教えたのもキャロルだ。ウェーブと言っても水と関係はない。縫い込まれたようにきちんと整髪された、人形のような髪型だ。

私が戸惑えば戸惑うほど、キャロルはますます嬉しがる。「〈パーマ〉のことも知らなかったの?」と彼女ははしゃいで言う。いろんなことを熱心に説明し、呼び名を教え、私に見せてくれる。まるで彼女の家全体が博物館であるかのように、そしてそれらはどれも自分が集めたかのように見せて回る。コート掛けが置かれた階下の玄関に立ち、「〈コート掛け〉も見たことないの?」あなたは私の親友だわと彼女が言う。

彼女にはもうひとり親友がいる。時どき彼女の親友で、そうでなくなるときもある。グレイス・スミースという名の女の子だ。バスに乗っている時に、キャロルはその子を指でさして教えてくれる。ツインセットやコート掛けと同じように、賞賛されるべき一つのモノであるかのように。

グレイス・スミースは一歳年上で、一つ上の学年だ。学校では彼女のクラスの他の子と遊ぶ。でも放課後や土曜日はキャロルと遊ぶ。渓谷のこちら側には彼女と同じクラスの女の子がいないのだ。

グレイスは二階建てで靴箱型の赤いレンガの家に住んでいる。玄関ポーチの屋根は太くて丸い二本の白い柱が支えている。キャロルよりも背が高く、硬くて豊かな黒髪を二本の三つ編みにして垂らしている。水着の下の体のように肌は極端に青白いが、そばかすが肌全体に広がっている。彼女は眼鏡をかけている。たいていは二本の肩ひもが付いた灰色のスカートをはき、小さな毛糸の玉を小石のように散らした赤いセーターを着ている。服からはかすかにスミース家のにおいがする。それは磨き粉やカブの煮物、少しばかり鼻をつく洗濯物、そして玄関下の土が混じりあった臭気だ。私は彼女が美人だと思う。

土曜日に私はもう父の建物には行かない。その代わりにキャロルやグレイスと遊ぶ。冬なので、ほとんどいつも家の中で遊んでいる。女の子と遊ぶのはそれまでとは違い、最初はどこか妙な感じがつきまとう。自意識が働いて、自分は女の子のやることを真似ているだけだと思ってしまうのだ。けれど、じきにそれには慣れていく。

遊びを考え出すのはたいていグレイスだ。というのも、もし彼女の嫌いな遊びをしようとすれば、彼女は頭が痛いから家に帰ると言うか、私たちに帰ってちょうだいと言い出すのだ。声を荒げたり、怒ったり、泣いたりはしない。まるで彼女の頭痛は私たちのせいだというように遠回しに非難する。彼女が私たちと遊びたいと思うより、私たちの方が彼女と遊びたいと思っているので、何でも彼女の意のままだ。

私たちはグレイスが持っている映画スターの塗り絵帳に色を塗る。そこにはいろいろな衣装を身に着けて、さまざまな役を演じる映画スターが載っている。飼い犬を散歩させたり、水兵の格好で船に乗ったり、イブニングドレスを着てパーティー会場を颯爽と動きまわったりする。グレイスのお気に入りの女優はエスター・ウィリアムズだ。私には好きな女優がいない——映画を観に行ったこともない——でも、ヴェロニカ・レイクだと私は答える。名前が気に入っているからだ。ヴェロニカ・レイクの塗り絵帳は紙人形の切り抜きで、紙のつまみを折りたたみ、首のところに留めながら、水着や他のいろんな服を着せ替えできるようになっている。グレイスは私たちにはこうした服を切り取らせない。彼女がすでに切り終えたものなら、私たちが着せ替えしてもいい。色塗りは線をはみ出さない限り、次々塗り進んでも許された。彼女は塗り絵帳すべてを塗りつぶしたいと思っている。何色を使い、どこに使うかは彼女の指示だ。私の兄ならどうするかはわかる――エスターは緑色の肌に塗り、カブトムシの触角をつけ、ヴェロニカには八本の脚をつけ、それらを毛むくじゃらにする――でも私はそうしない。やっぱり私は塗り絵の服が好きだから。

学校ごっこをして遊ぶ。彼女の家の地下室には二脚の椅子と木製のテーブル、小さな黒板とチョークがある。これら一式が地下の室内用物干しロープの下にある。雨の降る日や雪の日は、スミース家の下着がそのロープに掛けてある。地下室は仕上げの内装がされていない。床はコンクリート、家を支える柱はレンガで、水道管や電線がむき出しになっている。黒板のすぐそばには石炭入れがあり、粉炭のにおいがあたりに漂う。

グレイスがいつも先生で、キャロルと私が生徒役だ。本物の学校と同じく綴り字のテストや算数の足し算をしなくてはならない。でも本物より悪いのは、絵を描く機会がないことだ。グレイスは乱雑さを嫌うので、悪い子のふりも許されない。

イートンズの古いカタログが山のように積まれたグレイスの部屋の床に座って遊ぶこともある。私は以前、大量のイートンズの通信販売カタログが置かれているのを見たことがある。北の地方にいたときにはトイレットペーパー代わりに使うため、それらが屋外便所にぶら下げられている。便所の悪臭、下方の穴でブンブンうなるハエ、あらゆる形と色合いの茶色い、昔の、あるいは最近の山盛りの便、その上に投げ落とす石灰を掬《すく》う木のへらや石灰の箱。イートンズのカタログを目にするとそれらのことを思い出す。しかしここでは、そのカタログがうやうやしく扱われる。私たちはカタログからカラー刷りの小さな人物を切り取って、スクラップブックに貼り付ける。そしてその他のもの——調理用品や家具——を切り取っては、その人物のまわりに貼っていく。人物はいつも女性だ。私たちは彼女らを「私の奥さま《レディー》」と呼ぶ。「私の奥さまはこの冷蔵庫を買う予定よ」「私の奥さまはこの絨毯にするわ」「これが私の奥さまの傘よ」などと言う。

グレイスとキャロルは互いのスクラップのページをのぞきこみながら、「まあ、あなたのはとてもすてきだわ。私のは全然だめ。〈ひどい出来〉よ」とか言う。スクラップ遊びをする時、いつも二人はこんなような言葉を交わす。彼らの声はいかにもおべっかを使っている感じで嘘っぽい。本当はそう思ってないと私はわかる。それぞれ自分の奥さまこそ良く出来ていると思っている。でもそう言わなくちゃならない。だから私も言い始める。

これはくたびれる遊びだと私は思う。こんな風に溜め込んだ物の重さ、注意して荷造りし、車に詰め込み、再び取り出さなければならない所持品の重さのことを考えるからだ。引っ越しがどんなことか私はよく知っている。キャロルとグレイスはどこにも移り住んだことがない。彼女たちの奥さまはそれぞれ一軒の家に住み、いつもそこで暮らしている。彼女らはせっせと物を買い揃え、ダイニングの調度品の一式、山と積まれたタオル、皿のセットでスクラップブックをいっぱいにするけれど、引っ越しのことなど何も考えない。

私は以前なら望みもしなかったものを欲しがり始める。ヘアバンド、ガウン、自分だけのハンドバッグ。わかりかけてきたことがある。何かが明らかになりつつある。私には未知だった女子だけの世界、女の子が行動する世界があって、そこには何の努力もせずに受け入れてもらえるのだと。誰かに追いつこうとしなくていい。できるだけ早く走ることや立派な目的を持つことも、急に大声を張り上げたりすることも、暗号を読み解いたり、合図で死んだりしなくていい。立派に、そして男の子に負けないくらい見事にやり遂げるかどうかなんて考えなくていい。床に座って、裁縫ばさみでイートンズのカタログからフライパンを切り取って、私のはひどい出来だわと言っているだけでいい。そこには何がしかの安らぎがある。

11

クリスマスにキャロルは私にフレンドシップガーデン社の入浴剤をプレゼントしてくれる。グレイスからはヴァージニア・メイヨの塗り絵帳だ。私は彼女たちの贈り物を、他の誰からのよりも先に開ける。カメラにはつきものの写真帳ももらう。ページも表紙も真黒なアルバムは大きな黒い靴ひものようなもので束ねられている。写真を貼り付けるための糊のついた黒い三角形のフォトコーナーの包みも入っている。これまで私はフィルム一巻き分しか撮っていない。シャッターを押すときは、その度ごとにどう写るか思い浮かべる。一枚もむだにはしたくない。写真が現像され戻ってくるとき、ネガも一緒についてくる。私はそれを光にかざす。実際の写真で白い部分がネガでは黒くなっている。例えば雪は黒く、人間の目玉や歯も黒い。

撮った写真を黒いフォトコーナーで写真帳に貼りつける。何枚かは兄の写真で、雪玉で脅かすようなポーズをとっている。キャロルやグレイスの写真もある。私のものは一枚だけ。九の数字が印されたモーテルの戸口に立つ写真、ずっと以前の、一か月前に撮った写真だけだ。その子はすでに今の私より、ずっと幼く、みすぼらしくて、遠い昔、何も知らないでいた頃の、縮んだ私の姿に見える。

もう一つのクリスマスプレゼントは楕円形の、赤いビニールのハンドバッグだ。金色の留め金で、持ち手が上端に付いている。バッグは家の中では柔らかくてしなやかだけど、寒い戸外では固くなる。だから入っているものが、中でガラガラ音を立てる。私は週五セントのお小遣いを入れている。

この頃までに居間には硬材の床板が敷かれる。母は膝をついてワックスをかけ、長い柄の重いモップブラシで床を磨く。波のような音を立てながら、前に後にブラシを押す。居間にはペンキが塗られ、備品が取り付けられて、幅木がはめられる。厚手のカーテンも掛けられる。みんなはそれをドレープと呼ぶ。家の中の人目に触れる公の部分が最初に完成したわけだ。

私たちの寝室には手が加えられていない。窓にはまだカーテンが掛かっていない。夜、ベッドに横になると雪の降るのが窓越しに見える、隣の兄の寝室から洩れる光に照らされて。

一年で一番暗い時期になる。昼間もあたりは薄暗い感じだ。夜に明かりが灯ると、暗闇が霧のようにあたりすべてに広がっていく。外にはほんの数か所に街灯があるだけで、しかもそれらは遠くにあって、光も弱い。家々の照明が黄色っぽい光を投げかけている。冷たい緑がかった色ではなくて、茶色味を帯びたバターみたいなぼやけた黄色だ。家中の物の色に暗闇が混じり合い、えび茶色やキノコのようなベージュ色、ぼかした緑、くすんだバラ色になる。絵筆を洗い忘れたパレットの枡《ます》のように、それらの色は少しばかり汚れて見える。

倉庫に保管されていたえび茶色の大型ソファーも持ち出されてきて家に置かれる。ソファーの前にはえび茶色と紫色の東洋風の絨毯が敷かれている。三連式のフロアランプもそこにはある。夕暮れどきのランプの光に包まれて大気がカスタードのように凝固し始める。居間の隅《すみ》には重たい光の澱《おり》が淀んでいる。夜にはドレープが閉じられる。幾重にも重なった布襞が冬に備えて引き寄せられる。おぼろ気な重たい光を蓄えて、そこに留めておこうとして。

この光の中で私は磨かれた木の床に新聞の夕刊を広げ、両膝と両肘をついて漫画を読む。漫画には目が丸い穴になっている人たちや一瞬で相手に催眠術をかけてしまう人、正体不明の連中や自分の顔を引き伸ばし、自在に形を変えてしまう人間たちが登場する。私のまわりに漂うのは、新聞紙のインクや床のワックスのにおいや、よごれた膝のにおいに混じり、むずがゆい長靴下に染みついた化粧ダンスのにおい、チクチクする格子縞の厚手のウールのむっとするにおい、猫の寝床用芳香剤みたいな綿の下着に滲むにおいだ。私の後ろにあるラジオからは、沿海州［訳注　カナダ東海岸のノヴァスコシア、ニューブランズウィック、プリンスエドワード島の三州］からのスクウェアダンス音楽が流れ、ドン・メッサー&ヒズ・アイランダーズの演奏が六時のニュースの始まりを告げる。ワニスを上塗りした黒っぽいその木製のラジオは、つまみをまわすと一つだけの緑色の目がダイヤルに沿って動く。局と局の間を動くとき、その目は宇宙空間から届く不気味な音を出す。電波の音さとスティーブンは言う。

グレイス・スミースは、今ではしばしば、キャロルと一緒ではなくて、私一人を放課後自分の家に誘う。キャロルを誘わない理由は彼女に告げている。母親のことがあるからだと。グレイスの母の体調はすぐれない、だからその日は一人の親友しか誘えないのだ。

グレイスの母親は心臓が悪い。キャロルとは違い、グレイスはこれを秘密にしていない。客人に玄関マットで靴を拭くよう促すみたいに、感情を交えず、しかも非礼にならないように自分の母のことを伝えるのだ。そればかりか、私たち二人とは共有できない特権を、つまり道徳的に勝る何かを彼女が持っているかのように得意げに語る。それは階段の踊り場に置かれたゴムの木に対する彼女の態度と同じだ。グレイスの家の唯一の植物である木、その木に触れることは私たちには許されていない。それはいかにも老木なので、葉の埃は一枚一枚牛乳で拭きとる必要がある。スミース夫人の心臓もそうなのだ。私たちがつま先立ちでそっと歩き、笑いをこらえ、グレイスの指示に従うのはこの心臓のためだ。病気の心臓にはそれなりの使い道がある。私にもそれはわかる。

午後にはいつもスミース夫人は体を休めなくてはならない。寝室ではなく居間の大型ソファーの上で靴を脱ぎ、毛糸編みの肩掛けをかけ、体を伸ばして横になる。放課後、私たちが遊びに行くと見かけるのはいつも夫人のこんな姿だ。私たちは通用口を抜けて中に入る。できるだけ静かに階段を登って台所へ向かい、二つ折りの格子扉のある所までダイニングを進み、ガラス越しに居間を覗き、夫人の目が開いているか、閉じているか確かめようとする。彼女は決して眠っていない。でも、いつ何時、母は死んでるかもしれないのよ、とその可能性をグレイスは私たちの頭に叩き込む、まるで事実に基づくかのように。

スミース夫人はキャンベル夫人とは違う。たとえばスミース夫人はツインセットを持たないし、そうした物を軽蔑している。それを私が知っているのは、以前キャロルが母親のツインセットを自慢したとき、スミース夫人は「ふーん、そうなの」と言ったけれど、それは尋ねているのではなくて、キャロルを黙らせるためだったからである。彼女は外出するときでさえ、口紅も塗らず、白粉《おしろい》もつけない。がっしりとした骨格で四角い歯、その歯の間にすき間が少しあるために一つ一つの歯がはっきり見える。赤く剥けたみたいな彼女の肌はジャガイモ用タワシでごしごし擦られたかのようだ。丸顔の地味な顔立ちで、そばかすがないだけでグレイスと同じ白い肌だ。グレイスのように眼鏡をかけているけれど、グレイスのとは違い、茶色ではなくメタルのフレームだ。真ん中で髪を分け、こめかみあたりに白髪が見える。編んだ髪を平たい王冠のように巻き上げて、ヘアピンでジグザグに留めている。

午前中だけでなくほとんどいつも、彼女は絵柄の入った室内着を身に着けている。その服の上に胸当て付きのエプロンを重ねるが、その胸当てが胸のところでたわんでいて、まるで彼女には二つではなく、一つしか乳房がないように見える。体の前面をすっかり覆う一つの乳房が下へ垂れて、ウエストでつながっている。縫い目のあるライル糸のストッキングをはいているせいで、彼女の両脚は、まるで何かが詰め込まれ、後ろで縫い合わされたかのようだ。彼女は茶色のオックスフォード靴を履いている。ストッキングではなく薄い綿の靴下をはくこともある。その上に女性の口髭みたいにうっすらとすね毛の生えた白い脚がのびている。彼女には口髭も生えている。もっともそれは目立つほどではなく、口元にかすかに気づく程度だ。大きな歯を覆うように両唇を閉めたまま、よく微笑むが、グレイスと同様に、声を出して笑ったりしない。

彼女の大きな手はごつごつして、洗い物のせいで赤くなっている。グレイスには下に妹が二人いて、洗濯物が多いのだ。その妹たちのスカートやブラウス、下着もみんなグレイスからのお下がりだ。私も兄のジャージーの服のお古に慣れっこだ。でも下着まではもらわない。グレイスの家の地下で私たちが学校ごっこをしてるとき、頭上の物干しからしずくを垂らすのは使い古して薄くなった灰色のこうした下着類だ。

バレンタインデーが来る前に私たちは学校で赤い色画用紙をハートの形に切り抜いて、紙の装飾ナプキンで飾りつけ、背の高い、薄い窓ガラスに貼り付けることになっている。自分の紙を切ってる間、私はスミース夫人の病気の心臓のことを考えてしまう。一体どんなところが悪いのだろう？　毛糸の肩掛けとエプロンの胸当てのふくらみの下に隠された心臓が、彼女の体の分厚い肉の暗がりでポンプのように動き続ける様子を想像する。タブーで秘密にされたもの。赤い色はしているけれど表面にリンゴの朽ちた部分や傷のように赤黒い継ぎ当てのある心臓。それを思うと痛みを覚える。兄がいつかガラス片で指を切るのを見たときのように、小さな鋭い痛みのたじろぎが私の体に走るのだ。しかし病んだ心臓は人を惹きつける。それは奇形に対する好奇心だ。恐ろしい宝物のように。

スミース夫人がまだ生きているかを確かめようと私は毎日毎日、格子扉のガラスに鼻をこすりつける。ソファーの袖に留められたカバーに頭をのせ、首の下に枕を置き、博物館の陳列物さながらに夫人はじっと横たわる。彼女の後ろには、踊り場に置かれたゴムの木が見える。眼鏡をはずし、振り返って私たちを見るときの、汚れを洗い落とした彼女の顔は、ほの暗い空間の中、蛍光を発するキノコのように白くて妙に明るい。私はこれからもずっと夫人のこんな姿を思い出すだろう。彼女は今の私よりは十歳は若いはず。なぜ私はそれほど彼女が憎いのだろう。そもそも彼女の脳裏に浮かんでいたことが、なぜこれほど気に掛かってしまうのか。

12

雪が次第に減っていく。家の近くの道路には泥水でいっぱいの深い穴がいくつも残される。水たまりの一帯には朝までに薄い氷の気泡ができている。長靴の踵でそれを踏み潰す。氷柱《つらら》が屋根の庇から音を立てて落ちてくると私たちはそれを拾い、アイスキャンディーのように舐める。脱いだミトンが袖からぶらぶら揺れている。学校から歩いて家に帰る道すがら、生垣の陰の芝生に湿った紙きれや去年の犬の糞が現れる。煤けた色のざらざら雪の間からクロッカスが顔を出す。側溝には茶色っぽい水が流れる。渓谷に架かる木の橋は滑りやすく、もろくなって、朽ちたにおいが戻ってくる。

私たちの家は戦争で取り残された建物のようだ。周囲には瓦礫と荒廃が広がっている。両親は両手を腰にあてて裏庭に立ち、むき出しの泥の広がりを見渡している。庭を作る算段をしているのだ。シバムギの茂みがすでにあたりに出始めている。シバムギはどんな土にも生えると父は言う。父はまた、とんずらした土建業者のことも口にする。家のまわりには表土を敷かなくてはいけないのに、あろうことか、地下室を作ったときに出た粘土をそこに広げてしまったと。「詐欺師のうえに、大馬鹿だ」

兄は隣にできた巨大な穴の水位を見つめ、穴の水が干上がれば掩蔽壕《えんぺいごう》として使おうとその時を待っている。彼は棒きれや古板で屋根を作って、穴を覆いたい。しかし穴は大きすぎ、そんなことは不可能だし、許されないこともわかっている。代わりに彼はトンネルを掘り、穴の側面に出て、そこから縄梯子で昇降しようと計画を練る。縄梯子は持っていないが、縄さえあれば自分で作れると彼は言う。

兄と男の子たちが泥の中を走りまわる。すると大きな粘土の塊が彼らの長靴の底にくっついて、怪物のような足跡が残る。果樹園跡の木々に隠れて身を屈め、叫びながら互いを狙撃する。

「お前は死んだんだぞ！」

「死んでない！」

「死んだんだってば！」

またある時は、男子たちは兄の部屋にぞろぞろと入ってきて、ベッドや床に腹ばいになり、うず高く積まれた漫画本を読む。時どき私もそれに加わる。むっとする男子のにおいに囲まれながら、色刷りの紙のページを読みふける。彼らのにおいは女子とは違う。古縄や湿った犬に似た、鼻をつく革のような、見えない所から漂うにおいがする。母は漫画を読むのを許していない。だから部屋のドアは閉められている。読みふける間、あたりは畏敬に満ちた静寂に包まれる。時おり本が交換されるとき、そっけない一言二言だけが交わされる。

兄が今収集しているのは漫画本だ。彼はいつも何かを集めてきた。あるときは数十種の乳製品会社の牛乳瓶のふただった。彼はふたを輪ゴムで留めて束にして、ポケットに入れて持ち歩く。そして束を壁に立てかけて、もっと勝ちとろうと、それを目がけ、残りのふたを投げ飛ばす。次に集めたのは清涼飲料水の瓶のふた、タバコカード、その次はさまざまな地方や州のナンバープレートの目撃記録だ。漫画本を勝ち取る方法はない。代わりにそれらは交換する。貴重本には価値の劣る三、四冊という風に。

学校では私たちは色画用紙でイースターエッグを作る。ピンクと紫、そして青い紙で窓にそれらを貼り付ける。それが終わるとチューリップだ。するとじきに本当のチューリップの季節が到来する。実物の前にいつも紙で作ったものが登場するのが決まり事のようだ。

グレイスは長い跳び縄を持ち出してきて、キャロルと二人で私にその回し方を教えてくれる。私たちは縄を回しながら歌を歌う。一本調子の暗く沈んだ感じの声で。

サロメは踊り子だったとさ、フーチークーチが彼女の踊り
フーチークーチを踊るとき、彼女のドレスはすこーちだけ。

グレイスは片手を頭において、もう片方の手を腰におき、お尻をくねらせる。完璧なくらい上品に彼女はそれを踊ってみせる。踊っているときに着ているのは、肩ひもの付いた襞スカートだ。サロメなら紙人形の色塗り帳に載っている映画スターにもっと似ているはずだと私は思う。紗のように透けたスカート、つま先に星がついたハイヒール、果物や羽根で飾られた帽子、鉛筆みたいに細くつり上がった眉。過剰なほどの華やかさ。しかし、ウールの肩ひもの付いた襞スカートのグレイスが、そんなすべて

を消してしまう。
　ボール遊びをすることもある。キャロルの家の側壁を背にして三人で遊ぶ。ゴムのボールを壁に当て、手を叩き、歌に合わせて体を回し、戻ってくるボールをキャッチする。

いつものように、動いて、笑って、お話したり、片手、そしてもう片方、片足、そしてもう片方、前を向いて手拍子を、振り返って手拍子を、後ろに前に、前に後ろに、ひねって、くねって、お辞儀をして、ご挨拶、そしてぐるっとひと回り。

〈ぐるっとひと回り〉のところでボールを投げて、キャッチする前にぐるりと体を回す。これが一番難しい、左手を使うよりずっと。
だんだんと日が長くなり、太陽が金赤色になって沈む。柳の木が橋の上に黄色い花穂を垂らしている。カエデの翼果が舗道の上にくるくるまわりながら落ちてくる。私たちはねばねばした種を割り、翼果を鼻の上につまんでのせる。空気は暖かく、目に見えない霧のように湿っている。学校に行くときは木綿のワンピースを着て、カーディガンを羽織る。でも、歩いて帰るときは脱いでいる。果樹園の老木も白やピンクの花を咲かせている。私たちはよじ登って、ハンドローションのような木々のにおいを吸い込んでみる。草に座ってタンポポの花輪を作ったりもする。私たちはグレイスの髪の三つ編みを解く。髪はごわごわした茶色のさざ波のように背中に広がる。花冠のように花輪を彼女の頭の上に巻きつける。

「あなたは王女様よ」と髪をそっと撫でながらキャロルが言う。私はグレイスの写真を撮って、写真帳に貼りつける。そこに彼女は座っている。花の冠に飾られて、とりすました様子で微笑みながら。

キャロルの家の向かい側一帯は新築の家の建設ラッシュだ。夕方になると男子も女子もみな、建設中の家によじ登る。鉋屑《かんなくず》のみずみずしい木材のにおいに包まれながら、まだ存在しない壁を通り抜け、やがて階段になるあたりの梯子に登る。禁じられてはいたけれど。

キャロルは臆病だから高い階には登らない。グレイスも登らないが、それは怖いからじゃない。誰にも、どんな男子にも、下着を見られたくないからだ。女子はズボンをはいて学校に行くことは許されてない。しかしグレイスはどんなときもズボンをはかない。だから私が、天井の張られていない梁《はり》に上がり、さらに屋根裏部屋まで登っていくときも、二人はずっと一階にいる。床のない最上階で、赤く金色に輝く夕陽を浴びて見下ろしながら、大気に浮かぶこの家の垂木の間に私は座る。落ちることなど考えもしない。私はまだ高い場所が怖くない。

ある日誰かがビー玉の袋を携え、校庭に現れると、次の日にはみんながビー玉を持っている。男子は自分たちの遊び場から離れ、**男子**、**女子**に分けられた扉の前の共用運動場に群がり始める。ビー玉で遊ぶには男子はこちら側に来なくちゃならない。ビー玉は地面が滑らかでなければ遊べないが、彼らの場所は一面炭殻だったから。

ビー玉をするときは、並べる人とはじく人のどちらかになる。はじく時はひざまずいて、照準を合わせ、ボーリングの要領で的になったビー玉に向け、自分の玉を転がす。当たれば、当てた玉とはじいた玉の両方が自分のものになる。当たらなければ、自分のビー玉は相手のものになる。並べる側になった時は両脚を広げてコンクリートの地面に座り、目の前の割れ目にビー玉を置く。もしそれがありふれたビー玉なら、相手の一個に対し二個のビー玉を用意しない限り、はじき手はあまり出てこない。的はたいてい貴重なビー玉だ。たとえば中心に赤や黄色、緑や青の花弁がひとひら入った透明ガラスのキャッツ・アイ、色水やサファイアやルビーのように非の打ちどころないピューリー、海底みたいな色の繊維を浮べたウォーター・ベイビー、メタル・バウリー、少し大型だというだけのアッジー。こうした魅力的なビー玉は勝者から勝者へ渡されていく。買うのは邪道、勝ちとらなければいけないのだ。

的になるビー玉を持つ人は自分のビー玉の呼び名を大声で呼ぶ。〈ピューリー、ピューリー、バウリー、バウリー〉。二言だけのこれらの語は歌うように引き伸ばされて、道に迷った犬や子どもを呼ぶように声は下降調になる。こうした呼び声は悲しげだ、彼らにそんなつもりはないけれど。みんなと同じように私も座る。冷たいビー玉が脚の間に転がり込むと、広げたスカートを手繰《たぐ》りよせ、私は〈キャッツ・アイ、キャッツ・アイ〉と大きな声を張り上げる。貪欲さと快いスリル以外には何も感じていないのに、どこかもの悲し気な声色で。

キャッツ・アイが私のお気に入りだ。新しいキャッツ・アイを勝ちとると、一人きりになってから、それを取り出し、光にかざし、何度も裏返して調べてみる。キャッツ・アイは本物の目に似ているが、猫のそれとは違っている。未知のものでありながら、存在していることが確かな何かの目だ。あのラジオの緑色の目や遠い惑星から来た異星人の目のように。私が大好きなのは青色だ。失くさないようビニールの赤いハンドバッグに入れておく。他の色のキャッツ・アイは当てる危険に晒すけど、これはそうしたくない。

当てるのはあまり上手ではなかったので、私が集めたビー玉は多くない。兄は百発百中だ。学校に行くときに、兄はありふれたビー玉を五つばかりクラウンロイヤルウィスキーの青い袋に入れて持って行き、その袋とポケットを膨らませて帰宅する。母からもらったねじ蓋付きのクラウン保存ガラス容器に戦利品を入れ、机の上に並べている。でも自分の腕を自慢したことはない。ただ、そこに瓶を並べておくだけだ。

ある土曜日の午後、兄は一番大事なビー玉を一つの瓶にまとめる。ピューリー、ウォーター・ベイビー、キャッツ・アイ、そして彼にとって驚異の宝石のようなビー玉を。その瓶を彼は渓谷のどこかに運んでいき、木の橋の下あたりに埋めてしまう。宝の埋蔵場所の地図を入念に描いて別の瓶に入れ、それもまた埋める。このことを兄は私に話してくれる。しかし、その理由や瓶のありかは教えない。

13

未完成の家と泥だらけの芝生、そして家のそばの土の山が私たちから遠ざかる。車の後部座席の窓越しに私はそれらを見つめている、食料の箱、寝袋、レインコートの間に押し込まれて座っているところから。私が身に着けているのは兄が着ていたジャージー生地の青い縞模様のセーターと擦り切れたコーデュロイのズボンだ。グレイスとキャロルがリンゴの木の下に立っている。スカート姿で、手を振りながら消えて行く。二人はまだ学校に行かなくてはならない。私は行かない。彼女たちがうらやましいと思う。すでにタールとゴムタイヤの旅のにおいが私を包み込んでいく。けれども私はうれしくない。新しい生活、女の子たちの生活から引き離されようとしているから。

　なじみのある眺めに身を沈める。家族の後頭部や耳の後ろ、その向うに伸びる幹線道路の白い線。サイロと楡の木、刈りとられた乾し草がにおう牧草地を走り抜ける。幅広い葉をつけた木々が遠のいて、松の木立が多くなると、大気はひんやりとして、空が氷の青さに変わってゆく。私たちは春から遠ざかっていく。最初の花崗岩の尾根、最初の湖に辿り着く。日陰には雪が残る。前のめりに座り、両腕を前の座席にもたせかける。犬になった気持ちで、耳をそば立て、クンクンにおいを嗅いでみる。

　北は都会と違うにおいがする。大気がひときわ澄んで、あたりの空気は希薄な感じだ。ずっと遠くまで見渡せる。製材所、おが屑の山、円錐型テントのようなおが屑焼却炉。銅製錬所の大煙突、そのまわりの、木も生えていない焼け焦げたような岩々、そして黒ずんだ鉱滓《こうさい》の山。冬中忘れていたものが、今またここに現れる。目にしたことで記憶が甦る。私はここを知っている。ふるさとに戻ったかのように私はそれらに挨拶をする。

　男の人たちが道路の角に、雑貨屋や銀行の外に、壁に灰色のアスファルトの屋根板を張ったビヤホールの外に立っている。彼らはウインドブレーカーのポケットに両手を突っこんでいる。先住民のように浅黒い人もいれば、日焼けしただけの人もいる。南の人たちとは違い、彼らはゆっくりと物思いにふけるように歩いている。口数が少なく、言葉と言葉のあいだには間《ま》がある。彼らと話している間、父はポケットの中の鍵と小銭をジャラジャラいわせる。水かさや森の乾燥の度合い、魚の食いつき具合を話しているのだ。父が言うところの「何てことのない会話」だ。雑貨屋の茶色い紙袋を抱えて車に戻ると、父は私の足元にそれを詰めこむ。

兄と私はごつごつした岩のある、長くて青い湖のそばの崩れそうな桟橋の端に立っている。メロンの果肉色のような夕暮れどき、遠くでアビが鳴いている。狼の遠吠えのように高い調子へと伸びていく声だ。私たちは釣りをしている。蚊がいるけれど、それには慣れているから、いちいち叩き落したりはしない。釣りは黙々と進行する。釣り糸を投げ入れる音、水に落ちるルアーの音、リールを巻き上げる音。引きを確かめようとルアーを見つめる。魚がかかると全力で網に入れる。魚を足で踏みつけ、抑え込み、頭を殴打し、両目の後ろを狙ってナイフを突く。踏む係は私、打ちつけて、突き刺すのは兄だ。黙っているが、冷静に身構えている兄の口の端が張りつめる。私の目も兄のようにきらりと光っているのかしらと思う。黄昏のピンク色の光の中、何かの獣の目のように。

今は使われていない伐採作業員の飯場に滞在する。作業員たちが眠っていた木の寝棚の中で、寝袋にもぐり、エアーマットを敷いて眠る。人が去ってほんの二年ほどなのに、そこには昔日の感が漂っている。書き込みを残している伐採人もいる。自分たちの名や頭文字、重なり合うハート型、短い猥語、女性のみだらな絵がツーバイフォーの壁の木に刻まれたり、鉛筆書きされている。私たちはふたが錆びて開かなくなったメイプルシロップの古いブリキ缶を拾う。開けてみるとシロップはカビている。このシロップの缶は墓所から掘り起こされた古代の工芸品かもしれないと私は想像したりする。

私たちは木々の間をうろついて、骨や住居を示す土の盛り上がりや建造物の輪郭を探す。丸太や石を裏返し、何があるかを確かめる。失われた文明を発見したい。でも、見つかるものはカブト虫、たくさんの黄色や白のひげ根の類い、それにひき蛙だ。人に関するものは何もない。

父は都会の服を脱ぎ捨て、本来の自分に戻った。再び古ぼけた上着にだぶだぶのズボンをはき、毛針を差したぺしゃんこのフェルト帽をかぶる。ベーコン脂で磨いた編み上げの重たいワークブーツを履き、斧を革袋に入れ、私たちを後ろに従えて、父は森の中をドシドシ進む。何年来の森林テンマクケムシの大発生に遭遇する。大喜びの父は、地の精《ノーム》のような彼の目を青灰色のボタンのように輝かせる。縞模様の剛毛を逆立てながら、毛虫が森の至る所でうごめいている。絹糸のようなもので枝からぶら下がり、払いのけながら進まなくてはならないほどの垂幕を作っている。命を吹き込まれた絨毯さながらに、虫たちは地面を川のように流れ、道路を横切り、木材運搬トラックのタイヤに潰されて、どろどろの状態になっている。あたりの木々はやけどしたみたいに樹皮がはがれ、クモの巣のようなものが幹を覆う。

「覚えておけよ。これが典型的な大発生というやつだ。これほどすごいのには、しばらくお目にかかれないぞ」と父が言う。この言い方は、森林火災や戦争の話を聞かされたときの感じを思い起させる。大惨事だという思いの中に敬意と感嘆が込められた話し方だ。

兄はじっと立ったまま、毛虫たちが波のように彼の両足を乗り越えて、反対側へ下りて行くのを見守っている。「あなたが赤ん坊だった頃、毛虫を食べようとしたところをつかまえたことがあったのよ」と母が言う。「手にいっぱい毛虫を持って、あなたは潰しまわっていたの。私が見つけたとき、あやうく口に入れるところだったわ」

「いくつかの点で連中は、全体で一匹の動物みたいなものなのさ」と父が言う。伐採人が残していった厚板のテーブルに向かい、彼は揚げたスパム〔訳注　主に豚肉製の缶入りランチョンミート〕とジャガイモを食べている。この食事の間中、父は毛虫について話し続ける。その数の多さと巧妙さ、駆除するための種々の方法を。父が語るところではＤＤＴやその類いの殺虫剤を噴霧するのは間違いで、毛虫の天敵となる鳥たちを毒殺するだけだ。一方、毛虫は昆虫だから、もともと機略に富んでいる。実際、人間よりもずっと賢いので殺虫剤は虫の抵抗力を強めるだけで、結果的には鳥を死なせ、毛虫をさらに増やすことにしかつながらない。父は別の話題へ話を変える。虫たちのシステムを狂わせて、時期尚早にさなぎにさせる成長ホルモンの問題だ。いわゆる早期熟成というやつだ。が、結局のところ、もし賭事をする人間なら、昆虫の側《がわ》に賭けるだろうさ、と父は言う。人類よりも虫の方が大昔からいたわけだし、生き残りにかけてはもっと経験を積んでいる。それにわれわれより数も多い。いずれにせよ、原爆なんてものや今の時代の成り行きを見れば、今世紀末までに人類はたぶん自分たちをこっぱみじんにするだろう。未来は昆虫のものなのだ。

「ゴキブリさ、いったんそんなことになった後に残るのは、ゴキブリだけだ」。フォークでジャガイモを刺しながら、父は陽気に語る。

私はスパムのフライを食べ、粉ミルクでこしらえた牛乳を飲む。私が一番楽しみなのは表面に浮かぶ塊だ。私はキャロルとグレイスのことを考えている。二人は私の親友だから。けれども彼らの姿格好をはっきりとは思い出せない。私は本当にグレイスの寝室の床に座っていたのだろうか？　ベッド脇の編み込み絨毯に座り、イートンズのカタログからフライパンや洗濯機やらの写真を切り取ったり、スクラップに貼り付けたりしていたのだろうか？　すでに信じがたくなっている。そうしていたことはわかっていても。

飯場の裏には木が切られた後の巨大な伐採地が広がっている。木の根と切り株だけが残っている。その向こうに砂地の一帯がある。火災後のお決まりのようにブルーベリーの茂みが出始めている。最初に火跡地雑草《ダンドボロギク》が現れると、次がブルーベリーだ。私たちはその実を摘んでブリキ缶に入れる。母は私たちに一缶につき一セントのお小遣いをくれる。ブルーベリーのプディング、ブルーベリーソース、そして瓶詰のブルーベリーを母は作る。屋外の焚き火にかけて、瓶詰作り用の大きな湯沸しでいくつも広口瓶を煮沸させる。

太陽が照りつけると砂地から熱気が揺らめきながら立ち昇る。綿のネッカチーフを三角に折りたたみ、両耳の後ろに結んでかぶる。額の部分が汗で湿る。まわりでハエがブンブン唸る。私はその羽音の向こう、その奥にいる熊の気配に耳を澄ます。熊がどんな音を立てるかはわからないが、ブルーベリーは熊の好物だと知っている。その行動は予測できない。熊は逃げ出すかもしれないが、追いかけてくるかもしれない。もし出会ったら横になって死んだふりをするといい、というのが兄の助言だ。そうすれば熊は立ち去るか、それともお前さんの内臓をあさることになるかもしれない、とも兄は言う。私は魚の内臓を見てきているのでその様子は想像できる。兄が熊の糞を見つける。青くて斑点があり、人間の糞みたいだ。棒でつついて、最近のものかどうか確かめる。

午後、ブルーベリー摘みができないほどの暑さになると私たちは湖で泳ぐ。釣りあげた魚がいたのと同じ水の中だ。私たちは背丈以上のところに行ってはいけない。水は凍るように冷たく、濁っている。砂がなくなるあたりから水深が増していく。ヘドロに覆われた古い岩、沈んでいる丸太、ザリガニ、ヒル、そして下あごの突き出た巨大なカワカマス。スティーブンによれば、魚はにおいをかぎ分ける。魚は私たちのにおいがわかるから、離れていろと忠告する。

岸辺や狭い波打ち際から突き出た岩に座り、私たちは水中にパン屑を投げ入れて、ミノウやパーチか何か寄ってこないか調べてみる。平たい石を見つけ、それを水面にかすめるよう飛ばす。自在にゲップの音を出せるよう練習したり、腕の内側に口を押し当てて、おならのような音を出してみる。口いっぱいに水を含み、どれくらい遠くまで吐いて飛ばせるかを試してみる。こうした腕比べでいつも負けるのは私だから、私はむしろ見物人みたいなものだ。でも兄は別に得意になったりはしない。たとえ私がそこにいなくても、兄は一人で同じことをするだろう。

ときどき兄はオシッコで文字を書く、わずかな砂地や水面に。出来栄えが大事だというように入念に事を行う。水泳パンツの前開きから外に向かって、手ともう一本の特別な指で慎重にアーチを描いてオシッコを飛ばす。本物の書写のように曲がりや反りに注意を払い、最後は必ずピリオドを付す。雪の吹きだまりで他の男子がするのを見かけるけれど、兄は彼らのように自分の名前や下品な言葉は書きつけない。代わりに彼が記すのは、たとえば**火星**《マーズ》。あるいはもっと気力があるときは、**木星**《ジュピター》というようなもっと長い語だ。夏が終わるまでに兄は全太陽系を三巡り以上も書き上げた、オシッコで。

九月も半ばに入る。葉はすでに暗い赤や、鮮やかな黄に色を変えている。夜、暗闇の中、屋外便所に行くときは、懐中電灯を持たない。その方がよく見えるからだ。星は冴え冴えと、水晶のように透明だ。吐く息が私の前を流れていく。窓越しに室内にいる両親が見える。灯油ランプのそばに座る二人は黒枠に入ったずっと昔の写真のようだ。そんな二人を眺めるとき、私から彼らが見えていることを、二人は気づいていないのだと思うと不安になる。まるで私が存在しない、あるいは彼らが存在しないように思えてしまう。

北から戻るのは山から下りてくるような感覚だ。透明で清涼な大気の層、遮られない光の層をいくつも抜けて、最後のむき出しの花崗岩、最後の小さな切り立った崖のある湖を過ぎ、より濃密な大気、湿気と重苦しい暖かさ、コオロギの鳴き声や南の牧草地の雑草のにおいの中へと下りてゆく。

午後、私たちの家に着く。しかし、魔法にかかったかのように見慣れない、別な家のように感じられる。泥土から、棘だらけの生垣のようにアザミとアキノキリンソウが伸び出している。隣の巨大な穴と土の山は消え、代わりに新しい家が立っている。これはどうしたことだろう？　こんな変化は予想しなかった。

グレイスとキャロルがリンゴの木々の間に立っている。私が二人と別れたちょうどその場所に。けれど二人は以前と違って見える。この四か月の間、私は二人の目立つ特徴のわずかなイメージを、頭の中で取り換え引き換えしてきたけれど、今の二人はそのどんな姿とも全く似ていない。一つには二人の身体が大きくなった。そして服が前とは違っている。

二人はこちらに走って来ない。手を止めて、見知らぬ人を見るように、まるで私はここに住んでいなかった、というように私たちを見つめている。三人目の女の子がそこにいる。何の不安も覚えずに、私は彼女に目を向ける。それまでに彼女に会ったことはない。

14

グレイスが手を振る。一瞬後にキャロルも手を振る。三人目の子はそうしない。彼女たちはアスターとアキノキリンソウの中に立ち、私が来るのを待っている。リンゴの木は、赤や黄色のかさぶただらけの実で覆われている。いくつかの実は落ちて、地面の上で腐りかけている。リンゴ酒のような甘いにおいに誘われて、たっぷり蜜を吸って酩酊したスズメバチが唸っている。足の下でリンゴが潰れる。

グレイスとキャロルは肌の色が濃くなって、青白さが目立たない。二人の容姿はさらに記憶とは隔たって、髪の色もずっと明るい。三番目の子の背が一番高い。夏物のスカートをはいたグレイスやキャロルとは違い、彼女はコーデュロイのズボンとセーターだ。キャロルとグレイスはずんぐりしてるが、この子はほっそり型である。しかし弱々しそうには見えず、痩せてはいるが引き締まった体つきだ。くすんだ金髪を長めのページボーイスタイルにして、緑っぽい目の半ばくらいまで前髪がかかっている。面長で、口元がかすかに歪んでいる。切開された後に、ねじれて縫い合わされたかのように上唇あたりが少し曲がっている。

けれど微笑むと口元はまっすぐになる。彼女は大人の女性のような微笑みを浮かべる。まるで誰かから教わって、礼儀上、そうしているかのようだ。彼女は手を差し出す。

「こんにちは、私はコーデリアよ。あなたはきっと……」

私は彼女をじっと見つめる。もし彼女が大人なら私は手をとって握手をし、どう答えるべきかもわかっている。でも子どもたちの間では、こんな風な握手はしない。

「イレインよ」とグレイスが言う。

私はコーデリアに対して気後れする。二日間、ずっと車の後部座席に座り続け、テントの中で寝泊りした。薄汚い姿とボサボサの髪が気になる。コーデリアは私から目を移し、両親が車から荷を下ろしているのを眺めている。彼女の目は値踏みして面白がっている風だ。だから振り返らなくても私には、父の古ぼけたフェルト帽や長靴、顔の無精ひげ、兄の伸ばし放題の髪やみすぼらしいセーター、だぶだぶのズボン、母の灰色のスラックスや男物のような格子縞のシャツ、化粧してない顔が見える。

「靴に犬のウンチがついているわ」コーデリアが言う。

私は足元を見る。「ただの腐ったリンゴよ」

「でも同じような色じゃない?」とコーデリアが言う。「硬くなくて、ピーナッツバターみたいに柔くてぐにゃぐにゃしてるわ」。今度の彼女の声は打ち解けた感じだ。まるで彼女と自分だけが知り、了解し合う親密な何かについて話しているかのようだ。彼女は二人だけの世界を作り、私をそこに引き入れる。

コーデリアは私の家よりずっと東の方に住んでいる。私たちの家よりもさらに新しく建てられた家々が並び、同じように泥土に囲まれている地域だ。しかし、彼女の家は平屋ではなく二階建てである。カーテンで仕切られたダイニングがあり、それを開けるとリビングとダイニングが一つの大部屋になる。一階には化粧室と呼ばれる浴槽の付いていないバスルームもある。

コーデリアの家の色調は他の家と違って暗くない。淡い灰色と淡い緑、そして白い色だ。例えばソファーは青リンゴ色。花柄やえび茶色やビロードのものはない。灰白色の額縁に収まるコーデリアの二人の姉の絵が一枚掛かっている。二人が幼かった頃のパステル画で、スモックドレスを着た二人の髪は羽毛のように柔らかく、目は霞がかかったように描かれている。生花も活けられている。何種類もの花が一緒に、どっしりとしたスウェーデン製ガラスの優美な花瓶に飾られている。スウェーデン製だと私たちに教えたのはコーデリアだ。ガラスはスウェーデン製が最高なのよ、と彼女は言う。

コーデリアの母は園芸用手袋をはめて花を活ける。私の母は花を活けたりはしない。時どき瓶に数本さして、夕食の食卓にのせておくときがある。でもそれらは運動のためにスラックスをはいて散歩するときに道端や渓谷あたりで摘んできた花だ。実際には野草の類いで、花のためにお金を使うなど母には思いもよらない。自分たちが裕福ではないことを私は初めて意識する。

コーデリアの母は掃除婦を雇っている。私たちの母親の中でそんな人を雇えるのは彼女の家だけだ。しかしその人は、掃除婦とは呼ばれていない。ただ、女の人《ウーマン》と呼ばれている。その人が来るとき、私たちは彼女の仕事の邪魔をしてはいけない。

コーデリアは押し殺した声で、あきれたように、「この前の女の人はね、ジャガイモをくすねて、見つかってしまったの。バッグに詰めたのが床じゅうに転がってね。私、とっても恥ずかしかったわ」と言う。恥ずかしいと思ったのはその女の人ではない、自分たちが、という意味だ。「もちろん彼女には辞めてもらったわ」

コーデリアの家族はゆで卵をボウルの中で潰さずに、エッグカップを使って食べる。一つ一つのカップには家族めいめいの頭文字が付いている。ナプキン・リングも頭文字付きだ。エッグカップのことはそれまで聞いたことがない。グレイスも同じだということは彼女が黙っていた様子からわかる。キャロルは自分の家にもあったような気がするとあやふやに言う。

「卵を食べ終わったらね、殻の底に穴をあけておかなくてはいけないの」とコーデリアはみんなに教える。

「どうしてなの?」私たちは訊く。

「そうしたら魔女が船出できなくなるからよ」。彼女はまるで馬鹿な人だけが聞く質問だというようにさらりと、しかし蔑むように言う。でも冗談か、からかい半分で話しているふしもある。二人の姉にもこうしたことがしょっちゅうある。本気で言っているのかどうかわからないのだ。彼女たちの話し方には、やり過ぎなくらい人をからかう調子がある。何かを真似てそうしているように感じるけれど、それが何かはっきりとはわからない。

「私はまるで〈死人同然〉」と彼女たちは言う。あるいは「私の顔って、怒っている神様みたいだわ」と。時には「私はまるっきり鬼婆ね」と言ったり、「私ってハギス・マクバッギスみたい」とも言う。

これは彼女たちが創作したらしい醜い老婆だ。けれど自分たちが死人同然だとか醜いなどと本心では思っていない。彼女たちは二人とも美人なのだ。一人は黒髪で情熱的、もう一人は金髪で、優しい瞳をして情感豊か。コーデリアは姉たちほどきれいじゃない。

コーデリアの二人の姉はパーディタとミランダだ。しかし誰もそんな風に呼んだりしない。パーディーとかミリーとかと呼ばれている。パーディーは黒髪の姉でバレエを習い、ミリーはヴィオラを弾く。ヴィオラは洋服を掛けるクローゼットの中にある。コーデリアが持ち出してきて、見せてくれる。目の前に置かれたビロードの裏地を張ったケースに納まるその楽器は神秘的で重々しい。パーディーとミリーなら、こんなことをしている自分や相手をまだるっこしい口調でやんわり馬鹿にしたりするのだが、コーデリアは、姉たちには才能があるのよと言う。才能という言葉にはワクチンを接種されたような響きがある。施されて、その印が残ってしまった感じが伴うのだ。あなたにも才能があるのと私はコーデリアに尋ねてみるが、彼女は舌先で頬を膨らませて顔をそむける。何か別なことに注意を向けているかのように。

コーデリアはコーディーと呼ばれていいはずだが、そうは呼ばれない。いつも彼女は正式な名前で呼んでほしいと言い張る。つまりコーデリアだ。三人の名前は風変わりだ。学校にはそんな名の女の子はいない。自分たちの名前はシェークスピアに由来するのよとコーデリアが説明する。だれもが承知すべきことだというように、彼女は自慢げに話す。「マミーが思いついたの」と彼女は言う。

彼女たち三人は自分たちの母をマミーと呼び、マミーのことを話すときは愛情と寛大さをにじませる。まるで彼女らの母親は賢いけれど、機嫌をとってあげなければならないわがままな子どもであるかのように。小柄で弱々しく、ぼんやりした感じのマミーは、銀色の鎖の付いた眼鏡を首からぶら下げ、絵画のクラスを受講している。作品のいくつかは二階の廊下に掛かっている。花や芝生、ビンや花瓶の緑がかった色調の絵だ。

三人はマミーのまわりに自分たちだけの共謀の網を張っている。ある事柄は母親には伝えないと約束している。「マミーにはあれは内緒よ」と確認し合う。でも母を失望させたくはない。パーディーとミリーは存分にしたいことをするけれど、母を落胆させたりはしない。コーデリアは彼らと比べてそれが上手じゃない。姉たちほど、やりたいことを十分にできず、しかもマミーをもっと失望させる。マミーが怒ったときは「あなたにはもうがっかりだわ」とコーデリアに言う。どうしようもないほどがっかりさせてしまったときは、コーデリアの父親の出番になり、事は深刻になってしまう。父の話をするときは姉妹の誰もふざけたり、まだるっこい口調で話したりしない。大柄で、彫りが深く、愛想がいいが、私たちは彼が二階で怒鳴っているのを聞いたことがある。

私たちは女の人《ウーマン》のモップがけの邪魔にならないように台所に座っている。コーデリアが遊びに降りてくるのを待ちながら。彼女はまたがっかりさせたのだ。彼女は部屋を整頓しなくてはならない。パーディーがふらりと台所に入ってくる。キャメルのコートを片方の肩にゆるりと優雅に羽織りながら、教科書を腰の片側にバランスよくのせている。ハスキーな、からかい半分の打ち解けた声で彼女は言う。「コーデリアは大人になったら何になりたいと言ったか知ってる？　お馬さんですって！」本当かどうか、私たちには知る由《よし》もない。

コーデリアはクローゼットを扮装用の衣装でいっぱいにしている。母親の昔のドレスやショール、切り取って自分の体にまとうことのできる古いシーツなどで。服はかつてパーディーやミリーのものだったが、大きくなって、もう着られない。ダイニング・ルームと仕切りカーテンを舞台に見立て、コーデリアは私たちに劇を演じてほしい。こうした芝居で彼女は観劇料を集めようと考えている。明かりを消して、あごの下から懐中電灯を照らし、不気味な笑い声を立てる。こんな風に事は進む。コーデリアは劇を観に行ったことがある。バレエも一度は観た。『ジゼル』［訳注　一八四一年にフランスで初演されたロマンチックバレエの代表作］よ、と誰もが知ってるはずとでもいうようにそっけなく言う。けれど、どうしたものか劇は彼女が望むようには実を結ばない。キャロルはくすくす笑い、自分の台詞を忘れてしまう。グレイスは指示されるのが嫌いだから、頭痛がすると訴える。彼女はトースターとかアイロン台、映画スターの衣装とか実在のものがふんだんに盛り込まれない限り、作り話に興味がない。コーデリアのメロドラマはグレイスの領域外だ。

「さあ、自殺してよ」とコーデリア。

「なぜなの？」とグレイス。

「捨てられたからよ」とコーデリア。

「いやよ」とグレイス。メイド役のキャロルがくすくす笑う。

結局、扮装はしたものの、ショールを後ろに引きずりながら、次の展開も不確かなまま、私たちはただ階段を下り、新しい芝が植えられた前庭を横切って行く。ふさわしい服がないために誰も男役を引き受けない。しかし時どきコーデリアが、パーディーの眉墨で口髭を描き、古いビロードのカーテンを身にまとい、筋書きに合わせようと、苦し紛れな試みをしたことはある。

学校からは一緒に歩いて帰路につく。今は三人ではなく四人だ。家路を半分ほど過ぎた脇道に小さなお店がある。私たちはそこに立ち寄っては一ペニーのチューインガムや赤い甘草ホイップ、オレンジのアイスキャンディーにお小遣いを使い、どれも平等に分けて食べる。下水溝にはトチの実が落ちている。湿った感じのつやつやした実。何に使うというのでもないけれど、カーディガンのポケットいっぱいにそれを詰める。私たちの学校の男の子や、カトリック系の「絶えざる御助けの聖母学校」の男子はそれをぶつけ合う。でも私たちはそんなことはしない。当たれば目が潰されかねないから。

木の歩道橋へ下りる砂利道は乾いていて埃っぽい。橋にかかるくすんだ緑色の木々の葉は夏の暑さにうなだれている。道沿いには雑草が生い茂っている。アキノキリンソウ、クワモドキ、アスター、ゴボウ、猛毒のベラドンナ。ベラドンナの実はバレンタインのキャンディーのように赤い。コーデリアは誰かを毒殺したいなら、これがよい方法だと話す。ベラドンナには湿った、ローム質のつんとくる土のにおい、そして猫のオシッコの臭いがする。このあたりには野良猫がうろついていて、私たちは毎日猫を見かけている。猫たちは身を屈めて、しゃがみ込み、土を引っ掻き集めながら、まるで私たちが追いかけている獲物であるかのように、黄色い目でじっと見る。

こうした茂みには投げ捨てられた空《から》の酒瓶やティッシュの切れ端が落ちている。ある日私たちはコンドームを見つける。コーデリアはそれがセーフと呼ばれることを知っている。昔、コーデリアがまだ小さくて、それを風船と間違えたとき、パーディーが教えてくれたのだ。それは男の人が使うものだとコーデリアは知っている。つまり警戒しなければならない男の人たちが。けれどなぜ、それがセーフと呼ばれるのか彼女はわからない。棒きれの先でつまんで調べてみる。魚の内臓か何かのように白っぽく、しなびていて、ゴムみたいだ。「ゲェー」とキャロルが声を出す。私たちはこっそりそれを坂の上に運び、道路脇の排水溝の中に押し込む。暗い水の表面にそれは青白い溺死人のように浮かんでいる。こんなものを見つけたことも汚らわしい。そしてそれを見られないように隠したことも。

木の橋は記憶していたよりも傾《かし》いでいて、腐食も進んでいる。板がはがれ落ちた部分も増えた。いつもなら私たちは橋の中央を歩く。しかし今日は、コーデリアが手すりの間近まで進んで行き、そこにもたれて見下ろしている。一人ずつ、恐る恐る私たちはついていく。この時期なので下の小川の水は浅くなっている。投げ捨てられたゴミ、使い古しのタイヤ、割れた瓶、錆びた金属の破片が見える。

川は墓地からまっすぐに流れてくるから、水には死人が溶けているのよとコーデリアは言う。だから一滴でも水を飲んだり、中に足を踏み入れたり、あるいは近づきすぎたときは、靄《もや》に包まれた死者たちが水の中から立ち現われ、生きている人を連れ去って行くのだと。こんなことが起こらない唯一の理由は私たちが橋の上にいて、橋が木でできているからだ。死者たちが流れ出すこんな川の上にいたとしても、橋の上なら安全なのだと彼女は言う。

キャロルが怖がる、あるいはそう振舞う。グレイスはコーデリアの話は馬鹿げていると言う。

「じゃあ、試してみて」とコーデリアが言う。「下りてみれば。できるんだったら」。しかし私たちに勇気はない。

これは遊びなのだとわかっている。母は散歩でここに下りていくし、兄は他の年上の男子たちとそこに行く。長靴を履き、彼らは暗渠をバチャバチャ歩き回り、木や橋げたの低いところにぶら下がったりするからだ。渓谷が禁じられている理由は死者ではなくて男の人だ。それでもやはり、死人はどんな姿なのかと私は思う。死者の存在を私は信じてもいるし、信じてもいない。同時にそのどちらでもある。

私たちは青や白の野草の花やベラドンナの実をいくつか摘み、トチの実をそれぞれに添えて、道端のゴボウの葉の上に置く。食事の真似事だけど、誰かのためにこしらえたというのでもない。作り終えると坂の上へと歩いていく。半ば花輪のようで、半ば昼食でもあるように並べたものをそこに残して。コーデリアは猛毒のベラドンナの実を触ったのだから、手はしっかり洗わなくちゃと言う。そして毒の液汁を洗い落とさなければならないと。一滴でもゾンビになってしまうから。

次の日学校から帰る時には、私たちの花の食事は消えている。たぶん男子の仕業だろう、彼らが壊しそうなものだから。でなければ、潜んでいる男の人たちだ。コーデリアは目を見開き、声をひそめ、後ろを振り返る。

「死んだ人たちに決まっているわ」と彼女は言う。「でなけりゃ、いったい誰だというの?」

15

振鈴が鳴ると私たちは**女子**の入り口の前に二人ずつ手をつないで並ぶ。キャロルと私、そしてグレイスとコーデリアは学年が一年上なので私たちの後ろだ。兄は向こうの男子の入り口の前にいる。昼休みの間は炭殻の運動場に消えてしまう。先週のサッカーの試合中、その運動場で兄は蹴られて唇を切り、傷口を縫わなければならなかった。間近で縫い目を見ると、紫色の腫れのまわりを黒い糸が囲んでいる。すごいと思う。傷によって地位が授かるのだと私はわかる。

今やズボンからスカートの生活に替わったので、体の動きに注意しなくてはならない。脚を広げて座ったり、高くジャンプしすぎたり、逆さにぶら下がりでもすれば笑いものになるに決まっている。下着の重大さを学び直す必要がある。実際、下着についてのおまじないもある。

イングランドが見える、フランスが見える、
おまえのパンツもまーる見え！

あるいは

私は何も知りません、何も私は気にしません、
パンツも何もはいてません。

これが猿のように顔をしかめながら、男子が唱える口上だ。
下着についてはさまざまな憶測が流れている、とりわけ先生たちの下着には。でもそれは女の先生に

限られる。男の先生の下着はどうでもよかった。どのみち、男の先生は多くない。何人かいるにはいたが年をとっている。若い男性はいなかった。戦争が彼らを食い尽くしてしまったから。先生のほとんどは一定の年齢を過ぎた未婚の女性だ。既婚の女性は仕事をしていない。そのことは自分たちの母親を見て知っている。年配の未婚の女性は風変わりで、どこか面白おかしなところがある。

昼休みになると毎日コーデリアは下着の話をし始める。太っていて、やたらに優しいピジョン先生はラベンダーのフリル付き、スチュアート先生は先生のハンカチとお揃いのレースに縁取られた格子縞、六十歳を越え、ガーネットのブローチをつけるハチェット先生なら赤いサテンのズボン下。実際にこんな下着があるとは思えない。しかしそんな想像をめぐらすことに、意地悪な喜びを感じるのだ。

私の担任はラムリー先生だ。暖かい晩春の頃でさえ、毎朝振鈴が鳴る前に教室の裏手に行ってブルーマーを脱ぐという。厚手で濃紺色のウールのブルーマーには防虫剤や、何か他のよくわからないにおいがすると噂されている。これは憶測や下着の発明遊びから出て来た話ではなくて、事実として伝わっている。何人かの女子は、放課後残らなくてはならなかったときに、ラムリー先生が再びブルーマーをはくのを見たと語り、さらにブルーマーが更衣室にかけられているのを目撃した別の女子もいる。暗く、謎めいた、胸の悪くなるようなブルーマーのオーラが彼女にまとわりつき、先生が動きまわるあたりの空気を染め上げる。それによって彼女の恐ろしさがさらに増す。でも、もともと怖い先生だ。

前年の担任の先生はやさしかったが、コーデリアの下着ゲームで名前が挙がらなかったほど記憶に残っていない。顔は丸パンそっくりで、肌はブラマンジェのように白い彼女は生徒の機嫌をとりながら教室を治めた。ラムリー先生は恐怖によって学級を統治する。小柄な楕円形の体つきのせいで、鉄灰色のカーディガンはまるでウエストなど存在しないかのように肩からお尻までまっすぐに下りる。先生はいつもこのカーディガンを羽織り、いつも同じような暗い色のスカートをはく。メタルフレームの眼鏡をかけ、眼鏡の奥の彼女の目はよく見えない。太めのヒールが付いた黒靴を履き、唇を見せないようにして彼女は微笑む。鞭打ちが必要なときでも、生徒を校長のところには送らない。学級全員の前で彼女自らが鞭を打つ。手を平らに差し出させ、蒼白な顔を震わせながら、黒いゴムの鞭を無駄のない、鋭く、素早い動作で打ちおろす。私たちはと言えば、思わず涙を目にいっぱいためて、恐ろしさにたじろぎながら見つめている。このとき、自分が打たれてはいないのに、聞こえるくらいシクシク泣き出す女子も出てしまう。しかし、これは賢いことじゃない。ラムリー先生はめそめそするのが大嫌いなのだ。だからこう言われる羽目になる、「おまえさんも泣きたいのかい」。私たちは背を伸ばしてちゃんと座り、目はまっすぐ正面を向き、顔は無表情を装ったまま、床に両足をしっかりと据えて、縮みあがる肉へのゴムの強打にじっと耳を澄ますことを学ぶ。

鞭打ちを受けるのはたいてい男子だ。彼らにはもっと鞭を与えてよいくらいだと思われている。それに彼らは落ち着きがない、とりわけ裁縫の時間は。私たちは母親のために鍋つかみを縫うことになっている。男子はそれを上手に作れない。縫い目が大きく、不細工だ。おまけに互いに縫い針で突《つつ》いていたずらをする。それでラムリー先生が定規で彼らのこぶしを叩きながら机の間を歩き回ることになる。

私たちの教室は天井が高く、黄褐色で、正面と片側の壁面に黒板があり、もう片側のラジエーターの上にはたくさんの仕切りがついた高い窓がある。後ろから監視されていると感じさせるよう、更衣室に向かうドアの上には国王夫妻の大きな写真が掲げられている。国王は勲章をつけ、后は白い夜会服でダイヤモンドのティアラをかぶっている。上部が傾斜し、インクを入れる穴の付いた二人掛けの丈の高い木の机が何列も並べられている。この教室は、クイーン・メアリー小学校の他の教室と変わりはないが、飾り気が少ないせいかいくぶん暗い感じが漂っている。そんな雰囲気を和らげるために、老いた私たちの先生が試みた工夫の一つが紙の装飾ナプキンを持ち寄ることだった。それで彼女の教室の窓にはいつも紙の植物が這いまわっていた。けれど、ラムリー先生がこんな風に季節の移り変わりに注意を払っていても、私たちが提出する植物は、彼女のきらりと光るメタルフレームの眼鏡の下《もと》では縮み上がって、実際よりもずっと小さく見える。だから壁と窓ガラスのがらんとした空間を覆うにはいつも不十分なままだ。それに、持ってきた秋の木の葉やカボチャの飾りに対称性がないときは先生には貼ってもらえない。彼女には基準があるから。

ものごとが昨年よりもずっと英国的になっている。私たちは英国国旗の描き方を習う。定規を使い、イングランドの聖ジョージ、アイルランドの聖パトリック、スコットランドの聖アンドリュー、ウェールズの聖デイヴィッドという、さまざまな十字を頭に浮かべながら描く。私たちの国の赤い旗には隅《すみ》に英国国旗が描かれている。もっともカナダには守護聖人はいない。私たちは地図上のピンク色の場所の名をすべて言えるよう学ぶ。

「大英帝国に陽が沈むことはありません」、ラムリー先生は巻き下ろした地図を長い木製の指示棒で軽く叩きながら言う。大英帝国に属さない国では、子どもたちの舌は切り取られます、とりわけ男の子の舌はね。大英帝国になる前のインドには鉄道もなければ、郵便制度もありませんでした。アフリカでは槍を使って四六時中、部族戦争が起こっていて、まともな服さえなかったのです。カナダのインディアンたちは車も電話も持ってなかったし、そうすれば勇気が出るという異教を信じて、敵の部族の心臓を食べたりしてました。大英帝国がそういった一切を変えたのです。電気の明かりももたらしました。

毎朝、ラムリー先生が調律笛でか細い金属的な音を吹き鳴らすと、私たちは立ち上がって「国王陛下万歳」を歌う。そして次の歌も私たちは歌う。

統《す》べよ、ブリタニア！　ブリタニアは大海原を支配する――
ブリトンの民は　断じて隷属することはない！

私たちはブリトンの民なので奴隷にはならない。でも、本物のブリトン人ではない、なぜなら私たちはカナダ人でもあるからだ。カナダにも国歌はある、これほど立派ではないけれど。

いにしえの日、ブリタニアの岸より
無敵の英雄ウルフが来て、
ブリタニアの旗を、
カナダの美しい地に立てた。
ひるがえれ、我らの誇り、我らの自尊心
共に愛し合おう、

アザミよ、シャムロックよ、バラよ
カエデの葉よ　永遠に。

私たちがこの歌を歌うとき、ラムリー先生のあごは恐ろしいくらい震えている。ウルフという名は犬の名前のように聞こえるが、彼はフランス人たちを征服したのだ。このことは私には不可解だ。なぜなら私はフランス人を見たことがあるし、北の方にはフランス人がたくさん住んでいる。だから彼がすべてのフランス人を征服したわけではないのだ。カエデの葉に関しては、赤い旗の上に描く際の一番難しい部分である。ちゃんと描けた生徒は一人もいない。

ラムリー先生は王室一家の新聞記事の切り抜きを持ってきては、教室脇の黒板に貼りつける。ガールガイド団員［訳注　一九一〇年に組織された英国の少女団体。米国のガールスカウトに相当する］の制服を着たエリザベス王女やマーガレット・ローズ王女の古い写真の切り抜きもある。ロンドン大空襲の頃にラジオ演説などをしていたときのものだ。これこそ私たちのあるべき姿だと、ラムリー先生は暗に言いたい。つまり志操堅固で、忠誠心に富み、勇敢で、英雄的であれと。

山のような瓦礫の前に立つ、みすぼらしい服を着た痩せた子どもたちが写る別の新聞写真もある。これは、ヨーロッパには多くの飢えた戦争孤児がいることを私たちに思い出させるためのものである。そのことを忘れず、私たちはパン屑やジャガイモの皮、皿の上にのったどんなものも食べ残してはならない、無駄にすることは罪なのだから。私たちは不平を漏らしてもいけない。そんな資格は私たちにはない。なぜなら私たちは幸運な子どもたちなのだから。英国の子どもたちは自分の家が爆撃された。けれど私たちは違う。私たちは家から古着を持ってくる。それをラムリー先生が紐で縛り、茶色い箱に梱包して英国に送る。私の場合は持って来られるものがあまりない。擦り切れた服は母が雑巾を作るために裂いて使っていたからだ。しかし、以前は兄のもので、その後は私のものになったものの、今では小さくてはけなくなったコーデュロイのズボン、あるいは洗濯の仕方を間違えて、縮んでしまった父のフランネルのシャツを何とか再利用から救い出した。私の服を着て歩きまわる他の人、イギリスにいる誰かのことを想像すると私は肌に不思議な感覚を覚えてしまう。大きくなって着られなくても、服は私の一部のように感じるのだ。

　これら一切の事柄は、つまり国旗、調律笛の歌、大英帝国と王女たち、戦争孤児、鞭打ちの罰でさえ、ラムリー先生の目に見えないブルーマーという不吉な濃紺色の背景と二重写しになってしまう。英国国旗を描き、「国王万歳」と歌うとき、私は必ずこのブルーマーのことを思い出す。本当にそんなブルーマーは存在するのか、しないのか。彼女がそれをはくときに、あるいは想像すらできないが、それを脱ぐときに、私はその教室にいるのだろうか。

　ヘビや蠕虫《ぜんちゅう》は怖くはない。けれど、私はこのブルーマーが怖い。万一それを目の当りにしたら、さらにおぞましい。それは侵すことのできないもの、神聖であると同時に恥辱でもあるようなものだ。ブルーマーがどこかおかしいとすれば私もおかしいのかもしれない。なぜなら誰もラムリー先生を女子とは思わないが、男子でもありえないからだ。真鍮の振鈴が鳴らされて**女子**の扉の外に整列するときに、私たちがどんな部類に属そうとも、先生もその中に含まれてしまうのだ。

IV

猛毒のベラドンナ

16

クイーン通りを歩く。漫画本専門の古本屋、クリスタルの卵や貝殻をぎっしり並べたショーウィンドー、陰気な黒っぽい服がびっしり陳列された店先を通り過ぎる。バンクーバーに戻っていられたらいいのにと思う。ベンと二人、暖炉の前から港を見渡しているときに、裏庭では巨大ナメクジが青葉を食んでいるような町なのだが。暖炉や裏庭。昔、私が旅行かばん卸売店の上に住むジョンを訪ね、このあたりにやってきた頃は思い描きもしなかった。角を曲がるとメイプル・リーフという名の酒場があり、その薄暗い店内で生ビールを飲んだりした。そこは私が裸婦デッサンを描いたり、悲痛な思いをしたことのある美術学校から信号を二つ渡ったところにある。電車が通ると正面の窓がガタゴト音を立てた。路面電車は今も走る。

「行きたくないわ」とベンに言う。

「行かなくてもいいのに。取りやめにして、メキシコに来たらいい」と彼は言う。

「そんなことしたら、ひどい迷惑をかけてしまう」と私。「いーい、あなたが女性だったら、どこであれ、回顧展を開いてもらうのが、どんなに大変かわかるはずよ」

「なぜそんなに大事なんだ」とベン。「どのみち絵は売れているんだろう」

「行かなくちゃならないの」と私が言う。「行かないのはまずいわ」。私は、「ありがとう」を言うように、頼まれたら断らないように育てられてきた。

「わかったよ」と彼。「何をしようとしているか、自分でわかっているんだね」。彼は私を抱きしめる。

本当に自分でわかっていればいいけれど。

転覆《サブ・ヴァージョンズ》はレストランに食材を提供する店とタトゥーの店とに挟まれている。この二つの店はいずれ消えるだろう。いったん、「転覆」みたいなものが近くにできると、その前兆が見え始める。

画廊のドアを開け、沈鬱な気分で中に入る。画廊に足を踏み入れるとき、いつもつきまとう感情である。そう感じさせるのは敷きつめられた絨毯だ。そして、それがもたらす静寂と、あたりに漂う偽善的な信心ぶりだ。画廊は過剰な崇敬に満ちていて、教会を思い起こさせる。跪拝でも行われている感じだ。おまけにここが絵画にとって終末の場所だというのが好きになれない。中性的な色調の壁に移動照明が当てられて、毒を消され、安全で受け入れやすいものとして作品が展示されている。まるでにおいを消し去るために、絵に消臭剤を散布し回ったかのようだ。壁に貼りついた血のにおいを。

この画廊のすべてから毒が抜かれているわけではない。最先端の感触はいくらか残る。暖房配管はむき出しで、壁の一面は黒く塗りつぶされている。まだ展示されたままの作品に、私は見向きもしない。新表現主義の薄汚い緑色や気色の悪いオレンジ色、ポスト何々、ポスト云々には嫌悪をもよおす。何もかにもがポストの時代になっている。まるで私たちはみな、その名にふさわしい本物だった過去の単なる脚注にすぎないみたいに。

何枚かの私の絵は梱包を解かれ、壁に立てかけられている。所有者を辿り、誰であれその持ち主に依頼して、作品が収集されている。誰であれとは言いながら、持ち主は私以外の人間だ。さらに不運なことに、今ならもっと良い値で売れるだろう。所有者の名は絵の傍らの小さな白いカードに記されていて、私の名前と一緒に並んでいる。単なる所有が創造と等価だとでも言わんばかりだ。もちろん持ち主たちはそう考える。

もし私が耳を切り落としたら市場価値は上がるだろうか? オーブンに頭を突っ込んだり、脳天を銃で吹き飛ばしたら、さらにその値は上がるだろうか? 金持ちの美術品収集家がとりわけ購入したいのは、ちょっとした身代わりの狂気なのだ。

正面に置かれているのは二十年前に描いた作品だ。スミース夫人がエッグテンペラで色鮮やかに描かれている。彼女は灰色の髪をへアピンで固め、ジャガイモ顔に眼鏡をかけ、乳房が一つに見える花柄の胸当てエプロンだけを身にまとっている。えび茶色のビロードのソファーにもたれかかり、昇天する瞬間だ。天国にはゴムの木が生い茂り、空には装飾ナプキンのような形の月が浮かぶ。『ゴムの木―昇天』と題する作品だ。彼女のまわりの天使たちは一九四〇年代のクリスマスのステッカーである。白い服を着て、ラグセット［訳注 布きれのようなリボンをつけてカールする髪型］の巻き毛の清潔な少女たちだ。〈天国〉という文字が子どもの学習用のステンシルセットで絵の最上部に刷られている。その時は、いかした感じだと私は思った。

思い起こせば、当時その絵は酷評された。もっとも、ステンシルのせいではなかったが。

この作品をしばらく見てはいなかった。いや、どの作品も見ていない。もし目にしていれば、あら探しを始めるはずだ。カッターナイフを絵にあてて、火を放ち、壁面から一掃したくなるだろう。最初からやり直したいと思うだろう。

奥から女性が一人、大股で近づいてくる。髪は金髪に染めたヤマアラシカット、紫色のつなぎのスーツに緑の革のブーツを履いている。とっさにこんな水色のジョギングスーツを着て来るんじゃなかったと思う。水色は軽い印象を与えてしまう。まともな女性絵描きなら誰もが身に着ける尼僧の黒、ドラキュラの黒色を着て来るべきだった。弱腰な薔薇色などにせず、血糊のついた首を思わせる吸血鬼色の口紅を塗るべきだった。けれどそんなことをしたらハギス・マックバギスみたいになってしまう。この年になると顔色はブドウジャムの赤には耐えられない。顔全体が真っ白な皺だらけに見えてしまう。

いや、このジョギングスーツで乗り切ろう。最初からそのつもりだったふりをしよう。因習打破になるかもしれない、でも彼女たちにそれが伝わるか？　水色のジョギングスーツは気取ったおしゃれからほど遠い。流行外れのいい点は流行に踊らされないことである。それゆえ、自分の服が去年のモデルになることもない。それはまた私の絵画に対する釈明だ。つまりこれまで私はそうしてきたということだ。

「こんにちは」と、その女性が私に声をかける。「イレインですよね！　写真とは違う感じだわ」。どういう意味かと私は思う。良い方、それとも悪い方？「私たち、電話でずいぶんお話ししましたわね。チャーナです」。以前ならトロントでチャーナのような名は聞いたことはない。私の手が握り潰される。彼女は十個もあろうか思われる拳鍔《ナックルダスター》のような重たい銀の指輪をつけている。「絵の並べ方を相談していたところなの」。もう二人、女性が立っている。どちらも私より五倍は画家らしく見える。抽象アート風のイヤリング、そしてその髪型。自分が野暮ったく思えてくる。

彼女らが持ってきてくれた芽キャベツとアボカドの持ち帰り用グルメサンドイッチをつまみ、カプチーノを飲みながら、私たちは絵の配置について話し合う。私は年代順が好ましいと述べたけれど、チャーナには別の考えがある。色調に合わせて陳列し、作品同士を反響させて、メッセージの伝達効果を増幅させるというものだ。気分がイライラし始めて、こうした議論に顔がこわばる。頭痛がするので失礼しますと告げたい衝動に抗《あらが》いながら、何とか沈黙を守り続ける。私は感謝しなくてはいけない、この女性たちは私の味方で、私のためにすべてを企画してくれた。私に敬意をはらい、私の仕事を気に入ってくれている。けれど私は圧倒されている。彼女たちは私と違う人種であり、私はそこには入り込めないかのように。

ジョンは明日戻ってくる、ロサンゼルスとチェーンソー殺人の仕事から。待ちきれない気持ちだ。彼の妻に内緒で、二人で昼食《ランチ》に出かけよう。うしろめたい気持ちを抱きながら。けれど元の夫との睦まじい昼食は洗練された大人の関係になったというだけのこと。食器を叩き割っていた、あのすべての修羅場の終幕なのだ。私たちは最初の最初から互いを知っている。私の年齢、そして私たちの年齢では、それがますます大事になっている。だからここにいて彼を思うとほっとする。

誰か別の女性が入ってくる。「アンドレア！」足早に近づきながらチャーナが彼女に声をかける。「遅かったわね！」彼女はアンドレアの頬にキスをして、腕をとって、私のところに連れてくる。「アンドレアはあなたのことを記事にしようとしているの、初日に向けてね」とチャーナは言う。

「聞いてなかったわ」私が答える。私は不意打ちを食らう。

「ギリギリになって思いついたのよ。良かったわ！　奥の部屋に二人をお連れするわ、いいわね？　コーヒーを持って来るわ。口コミで広めようってわけ」と苦笑いを浮かべ、付け加える。促されるままに皆と廊下に連れ出される。今もなお私はチャーナみたいな女性の言いなりだ。

「あなたのこと違った風に想像してました」腰を下ろしながらアンドレアが言う。

「違っているって、どんな風に？」私が尋ねる。

「もっと大きい方と思っていました」彼女が答える。

私は彼女に微笑みかける。「これでも前よりは大物になったのよ」

アンドレアは私の水色のジョギングスーツをまじまじと見る。彼女自身は画家公認の黒の服、しかも一九六〇年代初頭の遺物のような私の服とは違う艶のある黒だ。彼女は、明らかにスプレー缶塗料で染めた赤い髪を、どんぐりの帽子みたいな髪型にしている。こちらが動揺するくらい彼女は若い。実際は二十代に違いない。しかし、私には十代にしか見えない。たぶん私など、彼女の高校時代の教師か誰かみたいに薄気味悪い、中年のダサいオバサンに映っているだろう。私をやっつけようと手ぐすね引いているかもしれない。おそらく勝ち目は彼女にある。

私たちはチャーナの机をはさみ、向かい合って座っている。アンドレアはカメラを置いて、テープレコーダーをいじっている。彼女はこれを新聞に載せるのだ。「家庭欄《リビング》の記事です」と彼女は言う。その欄のことは知っているが、かつては女性欄と言っていたものだ。今ではそれが「家庭欄」と呼ばれているのはおかしな話だ。まるで女性だけが生きていて、スポーツなどの他の欄は死人のためみたいに聞こえてしまう。

「家庭欄なの？　確かに私は二人の子の母親だし、ケーキも焼くわ」と私は言う。本当のことだが、アンドレアは不快な面持ちで私を見ながら、テープレコーダーのスイッチをカチッと入れる。

「名声にはどう対処しているのですか？」と彼女は訊く。

「名声なんておこがましい。名声というのは、例えばエリザベス・テーラーの胸の谷間のことよ。こんなこと、ただのメディアのちっぽけな吹き出物にすぎないわ」と私は答える。

彼女はニヤリと笑う。「それでは、あなたの世代の画家《アーティスト》、つまりあなたの世代の女性画家ということですが、彼女たちについて何かお話しくださいませんか？　彼女らの野心とか目標とかについて」

「画家って、あなたは絵描き《ペインター》のことを言っているのですね。でもどの世代のこと？」私が聞き返す。

「七十年代と思っています。つまり、女性にというか——あなたに注目が向けられ始めた時代のことです」と彼女は答える。

「七十年代は私の世代ではないわ」私は答える。

微笑みを浮かべ、彼女は訊く。「じゃあ、どの世代ですか？」

「四十年代よ」

「四十年代ですか？」彼女に関する限り、この時代はすでに考古学の領域だ。

「でもあなたはその頃は……」

「それは私が育った時代よ」私は言う。

「なるほど、〈形成期〉ってわけですね。どんなところがあなたの作品に反映しているかお話くださいませんか？」

「色彩よ」と私は答える。「私の色使いの多くは四十年代のものなの」。私の態度は和らぎ始める。少なくとも彼女はやたらと「みたーい」とか「ねぇー」などと言ったりしない。「戦争もそうね。戦争を覚えている人とそうでない人がいる。そこが別れるところ、違ってしまうところなのよ」

「戦争って、ヴェトナム戦争のことですか？」彼女は訊く。

「まさか」と私は冷たく答える。「第二次大戦のことよ」。彼女はちょっとビクッとしたようだ。まるで私が死者の世界から甦ってきたものの、まだ完全には甦りを果たしていないかのように。彼女は私が〈それほどの〉年齢だとは思っていなかったのだ。「それでは、どんなところが違うのですか？」と彼女は訊く。

「私たちは集中力が長く続くの」と私は言う。「皿にのっているものは残さずに食べる、糸を節約し、やりくりの算段をするのよ」

彼女は戸惑っている様子だ。四十年代について私が言いたいことはそれがすべてだった。私は汗ばみ始める。まるで歯科医にかかっている気分だ。あられもなく口を開けている間、口腔内ライトと検歯鏡を持った見知らぬ誰かが私に見えない咽喉の奥の何かを凝視している。

彼女は機転を利かせ、戦争から女性へ話題をずらす。それこそ彼女が持って行きたい話である。女性の画家は男性の画家よりも大変ですか？　差別されたり、見くびられたりしませんでしたか？　子どもを持つことについてはどうお考えですか？　私は期待にそぐわない返答を繰り返す。どのみち絵描きはみな見くびられていると思います。子どもたちが学校に行っている間に、誰でも絵を描けますよ。私の夫は本当にすばらしい夫で、私をいつも助けてくれます、金銭的なことも含めてね、と言う。それがどちらの夫のことかは伝えない。

「それでは、あなたは男性に支えられていることに屈辱を感じないわけですか？」と彼女は尋ねる。

「女性はいつも男性を支えているわ、だから少しばかり、逆の立場で支えてもらって何がいけないの？」と私は答える。

私が話すことは必ずしも彼女が聞きたいことではない。私に話してほしいのは男性から受けるひどい仕打ちの方なのだ。もっとも彼女は若すぎるので自身の体験を語れそうにない。しかし、私たちの世代の人間は非道な扱いを受けてきたとされている。少なくとも侮辱や、酷評などといった経験を。男性の美術教師は、お尻をつねったり、かわい子ちゃんと呼んでみたり、なぜ偉大な女性の絵描きがいないと思うかねと訊いたりした。彼女は私が激しい気性の持ち主で、風変わりであってほしいのだ。

「だれか女性の恩師はおりましたか？」

「女性の何とおっしゃった？」

「教師というか、あなたが敬う女性の絵描きのことです」

「じゃあ、女恩師ということね」意地悪く私は確認する。「一人もいなかったわ。私の恩師は男性だったわ」

「それはどなたですか？」と彼女は訊く。

「ジョセフ・ハービックという人よ。彼は私に親切だったわ」私は急いで付け加える。彼は彼女の期待に添うはずだが、それ以上は訊かないだろう。「彼は私に裸婦の描き方を教えてくれたわ」

これが彼女を仰天させる。「じゃあ、どう思われますか、たとえば、フェミニズムのことは？」と彼女は訊く。「多くの人があなたをフェミニストの絵描きと呼んでいます」

「まったく、何てことでしょう」と私は答える。「私は党派主義が大嫌い。隔離主義も嫌いなの。ともかく、私はすでに年を取りすぎていて、そうした用語は思いつきもしなかった。あなたの方は逆に若すぎて、理解できないでしょう。だから、こういうことを議論して、いったい何の意味があるの？」

「あなたにとってそれは意味のある分類ではないですか？」と彼女は訊く。

「女性が私の作品を気に入ってくれるということで私はいいの。なぜ、それではいけないの？」

「男性はあなたの作品を好むでしょうか？」彼女は陰険に訊いてくる。彼女は私のこれまでの作品を調べてきている。

「どの男性のこと？」私は訊く。「必ずしも皆がみな私の作品を好きなわけではないわ。でも、それは私が女性だからじゃない。ある男性の作品が好きになれないとしたら、それはその人が男性だからじゃないの。ただその作品が嫌いだからよ」。私の主張は心許ない。そんな自分が腹立たしい。私の声は穏やかだ。しかし私の内部でコーヒーが煮えたぎる。

彼女は顔をしかめ、テープレコーダーをいじくっている。「ではなぜこうして女性ばかりを描かれるのですか？」

「私が何を描くべきだと言うの？　男性？」と私は訊く。「私は絵描きなのよ。絵描きは女性を描くの。ルーベンスは女性を描き、ルノワールも女性を、ピカソも描いたわ。みな女性を描くの。女性を描くことの何が悪いの？」

「でもあんな風な描き方ではありません」と彼女は言う。

「どんな風だと言うの？」と私は訊く。「ともかく、私の描く女性がなぜ、他の人が描く女性と同じでなくちゃならないの？」私は自分が爪を噛みそうになるのに気づいて、こらえる。追い詰められたネズミのようにすぐに私の歯はガチガチ鳴るだろう。彼女の声がしだいに遠のき、ほとんど聞きとれなくなっていく。けれど彼女の姿は見えている。セーターの首のあたりのうね織り模様、彼女の頬の細かなうぶ毛、そしてボタンの輝きもとても鮮明に見えている。私の耳に届くのは彼女が声に出してないことだ。〈あなたの服は変。あなたの作品はクズ。背筋を伸ばして座り直し、つべこべ言うのはやめなさい〉

「じゃあ、なぜあなたは絵を描くのですか？」彼女は尋ねる。再び彼女の声がとてもはっきり聞こえてくる。私や私の拒絶に対する彼女の憤りが伝わってくる。

「誰だって何かするでしょう？」と私は答える。

17

午後の光が日ごとに早く薄れていく。学校からの帰り道には、私たちは落ち葉を焚く煙の中を歩く。

雨が降ると室内で遊ばなくてはならない。私たちはスミース夫人の心臓を気遣って、静かにグレイスの部屋の床に座っている。のし棒やフライパンやらを切り取り、それを私たちの紙の奥さま《レディー》のまわりに貼りつけながら。

しかし、コーデリアはこうした遊びはさっさと切り上げる。グレイスの家にあれほどイートンズのカタログがあるわけを、コーデリアは即座に察したようだ。スミース家では家族全員がそんな風にして服を手に入れている——イートンズの通販カタログを見て注文するのだ。カタログの女児服部門には格子縞のドレス、肩ひも付きのスカート、グレイスや彼女の妹たちが着ている冬用コートが載っている。表面がぼこぼこしていて、丈夫そうな毛織地で、フードの付いたそのコートには若草色、紺青色、えび茶色の三色がある。自分なら通販で買ったコートは絶対着ないとコーデリアはさり気なく私たちに言う。ただし、グレイスには聞こえないくらいの声の大きさで。他の二人と同様に彼女もグレイスとは仲良しでいたいと思っている。

コーデリアは調理用品のページを飛ばし、ぱらぱらカタログをめくっていく。ブラジャーのページ、手のこんだレース飾りが施され、補強用布がついたコルセット——いわゆる体型補正用下着——のページのモデルに彼女は口髭を描き入れる。ベージュ色の石膏で塗られたようなモデルの体。コーデリアは鉛筆で彼女たちの腋の下や乳房の間に体毛を描き込んでいく。クックッと鼻先で笑いながら、解説文を読み上げる。「『優美なレースがすてきに縁どり、成熟した体型をしっかり支えます』。つまりデカパイという意味ね。これを見て！　——〈カップ〉サイズよ！　ティーカップみたい！」

乳房はコーデリアを魅了する。と同時に嘲《あざけ》りの気持ちが彼女を満たす。彼女の二人の姉たちはすでにそんな乳房になっていた。パーディーとミリーはツインベッドと襞飾りのついた小枝模様の薄い木綿のカーテンのある部屋で爪やすりをかけながら、小さな笑い声をたてて座っている。あるいは茶色いワックスを台所の小型のポットで温めて、二階に運び、両脚の上に広げて塗ったりする。鏡をのぞきこみながら、悲しげな顔で言う――「まるでハギス・マックバギスみたいだわ！　月経っていやぁね！」。彼女たちの屑かごは朽ちかけた花のようなにおいがする。

姉たちはコーデリアに、幼いあなたには理解できないことがあるのよと伝える。でも結局は、それがどんなことか彼女に教えてしまう。コーデリアは声をひそめ、目を見開き、耳にした真実を私たちに話す。月経という、脚の間から出血する期間のことだ。私たちには信じがたい。彼女は証拠を差し出してみせる。パーディーの屑かごからくすねてきた生理用ナプキンだ。それには干からびた肉汁みたいな茶色いかさぶたがついている。「それは血じゃないわ」とグレイスが不快そうな表情を浮かべながら言う。私もそう思う。指を切った時の血とは全然違うからだ。コーデリアは憤慨するが、証明できない。

それまで大人の女性の体について考えたことはあまりなかった。けれど今、こうした体が真実のおぞましい光の中に露わになる。異様で不気味な、毛深く、どろどろとした、醜悪な肉体が。私たちはパーディーとミリーが脚からワックスをはがしている部屋の外をうろついて、彼女たちが痛くて悲鳴を上げる様子をくすくす笑いながら鍵穴から覗く。なぜか理由はわからないが、二人は私たちを当惑させる。笑われていることに気づくと二人は戸口にやって来て、私たちを追い払う。「コーデリア、あんたも、友だちのおちびちゃんたちも、あっちに行ってくれない！」二人は不吉な微笑みを湛えている、まるで私たちに差し迫っていることをすでに知っているかのように。「じきにあなたたちにも分かるわよ」と彼女たちは言う。

　その言葉は私たちを恐れさせる。体が膨れて柔らかくなり、首の回りに巻かれた、目に見えない鎖で抑えつけられているかのように、走るのではなく歩いてしまうというような、彼女たちに起こったすべてが私たちにも起こるのだ。私たちは通りを歩く女の人や先生たちの乳房を密かに観察し始める。母親に対してはそうしない。あまりに身近な存在なので気まずく感じてしまうからだ。私たちは体毛が濃くなりはしないかと脚や腕を点検する。そして胸が膨らんでこないかと。しかし、今は何も起こっていない。これまでのところは安全だ。

　コーデリアはイートンズのカタログの後ろのページをめくっている。そこには松葉杖やヘルニアバンド、人工装具などの白黒写真が載っている。「乳房吸引ポンプ［訳註　搾乳器のこと］ですって」と彼女は言う。「これを見て。きっとオッパイを大きくするものよ、自転車のポンプみたいに」。でも私たちは何を信じたらいいのかわからない。

　母親には聞けない。母親たちが服を脱いだ姿を想像することや、そもそも彼女たちの衣服の下に肉体が存在すると意識することさえ難しい。彼女たちが語らないことがたくさんある。私たちと母親たちの間には埋めきれない溝がある。はるか下方へと降りている深淵だ。そこは言葉にならないものに満ちている。母たちは新聞紙を厚く重ねて汚物を包み、紐で結ぶ。それでもなお、磨いたばかりの床に汚物からのしずくが滴り落ちる。彼女らはズボン下やネグリジェ、靴下、愛情行為を露わにする汚れ物を洗い、すすぎ、灰色がかった凝乳のような水の中に手を突っ込む。洗い上げると、物干しいっぱいに洗濯物を広げる。母たちはトイレの洗浄ブラシ、便座のことも、病原菌についても知っている。どんなに磨き上げても世界は汚いものだから、私たちの下劣でつまらない問いなど歓迎しないのだ。だから代わりに私たち子どもの間で長いひそひそ話が交される、恐怖を蓄積させながら。

コーデリアは、男の人は脚の間にニンジンが生えていると言う。本当はニンジンではなくて、もっと悪いものが。それは体毛に覆われている。その先端から種が出て、女の人のお腹に入ると、望もうと望むまいと、それが大きくなって赤ちゃんになる。まるで耳たぶにするように、ニンジンに穴をあけたり、輪飾りをつけてもらう男の人もいるという。

コーデリアはどんなふうに種が出るのか、それがどんなものかははっきりわからない。目には見えないのだと彼女は言う。そんなはずはないと私は思う。もし本当に種ならば、むしろ鳥の粒餌かニンジンの種のように、長くて細かいはずだ。それに彼女はそのニンジンがどうやって体の中に入り、種が植え付けられるかも説明できない。おへそが可能性の高い場所だけど、もしそうだとしたら切り傷か裂けた跡があるはずだ。事の次第のすべてが疑問に満ちている。それに、ひょっとして自分たちがこうした行為によって生まれたのかもしれないと思うとおぞましい。私はベッドのことを考えてみる。こうしたことが起こると推測される場所のことを。いつも小ざっぱりとしたキャロルの家のツインベッド、コーデリアの家の優雅な天蓋ベッド、かぎ針編みのベッドカバーや、ウールの毛布を重ねたグレイスの家の、とても立派で黒味を帯びたマホガニー色のベッド。これらのベッドそのものが否定であり、否認なのだ。私はキャロルの母親の歪んだ口元や、白髪交じりの三つ編みをヘアピンで冠のように固めたスミース夫人を思い浮かべる。唇をきっぱり閉じて、威厳に満ちた彼女たちは背筋を伸ばしてすっくと立つ。彼女たちならそんなことは許さないだろう。

「神様が赤ちゃんを作るのよ」とグレイスは、これ以上話し合うことなど何もないと示唆するような、彼女らしい断定的な口調で言う。彼女はきっぱりと口を閉じ、軽蔑したような微笑みを浮かべる。それで私たちは安心する。私たちでなく、神様がなさることなのだ。

けれど疑いは残ったままである。たとえば私はいろいろなことを知っている。「ニンジン」という呼び名は正確じゃない。私は、片方の背にもう一匹が乗り、つながって飛び回るトンボやカブト虫を見たことがある。それが「交尾」と呼ばれることも知っている。葉の上や毛虫の上、あるいは水面に卵を産みつける産卵管についても知っている。父が自宅で添削する昆虫のスケッチには、きりラベルが貼られて載っている。女王アリや雄を食べてしまう雌カマキリについても知っている。こうしたことはどれも助けにならない。丸裸で、スミース氏が夫人の背中にぴったりくっついている様子を思い浮かべる。飛んでいる姿を加えなくても、こんな場面を想像したところで疑問は解けやしないだろう。

兄に尋ねることもできる。確かに兄と私はかさぶたや足指の間の垢を顕微鏡で調べたり、薬品漬けの牡牛の目玉やはらわたをえぐられた魚、枯れた丸太の下に潜む生き物たちやどんなものにも動揺しない。でも、こんな質問を彼にするのは下品だし、彼を傷つけることにもなりかねない。私は兄が特別の指を器用に使い、反りや曲りのある筆記体で砂上に記した木星《ジュピター》のことを思い出す。コーデリアの説明では、結局それは体毛に覆われることになる。おそらく彼はそれを知らない。

コーデリアは男の子がキスをするときは舌を相手の口に入れるという。私たちが知っているような少年たちじゃなく、年上の連中のことだ。彼女はこの話を、私の兄がキャロルのそばで「なめくじジュース」や「鼻くそ」について話すのと同じ口調で語る。そしてキャロルは同じように反応する。同じように鼻に皺を寄せ、同じように身悶えする。コーデリアはますますひどくなってきてるわねとグレイスは言う。

私は中心街の舗道で時どき見かける唾のことを考える。あるいは肉屋で見かける牛の舌。自分の舌を他人の口に入れるなんて、何でまた、そんなことをしたがるのか？　もちろん私たちに吐き気を催させるためだ。ただこちらの反応を見たいだけ。

18

私は黒いゴムの踏み板が釘で止められた地下の階段を上がっていく。スミース夫人は胸当てのついたエプロンをかけて台所の流しに立っている。昼寝を終え、今は起き上がって、夕食の準備をしている、ジャガイモの皮を剥きながら。彼女はいつも何かを剥いている。その皮がごつごつした彼女の大きな手から長く青白い渦巻きを描いて落ちる。彼女が使う皮むきナイフは使い尽されて薄くなり、三日月のような細長い刃がかろうじて残るだけだ。湯気が立ちのぼる台所からマローファット豆と骨を煮込むにおいがする。

スミース夫人が振り返って私を見る。左手には皮を剥いたジャガイモが、右手にはナイフが握られている。彼女は微笑みながら、「あなたのお家は教会に行かないんですってね。グレイスが言ってたわ」と私に声をかける。「よかったら、私たちと一緒に来てみたら。私たちの教会に」

「そうよ」私の後ろから階段を上ってきたグレイスが言う。それはうれしい誘いでもある。キャロルやコーデリアがいないなら、毎日曜日の午前中は私がグレイスを独り占めにできる。グレイスは今も魅力的で、みんなが一緒にいたいと思う女の子だ。

この計画を両親に告げると、二人は不安そうな表情だ。「本当にあなたは行きたいの？」と母が念を押す。幼いとき母は有無を言わせず教会に通わされていたという。彼女の父はとても厳格な人だった。日曜日には口笛を吹いてもいけなかった。「本当に行きたいの？」

子どもを洗脳するのは賛成できないと父は言う。宗教に関しては、大人になれば自分なりの判断ができる。偏見や不寛容もさることながら、宗教はあまたの戦争や虐殺を招く原因になってきたというのが父の考えだ。「教育を受けた人間は聖書について知っているべきだ。しかし、この子はまだほんの八歳だ」と父が言う。

「もうすぐ九歳よ」と私は言う。

「仕方がないなあ、だが、聞いた話を何でも鵜呑みにしないことだ」と父は私に忠告する。

日曜日、私は母と選んだ服を着る。濃い青色と緑のウールの格子縞のドレスを着て、白いうね織りの長靴下をはく。長靴下はガーターベルトでごわごわした白い綿のブラウスに取り付けられる。以前より衣装持ちにはなったけれど、私はキャロルみたいに母親と一緒に服を選びに行ったりしない。母は買い物が好きではなかったし、縫い物もしない。私の女の子用の服は、私より年長の娘を持つ母の遠方の友人から譲り受けたお下がりだ。だから服はどれも私の体にぴったり合わない。裾がだらりと垂れていたり、袖が腕のところに寄り集まる。服とはそういうものだと思っている。でも白い長靴下は新品だ。学校にはいていく茶色のものよりずっとチクチクするけれど。

私は赤いビニールのハンドバッグから青いキャッツ・アイのビー玉を取り出して、タンスの引き出しの中に置き、代わりに献金用にと母がくれた五セント白銅貨をバッグに入れる。わだちの多い道を歩き、グレイスの家に向かう。まだ長靴の時期ではないので短靴を履いている。ベルを鳴らすとグレイスが玄関を開ける。私を待っていたに違いない。彼女もドレスを着て、白い長靴下をはき、三つ編みの先端には濃い紺色のリボンを結んでいる。彼女は私の姿をざっと見る。「帽子をかぶっていないわ」と彼女が言う。

スミース夫人は玄関に立ち、玄関先の階段に置きざりにされた孤児を眺めるみたいにじっと私を見つめている。彼女はグレイスに二階からもう一つ帽子を探してくるように言う。グレイスが持ってきたのは、ゴムのあご紐の付いた紺色の古びたビロードの帽子だ。小さすぎるけれど、当座はこれで間に合わせましょうとスミース夫人が言う。「私たちの教会にはかぶり物なしで入ることはできないのよ」と言い添える。彼女は〈私たちの〉というところで語気を強める。まるで頭を覆わなくても許される他の劣った教会があるかのように。

スミース夫人には姉妹がいて、彼女も一緒に教会に行くことになっている。ミルドレッドおばさんという。夫人よりも年上で、中国で布教をしていたことがある。彼女もごつごつした赤い手で、同じメタルフレームの眼鏡をかけ、スミース夫人と同じように髪を冠のようにヘアピンで固めている。ただし彼女の方は髪全体が白髪で、顔のうぶ毛も白くて厚い。二人がかぶる帽子はどちらも端が所々浮き上がり、まるでぞんざいに包まれたフェルトの小包みたいな感じだ。数年前のイートンズのカタログでこんな帽子を見たことがある。高い頬骨、つやつやした暗赤色の口元のモデルたちが、なめらかに後ろに梳《す》いた髪の上にその帽子をのせていた。スミース夫人と彼女の姉がかぶると、それはまるで違って見える。

スミース家の全員がコートを着て帽子をかぶり終えると、私たちは車に乗り込む。スミース夫人とミルドレッドおばさんは前の座席に、私とグレイスと二人の小さな妹は後部座席だ。私はまだグレイスを崇拝してはいたけれど、それは身体的な理由からでは全くない。だから彼女にぴたりと体を寄せて、後部座席に押し込まれていると私は動揺してしまう。私の顔の真ん前でスミース氏が運転をする。背が低く、頭が禿《は》げていて、ほとんど顔を合わせたことがない。キャロルやコーデリアの父親も同様だ。毎日の家の中の生活では、父親はたいていい見えない存在だ。

ほとんど人気《ひとけ》のない日曜日の通りを路面電車の軌道に沿って車は西へと走っていく。車内にスミース家の人たちの吐く息が充満する。乾いた唾液みたいなむっとする臭い。教会はレンガ造りの大きな建物だ。てっぺんには十字架ではなくて、玉ねぎのような形の丸いものがあり、それがくるくる回っている。たぶん、何か宗教的な意味があるはずのこの玉ねぎについて私が尋ねると、あれは換気装置なのよとグレイスが答える。

スミース氏が駐車すると私たちは車を降りて中に入る。グレイスが会衆席だと教えてくれた黒光りのする木の長椅子に私たちは一列に座る。教会の中に入るのは初めてだ。高い天井には鎖で吊り下げられた朝顔みたいな形の照明があり、正面の飾り気のない金色の十字架には白い花を挿した花瓶が添えられている。その後ろには三つのステンドグラスの窓が見える。一番大きな中央の窓には両手を横に差し出した白衣のイエス様と彼の頭上を舞う一羽の白い鳥が描かれている。その下には文字の間に中黒のある、黒く太い聖書字体で、「**神の・王国は・あなたの・中に・ある**」［訳注「ルカによる福音書」十章二十一節」と記されている。左のステンドグラスにはピンクがかった赤い衣をまとい、横向きに座るイエス様が描かれ、膝には二人の子どもがもたれている。そこには、「**幼き・子ら・を・許せ**」［訳注「マルコによる福音書」十章十四節」と書かれている。どちらのイエス様にも後光が差している。反対側には青い衣をまとった女性。彼女には後光は見えず、顔の一部が白いスカーフで覆われている。籠を携え、片手を下に伸ばしている。足元には男の人が座っていて、包帯のようなものが頭に巻きつけられている。そこには、「**これらの・うちで・もっとも・偉大なるものは・慈悲の心・である**」［訳注「コリント人への第一の手紙」十三章十三節」とある。これらの窓の縁取りには葡萄の蔓や葡萄の房、そしてさまざまな花が描かれている。背後から差し込む光にステンドグラスが彩られる。私はその輝きに目を奪われる。

そのときオルガンの音が鳴り響き、全員が立ち上がる。が、私はどうしてよいかわからない。グレイスがすることを見つめて、彼女が立ち上がるとき、自分も立ち、座るときには私も座る。歌っている間、彼女は讃美歌集を開いたまま、指で示してくれるけれど、私が知っている歌はひとつもない。やがて日曜学校の時間になり、他の子どもたちと列になって私たちは教会の地下に降りていく。

日曜学校の部屋の入り口には黒板があり、そこには色チョークの活字体で「**キルロイ参上**」と誰かが落書きを残している。その横に塀から覗きこんでいる男の人の顔と鼻が描かれている。

日曜学校も普通の学校のようにクラスに分かれる。でも先生たちはずっと若い。私たちの先生は十代の後半で、ベールの付いた水色の帽子をかぶっている。クラスはみんな女の子だ。先生は聖書の中から、ヨセフと色とりどりの彼の外套の話を私たちに読み聞かせる。そして暗記することになっていた箇所を女の子たちが読み上げるのに先生が耳を傾ける。私は椅子に座って両足をぶらぶらさせている。私はまだ何も暗記していない。先生は私に微笑みかけて、毎週来てくれるとうれしいわと声をかける。

このあとは別々だったクラスのみんなが大部屋に入る。そこには学校でお昼を食べるときのような灰色の木の長椅子が列になって並んでいる。私たちが座ると、明かりが消され、部屋のずっと奥のむき出しの壁に色付きのスライドが映し出される。写真ではなく、絵のスライドなので古めかしい感じだ。最初のスライドは馬に乗って森を抜ける騎士の姿だ。木々の間から一条の光が洩れ注ぐあたりを、騎士はじっと見上げている。彼の肌はとても白く、目は少女のように大きい。車のフェンダーみたいな鎧の下、心臓のあるあたりに彼は片手を押し当てている。彼の大きな、光り輝く顔の下に、部屋の照明スイッチ、一番上の羽目板や小さなピアノの角が見える。そんな場所に騎士の顔が映っているのだ。

次の絵には小さくなっただけの同じ騎士が現れて、下に言葉が映し出される。見えないピアノから流れる、重々しく鈍い和音のリズムに合わせ、みながその言葉を唱和する。

真実に　清く生きたい、
誠実な　友のために。
恐れず　強くありたい、

なすべきわざのために。

暗がりの中、隣で歌うグレイスの声がしだいに高まり、鳥のように細くかん高くなっていく。彼女はすべての歌詞を覚えている。聖書からの暗唱用の節にあるすべての言葉も覚えていた。頭《こうべ》を垂れて祈るとき、私は善に満たされるのを感じる。私は彼らの仲間で、彼らに受け入れられている。神様は私を愛して下さる、その神様がどんなお方であろうとも。

日曜学校が終わると私たちは通常礼拝の最終部のために戻ってきて、私は献金皿に自分の五セントを入れる。それから、頌栄と呼ばれる神への讃美歌で締めくくられる。その後、私たちは教会から出て、スミース家の車に再び乗り込む。するとグレイスは機嫌を窺うかのように、「お父さん、みんなで汽車を見に行ける?」と訊く。下の女の子たちもわくわくしたそぶりで、「ねえ、ねえ、お願い」と言う。「みんないい子でいたかな?」スミース氏が訊くと、下の子たちは再び「もちろん、もちろんよ」と答える。

スミース夫人は何かはっきりしない声を出す。スミース氏は、「やれやれ、わかったよ」と子どもたちに言う。彼は路面電車の軌道に沿って、人気《ひとけ》のない通りを南に車を走らせる。滑走する島のような一両編成の電車を過ぎ、やがて私たちは遠くに平べったい灰色の湖が見える場所に出る。下方の低い崖のような所の向こうには、一面に鉄道線路が敷かれた灰色の平原が横たわる。金属に覆われたこの平らな土地で、ゆっくりと前に後に動きながら車両の転轍《てんてつ》が行われている。今日は日曜日で、これはスミース家にとって日曜日の礼拝後のお決まりの楽しみ事だから、線路や重くけだるい汽車と神様には何か関係があるはずだと私は考えるようになる。そして汽車を見たいと思っているのは、グレイスでも小さな妹たちでもなく、本当はスミース氏自身なのだとわかってくる。

スミース夫人が、ディナーが台なしになるわよと声をかけるまで、私たちは駐車した車の中に座り、ずっと列車を見つめている。そしてグレイスの家に戻っていく。

私は日曜日のディナーに招待される。グレイスの家で食事の時間までいたのは初めてだ。ディナーの前に手を洗うことができるようグレイスは私を二階に案内する。そこで私は彼女の家のそれまで知らなかったことを知る。トイレットペーパーは四升目《ます》までしか使うことが許されない。バスルームの石鹸はざらざらして黒い。タール石鹸よとグレイスが言う。

食事は焼いたハム、焼いた豆、焼いたジャガイモと茹でて潰したカボチャだ。スミース氏がハムを切り分け、夫人が野菜を添え、お皿が回される。私が食べ始めると、グレイスの小さな妹たちは眼鏡の奥から私をじっと見つめる。

「私たちはお祈り《グレイス》をするのよ」とミルドレッドおばさんが微笑みながらきっぱりと言う。私は彼女の言っている意味がわからない。私はグレイスを見つめる。なぜグレイスの名を口にしたいのだろう。しかし、みんなが頭《こうべ》を垂れて、両手を合わせるとグレイスが、「神よ、あなたの慈しみに感謝してこの食事をいただきます、アーメン」と言う。するとスミース氏が「良き食べ物、良き飲み物、良き神よ、さあ食べよう」と言い、私にウィンクをする。スミース夫人が「ロイドったら」と言うと、スミース氏がいわくありげな低い笑い声を立てる。

食事の後、グレイスと私は居間にあるビロードの大型ソファーに座る。スミース夫人が体を休めるあのソファーだ。私は座ったことがなかったけれど、何か特別のものに腰をおろす感じがする、玉座とか棺桶のようなものに。私たちは日曜学校の新聞を読む。そこにはヨセフの話、そして献金皿からお金をくすねたけれど悔い改めて、その償いに教会のため、古紙や空き瓶を回収した少年についての現代の話も載っている。絵はモノクロのペン画だが、表紙には、子どもたちに囲まれ、淡い色の長い外衣を着た色刷りのイエス様が掲載されている。茶色や黄色や白など、色とりどりの肌の子どもたちは、どの子も清潔で可愛らしく、何人かは手をつなぎ、また他の子どもたちは崇敬に満ちた大きな瞳でイエス様をじっと見上げている。このイエス様に後光は差していない。

スミース氏は丸いお腹を膨らませ、えび茶色の安楽椅子に座りながらまどろんでいる。台所から銀食器をガチャガチャさせる音が聞こえる。スミース夫人とミルドレッドおばさんが皿洗いをしているのだ。

午後遅く、私は赤いビニールのハンドバッグと日曜学校の新聞を抱えて帰宅する。「教会は気に入った？」母は相変わらず不安な様子で私に尋ねる。

「何か覚えたかい？」と父が訊く。

「讃美歌を暗記しなくては」と重々しさを気取って言う。〈讃美歌〉という言葉には秘密の合い言葉のような響きがある。私は少し恨みがましく思っている。知る必要があったのに、両親が私から遠ざけていたことがあったから。例えば帽子だ。なぜ母は帽子を忘れるなんてことができたのだろう。私にとって神様は必ずしもなじみがないわけではない。学校に行けば、朝の祈りの時間に神様が出てくるし、「神よ、国王を護り賜え」の英国国歌も歌う。でも、神様の怒りを本当に鎮めることができるには、もっとたくさんしなくてはならないことがある。もっとたくさんのことを暗記し、もっとたくさんの歌を覚え、もっとたくさんの五セント硬貨を献金のために集めなくてはならないようだ。でも、天国のことは気がかりだ。いくつになったらそこに行くのだろう。死ぬ時に年老いていたらどうしよう。天国では今の私と同じ年でいたいと思う。

私の手元にはグレイスが貸してくれた聖書がある。彼女が二番目に大切にしている聖書の方だ。私は部屋に行って覚え始める。〈天は神の栄光を宣言する。蒼空は神の御業なり。日々天はわれらに言葉を与え、夜ごとに知をわれらに示される〉

私の寝室にはまだカーテンが掛かっていない。窓の外を眺め、そして見上げる。そこには天が広がり星々は変わらずにそこにある。けれども、それらはもはやアルコールやエナメル塗りのトレーのように、冷たくて、白くて遠い存在ではない。今やそれらは見張っているようだ。

19

女の子たちが校庭や小山のてっぺんに立ち、小さないくつかの塊になり、ひそひそ、ひそひそ、話をしながらリリアン編みを作っている。四本の釘が片側の端に打ち込まれた糸巻きと毛糸の玉で遊ぶのが流行っている。それぞれの釘の上に交互に毛糸の輪を作り、二回りした後に、五本目の釘で、一番下の輪をてっぺんの輪にひっかける。糸巻きのもう片側の端から丸くて太い毛糸の垂れ糸《テール》がぶら下がると、それを平らなカタツムリの殻のように巻き上げてティーポットをのせるマットに編み上げる。私はこんな糸巻きを持っている。グレイスもキャロルも持っている。毛糸はもつれていたけれど、コーデリアでさえ持っている。

こんな風に女子たちが、糸巻きと色とりどりの毛糸の垂れ糸《テール》を携え、ひそひそ話をしながら寄り集まるのは、男子と関係があり、彼らから離れていたいのだ。それぞれの女子のグループは他の女子たちを排除する。けれど、男子ならば全員だ。男子も女子を退けるが、男子はそれをはっきり態度で示す。そうすることが彼らにとっては重要だ。女子にはその必要がない。

私は今でもときどき兄の部屋に入り込み、床に横になって漫画を読む。けれど他の女子がいるときはそうしない。一人だけなら大目に見られる。言うまでもないが、女子グループと一緒なら、そんなわけにはいかないだろう。

かつては男の子の存在を気にかけてはいなかったし、私は彼らに慣れていた。しかし今はもっと注意を払う。男子は私たちと同じではないからだ。例えばまわりが望むほど、彼らはあまり入浴しない。彼らには汚れた体や頭皮のにおいがする。加えて、半ズボンのひざ当てからの革のにおい、ズボンそのものからはウールのにおいが漂ってくる。というのもそれはフットボールのパンツみたいに膝下あたりまでしか届いておらず、そこで紐結びになってるからだ。脚元に厚いウールの靴下をはいてはいるが、たいてい湿って、ずり落ちている。戸外ではあご紐付きの革のヘルメットをかぶっている。服はカーキ色か濃紺か、あるいは灰色か深緑色といった汚れが目立たない色だ。こうしたことすべてが軍隊生活を連想させる。男子はくすんだ色の服、だらりとした靴下、黒く汚れた肌に誇りを抱く。彼らにとって汚れは傷とほとんど等価である。男らしくふるまうよう彼らは励む。互いを苗字で呼び交わし、清潔さからの更なる離脱に注意を向ける。「ロバートソン！　鼻水を拭けよ！」「屁をたれたのは誰だ？」彼らは互いの腕をパンチしながら、「やっつけたぜ！」「お返しだぞ！」と言う。部屋にはいつも実際以上の人数がいるように思える。

兄も腕にパンチし合うし、他の男子と一緒になってにおいのことでふざけたりもする。けれど彼には秘密がある。彼らには決してそれを洩らさない。いつもの調子で笑われてしまうのがおちだから。

秘密は彼に好きな女の子がいることだ。これは当の彼女すら知らないくらい内緒にされている。彼がそれを明かしたのは私にだけで、決して誰にも洩らさぬよう二度も誓いを立てさせられた。私たち二人だけのときですら、彼女のことを名前で呼んではいけないことになっている。許されるのはＢ・Ｗという頭文字だけだ。ときどきまわりに誰か、たとえば両親がいるときは、兄はこの頭文字を呟き、私を見つめる。私がうなずき、聞こえて理解したとの合図を送るまで兄はじっと待っている。彼は私に暗号で書かれたメモを送り、それを私が後で見つけるような枕の下に置いてみたり、私のタンスの一番上の引き出しに押し込んでおく。これらの暗号を解読してみると全然兄らしくない。ひどく創意を欠いていて、実際、あまりに愚かしい。「Ｂ・Ｗと話した」「今日**彼女**を見かけた」程度の文なのだ。彼はこうしたメモを色鉛筆で書きつける。色とりどりの鉛筆で、おまけに感嘆符まで添えながら。ある夜、時季外れの早い降雪があった。朝、目を覚まし、寝室の窓から外の白い地面を眺めると、奔流のようなオシッコで刻まれた頭文字が見える、すでに融けかかってはいたけれど。

この女の子のことで兄は胸を躍らせている一方で、ひどく思い悩んでいるのがわかる。でも、なぜなのかはわからない。私は彼女が誰か知っている。本当の名はバーサ・ワトソンという。彼女は校庭にある小山のてっぺんのやせ細ったモミの木の下で、年上の女子と一緒にいる。真っ直ぐな茶色い髪で前髪を切り下げた中背の子だ。彼女には、それとわかる魔法みたいなものは何もない。風変わりなところも全くない。私は彼女がどうやって兄を変えたかを知りたい。兄をより愚かで、神経過敏な瓜二つの別人へと変貌させたトリックを。

その秘密を知ったこと、一人だけ知るよう選ばれたことで、ある意味私は重要な存在なのだと感じている。けれどもそれは消極的な重要性で、白紙の紙が大事だというようなものなのだ。とるに足らない人間だから、私は知ることが許される。選び出されたという気持ちと同時に、喪失感も私は抱く。それに兄を守ってあげなければと思う。生まれて初めて兄に対する責任を感じるからだ。兄は危ういところに立っていて、私は彼を操る力を持っている。告げ口をして、兄を笑いものにすることも心によぎる。その選択も私はできる。兄の運命は私の思いのままだが、私はそうはしたくない。私は以前の兄に戻ってほしい。揺るぎない、無敵の兄に。

女の子との一件はそれほど長く続かなかった。やがて兄の口からは彼女のことは何も聞かれない。兄はかつてのように私をからかい、私のことを無視し始める。しっかりと元の彼に戻ったのだ。化学実験セットを手に入れて、彼は地下室で実験をする。私には、あの子より化学実験セットに夢中になる兄の方が好ましい。とろ火による煮込み、異臭、硫黄の小爆発、驚くべき幻影。最初は何も見えないけれど、ろうそくの上にかざすと文字が現れる紙。牛乳瓶に入るよう、固ゆで卵をゴムみたいにぐにゃぐにゃにする試み。もっとも再び卵を取り出すのはさらに難しくなってしまうけど。説明書には〈水を血に変化させ、君の仲間をびっくりさせよう〉と書かれている。

兄はまだ漫画本を交換し合う。でも今は淡々と、心ここに在らずといった様子だ。兄はもう以前ほど漫画本には食指を動かさない。するとその分、交換がうまくなっている。漫画本はベッドの下に積み重なり、山のようになるけれど、他の男子がいなければ、彼はめったに読まなくなる。

兄は化学実験セットをやり尽くした。今は星図を手に入れて、部屋の壁にピンで留めている。夜になると明かりを消して、開け放った暗い窓辺に座りながら、冷気の中でえび茶色のセーターをパジャマの上に重ね着し、空の方をじっと見つめる。彼は父の双眼鏡を抱えている。落とさないよう革ひもを首にかけるという約束で、父から使用が許されている。次に彼が強くほしいと望むものは望遠鏡である。

私がそばにいてもかまわないようなとき、そして兄の方も誰かと話をしたい気分のときは、兄は私の知らない星の名を教え、図上の参照地点を示してくれる。オリオン座、熊座、竜座、白鳥座。これらは星座と呼ばれている。どれもが太陽よりも何百倍も大きくて熱い厖大な数の星でできている。これらの星は何光年も彼方にあると彼は言う。私たちは本当にそれを見ているのではなくて、それらが何十年、何百年、何千年も前に放った光を見ているだけだ。星はこだまみたいなものなのだ。綿ネルのパジャマを着て、寒さに震えながら私はそこに座っている。上方を向いたままなので、首に痛みを感じながら、寒空と無限に退いていく暗闇や、火のような星々が煮えたぎる黒い大釜を私は目を細めて見つめている。兄の星は聖書の星とは違っている。それらは言葉を発しない。忘却を誘《いざな》う静寂《しじま》の中でひたすら燃えているだけだ。薄れていく靄《もや》のように自分の体が溶解し、上へ上へと引き上げられる感じがする。すべてを無にしてしまう、広漠とした宇宙へと。

「大角星《アークトゥルス》だ」と兄が言う。私の知らない外国の言葉だ。しかし、彼の声の調子は私に伝わる。認知し、完了し、そして新たに付け加えられる何か。春に兄が詰めていたビー玉の瓶のことを思い出す。一つずつ数えながら瓶に落としていくやり方を。兄は再び収集し始めた。今度は星を集めている。

20

学校の窓に黒猫と紙のカボチャが集まっている。ハロウィーンにはグレイスは普通の女性のドレスをまとい、キャロルは妖精の格好で、コーデリアが道化師の三つ揃えだ。私はシーツをかぶる。なぜならそれしかないからだ。私たちは雑貨屋の茶色い紙袋をアップルキャンディー、キャラメル・ポップコーン、ピーナッツ・ブリットルでいっぱいにして、一軒、一軒歩いていく。〈お菓子をよこせ！　全部出せ！　でなけりゃ、魔女が飛び出すぞ！〉と戸口で唱える。正面の窓や玄関には体のない、大きなオレンジ色のカボチャの頭が明るい光を放ちながら浮かんでいる。次の日私たちは木の橋までカボチャを運び、橋の縁《へり》から放り投げる。下の地面にたたきつけられて、割れて中が開くのを見つめている。今はもう十一月だ。

芝土を敷いていない裏庭でコーデリアが穴を掘っている。前にもいくつか掘ったことはあるけれど、大きな石が邪魔をして、結局最後は挫折した。今度はもっと見込みがある。彼女は尖ったシャベルで掘り続ける。時どきは私たちも彼女を手伝う。ちっぽけな穴ではなくて、四角い形の大きな穴だ。だんだん深くなっていき、まわりに土が積み上げられる。彼女はこれを自分たちの集会所《クラブハウス》として使い、座れるように穴の中に椅子を置こうと言う。十分な深さになったなら、彼女は板で覆って屋根を作りたい。すでに板は集めている。彼女の家の近くで建てている二軒の新築の家のくず板だ。他の遊びに誘うことすらできないくらい彼女は穴掘りに没頭した。

暮れなずむ街路にケシの花が咲く、カナダ戦没者追悼記念日〔訳註　第一次世界大戦後、英国および英国連邦国で毎年十一月十一日に行なわれてきた戦没者追悼記念日。赤い造花のケシの花をつけてこの日を記念する〕のために。ケシの花はけば立った布でできていて、バレンタインのハート型のように赤く、花芯には黒い点と一本のピンが見える。その花をコートにつける。ケシの花にちなんだ詩を私たちは暗唱する。

　フランダースの野にケシの花がそよぐ、
　幾列も並ぶ十字架の間に
　僕たちの場所と印された地に。

十一時、私たちは十一月の弱々しい日差しに浮遊する塵の中、机の傍らに立ち、三分間の黙とうをする。ラムリー先生は教室の真ん前でいかめしい表情のまま、頭《こうべ》を垂れて、目を閉じながら、静寂、私たちの衣服が擦れる音、そしてはるかな砲声の轟《とどろき》に耳をすます。〈私たちは死者なり〉。私は目をつぶり、敬虔な気持ちになって、私たちのために死んだけれど、顔さえ思い浮かばない兵士たちをかわいそうだと思おうとする。私には死んだ知り合いがこれまで誰もいなかったのだ。

コーデリアとグレイスとキャロルの三人が私をコーデリアの家の裏庭の深い穴に連れて行く。私はコーデリアがクローゼットから持ってきた黒いドレスを身に着けて、上にマントを羽織っている。私はスコットランド女王メアリーということになっていて、すでに首は刎《は》ねられている。三人は私の腕と足を抱えて、体を持ち上げると、穴の中に下ろしていく。そして上に板をかぶせる。昼間の光の外気が消え、シャベルで掬《すく》った土が何度も板に当たる音がする。穴の中は薄暗く、冷たくて湿っぽい。ヒキガエルの巣穴のようなにおいがする。

穴の外のずっと上で彼女たちの声が聞こえている。やがて声が途絶えてしまう。いつ外に出るのだろうと思いながら、私はそこに横たわる。しかし何も起こらない。穴に入れられた時、それは遊びなのだと思っていた。けれど今はそうではないと私は知る。悲しみと裏切られたという思い。闇が私を押し潰すのを感じる。そしてぞっとする恐怖を。

穴の中にいたときを思い出そうとしてみても、その間、何が起こったのかあまり覚えていない。実際に何を感じたか思い出せないのだ。ひょっとして何も起こらなかった、それとも記憶している感情は正確ではないのかもしれない。やがて他の人たちがやって来て、私をそこから出してくれて、その遊びか、別の何かの遊びが続いて行った。穴の中にいたときの自分の姿が描けない。ただ、無でいっぱいの黒い四角な空間が、扉のような四角い形があるだけだ。おそらくその四角の中は空っぽだ。それはたぶん単なる印《しるし》にすぎないもので、それ以前と以後と分かつ時間の標識だ。それは私が力を喪失した地点。穴から連れ出されたときに私は泣いていたのだろうか。きっとそうだと私は思う。しかし、そうではないとも思えてしまう。私は思い出せない。

この出来事のすぐ後に私は九歳になった。私は他の誕生日のことは覚えている、その後の、あるいはそれ以前の誕生日のことは。けれど、この誕生日は思い出せない。パーティーが、初めての本当の誕生パーティーがあったにちがいない。なぜなら、それ以外のパーティーだったなら、いったい誰が来たりしただろう。ケーキも確かにあったはず。ケーキにはろうそくと祝福の言葉が添えられて、そして、誰かの歯を砕きかねない、パラフィン紙に包まれた五セント白銅貨と十セント銅貨がケーキの中に隠されていたはずだ［訳注　十二夜でケーキの中に護符を入れる儀式に由来しており、現代では指輪、硬貨などを入れ、切り分けられたときに当たったものによって運勢を占う習慣］。プレゼントもあったにちがいない。コーデリアもいただろう、グレイスやキャロルも。こうしたことがどれもみんなあったはずだ。けれど私の記憶に残っているのは、誕生パーティーへの漠然とした恐れだけだ。他人の誕生パーティーではなく、自分自身の誕生パーティーへの。パステル色の糖衣《アイシング》、十一月の午後の青白い光の中で燃えるピンク色のろうそくのことは覚えている。しかし、そこにあるのは屈辱と敗北の感覚だ。

目を閉じて、心に映じるものを待つ。黒く四角い時間の空白を埋め、そこに何があるのかを私は立ち戻って確かめなくてはならない。私はまるであの瞬間に消え去って、全く別の人間になり、再び現れたみたいなのだから。しかし、なぜ変わってしまったのかわからない。もしも今、頭上を覆う板の下側を垣間見ることさえできたなら、何かの助けになるかもしれない。目を閉じて私は心に映じるものを待つ。

最初は無だ。ただトンネルのように退いてゆく暗闇があるだけだ。けれども、やがて何かが形を成してくる。暗い緑色の葉の茂み、赤紫色の花、暗い紫の豊かな悲しみの色、そして水のように透き通った赤い液果状の房。群生するその蔓は、生垣みたいになってしまうほど、他の植物ともつれ合う。ローム層の土のにおい、そしてそれとは別の、つんときつい香りが葉陰から湧き上がる。古いものから漂うにおい、濃厚で強烈な、とうに忘れられたもののにおい。風はないのに、葉はさざ波のように揺れている。見えない猫たちが動いているように、ひとりでに葉がそよいでいるように。

〈ベラドンナ〉と私は思う。それは暗い言葉だ。十一月にはベラドンナは枯れている。ベラドンナはありふれた雑草だ。庭から引き抜かれては、投げ捨てられる。植物としては花の形が似てるから、ジャガイモの仲間だとわかる。ジャガイモも日光に晒されて緑色に変わると毒性を帯びる。こんなことを知ろうとするのはいつもの私らしい癖だ。

記憶違いだとはわかっている。けれど、その花々、そのにおい、葉のそよぎは私の心から離れない。豊潤で、魅惑に満ちながら、うら寂しく、悲しみが染み込んだものとして。

V　絞り機

21

画廊を出て東へ歩く。買い物に行き、ちゃんとした食べ物を買い、きちんと生活する必要がある。一人でいると食べるのも忘れたあの頃へと、また戻ってしまう。徹夜で仕事をしたあげく、少し考えてやっと空腹に気がつくような、奇妙な感覚におそわれたあの頃へ。その時は冷蔵庫を探し回って、掃除機みたいにそこらじゅうのものを吸い込んでいた。残りものではあったが。

今朝は卵があったが、もうなくなっている。パンもないし、牛乳もない。そもそもいったいなぜ、あそこに卵やパンや牛乳があったのだろうか。きっと、あの部屋はジョンが隠れ家にしていたに違いない。時どきあそこで食事をしているのだ。それとも、彼は私のために食料を準備してくれたのだろうか。いや、そんなことは絶対ないだろう。

オレンジをいくつかとジャムの入ってないヨーグルトを買うつもりだ。前向きになって、もっと自分を大切にしよう、酵素や体に優しいバクテリアを摂ろう。こんな殊勝な考えに思いを巡らしながら、中心街へと入って行く。

ここの角のところには、かつてイートンズの黄色い四角いビルがあった。今は、その場所に巨大な建物が建ち、総合ショッピング・コンプレックスと呼ばれている。まるで買い物が精神的な病いでもあるかのように。建物はガラスとタイル張りで、氷山のような緑色を帯びている。

そこから通りをはさんだあたりは、よく知っている私の領分、シンプソンズ・デパートだ。確か、どこかに食料品売り場があるはずだ。ガラスのショーウインドーの中には、バスタオル、厚い詰め物をしたソファーと椅子や、モダンなプリントのシーツが山と積まれている。こんな布地は、最後にはいったいどこに捨てられるのだろうか。巣作りの本能にかられて、みんな自宅へ持ち帰り家に詰め込んでいるが、動物の巣を間近で見たことがある人なら、あまりぞっとしない考えだと思うだろう。もちろん使い捨てもできるのだが、どれくらいの布地を一つの家に詰め込むことができるのか、限度があるはずだ。昔は皆、質の良いもの、長持ちするものを選んで買っていた。洋服も自分の一部になるくらいまで長いこと着るので、裾やボタンのつけ方を調べ、指の間で布地をこすり合わせ、品質を確かめた。

次のショーウインドーには、不満そうな表情のマネキンが飾ってある。腰を突き出し、肩をあちらこちらへと投げ出し、まるで斧を握った猫背の殺人鬼みたいだ。こんなけんか腰の不機嫌さが、今の流行なのだろう。歩道には、こちらは生身のユニセックス風の若者たちが大勢たむろしている。黒い革ジャンを着て男物の頑丈なブーツを履き、髪はクルーカットやダックテールにした女の子たちや、ファッションと雑誌の表紙の女性みたいにむっつりとしたふくれっ面で、髪の毛をジェルで羽ペンのように固めた男の子たちだ。遠くから見ると、私にはその区別がよくわからないのだが、彼らには多分一目瞭然だろう。すっかり流行に遅れた気分になってしまう。

若者たちの目的は、いったい何なのだろう。互いに相手の真似をしているのだろうか。それとも、彼らはみんなびっくりするほど若いので、私にそう見えるだけなのだろうか。クールなポーズをしているけれど、その様子にはイカの吸盤のように、何かを必死で追い求める気持ちが表れている。彼らはすべてを手に入れたいのだ［訳注 仕事と家庭とすべてを手に入れたいというフェミニズムのキャッチフレーズ］。

しかしあの頃、コーデリアと私も、大人たちにはきっとあんな風に見えただろう。ちょうどここで通りを渡った。襟を立て、疑わしそうなアーチ形に眉毛を揃え、汽車が入ってくるユニオン駅までの道を、ひたすら無頓着を装いゴムのブーツで風を切って歩いた。駅の写真撮影機に二十五セント硬貨を入れ、財布サイズの四枚組の白黒写真を撮った。口の端に煙草をくわえたコーデリアは、瞼を半ば閉じ、色気を出そうと懸命だった。超カッコよく決めようと。

回転ドアを回して、シンプソンズ・デパートに入ると、とたんにどこだかわからなくなる。すべてが変わっていた。ここにはかつて木で縁どられた、ガラスの落ち着いたショーケースがあり、定番の手袋、それにふさわしい腕時計やアクセントになる花柄のスカーフが飾られていた。真面目で上品な趣味だった。今では、そこは化粧品売り場になっている。銀の装飾や、金の柱、おしゃれなマーキーライトや、ブランド名を書いた、人の頭ほど大きな文字がある。競い合う香水のきつい匂いがあたりに充満している。ビデオ・スクリーンに映った完璧な肌が、向きを変え、得意気になったり、半開きの唇からため息を漏らしたり、愛撫されたりしている。別のスクリーンには、使用前と使用後の毛穴のクローズアップが映り、手や首や腿すべてに対する美容法が詳細に示されている。それに加え、肘も特に大事である。老化は肘から始まり広がっていくからだ。

これはもう宗教だ。まじないや呪文のようだ。私もできるならば、クリームや若返りローション、チューブ糊のようになめらかに伸びる、小瓶に入った透明の軟膏の効能を信じたい。「あんな下らないものが、何でできているか知ってるかい？」と、ベンがいつか私に訊いた。「おんどりのとさかをすりつぶしたんだよ」。しかし、これを聞いても思い止まりはしない。効果があるなら何でも使うだろう――ナメクジの汁や、ヒキガエルの唾、イモリの目、とにかく今の私を保存し、時のしたたりを止め、少しでも今のままでいられるためのものなら、何でもいいのだ。

しかし、私はこんな液体をもうたっぷりため込んだので、高校の卒業クラスの女の子たちみんなに防腐処置を施せるくらいになっている。彼女たちの方も、今頃は私と同じくらい、こんな溶液を必要としているに違いない。立ち止まっていると、売り場の女性が毒々しい新製品の香水見本を吹きかけてくる。魔性の女の流行が戻ってきたに違いない。ヴェロニカ・レイクがまた腰をくねらせて歩いている。香水はブドウの粉末飲料クールエイドのような匂いがする。この香水がミバエ以外に、何かを誘惑できるとは想像すらできない。

「これ、あなたはお好きなの？」私は女の子に言う。彼女たちはハイヒールを履いて一日中そこに立ち、見知らぬ人に香水を振りまき続け、きっとわびしい気持ちに違いない。

「とても人気があるんですよ」と彼女ははぐらかす。一瞬、彼女の目を通した私の姿が脳裏に浮かぶ。女盛りを過ぎ、中年に差しかかる瀬戸際でよろめきながらも、最善を手探りしている様《さま》が。私はいいカモだ。

食料品売り場がどこか尋ねると、教えてくれる。下の階だ。エスカレーターに乗ると、いきなり上へあがって行く。こんな風に方角を間違えるなんて、よくない兆候だ。それとも、私は時を飛び越えているのだろうか。もうすでに下へ行ってしまったのか。降りると、自分が子ども用パーティードレスの棚《ラック》の間をかき分けて歩いているのに気がつく。レースの襟や、パフスリーブ、見覚えのある飾り帯。ドレスの多くはタータンチェックで、本物の暗い血の輝きの色、赤い縞が入った濃い緑、濃い青、そして黒。黒い連隊［訳注 ロイヤル・スコットランド連隊の中で、精鋭として有名な歩兵大隊］の柄だ。ここの人たちはすっかり歴史を忘れてしまったのだろうか。スコットランド人のことを何も知らないとでも言うのか。絶望、殺戮、裏切りと殺人の色を小さな女の子に着せるとは、もっとまともなことを考えつかないのだろうか。〈おれの人生は〉〈黄ばんだ枯葉となって風に散るのを待っている〉［訳注『マクベス』五幕三場］と、かつてはいろいろと暗唱させられた。でも、タータンチェックは私の頃も流行っていた。白い靴下にメリー・ジェーンの靴［訳注 ストラップ付きのローヒールの靴］、薄紙に包まれた、いつも的外れな誕生日のプレゼント、そして、品定めするような眼差しで、ずるい微笑みを浮かべた女の子たちは、マクベス夫人のようなタータンチェックを着ていた。

コーデリアが私にあれほどの力を振るい、まるで終わりがないかのように思われた頃、私は足の皮を剥《む》くようになった。夜、眠っているだろうとみんなが思っている時にやった。私の足はキノコの肌のように、冷たく、なめらかで、少し湿り気があった。親指から始めた。足を上に持ち上げ、端に沿って、足の底の皮が一番厚い部分にかじりついて、小さな穴を開けた。痛くないものはかじらなかったので、手の爪は噛まなかったが、その代わりに爪で細長く足の皮をむしった。もう片方の足の親指も、それから、両足の親指のつけ根の膨らみや踵まで、同じように血が出るまでむしった。私以外は私の足を見なかったので、誰も私がしていることに気がつかなかった。朝になると、私は皮を剥いた足に靴下を履いた。歩くと痛かったが、歩けないわけではなかった。痛みは目の前に、はっきりと考えられるものを与えてくれた。私はそれにすがりついて行った。

私は髪の毛先も噛んだので、いつも先端が尖って濡れた髪の束ができた。手も爪まわりの甘皮をかじって、みみず腫れがむき出しになり、血がにじんだ皮膚は外皮のように固くなりはがれ落ちた。お風呂や流し台の水の中で見ると、指はまるでネズミにかじられたように見えた。私はあまり考えもしないで、こんなことをずっとやり続けた。しかし、足はもっと慎重にした。

娘たちが、一人目それから二人目と生まれた時、娘ではなく息子を産むべきだったと思ったのを覚えている。娘たちに気乗りがしなかったのは、彼女たちがどんな行動をとるかわからなかったからだ。娘たちを憎むのではないかと恐れていたに違いない。息子だったらどうすべきかわかっていただろう。カエルをつかまえたり、魚釣りをしたり、戦いの戦略を練ったり、泥の中を走り回ったり。どうやって、何から身を守るべきかを教えてあげられただろう。だが、男の子たちの世界も変わってきた。今時の少年たちは、夜の住人が日向に出て目が見えなくなって、まごついたような様子だ。息子には「男らしく自分で立ちなさい」と言って、私は男らしさを奨励する、ずるい立場を取っただろう。

女の子に関しては、少なくともうちの娘たちは、一種の保護膜を、私にはなかった免疫力を持って生まれてきたように思える。娘たちはじっと冷静に、推し測るように人の目を見る。台所のテーブルにつくと、まわりの空気が彼女たちの輝きで明るくなる。彼女たちは健やかだ、あるいはそう思いたい。私の救いとなる美点である。

これまでいつもそうだったが、二人は私を驚かせる。二人がまだ小さかった頃、私自身のごたごたから彼女たちを守らなくてはと感じていた。私が抱え込んだ不安や、結婚にまつわる厄介なこと、それに無意味な日々からも。もし私のことがなければ二人がもっと幸せになるのだったら、二人には何もつけを回したくなかった。当時の私は、カーテンを引きドアを閉め、真暗な中、床に寝転がったりしていた。〈ママは頭が痛いの、働いているからね〉とよく言ったが、二人には庇ってやる必要はないようだった。二人はすべてを見て取り、まっすぐに見つめ、すべてを受け入れているようだった。「ママがその床に寝ているの。明日はきっとよくなるわ」。サラがアンに話しているのが聞こえた。サラは十歳、アンは四歳だった。そして私は元気になった。日の出や月の満ち欠けへの信仰に似た、このような二人の信頼が私を支えてくれた。人々の神への信仰を存続させているのは、きっとこんな気持ちであるに違いない。

大きくなって二人が私のことをどう思うかはわからない。もうすでにどう思っているのかもわからない。二人には私の物語のハッピーエンドになってほしいものだと思う。もちろん、彼女たちにとっては自分自身の物語の終わりなどではないけれど。

誰かが、私の後ろにやって来る。突然、どこからともなく声が聞こえびっくりする。「何かお探しですか」。店員さんは、今度は年配の女性だ。中年、それは私の年齢でもあるのだと思うとがっかりする。私とコーデリアの年齢だ。

私はタータンチェックのドレスの間に立って、袖に指をすべらせている。いったいどれくらい長いことそうしていたのだろう。大声で独り言を言っていたのだろうか。咽喉が締めつけられそうな感じになり、足も痛くなる。しかし、この先どんなことが待ち構えていようとも、私はシンプソンズの女児服売り場のまん中で、常軌を外れて行くつもりなどない。

「食品売り場はどこかしら?」と私は尋ねる。

彼女は穏やかに微笑む。彼女は疲れていて私の返事にがっかりしたようだが、私の方もタータンチェックなんて欲しくない。「まあ、それでしたら、ずっと下にいらっしゃってください。地下になります」と彼女は親切に道を教えてくれる。

22

黒いドアが開く。ネズミの糞とホルマリンの臭いのする建物の中で、私は窓枠に座っている。ラジエーターからの熱が足元から昇ってくる。妖精や小人や雪玉たちが霧雨の中、ブラスバンドが奏でる「ジングルベル」の曲に合わせて、重い足取りで進んで行くのを窓から見下ろす。妖精たちは潰れて丈が縮み、衣装は傷み、窓ガラスの埃と雨で縞がついているようだ。息をすると丸い霧の輪ができる。ここに兄はいない。あんなものはもう卒業だと兄が言ったので、私は窓枠を独り占めできる。

私の隣の窓枠には、コーデリアとグレイスとキャロルが座っている。ぎゅうぎゅう押し合って、ささやいたり、くすくす笑ったりしながら。みんなが話しかけてくれないから、私は窓枠に一人だけで座らなくてはならない。私が何か間違ったことを言ったからだ。でも、それが何なのか話してくれないので、私にはわからない。コーデリアは、今日言ったこと全部をもう一度思い返して、悪かったところを拾いあげたらいいわと言う。そうすれば、もう二度と悪いことは言わないようになるからと。私が正解を当てたら、彼らはまた私に話をしてくれるようになるそうだ。これらはみんな私のためなのだ。彼女たちはみんな私の親友で、私が良くなるように助けたいと思っている。びしょ濡れの毛皮の帽子をかぶったバグパイプの楽隊や、バトンガールたちが濡れた素脚で、まっ赤な頬に笑みを浮かべ、髪から滴《しずく》をたらし、通り過ぎて行く。その間、ずっと考え続けている、私は一体どんな間違ったことを言ったのだろうかと。普段と何か違うことを言ったのか、まったく思い出せない。

白い実験着を着て、父が部屋に入って来る。父は建物の別のところで働いているが、私たちの様子を見に来たのだ。「パレードは楽しいかい、お嬢さん方」と言う。

「ええ、とても。ありがとうございます」とキャロルが答え、くすくす笑う。グレイスも「はい、ありがとうございます」と言う。私は何も言わない。コーデリアは窓枠から降りて、身を滑らせて私に近づき、すぐ横に座る。

「みんな、とっても楽しんでいます。本当にありがとうございます」。彼女は大人に向かって言う時の声で答える。私の両親は彼女のマナーは素晴らしいと思っている。彼女は私に腕を回し、キュッと軽く抱き締める。共謀を指図する抱擁だ。私がじっと座って何も言わず、何も漏らしたりしない限り、すべてはうまくいくだろう。そうすれば救われ、もう一度受け入れてもらえる。私は微笑み、ほっとして感謝の気持ちに打ち震える。

でも、父が部屋を出て行くと、コーデリアはすぐ振り返り、私に向き合う。その表情は怒っているというより悲しそうだ。頭を振りながら、「どうして」と言う。「いったいどうやったら、そんなにあなたみたいに不躾になれるの。あなたはお父さんに返事もしなかったわね。これがどんな意味かわかるでしょう。申し訳ないけど、あなたは罰を受けなくちゃいけないわ。何か言い分はある？」そして、私は何も答えられない。

私はコーデリアの部屋の、閉ざされたドアの外に立っている。コーデリアとグレイスとキャロルは中にいる。彼女たちは会合を開いている。私についての相談だ。彼女たちは私にあらゆるチャンスを与えてくれるのに、私は期待に応えられないのだ。もっとうまくやらなければならない。でも、いったい何を？

パーディーとミリーが、階段を上って廊下をやって来る。まるで、年上という鎧を着ているようだ。二人と同じぐらいの年齢になりたくてたまらない。コーデリアに対して、彼女たちだけが本当の力を持っている、そのことがわかるからだ。二人は私の味方だと思う。あるいは、もし彼女たちが本当のことを知ったら、二人は私の味方になってくれると思う。でもいったい何を知ると言うのか？　私は自分自身にさえ、こんなにも沈黙を守っているというのに。

「こんにちは、イレイン」と二人は声をかけ、「今日はどんな遊びをやっているの？　かくれんぼ？」

と聞く。

「内緒です」と答える。二人は幼い私に優越感をちらつかせ、親切そうに笑いかける。足の爪を塗ったり、大人の話をしようと、自分たちの部屋へと向かう。

私は壁によりかかる。ドアの向こうから、はっきりしない呟きと笑い声が聞こえる。きっと仲間外しの贅沢な気分なのだろう。コーデリアのお母さんが鼻歌を歌いながら通りかかる。絵描き用の上着を着て、頬に黄緑色の汚れがついている。お母さんは天使のように微笑むが、優しくてもどこかよそよそしい。「こんにちは、お嬢さん」と彼女は言う。「缶の中にみんなのクッキーがあるって、コーデリアに言ってね」

「もう入っていいわ」と部屋の中からコーデリアの声が言う。私は閉まったドアを、ドアノブを、自分の手が動いて行くのを見つめる。まるでその手は私の体の一部ではないかのように。

それはこんな風に進む。この年齢の女の子たちがお互いにやるようなことだ。いや、あの人たちは当時やっていたが、私自身、実際したことはない。九歳というこの年齢に娘たちが近づいたとき、私は二人が気がかりでじっと見守っていた。指や足や髪の毛先に噛んだ跡がないかと細かく調べた。誘導尋問も試みた。「みんなうまく行ってるの？　友だちの方は大丈夫かしら」。彼女たちは、私が何を言っているのか、なぜ私がそんなに心配するのか分からない、というように私を見た。悪夢にうなされたり、ふさぎ込んだりして、彼女たちは何かの拍子に馬脚を現すだろうと思った。しかし、目に見えるものは何もなかった。私がそうだったように、二人は親を騙すのが上手だっただけかもしれない。友だちが家に遊びに来たとき、娘たちの隠し事を見破ろうと、じっと顔を見た。台所に立ち、別の部屋にいる彼女たちの声に耳を澄ませた。私にはきっとわかるに違いないと思っていた。それとも、事態はもっと深刻だったのかもしれない。もしかすると、娘たちはこんなことを自分たち自身で、誰か他の子にやっていたのかもしれなかった。二人とも人当たりが良いし、爪を噛みもせず、青い目で冷静な眼差しを向けるのはそのせいだろう。

たいていの母親は娘が思春期になると心配するが、私は反対だった。肩の力が抜け、ほっと溜息をついた。少女たちというものは、大人にとってだけ小さなかわいい存在だ。でもお互いにとっては、かわいいどころではない。等身大の人間だ。

だんだんと寒くなる。横になり、膝をできるだけ体に引き寄せ、足の皮を剥く。見なくても触るだけでやれる。今日話したことや、顔の表情、歩き方、着ているものについて思い悩む。これらすべてを改めなければならない。私は普通ではないし、他の女の子とは違うと、コーデリアがそう言う。しかし、彼女は私を助けてくれる。グレイスとキャロルも助けてくれる。改めるのは難しい仕事で、長い時間がかかるけれど。

朝、私はベッドを出て服を着る。ガーターベルトのついたごわごわの綿のブラウスや畝《うね》のある長靴下、小さな節がある毛糸のセーターと格子縞のスカートだ。この服は寒かった覚えがある。たぶん、冷たかったのだろう。

皮を剥いた足に長靴下、その上に靴を履く。

台所へ行くと、母が朝食の支度をしている。そこには「レッドリバー」印シリアルか、オートミールか、「小麦クリーム」が入っているお粥の鍋があり、ガラスのコーヒーパーコレーターがある。白いコンロの端に手をのせ、お粥を見る。ぐつぐつ、どろどろになり、柔らかい泡が一度に一つずつプツプツ出てきて、小さな蒸気を吐き出す。お粥は沸騰する泥のようだ。お粥を食べようとすると、問題が起こってくる。胃が縮んで手は冷たくなり、飲込むのが難しい。胸骨の下に何か堅いものが居座っているが、何とかしてお粥を飲み込む。そうしないといけないからだ。

パーコレーターを見つめることもある。これはすべてが見えるからいい。小さな泡が逆さになったガラスの傘の下に集まり、それから一瞬静止する。その後、水の柱が軸を通って上へ噴き出し、金網のかごの中のコーヒーの上に落ちると、コーヒーの滴《しずく》となって透明な水の上にしたたり、水を茶色に染め上げる。

トースターが置いてあるテーブルに座って、トーストを焼くこともある。私たちのスプーンには、小さなフットボールの形をした濃い黄色のカレイ肝油のカプセルが、一つずつ置いてある。白く輝くお皿やジュースのグラスもある。トースターは銀色の台にのっている。二つドアがあってそれぞれ下の方に取っ手があり、赤く輝く焼網が真ん中にある。片方でトーストができると、取っ手を回す。するとドアが開いてトーストはすべり落ち、ひとりでにひっくり返る。赤く熱した網の上に、自分の指を置いたらどうなるだろうという思いがよぎる。

これらはすべて、ゆっくりとやって、時間を遅らせるためだ。そうすれば、台所のドアから出て行かなくてもいいから。でもたとえ何をやったとしても、結局、自分の気持ちに反し、スノーパンツを引っぱり、スカートを足の間にたくし込み、さらに靴の上に厚い毛の靴下を引き上げ、足を長靴に突っ込むことになる。コート、スカーフ、ミトン、毛糸の帽子にくるまれ、キスをされ、ドアが開き、後ろで閉まり、凍った空気が鼻を刺す。スノーパンツの脚をさっさっと擦《こす》り合せながら、落葉したリンゴの果樹園の間をよたよたと歩いてバス停まで行く。

そこにはグレイスが待っている。そして、キャロルと最後にコーデリアが。いったん外へ出ると、彼女たちから逃れられない。三人はスクールバスに乗っている。コーデリアは私のすぐそばに立ち、耳元でささやく。「まっすぐに立つのよ！　みんな見てるわ！」キャロルは私と一緒のクラスである。彼女の仕事は、一日の私の言動をコーデリアに報告することだ。休み時間には教室にみんながやってきて、お昼休みは地下室だ。彼女たちは私の昼食について、サンドイッチの持ち方や食べ方にまで文句を言う。学校から家に帰る時は、彼女たちの前を、ある時は後ろを歩かなければならない。前の方が良くない。なぜなら私の歩き方や、後ろからどう見えるかについて、あれこれ言うからだ。「背を丸めないで」とコーデリアが言う。「そんなふうに腕を動かしてはだめよ」

三人は他人の前では、普段私に言っていることを決して口にしない。他の子どもたちの前でもだ。今やっていることは何であれ、それは私たち四人の間だけで、秘密の裡《うち》に行なわれている。秘密を守るのが大事だ、それは私もわかっている。それを侵すことは取り返しのつかない最大の罪だ。もし誰かに話したら、私は永久に追放されるだろう。

だが、コーデリアが私の敵だから、こんなことをしたり、その力を揮《ふる》うわけではない。敵だなんてとんでもない、その反対だ。敵なら知っている。校庭には敵がいてお互いにわめき合い、男の子たちならケンカをする。戦争には敵がいた。私たちの学校の男子と、「絶えざる御助けの聖母学校」の男の子たちは敵だ。敵には雪玉を投げ、当たれば喜ぶ。敵には憎しみと怒りを感じる。でも、コーデリアは私の友だちだ。彼女は私が好きだし、私を助けたいし、みんなそうだ。みんなは私の友だち、女の子の友だちで親友だ。以前は友だちがいなかったし、友だちを失うのは怖い。みんなを喜ばせたい。

憎しみだったらもっと簡単だっただろう。憎しみならどうすればいいかわかっただろう。憎しみは明確で、金属的で、片手で簡単に扱え、迷いはない。愛とは違う。

23

この厳しさは、ずっと続くわけではない。

コーデリアが、今日はキャロルを良くする番だと決める日もある。学校からの帰り道、前を歩くグレイスとコーデリアの仲間になるように誘われ、キャロルを後ろに従えて、彼女がやった悪いことについて考える。「キャロルは自惚れ屋よ」とコーデリアが言う。こんな時、私はキャロルに同情しない。彼女に起こっていることは自業自得だ。なぜなら、同じことをずっと私にやって来たんだから。私ではなく、彼女の番になってとてもうれしい。

だが、これは長くは続かない。キャロルはすぐに泣いてうるさいし、泣いたことで興奮する。人目を引き、他の人に告げ口しないとは限らない。彼女は向う見ずなところがあり、あまり追い込むことはできない。自尊心もそれ程ないし、情報提供者としてのみ信頼できる。もし、これが私の目にも明らかなら、コーデリアにはもっとはっきり見えているはずだ。

それ以外の日々は何事もなかったように過ぎる。コーデリアは誰かを良くしようなど忘れたように見えるし、もう止めたのかもしれないと思う。私は何事もなかったかのように振舞うことを求められている。でも、そうするのは難しい。いつも誰かに見られているのではと感じるからだ。私はいつ何時、その存在さえ気づかないある一線を、踏み越えてしまうかもしれない。

去年は、放課後や週末に一人だけで家にいたことはなかった。今はそうしたい。外に出て遊ばないでもいいように、私は言い訳を考える。あんなことを、まだ「遊び」だと呼んでいるのだ。

「お母さんのお手伝いをしなくちゃいけないの」と私は言う。これは本当らしく響く。女の子たちは時どき、母親を手伝わねばならないのだ。特にグレイスは、お母さんの手伝いをしなくてはいけない。しかし、私の場合はそう願うほど真実味がない。私の母は、家の中でだらだらと家事をすることはない。それより、秋には外で落ち葉を寄せ集め、冬には雪を掻き、春になると雑草を抜いたりしたいのだ。私が手伝えば母の仕事は遅くなる。でも台所で母につきまとって「お手伝いさせて」と言うので、とうとう母はハタキをよこし、渦巻き形の食卓の脚や本棚の端の埃を払う仕事をさせる。あるいは、ナツメヤシの実を切ったり、ナッツを刻んだり、クリスコ［訳注　アメリカの料理用油脂］の箱の内側のパラフィン紙をはがし、その端でマフィン型に油を塗ったり、ある時は、洗濯物をゆすいだりする。

ゆすぐのは好きだ。洗濯室は小さく、隔離され、人目につかない地下にある。棚には奇妙で強力な薬品の包みがある。鳥の糞のような白いねじれた形の洗濯糊や、白いものがより白く見えるように青みをつける薬剤、サンライトの長方形の石鹸、ドクロマークがついた衛生と死の臭いを放つジャベックス社の漂白剤だ。

洗濯機自体は円筒形の白いエナメル製で、細い四本の足の上にのっている、ばかでかい塊だ。それが〈ゴックン、ゴックン〉とゆっくりと床の上でダンスし、衣服と石鹸水が布のお粥みたいにゆっくり沸騰するように動く。洗濯槽の端に手をのせ、手の上にあごを置き、身体をだらりと下へ引きずられるようにして、何も考えず洗濯物を見つめる。水が灰色になり汚れが落ちていくので、私は良いことをしたような気持ちになる。見ているだけで、まるで自分が洗濯している気分だ。

私の仕事は、洗った衣服を絞り機に通し、きれいな水でいっぱいの流しへ入れ、それから二回目のすすぎのために二つ目の流しへ入れ、その後ガタのきた洗濯籠へ入れることだ。終わると母が洗濯物を外へ持っていき、木の洗濯ばさみで物干しのロープに吊す。時どき、私も干すのを手伝う。寒さの中で洗濯物はベニヤ板のように固く凍る。ある日、近所の小さな男の子が牛乳運搬車の馬が落とした糞を集め、その糞を二つ折りにした洗いたての白いシーツの底の折り目の間に入れたことがある。シーツはみな白く、牛乳はすべて馬が運んできた時代のことだ。

絞り機は、薄い肌色をした二つのゴムのローラーだ。それがぐるぐる回り、その間で洗濯物が絞られ、水と石鹸の泡がジュースのようにジュワーと出てくる。私は袖をまくり、つま先立ち、洗濯槽の中をかき回し、浸《つ》かっているパンツやスリップやパジャマを引っ張り上げる。これは溺れた人だと気づく直前に、その人に触ったような感触だ。私は絞り機の間に、服の端を突っ込む。洗濯物がつかまれ、引きずられ、シャツの腕が中の空気で膨らみ、袖口から石鹸水がしたたり落ちる。絞る時はよく気をつけるのよと言われた。女の人は絞り機に手をはさまれることがある、髪の毛など身体の他の部分もだ。手がはさまったら、どうなるだろう。血と肉が膨らんで移動し、腕の上へ絞られていく。手は手袋のように平らになり、紙のように白くなって、反対側から出てくる。最初はとても痛いだろう、そんなことはわかる。だが、これには何か惹きつけられるものがある。人が丸ごと絞り機を通り、紙のように真っ平らになり、きちんと完成して出てくるなんて、まるで本に挟んだ押し花のように。


「遊びに出て来られる?」学校から家へ帰る途中、コーデリアが言う。

「お母さんのお手伝いがあるの」と私は言う。

「また?」とグレイスが言う。「彼女はどうしてそんなにお手伝いばっかりするの? 今までそんなことなかったわ」。グレイスは、コーデリアの前で私について三人称で話し始める。ちょうど大人同士の会話のように。

　母が病気だと言おうとするが、私の母は見るからに健康そうで、これはうまく行きそうにない。

「彼女は自分が、私たちにはもったいないと思っているのよ」と、コーデリアが言う。それから私に向かって、「あなたは、自分が私たちにはもったいないと思っているのでしょう?」と。

「いいえ」と私が言う。自分がもったいないと思うなんて悪いことだ。

「私たちがついて行って、お母さんにあなたが遊べるかどうか聞いてあげるわ」とコーデリアが、心配そうな親切な声に戻って言う。「お母さんは、あなたをずっと働かせたりしないわ。公平じゃないもの」

そして、母は微笑んで、「いいわよ」と言う。まるで私が引っ張りだこでうれしいかのように。そして私は、マフィン型や洗濯絞り機から引き離され、戸外の大気の中へと追い出される。

日曜日には、玉ねぎをてっぺんにいただいた教会へ出かける。スミース家の車に、スミース家の全員、すなわちスミース氏、スミース夫人、ミルドレッドおばさん、冬中ずっと青洟《あおばな》で鼻を詰まらせているグレイスの妹たちと一緒に、すし詰めになって行く。スミース夫人はこの取り決めに喜んでいるように見えるが、自分がわざわざそうしてあげていることや、自分の善行をみんなに見せびらかすのがうれしいのだ。私のことを特に喜んでいるわけではない。これは、唇を閉じたまま微笑んでいても、私を見ると急に眉をひそめ、次は兄や両親を連れて来ないかと、しょっちゅう聞くのでわかる。私は夫人の胸を見つめる、腰の所までずっと垂れ下がり、つながって一つのように見える乳房を。暗赤色の、黒い斑点がある心臓がその中で鼓動している。岸に打ち上げられた魚のように、吸ったり吐いたり、息を切らし喘いでいる。想像しただけで恥ずかしくなり、頭を振る。家族を連れて来られないのは、私には不利だ。

私は聖書のすべての巻の名前を順番に覚えた。十戒と主の祈り、そして幸福の説教［訳注　キリストが山上で弟子たちと群集に語った「山上の垂訓」の中の最も有名な冒頭部分で、キリスト教の中心的な教義が述べられている］のほとんどを。聖書クイズや暗記テストでは十問全部正解するが、やがてしどろもどろになる。日曜学校では私たちは立ち上がり、他の人々の前で大声で暗誦しなくてはならず、グレイスが私をじっと見つめている。グレイスは日曜日の私の行動のすべてを監視し、コーデリアに事務的に報告する。

「昨日の日曜学校で、彼女はまっすぐ立っていなかった」とか、「彼女はいい子ぶりっ子してた」とか。私は彼女のコメントの一つ一つを信じる。肩を落としている、背骨が曲がっている、心得違いの善良さを振りまいているなど。自分が曲がった姿勢でよろよろ歩いているのが見える。まっすぐに立とうとすると、不安で体が硬直してしまう。それでもまた十問中十問正解し、グレイスは九問だけだった。間違えないことは悪いのだろうか。完璧であるためには、どれくらい正解したらいいのだろうか。次の週はわざと五つ答えを間違える。

「彼女は聖書クイズで十問中五つしか答えられなかったわ」と月曜日にグレイスが言う。

「イレインは、だんだんバカになってきているのね」とコーデリアが言う。「ほんとはそんなにバカじゃないでしょう？　もっと一生懸命努力しなくちゃ！」

今日は「白い贈り物の日曜日」だ。貧しい人たちのために、みんな家から白い薄紙に包んだ缶詰食品を持ってきた。私はハビタント社の豆スープとスパムの缶詰だ。ふさわしくないかもしれないと思ったが、母の食品棚にあったものだ。「白い贈り物」という考えが私を困惑させる。とても難しい贈り物だ。画一的で、中身も色も漂白されて、まるで死んでいるようだ。教会の前に積み上げられた、不吉な白い薄い紙の包みの中には、何が入っていてもおかしくない。

グレイスと私は、教会の地下室にある木の長椅子に座り、暗闇でピアノがゆっくり音楽を奏でる中、壁に照らされたスライドを見ながら曲に合わせて歌う。

イエスは私たちに輝くようにいわれる
清らかな澄みきった光で
夜に輝く小さなろうそくのように
この世には暗闇があるから
どうぞ私たちを輝かせてください
あなたは今いる小さな片隅で
私は私のいる場所で

ろうそくのように私も輝きたい。善良になってイエス様の指図に従い、命じられることをやりたい。隣人を自分のように愛すべきだと、神の国は私たちの心の中にあると信じたい。でもこれらすべては、だんだんと不可能に思えてくる。

暗い中、端の方がちらっと光る。それは、ろうそくではない。壁のかすかな光がグレイスの眼鏡に反射したのだ。グレイスは歌詞を覚えているので、スクリーンを見る必要はない。彼女はじっと私を見つめている。

教会の後、スミース家の人たちと一緒に、がらんとした日曜の街を通り抜け、のっぺりした湖のそばの灰色の平原で、汽車が線路を単調に行き来して、車両を入れ替えるのを見に行く。それから、日曜のディナーに彼らの家へと戻る。今では、これが毎週日曜日の日課だ。それは教会行きの一部分で、もしどちらか一方でも私が断れば、とても失礼になるだろう。

私はここでのやり方を学んだ。ゴムの木に触れないように、その前を通って階段を上がり、スミース家のトイレに行く。トイレットペーパーの升目《ますめ》を四つ数えて使い、その後ざらざらした黒いスミース家の石鹸で手を洗う。私はもはや注意される必要はない。グレイスが「神様、これからいただきます食べ物のお恵みに、心から感謝いたします、アーメン」と言うとき、自動的に頭を下げる。

「豚肉と豆は音楽的な食べ物だな。食べれば食べるほど、音が出るからな」と言って、スミース氏はニヤニヤしながら食卓を見回す。スミース夫人とミルドレッドおばさんにとって、これは笑い事ではない。小さな女の子たちは真面目な顔で父親を見つめる。妹たちは二人とも、グレイス同様眼鏡をかけ、白い肌にはそばかすがあり、固く結んだ茶色のおさげの端に日曜日のリボンをしている。

「ロイドったら」とスミース夫人が言う。

「何だい、別にかまわんだろ」と、スミース氏が言う。彼は私の目をのぞく。「イレインは面白いと思っているよ。そうだろ、イレイン？」

私は追いつめられてしまう。いったい、私が何と言えるだろうか。もし、いいえと言えば失礼だろう。はいと言えばスミース氏の味方になり、スミース夫人やミルドレッドおばさん、グレイスを含めたスミース家の娘たち三人を敵に回すことになる。体が熱くなり、それから冷たくなるのを感じる。スミース氏は私に向かってニヤニヤする。共謀を誘う笑いだ。

「私、わかりません」と言う。本当の答えはいいえだ。この冗談の意味が実際のところ、わからないからだ。でも、スミース氏をまったく見捨てるわけにはいかない。彼はずんぐりして、髪の薄い、締まりのない男だが、それでも男である。彼は私を裁いたりはしない。

翌朝、スクールバスの中で、グレイスはこの出来事を、ささやくような声でコーデリアに繰り返す。「彼女、わかりませんって言ったのよ」

「それって、なんてひどい答えなの」と、コーデリアは私に鋭く迫る。「面白いと思うか、そうでないかのどちらかでしょう。なぜ『わかりません』って言ったの?」

私は本当のことを言う。「それが何という意味なのかわからないの」

「あなたは〈何〉という言葉が、どんな意味なのかもわからないの?」

「音楽的な食べ物とか、もっと音がするとか」と私は言う。私はわからないので、今とても恥ずかしい。わからないというのは、私が今までしてきた中で最悪のことだ。

コーデリアはバカにしたように笑う。「〈それ〉がどんな意味か、知らないの?」と彼女は言う。「なんてバカなの、〈おなら〉よ。豆を食べるとおならが出るのよ、みんな知っているわ」

私は二重に恥ずかしい。なぜならそれを知らなかったし、スミース氏が日曜日のディナーの席で〈おなら〉のことを言って私に協力を求めたとき、私はいいえと言わなかったからだ。その言葉自体が恥ずかしいのではない。その言葉には慣れている、兄やその友だちが、大人が聞いていないときはしょっちゅう口にしている。その言葉が、正しさの牙城であるスミース家のディナーの席で語られたことが恥ずかしいのだ。

だが、心の中では間違いを犯したとは思っていない。スミース氏への忠義立ては、兄への忠誠に似ている。二人とも、たとえば牡牛の目玉や顕微鏡上の足の指垢といった、いわば無礼者や破壊者の側にいる。誰に対して無礼なのか、何に対して破壊的なのだろうか。グレイスやスミース夫人に対してだろうか。スクラップブックに貼られた、紙製のきちんとした女性たちに対してか。コーデリアもこちら側にいるはずだが、ある時はそうだし、ある時はそうではなくて、見分けるのが難しい。

24

朝、ミルクは凍り、クリームが氷のざらざらした柱になって、瓶の口から盛り上がる。ラムリー先生が私の机に屈み込むと、目に見えない、先生の紺色のブルーマーがわびしい微かなにおいをあたりに放つ。先生の鼻の両側には、皮膚がブルドッグの頬のように垂れ下がっている。口の端には乾いた唾の跡がある。「あなたは、字が下手になってきたわね」と先生は言う。私はうろたえてノートを見る。先生の言うとおりだ。文字はもはや丸くもきれいでもなく、大慌てで書いて細く曲がりくねっている。スチールのペン先を強く押さえすぎた所に、黒いあせたインクがにじんで汚れている。「もっとしっかり練習しなさい」。私は指を丸める。先生が私のギザギザの指先を見ている気がする。先生が言うこと、私がやることすべては、キャロルが見聞きしているので、後で報告されるだろう。

コーデリアが劇に出演するので、私たちは見に行く。私にとって初めての劇だったから、当然わくわくするはずだった。しかしそれどころか、不安でいっぱいになる。観劇の作法は何にも知らないし、きっとまた何か間違ったことをするだろうから。劇はイートン講堂で行なわれる。舞台上には黒いビロードの横縞がついた、青いカーテンが掛かっている。カーテンが開くと『たのしい川辺』が始まる。出演者はすべて子どもである。コーデリアはイタチの役だ。イタチの衣装を着て、イタチのかぶり物をつけているので、他のイタチから彼女を区別することができない。私はフラシ天の劇場用椅子に座り、爪を噛み、首を伸ばし、彼女を探す。彼女がそこにいるのはわかっているのに、どこにいるのかわからないのは最悪だ。彼女はどこかにいる筈だから。

ラジオは甘ったるい音楽でいっぱいになる。私たちは学校で、「ホワイト・クリスマス」「赤鼻のトナカイ」の曲を、机の横に立って歌わなければならない。ラムリー先生は音を合わせるための調律笛を鳴らし、木の定規で拍子をとる。そわそわしている男の子たちの手をぴしゃりと打つ時に使う、あの定規だ。赤い鼻のルドルフ［訳注 通信販売会社が、トナカイのルドルフの童話をクリスマス宣伝用に出版し、本とテーマ曲が流行した］には何かよくないところがあるので、私は心配になる。けれども最後には愛されて終わるから、彼は同時に希望も与えてくれる。父は、ルドルフについての新しい話は金もうけのための宣伝で吐き気がすると言う。「愚か者の金はすぐにその手を離れて行くからな」と言う。

私たちは色画用紙を二つ折りにして型を取り、赤い鈴を作る。雪だるまも同じように作る。シンメトリーを作るのがラムリー先生のやり方だ。すべて半分に折って、左右対称にしなくてはならない。

私はこのお祭りのための作業を夢遊病者のように行なう。私は鈴や雪だるまに興味がない。もっと言うと、サンタクロースにも関心がない。コーデリアが、サンタは本当はあなたのお父さんとお母さんなのよ、と言ったので、サンタを信じるのも、もうやめてしまった。クラスのクリスマスパーティーがあり、家から持ってきたクッキーを、机に座って黙々と食べる。ラムリー先生は、一人に五個ずついろんな色をしたゼリービーンズをくれた。先生はしきたりをよく知っていて、それを厳格に守る。

クリスマスには、欲しいと言っていたバーバラ・アン・スコット人形をもらう。何か欲しいものを言わなくちゃいけないし、ある意味ではこの人形は欲しかった。以前は女の子の人形を持っていなかった。バーバラ・アン・スコットは有名な、とても有名なフィギュアスケートの選手だ。いろいろな賞を取ったので、新聞に載った彼女の写真をじっくり見たことがある。

その人形は、小さな合成皮革のスケート靴を履き、白い毛皮で縁どりされたピンクの衣装を着て、長いまつ毛が開いたり閉じたりする目をしている。だが、本物のバーバラ・アン・スコットには、まったく似ていない。写真では彼女は筋肉質で大きな太腿をしているが、人形は痩せて棒みたいだ。バーバラは女の人だが、人形は少女だ。命はないけれど、人形は忍び寄る恐怖で私をいっぱいにする。人形《ひとがた》ならではの人を不安にする力を宿しているからだ。私は段ボール箱に人形を戻し、そのまわりと顔の上まで薄紙を詰め込む。人形が壊れないようにこうしていると言うが、実は人形が私を見るのがいやなのだ。

居間の大型ソファーの上の壁一面には、バドミントンのネットが花綱飾りのように張ってある。両親はこのネットの升目《ますめ》に、クリスマスカードを吊した。私の知る限り、誰も壁にこんなバドミントンのネットを張っている人はいない。コーデリアのクリスマスツリーも、他の人とは違っている。それは薄く透き通った天使の髪の毛で覆われており、ツリーの上の明かりと飾りはすべて青い。しかしこんなに違っていても、彼女だったらうまく切り抜けるだろうが、私はそうはいかない。早晩、必ずバドミントンのネットのつけを払わされるだろう。

私たちは食卓について、クリスマスのディナーを食べている。父の学生の一人で、インドから昆虫の研究に来ている若者がいる。彼はこれまで雪を見たことがないそうで、私たちはクリスマスのディナーに彼を招待する。外国人で、家からも遠く寂しいだろうし、国ではクリスマスすらないからだ。これは前もって、母が私たちに話してくれたことだ。彼は礼儀正しいが落ち着きがなく、たびたびくすくすと笑う。自分の前にずらりと並んだ食べ物を、マッシュポテト、グレービーソース、どぎつい緑と赤のゼリー入りサラダ、巨大な七面鳥などをこわごわ眺めている。母は「あちらでは食べ物が違うから」と話していた。礼儀正しい笑顔の下で、彼がみじめなことがよくわかる。私はコツがわかりはじめ、今では何の苦もなく、他人の隠されたみじめな気持ちを嗅ぎわけることができる。

父は「愉快な緑色の巨人」［訳注 アメリカの冷凍食品会社の宣伝キャラクター］のように、にっこり笑いながら、食卓の上席に座る。地の精《ノーム》のような目を輝かせてグラスを持ち上げる。「さあ、バナージさん」と父は言う。父はいつも学生たちをさんづけで呼んでいた。「翼が片方では飛べやしないんだよ」

バナージさんはくすっと笑いながら、「BBCニュース」のような声で答える。「おっしゃる通りです」。彼はグラスを持ち上げ少しずつ飲む。グラスに入っているのはワインだ。兄と私はワイングラスにクランベリージュースをついでもらう。去年あるいはその前の年だったら、こっそり押したり引いたりして合図できるように、食卓の下で二人の靴ひもをつなげて結んでいたかもしれない。でも今では二人ともそれぞれの理由から、もうこんなことは卒業している。

父は七面鳥の詰め物をよそい、赤身と白身を分配する。母はマッシュポテトを添え、クランベリーソースをかけながら、「お国に七面鳥はいますか」とはっきりした丁寧な発音でバナージさんに尋ねる。彼は「いないと思います」と答える。私は向かいの席に座って、足をぶらぶらさせ、夢中になって彼を見つめる。彼の細い手首が大きなカフスから伸びている。手は痩せて長く、爪のあたりは私のようにぼろぼろになっている。彼はとても美しいと思う。その褐色の肌と輝く白い歯、それに驚いたような黒い目が。こんな色をした子どもが、日曜学校伝道新聞の一面の子どもたちの輪の中にいる。黄色や褐色の子どもたちが、皆さまざまな民族衣装を着てイエスのまわりで踊っている。バナージさんは民族衣装を着てはいないし、他の人と同じようにジャケットにネクタイだ。それにもかかわらず、彼が男の人だとは信じられない、とても違って見えるからだ。彼はむしろ私のような生き物だ。他の人とは異質で不安そうに見える。彼が私たちを怖がっているのは、私たちが次に何をするか、どんな不可能なことを彼に期待しているか、彼に何を食べさせようとするか、まったくわからないからだ。彼が爪を噛むのも不思議ではない。

「バナージさん、胸骨を少しどうかね」。父が彼に聞く。バナージさんの顔がその言葉でパッと輝く。「ああ、胸骨ですね」と彼は言う。二人が生物学という共通の世界に入りこんだのがわかる。それは私たちが今座っている、礼儀と沈黙という現実の厄介な世界からの避難所を提供してくれる。切り分け用ナイフで肉を薄く切るとき、父は私たちみんなに、特にバナージさんに、飛行筋がついている部位を大きなフォークで指し示す。もちろん、飼育された七面鳥は飛行能力を失くしてしまったが、と父は言う。

「〈メリアグリス・ガロパヴォ〉です」と父が言うと、バナージさんは前のめりになる。ラテン語の学名が彼を元気づける。「豆粒ほどの脳みそを持つ動物、いや、鳥の脳みそと言った方がいいかもしれないが、とにかくこの動物は体重を増やす能力があるために飼育されてきたんだ。特に腿肉のドラムスティックのためにな」――と父がこの点を指摘する――「確かに頭の良さのためではない。もともとは、マヤ人によって家畜化されたんだ」。父はある七面鳥農場の話をする。その話では、雷が鳴ったので七面鳥を小屋に入れようとしたが、彼らはあまりに愚かで動こうともせず、すべて死んでしまった。小屋に入る代わりに、くちばしを大きく開けたまま外に立って空を見上げていたので、咽喉に雨が入ってきて溺れてしまったのだ。これは農家の人たちから聞いた話で、たぶん本当のことではないだろうが、この鳥が馬鹿なことは伝説になっている、と父が言う。野生の七面鳥は、昔はこの地域の落葉樹の森にたくさんいたんだが、ずっと賢くて、熟練した猟師からも身をかわせる。それに飛ぶことだってできるのだと。

私は座ってバナージさんと同じように、クリスマスのご馳走をつついている。二人とも実際にはあまり食べないで、皿の上にマッシュポテトを散らかしていた。野生の動物は飼いならされた種より賢い、それだけは、はっきりしている。野生の動物は狡猾で捕えにくく、自分で用心する術《すべ》を知っている。私は知っている人を、飼いならされた人たちと、野性的な人たちに分ける。母、野性的。父と兄も野性的。バナージさんもまた野性的、けれど少しおどおどしている。キャロル、飼いならされている。グレイスも同じく、だが、陰険な野性の名残りがある。コーデリアは混じり気なしの野性だ。

「人間の欲望には、限りがないんだな」と父が言う。

「そうなんですか?」とバナージさん。父は「ろくでもないやつが、二本のドラムスティックの脚に二本の翼ではなく、脚だけが四本もある七面鳥を育てる実験をしているんだ。脚には肉が多いからだそうだ」

「そんな生き物は、どうやって歩くのでしょうか」とバナージさんが聞く。父はまさにそうだという風に、「もっともな質問だ」と言う。父はバナージさんに、くそバカ野郎の科学者どもは、四角いトマトまで作ろうとしているんだ、丸いのよりたぶん箱に詰めるのが簡単だからだと語る。

「もちろん、風味はすべて犠牲になるが」と言う。「風味なんて、やつらはちっとも気にしてないのさ。羽根を生やすエネルギーを節約することで、もっとたくさん卵を産ませようとして、丸裸のニワトリを育てたんだ。でも、そいつがあまりに震え上がったので、檻を二倍暖めなくちゃいけなくて、結局、ずっと費用がかかったんだよ」

「自然を弄《もてあそ》んでいますね」とバナージさんが言う。これは正しい反応だと、すでに私にもわかる。自然を探求すること、限度内で自然から身を守ることと、自然を弄ぶことは、まったく別物だ。

バナージさんは今では丸裸の猫もいると聞きましたが、と言う。雑誌で読んだが、彼自身はその意図がまったく分からないそうだ。これは今までの彼の発言の中で、一番長いものだ。

兄は、インドには毒へビがいるかと尋ねる。バナージさんは今ではすっかりくつろいで、毒へビの名前をいろいろ列挙し始める。母は微笑んでいる。なぜなら、思っていたよりこのパーティーがうまく行きそうだから。皆が喜ぶのであれば、夕食の席で毒へビの話をしても母は構わないのだ。

父は皿にあるものをすべて食べてしまい、詰め物がもっとないかと七面鳥の腹部をほじくっている。

その七面鳥は、縛り上げられた、頭のない赤ん坊に似ている。やがて、それは食べ物としての偽装を投げ捨て、大きな死んだ鳥という本来の姿を現した。私は翼を食べている。それは飼いならされた七面鳥の、世界で最も愚かな鳥の、あまりに愚かでもはや飛ぶことさえできない鳥の翼だ。私はその失われた飛行を食べている。

25

クリスマスの後、私に仕事が転がり込む。仕事とは、放課後にブライアン・ファインスタインをベビーカーに乗せ、あまり寒くないとき一週間に一回、一時間かそこら、この近所を押して歩き回ることである。この仕事で二十五セントが手に入り、これは大金である。

ファインスタイン家の人たちは、うちの隣りの家に住んでいる。そこは泥の山があったところに、急に建てられた大きな家だ。ファインスタイン夫人は、大人の女性にしては背が低く、ぽっちゃりとして、カールした黒髪に、すてきな白い歯をしている。笑いがこぼれる度に歯が見え、子犬のように鼻に皺を寄せ、頭を振ると金のイヤリングがきらめく。はっきりわからないが、このイヤリングは実際彼女の耳に開けた小さな穴をつき抜けていて、今まで見たどんなイヤリングとも違っている。

私が呼鈴を鳴らすと、ファインスタイン夫人がドアを開ける。「小さな命の恩人さん」と、彼女は言う。私は玄関で待つ。広げた新聞紙の上に、冬の長靴から滴《しずく》が垂れる。ピンクの花模様の部屋着を着たファインスタイン夫人は、本物の毛皮のついた高いヒールのサンダルを履き、ブライアンを連れに二階へ急ぐ。玄関はアンモニアをたっぷり吸ったブライアンのおしめの臭いがしている。バケツに入ったおしめは、おしめ会社が回収しに来るのを待っている。私は他の誰かがやって来て自分の洗濯物を持って行く、というアイデアに興味をそそられる。ファインスタイン夫人は、玄関から二、三歩入ったテーブルの上に、いつもオレンジを入れた鉢を出している。クリスマスでもないのに、誰もこんな風に高価なオレンジを置いている人はいない。鉢の後ろには木のような金色の燭台［訳注　ユダヤ教の燭台メノーラー］がある。これらのもの――腐っているおむつから出る、吐き気がするような甘いうんちの臭い、オレンジを入れた鉢と金色の木――が、頭の中で混じりあって、私の中で洗練の極致というイメージを作り上げる。

ファインスタイン夫人は、耳のついた青いウサギの防寒用スーツを着せられたブライアンを抱え、音を立てて階段を降りてくる。夫人はブライアンの頬に大きなキスをして、上下に揺すってベビーカーへ押し込み、防水のカバーをカチッと閉める。「はい、ブライ、ブライ」と言って、「さあ、これでお母さんは静かに考えごとができるわ」と笑いながら、鼻に皺を寄せ、金のイヤリングを揺らす。夫人の肌はふっくらと丸みを帯び、お乳の匂いがする。夫人は私が今までに見た母親たちとは、まったく違っている。

私はブライアンのベビーカーを冷たい外気の中に押して行き、近所を回り始める。さくさくした雪が暖炉から出た炭殻と一緒に広がり、凍った馬糞がここかしこに点在している。ブライアンはちっとも泣かないから、彼がどうしてファインスタイン夫人の考えごとを邪魔するのか、私にはわからない。彼は笑いもしない。まったく音を立てないし、眠ることもない。ベビーカーの中で横になっているだけで、まじめな顔をして、丸い青い目で私を見つめる。ボタンのような鼻がだんだん赤くなって行く。私はブライアンをあやしたりはしないが、彼のことは好きだ。黙っているし、人を批判したりしないから。

そろそろ時間だと思ったら、彼を家へ連れて行く。ファインスタイン夫人は、「まあ、もう五時だなんて、本当なの！」と言う。二十五セント硬貨の代わりに、五セント白銅貨をくださいと頼む、その方が多いみたいだからだ。夫人はげらげら笑って、そうしてくれる。私は、砂漠とヤシの木とラクダの絵がついた古い紅茶缶にお金を全部しまう。コインを取り出して、ベッドの上に広げるのが好きだ。お金を数える代わりに、コインに記されている年で並べてみる。一九三五年、一九四二年、一九四五年と。すべてのコインには、王様の顔が首のところできれいにカットされて刻印されているが、それぞれ王様は違っている。私が生まれる前の王様たちはあご髭を生やしているが、今の王様は教室の後ろに掲げてあるジョージ王だから、あご髭はない。お金を選り分け、切り取られた王様の頭部を積み重ねていくのは、奇妙な慰めになる。

私はブライアンのベビーカーを押しながら街角をぐるぐる回る。腕時計を持っていないので、一時間経ったとわかるのは難しい。コーデリアとグレイスが前方の角に現れる。後ろにキャロルを引き連れている。三人は私の姿を見つけ歩み寄る。

「イレインと韻を踏んでる言葉はなあに？」コーデリアが尋ねる。答えを待つ間もなく「イレインは『いやな人』っていうペインよ」と言う。

キャロルはベビーカーの中をのぞく。「ねえ、このウサギの耳を見てよ。名前は何ていうの」。彼女の声は何か物欲し気だ。私はブライアンを新しい角度から見る。赤ん坊のベビーカーを押すのが許されているのは、誰でもというわけではないのだ。

「ブライアン」と答える。「ブライアン・ファインスタインよ」

「ファインスタインって、ユダヤ人の名前ね」とグレイスが言う。

私はユダヤ人が何だか知らないが、〈ユダヤ人〉という言葉は見たことがある。聖書はその言葉でいっぱいだ。しかし、生きている本物のユダヤ人が、よりにもよって隣りにいたとは知らなかった。

「ユダヤ人は、〈ユダ公〉なのよ」とキャロルが、コーデリアに承認を求める眼差しを送りながら言う。

「そんな下品な言葉、言わないでよ」とコーデリアは大人びた声で返す。「〈ユダ公〉なんて、私たちが使う言葉じゃないわ」

私は母に〈ユダヤ〉って何なのか尋ねる。母は、私たちとは違った種類の宗教だと答える。バナージさんも同じように、ユダヤ教ではないが違った種類の宗教の人だ。たくさんの種類の宗教があり、ユダヤ人といえば、ヒットラーは戦争の間にたくさんユダヤ人を殺したのだと。

「どうしてなの」と尋ねる。

「彼は精神異常だったんだ」と父が言う、「誇大妄想家だ」。どちらの言葉も大して助けにならない。

「悪い人だっていう意味なのよ」と母が言う。

私は炭殻の残る雪の上を、くぼみのところではゆっくりと、ベビーカーを押して行く。ブライアンは、鼻を赤くして、小さい口をにこりともさせず、私をぎょろりと見る。ブライアンは、ユダヤ人という新しい特徴を持つようになる。彼には何か特別なところが、少し英雄的なところがある。ブライアンのウサギの防寒用スーツの青い耳でさえ、それを減ずることができない。〈ユダヤ人〉という言葉には、おむつや鉢に入ったオレンジやファインスタイン夫人の金のイヤリングや、彼女の耳たぶに開けられた、たぶん本物の穴などだけでなく、同時に古くからの重要な事柄も重なる。毎日、ユダヤ人に会うとは思いもよらなかった。

コーデリアとグレイスとキャロルが私のそばにいる。「小さなベビーさん、今日のご機嫌はいかが?」とコーデリアが聞く。

「ブライアンは元気よ」と、私は用心しながら答える。

「赤ちゃんじゃなくて、あなたのことよ」とコーデリアが言う。

「代わってもいい?」とキャロルが尋ねる。

「だめよ」と私は彼女に言う。もし彼女が間違って、ブライアン・ファインスタインを雪の吹きだまりでひっくり返したりすれば、それは私の責任だ。

「古くさいユダヤ人の赤ん坊なんか、誰が欲しいもんですか」と彼女は言う。

「ユダヤ人が、キリストを殺したのよ」。グレイスが取り澄まして言う。「聖書に書いてあるわ」

しかし、ユダヤ人はそれほどコーデリアの興味を引かない。彼女は他のことに心を奪われている。

「もし魚を取る人が漁師なら、虫（bug）をつかまえる人は何というかしら？」と言う。

「わからないわ」と私が答える。

「あなたって、バカね。それって、あなたのお父さんのことでしょ？　さあ、考えてごらんなさい、本当に簡単だから」

「バッガー（bugger）かな」［訳注　虫を取る人あるいは男性の同性愛者、嫌なやつなどの意味がある］と言う。

「えっ、あなた本気でそう思っているの？」とコーデリアが言う。「あなたのお父さんは〈昆虫学者(entomologist)〉なのよ、バカね。恥ずかしくないの？　石鹸で口を洗ってもらいなさいよ」

私は〈虫を取る人（bugger）〉が汚い言葉だとは知っていたが、その理由は知らなかった。それでも、私は父を裏切ったことになり、友だちからも裏切られた。「もう行かなくちゃ」と私は言う。ブライアンをファインスタイン夫人の元へ押して行きながら、私は黙ってすすり泣く。ブライアンは無表情に私を見つめる。「さようなら、ブライアン」と、彼にささやく。

私はファインスタイン夫人に、学校の宿題が多いからもう仕事はできないと言う。本当の理由は言えない。何となく、私と一緒ではブライアンは安全ではないと思う。私は、ブライアンが吹きだまりに頭から突っ込む映像や、死者でいっぱいの小川めがけて橋のそばの凍った坂を、ベビーカーで真っ直ぐに突進していく様子や、恐怖のあまりウサギの耳を逆立てて、空中高くほうり上げられるところを想像する。私はノーときつく言うことができないのだ。

「かわいい子ちゃん、大丈夫よ」と、私の赤く潤んだ目を見ながら夫人が言う。夫人は腕を回して私を抱きしめ、もう一つ銅貨をくれる。今まで誰も、私を〈かわいい子〉などと呼んでくれたことはなかった。

夫人をがっかりさせ、自分自身に失望したと思いながら私は帰宅する。〈虫を取る人（bugger）〉と心の中で思う。何回も何回も、言葉の切れ目がなくなるまで繰り返し言ってみる。だんだん〈アーバッグ（erbug）〉、アーバッグ〉と聞こえてくる。それは〈ユダ公〉のように何の意味もないが、悪意を放ち、力を持っている。私は父に対し、何をしてしまったのだろう？

私は、ファインスタイン夫人がくれた、王様の顔を刻んだ銅貨を全部持って行き、学校帰りに店で使ってしまう。甘草のホイップとゼリービーンズ、まん中に種があり何層にもなったブラックボールや、ストローで吸う発泡性のシャーベットの袋を買う。私はこのお菓子を、これらの供物《くもつ》と償《つぐな》いを、待ち構える友だちの手の中へ平等に分け与える。あげる前のほんの一瞬間だけ、私は愛してもらえる。

26

土曜日だ。午前中は何も起こらなかった。南の窓に架かった雨樋《あまどい》に氷柱《つらら》ができる。日が差すと、水漏れのような規則正しい音で水がしたたる。母は台所でパンを焼いている。父と兄はどこか他所にいる。私は氷柱を見ながら一人でお昼を食べる。

お昼はクラッカーにオレンジチーズ、牛乳とアルファベットスープだ。アルファベットスープは子どもにとって楽しいご馳走だと、母は思っている。アルファベットスープには、白い文字が浮かんでいる。大文字のA、O、S、R、時どきXとかZが。私が小さかった頃、文字を掬《すく》い上げ皿の端に並べて単語を作ったり、自分の名前を一文字ずつ食べたりした。今は特に興味を覚えることもなく、ただ食べる。スープはオレンジがかった赤で味があるが、文字自体は何の味もしない。

電話が鳴る。グレイスだ。「出てきて遊ばない？」彼女は感情を抑えた声で言う。その声は、表情がなく、ごわごわして、釉薬《ゆうやく》をかけた紙のようだ。それでコーデリアがそばに立っているのだとわかる。もしいやだと言えば、何かで責められるだろう。いいわと言えば、そうしなければいけない。私は承諾する。

グレイスは「私たちが迎えに行くから」と言う。

まるで土をいっぱい詰め込まれたように、胃が鈍く重く感じられる。私は防寒スーツと長靴を履き、毛糸の帽子とミトンをつける。外に遊びに行くと母に告げる。「寒くないようにね」と母は言う。

雪に反射する太陽の光がまばゆい。吹きだまりの上には氷の硬い層があるが、それは雪の表面が融けて、また凍ってできたものだ。私の長靴はくっきりとした足跡を、氷の硬い表面につけて行く。あたりには誰もいない。まぶしい白い光の中を、グレイスの家へ歩いて行く。光があり余るほどに満ちあふれ、大気はゆらゆらと揺れる。目に対する、光の圧力が聞こえてくるようだ。懐中電灯にかざした手のように、あるいは雑誌で見た、海に浮かぶクラゲの写真のように、私は自分が透明になったような気がする。写真のクラゲは、水っぽい肉の風船のようだった。

道のつきあたりに三人の姿が見える。私の方へ歩いて来る彼女たちの姿はとても暗い。三人のコートもほとんど黒に見える。近づいて来るその顔までもが、まるで陰にいるように真っ黒だ。

コーデリアが口を開く。「私たちが迎えに行くと言ったのよ。あなたがここに来ていいとは、言わなかったわ」

私は何も答えない。

グレイスが言う。「私たちが話しかけているのだから、彼女は答えなくちゃいけないわ」

コーデリアが言う。「どうしたの。耳が聞こえないの？」

彼女たちの声が遠くに聞こえる。私は横を向いて吹きだまりに吐いてしまう。そんなつもりはなかったし、自分が吐くとは思わなかった。毎朝、胃がむかむかするので、吐き気には慣れている。しかし、今度は本物だ。真っ白い雪の上に驚くほど鮮やかな赤やオレンジ色が広がり、噛み砕いたチーズのかけらと一緒になったアルファベットスープの壊れた文字が、あちこちに散らばっている。

コーデリアは何も言わない。グレイスは「家に帰った方がいいわ」と言う。その後ろでキャロルが泣きそうな声で、「顔についてる」と言う。私は防寒スーツの前についた吐しゃ物の臭いをかぎ、鼻と咽喉で味わいながら、家へ向かって歩く。それはニンジンのかけらのようだ。

雑巾バケツをそばに置き、熱の波に軽く漂いながら、私はベッドに横になる。何回かもどして、ついに少し緑色がかった液以外は出て来なくなる。「私たちもみんな、食当たりするかもしれないわね」と母が言い、そのとおりになった。夜じゅう、急いで駆け込む足音、吐こうとする音、トイレの水洗の音が聞こえる。私はまるで甘やかされているかのように、病気にくるまれて安心し、小さい頃に戻った気がする。

私は以前よりたびたび病気になり始める。母は時どき懐中電灯で私の口の中をのぞき、額をさわって体温を計り、学校へ送り出す。だが、時には家にいることが許される。こんな日はほっとする。まるで長い間走っていて、ずっとというわけではないが、しばらく休息できる場所に辿り着いたかのようだ。熱があるのは心地よく、心が空っぽになる。私はいろんなものの冷たさを楽しむ。飲むようにもらった気の抜けたジンジャーエールと、その繊細な後味を楽しむ。

　私はベッドに横になる。枕に上体をもたせかけ、そばの椅子の上に水のコップを置く。遠くで母が立てる音が聞こえる。泡立て器や掃除機の音、ラジオからの音楽、床磨き機が立てる湖畔でよく耳にするような音など。窓に半分引いたカーテンの間から、冬の太陽が斜めに差し込む。今ではカーテンもついている。私は天井の照明器具を見つめる。それは黄色味を帯びた磨《す》りガラス製で、中に入り込んで出られずに死んだ二、三匹のハエの影が見えるが、まるで不透明なゼリーを透かして見ているようだ。私は、ドアの取っ手も見る。

　時どき、雑誌からのいろんな切り抜きを、チェスのビショップ駒のような瓶から出したルパージュ社のゴム糊で、スクラップブックに貼る。『素晴らしい家庭経営』『婦人家庭日誌』『奥様の友』といった雑誌から、女の人の写真を切り取る。もし顔が気に入らないなら、頭の部分を切り取り、別の顔を貼る。この女性たちは、パフスリーブとたっぷりしたスカートのドレスを着て、白いエプロンを腰にきつく結んでいる。彼女たちはトイレのばい菌に殺菌剤をかけ、窓を磨き、吹き出物の出た顔を石鹸で洗い、油っぽい髪をシャンプーで洗う。彼女たちは嫌な臭いを消し、荒れて皺の寄った手にハンドローシヨンをすり込み、トイレットペーパーのロールを頬に押し当て、柔らかさを確かめる。

他の写真には、女の人が普通してはいけないようなことをする女性たちがいる。うわさ話にふける人、だらしない女性、威張る女性たち。編み物をやりすぎる人もいる。「歩いても、乗っても、立っても、座っても、彼女がどこに行っても編み物がついて行く」と一人が言う。ある写真には、路面電車の中で編み物をしている女の人がいて、彼女の編み針の先が隣の人たちを突き刺したり、毛糸の玉が通路にほどけて転がったりする。ある女の人たちのそばには、「見張りの鳥」がいる。子どもの絵のような赤と黒の鳥で、大きな目と小枝のような足をしている。「こちらは、『出しゃばり』を見張る『見張りの鳥』」「**あなた**を見張っている『見張りの鳥』です」とそれは言う。

欠点はあげればきりがないし、過ちを犯すことには限りがないと私にもわかる。大人になってどんなに一生懸命磨き上げたとしても、何をやったとしても、いつも顔には何か汚れやシミが残り、馬鹿なふるまいをして誰かが眉をひそめる。しかし、こんな欠点のある女の人たち、額にどんなに悩んだかを示す皺が寄っている女性たちを全部切り抜き、スクラップブックに貼りつけることは、どこか楽しいものがある。

ラジオではお昼に、ドアを叩くハッピー・ギャングの歌が流れる。

コン、コン、コン、
そこにいるのは誰？
ハッピー・ギャングさ！

まあ、入ってきなよ！

ハッピー・ギャングと一緒に、ハッピーで行こうよ
健康でいよう、君の元気を祈ってる
だって君がハッピーで健康なら
金持ちなんてクソ食らえ
だから、ハッピー・ギャングと一緒にハッピーになろう！

ハッピー・ギャングは私を不安でいっぱいにする。もし、幸福でも健康でもないなら、どうなるのだろう？ それは言わない。彼ら自身はいつも幸福だし、そうだと言う。でもいつでも幸福だなんて信じられない。だから、彼らも時には嘘をついているに違いない。でもいつなのだろうか。彼らの嘘っぽい作り笑いは、どれくらい偽物なのだろうか？

少しして、カナダ気象台公式時報が流れる。まず宇宙空間の信号音、それから沈黙、そして長いピーという音。長いピーという音は時報を表す。時は過ぎ去る。ピーという音の前の沈黙の間に、未来が形になっていく。私は頭の向きを変え、枕の中に顔をうずめる。その音は聞きたくないから。

27

冬が融ける。後には、汚い炭殻のかす、濡れた紙とびしょびしょの古い葉っぱが残る。裏庭には表土の大きな山が、次に、巻き上げられた四角い芝生の山が現れる。両親は泥のついた長靴と土で汚れたズボンをはいて、浴室にタイルを貼るように、泥の上に芝生を敷きつめる。二人はシバムギや、タンポポを引き抜き、ネギを植え、レタスの列を作る。猫が数匹どこからともなく現われ、植えたばかりの柔らかな地面を掘ってしゃがみこむ。父は掘り起こしたタンポポのかたまりを、猫たちに投げつける。「くそっ、猫のやつめ」と言う。

つぼみが黄色くなり、縄跳びの縄が持ち出される。私たちはグレイスの家の車道にある、濃いピンク色の野生リンゴの木のそばに立つ。私は縄を回す。キャロルがもう片方の端を回し、グレイスとコーデリアが跳ぶ。女の子たちは無邪気に遊んでいるように見える。

私たちは歌う。

きのうじゃなくて、その前の晩
二十四人の盗賊が裏口へやってくる
そして、私……に……こう言った！
お嬢《レディー》さん、回って、回って、回って、

お嬢さん、地面にさわって、さわって、さわって、
お嬢さん、靴を見せて、見せて、見せて、
お嬢さん、お嬢さん、さっさと出て行って！

グレイスはまん中で跳びながらぐるぐる回り、車道にさわり、落ち着いて片足を蹴り上げ、少し微笑む。めったに引っかかることはない。

　私はこの歌が怖い。それは、何か漠然とした卑猥さを暗示していて、わからない所があるから。盗賊たちとその奇妙な命令、娘とその挑発的な動き、訓練犬のように強いられる芸当が。それから最後の「さっさと出て行って」とは、どういう意味だろうか。娘は自分の家のドアから急いで出て行かされたのだろうか、盗賊たちが中に残って、好きなものを自由に盗み、何でも壊して好き勝手にしている間に。あるいは、それで彼女は一巻の終わりなのだろうか。跳び縄を首にかけられて、娘がリンゴの木からぶら下がっているところが目に浮かぶ。でも彼女をかわいそうだとは思わない。

　太陽が輝き、ビー玉が戻ってくる、冬の間置いてあったところから。ビー玉の名前を呼ぶ子どもたちの声が校庭に響く。〈ピューリー、ピューリー、バウリー、バウリー、一つで二つ〉。彼らの声は、幽霊かあるいは罠にはまった動物のように聞こえる。痛くて疲れ果てた、か細い泣き声のようだ。

　学校からの帰り道、私たちは木の歩道橋を渡る。私は他の子どもたちの後ろを歩く。割れた板の間から、下の地面が見える。ずっと前に、ピューリー、ウォーター・ベイビー、キャッツ・アイなど宝物のビー玉がいっぱい詰まった瓶を、兄が橋の下のどこかに埋めたのを覚えている。その瓶はひっそりと暗

闇で光を放ちながら、今でもそこの土の中に埋まっている。たとえ目に見えない悪い男たちがいたとしても、私は一人で下に降りて行き、宝を掘り起し、すべての謎を手にするところを想像する。地図がないので瓶は見つからないだろう。でも他の人がまったく知らないことを、いろいろ考えてみるのが好きだ。

私は、タンスの引き出しのすみで、冬中眠っていた青いキャッツ・アイを取り出す。太陽の光にかざしてじっくり調べる。水晶球内部の瞳の部分は、とても青く、とっても澄み切っている。まるで氷の中で凍りついた何かのようだ。ポケットに入れて学校に持って行く。でも、他のビー玉に当てられないように、ゲームでは使わない。指の間で転がしながら握りしめている。

「ポケットに入れているのは、何なの?」とコーデリアが言う。

「何でもないわ。ただのビー玉よ」と私は答える。

ビー玉の季節だ。みんなポケットにビー玉を入れているので、コーデリアも見逃してくれる。このキャッツ・アイが私を守ってくれるどんなすごい力を持っているのか、彼女は知らない。キャッツ・アイを持っていると、時どき、キャッツ・アイと同じように見ることができる。みんながキラキラ輝く生きた人形のように動くのが見える。彼らの口は開いたり閉じたりするが、実際の言葉は聞こえない。みんなの形、大きさ、色が見える。でも彼らについて何も感じない。私は自分の目の中だけで生きている。

私たち一家は、以前より遅い時期まで町に滞在する。夏休みのため、学校が終わりになるまで留まる。昼の明るさが就寝時間過ぎまで続くようになり、湿った熱気が湯気の立つ毛布のようになって、町を包む頃まで。私はブドウの粉末ジュースを溶かして飲むが、ブドウではなく虫を殺す時に使う薬のような味がして、いつ北へ出発するのだろうかと考える。がっかりしないように、出発しないのかもと独り言を言ってみる。しかし、たとえキャッツ・アイが守ってくれても、もうここではこれ以上耐えられないとわかっている。私の心は内に向かって張り裂けてしまうだろう。『ナショナル・ジオグラフィック』で、深海に潜水するとき、なぜ、ぶ厚い金属のスーツを着なくてはいけないのか読んだことがある。そうしないと、目に見えない深海のものすごい水圧が、泥を握りしめるように人間を押しつぶしてしまい、人は内側に破裂する。これは〈内破〉と呼ばれ、鉛の扉が閉まるような、鈍い究極的な響きがある。

私は荷物のように後部座席に詰めこまれて、車の中に座っている。グレイスとコーデリアとキャロルが、リンゴの木の間に立って見ている。私は背を屈め、彼女たちの視線を避ける。別れの言葉を交わすために、友だちのふりをしたくない。車が走り去る時、三人は手を振る。

私たちは北へ走る。トロントは後ろの地平線上で、遠くの火の手から上がる煙のように、茶色っぽく汚れた空気のシミになっていく。ようやく今になって、私は振り返って眺める。

木々の葉はだんだん小さく黄色くなり、芽吹きに向けて折り重なり、空気はすがすがしくなる。道端でカラスを見かける。車に轢かれたヤマアラシをつついているが、ヤマアラシの針は巨大な棘で内臓はピンク色の炒り卵のようになっている。北部花崗岩が地面から垂直にそびえ、道がその間を貫いているのが見える。ギザギザに切り立った崖の湖が見え、そのほとりの沼地には枯れた木々が、何本も突き刺さっている。おが屑焼却炉や火の見やぐらも見える。

三人の先住民が道端に立っている。何か売っているわけではないようだ。籠もないし、ブルーベリーには早すぎる。まるで長い間そうしているかのように、ただ、そこに立っている。彼らの姿は見慣れているが、景色としてにすぎない。私が車窓から彼らを見つめている時に、彼らは私を見ているのだろうか。たぶんそうではない。私など彼らにとっては走り去る車の中のぼんやりした人影にすぎない。私は彼らの注意を引くことはない、また、ここの何にとっても。

私は、ガソリンとチーズのにおいがする後部座席に座り、食料を買いに行っている両親を待っている。車は木造の雑貨屋のそばに停まっているが、店の建物はたわみ、風雨に晒されて色あせ、外側全部に打ちつけられた「**黒猫タバコ**」「**プレイヤーズ**［訳注 紙巻タバコ］」「**コカコーラ**」の看板のおかげで、かろうじてくっついている。ここは村でさえなく、街道沿いのちょっとした広い場所にすぎない。川のそばの橋の際だ。以前ならこの川の名前を知りたいと思っただろう。兄のスティーブンは橋の上に立ち、木片を上流に投げてどれくらいで反対側に出てくるか測り、流れの速さを計算する。ブヨが出てくる。何匹か車に入ってきて、窓を這い上がり、跳び上がり、また這い回る。私はブヨの動きを見守る。ブヨの丸い背中や小さな赤黒い電球のような腹が見える。ブヨをガラスに押しつけてつぶすと、私自身の赤い血の汚れが残る。

私はうれしいというより、ほっとする。咽喉が締めつけられることはもうない。歯を食いしばるのを止め、足の皮膚は元に戻り始め、指も部分的に治ってきた。私は後ろからどう見えるか考えないで、歩くことができる。どんなふうに聞こえるか耳を澄まさないで、話しができる。長い間、まったくしゃべらないで過ごせる。今や言葉から自由になり、言葉のない状態に戻る。ちょうど眠りに入るように、移ろっていく自然のリズムの中へ沈んでいくことができる。

この夏は、スペリオル湖の北岸の貸別荘にいる。まわりにはいくつか山荘があるが、たいていは空家だ。他に子どもたちはいない。湖は巨大で、冷たく、青く、油断はできない。貨物船を沈めたり、人々を溺れさせたりする。風が吹くとすさまじい海鳴りをとどろかせながら、波が次々に押し寄せる。その中で泳いでも少しも怖くない。私は凍るように冷たい水の中を歩き回る。足先、それからその上の、陸地にいるときより長く白い細い脚が、水の中に潜っていくのを見つめながら。

広い砂浜があり、その片方の端に丸い巨石群がある。私は石の間で時を過ごす。石はアザラシのように丸くなっているが、違うのはただ硬いところだ。日なたで暖まった石は、大気が冷える夜になってもまだ暖かい。ブローニーカメラで石の写真を撮る。その石に牛たちの名前をつける。

砂浜上方の砂丘には、海辺の植物が生えている。うぶ毛のあるモウズイカや、赤紫色の花と肌を刺す小さな豆の莢《さや》をつけたカラスノエンドウや、足の皮膚を切る草が。そしてその後ろには、バルサム樹とトウヒが混ざった、樫の木やヘラジカカエデ、樺の木やポプラなどの森がある。時には毒のある蔦《つた》もある。ひっそりとしているが、森は目を光らせている。湖岸にとても近いので、迷ったりはしないが。

森を歩いていると、死んだカラスを見つける。生きている時に見るより大きい。棒でつつき引っくり返すと、ウジが湧いている。腐ったような、錆ついたような、もっと不思議なのは、かつて食べたことがあるが覚えていない食べ物のようなにおいがする。黒いけれど色があるという感じではなく、まるで穴のようだ。くちばしは古くなった指の爪のような、黒ずんだ角のような色をしている。目は萎びている。

これまでにも死んだカエルやウサギなど、死んだ動物を見てきたが、このカラスはそれよりもっと死んでいる。萎びた目で私を見る。その目にこの棒を突っ込むことだってできるだろう。たとえ何をしても、それは何も感じないだろう。もう、誰もいじめることはできない。

この湖の岸から、魚を釣るのはむずかしい。どこにも足場がないし、波止場もない。流れがあるから、子どもたちだけでボートに乗るのは許されていない。いずれにせよ、私たちはボートを持っていない。スティーブンは別のことをやり始める。双眼鏡で調べて、湖の貨物船の煙突コレクションを作る。チェスの問題を作っては解いたり、焚きつけを割ったり、あるいは蝶の本を持って一人で長い散歩に出かける。兄は蝶をつかまえたり、板にピンで留めたりする趣味はない。ただ蝶を見て確認し、数えたいだけだ。彼は本の裏のリストに、それらを書き留める。

私は兄の本で蝶の写真を見るのが好きだ。好きなのはヤママユガだ。大きくて淡い緑色で、羽に三日月の模様がある。兄がその一匹を見つけて、私に見せてくれる。「さわっちゃいけないよ」と言う。「でないと、羽から粉が落ちて、蝶は飛べなくなるからね」

しかし兄とチェスはしない。船の煙突や蝶のリストを作ることもしない。勝てないゲームに興味を持つのは止めているからだ。

森のはずれに沿って、開けた日向があり、チョークチェリー［訳注 エゾノウワミズザクラと呼ばれる落葉低木］の木がある。赤いチョークチェリーは熟れて透明になる。チェリーはとてもすっぱく、口の中の唾が無くなってしまうほどだ。ラード用の桶にチェリーを摘み、枯れた小枝や葉っぱを選り分けると、それで母がジャムを作る。茹でた後、ジャム用の布袋で種をこし、砂糖を加える。母は煮沸した熱い瓶にそのジャムを入れ、パラフィン蝋でふたをする。私はきれいな赤い瓶の数を数える。作るのを手伝ったのだが、それには毒があるように見える。

まるで許しをもらったかのように、私は夢を見始める。私の夢は派手な色がついているが、音はしない。

私は夢を見る。あの死んだカラスが生きているが、ただ見かけは前とちっとも変わらないし、今でも死んでいるように見える。それがぴょんぴょん跳ね回り、朽ちた羽をバタバタ動かすところで目が覚める。心臓がドキドキしている。

私はまた夢を見る。トロントで冬服を着ようとしているが、服が体に合わない。私は頭の上から服を引っ張り、腕を袖に通そうともがく。通りを歩いているが、体の一部が、素肌の一部が、ドレスからはみ出しているので恥ずかしいと思う。

私は夢を見る。私の青いキャッツ・アイが、太陽のように、あるいは、本にある太陽系の惑星の写真のように、空で輝いている夢を見る。しかし、暖かくはなく冷たいのだ。近くに動いて来るが大きくなることはない。それは、輝くガラスのように、空から私の頭をめがけて落ちてくる。私に当たり体の中を通っていくが、冷たいだけでケガはしない。寒いので目が覚めてしまう。すると、毛布が床に落ちている。

私は別の夢を見る。渓谷に架かる木の歩道橋がばらばらになる。私は橋の上に立っている。板が割れて離れ、橋が揺れる。私は手すりにしがみつき、残っている部分の上を歩く。でも、他の人たちが立っているところへ辿り着けない。なぜなら、橋はどこにもつながっていないから。母は坂の上にいるが、他の人たちと話をしている。

私は夢を見る。チョークチェリーの木からサクランボを摘んで、ラード用の桶に入れる。ただ、それはサクランボではなくて、透明で輝くように赤い、猛毒のベラドンナの実だ。ブヨの体のように血でいっぱいだ。触るとはじけて、血が手の上にあふれる。

コーデリアの夢は、まったく見ない。

夜、父は砂浜で私たちと鬼ごっこをする。〈ワッハッハ〉と笑いながら熊のようにドタドタ走る。一セントや十セント硬貨の小銭がポケットから砂の上に落ちる。遠くで湖の船が、煙を後ろにたなびかせながらゆっくり通り過ぎる。薄紅色の太陽が静かに左の方へ沈む。私は洗面台の鏡をのぞく。顔が日に焼け丸くなっている。母は私に微笑みかけ、薪コンロがある小さな台所で、空いた手で抱きしめる。母は私が幸せになったと思っている。時どき、夜のご馳走にマシュマロを食べたりする。

VI キャッツ・アイ

28

シンプソンズ・デパートの地下は、かつては売り出し用の衣類やスパナ類を売っていた。今やそこは、キラキラとまばゆいばかりだ。輸入チョコレートを積み上げた山とアイスクリームのカウンター、何列にも並ぶ高級クッキーや缶詰のグルメ食品が、包装に刻印されている賞味期限へ向けて、小さな時計のようにカチカチ時を刻んでいる。エスプレッソのカウンターさえある。ここにあるすべては、まさしく世界に通用するものばかりだ。昔ここで衣服のためのわずかな小遣いで、高校生用の安いネグリジェを買っていた。見切り品で一サイズ大きかった。私は、このあふれんばかりのチョコレートに圧倒される。これらを見るだけで、クリスマスや食べ過ぎた後のねばつく不快感や飽食と食傷を思い出す。

エスプレッソのカウンターに座り、カプチーノを飲む。これほどたくさんの甘いお菓子を揃えた、わがまま放題の放縦さに無力感を覚え、それをどうにかしたかった。エスプレッソのカウンターは、模造もしくは本物の暗緑色の大理石で、上にかわいらしい庇がついている。誰かがイタリアはこんな風だと考えたのだ。小さな回転椅子もある。ここからは靴の修理カウンターが見え、これは世界一流ではないけれど、私を元気づけてくれる。みんなは、まだ靴を修理してもらっている。こんなにチョコレートがたくさんあり贅沢しても、少し古びたくらいでは靴を捨てていないのだ。

子どもの頃の靴を思い出す。つま先がすり減り、半底で新しいかかとの茶色のオックスフォードシューズや汚いぼろぼろの白のランニングシューズ、靴下と一緒に履く、バックルが二つ付いた茶色のサンダル。ほとんどの靴は茶色だった。靴の茶色は、母が圧力鍋で作る鍋焼肉を思わせた。その鍋には、ぐにゃぐにゃのニンジンや、軟らかいジャガイモ、つるつると何層にもなった玉ねぎが入っていた。圧力鍋の上には笛の形をしたものがついていた。それに注意を怠るとふたが爆弾のように吹き飛び、ニンジンやジャガイモが天井に飛び散り、どろどろになってくっついてしまったものだ。一度、母がこれをやったことがある。幸いそのとき、母は台所にいなかったので、やけどをすることはなかった。何が起こったかわかったとき、母は罵る代わりに笑い飛ばして言った。「ほんとに、びっくり！　見掛け倒しでがっかりね」

料理はたいてい母がしたが、あまり得意ではなかった。母は一般に家事が好きではなかったのだ。地下室の船旅用トランクの中に、二十年代の柄ビロードのイブニングドレスや乗馬ズボンと一緒に、本物の銀製品がいくつかあった。凝った装飾の塩胡椒入れや、鶏の足形をした角砂糖ばさみ、銀の花を贅沢にあしらったバラを活ける鉢などだ。それらは薄紙に包まれ、地下室で黒ずんでしまっていた。黒くならないよう銀器は手入れする必要があった。ナイフやフォークやスプーンの装飾部分は、古い歯ブラシで磨かなくてはならない。食卓の下の渦巻き模様の脚にはよく埃がたまり、他の人たちがマントルピースの上に飾るいろいろな物もそうだ。〈つまらない飾り〉と母はよく言っていた。しかし、お菓子作りは母も好んでいた。私がそう思いたいだけなのかもしれないが。

もし私が母の立場だったらどうしていただろうか？　私に起こっていたことについて、母は感づいていたはずだ。きっと何かがあると。初めの頃でさえ、私の口数が少なくなったこと、爪を噛んでいることと、唇の皮膚をむしってできた黒いかさぶたに、気がついたはずだ。もし今、自分の子どもにこんなことが起こっているとしたら、どうしたらいいかわかるだろう。でもあの頃は？　選択肢はほとんどなかったし、今ほどみんなの話題にもならなかった。

かつて、連作で母を描いたことがある。六つの絵を六枚のパネルに描いた。ちょうど、祭壇に飾る、対になった三つ折り画像か［訳注　キリスト教美術で祭壇を飾るための三枚一組の聖画像］、あるいは漫画本のようにとでも言おうか。二組に分け、三枚は上に、あとの三枚は下に描いた。最初の絵は色鉛筆で描いた母で、四十年代後半風の服を着て、町の家の台所にいた。母までが青い花模様の濃紺の縁飾りと胸当てがあるエプロンを持っていて、時どきそれをつけていた。二番目の絵は、昔の『婦人家庭日誌』や『奥様の友』からの挿絵で作った同じ肖像のコラージュ作品だ。写真ではなく、油焼けした緑や色あせた青、くすんだピンク色から成る創作だ。三番目も同じ肖像で、白に白を塗り重ね、一段高くなった部分はモールを並べて輪郭を取り、白い布で覆われた裏張りに糊で貼りつけた。左から右へと目を移していくと、まるで母がゆっくりと溶けていくかのように見えた。現実の生活から、バビロニア風の浅い浮彫りの影の中へと。

　下段の絵は、反対の方向へ向かった。最初はモール、それからコラージュの同じ肖像、最後は色刷りで写実的に細部まで描いた絵だ。しかし今度は、母はスラックスに長靴、男物の上着を着て、戸外のコンロでチョークチェリージャムを作っていた。見る人は、母が白いモールの霧から抜け出て、揺るぎない日の光の中へ具現化すると解釈できるだろう。

私はこのシリーズ全体を、『圧力鍋』と名づけた。制作された年代と当時の状況から判断して、これは「大地の女神」についての作品だと思った人もいた。母は家事が嫌いだったことを考えると、その呼び名はひどくおかしかった。女性の隷属的な状況についての絵だと考える人もいた。また、家庭でのちっぽけでつまらない役割を果たす女性の典型だという人もいた。だがそれは、四十年代後半に私の母が料理をしていたやり方とその場所を描いた絵にすぎなかった。

私は母が亡くなってすぐに、この連作を描いた。私は母をこの世にもう一度、呼び戻したかったのだと思う。母を永遠の存在にしたかったのだろう、そんなもの、この世にはありえないけれど。母を描いたこれらの絵も、他のすべての絵と同様、すでに時の流れにどっぷりと浸かっている。

私はカプチーノを飲み終え、支払いを済ませ、私に給仕してくれたイタリア人風のウェイターにチップを置く。ここの食品売り場では、食べ物は買わないと決めている。あまりに気圧《けお》されてしまうからだ。普通は、あるいは他の街では、そんな気持ちにならないだろう。私はもう大人だし、買い物には慣れている。でも、今ここで、どうやったら自分が欲しいものを見つけられるだろうか？　帰りにどこか街角の店に立ち寄ることにしよう。真夜中まで牛乳や少し古くなった食パンを売っている所へ。そのような店は、今ではバナージ氏のような肌の色の人か、中国人が経営している。かつてそんな店を経営していた青白い顔の白人たちより、必ずしも愛想がいいというわけではないが、彼らが普通どんな不満を抱いているか容易に推測できる。細かい所まではわからないけれど。

私はエスカレーターを上って、香水の香りでむっとする一階へ行く。ここは空気が悪く、麝香のむんむんする匂いと強烈なお金の臭いがする。ようやく外へ出て西へ向かう。ショーウインドーの殺人鬼のようなマネキンの前を通り過ぎ、貝殻をかたどった市役所の建物を過ぎる。

前方の歩道に人が寝ている。みんなよけて通り、見下ろし、目をそらし、歩き続ける。そのあと彼らは、〈自分には関係ない〉という表情を再び注意深く作り上げて、私の方へ顔を向けてくる。

近づくと、この人は女の人だとわかる。あお向けに横たわったまま、まっすぐに私を見る。「奥さん《レディー》」と彼女は呼ぶ。「奥さん、奥さん」

この言葉はいろいろな使われ方をしてきた。「貴婦人《ノーブル・レディー》」「ダーク・レディー」、彼女は本物《リアル》の淑女《レディー》だ、老婦人《オールド・レディー》用のレース、いいですか奥さん《レディー》、ちょっとご婦人《レディー》前向いて歩きなよ、「婦人用《レディーズ》トイレ」、これは口紅で消され、「女性用《ウーマン》」と書き換えられている。しかし、今でも懇願するときの切り札になる。もし何かがとても欲しいのなら、〈ウーマン、ウーマン〉ではなく、〈レディー、レディー〉と呼び掛ける。ちょうど今、この人が言っているように。

〈もし心臓発作でも起こしていたらどうしよう〉と思う。見ると、額に血がついている。たくさんの血ではないが、切り傷がある。倒れたときに頭を打ったに違いない。そして誰も立ち止まらないので、彼女はそこにあお向けに倒れたままだ。貧しい人が着る緑色のギャバのコートの大柄な五十過ぎの女で、ひびの入った情けない靴を履き、両腕を広げている。茶色い目のまわりの日焼けしたような肌は赤く腫れ、白髪交じりの長い黒髪が歩道に広がっている。

「奥さん」とか何とか、女は言う。ぶつぶつ言っているが、今や彼女は私をつかまえた。

私は肩越しに、誰か助けようとする人はいないのか窺う。しかし、誰も応じる人はいない。私はひざまずき彼女に訊く、「大丈夫ですか」。なんて間が抜けた質問だ。そうでないことは目に見えている。吐しゃ物とアルコールが、このあたり一面に広がっているからだ。彼女をコーヒーに誘ってみてはと空想するが、それからどこへ行くのか？　厄介払いはできないだろう。彼女はアトリエまでついて来て、浴槽で吐いて、布団で眠るだろう。彼らはいつも私をつかまえてしまう。彼らは私がやって来るのを見つけ、群集の中から私を選び出す。たとえ、私がどんなに眉をひそめようとも。歩道のラップ・アーティストや統一教会の信者、地下鉄用トークンをねだるギターを弾く若者たちだ。私は弱者の手中に陥り、お手上げになる。

「酔っぱらっているだけですよ」と男が通り過ぎながら言う。〈だけ〉だとは、どんなつもりだろうか。もうこんなに苦しんでいるのに。

「さあ、立ち上がって、お手伝いしますから」と私は言う。弱虫！　と自分につぶやく。彼女はお金を無心し、もらったその金で甘ったるい安ワインを買うだろう。でも今、立ち上がらせると、彼女は私に倒れかかる。もし、彼女を近くの壁まで引きずって行けたら、体を支え、埃を少しはたき落とし、どうやって逃げるか算段できるのに。

「ほら」と声を掛ける。だが、女は壁にもたれようとはせず、代わりに私の方に寄りかかってくる。息はまるで粗相をしたような臭いだ。今や彼女は泣いている。子どものように恥ずかし気もなく、遠慮もない泣き方で、指はしっかり私をつかんだままだ。

「置いて行かないでね」と彼女は言う。「おお、神様。私を一人ぼっちにしないで下さい」。目を閉じて、まぎれもない困窮と苦悩を表わしている声は、私の中の一番弱い所、憐みに最も敏感な所に命中する。でも、私は単なる身代わりにすぎない。何が欠乏して、何が不足なのか、誰にわかるというのだろうか。私にできることは何もない。

「さあ」と言いながら、私は財布の中を手探りして十ドル紙幣を見つけ、彼女の手にねじこみ、厄介払いしようとする。私はつい大げさに同情するお人好しだ。私の心臓には切り傷があり、お金の血が流れる。

「ありがとう」と言って彼女は頭を左右に揺らし、また壁にもたれる。「あなたに神様の祝福がありますように。マリア様の祝福も」。それは、はっきりしない祈りだったが、そんなものはいらないと誰が言えるだろうか。彼女はカトリックに違いない。教会を見つけて、彼女を小包のようにドアから滑り込ませることもできるだろう。この人は彼らのものだし、処理は任せよう。

「もう行かなくちゃ」と私は言う。「大丈夫だから」と、ぬけぬけとした嘘をつく。彼女は大きく目を開け、焦点を合わせようとする。表情が穏やかになる。

「あなたのことは知っていますよ」と、彼女が言う。「あなたは『マリア様』でしょう? でも、私のことを愛してはくださらないのね」

病状が進んだアル中の狂人だ。人違いもはなはだしい。私は彼女から手を放す。まるで彼女が、電流の流れているソケットであるかのように。「違いますよ」と答えるが、彼女の言うことは本当だ。私は彼女を愛してなどいない。彼女の目は茶色ではなく緑色だ。コーデリアの目だ。

私は放した手に罪悪感を抱き、自分に罪はないと思いながら、彼女の許《もと》を立ち去る。私は善人だ。彼女は死ぬところだったかもしれないのに、他の人は誰も立ち止まらなかったから。こんなことを善良さと混同するとは、私は馬鹿だ。私は善人などではない。善良であるにはあまりに多くを知りすぎている。自分のことはわかる。自分が復讐心に燃え、貪欲で、秘密主義で、陰険でもあることを、私は知っている。

29

私たちは九月に戻って来る。北の方では夜は寒く、木々の葉が色づき始めているが、町はいまだに暑く、まだ湿気がある。ここは驚くほど騒がしく、ガソリンと道路の溶けたタールのにおいがひどい。家の中の空気はカビ臭く淀んでいる。夏の間の熱気が閉じ込められていたせいだ。蛇口から最初に出てくる水は錆色で、私は赤いぬるま湯のお風呂に入る。もうすでに、身体が固くこわばり始め、感覚もなくなってくる。私に対して、未来はドアが閉じるように、閉まりかけている。

コーデリアは私を待っていた。彼女がスクールバスのバス停に立っている様子を見ると、すぐにわかる。夏が来る前、彼女は無関心の時期をはさみ、親切と意地悪との間を行ったり来たりしていた。しかし今や、彼女はより残酷で容赦がなくなっている。まるで、どこまで行けるか見てみたいという衝動に駆られているかのようだ。崖っぷちのような端へと、私を後ずさりさせて行く。一歩後退、そしてもうあと一歩下がれば、私は踏み外し、落っこちてしまうだろう。

キャロルと私はもう五年生だ。ミス・スチュアートが新しい担任だ。先生はスコットランド出身でなまりがあり、「さあ、みなさ～ん」と言う。先生の机の上には、ジャム瓶にさしたヒースのドライフラワーの小さな束と、ハンサムなチャーリー王子［訳注 チャールズ・スチュアート。父ジェームズ・スチュアートは十七世紀末の名誉革命でイギリスを追われた。チャールズはその長男］の細密肖像画があり、机の引き出しにはハンドローションの瓶がある。王子はイギリス軍に滅ぼされたが、苗字は先生と同じだ。先生はこのローションを自分で作る。

午後になると、先生は自分用にお茶を一杯入れる。お茶の香りはまったくせず、先生が小さな銀の瓶から取り出して入れた、何かお茶とは違うものの香りがする。先生の髪は青みを帯びた白髪で、美しくウェーブしており、さらさらと衣ずれの音がする薄紫色の絹のドレスを着ている。袖にはレースの縁取りのハンカチをたくし込んでいる。先生はチョークの粉にアレルギーがあるので、看護婦用の白いガーゼのマスクでよく鼻と口を覆っている。それでも、先生の方を見ようとしない男の子たちに向かって、黒板拭きを投げつけるのはやめない。下手投げで強くはないが、先生が投げそこねることはない。当たると、その男子は黒板拭きを先生の所へ戻さねばならない。男の子たちは、先生のこの習慣を嫌がっているようには見えない。当てられるのは注目されている印だと思っている。

みんなスチュアート先生が大好きだ。キャロルは先生のクラスで運が良かったと言う。もし、少しでもエネルギーが残っていれば、私も先生が好きになるだろう。でも私はあまりに無感覚で、身動きさえできない。

すがりつけるようにと、私はキャッツ・アイをポケットに入れている。宝石のように貴重なこのビー玉は、私の手の中にあり、骨と布を貫いて、偏見のない眼差しで外を見つめている。その力を借りて、私は自分の目の中へと退いていく。私の前には、コーデリアとグレイスとキャロルがいる。彼女たちが歩くとき、私はその姿をじっと見る。影が片方の足からもう片方へ動く様《さま》や、色のかたまり、カーディガンの赤い四角形や、スカートの青い三角形を。彼女たちはまるで前方にいる操り人形のようで、小さくはっきりしている。私は意のままに、彼女たちの姿を見たり見なかったりできる。

歩道橋へ通じる小道に辿り着き、下り始める。赤い実をつけたベラドンナの蔓の所を過ぎ、波打つ木の葉と潜んでいる猫を通り過ぎる。あの三人はすでに橋の上にいるが、立ち止まって私を待っている。彼女たちの楕円形の顔や、めいめいの顔のまわりの髪の輪郭を見つめる。彼女たちの顔はカビの生えた卵のようだ。私の足は坂を下って行く。

いっそ姿を消してしまおうかと思う。道端のやぶに生えている猛毒のベラドンナの実を食べるとか、洗濯室のドクロの絵がついた瓶から、漂白剤のジャベックスを飲むとか、橋から飛び降りて、半開きの目で半ばにんまりとしたカボチャのように潰れることを考える。そんな風にばらばらになると、死者たちと同じように死んでしまうだろう。

こんなことはしたくないし、恐ろしい。でも、コーデリアが私にそうしろと命じる場面を思い浮かべる。軽蔑した声ではなく、優しい声だ。頭の中で彼女の親切そうな声が聞こえる。〈やりなさい。さあ早く〉。彼女の気に入るようにと、私はこんなことを仕出かすかもしれない。

兄に話して助けを求めようかと思う。しかし、正直言って何を話せるだろうか？　目に痣《あざ》ができたとか、鼻血が出たとか、報告できるわけではない。コーデリアは、身体的には何もしない。もし、追いかけてきたり、からかったりする男の子だったら、兄もどうしたらいいかわかるだろう。でも、私は男の子たちのこんなやり方に悩んでいるわけではない。女の子たちとその遠まわしのやり方や、ひそひそ話に対しては兄もお手上げだろう。

私は恥ずかしくもある。兄が私を笑うかもしれないし、私を軽蔑するかもしれないと心配だ。女の子仲間のことでめそめそして、何もないのに大さわぎしていると。

私は台所で母のためにマフィン型に油を引く。油が金属の上に描く模様を見る。爪の半月とぼろぼろの皮膚が目に入る。指をぐるぐると回す。

母は塩を計り、粉をふるい、マフィンの生地を作る。ふるい器はサンドペーパーのような乾いた音を立てる。「あなたは、あの人たちと無理に遊ばなくてもいいのよ」と母が言う。「他にも代わりに遊べる人はいるんだから」

驚いて母を見る。みじめさがゆっくりした風のように私を洗う。母は何に気づいたのだろうか、何を感づいたのだろう、何をしようとしているのだろう？　母は友だちのお母さんたちに言いつけるかもしれない。これは母がやれる最悪のことで、私には想像もできない。母は他のお母さんたちのようではないし、考え方も合わない。他のお母さんたちのように、家の中にじっとしていない。母は軽やかで閉じ込めておくのは難しい。他の人たちは、近所のリンクへスケートに行ったり、渓谷を一人で歩いたりしない。彼女たちは私の母と違って、大人のように見える。ツインセットを着て、疑り深く微笑むキャロルのお母さん、鎖のついた眼鏡をかけ、ぼんやりした様子のコーデリアのお母さん、ヘアピンで髪を留め、だらりと垂れたエプロン姿のグレイスのお母さんを思い浮かべる。私の母はスラックスをはいて野草の花束を持ち、みんなとは不釣り合いな格好で、彼女たちの戸口に現れるだろう。他のお母さんたちは、母の言うことなど信じないだろう。

「小さい頃、みんなが悪口を言い合っているときによくこう言ったものよ。『棒っ切れや石でなら骨が折れるかもしれないけど、悪口でケガはしないんだから』」。母は勢いよく腕を回してかき混ぜる。手際よく力強い。

「みんなは私の悪口を言ったりしてないわ。友だちよ」と言う。私はそう信じている。

「あなたは、自分でやって行くのを覚えなくちゃ」と母は言う。「あの人たちにあごで使われてはだめよ、いくじなしでは。もっと背骨をシャンと伸ばして勇気を持って」。母は生地を型に流す。

私はイワシとイワシの背骨のことを思う。イワシの背骨は食べられる。その骨は歯の間で砕ける。ちょっと噛むと、ばらばらになる。私の背骨もきっとこんな風だろう。ほとんどないも同然だ。私に起こっていることは自分のせいだ。しっかりした気骨を持っていないからだ。

母はボウルを置いて、私の肩を抱く。「どうすればいいか、私にわかるといいんだけど」と言う。これは告白だ。私はうすうす感づいていた、つまり、このことに関する限り、母は無力なのだ。

マフィンは型に流し込んだら、すぐに焼かなくてはいけない。さもないと平らになってだめになる。慰めという気晴らしにふける余裕はない。もし慰めに屈すれば、ほんのわずか残っていた背骨さえも、ぼろぼろになり、何もなくなってしまうだろう。

私は母から離れる。「マフィンをオーブンに入れなくちゃ」と言う。

30

コーデリアが鏡を学校に持ってくる。ポケット用鏡で、縁なしのありふれた、小さな長方形のものだ。彼女はポケットから鏡を取り出し、私の前に掲げて言う。「あなた、自分を見てごらんなさい！ほら！」うんざりして飽き飽きした声だ。まるで私の顔そのものがつけ上がり、良からぬことを企んでいるという風だ。鏡をのぞきこむが、普通でないものは何も見えない。ただの私の顔だ。唇を噛んだ所が黒いシミになっている。

両親がブリッジのパーティーを開く。居間の家具を壁の方へ押しやり、金属製のブリッジテーブルを二つと、八つのブリッジ用椅子を広げる。それぞれのテーブルの真ん中に二枚の陶器の皿があり、一つには塩気のあるナッツ、もう一つにはミックスキャンディーが入っている。このキャンディーは〈ブリッジミックス〉と言われている。それぞれのテーブルには灰皿が置かれる。

それから、玄関の呼鈴が鳴り始め、みんなが入って来る。家はなじみのないタバコの臭いで満ち、その臭いは食べ残しのキャンディーやナッツと一緒に、翌朝もまだ残っているだろう。時間が経つにつれて、笑い声がだんだん大きくなる。私はベッドに横になり、はじけるような笑い声を聞く。私は一人ぼっちで、のけ者にされた気分だ。それになぜこの遊びが、この騒ぎと臭いが、〈ブリッジ〉と呼ばれているかわからない。これは全然橋のようではないから。

時どき、バナージさんもブリッジパーティーにやって来る。ちらりとでも彼の姿を見たいと、私はネルのパジャマを着て玄関の隅に潜んでいる。彼に片思いとか、そんな気持ちがあるわけではない。彼に会いたいと思うのは不安からであり、仲間意識からである。彼がどんな風にうまくやっているか、どんな風に生活を乗り切っているか、七面鳥を食べなくてはいけないときとか、その他のことでどうやっているのか見たいのだ。でも、憑かれたような彼の黒い目と、少しヒステリックな笑い声から判断すると、あまりうまく行ってはいないらしい。けれど、彼を追ってくるものが何であれ、彼がそれをうまく処理できるとすれば、私だってそうできるだろう。これは私の考えなのだが。

エリザベス王女がトロントへやって来る。夫である公爵と一緒に、王女がカナダを訪問する。「王室の公式訪問」だ。ラジオから群集の歓声や、王女がどんな色のドレスを着ているのかを説明する、重々しい声が流れる。毎日違った色だ。私は沿海州弦楽隊の音楽を背景に聞きながら、居間の床にうずくまり、『トロントスター』紙を肘の下に広げて、一面の王女の写真を見つめる。王女は思ったより年上で普通の感じだ。ロンドン大空襲の時代のように、ガールガイドの制服姿ではないが、教室の後ろのヴィクトリア女王のように、イブニングドレスとティアラ姿でもない。王女は飾り気のないスーツに手袋で、みんなと同じようにハンドバッグを持っているし、婦人用の帽子をかぶっている。しかしそれでも、彼女は王女様だ。新聞には彼女のために全面を割いたページがあり、女の人たちが正式のお辞儀で迎え、小さな女の子たちが花束を差し出している。王女は彼女たちに微笑みかける。いつも慈愛に満ちた同じ微笑みで、輝くばかりと形容される。

毎日毎日、床にしゃがんで新聞のページをめくり、王女が飛行機や列車や車で、町から町へと地図を横切るのを見守る。私はトロントを通るルートの予定表を覚える。王女に会える可能性は十分あるかもしれない。なぜなら、王女は墓地の間を走る舗装されていないでこぼこ道を通って、家のすぐそばを車で通ることになっているからだ。そこには植えたばかりの貧弱な木々と、ブルドーザーでならした土の塊と、五つの新しい土の山が並んでいる。

土の山は道路のこちら側にある。これは最近できたばかりで、以前あった雑草の生えた空き地に取って代わった。それぞれの山のそばに穴があるが、穴はおおよそ地下室のような形で、底に泥水がたまっている。兄はその山の一つを自分のものだと言い張った。兄は上からトンネルを掘り、それから横の入り口を作るために、脇へ掘るという掘削計画を立てる。彼がそこで何をしたいのかわからない。

王女がなぜ、こんな土の山の所を車で通るのかわからない。こんな山を王女がどうしても見たいとは考えられない。でも、確信があるわけではない。なぜなら王女は他にも面白くなさそうなものを、たくさん見ているからだ。市役所の外に立つ王女の写真や、魚の缶詰工場のそばに立つ別の写真がある。けれども、王女がその山を本当に見たいと思っていようがいまいが、土の山自体は立って見渡すにはいい場所だ。

私はこの訪問を楽しみにしている。何なのかははっきりわからないが、私は今回の訪問に何かを期待している。この方は、ロンドンでの爆撃に公然と立ち向かった、勇敢で英雄的なあの王女なのだ。その日、私にも何かが起こるだろうと思う。何かが変わるだろう。

「王室の公式訪問」がついにトロントに到着する。その日は曇り空で、時どき局地的に雨が降る。このあたりの人たちがパラパラ雨と呼ぶ天気だ。私は早くから外に出て、真ん中の土の山の頂上に立つ。道路沿いのうす汚い草地に、大人と子どもがてんでに並んで立っている。子どもたちの何人かは、小さな英国旗を持っている。私も同じく一本持っている。学校で渡されたのだ。このあたりにはそれほどたくさん人が住んでいないので、群集はあまり多くない。おそらく歩道のある中心街の方へ行ってしまった人たちもいるだろう。グレイスとキャロルとコーデリアが、グレイスの家へ向かう道に立っているのが見える。彼女たちがどうか私を見ないように。

英国旗を棒からだらりと垂らして、私は土の山の上に立つ。時間が経つが何も起こらない。王女がどこまで来ているのか知るには、たぶん家へ帰ってラジオを聞かなければならないだろう。しかし、突然、左側の墓地のそばから一台の警察車両がやって来る。霧雨が降り始め、遠くで歓声が上がる。

オートバイが何台か来て、それから数台の車が来る。道路に沿って並ぶ人々の腕が空中へ振り上げられるのが見え、あちこちで万歳の声が聞こえる。道路には穴がたくさんあるというのに、車列はあまりに速く通り過ぎてしまう。どの車が王女の車かわからない。

その時、私には見える。水色の手袋が車の窓から出てきて、前後に振られているあの車だ。見る間に車は私の向かい側に来て、もう通り過ぎようとしている。私は英国旗を振ることも、歓声を上げることもない。遅すぎるとわかっているからだ。長いことそうしようと待っていたのに、時間がないと今になってはっきりする。私がやらなければいけないことは、均衡を取りながら両腕を大きく広げて山を駆け下り、王女の車の前に身を投げ出すことだ。王女の車の前か、上か、中に。すると、王女はみんなに車を止めてと言うだろう。私が轢かれるのを避けるためには、そう言わなければならないだろう。王室の車に自分が轢かれるなど実際は想像しない。私はそれよりもっと現実的だ。ともかく、両親を残して死にたくない。でもそうしたら、事態は変わり、あの三人も変わり、何かが成されるだろう。

手袋のお方《かた》を乗せた車は走り去り、角を曲がり行ってしまった。そして私は動かなかった。

31

スチュアート先生は美術が好きだ。汚くなりがちな工作が自分の服を汚さないでもできるようにと、先生は家から父親の古いシャツを持って来させる。私たちが鋏で切ったり、絵の具を塗ったり、糊で貼ったりしている間、先生は看護婦用のマスクをして、私たちの肩越しに作品を見ながら机の間を歩き回る。もし誰か男の子がわざと変な絵を描いていると、先生は馬鹿にしたように怒ってその画用紙を持ち上げる。「この子は、自分が頭がい〜いなんて思っているのよ。あなたたちの二つの耳の間にはもっと脳みそが詰まってて欲しいものね！」そして先生は親指と人差し指の爪で、彼の耳をピシッとはじく。

私たちはカボチャやクリスマスの鈴などおなじみの紙の作品を作るが、先生は他のものも作らせる。私たちはコンパスで複雑な花模様を作ったり、ボール紙の裏に変わった物、羽やスパンコール、派手な色に染められたマカロニ、長いストローなどを貼りつける。黒板や茶色い大きな巻紙の上に、グループで壁画装飾をしたりする。あるいは外国についての絵を描く。たとえば、サボテンと大きな帽子をかぶった男の人がいるメキシコや、円すい形の帽子と目玉模様の船がある中国、銅の甕を頭に乗せバランスを取り、額に宝石をつけ優美な絹をまとった女性たちを描いたインドなどだ。

外国の人たちの存在を信じられるから、私はこの外国の絵が好きだ。どこか別の場所に外国の人々が存在しているということを、私は必死で信じる必要があったのだ。たとえ日曜学校で、これらの人たちは飢えているとか、異教徒であるとか、またはその両方だと教えられ、教会での毎週の献金が彼らを改宗させたり、食物を与えたり、教育を施すために使われるとしても。奇妙な気持ちの悪い食べ物を食べたり、イギリス人を裏切ったりするので、彼らは悪賢いとラムリー先生は思っていた。しかし、私はスチュアート先生の考えの方が好きだ。そこでは頭上の太陽は陽気な黄色で、ヤシの木は清らかな緑色だし、彼らが着ている服は花柄で、歌う歌は楽しそうだ。女性たちは皆、早口で理解できない言葉をしゃべり、見事な歯並びの真っ白な歯を見せて笑う。もしこんな人たちがいるのなら、いつかそこへ行けるだろう。ここにいる必要などないのだ。

今日《きょう》は、とスチュアート先生が言う。学校が終わってから、みんなが何をしているか描いてみましょう。

他の生徒たちは背中を丸めて机に向かう。みんなが何を描くかわかっている。縄跳び、陽気な雪だるま、ラジオを聞いたり、犬と遊ぶことなどだ。私は自分の画用紙を見つめるが、それは白紙のままだ。ようやく、私はベッドとその中で寝ている自分の姿を描く。私のベッドには渦巻き模様の黒っぽい木のヘッドボードがついている。私は窓と整理ダンスを描く。夜に色を塗る。手に黒いクレヨンを持って、きつく強く押しつける。ついに絵はほとんど真っ黒になってしまい、ベッドと枕の上に頭のかすかな影が見えるだけだ。

私はこの絵を見てうろたえる。これは私が描こうとしたものではない。これは他のみんなの絵とは違う。間違った絵だ。スチュアート先生は私にがっかりするだろう。先生はあなたの耳の間にはもっと脳みそが詰まっているはずよと言うだろう。今、先生が私の肩越しにのぞきながら、後ろに立っているのを感じる。先生のハンドローションの匂いがし、お茶とは違う香りもする。先生が前に回り、その姿が見えてくる。先生の明るく青い皺の寄った目が、看護婦用マスクの上から私を見つめる。

しばらくの間、先生は何も言わない。それから先生は口を開くが、厳しい口調ではない。「なぜ、あなたの絵はそんなにくら〜いの？」

「夜だからです」と私は言う。これは馬鹿げた答えだということが、口から出るとすぐにわかる。私の声は自分にさえも、ほとんど聞こえない。

「そうだわね」と先生は言う。先生は私が間違った絵を描いたとか、放課後には寝るより他にすることがきっとあるはずよ、とは言わない。先生はしばらく私の肩に手をかけ、また机の間を回り始める。先生が肩に触った所は、吹き消されたマッチのように少しの間火照っている。

学校の教室のあちこちの窓に、紙で作ったハートの花が咲いている。私たちは大きなバレンタインデーの郵便箱を、段ボールの箱で作る。それはピンク色のちりめん紙と、紙ナプキンの縁飾りがついた赤いハートで覆われている。私たちは上にある投入口へ、バレンタインカードをすべり込ませる。ウールワースで買うことのできる本から切り取った、特別大好きな人たちへのとびきりのカードを。

その日は午後中ずっとパーティーだ。スチュアート先生はパーティーが大好きだ。先生は、自分で作ったハート型のショートブレッドのクッキーをたくさん持って来た。ピンクの糖衣や銀の玉がついたものの、メッセージ付きの小さなシナモンのハートや、淡い色のハートもある。メッセージは少し昔のもので、今の流行ではない。「いいね、ヒューヒュー」とか「彼女はぼくの恋人」「おお、君はアイドル！」とか書いてある。

何人かの女の子たちが、箱を開けてバレンタインカードを配る間、スチュアート先生は机に座って監督している。私の机の上にカードが山積みになる。ほとんどが男の子からだ。これはだらしない筆跡と、たいていは名前が書いてないのでわかる。その他は頭文字だけか、〈誰だかわかる？〉と書いてある。「XXX（キス、キス、キス）」とか「OOO（ハグ、ハグ、ハグ――抱きしめる）」と書いてあるものもある。女の子からのカードにはすべてきちんと署名があり、フルネームなので、誰がどのカードを出したか間違えることはない。

学校から帰る途中、キャロルはくすくす笑いながら、男の子から来たカードを見せびらかす。私はキャロルよりたくさん、男の子からカードをもらっている。コーデリアとグレイスが六年生のクラスでもらったものより多い。このことは私だけが知っている。家へ帰る途中に見られないように、私はカードを机の中に隠しておいた。聞かれると、私はそんなにたくさんもらわなかったわと言う。私はこの事実を抱きしめる。新しいことだけれど驚きはしない。男の子たちは、私の秘密の味方なのだ。

キャロルはたった十歳九カ月なのに、もう胸が大きくなり始めている。それほど大きくはないのだが、乳首がすでに平らではなく尖ってきて、その後ろが膨らんでいる。これは彼女が胸を突き出すので簡単にわかる。彼女はセーターを着ているが、胸の膨らみがはっきり見えるように、セーターを下にきつく引っ張るのだ。休み時間には、胸のことで不平を漏らす。痛いのよ、ブラを買わなくてはと彼女は言う。コーデリアは「あなたのくだらないおっぱいのことなんて、あれこれ言わないで」と言う。彼女はキャロルより年上だが、まだちっとも大きくなっていない。

キャロルは自分の唇と頬を赤くしようと、キュッとつねる。母親のゴミ箱の中で見つけた、すり減った口紅の容器を隠しておき、ポケットに入れて学校に持ってくる。放課後、小指の先で口紅を唇にこすりつける。家に着く前に、キャロルはティッシュでそれを拭き取ろうとするが、全部すっきりとは取れない。

私たちは二階の彼女の部屋に上がって遊ぶ。牛乳を飲もうと台所へ下りて行くと、キャロルのお母さんが見つけて、「お嬢さん、お顔についているのはなあに?」と言う。私たちの目の前で、お母さんは汚い布巾でキャロルの顔をごしごしこする。「またこんな下品な真似をして、すぐにわかるのよ! あなたくらいの年でこんなことを考えるなんて!」 キャロルは体をくねらせて泣き叫ぶが、結局なすがままになる。怖かったが、私たちはゾクゾクしながら見ている。「お父さんが帰るまで待っていなさい！」お母さんは怒った冷たい声で言う。「みんなの見世物になるのよ」と、まるで見られるという行為自体が、何か悪いことでもあるかのような口ぶりだ。それから、キャロルは私たちがまだここにいることに気がつき、「あっちへ行って！」と言う。

二日後、キャロルは父親からお仕置きだと言って、ベルトのバックルがついた方で、お尻を裸にして叩かれたと言う。彼女は痛くて座ることもできないとこぼすが、得意気でもある。放課後、二階の彼女の部屋でそれを見せる。スカートをまくり、パンツを下げると、確かに痕がある。ほとんどひっかき傷のようで、そんなに赤くはないがちゃんとある。

この証拠を、キャロルのお父さんの上品なキャンベル氏と結びつけるのは難しい。彼は柔らかい口髭を生やし、グレイスのことを「麗しい茶色の瞳のお嬢さん」、コーデリアを「桔梗の花の娘さん」と呼んでいる。その彼が誰かをベルトで殴ったと想像するのは奇妙な感じだ。でも父親たちと彼らのやり方は謎に満ちている。たとえば、スミース氏が汽車について秘密の生活を送り、想像の中に逃避していることは言われなくても知っている。めったに見かけないが、コーデリアのお父さんは皮肉たっぷりの冗談を言い、広告板のような微笑みを浮かべ、私たちにはとても魅力的だ。でも、そんな父親をコーデリアはなぜ怖がるのだろう？　実際、彼女は怖がっている。私の父以外、みんなの父親は昼間は姿が見えない。昼間の時間は母親が支配している。しかし、夜になると父親たちが現れる。暗闇が、本物の、言葉にできないほどの力を持つ父親たちを家へ連れて来る。彼らには目に見える以上の力があるのだ。だから、私たちはベルトのことを信じる以外はない。

キャロルは、朝ベッドを整える前、母親のツインベッドのシーツに濡れたシミを見たと言う。私たちはつま先立って、彼女の両親の寝室へ忍びこむ。ベッドには房のついたシェニール織りのベッドカバーが、きれいにかけられているので、ひっくり返すのがためらわれる。キャロルが母親のサイドテーブルの引き出しを開け、私たちは中を覗く。そこには、キノコの傘のようなゴム製のものがあり、練り歯みがきではないが、それに似たチューブがある。キャロルがこれは赤ちゃんが生まれないようにするものだと言う。誰もくすくす笑わないし、冷やかしたりしない。その代わりにラベルを読む。お尻が赤く腫れているせいで、なぜだか今までのキャロルにはなかった信憑性が漂っている。

キャロルは自分のベッドの上に横になる。それにはカーテンと合わせた、白いひだ飾りのベッドカバーが掛かっている。彼女は病気のふりをする。何の病気かはっきり言わないけれども。私たちはタオルを濡らして彼女の額にのせ、コップに水を入れて持って来た。病気は今や遊びになる。

「ああ、私は病気よ、病気なの」と、キャロルはベッドで体をねじって呻《うめ》き声を上げる。「看護婦さん、どうにかして！」

「心臓の音を聞かなくては」とコーデリアが言う。彼女はキャロルのセーターをまくり上げ、それから下着を上げる。私たちはみんな医者の所へ行ったことがあり、ぞんざいな応対で恥をかかされた経験がある。「これは痛くありませんからね」。膨らんだ胸と、額の血管のように青みを帯びた乳首が見える。「心臓を触ってみなさい」とコーデリアは私に言う。

私はそんなことしたくない。あんなに腫れて、不自然な肉のかたまりに触りたくない。「さあ」とコーデリアは言う。「言われたようにやりなさい」

「彼女はだんだん反抗的になって来たわね」とグレイスが言う。

私は手を伸ばして左胸の上に置く。水が半分入った風船のような、生温かいオートミールのお粥のような感じがする。キャロルはくすくす笑う。「キャッー、手がとっても冷たい！」私はひどい吐き気を覚える。

「ばかね、心臓よ」とコーデリアが言う。「おっぱいだなんて言わなかったでしょう。違いもわからないの？」


救急車が来て、母が担架に乗せられ、運び出される。私は見ていないが、スティーブンが話してくれる。真夜中のことで私は眠っていた。スティーブンはこっそり起き出して、寝室の窓から星を眺める習慣があった。町の明かりがほとんど消えるから、星がとてもよく見えると言う。目覚し時計を使わなくて夜中に起きる方法は、寝る前にコップ二杯水を飲めばいいらしい。それから起きたい時間に神経を集中する。これはインディアンが、かつてやっていた方法だ。

それで彼は起きていて、物音を聞きつけ、窓から外を見ようと家の反対側へこっそりと移動した。そこからだと、通りで何が起こっているかが見えた。回転灯が点《つ》いていたがサイレンは鳴らなかった。どうりで、私には何も聞こえなかったわけだ。

朝起きると、父が台所でベーコンを焼いている。父は調理のやり方は心得ている。ただ、町では煮炊きすることはなく、野外のたき火で料理するだけだ。両親の寝室の床には皺くちゃになったシーツの山があり、毛布が椅子の上に積み重ねられている。マットレスには大きな楕円形の血のシミがある。しかし、学校から家へ帰るとシーツはなくなり、ベッドはきちんと整えられていて、もう目につくものは何もない。

事故があったんだと父は言う。でも、ベッドで寝ていてどうして事故にあうのだろうか。スティーブンは赤ん坊だったと言う。赤ん坊があまりに早く出て来たのだ。兄の言うことも信じられない。赤ん坊を産もうという女の人は大きなお腹をしているのに、母のお腹は大きくなかったからだ。

母は病院から帰ってきたが、体が弱ってしまい、休息をとらなければならない。こうしたことに誰も慣れていないし、母自身も慣れていない。母は抵抗していつも通りに起き出し、壁や家具の端を伝って歩き、肩にカーディガンをかけ、背を丸めて台所の流しに立つ。何かをやっている最中でも、母は横にならなければならない。肌が青白くかさついている。母は何かに、たぶん家の外の物音に耳を澄ましているように見えるが、音はしていない。母に私の言うことを聞いてもらうために、時には二回繰り返さなければならない。まるで私を置き去りにして、母がどこかへ行ってしまったようだ。あるいは私がそこにいるのを忘れてしまったようだった。

これらすべては、血のシミよりもっと怖いことである。父は私たちにもっと手伝いをするように言う。ということは父もまた怖がっているのだ。

母が良くなってから、裁縫かごの中に、淡い緑色の毛糸で編んだ小さな靴下を一つ見つける。なぜ母は片方しか編まなかったのだろうか。母は編み物が好きではないので、たぶん片方を編み終えたら飽きてしまったのだろう。

私は夢を見る。隣りのファインスタイン夫人とバナージさんが、私の本当の両親だ。母が赤ん坊を産んだ夢を見る。赤ん坊は双子の片割れで灰色をしている。双子のもう一方がどこにいるのかわからない。

家が焼け落ちた夢を見る。何も残っていない。黒い切り株が家のあった場所を示している、まるで森林火災があったかのように。巨大な泥の山が一つ、そのそばにそびえている。

私の両親は死んでいる、でもまた生きてもいる。彼らは夏服を着て並んで横たわり、氷のように硬く、透明な土の中に沈み込んでいく。悲しそうに私を見上げ、彼らは遠ざかって行く。

32

土曜日の午後だ。私たちはその建物へ、「コンバーサット」とか何とか呼ばれるものへ向かっている。コンバーサットが何なのか知らないけれど、その建物へ向かっていると思うとほっとする。そこには、ネズミやヘビや実験装置はあるが、女の子は誰もいないから。父は私に、友だちを連れて来たいか尋ねた。私はいいえと答えた。兄はダニーを連れて来ている。彼はいつも洟《はな》をたらし、菱形模様の毛糸のチョッキを着て、切手を集めている。二人は後ろの座席に座り――兄はもう車に酔わない――いんちきなラテン語で話す。

「涙ガ出テルヨ」

「ソレガ何ダッテイウンダヨ？　スコシ食ベテミル？」

「オイシーイ」

この言葉のいくつかは、少なくともダニーが話している部分は、私への当てつけだとわかる。彼は私を他の女の子たち、もじもじして、かん高い声を出す子たちと同じだと思っていた。昔だったら同じように、ムカつく言葉で応じただろうが、鼻くそを食べるなんて、もう興味はない。聞いていないふりをして車窓から外を見る。

コンバーサットは博物館みたいなものだった。動物学科は人々に科学に触れる機会を与え、知性を向上させようと一般公開しているのだ。父はこう言って、半分冗談を言うときのようにニヤニヤしていた。父は、人の知性はよくなって欲しいものだねと言った。母は、自分の頭はこれ以上良くならないと思うから、代わりに食料品の買い出しに行くつもりだと言った。

コンバーサットにはたくさんの人がいる。トロントでは週末の楽しみはあまりない。建物はお祭り気分を漂わせている。洗浄剤や、家具用ワックス、ネズミの糞、ヘビなどいつものにおいが、冬服やタバコの煙、女の人の香水の匂いと混じり合う。色紙リボンが壁にテープで留められ、矢印の書かれた色画用紙が廊下に沿って、あるいは階段の上や下に、いろいろな部屋への道順を示すために貼られている。それぞれの部屋にはそこ独自の展示があり、何を学べるかによってグループに分けられている。

最初の部屋には、さまざまな発達段階のニワトリの胚の展示がある。赤い点から始まって、大頭でギヨロ目の、筆のような毛をしたひよこまで。それは復活祭のカードに載っているような、ふわふわしたかわいい様子ではなく、ねばねばして爪は下向きに丸まり、細く開いた瞼から三日月型のメノウ色の青い目がのぞいている。胚は薬品漬けにしてあり、ホルマリンの臭いがとてもきつい。別の展示では双子を入れた瓶がある。胎盤のついた、本物の、死んだ一卵性双生児で、灰色の肌をして、皿を洗った水のような液体の中に浮かんでいる。静脈と動脈にはそれぞれ青と赤紫の色ゴムが詰められ、血管系のつながりが見える。容器の中には、巨大でぶよぶよした灰色のクルミのような人間の脳もある。こんなものが、自分の頭の中にあるとは信じられない。

　また別の部屋には指紋を採るテーブルがあり、指紋は他の誰とも同じではないことがわかる。大きな厚紙に、人々の指紋の写真が拡大して貼りつけてある。兄とダニーと私はみんな指紋を採ってもらう。ダニーと兄は、あの気味の悪いニワトリや双子は、大したことはないと言い――「夕食ハ、チキンニスル?」「フタゴノシチューナンカ、ドウダロウ?」――と空いばりしたが、その部屋からは足早に出て来た。今度は指紋に熱中し騒いでいる。二人はインクのついた指で互いの額の真ん中に指紋をつけ、大きな不気味な声を出し「黒い手［訳注 二十世紀初頭のニューヨークのイタリア系犯罪組織］」の印だぞ!」と叫ぶので、近くを通りかかった父に静かにしなさいと言われる。インド出身の美しいバナージさんが父と一緒だ。彼は緊張した面持ちで私に微笑みかけ、「お嬢さん、ごきげんいかがですか」と言う。彼はいつも私に〈お嬢さん〉と言う。冬で皆が青白い顔色をしているので、彼はいつもより色が黒く見え、歯がキラキラ輝いている。

　指紋の部屋で紙片が渡される。それを口に含み、桃の種のように苦いか、あるいはレモンのように酸っぱいか答えることになっている。これはある性質は遺伝することを証明するためだ。舌の運動をするための鏡もある。舌の両端を丸めたり、三つ葉の形にすることができるかを見るためだ。どちらもできない人がいる。ダニーと兄は鏡を独占し、口の内側に両方の親指を突っこんで広げながら、瞼の端をひき下げ、赤いところを見せ、恐ろしい顔を作る。

コンバーサットの中には、説明文が多すぎてあまり面白くないものや、壁に図表が貼ってあるだけか、あるいは顕微鏡をのぞくだけのものもある。どのみちそんなことは、いつでもしたい時にはできることだ。

冬の防寒靴を履いて、水色や黄色の紙リボンに沿って廊下を進んで行くと、会場がとても混んできた。コートを脱がなかったのでとても暑い。ラジエーターが音を立ててフル回転し、人いきれでむっとしている。

私たちは解剖されたカメがいる部屋へ来る。それは肉屋にあるような、白いエナメルのお盆にのっている。そのカメは生きている。というよりむしろ、カメは死んでいるが心臓は生きているのだ。このカメの展示は、他の部分が死んだ後も、は虫類の心臓がどのように動き続けるかを示すための実験である。

このカメの甲羅の底には、のこぎりで穴が開けてある。カメはあお向けなので、心臓まで見下ろすことができる。心臓はゆっくりと打ち続け、穴の中で暗赤色に濡れて光っている。触られた青虫の端のように、縮んでは、また長くなり、また縮む。こぶしを握ったり、緩めたりしている手のようだ。あるいは目のようでもある。

導線が心臓に取りつけられ、スピーカーにつながっているので、心臓の鼓動を部屋中で聞くことができる。老人が階段を上っているような、悶えるようなゆっくりとした音だ。心臓が次の鼓動を打つことができるのか、止まってしまうのかわからない。足音がして停止、それから、宇宙からやって来ると兄が言っているラジオの雑音のようなパチパチという音、それからもう一回の鼓動と、空気が吸いこまれる喘ぎ声。命がカメから流れ出し、それがスピーカーから聞こえる。カメの命はまもなく尽きてしまうだろう。

もうこの部屋には居たくないけれど、私の前にも後ろにも人が並んでいる。みんな大人たちだ。私はダニーと兄を見失ってしまった。ツイードのコートに取り囲まれ、私の目の高さは彼らの第二ボタンの所だ。別の音が聞こえる。近づいてくる風のような、心臓の音の向こうから伝わってくる音。ポプラの葉のようなカサカサいう音、ただもっと小さく乾いた音が。視界の縁に黒いものが見え、それが閉じて行く。私に見えるのはトンネルの入口のようなもので、それが私から急いで遠ざかる。あるいは日光が差している地点から、私が急に遠ざかって行くようだ。そのあと、たくさんの防寒靴が見える。そして目の高さで床板が遠くへと延びて行く。頭が痛い。

「この子、気を失ったわ」と誰かが言う。それで、私は自分が何を仕出かしたかがわかる。

「きっと暑かったのでしょう」

私は外の冷たい、灰色の空気の中へ連れて行かれる。悲痛な叫びを上げながら、私を運んでいるのはバナージさんだ。父が急いで出てきて、頭を膝の間に下げて座るように言う。自分の防寒靴の先を見つめながら、言われたようにする。父は吐き気がするかと訊くが、しないと答える。兄とダニーがやって来て私を無言で見つめる。ようやく兄が「キヲウシナッタンダ」と言い、二人は中へと戻って行く。

父が車を回して来るまで私は外にいて、それから車で家へ帰る。知るに値する何かを発見したと、私は感じ始めている。立ち去りたいがそうできない場所から、出て行く方法があるのだ。気を失うことは、脇道へ踏み出すようなものだ。自分の体から出て行くことで、ある時間から飛び出して別の時間へ入る。目が覚めると、時間が経っている。あなたがいなくても、時は流れていく。

コーデリアは言う、「皿を重ねた十個の山があると考えてみて。それはあなたの十回のチャンスよ」。私が何か間違ったことをする度に、山が一つガシャンと潰れるそうだ。私にはこの皿が見える。コーデリアにもそれが見える、なぜなら彼女が〈ガッシャーン！〉と言う人だからだ。グレイスには少しだけ見えるが、彼女のガシャンは自信なさそうで、確認のためコーデリアの方を見る。キャロルは一回か二回壊そうと試みるが、馬鹿にされ「〈それ〉って、ガッシャーンじゃないよ！」と笑われる。

「あと四つしか残ってないわ」とコーデリアが言う。「気をつけなさいよ、いい？」

私は何も言わない。

「その薄ら笑いは止めなさい」とコーデリアが言う。

私は何も言わない。

「ガッシャーン！」とコーデリアが言う。「残りは三つだけよ」

もし皿の山がすべて倒れてしまったらどうなるのか、誰も言わない。

女子の扉の近くで、私は壁を背にして立っている。寒さが足元からはい上がり、袖口から入ってくる。私は動いてはいけないことになっている。なぜなのか、もう忘れてしまった。私は頭の中を〈片翼でかすかな望みでも戻って来い〉や〈ハッピー・ギャングと一緒にハッピーで行こう〉の音楽でいっぱいにすると、ほぼすべてを忘れることができると発見する。

休み時間だ。ラムリー先生が真鍮の鈴を持って運動場を巡回する。寒さに顔を引き締め、職務に専念している。もう担任ではないけれど、私は今でも先生が怖い。女の子たちの列が〈誰が止めても私たちは止まらない〉と歌いながら、すごい勢いで走って行く。別の女の子たちは二人ずつ腕を組んで、もっと静かに散歩している。彼女たちは私のことを物珍しそうに眺め、それから立ち去る。それは公道を車で走っている人たちが、道路脇で車の事故があったとき、速度をゆるめ窓からのぞいているような感じだ。ゆっくり走るが決して止まらない。事故があったのはみんな知っているが、事故に近づかないタイミングも心得ている。

私は壁から少し離れて立っている。頭を後ろに引き、灰色の空を見つめ、息を止め、ふらふらになるようにする。皿の山が揺れ、やがてひっくり返り始め、陶器の破片が音もなく爆発するのが見える。ピンの先のような一点へ向かって空が閉じ、乾いた葉っぱの波が頭を撫でて行く。それから、私は地面に横たわっている自分の体が見える。ただ、そこに横になっているのだ。女の子たちが指さしながら集まって来るのが見える。ラムリー先生がゆっくり近づいて来て、やっとのことで体を曲げて顔をのぞく。でも私はこれら全部を上から見ている。まるで自分が空中にいて、扉上部の女子という銘版の近くあたりで、鳥のように見下ろしているみたいだ。

ラムリー先生の顔が数インチ離れた所にぼんやり現れる。先生は私がへまをやらかしたというように、ますます顔をしかめている。先生をとり囲む少女たちの輪が、もっとよく見ようと押し合う。

血が出ている、額を切ったのだ。保健室に連れて行かれる。看護婦さんは血を拭きとり、絆創膏でガーゼの詰め物を貼りつける。湿った白いタオルの上に、自分の血がついているのを見て、私は深い満足感を覚える。

コーデリアはいつもよりおとなしい。というのも血は衝撃的で、吐くよりもはるかに印象が強い。家へ帰るとき、コーデリアとグレイスは心配して私と腕を組み、気分はどうかと尋ねる。二人がこんな風に気づかってくれるので、身体が震えてくる。自分が泣き出さないか、仲直りの涙にむせぶのではないかと心配だ。しかし、今では用心しすぎるほどになっている。

次にコーデリアが壁の所に立つように命令したとき、私はまた気を失う。今では、ほぼいつでも好きな時にそうできる。息を止めるとカサカサという音が聞こえ、暗黒が見える。それから脇にすり抜け、体の外へ出る。するとどこか他の所にいる。でも最初の時のように、いつも上から見ることができるわけではない。ただ真っ黒になるだけの時もある。

私は気を失う女の子として知られるようになる。

「彼女はわざとやっているのよ」とコーデリアが言う。「さあ、やりなさいよ、あなたが気を失うところを見ましょうよ。ほら、気絶しなさいよ」。でも、彼女にそうしろと言われると、私はできない。

私は倒れないでも体の外に抜け出し、時を過ごせるようになる。こんなときは意識がぼんやりとなり、まるで二人の私がいて、完璧ではないが、一人がもう一人の上に重なっているような感じだ。二人の間に透明な境目があり、そのそばに傷跡のような、感覚のない固い肉の縁《ふち》がある。何が起こっているのか見えるし、私に対して何が言われているか聞こえるが、注意を払う必要はない。目は開いているが、私はそこにはいない。私は脇へすり抜けてしまっているから。

VII

絶えざる御助けの聖母

33

シンプソンズ・デパートから西へ歩く。何か食べるものはないかとまだ捜す。やっと持ち帰り用のピザを一切れ買い、手で二つ折りにし、路上でむさぼるようにかじりつく。ベンと一緒にいる時は彼に倣《なら》って、きちんとした時間にきちんとした物を食べるが、一人の時はジャンクフードにはまり食べ物をあさる。昔からの変な癖だ。体に良くないけれど、良くないことがどういうことなのか思い出す必要がある。そうすればベンのことを、彼のネクタイや髪型と朝食のグレープフルーツが当たり前なのだと、また思えるようになるだろう。彼のことをもっと有難いと思えるだろう。

アトリエに戻ると、西海岸との時差を計算して彼に電話してみる。しかし、私の声で留守電メッセージが流れ、そのあと、未来を告げるカナダ気象台公式時報のピーという音が続くだけだ。〈愛しているわ〉という伝言を入れる。あとで彼がこの言葉を聞けるように。それから、今ごろ彼はメキシコで、私が帰るまで戻らないことを思い出す。

外はもう暗くなっている。もっと夕食らしいものを食べに外出するとか、映画に行ってみるとかできるだろう。でもそうはせず、私は布団と羽毛布団の間にもぐりこみ、コーヒー片手にトロントの電話帳で名前を捜し始める。スミース家の名前はもうない。彼らは引っ越したか、途絶えたか、あるいは結婚したに違いない。キャンベルという名前はやたら多い。ジョンを捜す。彼の苗字はかつて私のものだった。ジョセフ・ハービックもない。ハーベックス、ハーレンズ、ハーラスニックス、ハーリックサスはあるけれど。

　リズリーももうない。
　コーデリアもない。

ジョンのベッドでまた寝ているというのは、不思議な気持ちだ。彼がこのベッドにいるのを見たことがないから、これがジョンのベッドだと思ったことがなかった。でも、もちろんそうなのだ。以前よりずっときちんとして清潔だ。彼の最初のベッドは、古い寝袋をのせて床に置いたマットレスだった。これは嫌ではなかったし、実際気に入っていた。まるで外でキャンプしているみたいだったから。ベッドのまわりにはたいてい、食べかすがついた空のコップやグラスや皿が並び、潮位を示すような線ができたものだ。それは私もあまり好きではなかった。だが、その頃はそんなだらしなさにも作法があり、汚いのを無視することと、きれいに片づけることの間には、越えるべき一線があった。それは、女性が転がりこんで来て、家事をやらせてもいいと、その男が思うかどうかだ。
　ある時、ジョンとちょうどつきあい始めた頃、私が皿を拾い集めるようになる前のことだ。私たちがベッドに横になっていると、寝室のドアが開き、見たことのない女が入り口に現れた。彼女は汚いジーンズと色あせたピンクのTシャツを着ていた。その顔は痩せて漂白でもしたように白く、大きな瞳をしていた。何かを薬物でもやっていそうな感じだ、流行り始めた頃だったから。彼女は、片手を後ろに回し、こわばった空《うつ》ろな顔をして何も言わず、突っ立っていた。私は寝袋を上に引き上げた。

「おい」とジョンが言った。

彼女は後ろに回した手を出して、何かを私たちに投げつけた。それはソースのかかった温かいスパゲッティの紙袋だった。当ると飛び散って、花綱飾りのように垂れ下がった。女は何も言わず出て行き、バタンとドアを閉めた。

私はびっくりしたが、ジョンは笑い出した。「あの人は何者？　一体どうやってここに入って来たの？」と私は言った。

「ドアを通ってさ」と、ジョンはまだ笑いながら言った。彼は私の髪からスパゲッティを取りながら、屈み込んでキスをした。この女はジョンの彼女か、もしくは元の彼女に違いないと思ったので、その女に対し、怒りを覚えた。彼女にも理由があるかもしれないとは、思いもしなかった。ちょうど、雪に埋もれた消火栓へひっかけた縄張りを示す犬のオシッコのように、風呂場に残されている見知らぬヘアピンや、作戦として枕についた口紅に遭遇したことは、まだなかった。ジョンは自分の痕跡をどう隠すか知っていたし、隠さない時は理由があった。彼女が鍵を持っていたに違いないとは、気づかなかった。

「あの女、狂ってるわ。病院に入らなくちゃ」と言う。

彼女には同情などまったくしなかったが、ある意味で素晴らしいと思った。彼女のためらいのなさや不作法をする勇気、単純に怒れるエネルギーをすごいと思った。スパゲッティの入った袋を投げる行為自体には、単純で、無謀で、何も意に介さぬ気高さのようなものがあった。それですべてが片づいた。

同じようなことを自分自身がやれるようになるまでに、その時からずい分長いことかかった。

34

グレイスが食前のお祈り《グレイス》を唱える。スミース氏が「神を褒め称えなさい、それから、弾薬を回してくれないか」と言って、茹でた豆に手を伸ばす。スミース夫人は「ロイド！」という。スミース氏は「だけど、罰は当たらないさ」と言って、横目で私にニヤリと笑う。ミルドレッドおばさんは髭の生えた口をゆがめる。私はゴムの木のように味気ない、スミース家の食物をもぐもぐと噛み続ける。テーブルクロスの下で私は指をかきむしる。日曜日は続いて行く。

煮込んだパイナップルのデザートがすむと、グレイスは、一緒に学校ごっこをするために地下室へ来るように言う。私は言われた通りにする。でも、トイレに行きたくなり、また階段を登らなくてはいけない。ちょうど学校で先生が生徒に許可を出すように、グレイスは私に許可を与えた。私が地下室の階段を登って行くと、ミルドレッドおばさんとスミース夫人が、台所で食器を洗いながら話しているのが聞こえる。

「あの子はほんとに異教徒みたいね」とミルドレッドおばさんが言う。彼女は中国で伝道師をしていたのでその道の権威だ。「何をしてやっても、ちっとも変わらないわ」

「あの子、聖書の勉強をしているって、グレイスが言ってるけど」とスミース夫人が言う。そこで二人が話しているのは、私のことだとわかる。階段の一番上で立ち止まると、そこから台所が見える。台所のテーブルには汚れた皿が重ねてあり、スミース夫人とミルドレッドおばさんの背中の端っこが見える。

「そりゃあ、みんな勉強はするでしょうよ」とミルドレッドおばさんが言う。「でも、骨折り損のくたびれもうけね。全部丸暗記で、本当は理解していないのよ。私たちが背を向けたとたんに、また元に戻ってしまうでしょう」

この不当な発言に、私は一撃を食らったような衝撃を受ける。どうしてそんなことが言えるのだろう。「禁酒」についての作文で、雪嵐の中で酔っ払いが車の事故を起こすと、アルコールで毛細血管が広がっているので凍死することを書いて、私は表彰までされたのに。毛細血管が何だか知っているし、ちゃんと綴りだって正しく書ける。詩篇だって全部、全章を暗誦できるし、色付きスライドの白い騎士日曜学校の歌も、見ないで歌うことだってできるのに。

「いったい何が期待できるっていうの、あの家族に?」とスミース夫人が言う。私の家族のどこが悪いのかは続けて言わない。「他の子どもたちも感づいているのよ。みんなわかっているの」

「でも、子どもたちはあの子にちょっと厳しすぎると思わない?」とミルドレッドおばさんは言う。彼女の声は楽しみを待っているかのようだ。子どもたちが私にどれぐらい厳しくしているのか、知りたがっているのだ。

「神様の罰が当たっているのよ」とスミース夫人は言う。「自業自得よ」

熱い血のうねりが私の体中を駆け巡る。この熱いうねりは、以前も感じたことのある屈辱の感覚だ。しかし、それはまた憎しみでもある。以前は感じたことのない、これほど純粋な形では感じたことがなかった憎悪である。それは乳房が一つでウエストがないスミース夫人の格好をしている、特別な形の憎しみだ。私の胸に生えている、白い軸のずんぐりとした肉の雑草のようでもある。それは、生い茂る葉と小さな緑色のトゲがあり、橋へと続く道沿いの、猫がオシッコをする土の上に生えているゴボウの茎を思わせる。重くどろどろとした憎しみだ。

私は憎悪の思いに凍りつき、階段の最上段に立ち尽くす。私が憎いのはグレイスではなく、コーデリアでもない。そんなこと思いもよらない。私が憎んでいるのはスミース夫人だ。なぜなら私が秘密だと思っていたこと、私たち子どもしか知らないと思っていたことが、実はそうではなかったのだから。このことは前もって話し合われ、許可されていたのだ。夫人は知っていて認め、止めようとしなかったのだ。私がそうなるのは自業自得だと思っているから。

夫人は流しから離れ、別の汚れた皿の山を取りに、台所のテーブルの方へ歩き、私の視界の中へ入ってくる。私は一瞬、スミース夫人が母の洗濯機の肌色の絞り機の中を、足から先にして通り抜けていく、強烈な映像を思い浮かべる。骨が砕け平らになり、皮膚と肉が頭へ向かって絞り出され、一瞬ののち、体は大きな血の風船のようにはじける。もし漫画にあるように、私の目から必殺光線が発射できるのなら、その場で彼女を焼き尽くしたことだろう。彼女の言う通り、私は異教徒だ。人を許すなんてできっこない。

私の視線を感じたかのように、彼女は振り向いて私を見る。私たちの目が合い、立ち聞きしていたことがわかる。しかし、夫人は怯《ひる》まない。きまり悪そうでもなく、申し訳なさそうでもない。歯を見せず唇を閉じたまま、独善的な微笑みを私に向ける。だが、夫人は私にではなく、ミルドレッドおばさんに向かって言う。「子どもって耳が早いのね」

彼女の悪い心臓がまるで目のように、邪悪な目のように、体の中に浮かんで私を見る。

私たちは教会の地下室で木の長椅子に座り、暗い中で壁を見つめている。グレイスが横目で私の方を見ると、彼女の眼鏡がきらっと光る。

神は小さなすずめが落ちるのに目を止められる
神の慈しみのまなざしに鳥は出会う
小さな鳥でさえ神がそんなにも愛されるなら
きっと私のことも神は愛してくださる

それは、大きな手の中にいる死んだ鳥の絵で、一条の光がそれに向かって差し込んでいる。

私は唇を動かすが歌ってはいない。神に対する信頼を失くしかけているからだ。スミース夫人は神を独占し、どんなことが神の罰なのか知っている。神は彼女の側《がわ》にいて、そこから私は閉め出されているのだ。

私はイエスについて考える。イエスは私を愛してくださっているはずだ。でも何の徴《しるし》も示されないので、あまり助けにはならないと思う。スミース夫人と神に対して、イエスは何もできない。なぜなら神の方がずっと大きいから。神は「私たちの父」ではない。神についての今の私のイメージは、巨大で、堅くて、冷酷で、顔がなく、まるで軌道上を前へ突き進んで行く何かのようだ。神は機関車みたいだ。私はもう神には祈るまいと決心する。「主の祈り」の時になると、私は黙って立ち、唇だけ動かす。

〈私たちの罪をお許し下さい、私たちに罪を犯すものを私たちが許すように〉

私はこの言葉を唱えるのを拒む。もしそれが、私はスミース夫人を許さなければならず、さもないと死んで地獄へ行くだろうということなら、私は喜んで行こう。許すということがどんなに難しいことか、イエスはご存知だったに違いない。だからこの言葉を言われたのだ。イエスはいつも本当に実行できないことばかりおっしゃる。お金をすべて差し出しなさいなどと。

「あなた、お祈りしていなかったわね」とグレイスがささやく。胃が冷たくなる。どちらがより悪いことだろう。否定するのと、認めるのと。どちらにしても罰が下るだろう。

「いいえ、お祈りしていたわ」と私は答える。

「していなかったわ。聞いていたもの」

私は何も言わない。

「うそついたわね」グレイスは喜びのあまり、声をひそめるのも忘れて言う。

私は何も言わない。

「神様に許してくださいと頼まなくちゃ」とグレイスは言う。「私は毎晩そうしているわ」

私は指をむしりながら、暗い中に座っている。グレイスが神様に許しを願っているところを考える。でも何の許しだろう？　神様はすまないと思いさえすれば、私たちを許してくれる。だけど、グレイスはすまないなんて思っている気配はない。自分が何か悪いことをしたとは、まったく思っていないから。

グレイスとコーデリアとキャロルが前を歩いている。私は少し後ろにいる。今日は、彼女たちは私を一緒に歩かせてくれない。なぜなら私が生意気だったからだ。でも、私があまり後ろに離れるのも望まない。私は〈ハッピー・ギャング〉と一緒にハッピーで行こう〉の音楽に合わせて歩いている。この歌詞以外、頭の中は空っぽだ。私は下を向き、歩道や排水溝に目を凝らして、タバコの銀紙を探しながら歩く。ずいぶん前に集めていたが、今ではもうやっていない。それで何かを作っても、大した価値はないことがわかったからだ。

色刷りの絵がついた紙切れが目にとまり、拾い上げる。この絵が何なのか知っている。聖母マリアの絵だ。これは「絶えざる御助けの聖母学校」、またの名を「絶えざる地獄の聖母学校」のちらしだ。聖母は長い青色のドレスを着て、裾の下の足は見えない。頭には白い布と、その上には王冠、そして釘のような光芒が出ている黄色い光輪がある。聖母は少し落胆したような、悲しげな微笑を浮かべている。あたかも歓迎するかのように手を広げ、心臓は胸の外にあって七本の剣が突き刺さっている。いや、剣のように見えるだけかもしれない。心臓は大きくて赤く、サテン地のハート形の針山か、バレンタインカードのハートのようにきれいだ。絵の下には〈七つの悲しみ〉と印刷してある。

聖母マリアは日曜学校のちらしの幾つかに載っているが、王冠はかぶっていないし、針山のような心臓もないし、自分一人だけということもない。聖母は大抵いつも絵の背景にいる。クリスマスの時以外は、聖母について大騒ぎすることはまったくない。そして、その時でさえ、赤ん坊のイエスの方がはるかに重要だ。スミース夫人とミルドレッドおばさんは、日曜日のディナーの席でカトリック教徒のことを話題にするが、いつも軽蔑して話す。カトリック教徒は彫像に祈るし、聖餐式の時に葡萄ジュースの代わりに本物の葡萄酒を飲んでいる。「あの人たちは法王を崇《あが》めているのよ」とスミース家の人たちは言う。あるいは、まるで恥ずべきことでもあるかのように「聖母マリアを崇めているのよ」と言う。

私はその絵を近づけて見る。しかし、それを持っているのは危ないとわかっているので、さっさと捨ててしまう。この衝動は正しかった。なぜなら、今三人は立ち止まり、私が追いついて来るのを待っている。立つことと歩くこと以外、私がすることはすべて彼女たちの注意を引く。

「あなたが拾っていたあれは何？」とコーデリアがいう。

「紙よ」

「どんな紙？」

「ただの紙。日曜学校のちらしよ」

「なぜ拾ったの」

昔なら、この質問について一生懸命考え、正直に答えようとしただろう。でも今、私は「わからないわ」と言う。何であれ、これが馬鹿にされたり問いつめられたりしないで、私が返せる唯一の答えだ。

「それをどうしたの？」

「捨てたわ」

「道にあるものを拾ったらだめよ」とコーデリアは言う。「ばい菌がいっぱいだから」。これについてはそれで終わりにしてくれる。

私は危険なこと、反抗的なこと、もしかすると冒涜的でさえあることをやろうと決める。もはや、私は神に祈ることはできないので、代わりに聖母マリアに祈るつもりだ。こう決心すると、私は神経が高ぶる。まるでこれから盗みでもしようとするかのように。心臓の鼓動が激しくなり、手が冷たく感じられる。つかまってしまうのではないかと心配になる。

ひざまずくことが求められるだろう。玉ねぎ教会ではひざまずいたりしないが、カトリック教徒はそうすることで知られている。私はベッドのそばにひざまずき、クリスマスカードの子どもたちのように手を組む。ただ、私は青い縞のネルのパジャマを着ているが、彼らはいつも白いナイトガウンだ。私は目を閉じ、聖母マリアのことを考えようとする。マリア様お助け下さい、少なくとも私の言うことが聞こえるとお示し下さい、と願う。でもどう言えばいいかわからない。マリア様に祈る言葉は学んでいないからだ。

たとえば、もし通りでばったり会ったとしたら、マリア様はどんな姿なのか想像してみる。私の母みたいな服を着ているだろうか、あるいはあの青いドレスに王冠をかぶっているだろうか？　もし青いドレスだったら、群集が寄ってくるだろうか？　たぶんみんな、彼女がクリスマスの劇から抜け出してきたと思うだろう。でも、もしあんな風に剣がいっぱい突き刺さった心臓が体の外にあったら、誰もそう思わないだろう。彼女に言うことを考えようとする。でもマリア様はもうすでにご存知だ、私がどんなに不幸であるかを。

私はますます必死に祈る。私の祈りは言葉がなく、挑戦的で涙を流さず、必死で希望がない。何も起こらない。痛くなるまでこぶしを目に押しつける。一瞬、顔が、それからかすかに青い色が見えた気がする。でも、今の私に見えるのは心臓だけだ。光輝くビロードのような黒く暗い光に包まれて、鮮やかな赤い丸い心臓がそこにある。まん中から金色が現れ、それから消えて行く。間違いなく心臓だ。それは私の赤いビニールのハンドバッグのように見える。

35

三月の半ばとなる。教室の窓に復活祭のチューリップが咲き始める。校庭にはまだ雪が残り、汚れた金線細工のようになっているが、冬はその厳しさと輝きを失いかけている。空の雲は厚く低く垂れ込めている。

私たちは、湿気で膨らんだ、灰色の低く厚い空の下を歩いて帰宅する。空からは湿った柔らかい雪片が舞い下りて、屋根や枝に降り積もり、それが時おり滑り落ち、湿った綿がドスッとぶつかるような音を立てて地面に当たる。風がなく、音は雪によってかき消されてしまう。

寒くはない。私は青い毛糸の帽子のひもをほどき、頭の上でひらひらさせる。コーデリアは手袋を外して雪玉を作っては、木や電柱に向かって手当り次第に投げつける。それは、彼女が親切なときの一日だ。片腕を私と、もう片方をグレイスと組み、〈誰も私たちを止められない〉と歌いながら、三人で通りを行進する。私もこの歌を歌う。私たちは一緒に跳んだり滑ったりする。

かつて、雪が降るときにいつも感じていた幸福感がまたよみがえる。口を開けて、その中に雪が入って来るままにしておきたい。他の子どもたちのように笑い声をあげようと、試しにやってみる。でも、私の笑いは演技なので、すぐに普通の顔にもどってしまう。

コーデリアは、前庭の真っさらな芝生の上に、あお向けに身を投げ出し、雪の中へ腕を広げ、頭の上に持ち上げては両脇に引き下ろし、雪の天使を作る。雪片が顔の上に、笑っている口の中に落ちて融け、眉毛にくっつく。彼女はまばたきし、雪が入らないように目を閉じる。一瞬、彼女が未知の素晴らしい可能性に輝く、見知らぬ人のように見える。でなければ、雪の上に放り出された、交通事故の犠牲者のようだ。

彼女は目を開け、湿って赤くなった両手を上に差し出す。私たちは彼女が作った人形《ひとがた》を壊さないように、彼女を引っぱり上げる。雪の天使には羽の生えた翼と小さな頭がある。彼女の手が止まった脇腹近くには、小さなかぎ爪のような指の跡が残る。

時が経つのを忘れてしまい、いつの間にか暗くなっている。私たちは木の歩道橋に続く道を走る。グレイスまで、「待って!」と叫びながらドタドタと走る。今度だけは、彼女が置いて行かれる番だ。

コーデリアが最初に坂に到着し、駆け降りる。彼女は滑ろうとするが、雪はあまりに柔らかく十分凍っていない。その上、中には炭殻や砂利がある。彼女は倒れて転がる。みんな彼女がわざとやっているのだと思う。雪の天使を作ったように。私たちは陽気に息をはずませ、笑いながら彼女の元へ駆け降りる。ちょうどその時、彼女が起き上がる。

私たちは笑うのを止める。落ちたのは事故で、故意ではないとわかったからだ。自分がやることは何でも、承知の上でないと気がすまないのが彼女なのに。

キャロルが「ケガしなかった？」と言う。彼女の声は震え、怯えている。これは重大なことだとすでに分かっている。コーデリアは答えない。顔がまたこわばり、目には悪意がこもっている。

グレイスはコーデリアのそばまで移動し、少し後ろに立つ。そこから私に向かって微笑む。ひきつった微笑みだ。

コーデリアは私に向かって言う。「あなた、笑っていたわね」。彼女が倒れたので笑ったのかという意味だと思う。

「いいえ」と私は言う。

「笑っていたわ」とグレイスが中立を装って言う。キャロルは私から離れ、道の脇に移動する。

「もう一度チャンスをあげるわ」とコーデリアが言う。「あなたは笑っていたの？」

「はい」と私は言う。「でも……」

「はいか、いいえだけよ」とコーデリアが言う。

私は何も言わない。コーデリアは承認を求めるかのように、グレイスをちらりと見る。コーデリアはため息をつく。大人のような大げさなため息だ。「また、うそをついているのね」と彼女が言う。「いったいあなたをどうしようかしら」

私たちは長い間、そこに立っていたようだ。今や、ますます寒くなってくる。コーデリアは手を伸ばし、私の毛糸の帽子を引き剥がす。彼女はぐんぐんと坂を下って行き、橋の上で一瞬ためらう。それから手すりに近づき、私の帽子を渓谷へと投げ捨てる。それから、白い卵形をした彼女の顔が私の方を振り返る。「こっちに来なさい」と彼女は言う。

それでは何も変わってないのだ。これからも時は同じように、果てしなく続いていくだろう。結局、私は笑ったのではなく、息を切らして喘いだにすぎない。

私は手すりのそばに立っているコーデリアの元へと、歩いて行く。雪はザクザク音をたてる代わりに、綿花の詰め物のように私の足の下で崩れていく。それは頭の内部で、虫歯に詰め物をしている音のように聞こえる。普段は橋の縁にこんなに近づいていくのは恐ろしいが、今は怖くない。恐怖のようなはっきりしたものは何も感じない。

「ほら、あそこにあなたのくだらない帽子があるわ」とコーデリアが言う。見れば、帽子はずっと下の方にあり、暗くなってきた薄明かりの中でさえ、まだ、青い色が白い雪の上にかすかに見える。「降りて行って取って来たらどう?」

私は彼女を見る。悪い男たちがいる渓谷へ、決して行かないように言われている渓谷へ、私を行かせようとしている。行ってはいけないという思いが浮かぶ。私が行かないと言ったら、彼女はどうするだろうか?

コーデリアも同じことを考えているのがわかる。おそらく彼女はあまり行き過ぎてしまい、ついに私の中にある反抗の核にぶつかったのだ。もし今回、彼女の言うことを聞かなかったとしたら、私の抵抗はどこへ行きつくのか誰もわからない。他の二人が坂を降りてきて、橋のまん中の安全な所で私たちを見守っている。

「さあ、行きなさいよ」と、さらに優しい声でコーデリアが言う。命令しているのではなく、まるで私を励ましているかのように。「そしたら、許してあげるわ」

私はあそこへ降りて行きたくない。禁じられているし危ないことだ。それに暗くて坂の斜面は滑りやすいだろうし、また登ってくるのは苦労するかもしれない。でも、あそこに私の帽子がある。もし帽子を持たずに家に帰れば、その訳《わけ》を話し、説明しないといけない。そして、もし行くのを断ったら、コーデリアは次に何をするだろうか？　彼女は怒って、もう二度と口をきいてくれないだろう。私を橋からつき落とすかもしれない。以前はそんなことをしたことはなかった。叩いたり、つねったりもしなかった。だけど今、私の帽子を投げ捨てたのだから、次に何をするのかわからない。

橋の際《きわ》まで歩いて行く。「帽子を拾ってから、百、数えるのよ」とコーデリアが言う。「上ってくる前にね」。彼女はもう怒っているようには聞こえない。ゲームのやり方を説明しているようだ。

私は木の枝や幹につかまりながら、険しい坂の斜面を下り始める。その道は、かりそめにも道と呼べるようなものではない。ここを行ったり来たりした人たちが踏み固めたところにすぎない。おそらく男の子や男の人たちだ。女の子は決して行かない。

谷底まで辿りつき、むき出しの木々の間から上を見る。橋の手すりの黒い影が夕空に浮かび上がる。私の方を見ている三人の頭の暗い輪郭が見える。

私の青い帽子は、凍った小川の上の、少し離れた所にある。雪の中に立ち、帽子を見つめる。コーデリアは正しい。確かにくだらない帽子だ。それを見て後悔を感じる。このくだらない帽子は私のもので、馬鹿にされるのも当たり前だから。もう二度とかぶりたくもない。

耳を澄ますと、氷の下のどこかで水が流れている。小川へ一歩足を踏み出し、帽子に手を伸ばす。拾いあげたとたん、氷を踏み抜き、川にはまる。腰の所まで水につかってしまい、厚い氷の破片が逆さまになって、私を取り囲む。

冷たさが全身を走る。防寒靴もその中の靴も、水でいっぱいになる。スノーパンツも水でびしょびしょになる。たぶん私は叫び声を上げたのだろう、あるいは何か大声を出したかもしれない。でも、何も聞いた覚えはない。私は帽子を握りしめ、橋を見上げるが、そこには誰もいない。彼女たちは歩いて立ち去ったか、走って逃げたに違いない。それで百、数えさせたのだ。その間に逃げようとして。

私は足を動かそうとする。長靴の中に水が入っているのでとても重い。もしそうしたければ、ここにずっと立っていることだってできるだろう。今はもう、本当に夕暮れが迫り、地面の白い雪は青みがかってくる。小川の中にある古タイヤや錆びついたガラクタが、闇で覆い隠される。私のまわりはすべて青いアーチや青い洞穴になり、清らかで静かだ。川の水は冷たく穏やかで、墓地から、墓穴から、死人の骨からまっすぐ流れて来る。それは死んだ人から作られ、彼らが溶けた透明な水で、その中に私は立っている。もしすぐに出なければ、私は小川の中で凍ってしまう。彼らのように安らかで、透き通った死人になってしまうだろう。

私は水の中でもがきながら進もうとするが、一歩踏み出すと氷の端が壊れてくる。水浸しになった防寒靴で歩くのは難しい。滑って転び、全身が水の中に落ちてしまうかもしれない。木の枝をつかみ、ぐいっと土手に体を引き上げ、青い雪の上に座り、防寒靴を脱いで水を空ける。ジャケットの腕は肘まで濡れ、ミトンはびしょ濡れだ。今や、手や足にナイフが突き刺さったようで、痛くて頬に涙が流れる。

渓谷の端に沿って、信じられないほど高い所にある家々からの明かりが見える。こんなに手足が痛いのに、どうやって坂道を登って行ったらいいのかわからない。どうやって家に辿り着けるかわからない。

私の頭には、黒いおが屑がいっぱい詰まっている。暗闇が小さなかけらになって目に入ってくる。白いところが写真のネガでは黒いように、雪片が黒くなる。雪は小さな粒に変わり、みぞれとなり、枝を伝って落ち、カサカサと音を立てる。混み合った部屋で静かにしなければいけないとわかっているのに、やむをえず人が動いたり、ささやいたりする時のように。姿を見せないように水からそっと出てきて、私のまわりに集まっているのは死んだ人たちだ。〈シーッ〉と彼らは言う。

私は小川のそばにあお向けに横たわり、空を見上げる。もうどこも痛くない。空の底の方は赤味がかった色合いだ。橋は違って見える。それは私の頭上のさらに高い所にあり、がっしりとしていて、手すりはまるで消えてしまったか、あるいは、すきまが塞がれたように見える。そして橋が輝いている。橋に沿って光が集まっている所がある。それは緑がかった黄色で、今までに見たどんな光とも違う。よく見ようと起き上がると、まるで水の中にいるように体の重さが感じられない。

誰かが橋の上にいて、黒い輪郭が見える。最初は、コーデリアが私のために戻ってきてくれたのかと思う。しばらくして、あれは子どもではないと気がつく。子どもにしては背が高いからだ。顔は隠れていて、姿だけが見えている。その背後にある黄色っぽい緑の光が、頭のまわりから光芒になって出ている。

起き上がり、歩いて家へ帰らなくてはいけない。でも雪の中で小さな氷の粒に優しく顔を撫でられると、ここにじっとしているのが、はるかに楽なように思える。それにとても眠たい。私は目を閉じる。

誰かが私に話しかけるのが聞こえる。声が呼んでいるようだが、籠《こも》ったようなとてもかすかな声だ。はたしてそれを聞いたのかどうかもはっきりしない。がんばって目を開ける。橋の上に立っていた人が、手すりに沿って動いている。それとも手すりに溶け込んで行っているのか。あれは女の人だ。今、長いスカートが見える。もしかすると、あれは長い外套だろうか？ 彼女は落ちているのではなく、まるで歩いているかのように、私の方へやって来る。しかし、彼女が歩いて来ようにも、そこには足を支えるものは何もないのだが。私には怖がる力もない。雪の中に横になったまま、彼女を無気力とけだるい好奇心で見つめる。私もあんな風に空中を歩くことができたらいいのにと思う。

今、彼女はとても近くにいる。彼女の顔の白い仄かな光が見える、頭を覆う黒いスカーフかフードも見える、いや、あれは髪の毛だろうか。彼女が腕を私の方に差し伸べてくれると、湧き上がるような幸せを感じる。半ば開いた彼女の外套の内側に、赤くきらめくものがある。彼女の心臓だ、と思う。きっと心臓に違いない。体の外側にあって、ネオンのように、石炭のように輝いている。

それから彼女の姿はもう見えなくなる。でも彼女が私のまわりにいるのを感じる。腕で抱えているわけではなく、暖かい空気がそよぐようにそっと包んでくれているのを。彼女は私に何かを語りかける。

〈もう、家へ帰れるわ〉と言う。〈大丈夫よ。お家へ帰りなさい〉
はっきりと聞こえたわけではない、だが、彼女は確かにそう言ったのだ。

36

橋の上の光は消えてしまう。私は暗い中、坂の斜面を上って行く。みぞれが私のまわりでさらさらと音を立てる。木の枝や幹につかまり、体を引っ張り上げるが、半ば凍った固い雪の上で靴が滑る。足も手もどこも痛くない。まるで飛んでいるかのようだ。かすかな風が顔に暖かく触れ、私と一緒に動いて行く。

今見たのが誰だったのか、私にはわかる。あれはマリア様だ、疑いはない。お祈りをしていた時、マリア様が本当にいるのか確信はなかった。けれど今はわかる、マリア様は確かにいらっしゃると。いったい他の誰が、あんな風に空中を歩くことができるだろう。他の誰が、あんなに輝く心臓を持っているだろうか？　確かに青いドレスではなかったし、王冠もかぶっていなかった。彼女のドレスは黒く見えた。でも暗かったから、たぶん王冠をかぶっていても見えなかったのだ。とにかく、マリア様はいろんな服やいろんなドレスを持っていらっしゃるのだろう。そんなことは重要ではない、マリア様は私を呼びに来てくださったのだ。マリア様は私を雪の中で凍えさせたくなかったのだ。彼女は今も私と一緒にいる。目には見えないけれども、凍えて痛みを感じないよう、やさしく包んで温めてくれる。ついに、私の祈りを聞き届けてくださったのだ。

今、私は大きな道まで上って来ている。家々の明かりが上方の両側にだんだん近づいてくる。目を開けていることができない。まっすぐに歩いてさえいない。でも足は動き続ける、一歩、また一歩と。

前方に通りがある。そこへ着くと、足早に歩いてくる母の姿が見える。コートのボタンも留めず、頭にはスカーフもかぶらず、半分しか閉めていない防寒靴をパタパタさせている。私を見ると走ってくる。私は立ち止まり、コートを両側に翻らせて不格好な防寒靴で走り寄る母の姿をじっと見つめる。まるで母がよその人みたいで、レースに出ている誰かのように見える。母は街灯の下で私に近づく。母の目は濡れて大きく輝き、髪にはみぞれが積もっている。手袋もしていない。母は私を両腕に抱きしめる。すると突然、マリア様がいなくなる。痛みと寒さがまた戻ってくる。私は激しく震え始める。

「川に落ちてしまったの」と言う。「帽子を拾おうとして」。私の声はかすれ、言葉がはっきりしない。舌がどうにかなっている。

母は〈どこに行っていたの〉とか、〈なぜ遅くなったの〉とは言わない。母は「防寒靴はどこ?」と訊く。それは雪をかぶって渓谷の中にある。靴のことは忘れていた。帽子のことも。

「帽子が橋から落ちたの」と言う。この嘘をできるだけ早く片づけてしまう必要がある。コーデリアについて本当のことを言うなど、私にはまだ考えられない。

母はコートを脱いで私をくるむ。口を固く閉じ、顔はおびえ同時に怒っている。ずっと前に北にいた頃、私たちが切り傷をこしらえた時、母はこんな顔つきをしたものだ。母は私の腋の下に腕を入れ、私を急がせる。足を踏み出すごとに痛みが走る。渓谷へ下りて行ったので怒られるのだろうか。

家へ着くと、母はびしょ濡れで半分凍りついている私の服をはぎとり、私をぬるいお風呂へ入れる。母は注意深く私の指や、つま先、鼻、耳たぶを調べる。「グレイスとコーデリアはどこにいたの？」と聞く。「あの人たちは、あなたが川へ落ちたのを見なかったの？」

「いいえ」と私は言う。「あそこにはいなかったわ」

たとえ私が何をしたとしても、母は二人のお母さんたちに電話しようと思っていることがわかる。でも気を回すにはあまりに疲れている。「女の人《レディー》が助けてくれたの」と言う。

「どんな女の人？」と母が言う、しかし、私は彼女のことを話すほど愚かではない。もしそれが本当は誰だったのか話しても、信じてもらえないだろう。「ただの女の人よ」と私は答える。

母は、私がひどい凍傷にならなかったのは幸運だと言う。凍傷については知っている。まるで飲酒の罰を受けたかのように、指やつま先が落ちてしまうのだ。母は私に牛乳の入った紅茶を飲ませ、湯たんぽとネルのシーツで温かくしたベッドに寝かせ、上に二枚余分の毛布を掛ける。私はまだ震えている。父が帰宅し、二人が廊下で心配そうな低い声で話しているのを聞く。それから父が入ってきて、手を私の額に置き、そして暗がりへ消える。

私は学校の外の通りを走っている夢を見る。何か悪いことをやってしまったのだ。秋で木の葉は燃えるようだ。たくさんの人たちが私を追ってくる。みんな叫んでいる。

見えない手が私の手をつかみ、上へ引っ張る。空中に階段があり、それを上っていく。他の人には誰にも階段が見えない。今、私は空中に立ち、見上げたみんなの顔のはるか上空にいる。みんなはまだ叫んでいるが、私にはもう聞こえない。彼らの口は魚の口のように音もなく、開いたり閉じたりする。

二日間、学校を休んで家にいる。最初の日はベッドに寝て、発熱のためガラスのように繊細な透明さの中を漂う。二日目までには、いったい何が起こったのかを考え始める。コーデリアが私の青い帽子を橋から投げたことは思い出せる。氷が割れて水の中へ落ちてしまったこと、それから母がみぞれを髪につけて、私の方へ走ってきたことは思い出せる。これらすべては確かだ。しかし、その間の所はぼんやりしている。そこには死んだ人たちと外套を着た女の人がいるが、夢の中のできごとのようでもある。あれは本当にマリア様だったのか、今となれば確信はない。そうだと信じているが、もはやわからない。

キャロルからはすみれの絵がついたお見舞いのカードが届く。それは郵便物投入口から押し込まれていた。週末にはコーデリアが私に電話をかけてくる。「あなたが落ちたなんて、私たち、ちっとも知らなかったのよ」と彼女は言う。「待ってなくてごめんなさいね。あなたはすぐ後ろにいると思っていたの」。彼女の声は注意深く、正確で、練習ずみで、後悔の気持ちなどさらさらない。

本当に起こったことを隠すため、私と同じく彼女も話をでっち上げたことがわかる。この謝りの言葉は彼女が強制的に言わされたものだ。私は後でこのつけを払わされることになるだろう。今まで彼女は私に謝ったことなどなかった。偽りとはいえ彼女は謝罪した。しかし、謝られて自分は強くなったと感じるどころか、もっと無力な気持ちにさせられる。何と答えたらいいかわからない。「いいのよ」とかろうじて答える。本心からそう思っていたと思う。

学校に戻ると、コーデリアとグレイスは丁寧だがよそよそしい。キャロルはもっとはっきりと怖がっている、けれど関心も持っている。「あなたはもう少しで凍死するところだったって、お母さんが言ってたわ」。彼女は二人ずつ列になり振鈴が鳴るのを待っている時に彼女は私にささやく。「ヘアブラシでお尻を叩かれたのよ。ほんとに〈ぶたれたんだから〉」

雪が芝生から融けていく。学校の床や家の台所の床に、泥が再び現われる。コーデリアは私のまわりを用心深くうろつく。学校から家へ歩いて帰るとき、考え込んで私を見つめる彼女の眼差しに気がつく。会話はわざとらしく、普通のふりをしている。私たちは甘草のお菓子を売っている店に立ち寄り、そこでキャロルがお菓子を買う。みんなが甘草のお菓子を吸いながらぶらついていると、コーデリアが言う。「私たちのこと告げ口したから、イレインは罰を受けなくちゃね、そうでしょう?」

「告げ口なんかしてないわ」と言う。私はもはや気が滅入るような感じにはならない。以前なら、このような言いがかりでも涙が出そうになって堪《こら》えたが。私の声はきっぱりとして、穏やかで分別がある。

「口答えしないでよ」とコーデリアは言う。「じゃあ、何であなたのお母さんが、私たちのお母さんに電話してくるの?」

「そうよ、いったいどうして?」とキャロルが言う。

「知らないわ、私には関係ないわ」私は自分の言葉に驚く。

「あなた、生意気になってきたわね」とコーデリアが言う。「その薄ら笑いは止めなさいよ」

私は今でも臆病者で、まだびくびくしている。それは何も変わっていない。でも彼女に背を向けて歩き去る。それはちょうど空気があなたを抱きとめてくれると信じて、崖から飛び降りるみたいだ。そして、そうなる。コーデリアが言うようにする必要はないのだ。良かれ悪しかれ、彼女の指図通りにする必要はなかったのだ。私は自分の好きなことがやれるのだ。

「私たちから逃げようってわけじゃないでしょうね」とコーデリアが私の後ろで言う。「今すぐここに戻りなさい!」私はこの言葉の本当の意味がわかる。これは真似だ、演技だ。ずっと年上の誰かのふりをしているのだ。これは遊びだ。私が改めなければならないことなど、初めからなかったのだ。いつも遊びだったのだ、そして私は騙されていたのだ。私は馬鹿だった。私の怒りは、彼女たちに対してと同じくらい自分にも向けられる。

「お皿の山が十個」とグレイスが言う。かつてなら、この言葉に怯《ひる》んだことだろう。今では、こんなこと馬鹿げているとわかる。

私は歩き続ける。向こう見ずで浮き立つような気分になる。彼女たちは私の親友ではないし、友だちでさえない。彼女たちに私を縛りつけるものは何もない。私は自由だ。

彼女たちは私の後をついてくる、私の歩き方や、後ろからどう見えるかあれこれ言いながら。もし振り向けば、彼女たちが私の真似をしているのが見えるだろう。「高慢ちき! うぬぼれや!」と彼女たちは叫んでいる。そこには憎しみと同時に必要性も感じられる。この遊びのために彼女たちには私が必要だが、私はもはや彼女たちを必要としない。彼女たちには何の関心もない。私の中に何か硬いものが、水晶のようなガラスの核のようなものがある。私は通りを横切って歩き続ける、甘草のお菓子を食べながら。

私は日曜学校へ行くのを止める。放課後、グレイスやコーデリアと、キャロルとも遊ぶのを断る。もう、あの歩道橋を渡って家へ帰ることもなく、回り道をして墓地を通って帰る。彼女たちがみんなで家の裏口に私を誘いに来ると、忙しいと断る。親切にして誘い出そうとするが、もはや気持ちが動かされることはない。彼女たちの目の中に、意地悪い欲望が見て取れる。まるで彼女たちをまっすぐに見透かすことができるようだ。なぜ、今までこんなことができなかったのだろうか？

兄がいない時は、私は兄の部屋で漫画本を読んで長い時間を過ごす。私も漫画の主人公のように、超高層のビルに上ったり、マントを羽織って飛んでみたり、指先で金属を焼いて穴をあけたり、仮面をつけたり、壁を透視したりしてみたい。他の人や犯人を殴ってみたい。その度にこぶしから、赤や黄色の光がほとばしるだろう。〈カポーン。クラック。ドカーン〉。私は自分がこんな欲望を持っているのに気がつく。どうにかして、やってみようと思う。

学校では、別の女の子と仲良くなる。名前はジルという。ジルは他の子とは違うタイプの遊び、紙と木の遊びに興味を持っている。彼女の家に行き、「ババ抜き」や「スナップ」というトランプ遊びや、「積木取りゲーム」をする。グレイスとコーデリアとキャロルは、私の生活の隅の方で、私の気を引いてみたり、嘲《あざけ》ったりしながらうろうろして、毎日だんだんと色あせ、次第に存在感がなくなる。もはや、彼女たちの言うことはほとんど聞こえない。なぜなら、もうほとんど聞こうとしていないからだ。

VIII

半顔《はんがん》

37

長い間、私はいろいろな教会を訪ねてきた。美術作品を見たいためだと、自分自身に言いきかせていたので、自分が何かを捜し求めているとは気づきもしなかった。ガイドブックに載っていたり、歴史的に重要であったとしても、自分から進んで教会を見つけ出そうとはしなかった。礼拝の最中だったら、決して入ろうとしなかったし、実際そんなことをするのは好きではなかった。教会の中にあるものが、私の興味を引いたのであって、そこで行なわれていることではなかったからだ。たいてい、偶然に教会を見つけて衝動的に中に入って行った。

いったん中へ入ると、建築にはほとんど注意を払わなかった。建築用語には詳しく、採光窓や身廊などについては論文も書いてはいたのだが。もし、窓にステンドグラスがあれば鑑賞した。プロテスタントの教会よりカトリック教会の方が好みで、装飾的であるほど良かった。見るべきものが多かったからだ。私は不謹慎なくらいの豪華絢爛さが大好きで、黄金の葉やバロック様式の過剰さに飽きることはなかった。

壁や床に彫られた碑文を読んだりもした。これは碑銘を彫ってもらうことで神様からより多くの点数をもらえると思っている、金持ちの英国国教会信者たち特有の欠点だ。国教会信者たちはまた、ぼろぼろに裂けた軍旗や、その他の戦争記念品も大好きであった。

しかし、その中でも私は彫像を求めて、聖人たちの像や、棺台上の十字軍戦士の像、あるいは十字軍戦士のふりをした人々の彫刻や、さまざまな種類の像を探した。だが、聖母マリアの像は最後まで取っておいた。希望を抱いて聖母に近づいて行っても、決まってがっかりしたからだ。それらの像は私に見覚えがあるものではなかった。面白味もない青と白の服で着飾ったお人形で、聖人ぶっていて生気がなかった。当時は、自分がなぜそうではない像を期待していたのか、よくわからなかった。

私はベンと一緒に、初めてメキシコへ行った。それはまた二人一緒の初めての旅で、初めて彼と共に時を過ごした。自分では彼とのことは、ただ幕間の出来事にすぎないと思っていたし、私の人生にまた男性が必要だという確信さえなかった。その頃までには、一人の男がだめならまた別の男をという考えには、疲れ切って息切れしていた。しかし、あまり複雑な性格でなく、簡単に喜んでくれる人と一緒にいるのは息抜きになった。

私たちは二人だけで二週間の旅に出かけたが、それは結果的にベンの仕事とも関係があった。サラは親友の所に泊まりに行った。私たちはベラクルス［訳注　メキシコ東部の州］から出発し、エビやホテルやゴキブリについて調べ、それから車で丘を登り、いつものように絵のように美しい所や、あまり人が訪れたことがない場所を探した。

湖のそばに小さな町があった。そこはメキシコにしては控え目な感じだった。メキシコは体の裏表がひっくり返り、血や内臓が外側に飛び出ているような露骨な印象を与えた。その場所が落ち着いた感じなのは、たぶん湖の涼しさのせいだろう。

ベンがカメラの被写体を探して市場を回っている間、私はある教会へと入って行った。その教会は大きくはなく、むしろ貧相に見えたほどだ。中には誰もいなかった。古い石のにおいがしたが、それは長年放置されたカビ臭さだ。「十字架の道行き」をあたかも塗り絵のように稚拙に描いた薄汚い油絵を見ながら、私は側廊をぶらぶら歩いた。しかし、その一連の絵は見栄えはしないけれども誠実な作品で、誰かが本気で描いたものだった。

その時、私はあの「聖母マリア」を目にした。最初、聖母だとはわからなかったのは、普段着ている青あるいは白に金色ではなくて黒い服を着ていたからだろう。彼女は王冠をかぶってはいなかったが、頭《こうべ》を垂れ、顔は陰になり、両手を脇に広げていた。足のまわりにはろうそくの燃えさしがあり、黒いドレスの上には至る所に、何かがピンで留めてあった。最初は星だろうと思ったがそうではなく、真鍮やブリキで出来た小さな腕や脚、手、羊、ロバ、ニワトリ、それから心臓だった。

これらが何のためのものなのか、ようやく合点が行った。彼女は「失われしものの聖母」で、失くしたものを取り戻してくれる聖母なのだ。このマリア像は、木や大理石や石膏で出来た数々の聖母の中で、たった一つ私にとって少しは本物に見えたものだ。マリア様に祈るには、ひざまずいてろうそくを灯すなどの決まりごとがあるのだろう。でも私はそうしなかった。なぜなら、私は祈るべきものがわからなかったからだ。私が失くしてしまったもの、マリア様のドレスにピンで留めるものが。

しばらくしてベンがやって来て私を見つけた。「どうしたんだ？」と彼は言った。「床の上で何をしているんだ？　大丈夫かい？」

「ええ」と私は答えた。「何でもないの。ただ、少し休んでいたのよ」

石の冷たさが体を貫き、筋肉がひきつりこわばってきた。自分がどうやってそこにひざまずいたのかも忘れてしまった。

私の娘たちは二人とも〈それで？〉という時期を通過した。〈それでどうなの〉という意味だ。上の娘が十二歳か十三歳になった時のことだ。二人は腕組みをして、私や友だちやお互いを見つめて言ったものだ。〈それで？〉と。

「そんないい方やめなさい。イライラするわ」と私は言った。

「それで？」

コーデリアも同じ年の頃、同じことをやった。同じように腕を組み、同じように無表情で、空ろな目つきで見つめた。コーデリア！　手袋をはめなさい。外は寒いわ。〈それで？〉私は行けないわ、宿題をしてしまわないといけないから。〈それで？〉

コーデリア、と私は思う。あなたは私に、自分はまったく価値がないと信じ込ませてしまったのよ。

〈それで？〉

それに対しては何も答えようがない。

38

夏が来て過ぎ去り、それから秋になり、そして冬になり、王様が死ぬ。お昼のニュースで訃報を聞く。〈王は死んだ〉と考えながら、学校へ雪道を歩いて戻る。王様が生きていた時に起こったすべてのことが、戦争や、片翼の飛行機、家の外にあった泥の山、いろんなものが今やすっかり終わってしまう。お金に刻まれた、何千という王様の頭部の像のことを考える。今ではそれは生きている人の頭部ではなく、死んだ人の頭部だ。お金は変更されなくてはいけないだろう、そして切手も。女王に代わるのだ。女王はかつてエリザベス王女だった。王女がずっと若い頃に、彼女の写真を見たことを覚えている。王女については他に思い出もあるが、はっきりしないのでかすかな不安を覚える。

コーデリアとグレイスは二人とも飛び級をした。二人はまだ十一歳なのに今や八年生だ。八年生の他の人たちは十三歳だ。キャロル・キャンベルと私はたったの六年生。私たちはみんな、今では前と違う学校に通っている。ようやく渓谷のこちら側に学校が建てられたので、毎朝スクールバスに乗る必要がなく、地下室でお弁当を食べたり、放課後に崩れかかった歩道橋を渡って、家に歩いて帰る必要もない。新しい学校は、モダンな一階建ての黄色いレンガ造りの建物で、まるで郵便局みたいだ。キーッと音を立てる黒い黒板の代わりに、柔らかな手ざわりの目にやさしい緑色の黒板がある。そしてクイーン・メアリー小学校の古くてギシギシ軋る木の床の代わりに、タイル張りで淡い色の床がある。男子、女子と書いた扉もないし、運動場も分かれていない。先生たちまで違っている。もっと若くて親しみやすい感じだ。若い男の先生も何人かいる。

私はいろいろなことを忘れてしまったし、自分が忘れたことも忘れてしまった。古い学校のことは覚えてはいるが、おぼろげな記憶だけになってしまい、最後にそこへ行ったのは五か月前ではなく、まるで五年前のことのようだ。日曜学校に行ったことは覚えているが、詳しくは思い出せない。スミース夫人のことは考えただけでも嫌だったことはわかるが、それがなぜなのか忘れてしまった。気を失ったこと、皿の山のこと、小川へ落ちたこと、それにマリア様を見たことも忘れてしまった。私に起こった悪いことはみんな忘れてしまった。コーデリアとグレイスとキャロルに毎日会うが、そんなことは一つも思い出さない。覚えているのは、私がもっと小さかった頃、他の友だちができる前に彼女たちが私の友だちだったということだけだ。彼女たちに関連した何かがある。皺を伸ばしたページの、小さな乾式印刷文字の一文のような、古代の戦闘の日付のようなものが。あの人たちの名前は脚注にあるか、あるいは茶色いインクで聖書の最初のページに細長い字で書かれている名前みたいだ。彼女たちの名前を聞いても、何の感慨も湧いて来ない。まるで遠い従姉たちや、離れて住んでほとんど知らない人たちの名前のようだ。時が抜け落ちているのだ。

この抜け落ちた時については、母以外は誰もが口を閉ざしている。母だけは時どき話題にする、「あれは大変な時期だったわね、あなたにとって」。すると私は途方に暮れてしまう。母は一体何を言っているのだろう。大変な時期という言い方には、どことなく不気味で、何となく侮辱的な響きもある。私は大変な時期を経験したような女の子ではない。楽しい時しか経験していない。六年生のクラス写真の中に私がいる、満面の笑みを浮かべて。母は幸福なとき〈貝のようにとっても幸せ〉と言う。私は貝のように幸せだ。堅い殻を、きつく閉じたままで。

両親は家の仕事にせっせと励む。暇な時に父は、金づちやのこぎりを盛んに使って、地下にだんだんと部屋を作り上げていく。暗室と、ゼリーやジャムの瓶の貯蔵室だ。芝土は今では芝生になっている。庭には、桃の木や梨の木、アスパラガスの苗床、それに何列も何列も野菜を植えた。花壇にはチューリップや水仙、菖蒲《しょうぶ》、芍薬《しゃくやく》、撫子《なでしこ》、菊や季節ごとの何かの花々が生い茂っている。時おり、私も手伝わなければならないが、たいていは二人が泥の中でひっくり返ったり、ズボンの膝のところを泥土で汚しながら掘ったり、草を抜いたりするのを、関心がなさそうに見守るだけだ。二人はまるで砂場で遊ぶ子どものようだ。私も花は好きだが、花を咲かせるために自分だったらあれ程まではやらない、あれ程精を出すことはないし、あそこまで泥だらけにはならないだろう。

渓谷にかかる木の歩道橋が取り壊される。みんなは、いい頃合いだ、とても危なくなってきたからねと話す。代わりにコンクリートの橋が架かる予定だ。ある日私は出かけて行き、渓谷のこちら側の坂の上に立って、橋が取り壊されるのをじっと見守る。小川のそばには腐った板の山がある。枯れた木の幹のような垂直の柱が今も立っていて、橋板の一部がまだそれにくっついているが、手すりはもうなくなっている。私は不安な気持ちを覚える。まるで何かが、名前を付けることのできないとても大事な物が、そこに埋まっているような感じだ。あるいは、誰かが誤って空中高く取り残されたまま、地面に着くことができず、まだ橋の上にいるような気がする。でも、誰もいないことは明らかなのだが。

コーデリアとグレイスは卒業して他所へ行く。噂ではコーデリアは私立の女子校聖セバスチャン校へ、グレイスは数学を重視する、もっと北の高校《ハイスクール》［訳注　中学一年生から高校三年生が通う中・高一貫校］へ行くそうだ。グレイスはきちんと小さな列に並んだ数字の足し算が得意だ。彼女は卒業の時もまだ長いおさげをしている。キャロルは休み時間に男の子のまわりをうろうろし、そのうちの二、三人からしょっちゅう追いかけられる。男の子たちは彼女を雪の土手に放り投げ、顔に雪をこすりつけたり、雪がないときは跳び縄で彼女を縛り上げるのが好きだ。キャロルは彼らから逃げようとして走るとき、腕をしきりに振り回すような仕草をする。おかしな風に体をくねくねさせながら、すぐにつかまるようゆっくりと走る。そして、つかまったとたん大きな叫び声をあげる。彼女はスポーツ用のブラをつけていて、他の女子からはあまり好かれていない。

社会科で、チベットについての課題研究をする。そこには祈祷のためのマニ車［訳注　チベット仏教で用いられる仏具］があり、霊魂の生れ変わりが信じられ、女性は二人の夫を持っている。理科ではいろいろな種類の種子について調べる。みんなの流行にならって、私も男友だちを作ってみる。機会を見つけて、彼は通路越しに真っ黒な鉛筆で書いたメモを送ってくる。時どきパーティーもあって、ぎこちなくダンスを踊り、男の子たちが不器用なバカ笑いをし大騒ぎをしたあげく、歯がぶつかりあう下手なキスを交わす。私の彼は、自分の新品の学校机に私の頭文字を彫り込み、そのために鞭で打たれる。彼は他にもいろんなことで鞭を受け、みんなからすごいと言われる。私は初めてテレビという物を見るが、あまり面白くもなく小さな白黒の人形劇みたいだ。

キャロル・キャンベルが引っ越して行くが、私は気がつきもしない。私は七年生を飛び越えて、そのまま八年生になり、年代順のイギリス王たちを習い損ね、循環系も学び損ね、男友だちも置き去りにして行く。私は髪を切る。これはやりたかったことだ。髪留めやヘアバンドで留める長い縮れた髪には飽きだし、子どもでいることにもうんざりだ。髪が霧のように頭から落ちていくにしたがって、頭の形がくっきりと、よりはっきりした輪郭で現れてきたのを満足気に眺める。こうして高校へ行く準備は整い、すぐにでも行きたいと気持ちがはやる。

私はさらに準備をしようと、部屋の模様替えをする。古いおもちゃをタンスから片付け、机の引き出しをみんな空にする。引出しの奥にキャッツ・アイのビー玉が、一個だけころがっているのを見つける。それからいくつか、古い干からびた栗の実も。昔クリスマスにもらったと思う、赤いビニールのハンドバッグも。子どもっぽいバッグで、拾い上げるとカタカタ鳴り、中に五セント白銅貨が入っている。お金は使おうと取り出し、代わりにビー玉を入れる。栗の実は投げ捨ててしまう。

黒い台紙のアルバムを見つける。ブローニーカメラではもう長い間写真を撮っていないので、このアルバムを見かけることはなかった。黒い三角のフォトコーナーで留められた、撮った覚えのない写真がある。たとえば、湖のそばの巨石のような写真が。下の方には白い鉛筆で名前が書いてある。〈デイジー〉と。これは私の字だが、書いたことは覚えていない。

私はこれらを地下室へ持って行き、トランクに詰める。捨てない古い物はここに入れる。母のウェディングドレスもその中にある。装飾を施された銀食器や、見知らぬ人たちのセピア色をした肖像画、絹の房飾りがついているブリッジの得点表の包みなど、戦争前から残された品々だ。私たちが描いた絵もいくつかある。兄の宇宙船や赤と金色の爆発の絵、私が描いた繊細で流行遅れの女の子の絵など。女の子たちのエプロンドレスや髪の毛のリボン、発育不全のような顔や手を少し嫌な気持ちで見る。自分の子どもの頃の生活に、これほどじかに結びついた物を見るのは好きではない。この絵は下手くそだと思う。今ならもっと上手に描くことができる。


高校に初めて通う前日、電話が鳴る。コーデリアのお母さんだ。私の母と話したがっている。大人のつまらない用件だと思って、居間に戻り、床に座って新聞を読む。だが、母は受話器を置いたあと、部屋へ入ってくる。

「イレイン」と言う。これは珍しいことだ。母は私の名前をあまり使わないから。まじめな話のようだ。

『魔術師マンドレイク』〔訳注　一九三四年から連載された古典的なアメリカの漫画〕から目をあげる。母は私を見下ろす。「コーデリアのお母さんだったのよ」と言う。「コーデリアがあなたたちの高校へ来るんですって。二人で一緒に学校へ行ってくれないかしらって」

「コーデリア?」と言う。丸々一年間、コーデリアに会ったことも、話したこともなかった。彼女は完璧に消えてしまっていた。私はバスに乗らないで歩いて行けるという理由から、その学校を選んでいたので、コーデリアと歩いて行ってもかまわない。「いいわよ」と私は言う。

「ほんとにいいの?」母は少し心配そうに言う。母はなぜコーデリアが、今頃私の学校に来るのか言わないいし、私も聞かない。

「なぜそうしちゃいけないわけ?」と言う。私はすでに、高校生によくある生意気な言葉使いになりつつある。でも同時に、母が何を言いたいのかがわからない。私はコーデリアに、いや彼女のお母さんにちょっとしたお願いをされているのだ。母の普段の方針は頼み事をされたら応えるということなのに、今回はなぜ言葉を濁しているのだろう。

母は私の質問に答えない。その代わり迷っている。私は漫画に戻る。「お母さんがコーデリアのお母さんに電話しようか、それともあなたからコーデリアに話したい?」と母が尋ねる。

「お母さんが電話して」と答え、「下さい」と付け加える。私は今、コーデリアと話したいとは特に思わない。


翌朝、学校へ行く途中にあるコーデリアの家へ迎えに行く。ドアが開くとコーデリアがいる。だがもう前と同じではない。もはや骨張ってひょろっとした子ではない。胸が豊かになり、腰まわりと顔に肉がついている。今では髪が長くなり、男の子のようなページボーイではない。ポニーテールにしていて、輪ゴムのまわりに小さな白い布製の鈴蘭の花をつけている。オキシドールで前髪を筋状に脱色している。オレンジ色の口紅と、それに合うオレンジ色のマニキュアを塗っている。私の口紅は淡いピンク色だ。コーデリアを見ると、自分がまだティーンエイジャーにはとても見えないと自覚する。十代みたいな格好をしたガキだ。まだ痩せているし胸も平たい。大人になりたいという強烈な願望を感じる。

私たちは一緒に学校へ歩いて行くが、最初はあまりしゃべることもない。ガソリンスタンドを過ぎ、葬儀社を過ぎ、それから商店街を一マイルほど行く。ウールワース、IDA薬局、青果店、金物屋など、これらすべての店は、二階建ての平屋根の黄色いレンガ造りの建物の中で隣り合って並んでいる。私たちが教科書を胸の前に抱えて歩くと、はいているたっぷりとした綿のスカートが素脚に触れる。ちょうど夏の終わりで、芝生は全部くすんだ緑色か黄色になって萎れている。

コーデリアは一年上級だろうと思っていた。だがそうではなくて、今や同じ学年だ。彼女はコウモリの絵にペニスを描いたので、聖セバスチャン校から追い出された。というより、彼女がそう言っているのだ。黒板に、翼を広げて両脚の間に小さなこぶのあるコウモリの大きな絵が描いてあったそうだ。担任の先生が部屋を出て行くと、彼女は黒板に近づき、小さなこぶを消してもっと大きく長いのにした。――「そんなに大きくはないのよ」――そこへ先生が帰って来て、彼女が描いているところをつかまえたのだ。

「それで終わり?」と私が言う。

実は少し違う。彼女はこぶの下にきちんとした活字体で、〈モールダー先生〉と書き込んだ。モールダー先生とはその先生の名前だ。

たぶん、彼女がやったのはそれだけではなかっただろうが、彼女が語っていることはそれですべてだ。そのあと思いついたように、学年末の試験に落ちたのと付け加える。「私、あの学年には早すぎたのよ」と言う。誰か他の人たちから言われた言葉のようだ。おそらく彼女のお母さんからだろう。「私はたった十二歳だったしね。飛び級は無理だったのよ」

彼女は今十三歳、私は十二歳だ。私も飛び級させられた。私も最後は彼女みたいになるのだろうかと思い始める。コウモリの絵にペニスを描いて落第するとか。

39

私たちが通う学校は、バーナム高校《ハイスクール》と呼ばれている。最近建ったばかりで、長方形の平屋根で飾りも特徴もなく、まるで工場みたいだ。しかし、それは現代建築の最新作だ。内部には、本物ではないが御影石のように見える斑《まだら》模様の床材で出来た長い廊下がある。黄色がかった壁には暗緑色のロッカーが並び、講堂と放送設備がある。

毎朝、放送でアナウンスがある。最初は聖書の朗読とお祈りだ。私はお祈りの間、頭を下げるが祈ろうとはしない。なぜそうしないのかわからないけれど。お祈りの後、校長先生はこれからの行事について話をし、ガムの包み紙が落ちていれば拾うように、玄関ホールで年寄りの夫婦のようにうろうろするなとお説教する。校長先生の名前はマクラウド先生だが、みんなは陰でクロムドーム（クロムメッキの丸天井）と呼んでいる。頭のてっぺんが禿《は》げているからだ。校長先生はスコットランド出身だ。バーナム高校には、学校のタータンチェックや、アザミの花と靴下に差し込まれた二本のスコットランドナイフがついた学校の紋章と、ゲール語の校訓がある。タータンチェック、紋章、校訓、スクールカラーはすべて、マクラウド先生の出身部族のものだ。

玄関ホールには女王と並んで、デーム・フローラ・マクラウド〔訳注　一九三五年、第二十八代スコットランドマクラウドの族長となり、スカイ島のダンヴェガン城に住む〕の肖像画が掛けられている。彼女は、バグパイプを演奏している二人の孫息子と一緒に、ダンヴェガン城の前でポーズをとっている。私たちはこの城をわれわれの先祖の住まいとして、フローラ夫人をわれわれの精神的指導者としてみなすよう勧められる。合唱ではハンサムなチャーリー王子が、イギリス軍の大虐殺から逃れるのを歌った「スカイ島舟唄」を習う。「スコットランド人たちよ」〔訳注　スコットランドの国民的詩人ロバート・バーンズの詩によるスコットランド歌曲・愛国歌〕やネズミの詩も習う。この詩には〈乳房〉という言葉が入っているので、くすくす笑いが起こる。私は今まで高校に通ったことがないから、これらすべてスコットランド的なところは、学校として普通なのだと思っている。学校にいる数名のアルメニア人、ギリシア人、中国人でさえ、彼らの際立った違いを失くしてしまい、私たちみんなと同じように、タータンの霧の中に浸っている。

この学校で知り合いはあまりいない、コーデリアもそうだ。公立学校の私の卒業クラスから来たのはたった八人だけで、コーデリアのクラスからは四人だった。だから、知らない人がいっぱいの学校だ。それに加えて、私たちは違うクラスにいたのでお互いに頼ることもできない。

クラスのみんなは私より大きい。これは予想されたことだ。みんな年上なのだから。女の子たちは胸が大きくなり、気だるそうだ。白粉《おしろい》をはたいているが、年頃の体臭がむんむんする。なめらかな顔の肌は皮脂でつやつやしている。私は彼女たちに用心している。それに更衣室は好きではない。私たちはそこで、下がブルーマーで、ポケットに名前が刺繍してある青い木綿の体操服に、着替えなくてはいけない。そこにいると自分がこれまで以上に痩せっぽちのような気がする。鏡に自分の姿を映すと、鎖骨の下に肋骨が見える。バレーボールの試合の最中、この女の子たちは私のまわりでよたよたと走って、大声を張り上げる。彼女たちの声は特別に大きく騒々しく、新しい余分な肉がゆらゆら揺れる。私は彼女たちの邪魔にならないように気をつけるが、単に彼女たちが私より大きくて、ぶつかったら倒されるかもしれないという理由からだ。でも彼女たちを本当に怖がっている訳ではない。ある意味で彼女たちのことは軽蔑している。というのも、彼女たちはキーキー言って抱きついたりするので、キャロル・キャンベルにとてもよく似ているのだ。

男の子たちの中には、まだ声変わりしていないおちびさんも少しはいたが、多くは巨人のように大きい。中には十五歳でもうすぐ十六歳になる男の子も何人かいる。彼らは両側の髪を伸ばし、油で後ろに撫でつけダックテールの髪型にして、髭も剃っている。始終剃っているような連中もいる。彼らは教室の後ろに座り、長い足を通路に突き出している。すでに一学年、少なくとも一回は落第している。彼らは自分でも諦めているし、周囲から見切りをつけられてもいる。そして、ここを出て行けるようになるまで、刑期を務めているのだ。彼らは廊下にいる女の子たちに声をかけ、彼女たちに音を立てて投げキスをしたり、女の子のロッカーのまわりをぶらぶらしたりするが、私にはまったく目もくれない。彼らにとって私はほんの子どもなのだ。

でも私は、自分がこの人たちより年下だとは感じない。ある点では年上のようにも思える。「保健」

の教科書に十代の情緒についての一章がある。この本によれば、私は十代の目まぐるしい感情の変化にとらわれることになっている。今笑ったかと思うと、次の瞬間泣き出し、ローラーコースターに乗っているようだと言う。これは教科書の用語である。しかし、私にはこの説明は当てはまらない。私は冷静だ。仲間の学生の滑稽な行動を、教科書通りの振舞いを、科学的好奇心に、オバサン的寛大さの混ざった気持ちで眺めている。コーデリアが「彼って、とてもすてきだと思わない?」と言うとき、彼女がどんな気持ちで言っているのか、私には理解しがたい。教科書にそうすると書いてあるから、私も時おり、わけもなく泣いてみる。でも自分自身が悲しいなんて信じられないので、真面目には受け取れない。けれど、泣いている顔とはどんなものか好奇心をそそられ、自分の泣き顔を鏡で観察する。

昼食時には白っぽい長テーブルのある淡い色合いの食堂で、コーデリアと一緒に座る。午前中ずっと、学校のロッカーの中で暑さにうだっていたお弁当を食べる。かすかに運動靴の味がする。ストローでチョコレート牛乳を飲む。そして、学校の他の子どもたちや先生について、機知に富み皮肉たっぷりな批評をお互いにやり取りする。コーデリアはすでに一年間高校に行っていたので、やり方をよく知っている。彼女はブラウスの襟を立て、あざ笑うふりをする。「彼はうざい」とか、「なんて、嫌なやつ」と言う。これは男の子たちに対してだけ使われる言葉だ。女の子たちには、気が強い、生意気だとか、安っぽい、さえないとか、男好きなどを使う。あるいはもし彼女たちが勉強しすぎていると思われたら、男の子と同じ様に「ガリ勉」「先公のごますり」「ご機嫌取り」などと呼ばれる。でも女の子は「うざいやつ」とか、「嫌なやつ」とは言われない。私は〈うざい(pill)〉という言葉が好きだ。それはセーターにできる小さな毛玉のことも言うからだ。うざい男の子はそんなセーターを着ている。だから、自分のセーターからは毛玉を全部取ってしまうよう気をつけている。

コーデリアは、映画スターや歌手たちの光沢のある写真を集めている。彼女は裏表紙にハリウッドのフレデリック社のスケスケ・ランジェリーや、痩せるために噛むチョコレート味の錠剤の広告が載った映画雑誌の中に、ファンクラブの住所を見つけ、手紙で写真を取り寄せる。机の上方にあるボードにその写真を画鋲で留めたり、部屋の壁にテープで貼ったりする。彼女の部屋の中にいると、いつも大勢の人たちに見られているような感じがする。彼らのつややかな黒い瞳が部屋中私について回る。これらの写真にはサインがしてあり、私たちは明かりの下でペンが本当に紙をへこませているかを調べる。へこんでなければただの印刷だ。コーデリアはジューン・アリソンが好きだが、フランク・シナトラやベティ・ハットンも好みだ。彼女によれば、一番セクシーなのはバート・ランカスターだ。

学校からの帰り道、私たちはレコード店に寄って、防音コルク張りの小さなブースでSPレコードを試聴する。コーデリアは私より小遣いが多いので、時どきレコードを買うが、たいていはただ試聴するだけだ。私が同じように感心し、うっとりと天を仰ぎ、呻き声を上げることを彼女は期待する。彼女はやり方を知っている。もう高校生だから、自分たちがどう振舞ったらいいか知っているのだ。でも私にはこんなことは不可解だし、欺瞞だと思う。自分が演技していると感じてしまうからだ。

私たちはコーデリアの家へレコードを持って行き、居間でプレーヤーにかけ、音を大きくする。フランク・シナトラが現れるが、肉体から離れた声だけが、ぬかるんだ舗道の上を滑って行く人のように、曲の上をなめらかに進む。一つの音めがけて身をくねらせて進み、辿り着くと激しく揺れる。その後また体勢を立て直し、次の音の方向へゆっくり進んで行く。

「彼の歌い方、すてきだと思わない？」とコーデリアが言う。体をソファーへ投げ出し、足を肘掛に乗せ、頭を逆さまに垂らす。粉砂糖のかかったドーナツを食べているので、鼻に砂糖がくっつく。「シナトラがここにいるような感じね。まるで私の背筋を上から下へ手でさすってくれているようだわ」

「そうね」と私は言う。

パーディーとミリーが入って来る。「また、〈シナトラ〉にぼうっとなっているの」とパーディーが言う。ミリーは「コーデリアさん、音を小さくしてくださらない？」と言う。最近、彼女はとても優しくコーデリアに話しかけ、たびたび〈さん〉づけで呼びかける。

パーディーは今や大学生だ。彼女は社交クラブのパーティーに行く。ミリーは高校の最終学年だ、私たちの学校ではないが。二人ともこれまで以上に魅力的で美しく、洗練された感じだ。二人はカシミヤのセーターを着て、真珠のボタン形イヤリングをしてタバコを吸う。二人はタバコを「たばこちゃん」と呼ぶ。卵は「卵ちゃん」、朝食は「朝ゴッハン」だ。妊娠している人は「妊プー」だ。母親のことはまだ「マミー」と呼んでいる。二人は座ってタバコを吸い、くだけた様子で面白そうに半ば皮肉を込めて友だちのことを話題にする。友だちの名前はミッキー、ボビー、プーチーやロビンだ。名前から男の子か女の子か当てるのは難しい。

「もう存分に堪能されましたか？」パーディーがコーデリアに聞く。これは二人がはまっている新しい言い方だ。もう十分食べたかという意味だ。「あれは夕食に取っていたのよ」。彼女が言っているのはドーナツのことだ。

「たくさん残ってるわよ」と、コーデリアはまだひっくり返ったまま、鼻の頭を拭きながら言う。

「コーデリア」とパーディーが言う。「そんなに襟を立てないで。安っぽくてチープな感じよ」

「安っぽくないわ」とコーデリア。「カッコいいシャープよ」

「カッコいいですって」とパーディーはあきれて目を回し、鼻から煙を出しながら言う。彼女の唇は小さくぽっちゃりとして、端が上の方にあがっている。「なんか、ヘアオイルの広告みたい」

コーデリアは起き上がって座り直し、不満そうに舌先で頬を膨らませ、パーディーを見る。「それで？」とおもむろに口を開く。「何がわかるのよ？　もうオバサンのくせに」

パーディーはまだバーで飲むことは許されないが、夕食前に大人たちとカクテルを飲める年になっている。彼女は口を曲げて、「高校は彼女にとって、あまり良くないようね」とミリーに言う。「コーデリアはますます頑固《ハードロック》になって来てるわ」。彼女はこの言葉を嘲《あざけ》るようにゆっくり伸ばして言う。自分はそんな言葉から、もう卒業してしまったと言わんばかりに。「がんばってやりなさい、コーデリア。でないとまた落第よ。お父さんがこの間何と言ったか、わかってるでしょ」

コーデリアは赤くなり、言い返す言葉を思いつかない。


コーデリアは店からいろいろな物をくすね始める。盗むとは言わず、くすねると言う。ウールワースから口紅を何本か、ドラッグストアからは尖った甘草飴の包みをくすねる。彼女は店に入って行き、ヘアピンのような小さな物を幾つか買う。店員がレジからおつりを出そうと背中を向けたその時、カウンターから何かをさっと取り、コートの下かポケットに隠す。その頃はもう秋だったので、私たちは長いコートを着ていて、その裾が足の後ろにパタパタと当たる。コートには袋のような特大の張り付けポケットがついているので、万引きにはうってつけだ。まんまと頂戴してきた物を店の外で私に見せる。自分がやっていることは何も悪くないと思っているようだ。うれしそうに笑い声をあげ、目は輝き頬が赤くなる。まるで何かの賞を取ったみたいだ。

ウールワースのお店には古い木の床が張ってあるが、長年にわたりお客のブーツに付いてきた融けかかった雪で汚れていて、薄暗い明かりが金属の支柱で天井から吊り下げられている。たぶん口紅以外では、店にある品物の中で本当に欲しいと思う物は何もない。写真立てがあり、ちょっと変わった風に薄く色付けされた映画スターの写真が入れてある。写真を入れた時に、その写真立てがどんな感じかを見せているのだ。このスターたちはラモン・ノヴァーロやリンダ・ダーネルという名前で、何年か前のかつてのスターたちだ。安っぽい帽子や、まわりにベールがついた老婦人用の帽子や、模造ダイヤがついた櫛なども置いている。ここにあるほとんどの物は何かのイミテーションだ。私たちは通路を行ったり来たりして、お試し用オーデコロンを吹きかけたり、手の甲にサンプルの口紅を塗りつけたり、商品をいじくりまわして大きな声で悪口を言ったりするので、中年の女性店員たちが私たちを睨みつける。

コーデリアはピンクのナイロンスカーフをくすねるが、睨みをきかせていた店員の一人から見られてしまったと思う。それで私たちはしばらくその店に行かない。ドラッグストアへ行きアイスキャンディーを買い、私が支払いをしている間にコーデリアがホラー漫画本を二冊抜き取る。その後、学校から歩いて帰りながら、交代で大声を出して読み、放送劇のように役になりきって演技し、キャッキャッと笑って立ち止まる。二人で漫画の絵を見ながら、読んだり笑ったりできるように、私たちは葬儀社の前で止まって低い石塀に座る。

その漫画本にはとても詳細な絵が描かれていて、主に緑色や、紫色、硫黄色のどぎつい色彩が施されている。コーデリアが二人の姉妹の話を読む。一人はかわいらしく、もう一人は顔半分を覆うやけどの痕《あと》がある。そのやけどはえび茶色で、萎びたリンゴのように皺が寄っている。きれいな娘には恋人がいて、二人はたびたびダンスパーティーに行く。やけどの娘は姉の恋人に好意を持ち、きれいな姉を憎むようになる。やがて嫉妬のあまり、やけどの娘は鏡の前で首を吊ってしまう。すると、彼女の霊は鏡の中に入って行き、次にきれいな娘が鏡の前で髪をとかす時に見上げると、やけどの子が振り返り彼女を見ている。ショックで彼女が気絶した隙《すき》に、やけどの子が鏡から抜け出し、きれいな子の体の中に入る。彼女はその体を乗っ取り、恋人をだましてキスをさせる。しかし、今や彼女の顔は完璧になったのに、鏡に映った像はいまだに元の崩れた顔のままだ。恋人はその顔を見る。幸いにも彼はどうすればいいか知っている。鏡を割るのだ。

「しくしく」とコーデリアは言う。「おお、ボブ……とても……恐ろしかったわ。気にするな、かわいい人、もうすべて終わったから。あの子は行ってしまった……戻って行った……彼女がやって来たところへ……永遠に。僕たちはやっと本当に一緒になれる。何も怖がらなくていいんだ。一件落着。おしまい。ああ、ゲェーッだわ！」

私は海で溺れたけれど、本当は死んでいない男と女についての物語を読む。二人は死ぬどころか、ものすごくブクブクに太って、無人島に住んでいる。あまりに太り過ぎてしまい、もうお互いに愛してはいない。船がやって来て二人は手を振る。「私たちの方を見てくれないわ！　通り過ぎてしまう！　まあ、なんてこと……。ということは、私たちは〈永遠〉にこのままってこと！　出て行く方法はないの？」

次の絵では彼らは首を吊る。太った体が二つヤシの木からぶら下がり、それを残してほっそりとした以前の痩せた体は、ぼろぼろになった水着を着て、手を取り合って海へと歩いて行く。「一件落着、これでおしまい」

「ああ、二つともオェッーね」とコーデリアが言う。

コーデリアは、かつて自分を沼に突き落とした兄の首を締めようと、剥《は》がれ落ちた皮膚から水をしたたらせて、沼地から戻ってくる死んだ男の話を読む。そして私は、十年前に死んでいたことが後でわかる、ある美しい女性ヒッチハイカーを拾う男の話を読む。コーデリアは、ブードゥーのまじない師から呪いをかけられ、手に生えてきた大きな赤いロブスターのはさみが、突然自分に向かって襲ってくる男の話を読む。

家に着いたとき、コーデリアはそのホラー漫画の本を持って入りたくないと言う。誰かが見つけて、どこで手に入れたのかと怪しむかもしれない。買ったと思われても、やはり問題になるだろう。それで私が家へ持って帰ることになる。捨ててしまうことなど、二人には思いもよらない。

いったん家へ持って帰ると、夜、その本を自分の部屋に置きたくないと思う。昼間の光の中で、怖い話を笑いとばすのとは訳が違う。眠っている間、まさに私の寝室にその本があるということが嫌なのだ。暗闇の中、その本が毒々しい硫黄色の光を出して、輝き始めるのを想像する。本から霧のような筋が何本かもくもくと立ち上がり、タンスの上で肉体となって現れるところを思い浮かべる。私の体の中に、他の誰かが閉じ込められているのがわかるのではないかと怖くなる。お風呂場の鏡をのぞき込み、別の女の子の顔が見えるのではないか、私にそっくりだが顔の半分が黒ずみ、肌をやけどしている誰かの顔が見えるのではと心配になる。

　こんなことは本当は起こらないとわかっているが、考えるだけでもぞっとする。しかし、漫画本を捨てたいとも思わない。もしそうしたら、その中の人たちを解き放ってしまい、制御がつかなくなるかもしれない。それでスティーブンの部屋に持って行き、兄の古い漫画本の中にすべり込ませる。まだベッドの下に積み重ねて置いてある本の中へ。兄はもう漫画は読まないので、見つかることもないだろう。夜、そこからどんな光が漏れ出したとしても、兄だったら動じないだろう。私が見るところ、兄自身もよからぬことを企んだりしているので、大丈夫だろう。こういった種類のことも含めて。

40

日曜日の夜だ。暖炉には火が入り、十一月の重苦しい夜の闇に対してカーテンが下ろされている。父はゆったりした椅子に座り、消化器官を示すために切り開かれたハマキガの幼虫のスケッチを採点している、母はベーコンをのせた四角いチーズ焼き菓子を作っていた。ラジオには「ジャック・ベニー・ショー」が流れ、時どきラッキーストライクのタバコのコマーシャルの歌で休憩が入る。この番組にはしゃがれたような声で話す男と、もう一人の男が出てきて、「まん中にはピクルス、上にマスタード」と言う。最初の人は黒人で二番目の人はユダヤ人だそうだが、私にはわからない。ただ二人ともおかしな声だと思う。

緑色の目がついた古いラジオは姿を消し、新しい白木のラジオが現れ、LPレコードのプレーヤーも入っている、なめらかで飾りのないキャビネットに収まっている。チーズ焼き菓子の皿をのせる小さな木製の入れ子式テーブルがある。これらのテーブルも白木製で、その脚は上方が広くて徐々に細くなり、埃が溜まりやすい出っ張りや渦巻き飾りもない。それは漫画本に出てくる太った女の人の脚のようで、膝もなければ足首もない。この白木の家具はすべてスカンジナビア産だ。わが家の銀食器は地下室の船旅用トランクへしまいこまれ、代わりに買った新しい金属食器はもはや銀ではなくステンレス製だ。

これらの品物は母ではなく父が選んだ。父は母の外出用の服も選ぶ。母は笑いながら、自分の好みが出せるのは料理の時だけだと言う。母に関する限り、椅子は座るためのもので、壊れさえしなければピンクのペチュニアの花模様か、紫の水玉模様かはあまり問題ではない。母は、物が動かないと見えない猫のようだ。彼女はだんだんとファッションにさえ無関心になり、スキージャケットに古いスカーフ、片方ずつちぐはぐの手袋という間に合わせの格好で歩き回るようになる。母は風を遮ってくれさえすれば、どう見えるかはちっとも気にしないと言う。

さらに悪いことには、母はアイスダンスを習い始めた。近所の室内リンクでの講習に出かけ、他の女の人たちと手を組んで、かん高い曲に合わせタンゴとかワルツを踊る。これだけでも恥ずかしいが、少なくとも室内でやる限り、誰にも見られることはない。これから本格的に冬になって、母が屋外リンクで練習を始めたりしないことを願うばかりだ。知り合いの誰かが母の姿を見るかもしれないからだ。でも、こんなことが引き起こす恥かしさなんかには、母はちっとも気がつかない。他のお母さんたちが言うように、いや、言うと思われているように、〈みんなはどう思うかしら〉と私の母は絶対言わない。母はちっとも気にしない（give a hoot）と言う。

こんなことを言うなんて母は無責任だと思う。けれど、気にしないと言う時に使う〈フート（hoot）〉というフクロウの鳴き声は私も気に入る。私の方は自分の服装の好みにうるさくなり、母は、母ではない存在、突然変異のフクロウみたいなものに変わってしまう。私の方は自分の服装の好みにうるさくなり、手鏡を使って後ろ姿にまで注意を払う。前からはきちんとしていても、後ろから裏切りが忍び寄るかもしれない。糸が垂れ下がったり、裾がほつれたりして。〈ちっとも気にしない〉なんて言えたら快感だろう。その言葉はあれやこれやについて、私自身が身に着けたい、素晴らしくて不遜ともいえる無頓着さを表している。

テーブルに合わせて、脚先が細くなった白木の椅子に兄が座っている。ちょっと見てない間に、兄は突然背が高くなり大人になった。今は剃刀を使っている。週末に剃刀をあてないと、口のまわりの肌から細かい剛毛が生えてくる。兄は、家の中ではいつも古いモカシン靴を履いている。これは親指の付け根あたりがすり減って穴があき、着ているえび茶色のVネックのセーターの肘の所からは、ほつれた糸が出ている。母がセーターを繕ったり取りかえようとしても、その努力に抵抗する。母は服装なんかちっとも気にしないとたびたび言うけれども、セーターの穴やほつれや汚れなどは別で、これには母の無関心さは適用されない。

兄のぼろぼろのセーターとうらごし器のようなモカシン靴は、家で勉強する時の服装だ。平日は、上着とネクタイと灰色のフラノのズボンを着用しなければならない。これらは学校で指定されているものだ。兄は私の学校の男子のようにダックテールの髪型はもちろん、クルーカットさえできない。イギリスの少年聖歌隊員の髪型のように、首の後ろを刈り上げて片方に分け目をつけている。これもまた学校の決まりだ。こんな髪型をしているせいで、兄は一九二〇年代かそれ以前の冒険小説の挿絵のような感じだ。こんな本は地下室にたくさん積んである。あるいは、漫画本から出て来た連合国空軍将校のようだ。もっと細いが、そんな風な鼻やあごだ。整った顔立ちで、ハンサムだが古くさい。目もそんな感じで、鋭いがやや狂信的な青い目だ。自分がどう見えるかとても気にしている男子を、兄は痛烈に批判する。彼らのことを軟弱なファッション狂いと呼んでいる。

兄の学校は頭の良い男子が行く私立校で、それほど費用はかからないが、難しい試験に合格して入る。両親は少し心配そうに、私も女子の私立校へ行きたいかと尋ねた。私のことも考えてあげないと、のけ者にされたと感じるかもしれないと思ったのだろう。そんな学校のことはよく知っている。キルトのスカートをはいて、フィールドホッケーをしなければならない。そこは上流気取りが行くところで教育の程度は高くない、と私は言った。これは本当だった。でも実際、女子校に通うのは死んでもごめんだ。考えただけで閉所恐怖症になる。女子しかいない学校とは、落とし穴にはまったようなものだろう。

兄もジャック・ベニーを聞いている。聞きながら左手でチーズ焼き菓子を口に詰め込むが、右手には鉛筆を握り、この手は決してじっとしていない。兄は走り書きをしているメモ用紙をほとんど見ない、時おり、紙を引き剥《は》がしてくしゃくしゃに丸める。この丸まったメモ紙は床に落ちる。番組が終わって、私がその紙を集めてゴミ箱へ捨てようとすると、その紙には数字がぎっしり書きこまれているのがわかる。数字や記号の長い列が、文書のように、暗号で書かれた手紙のように、果てしなく続いている。

時どき兄は、友だちを連れて来る。彼らはチェスのテーブルをはさんで座り、手以外は動かさない。手が上がり、盤の上を行きつ戻りつし、急降下する。時には、彼らは唸り声をあげて、「ははーん」とか「交換だ」とか「取り戻したぞ」とか言う。あるいは新しく考え出した、難しい悪意のない罵《ののし》り語を交わす。「無理数のガリ勉め！」「平方根のくそまじめ！」「先祖返り野郎！」などと。ナイト、ポーン、ビショップなど取られたチェスの駒は盤の端に並んでいる。時たま、ゲームの進み具合を見るために、牛乳と『ベティー・クロッカー料理本』［訳注 ベティはアメリカの製粉会社が作り出した架空の女性で、レシピや料理のコツを教える料理本が出版された］を見て、私が作ったバニラチョコレートの風車型クッキーを持って行く。これは見せびらかそうと思ってのことだったが、反応はほとんどない。彼らは唸り声をあげ、左手で牛乳を飲み、クッキーをほおばり、目は片時もチェス盤から離さない。ビショップがよろめき、クイーンは倒れ、キングはとり囲まれる。「あと二つでチェックメイト」と言う。指が下りて来てキングを倒す。「五番勝負だ」。そしてまた始める。

夜、勉強するとき、兄は面白いことをやる。頭の血の巡りを良くするために逆立ちをしたり、天井に向けて唾で固めた紙つぶてを投げるのだ。彼の部屋の天井の照明器具のまわりは、噛んだ紙の小さな塊で吹き出物だらけになっている。他の時は、いろいろマニアックな身体運動にふけっている。薪を割って炊きつけの巨大な山を必要以上に作るとか、みっともない程だぶだぶのズボンに、えび茶色のセーターよりもっとよれよれの深緑色のセーターを着て、空き地に捨ててあるようなぼろぼろの灰色のランニングシューズを履いて、渓谷に走りに行く。兄はマラソンのトレーニング中だと言う。

私がいても、兄はたいてい気がつかないようだ。兄は何か他のことを、重要でまじめなことを考えている。彼は食卓につき、右手を動かして堅いパンの皮を小さな塊にくずしながら、母の頭の後ろの壁を見つめている。そこには、花瓶に活けられた、三本のトウワタの莢《さや》の絵が掛かっている。その間、父はなぜ人類は亡びる運命にあるのかを説明する。今回は、糖尿病の治療薬インシュリンが発見されたということが理由だ。［訳注 動物のすい臓から作る抽出インシュリンは、大量の原材料の確保が問題だったが、一九八二年、遺伝子組み換えヒトインシュリン製剤が発売された］ 糖尿病患者はこれまでのようにただ死んでいくのでなく、長生きして子孫に糖尿病を伝えていく。するとすぐに等比数列の法則で、みんなが糖尿病になるだろう。そして、インシュリンは牛の内臓から作られるので、すぐにインシュリン用の牛で世界中がいっぱいになるだろう。すでに、人間がいっぱいいるところ以外だが。とにかく人間は自分自身の利益のために、あまりに急激に増殖しつつあるのだ。そして、牛はメタンガスのげっぷを出すので、すでに多量のメタンガスが大気中に放出されている。メタンガスは酸素を締め出し、たぶんこの先、地球全体を巨大な温室へと変えていくだろう。そうすると北極海の氷が融け、ニューヨークも海面下六フィートに沈んでしまう。他の多くの沿岸都市は言うまでもない。それに加えて、私たちは砂漠化や浸食にも注意しなければならない。もし牛のげっぷで死ぬことがないとしたら、地球はサハラ砂漠のようになって、人類は終わりを迎えるだろうと、父はミートローフを平らげながら、さも楽しそうに語る。

父は何も糖尿病患者や牛に対抗しているわけではない。ただ思考の流れを追いかけ、論理的な結論に辿り着くのが好きなのだ。そこへ母が、デザートはコーヒースフレよと言ってくる。

兄は人類の運命について、かつてはもっと興味を持っていただろう。今は太陽が超新星になったとしたら、それが見えるまでに八分かかると話題を変える。兄は遠大な見方をする。遅かれ早かれ、私たちはとにかく燃えかすになってしまうのだから、二、三頭くらいの牛のことなどでなぜ心配するのかと、兄は言っているのだ。今も蝶を目撃した記録をつけてはいるが、兄はますます生物学から離れて行っている。もっと大きな絵を描けば、われわれは地球の表面の、緑色をしたちっぽけな汚らしい存在にすぎないのだと兄は言う。

父は少し顔をしかめ、コーヒースフレを食べる。母は機転をきかせてお茶を入れる。わが家では人類の未来はひとつの戦場なのだ。スティーブンが一点入れ、父が一点負けた。一番心配する人が負けるのだ。

父のことがこれまでより、もっとわかってくる。戦争中パイロットになりたかったが、かなわなかった。父の仕事は、戦争遂行にとってかけがえがないと見なされたのだ。ハマキガの幼虫が戦争のための国民協力に、どのように重要なのかわからなかったが、明らかにそうだった。父が運転でいつもスピードを出す理由はたぶんこれだ。おそらく離陸をめざしているのだ。

父はノヴァスコシアの奥地の農場で育った。そこには水道も電気もなかった。それで父は物を組み立てたり、切ったりすることができるのだ。そこの人たちはみんな、斧やのこぎりを使うことができた。高校の課程は通信教育で受け、台所のテーブルを使い、灯油の明かりで勉強した。伐採の飯場で働き、ウサギ小屋を掃除したりしてお金を稼ぎ大学を出た。とても貧乏だったので、お金を節約するために夏はテントで暮らした。スクウェアダンスの時には田舎風のバイオリンを弾いていたが、初めてオーケストラを聞いたのは二十二歳になってからだ。これらすべて頭ではわかっているつもりだが、こんな生活を想像することはできない。いっそ知らなければよかったと思う。いつもそうだったように、父は私だけの父でいてほしい。以前一人で暮らしていた頃、神話のような生活を送った、私たちとは切り離された誰かではなくて。他の人についてあまりに知り過ぎると、その力にからめ取られてしまう。彼らは自分の権利を主張し、彼らの行動の理由を理解するように強い、こちらの立場は弱くなってしまう。

私は人類の運命に対して心を閉ざし、頭の中で新しいラムウールのセーターを買うのに、いくら貯金したらいいか計算する。「家庭科」の時間に、実際には料理と裁縫なのだが、ファスナーの付け方や折伏せ縫いを習って、今では安上がりなので自分の服はたいてい自分で作る。もっとも、型紙の表にある絵と同じようにできあがるとは限らないけれども。ファッションの面では、母はあまり助けにならない。目につくほころびがない限りは、何を着てもすてきだと言うからだ。

服装の助言に関しては、隣のファインスタイン夫人を頼りにする。私は週末、隣の子守をしているのだ。「青があなたの色よ、お嬢さん」と彼女は言う。「とてもすてきよ。それにサクランボ色《セリーズ》。この色を着たらとっても魅力的」。それから夫人はファインスタイン氏と夜の外出へと向かう。アップした髪に色鮮やかな唇、ハイヒールの小さな靴で少しよろめきながら、ブレスレットとぶらぶら揺れる金のイヤリングを鳴らして。私はブライアン・ファインスタインに『ちびっこきかんしゃだいじょうぶ』を読み聞かせ、寝かしつける。

時どき、スティーブンと私は、今でも一緒に皿洗いをする羽目になる。すると兄は、自分が私の兄だということを思い出す。私が洗い、兄が乾かす。それから優しく親切そうに聞こえるが、頭に来るような質問をする。たとえば九年生ではうまくやっているかなというようなことだ。兄は十一年生で、私よりも何階も何階も上だ。そのことを、くどくど言う必要はない。

でも、こんな皿洗いの夜には、兄も私が本当の兄だと思える姿に立ち返る。兄は学校の先生たちのあだ名を言う。それらはどれも失礼極まりなく「不潔な奴」とか「人間腰かけ」とかいった具合だ。あるいは、二人で一緒に新しい罵《ののし》り語を、いろいろな下品さを示す言葉を作り出す。「脳足りん」と兄が言い、「知恵が回らん」と私が応じる。こちらは動詞だ。私たちは台所の調理台に寄り掛かり、身をよじって笑いころげ、あげくの果てには母が台所に入ってきて、「お二人さんは何を企んでいるの?」と聞く始末だ。

時どき兄は、私を教育するのが自分の義務だと思い込む。兄はたいていの女子を低く見ているようで、私には普通の女の子になって欲しくないのだ。間抜け頭のぼんやりになってもらいたくない。私には、中身のないうぬぼれになる危険がさし迫っていると思っている。朝になると兄は浴室のドアの外に立ち、そんなに鏡にくっついていないで、早く出てこられないのかと尋ねる。

兄は私が知力を鍛えるべきだと思っている。私がそうするのを助けるために、長い紙切れを切り、一度ねじって両端をくっつけて「メビウスの帯」を作る。この「メビウスの帯」には一つしか面がない。このことは、指を表面にそってすべらせることで証明できる。スティーブンによると、これは永遠を可視化する方法だと言う。兄はまた「クラインの壷」の絵を描いてくれる。これには内も外もないか、あるいは内側と外側は同じであるといえる。私には「メビウスの帯」より「クラインの壺」の方が難しい。たぶん、それが壺だからだろう。何かを入れるつもりのない壺のことを考えられないのは、その用途がわからないからだ。

スティーブンは二次元の宇宙の問題に興味を持っている。完璧に平らな人にとって、三次元の宇宙はどう見えるか想像してみろと言う。もし人が二次元の宇宙に立っていたとしたら、交差する点でしか気がついてもらえないし、人は自分の足の二次元的横断面である二つの楕円形として認識されるだけだ。それに、五次元の宇宙、七次元の宇宙も存在する。私は一生懸命これらを思い描こうとするが、三次元以上は無理なように思える。

「なぜ三次元なんだ？」とスティーブンが尋ねる。これは兄が好んで使うやり方だ。自分が答えを知っていたり、他に答えがある時の質問だ。

「なぜかって、それが存在する数だからよ」と私が言う。

「僕たちが〈知覚できる数〉という意味だね」と彼が答える。「知覚器官のために、僕たちには限界がある。ハエは世界をどう見ていると思うかい？」顕微鏡でたくさんのハエの目を見たことがあるから、ハエがどんな風に見ているかは知っている。「たくさんの個眼で見てるわ」と私が言う。「でもそれぞれの眼は三次元よ」

「その通り」と兄は言う。この会話にふさわしい大人になったような気がする。「でも、本当は僕らは四次元が理解できるんだよ」

「四次元も？」と私が言う。

「時間も一つの次元なんだ」と兄が言う。「時間を空間から切り離すことはできない。時空間の中で、僕たちは生きているんだ」。時間の流れから切り離されて、変化せずに存在するような個々の物体は存在しないと兄は言う。時空間は曲がっていて、曲がった時空では、二つの点の最短距離は直線ではなく、曲線なのだ。時間は伸びたり、縮んだりすることができ、ある所では他の所より速くなる。もし一組の一卵性双生児の兄弟の一人を、一週間高速のロケットに乗せると、帰って来た方は自分の片割れが自分より十年も年をとっているのがわかると言う［訳注 物理学で双子のパラドックスと呼ばれている］。私はそれって悲しいわねと言う。

兄は微笑む。宇宙は点々がついた膨らみつつある風船みたいなものだ、と説明を続ける。点々は星で、常にお互いから遠くへ遠くへと離れて行っている。本当に興味深い問題の一つは、宇宙は無限で境界がないのか、あるいはたとえば風船のイメージのように、無限だけど境界があるのかということだと兄は言う。だが、風船に関して私が考えられることは割れる時の爆発しかない。

兄によると、空間はほとんど空っぽで、物質は実は中身の詰まった固体ではない。広く散らばった原子の集まりが、速くあるいはゆっくりと動いているだけだ。とにかく、物質とエネルギーは様相が違うだけで、あたかもすべてが実質のある光で出来ているようなものなのだ。もし、もっと解明が進めば、われわれは壁が空気であるかのように、歩いて通り抜けることができるだろう。さらに解明されれば、われわれは光より速く移動することだってできるだろう。その時点で、空間は時間に、時間は空間になり、われわれは時間を通り抜けて旅行ができるし、過去に行くことだってできるだろう。

ここで初めて、兄の考えに実際に関心を持ち始めた。恐竜や他の多くのものを見てみたい。たとえば古代のエジプト人などだ。その一方で、この考えには何か恐ろしいところもある。自分は本当に過去に旅行してみたいのか、確信を持てない。それに兄が言っていることすべてに、そんなに感心したいのかもはっきりわからない。もしそうなら、彼にあまりに都合が良すぎる。とにかく、兄の話はあまり分別のある話し方だとは言えないし、その多くはまるで光線銃が出てくる漫画本の中の出来事のようだ。

それで私は言う、「それって、どんないいことがあるの？」

兄は微笑んで答える、「もしそうできたら、そうできるとわかるんだよ」

私はコーデリアに、もし十分にわかるようになれば、私たちは壁を通り抜けることができるとスティーブンが言っていると告げる。これは今のところ、兄の最新のアイデアの中で、私が説明できる自信がある唯一のことだ。他のことは、あまりに複雑か、あまりに奇妙である。

コーデリアは笑う。彼女は、スティーブンは頭がいいわね、彼がもしあんなにかわいくなかったら、きっとうざいねと言う。

スティーブンは今年の夏、少年キャンプでカヌーを教えるアルバイトをする予定だ。私はまだ十三歳だから働いたりしない。両親と一緒に北部のスー・セント・マリーの近くへ行くが、父はそこで網の張ってある檻の中で、テンマクケムシの実験用コロニーを観察する予定だ。

スティーブンは線が引いてある練習帳からページを切り取り、鉛筆で手紙を書いてくる。その手紙で、彼は手当り次第すべてのものを馬鹿にする。その中には仲間のキャンプ指導員たちや、休日に彼らがよだれを垂らしながら、追いかけ回す女の子たちも含まれている。その指導員たちの肌にはニキビが吹き出し、口には牙が生えているようで、犬のように舌を垂らしている。目が寄ってきて、いつも女子の受けをねらって馬鹿なことをしていると兄は説明する。それを読んで、私もある種の力を持っているのだと思えるようになる。あるいは持つようになるかもしれない。私も女の子なのだから。兄への手紙に書くネタにしようと一人で釣りに出かける。それ以外には大して書くこともないからだ。

コーデリアの手紙は、本物の黒インクで書いてある。それは大袈裟な表現と、感嘆符でいっぱいだ。彼女は〝i〟の字の上の点を、『孤児アニー』〔訳注　アメリカの漫画で主人公の孤児アニーは黒目のない丸い目が特徴〕の目みたいに、泡のような小さな丸にする。手紙の最後の署名と共に「ごきげんよう、ナイアガラが滝となって落ちるまで」「さようなら、クッキーがもろく砕け、人生にあきらめがつくまで」「ごきげんよう、お尻が濡れないように海がゴムのおむつカバーをはくまで」と書いてくる。

「私、〈もう、とってもたいくつ!!!〉」と三重の感嘆符で強調する。彼女は退屈なことについてさえ、熱中しているように聞こえる。それでも、彼女のまくしたてるような話し方は、本当らしく聞こえない。時どき、私が見ているとは思っていない時に、彼女を眺めたことがある。すると彼女の顔はじっと動かず、心ここに在らずといった風で、かといって何かを考えている訳でもない。まるで彼女はその中にはいないかのようだ。しかしその直後、彼女は振り返って笑い声をあげ「まくりあげた袖の中にタバコの箱を入れておくなんて、〈すてきじゃない?〉だって腕の筋肉がいるもの!」と言ったりする。そして、いつもの彼女に戻る。

私は、自分がもたもたと足踏みしているように感じる。いいと言われた湖で泳ぎ、探偵小説を読みながら、ピーナッツバターと蜂蜜をべったり塗ったクラッカーとレーズンを食べる。そして同じ年頃の子がいないので、むっつりと不機嫌になる。両親の止まることを知らない陽気さは、何の慰めにもならない。もし二人が私と同じくらい、あるいは私以上に不機嫌だったらもう少しましになっただろう。少なくとも、自分がもっと普通だと感じたかもしれない。

IX　ライ病

41

朝も遅く電話の音で目が覚める。チャーナからだ。「もしもし」と彼女が言う。「私たち、新聞の娯楽欄のトップに載ってるわ。それに三つよ、写真が三つも。しかも、べた褒めよ！」

彼女の「べた褒め」という言葉に身震いする。それに〈私たち〉ってどういう意味だろう？　でも彼女は喜んでいる。私は「家庭欄《リビング》」を卒業して「娯楽欄」に移ったのだ。これはいい兆しだ。私は永遠の偉人について考えていた頃のことを思い出す。その頃の私はレオナルド・ダ・ヴィンチになりたかった。今や私はロックグループや最新の映画と肩を並べる所にいる。芸術とはうまく持ち逃げすることだ、と誰かが言っていた［訳注　カナダのメディア研究家マーシャル・マクルーハンの言葉を、アンディ・ウォーホル（1928-87）が援用して有名になった］。まるで万引きか軽犯罪のように聞こえる。おそらく、かつてはそうだったし、いや今でもそうだが、芸術は一種の盗みなのだ。視覚のハイジャックだ。

記事の中身が良くないだろうとわかってはいる。でも私は我慢できずに、服を着替えて最寄りの新聞スタンドを探しに降りて行く。もっとも、部屋に戻ってから新聞を開くぐらいのたしなみは持ち合わせている。

太い活字で「**狷介《けんかい》な画家、今なお世間を騒がす**」と書いてある。私は〈絵描き〉ではなく〈画家〉

と書かれていること、〈今なお〉という不吉な言葉が老齢を仄めかしていることに気づく。どんぐり頭の小娘アンドレアの仕返しだ。彼女が、気難しい老人を示す〈狷介《けんかい》な（crotchety）〉という古めかしい言葉を使っていることに驚く。その言葉は尻軽女の「股間（crotches）」と老女の「カギ針編み（crocheting）」の両方をうまく連想させ、どちらも的を射ているようだ。しかし、おそらく彼女があの見出しを書いたのではないだろう。

実際、三つの写真が載っている。一つは私の顔写真で、下の方から写してあるので二重あごのように見える。あとの二つは私の絵の写真だ。一つは素っ裸で重たそうに空中を飛んでいるスミース夫人の絵である。てっぺんに玉ねぎをのせたような教会の尖塔が遠くに見える。スミース氏がアスパラガスムシみたいに夫人の背中にくっついて、狂人のようにニタリと笑っている。二人とも輝く茶色い昆虫の羽を持っているが、それは正確な比率で拡大され入念に色付けされている。その絵は『ホモ虫《アーバッグ》、あるいは受胎告知』と題がついている。もう一つはスミース夫人だけの絵で、三日月形の皮むきナイフと剥いたジャガイモを持ち、腰から上と太腿から下が裸である。これは『ブルーマー帝国』シリーズの一つだ。新聞の写真は白黒なので、これらの絵の感じをうまく伝えていない。まるでスナップ写真のようだ。スミース夫人がはいていたブルーマーは、実際には濃い藍色だと知っているので、暗く重苦しい光を放つその青色を再現するのに、私は何週間もかかった。

最初の段落を斜め読みする。「卓越した画家イレイン・リズリー氏、久しく待望されていた回顧展のため、故郷トロントに今週戻る」。〈卓越した〉とはまるで壮麗な墓石にでも刻まれるような言葉だ。私は今すぐ大理石の墓石によじ登り、頭からシーツをかぶった方がいいかもしれない。いつものように引用には誤りがあり、私の青いジョギングスーツも批評を免れることはない。「イレイン・リズリー氏、屈強なイメージとは程遠い着古した水色のジョギングスーツ姿にもかかわらず、今日の女性についての辛辣で故意に挑発的なコメントの舌鋒は鋭い」

コーヒーを一口すすり、最後の段落へ目をやる。避けられない〈折衷主義〉やお決まりの〈ポストフェミニスト〉、〈しかしながら〉や〈それにもかかわらず〉という文言がある。古き良きトロント特有の、ぼかした言い回しと危険回避だ。痛烈な攻撃の方が、激しい論戦や地獄の責め苦の方が、まだましだ。その方が、自分がまだ生きていると実感するだろう。

回顧展の初日について意地悪く想像する。私はわざと挑発的に振る舞ったほうがいいかもしれない。皆の胸の奥に潜む猜疑心を確かめた方がいいのかも。ジョンが作る斧殺人映画の特殊効果の小道具を身に着けることだってできる。血走った片目を剥いたやけどの顔や、血が吹き出す義肢をつけて現れてみようか、それとも、マッドサイエンティストの映画に出てくる何かのように、空っぽのギプスに両足を入れてよろめきながら現れようか。

実際にこんなことはしないだろうが、想像するだけで胸がすかっとする。こんな想像をすることで、私はすべてから距離を置き、すべてを茶番か悪ふざけにして、嘲笑う以外は自分と関わりないものとしてしまう。

コーデリアはこの新聞記事を見て、たぶん笑ってしまうだろう。彼女の名前は電話帳に載っていないけれど、今でもこのあたりに住んでいるに違いない。彼女のことだから名前を変えたかもしれない。あるいは結婚しているかもしれない。おそらく一度ならず結婚しているだろう。女の人は、ほとんどそうだが、跡を辿るのが難しい。他の名前にするりと変わり、跡形も残さず消えてしまう。

ともあれ、彼女はこれを見て、スミース夫人の絵だとわかり大喜びするだろう。描いたのは私だと知って、きっとここへやって来るはずだ。あのドアから入ると、表題をつけられ、額縁に入れられ、日付を記された自分自身の絵が、壁に掛けられているのを目にするだろう。あの長いあごのラインや少し歪んだ口元を見れば、自分だとわからないはずはない。絵の中の彼女は一人で部屋の中にいるように見える。淡い緑色の壁の部屋の中に。

私がコーデリアを描いた絵はこれ一枚しかない。コーデリアは一人きりだ。それは『半顔』と呼ばれている。コーデリアの顔は全部見えているので奇妙な表題だ。しかし、彼女の後ろには、ルネッサンス期の紋章旗のように、あるいは北国の酒場で見かけるヘラジカやクマといった動物の頭部のように、もう一つの顔が壁に掛けられ、白い布に覆われている。その印象は芝居で使う仮面のような感じだ、おそらく。

この絵を描くのは本当に大変だった。コーデリアを一つの時期、一つの年齢にとどめておくのは難しかった。私は、〈それで？〉とふてぶてしく挑むような目つきで見まわす、十三歳頃の彼女にしたかったから。

しかし、その目は私を怯《ひる》ませた。それは決して強い目つきではない。その目は彼女の顔に、おずおずとした、ためらいがちな、咎《とが》めるような、おびえているような表情を与えている。

この絵の中で、コーデリアは私を恐れている。

私はコーデリアを恐れている。

私はコーデリアに会うのが怖いのではない。コーデリアになるのが怖いのだ。というのも、どういうわけか、私たちの立場は逆転してしまった。それがいつだったか忘れてしまったが。

42

夏が過ぎ、私は十年生になる。まだ、皆より背も低く幼かったが、それなりに成長した。特に、胸が大きくなった。普通の女の子同様、今では生理もある。私も訳《わけ》知り顔の一員になり、バレーボールの試合では見学にまわったり、鎮痛剤をもらいに医務室に行ったり、レバー色の血をたっぷり吸った平たいウサギのしっぽみたいなパッドを脚の間に挟んで、廊下をよたよたと歩いたりする。こういうことすべてに私は喜びを感じる。脚の毛を剃るが、それは毛深いからではなく、そうすることで気分が満たされるからだ。浴槽に座ってふくらはぎの毛をこすり取る。チアガールたちのように、もっとしっかり肉がついていればいいのにと思う。部屋の外では兄がつぶやく。

「鏡よ、鏡、この世で一番美しいのはだあれ？」

「あっちに行ってよ」と私は平然と答える。今や私には、そう言う特権があるのだ。

学校での私は物静かで用心深い。宿題はちゃんとする。コーデリアは眉を抜き、私のよりさらに細い二本の線にし、爪には「火と氷」のマニキュアを塗る。彼女はよく物を失くす。たとえば櫛やフランス語の宿題帳など。廊下では、けたたましく笑う。そして、新しい複雑な罵《ののし》り語を思いつく。〈牛の糞みたいな馬鹿〉の代わりに〈アルパカの糞みたいな馬鹿〉と言ったり、〈燃えるような青い目をした偉大なるイエスの禿《は》げチャビン〉と言ったりする。彼女は煙草を吸うようになり、女子トイレで吸っているのを見つけられる。先生たちは、なぜ私たち二人が友だちなのか、一緒に何をしているのか、きっと見ただけではわからないはずだ。

今日、学校からの帰りに雪が降る。大きくふわふわとした雪片が、冷たい蛾のように、肌をやさしく撫でながら舞い落ちる。空気が白い羽毛で満ちている。私とコーデリアは大喜びで、黄昏の中を歩道伝いに浮かれはしゃぐ。雪のためにスピードを落とした車が、私たちのそばをそっと通り過ぎる。私たちは歌う。

忘れないでよ、この名前、
リディア・ピンカム。
女性のためのお薬で**大評判！**

これはラジオから流れてくるコマーシャルソングだ。リディア・ピンカムが何の治療薬なのか知らないが、「女性のための」という文句は、毎月の生理や、同じく女性ならではの口に出せない事柄と関係しているようで、私たちには面白い。また、こんな歌も歌う。

ライ病、
昼も夜も苦しめるのね、
ほらハイボールの中に
私のアイボールが落ちる……

あるいは、

あなたの心臓をほんの少し、
いただいているところなの、たった今
残念だけどお別れね……

このような歌やその他の流行歌の替え歌を歌ったりするが、そういうことすべてが、私たちにはとてもしゃれていると思える。上を折り返したゴム長靴を履いて、私たちは走ったり滑ったりする。雪玉を作って街灯や消火栓や、ある時は大胆にも通りすがりの車めがけて投げつけてみたり、また歩道を歩いている人たちに、たいてい買い物袋をさげたり犬を連れている女の人たちだが、あえて近づいて雪玉を投げつけたりする。雪玉を作るには、学校の教科書を地面に置かねばならない。狙いを外すことが多く、ほとんど当たらない。ただ、毛皮を着た女の人に背後から投げたら、うっかり当たってしまう。その女の人が振り向いて睨みつけるので、私たちは大急ぎで角を曲がって路地の奥へ逃げ、恐ろしさと気恥ずかしさを抑えきれず大笑いする。コーデリアは雪に覆われた芝生の上に仰向けになって身を投げ出す。「あの怖い目ったら！」と彼女はかん高い声で言う。どういうわけか私は、彼女が雪の上に両手を広げて横になっているのを見るのは好きじゃない。

「起きなさいよ。肺炎になっちゃうわ」と私は言う。

「それで？」とコーデリアは言うが、起き上がる。

まだ暗くはなっていないが街灯がともる。私たちは通りの反対側の墓地が始まる場所に辿り着く。

「グレイス・スミースのこと覚えてる？」とコーデリアが訊く。

私は覚えていると答える。もちろん彼女のことは覚えているが、はっきりしないし、断片的だ。彼女に初めて会ったときのこと、その後、リンゴ園で花の冠を頭にのせて座っていた様子や、それからずいぶん経ち、八年生になって高校へ進学しようとする頃の彼女のことは覚えている。彼女がどんな高校へ行ったのかは思い出しもしないが。でも、彼女のそばかすや、かすかな微笑み、粗い馬の毛のようなおさげ髪は覚えている。

「あの人たち、トイレットペーパーまで節約してたのよ。一回に四升目《ます》だけ、大のときもよ。知ってた？」とコーデリアが尋ねる。

「いいえ」と私は答えるが、昔は知っていたような気がする。

「あの人たちが使ってた黒い石鹸、覚えてる?」とコーデリアが言う。「あれって、タールのようなにおいがしたわ」

今私たちが何をやっているのか、私にはわかる。スミース一家を笑いものにしているのだ。コーデリアはあらゆることを覚えている。地下室の洗濯物干しロープに掛けられ、しずくが垂れていた灰色の下着、細くなるまで使い古された皮むきナイフ、イートンズのカタログで買った冬用のコートなど。コーデリアによると、シンプソンズはちゃんとした店だ。今の私たちが毎週土曜の朝、帽子もかぶらず、路面電車で停車場から停車場へと町をぶらつきながら向かっているのもそこだ。それに、イートンズのカタログから買うのは、イートンズで買い物することよりはるかにレベルが低いことだ。

「どんくさ家族!」とコーデリアが雪空に向かって叫ぶ。それは残酷だが的を射ている。私たちは馬鹿にして笑う。「どんくさ家族が夕食に食べるのは何でしょうか? すじ肉料理です!」

とうとう本格的なゲームになる。彼らの下着は何色でしょうか? ドブネズミ色です。どんくさ夫人はなぜ顔に絆創膏を貼っていたのでしょうか? 髭を剃っているときに切ったからです。彼らのことは何とでも言えるし、でっちあげることだってできる。彼らは手も足も出せず、私たちのなすがままだ。私たちは、どんくさ夫婦がセックスする場面を想像するが、これはやりすぎ。とてもあり得ないし、あまりに気持ち悪くてヘドが出そうだ。ヘドが出そう、というのはパーディーから失敬した新しい言葉だ。

「どんくさグレイスはお楽しみに何をするでしょうか? ニキビつぶしです!」コーデリアは身をよじって笑い、あまりに笑い過ぎてあやうく転びそうになる。「やめて、もうやめて。おもらししそうよ」

とコーデリアが言う。彼女によれば、グレイスは八年生の頃からニキビができ始めたそうだ。今頃はものすごい数になっているに違いない。これは作り話ではなく本当のことだ。私たちはその姿を想像して楽しむ。

私たちの察するところでは、スミース一家はしみったれで魅力もなく、パン生地みたいにモッタリして、白いマーガリンのように味気ない。彼らはデザート代わりにマーガリンを食べているのだと、私たちは言い切る。そして、彼らの敬虔さや倹約ぶりや足の大きさを、一家の縮図であるゴムの木を馬鹿にする。今でもよく知っているかのように、彼らのことを現在形で話す。

このゲームに私は深い満足感を覚える。でも、自分の残酷さの訳《わけ》を説明することができない。なぜ私がこのゲームをこれ程楽しいと思うのか、なぜコーデリアがこんな悪ふざけをし、このゲームにこだわるのか、なぜ話がダレてくるとこの話題をまた持ち出すのか、考えてもみない。明らかに下劣な裏切りだと二人ともわかっていることに対し、私がどれだけ突っ込めるか、どれぐらい深くまで突き進めるかを見極めるかのように、彼女は私を横目でちらりと見る。私は、グレイスが肩ひも付きスカートと毛玉のできたセーターを着て、玄関ドアを通り抜け、家に入って行く束の間のイメージをもう一度思い起こす。彼女は、私たちみんなから尊敬され慕われていた。でも今はそうじゃない。そして、今のコーデリアの解釈では、グレイスは一度たりとも慕われたことはなかったのだ。

降りしきる雪の中、私たちは通りを走って横切り、墓地のフェンスの小さな錬鉄製の扉を開けて中に入る。これまで、こんなことをしたことはなかった。

墓地のこちら側は未完成のままである。若木ばかりの木立で、葉っぱが落ちていると、いっそう間に合わせのように見える。地面のほとんどは手つかずだが、引っ掻いたような巨大な傷痕があり、掘削や土木工事が続いている。墓石の数は少なくて新しい。荒削りの長方形の御影石は長老会派風に磨かれ、彫られた文字は簡素で飾り気もない。それは私に男物の外套を連想させる。

私たちは、あのどんくさ家族が自分たちを埋葬するために――とりわけ灰色でとりわけ不格好な石の中から――どの墓石を選ぶかを指さしながら、墓石の間を歩いて行く。ここから金網フェンス越しに、道の向こうの家々が見える。グレイス・スミースの家もその中にある。私たちに何と言われているのか全く知らないで、彼女は今この瞬間もあの家の中に、あの白い玄関ポーチのある平凡なレンガの箱の中にいるのかもしれない。そう思うと奇妙で不思議な喜びを感じる。家の中では、スミース夫人が毛糸の肩掛けを体の上に広げ、ビロードの大型ソファーに横になっているかもしれない。私もこれくらいは覚えている。あのゴムの木はあまり大きくならないまま、今も階段の踊り場にあるだろう。ゴムの木はゆっくり成長する。でも、私たちは大きくなり、あの家は小さく見える。

私たちの目の前には広々とした墓地が何エーカーも広がっている。今、渓谷は私たちの左手にあり、新しいコンクリートの橋がかろうじて見える。私は古い橋や、その下を流れる小川のことをちらりと思い起こす。足の下では死者たちが溶け出してきれいな冷たい水になり、ふもとへと流れて行っているに違いない。でも、私はこのことをすぐに忘れる。墓地なんて何も怖くないと自分に言い聞かせる。それはとても実用的で、とても醜く、とても整然としている。それは、物をしまう台所の棚のようなものにすぎないのだ。

　どこへ向かっているのか、なぜ行こうとしているのかわからないまま、私たちはしばらく黙って歩く。

木々は段々高くなり、墓石は古くなっていく。時おりケルトの十字架や天使の像が見えてくる。

「ここからどうやって出るのかしら?」とコーデリアが少し笑いながら言う。

「このままずっと行くと道路にぶつかるわ。あれは車が走っているんじゃない?」と私は答える。

「ちょっと一服しなくちゃ」とコーデリアが言う。ベンチを見つけて座ると、コーデリアは煙草を吸うために手を空け、風よけに両手を丸くして火をつける。彼女は手袋をしてないし、頭にスカーフも巻いていてない。手には、黒と金色の小さなライターを握っている。

「あの小さな死者たちの家を見て」と彼女が言う。

「みたまやね」と私は知ったかぶりで言う。

「どんくさ家族のみたまや」と彼女はダメ押しの冗談を言う。

「あの人たちはそんなもの持てやしないわ。だって、豪華すぎるもの」と私は答える。

「イートン」と彼女が読み上げる。「きっとあのお店だわ。文字のデザインが同じだもの。あそこにはイートンズのカタログ一族が埋められているのよ」

「カタログ夫妻ね」と私が言う。

「その人たち、体型補正用の下着を着ているかしら」と煙を吸い込みながらコーデリアが言う。私たちは浮かれ気分に戻ろうと頑張るが、うまくいかない。私はイートン家の人々が、夫妻やたぶんもっと多くの人たちが、自分たちの秘密の墓の中に、まるで毛皮のコートか金の腕時計のようにしまいこまれるのを想像する。その墓はギリシア寺院のような形をしているので、ますます奇妙である。彼らは正確にはどの辺にいるのだろう？　墓の内部か、棺台の上だろうか。ホラー漫画にあるようにクモの巣だらけの石棺の中だろうか。暗闇で輝く彼らの宝石——当然持っているはずの宝石——や、干からびた長い髪の毛を想像する。死んだ後でも人の髪の毛や爪は伸びるらしい。このことをどうやって知ったのかわからないが。

「あのね、イートン夫人は本当は吸血鬼なのよ」と私がゆっくりと言う。「夜になると出て来るの。長い白い夜会服を着てね。ドアがギーッと鳴って開くと彼女が出て来るのよ」

「遅くまで外にいる、どんくさたちの血を吸うためにね」と煙草を揉み消しながら、コーデリアが期待して言う。

私は笑わない。「いいえ、冗談じゃないの、本当に彼女は出て来るの。偶然わかったのよ」と私は言う。

コーデリアは不安そうに私を見る。雪が降りしきる夕暮れ時、あたりには私たち以外誰もいない。

「そうなの？」と冗談を期待してコーデリアが言う。

「そうよ。私たち、時どき一緒に出かけるの。だって実は、私も吸血鬼だから」と私は言う。

「あら、違うわ」とコーデリアは言い、雪を払いながら立ち上がる。彼女は自信なさそうに微笑む。

「どうしてわかるの？　どうやって〈わかる〉わけ？」と私は訊く。

「あなたは昼間、歩き回っているじゃない」とコーデリアが答える。

「あれは私じゃないのよ」と言う。「あれは私の双子の姉妹なの。あなたは知らなかったでしょうけど、私は双子の姉妹の一人なのよ。瓜二つだから、見た目だけじゃ区別がつかないわ。ともかく、太陽の光を避けなくちゃいけないの。でも、こんな日は全然大丈夫。寝るときには、土がいっぱい詰まっている棺があるの。あの下の、下の方よ」と私はそれらしい場所を探しながら言う。「地下の穴倉の中にね」

「馬鹿ばかしい」とコーデリアが言う。

私も立ち上がる。「馬鹿ばかしいですって？」と言い、声を低める。「本当のこと言っているだけよ。あなたはお友だちだから、もう教えなくちゃならない時期だと思ってね。本当は私、死んでいるの。もうずうっと何年も前にね」

「ふざけるのやめてくれない」とコーデリアがきつく言う。彼女がとても不安になっているのを知り、彼女に対してこんなに大きな力を及ぼせるとわかって、自分がいかに喜んでいるかに驚く。

「ふざける？　私、何もふざけてないわ。でも、〈あなたは〉心配することないわよ、コーデリア。あなたの血は吸わないから。あなたは私のお友だちだもの」と私は言う。

「ガキみたいなこと止めてよ」とコーデリアが言う。

「もうすぐ私たち、ここに閉じ込められちゃうわ」と私が言った後、これは本当かもしれないと二人とも気がつく。私たちは息を切らして笑いながら道路沿いを走り、大きな出口の門を見つけると、幸い鍵はまだ開いている。その向こうには、ラッシュアワーの車で渋滞しているヤング通りが見える。

コーデリアはどんくさ家族の車を見つけようとするが、こんな遊びはもううんざりだ。私は、手に入れた、もっと濃密で悪意のあるささやかな勝利の手触りを確かめたい。二人の間でエネルギーが逆流し、今や私の方が強くなっているのだ。

43

私は十一年生になり、他の多くの女の子たちと同じぐらいの背丈になる。すなわち、あまり背は高くないということだ。私は、裾にプリーツがあっても歩きにくい、黒灰色の超細身のスカートをはき、色調が変化する灰色の横縞模様のついた、コウモリの翼型の赤いセーターを着ている。イミテーションの金の留め具のついた黒い幅広のゴムベルトを締め、歩くと横に広がって引きずってしまう別珍製のかかとの低いバレエシューズを履き、細身のスカートに合わせて短いコートを羽織る。上半身が箱型やじょうご型に広がり、細長い茎のような腿と脚が下から出ている。これが流行の型だ。私は口が悪くなる。

私の口の悪さはすごくて、そのことで知られるようになる。挑発されなければ使わないけれど、いったん意地悪な口が開くと、短い痛烈な批評が口からぽんぽん飛び出す。ほとんど考える必要もなく、電球入り風船がパッとつくように、突然アイデアが現れる。女の子たちの当意即妙のやりとりでは、「うるさいわね」とか「あなたに言われたくないわ」とか普通に使われるが、私の言葉はそれよりさらに辛辣だ。私は〈ウッゼー〉という品の悪い言葉を好んで使い、「歩くニキビ」とか「制汗剤使用前の腋の下みたいな奴」とかハチャメチャな言葉を作り出して楽しむ。女の子の誰かが私をガリ勉と呼ぶと、

「あなたのようなノータリンのウスノロよりガリ勉のほうがまだましよ」と返す。「ヘアグリース塗りすぎたの？」とか「イッパイしゃぶってる？」と言ったりする。私には相手の弱点がわかるのだ。「しゃぶる（suck）」というのは特に重宝する、圧倒的な言葉である。それは男子がお互いによく使う言葉で、親指をしゃぶる赤ん坊を連想させる。他のどんな物をどんな状況でしゃぶるのか、私はまだ考えたことがない。

学校の女の子たちは私の毒舌に用心し、それを避けるようになる。私は危険な口の持ち主としてのオーラを漂わせて廊下を歩き、皆から丁重に扱われるが、私はそのことを気に入っている。奇妙なことに、毒舌のせいで友人が少なくなるわけではなく、表面上は増えている。女の子たちは私を怖がるが、どこが一番安全かを知っている。私のそばの半歩後ろだ。「イレインって面白い」と彼女たちは確信もなく言う。女の子たちの中には、すでに食器や家庭用品を集め、嫁入り道具箱を持っている者もいる。私はこのことを面白がって馬鹿にする。それでも、意図しないで誰かを傷つけたとわかると動揺してしまう。私は意図的に傷つけたいのだ。

男の子たちに対して毒舌を吐くことはない。というのも、彼らは私を挑発するようなことを言わないからだ。もちろん兄のスティーブンは例外だ。最近私たちは一種のゲームとして、バドミントンのように毒舌を投げ交わす。〈やったぞ〉〈お返しよ〉と。私は「どこで髪を切ったの？　芝刈機町？」と言って、よく兄を黙らせる。兄は髪型に関しては敏感だ。また、兄が私立学校の制服の灰色のフラノズボンとジャケットを着てめかしこんでいるとき、「ねえ、まるでシンプソンズの店員みたいよ」と言ってみる。シンプソンズの店員とは、ポケットに校章のついたブレザーを着て髪を短く刈り上げ、高校の卒業記念アルバムに出て来るような、シンプソンズの宣伝をしているイケ好かない奴らのことである。

「お嬢さん、いつかその毒舌のせいで困ったことになるよ」と父は言う。〈お嬢さん〉という言葉は、私が無謀にも何らかの限界に近づきすぎたという合図である。しかし、一瞬黙るものの、私の勢いは弱まることはない。私は、自分が社会的に受け入れられるぎりぎりの線を超えたと気づくとき、薄氷の上や空中を歩いているのではと気づいたときのような、眩暈《めまい》に似た危険な感覚を楽しむようになる。

私が毒舌を一番使う相手は、コーデリアである。彼女は私を怒らせる必要すらない。彼女は私の射撃練習台だ。私たちはフットボール場を見渡す丘の上で、ジーンズをはいたまま腰をおろす。ジーンズはフットボールの試合の日だけ学校に着ていくことが許されている。私たちは今風にズボンの長すぎる裾を折り返し、ブランケット用のピンで留める。チアガールたちは太腿が丸見えのミニスカートをはいて跳びまわり、紙のポンポンを振る。彼女たちは、雑誌『ライフ』の裏表紙に載っているチアガールたちのように足長でも金髪でもなく、不揃いでずんぐりした黒髪だ。しかしそれでも、彼女たちのふくらはぎが、私は羨ましい。フットボール・チームのメンバーたちが駆け足をする。コーデリアが「あのグレゴリーったら、なんて逞しいの!」と言うと、「まるでボンレスハムね」と私が続ける。コーデリアは気分を害したように私を睨んで、「彼ってカッコいいわね」と言う。「汗まみれでベトベトの男たちがお好みならね」と私は応じる。コーデリアが、高校のトイレに座るときは最初に便座を拭かないとまずいわよ、病気になるかもしれないから、と言うと、「誰がそんなこと言ったの? あなたの〝マミーおかあちゃん〟?」と突っ込む。

私は彼女のお気に入りの歌手をからかう。「ラブ、ラブ、ラブって、あの人たちは、いつも呻《うめ》いているのね」と言う。感情むき出しの過度の感傷主義を、私は激しく軽蔑するようになる。柔《やわ》なフランク・シナトラは「歌うマシュマロ」だし、身悶えするベティ・ハットンは「人間石臼」だ。とにかく、こういう人たちは時代遅れで、女々しい腑抜けどもだ。本当の真実はロックンロールにある。『石のような心（Hearts Made of Stone）』はずっとましだ。

コーデリアは、言い返す言葉を思いつくときもあるが、そうでないときもある。彼女は「ひどいわ」と言うか、不満気に舌先で頬を膨らませて話題を変える。あるいは、煙草に火をつける。

私はページの隅《すみ》に落書きをしながら、歴史の授業に出ている。第二次世界大戦の課だ。先生は熱血漢で、手や棒を振り回しながら、教室の前を弾むように歩き回る。背が低くボサボサの髪で、片足を引きずっている。彼自身が従軍していたのかもしれない、そういう噂もある。先生は黒板に白チョークでヨーロッパの大きな地図を描き、黄色の点線で国境を引く。赤チョークの矢印でヒットラーの軍隊が侵入する。ナチスのオーストリア併合、ポーランド陥落、次はフランスだ。私はノートにチューリップや木々の絵を描き、地面の線を引くと、その下のすべての地下根茎も含めて描く。緑色のチョークで、潜水艦が英仏海峡に現れる。私は通路の向かいに座っている女の子の顔を描く。ロンドン大空襲が始まり、爆弾が不気味な銀色の天使のように空から舞い落ちる。ロンドンの町が区画から区画へ、家から家へと次々に崩壊していく。代々伝わってきた手彫りのマントルピースや煙突やダブルベッドが爆破され、燃える破片となる。歴史が欠片《かけら》に変わっていく。「それは一つの時代の終わりだった」と先生が言う。君たちには理解しがたいだろうが、すべてが二度と同じではなくなるのだ、と言う。先生が自分の言葉に深く感動しているのがわかり困惑する。何と同じではないのか、と私は思う。

先生のチョークが示すいろんなことが次々に起こり、統計が示すあんなにたくさんの死者が出ているとき、私自身も生きていたとはとても信じられない。女性たちがあんな滑稽な格好をしていたとき、大きな肩パッドと絞ったウエスト、お尻を覆う後ろ向きエプロンのようなペプラムのある服を着ていたとき、私は生きていたのだ。私は大きな肩をしてつばの広い帽子をかぶった女の人を描く。自分自身の手を描く。手が一番難しい。ソーセージの塊に見えないようにするのが難しい。

私は男の子と付き合うようになる。意識的にそうするというより、たまたまそうなる。男の子との関係には努力が要らない。すなわち、その関係のために私はほとんど気を使わない。一緒にいて厄介だとか、自分を守らなくてはならないと感じるのは、男の子たちに対してではなく女の子たちに対してである。私が自分の部屋でラムウールのセーターの毛玉を取っていると電話が鳴る。男の子からだ。電話のある廊下にセーターを持って行き、廊下の椅子に座って受話器を耳と肩の間に挟んでセーターの毛玉を取り続けながら、長話をする。そのほとんどは沈黙なのだが。

男の子には生来、この沈黙が必要なのだ。あまりに多くの言葉で矢継ぎ早に話しかけて、彼らを驚かせてはいけない。実際しゃべる内容は重要ではない。重要なのは言葉と言葉の間の沈黙なのだ。私たち二人が何を探しているか、私にはわかる。それは現実からの逃避だ。男の子は大人から、そして他の男の子たちから逃れたいのだ。私の方は、大人から、そして他の女の子たちから逃れたい。私たちは無人島を探している、束の間の夢だけど、きっとそこにある無人島を。

父はポケットの鍵や小銭をジャラジャラさせながら居間を歩き回る。イライラして、電話口での短い言葉やつぶやき、その沈黙に耳をそばだてずにはいられない。廊下に出て来て、指でちょん切る仕草をし、早く切り上げるように伝える。「もう行かなくちゃ」と言うと、男の子は体内の管から出る空気のような声を出す。私にはその意味がわかる。

私は男の子について、いろんなことを知っている。彼らの頭の中で、女の子や女の人についてどんな思いが渦巻いているか、他の男子や他の誰にも言えないさまざまな事柄が、私にはわかる。彼らは自分の身体に怯《おび》え、自分の発言を恥ずかしがり、人に笑われることを恐れるのだ。彼らがロッカールームでふざけたり、用具置き場の裏でこっそり煙草を吸いながら、どんな会話を交わしているのか、私にはわかる。彼らは女の子に対し、〈イカレあま〉〈ブス〉〈ババア〉〈あばずれ〉とか、もっとひどい言葉を使う。私は、このような言葉を盾に取って彼らを責めたりしない。これらの言葉が、「薬品漬けの牡牛の目玉」や「鼻くそ喰らい」の変形であることを私は知っているからだ。それは、自分は強いんだぞ、騙されないぞということを示すために、男の子たちが交わさねばならない合言葉のようなものだ。その言葉は、彼らが現実の女の子たちを、あるいは、ある女の子を嫌っているということを、必ずしも意味していない。現実の女の子たちは、その言葉と違っていることもあれば、まさに言葉どおりの時もあるし、また、時には背景の雑音にすぎないこともある。

これらの言葉のどれも、私には当てはまらないと思う。だが、他の女の子たちには当てはまる。こんな言葉で呼ばれているとは知らずに、自分は魅力的だと思いこみ、髪をなびかせ、腰をくねらせながら廊下を歩き、お互い大声で無頓着におしゃべりし、そのあげく、誰もものにできない女の子たち、あるいは、頭が空っぽの無邪気なかわい子ちゃんのふりをするブリッコたちには、当てはまる。〈イカレあま〉〈ブス〉〈ババア〉〈あばずれ〉という、この声にならない言葉の雲が常に彼女たちを取り囲み、指し示し、矮小化したあげく、彼女たちを男の子たちが扱える大きさにまで切りつめてしまう。この声にならない言葉に対処するコツは、言葉の隙間に割って入り、頭の中でそれをよけ、巧みにかわすことだ。ちょうど壁をすり抜けて行くように。

これが、男の子全般について私が知っていることだ。そのどれも、個々の男子とか、私のデート相手の男の子たちとは関係ない。彼らはたいてい私より年上で、髪をグリースでなでつけたり皮ジャンを着たりせず、もっと品がいい。彼らとデートするときはいつも時間どおりに家に戻らなければならない。そうでないと父は私に長々とお説教し、時間どおりに帰宅することは時間どおりに列車に乗るようなものだと説明する。もし時間に遅れたら電車に乗りそこなってしまうだろう？「でも、この家は電車じゃないわ。それに、家はどこにも行かないし」と私は言う。父は憤慨してポケットの中の鍵をジャラジャラ鳴らし、「そんなこと問題じゃない」と言う。

母は「私たちは心配しているのよ」と言う。「何が心配なの？」と私は尋ねる。私の知る限りでは、何も心配することはないのだ。

私の両親は、他の事と同様にこの点に関しては厄介だ。父は、テレビを見るとバカになるし、有害な放射能やサブリミナルメッセージを出すからと言って、他の家のようにはテレビを買おうとしない。男の子が私を迎えに来ると、父は灰色のフェルト帽をかぶり、金づちやのこぎりを持って地下室から現れ、態のような手で彼らの手をしっかり握る。その鋭く輝く皮肉のこもった小さい目で彼らを値踏みし、彼らが自分の教え子の大学院生であるかのように「さん」付けで呼ぶ。母はお上品ぶって、ほとんど何も言わない。たまに男の子の目の前で、私に向かって、とってもかわいいわよと言う。

春になると、両親はだぶだぶの庭仕事用のズボンをはき、泥まみれで家の隅《すみ》から現れ、私を見送る。二人は男の子たちを裏庭に引っ張って来るが、今そこには万一に備えて父が集めたセメントブロックが山積みになっている。両親は、その子たちが年配の婦人ででもあるかのように、彼らに自分たちが育てたアヤメを見せたがる。男の子たちは花には全く興味がないのに、アヤメについて何か言わねばならない。また父は、時事問題の会話に男の子たちを引き込んで賢くしようと試みたり、本棚から本を引っ張り出しては、これは読んだか、あれは読んだかと尋ねるので、その間彼らはもぞもぞ足を踏み替えたりして落ち着かない。「君のお父さんって、変わってるね」と後で男の子たちが困惑気味に言う。

両親はいたずら好きな弟や妹のようで、いつも顔を泥だらけにし、予期せぬ突拍子もない恥ずかしい事をうっかり口走ったりする。私はため息をついて、何とかその場を切り抜ける。自分が彼らより年上のような、ずっと年上のような気がする。ずいぶん年を取った感じだ。

男の子たちとの付き合いで心配なことは何もない。ごく普通だ。映画館に行って喫煙席に座り、抱き合ったり、ドライブインでポップコーンを食べて、そこでも抱擁する。抱擁と愛撫にはルールがあり、私たちはそれを守る。近づいては押しのけ、押しのけては近づく。ガーターベルトまでは行き過ぎだ。ブラジャーもそう。ファスナーはだめ。男の子の口は煙草と塩の味がし、肌はアフターシェーブローションの香りがする。ダンスパーティーではロックの曲にあわせてくるくる回り、青い照明の中で他のカップルに囲まれて足を滑らせながら踊る。正式なダンスパーティーの後は、誰かの家に行ったり、聖チャールズレストランに行ったりする。そして、その後も抱き合う。でも、たいてい時間がないので長くはできない。正式なダンスパーティーのためにドレスを買う余裕なんてないから、自分で縫い上げたドレスを何着か持っている。ドレスはチュールが幾重にも重なり、それを下のペチコートが支えている。ホックがはずれないか心配だ。私は服に合うサテン地や銀色のひも靴を履き、耳を挟みつけて死ぬほど痛いイヤリングをはめる。このようなダンスパーティーのために、男の子たちは胸に着ける小さな花束《コサージュ》を送ってくる。後で私はそれを押し花にしてタンスの引き出しの中にしまう。潰れたカーネーション、縁が茶色になったバラのつぼみ、干からびた花の頭部の集まりのような、死んだ植物の束。

兄のスティーブンはこんな男の子たちを小馬鹿にする。兄の考えでは、彼らはウスノロで、私が真剣に考えるに値しない。彼らのことを陰で笑い、名前をからかう。ジョージではなくジョージー・ポージー［訳注 イギリスの伝承童謡に出てくる名前］、ロジャーは犬のローバーだ。兄は、それぞれの男の子との関係がどれぐらい続くか賭けをする。その子と初めて会った後で、「彼とは三か月だな」とか、「彼をいつ捨てるつもりかい？」と言う。

こう言われたからといって、兄を嫌いになることはない。兄の言うことは半ば当たっているので、予想通りだ。私は、女の子たちが純愛漫画で抱くような感情を、この男の子たちには感じない。いつ電話をかけてくれるかしらと思って、何も手につかないなんてことはない。彼らのことは好きだけど、恋しているわけではない。少女向け雑誌にあるように、真珠のイヤリングみたいな涙を流してふさぎ込む少女の姿は、私には当てはまらない。だからある意味、男の子は大した問題ではない。しかし同時に、問題でもある。

問題なのは彼らの身体である。受話器を抱えて廊下に座り込む私に聞こえて来るのは、彼らの身体だ。私が耳をそばだてるのは、その言葉にではなく、その沈黙に対してである。沈黙の中でこの身体が再現され、私の頭の中で創り上げられて形になる。男の子に会えなくて寂しいとき、私が恋しいのは彼らの身体である。映画館の暗闇の中で、煙草を持ち上げる彼らの手、肩のなだらかな線、お尻の曲線などをじっと見る。彼らを横目で眺めながら、さまざまな光の中で彼らを調べる。男の子に対する私の愛情は視覚的なものだ。私が所有したいのは、彼らの一部分である。〈動かないで〉〈そのままじっとしていて〉〈よく見せてよ〉と思う。彼らが私に対して力を持つとしたら、それはすべて目を通してである。そして、私が彼らに飽きるとき、それは一部肉体的なものだが、一部は視覚的なものでもある。

このようなことで性的なことと関係があるのは、ほんのわずかだ。もっとも、いくらかは関係しているのだが。男の子たちの中には、車を持っている者もいれば、持っていない者もいる。持っていない男子と一緒のときは、バスや路面電車や新しくできたトロントの地下鉄に乗る。地下鉄はきれいで静かで、淡い色のタイルが張られた細長いバスルームのように見える。この男の子たちは、私を家まで歩いて送ってくれる。私たちは回り道をして長いこと歩く。空気は季節によって、ライラックや刈り取られた草や燃える落ち葉のにおいがする。新しいコンクリート製の歩道橋を渡ると、頭上には柳の木が垂れ下がり、下には小川が音を立てて流れている。私たちは、橋の上の街灯の薄暗い光の中に立ち、手すりにもたれかかり、私のまわりに男の子の腕を、彼のまわりに私の腕を回す。私たちはお互いの服を持ち上げ、相手の背筋を手でさわる。彼の背筋が折れそうなくらい緊張するのを感じる。彼の身体の長さを感じ、その顔に触れ、ハッとする。男の子の顔はとてもよく変わる。柔らかく開放的な表情の後、苦しげな顔になる。その体はエネルギーの塊、凝縮した光そのものだ。

44

少女が渓谷で殺されて発見される。家の近くの渓谷ではなく、枝分かれしてもっと南に下った比較的大きな渓谷の、レンガ工場を過ぎた辺りだ。そこは、両脇に柳の木が生えてゴミが散乱した薄汚いドン川が、湖へ向かってゆるやかに曲がっていく所である。トロントでこんなことが起こるとは誰も思っておらず、住人たちは裏口のドアを空け放しにしているし、夜も窓の掛け金をはずしている。しかし、事件は起こってしまうようだ。この事件は、すべての新聞の一面を飾っている。

この少女は私たちと同じ年頃だ。彼女の自転車が遺体の近くで発見された。少女は首を絞められ、いたずらされていた。私たちは〈いたずら〉が何を意味するか知っている。彼女の生前の写真が何枚か新聞に載っている。その写真には、通常、写真がそのように見えるには何年もかかるような不気味な気配が、消え去って二度と取り戻せない、償うことのできない時間を暗示する表情が、すでに漂っている。彼女の服装についての長々とした説明がある。彼女はアンゴラのセーターと、今流行の丸い飾り玉みたいなのがついた小さな毛皮の襟飾りを身に着けていた。私はこんな襟飾りは持っていないが、欲しいなと思っている。彼女のは白いけれど、ミンクの襟飾りも買うことができる。彼女は、赤いガラス玉の目を持つ二羽の鳥の形をしたピンをセーターに付けていた。誰でも学校にして行くようなものだ。服装についてこんなに詳しく説明するのは正しいことだと思えないが、私は食い入るように読んでしまう。ある日、あなたが普通の服装で出かけて、突然殺される。すると、あのような連中があなたのことをじろじろ見たり調べたりする。こんなことは、あまり良いことではないように思える。殺人事件の報道は、もっと礼儀をわきまえたものであるべきだ。

渓谷にいる悪い男たちのことを忘れてからずいぶん経つ。その話は母親たちが考え出したこけおどしだと思っていた。けれど、私の思い込みははずれ、悪い男たちは存在しているようだ。

この殺された少女のことで私は不安になる。最初の衝撃がおさまると、学校では誰も彼女のことをあまり口にしなくなる。コーデリアでさえ彼女のことを話したがらない。殺されたことで、この少女自身がまるで恥ずかしいことを仕出かしたかのようだ。その結果、彼女は口にすべきでないあらゆるものが行きつくあの場所へ、彼女の金髪とアンゴラセーター、彼女の普段の生活を携えて行ってしまうのだ。彼女は、枯葉のように何かを掻き立てる。私は昔自分が持っていた人形、縁に白い毛皮のついたスカートをはいた人形のことを思い出す。この人形を怖がっていたことを覚えている。長年そのことを思い出したこともなかったが。

コーデリアと私は食卓で宿題をしている。私はコーデリアを手伝っている。原子について彼女に説明しようとするが、彼女は真剣に聞こうとしない。原子の図には一つの核があって、そのまわりを電子が回っている。核はラズベリーのようで、電子とその輪は土星のように見える。コーデリアは不満気に舌先で頬を膨らませ、原子核にしかめ面をする。「これ、ラズベリーみたい」と彼女が言う。

「コーデリア、試験は明日よ」と私は言う。彼女は分子に興味を示さないし、元素周期表を覚えきれないようだ。彼女は質量を理解しようとせず、なぜ原子爆弾が爆発するのか、わかろうとしない。物理の教科書には、原子爆弾の爆発する写真がキノコ雲などと一緒に載っている。コーデリアにとって、これはただの爆弾の一つにすぎない。「質量とエネルギーは物質の異なった様相なの。〈だから〉$E=mc^2$ になるのよ」と私が言う。

「気取り屋パーシーがあんなに嫌なやつじゃなければもっと簡単にわかるのに」と彼女が答える。気取り屋パーシーとは物理の先生だ。先生は、キッツキウッディのように赤い髪のてっぺんを逆立て、舌足らずにしゃべる。

スティーブンが私たちを肩越しにのぞきながら部屋を歩き回る。「それじゃあ、今でも子どもだましの物理を教えているんだね」と甘やかすような口調で言う。「まだラズベリーみたいな原子を使っているとはね」

「ほらご覧なさい」とコーデリアが言う。

私は面目を潰された気がして、「試験に出るのはこの原子なのよ。だからそれを覚えなきゃ」とコーデリアに言う。スティーブンには、「それで、本当はどう見えるの?」と尋ねる。

「原子の中は、ほとんど空っぽの空間さ」とスティーブンが言う。「何も存在しないと言っていい。物理的な力で定位置に固定されているのは、ほんのいくつかの点のようなものだけだ。原子より小さいレベルなので、その物質は存在しているとさえ言えないんだ。それは存在する気配がある、としか言えないんだよ」

「コーデリアが混乱するわ」と私が言う。コーデリアは煙草に火をつけ、窓の外を見る。外の芝生の上でリスが数匹追いかけっこをしている。彼女はこのことにすら注意を払っていない。

　スティーブンはコーデリアをじっと見て、「コーデリアは存在する気配がある」とつぶやく。

コーデリアは男の子たちと付き合うが、私とやり方が違う。私は時どき、自分が付き合っている男の子を通じてダブルデートを企画する。コーデリアの相手はいつも、つまらない男の子だ。彼女もこのことをわかっているから、その彼を認めようとしない。

　コーデリアは、どんな男の子なら本当に認めてあげられるか、決められないようだ。私の兄のような髪型をした男の子たちはダサくてウザいが、ダックテールの髪型の子たちはセクシーだけど、だらしない不良だ。クルーカット以上の冒険をしない私の相手のような男の子は、自分には幼すぎると思っている。彼女は真っ赤な口紅やマニキュア、立襟を止め、控えめなピンク色を選び、ダイエットをし、身だしなみを整えるようになった。これは雑誌では「良い身だしなみ（Good Grooming）」と言っているが、なにか馬の毛づくろいを連想させる言葉だ［訳注　groomingには毛づくろいの意味もある］。彼女は髪を短くし、服装も地味な感じになる。

　しかし、彼女には何かしら男の子たちを不安にさせるところがある。まるで、男の子たちにあまりにも気を遣い、あまりにも丁寧でわざとらしく、度を過ぎているという感じなのだ。男の子たちが冗談を言うとすかさず、笑いながら「それ、とっても笑えるわ、スタン」と言う。面白くしようと意図してない時でもこう言うので、彼らはからかわれているのではないかと思ってしまう。実際、彼女はからかっている時もあるし、そうでない時もある。不適切な言葉が彼女の口から飛び出て来ることもある。私たちがハンバーガーとフライドポテトを食べ終えた後、彼女が男の子たちに向って明るく、「存分に堪能されましたか?」と言うと、彼らはぽかんとした顔で彼女を見る。彼らは、ナプキンリングを使うような上品なタイプではないのだ。

彼女は男の子たちを誘導尋問へといざない、大人がしそうな会話に引きずり込もうとする。男子と一緒のときは、彼らを黙ってそこに座らせて、横目でちらっと見るだけにするのが一番だとは、知らないようだ。彼女は男の子を正面からまともに見つめる。すると、彼らはその鋭い眼光に目がくらみ、ヘッドライトに照らされたウサギのように凍りつく。男の子と一緒に車の後部座席にいるときは、その息遣いや喘ぎ声から、そちらの方面でもやりすぎていることがわかる。「君の友だちは、ちょっと変わってるね」と男の子たちが私に言ってくるが、どうしてそう思うのか彼らは説明できない。たぶん、彼女には姉妹しかおらず兄弟がいないせいだと私は思う。彼女は、男の子との付き合いで大事なのは何を言うかだと思っている。男の沈黙の複雑さや微妙なニュアンスを、これまで学んでこなかったのだ。

しかし、コーデリアが男の子たちの発言にあまり興味がないことを、私は知っている。というのも、彼女自身がそう言うのだ。たいてい男の子は鈍感だ、と彼女は思っている。彼らと話すとき彼女がやっているのは、演技かあるいは物真似だ。男の子が一緒だと、彼女の笑い声はラジオから聞こえてくる女性の笑い声のように上品で低い。我を忘れてしまえば別だが。そうなるとまた、うるさすぎる。彼女は何かを真似ている。頭の中にある何かを、彼女だけにしか見えない、ある役割かイメージを真似ているのだ。

アール・グレイ劇団が、毎年恒例で私たちの高校にやって来る。彼らはいろんな高校を回って行くことで有名だ。毎年シェイクスピア劇のどれか一つを演じる。その劇はいつも、大学に入るために合格しなければならない州レベルでの第十三学年学力検定試験に出る。トロントにはあまり劇場がない。実際たった二つしかないので、多くの人たちがこの劇を見ようとつめかける。子どもたちは劇が試験に出るから見に行く。親たちは観劇の機会がなかなかないので見に行く。

アール・グレイ劇団は、常に主役を演じるアール・グレイ氏、主役の女性を演じるアール・グレイ夫人、そして一人で二つ以上の役をかけもちするアール・グレイ氏の従兄らしき二、三人の役者で構成されている。その他の配役は、その週、劇を上演する高校の生徒たちによって演じられる。昨年の劇は『ジュリアス・シーザー』で、コーデリアは群衆の役を手に入れた。彼女は焼いたコルクを顔に塗って真っ黒にし、家から持ってきたベッド用シーツを体に巻きつけ、マーク・アントニーが群衆に向かって〝耳〟を貸すように演説する場面で、〈ぺちゃくちゃ〉しゃべらねばならなかった。

今年の劇は『マクベス』である。コーデリアは下女の役と、最終決戦の場面では兵士の役も演じる。今回は、家から車用の格子縞の膝掛けを持って来なくてはならない。彼女は幸運にも、パーディーが私立の女子校に通っていた時の、お下がりのキルト風スカートも持っている。コーデリアはこれらの役の他に、小道具係の助手もする。それぞれの演技後に小道具を片付ける係で、役者たちが舞台裏で小道具をひっつかみ、すぐさま舞台に走り出ることができるように、いつも同じ順番に並べておかねばならない。

リハーサルの三日間コーデリアはとても興奮している。学校帰りに煙草を次から次に吸い続け、退屈で無関心なふりをしながらも、本物のプロの役者たちを時おり下の名前で呼んだりすることから、その興奮が見て取れる。若い役者たちは面白くしようと、とても頑張るのよと彼女が言う。彼らは魔女たちを「三人のイカれた姉妹」と呼び、コーデリアを「蒼白い顔のお馬鹿さん」と呼んで、彼女のコーヒーにイモリの目玉やカエルの足先を入れるぞと脅かしたりする。マクベス夫人が狂気の場面で「消えておしまい、忌まわしいシミ（spot）」と言うとき、夫人はカーペットの上にウンチをした自分の飼い犬「スポット」のことを言っているのだそうだ。コーデリアによれば、本物の役者たちは、縁起が悪いので〈マクベス〉という名前を大声で口に出さず、その代りに「タータン一族」と言うそうだ。

「でもあなた、今、そう言ったわよ」と私が言う。

「何て？」

「マクベスって」と私が言う。

コーデリアは歩道の真ん中で突然立ち止まる。「まあ、私、言っちゃったのね？」と言う。彼女は笑い飛ばすふりをするが、気にしている様子だ。

芝居の最終場面で、マクベスの首は斬り落とされ、マクダフがそれを舞台上に持って来なければならない。首は白い布巾に包まれたキャベツだ。マクダフがそれを舞台に投げつけると、肉と骨がドサッとぶつかるような印象的な音がする。いや、リハーサルではそうだった。しかし、三日間の公演予定の初日前夜、コーデリアはキャベツが腐りかけていることに気づく。それは柔らかくぶよぶよして、ザウアークラウトのようなにおいがする。そこで、彼女は真新しいキャベツと取り替える。

芝居は、集会や聖歌隊の練習が行われる学校の講堂で上演される。初日の夜は満席である。変なところでくすくす笑いが起きたり、マクベスがダンカンの寝室の外で逡巡するときに、「やっちまえ！」と誰とも知れぬ声がしたり、マクベス夫人が寝巻姿で現れたとき講堂の後ろから野次や口笛が飛んだ以外、舞台は問題なく進んでいく。戦闘場面でコーデリアが出てくるのを待っていると、キルトスカートをはいて木製の剣を持ち、車用の膝掛けを肩に掛けたコーデリアが、舞台の奥を走って横切る。しかし、ついにマクダフが登場して布巾に包まれたキャベツを投げると、それは床に一度当たった後、そのままじっとしていないで、ゴムボールのようにボーン、ボンと舞台上を跳ね、端から落ちてしまった。これは悲劇的な効果を台無しにしてしまい、笑いと共に幕が下りる。

コーデリアがキャベツを入れ替えたせいだった。「あれは腐って〈なくちゃいけなかった〉のよ」と彼女は悔しがる。「今頃教えてくれるんだから！」舞台裏へお祝いに行くと、こう言って泣きわめいている。役者たちの方はほとんど気にしておらず、あれは斬新な効果だったねと明るい。しかし、コーデリアは顔を赤らめ、笑いながらそれを軽く受け流そうとするものの、ほとんど泣きそうなのがわかる。

同情しなくてはいけないのに、私はそうしない。その代りに、翌日学校の帰りに「ボーン、ボーン、ボン、ボトン」と言うと、コーデリアは「ああ、やめて」と言う。抑揚のない沈んだ声だ。私はふざけて言っているのではない。一瞬、親友に対してどれくらい意地悪になれるだろうかと思う。だって、彼女こそ、私の親友なのだから。

時が過ぎ、私たちも成長し、最年長の十三年生になる。かつての自分たちのような、まだほんの子どもにすぎない新入生を、見下すことができる。彼らに微笑みかけることもできる。化学実験室で行われる生物学を受けることができる年齢にもなる。この授業は自分のホームルームを離れて、他のクラスの生徒たちと一緒に受ける。このため、化学実験室の黒いシンク付きテーブルで、コーデリアが私の生物学実験のパートナーとなる。彼女は、かろうじて合格した物理学と同じくらい生物学も嫌いであるが、科学分野で何か取らねばならず、生物学が、これ以外で取らなくてはいけないものより簡単だと思っているようだ。

私たちは、それほど鋭くない外科用メスに似たナイフと、底に蝋が塗ってある皿と、裁縫の授業でもらうような針の包みが入っている解剖用具一式をもらう。まず、虫を解剖しなければならない。各自一匹ずつ虫をもらう。動物学の教科書に載っている虫の内部の図を見る。虫を切り開いたとき、目にすることになるのは、これである。蝋底の皿の上で虫が身をくねくねよじり、外へ出ようとして側面に沿って鼻で掘るように進む。虫は地面の穴のようなにおいがする。

私は虫の両側をピンで留め、刃を垂直にしてすべるように切る。虫はつり針に刺したときのように身をくねらせる。虫の皮膚を両側に開いてピンで留める。ハート型をしていない虫の心臓、血液を送り出す虫の大動脈、泥でいっぱいの虫の消化器官などが見える。コーデリアは、「まあ、よくそんなことができるわね」と言う。彼女はますます女々しくなってきたように思える。以前にも増して意気地なしになってきた。先生が見ていないときに、彼女の代わりに虫を解剖してあげる。そして、切り開かれて美しくラベルを貼られた虫の図を描く。

その次はカエルである。カエルは蹴るので虫より手ごわいし、泳いでいる人間にちょっと似すぎている。私は指示通りにクロロホルムでカエルを気絶させ、ピンを刺しながら手際よく解剖する。カエルの内部にあるすべての渦巻や球状物、小さな肺や冷血両生類の心臓を写生する。

コーデリアはカエルの解剖もできない。自分の解剖ナイフがカエルの皮膚を切り裂くのを想像しただけで吐き気がすると言う。彼女は青ざめ、目を見開いて私を見つめる。カエルのにおいが彼女を苦しめる。彼女に代わってカエルの解剖もやってあげる。こういうことが、私はとても得意だ。

私はザリガニの平衡胞やエラや口の部分の様子を記憶する。猫の循環系を記憶する。先生は、普段はフットボールのコーチをしているが、最近動物学の夏期講習を受けてこの科目を私たちに教えることができるようになった。私たちのために、青や赤の液体ゴムを静脈や動脈に詰めた死んだ猫を一匹注文する。だが、それが届いてみると先生はがっかりする。というのも、その猫は完全に腐敗しており、ホルマリン処理を施してあっても腐敗臭が漂ってくるのだ。それで、私たちは猫を解剖しなくてもよくなり、教科書の図だけを使うことになる。

しかし、私は虫やカエルや猫だけでは満足できない。もっとやりたい。そこで、土曜日の午後、誰もいない実験室で顕微鏡をのぞくために動物学研究棟へ出かける。三角頭と寄り目のプラナリアの断面や、燃えるようなピンク、強烈な赤紫、眩い青など色鮮やかな染料で色づけされた細菌のスライドを見る。下から光を当てられると、これらはステンドグラスの窓のように息をのむほど美しい。私は、さまざまな色鉛筆でそれらの輪郭をたどりながら描いてみるが、同じように明るい輝きは生み出すことができない。

今や博士となったバナージさんは、私が何をしているかに気がつく。私が興味を示すと思われるスライドをいくつか持って来ては、あたかも面白い秘密の奥義か宗教的事物を共有しているかのように、恥ずかしそうに、熱心に、そして共犯者みたいにくすくす笑いながらそれらを差し出す。彼は「テンマクケムシの寄生虫ですよ」と言って、私のテーブル上のきれいな紙の上にそのスライドをうやうやしく置く。「ハマキガの幼虫の卵です」

「ありがとうございます」と私が言うと、彼は爪噛みをした器用な指で私の絵の隅をつまみ上げて眺める。「とても上手だ。とても上手ですよ、お嬢さん。もうじき僕の仕事を取ってしまいそうですね」と言う。

今、彼にはインドからやって来た妻と幼い一人息子がいる。子どもがそっと訝《いぶか》しげに、妻が心配そうに実験室のドア越しにのぞき込んでいる姿を、ときどき見かける。妻は金のイヤリングとスパンコールのついたスカーフを身に着けている。彼女の赤いサリーが、茶色いカナダ製の冬用コートの下から見え、防寒靴がその下からのぞいている。

コーデリアが家にやって来る。私は彼女の動物学の宿題を手伝い、彼女は夕食までいる。父はビーフシチューの皿を差し出しながら、一日に一つの種が消滅していると語り始める。我々は河川を汚し、地球の遺伝子プールを破壊している。自然は空白を嫌うので、一つの種が消滅すると生態系の隙間を埋めようと別の種が移動してくる。父によると、移動してくるのはありふれた雑草やゴキブリやドブネズミだ。まもなく、すべての花がタンポポになるだろう。父はフォークを振り回しながら、もし我々が種として繁殖しすぎたら、バランスをとるために新しい伝染病が発生するだろうと言う。こうしたことはすべて、人間が科学の基本的教訓を無視してきたために起こるのだ。人間は科学の代わりに政治や宗教や戦争を選び、互いを殺し合うための感情を奮い立たせる口実を探してきた。一方、科学は感情に左右されず偏見もないので、これこそが唯一の普遍言語だ。科学の言葉は数字だ。我々が最終的にゴミの山に埋もれて死にそうになるとき、この混沌を一掃するために我々は科学に頼ることになるだろう、と父は語る。

コーデリアは少し薄ら笑いを浮かべながら、この話を終わりまで聞いている。彼女は私の父が変人だと思っている。聞いていると、父はそう思われても仕方のない話し方をしている。こういう話題は、食事の席で取り上げるべきではないのだ。

私はコーデリアの家へ夕食に出かける。コーデリアの家での夕食には二通りある。彼女の父親がいる時の夕食と、いない時の夕食である。父親がいないときは、すべてがいい加減だ。マミーは絵描き用のスモックを着たまま、ぼんやりした様子で食卓に着く。パーディー、ミリー、そしてコーデリアまでが、ジーンズの上に男物のシャツを着て、髪の毛をピンカールしたまま現れる。彼女たちは食卓からいきなり立ち上がり、出し忘れたバターや塩を取りに台所へのらりくらり歩いて行く。彼女たちはみんな一斉に、のんびり楽しそうにおしゃべりする。そして、マミーが遠慮がちに「さあ時間よ、あなたたち」と声をかけると、食卓を片付けるのは自分たちだとわかり、ぶつくさ文句を言う。マミーは、がっかりする気力もなくしている。

しかし、コーデリアの父親がいるときはすべてが違う。食卓には花やろうそくが置いてある。マミーは真珠を身に着け、ナプキンは皿の下にくしゃくしゃと押し込まれる代わりに、ナプキンリングの中にきちんと丸めて置かれる。忘れ物は何もない。ピンカールもしてないし、食卓に肘をつくこともない。背筋までもピンとしている。

今日はろうそくのある日だ。コーデリアの父さんが、いかつい眉毛と狼のような風貌で食卓の上手に座り、重々しく皮肉に満ちた恐ろしい魅力のすべてを私に向ける。彼を見ていると、彼の考えは正しいから、彼がこちらをどう思うかは大事だが、こちらが彼をどう思うかなんて大したことじゃない、という気がしてくる。

「女どもにのさばられていてね」と悲しそうなふりをして彼が言う。「家じゅう女だらけで、男はたった一人だからね。朝、髭を剃ろうとしても洗面所に入れてくれないんだ」。彼は茶化しながら、私の同情と同意を求めて来る。でも私は、言うべきことが何も思い浮かばない。

「私たち、父さんのこと我慢しているんだから、父さんはラッキーだと思わなくちゃ」とパーディーが言う。彼女は小生意気さと子馬のような自由奔放さでうまくやってのけることができる。髪型も、いかにもそんな雰囲気だ。ミリーは、追いつめられると咎《とが》めるような表情をする。コーデリアはこのどちらも上手ではない。でも、全員で父親の機嫌を取る。

「最近何を勉強しているんだい?」と、彼が私に尋ねる。いつもの質問だ。私のどんな答えでも彼は面白がる。

「原子についてです」と私は答える。

「ああ、原子ねえ」と彼が言う。「原子のことは覚えているよ。それで最近、その原子とやらは、どんな様子かい?」

「どの原子ですか?」と私が答えると、彼は笑う。

「なるほど、どの原子と来たか。大変よろしい」と彼が言う。彼が望んでいるのはこういうことなのかもしれない。言葉の応酬みたいなことだ。でも、コーデリアは決してそんなことは思いつかない。あまりに父親を恐れているからだ。彼女は父親に気に入られないことを恐れている。そして実際、彼はコーデリアのことが気に入らないのだ。私は彼女が父親の歓心を買おうとして、おろおろとしくじる様《さま》を何度も見た。でも、彼女のどんな行動や発言も父親を満足させることはないだろう。どういうわけか、彼女は父親とウマが合わないのだ。

このような現場を見ると私は腹が立つ。彼女を蹴っ飛ばしたい気分になる。彼女はどうしてあんなに卑屈になれるのだろう。いつになったらわかるのだろう。

コーデリアは動物学の中間試験に落ちる。彼女はあまり気にしてない様子だ。試験時間の大半を学校の先生たちの似顔絵をこっそり描いて過ごし、学校帰りにそれを私に見せて、やけに大げさな笑い声をあげる。

私は時どき男の子の夢を見る。それは言葉の無い夢、身体についての夢だ。目覚めても数分間夢は留まっているので、もう少し楽しむことができる。しかし、すぐに忘れてしまう。

他の夢も見る。

身動きが取れなくなる夢だ。しゃべれないし、息をすることさえできない。鉄の肺の中にいる。鉄は身体を堅い筒状の皮膚のように締め付ける。息を吸ったり吐いたり、実際私に代わって呼吸をしているのは、この鉄の皮膚だ。身体の感覚が鈍く重苦しい。この重苦しさ以外何も感じない。私の頭はこの鉄の肺から突き出ている。私は天井を見上げる。そこには、黄色っぽい半透明の氷に似た照明器具がある。

自分のタンスの鏡の前で、毛皮の襟飾りを身に着ける夢を見る。私の後ろに誰か立っている。少し動いて鏡をのぞけば、振り向かないでも肩越しにそれを見ることができて、それが誰なのかわかるだろう。

引き出しかトランクに隠してある赤いビニールのハンドバッグを見つけた夢を見る。その中には宝物が入っているとわかっているが、開けることができない。何度も何度もやっていると、ついにそれは風船のように破裂する。中には死んだカエルがいっぱい入っている。

私は夢の中で、白い布巾に包まれた頭を受け取る。白い布の上から鼻や顎や唇の輪郭がわかる。布を剥がせば誰の頭かわかるが、そうしたくない。なぜなら、そんなことをすると頭が生き返ると知っているからだ。

45

コーデリアは小さい頃、体温計を壊して中にある水銀を食べたそうだ。病気になったら学校に行かなくて済むからだ。また、咽喉に指を突っ込んで吐いたり、体温計を電球に近づけて熱があるように見せかけたりもした。彼女の仕業は母親に見破られた。というのも、体温計を電球の近くに長く置きすぎて水銀柱が華氏百十度（摂氏四十三度）まで跳ね上がったからだ。その後、彼女の仮病はなかなかうまくいかなくなった。

「その時いくつだったの？」と私は彼女に尋ねる。

「わからないけど、小学校の頃よ。そういうことをする年齢よ」と彼女が答える。

五月半ばの火曜日。私たちは、サニーサイドのボックス席に座っている。サニーサイドにはソーダ水売場があり、クロム仕上げされた斑点入りの血石《ブラッドストーン》のように赤いカウンター横には、台に沿って床に固定された丸い回転椅子が列になって並んでいる。椅子の黒い座面はおそらく革ではなく、座ると、かすかにオナラのような音がするので、私とコーデリアを含む女の子たちはみんな、ボックス席の方に座る。ボックス席は黒い木製で、向かい合う二つの長椅子の間のテーブルの表面も、ソーダ水売場のカウンターと同じく赤い。ここでバーナム高校の生徒たちは、学校帰りに煙草を吸ったり、マラスキーノ・チェリー入りのコーラを飲んだりする。コーラにアスピリンを二錠混ぜて飲むと酔っぱらうと言われている。コーデリアは、自分でこれを試してみたが、本当の酔いには程遠いそうだ。

私たちはコーラの代わりにバニラミルクセーキを飲んでいるが、それぞれのグラスにストローが二本入っている。私たちはストローの紙袋を剥いで襞をとり、小さな紙の芋虫を作る。それから、その上にグラスの水を滴《したた》らせると、紙の芋虫は膨張し、まるで這っているように見える。店のテーブルの上は、水でぐしょぐしょになった紙切れでいっぱいになる。

「めんどりがオレンジを産むとき、ひよこたちは何と言ったでしょう？」とコーデリアが尋ねる。というのも、つまらないチキンジョークが学校で流行っているのだ。チキンジョークやくだらないダジャレが。〈あのバカはなぜ窓から掛時計を投げ捨てたのでしょうか？　時が飛ぶように過ぎるのを見るためです〉［訳注　To see time fly は時が過ぎるのを見ることと、時計が飛ぶのを見ることを掛けている］、みたいな。

「あのオレンジマーマレードをご覧なさい［訳注　the orange marmalade「オレンジマーマレード」と the orange Mama laid「ママが産んだオレンジ」を掛けている］よ」と私はうんざりした声で答える。「地面に三つの穴を見たときバカは何と言ったでしょう？」

「え？」とコーデリアが言う。彼女は冗談を聞いても、なかなか覚えられないのだ。

「おや、おや、おや［訳注　well には「おや・まあ」と「井戸の穴」の二つの意味がある］よ」と私は言う。

「あはは」とコーデリアが笑う。このような儀式は他人の冗談をやんわりと嘲《あざけ》る意味合いもある。

コーデリアは私たちがこぼした水を使ってテーブルにいたずら書きをする。「私たちが昔掘った穴のこと覚えてる？」と彼女が訊く。

「何の穴？」と私は続ける。穴のことは全く覚えていない。

「うちの裏庭の穴よ。でもまあ、何であそこに穴なんか掘りたかったのかしら。一つ掘り始めたけど地面が硬くてね、岩だらけだったわ。だから、もう一つ別の穴を掘ったの。毎日毎日、学校から帰ってせっせと頑張ったわ。スコップで手に豆ができたのよ」。彼女は昔を懐かしむように、ぼんやり考え込んだように微笑む。

「どうして穴を掘りたかったの？」と私が尋ねる。

「穴の中に椅子を置いてそこに座りたかったの。一人きりで」

「どうして？」と私は笑う。

「わからないわ。きっと自分だけの場所が欲しかったのだと思う。誰にもうるさく言われない場所がね。私小さかった頃、よく玄関に椅子を置いて座ってたの。誰の邪魔にもならないところで、じっと黙って座っていたら安全だと思ってたの」

「何から安全なの？」と私が言う。

「ただ安全なだけよ」と彼女が言う。「とっても小さかった頃、私、しょっちゅうお父さんに叱られてたみたい。そのころ、お父さんはよく癇癪を起してた。いつ怒り出すかわからなかった。『その薄ら笑いは止めろ』ってよく言われたわ。お父さんにしょっちゅう刃向ってたから」。彼女の揉み消した煙草が、灰皿の中でくすぶる。「実はね、あの家に引っ越すのが嫌だったの。クイーン・メアリー小学校の子ども達や、縄跳びみたいにつまらないことは大嫌いだった。あそこでは、親友なんてあまりいなかったわ、あなた以外にはね」

コーデリアの顔がふとゆるみ、また戻っていく。その顔の下に、九歳の頃の彼女の顔が立ち現れる。これは一瞬の出来事だ。まるで、暗いなか戸外に立っていると、ブラインドがパチンと上がり、明かりのついた窓越しに、中で起こっている暮らしのひとつひとつが鮮明に見えるような感じだ。一瞬ちらりと現れて、その間は見ることができるが、次の瞬間たちまち見えなくなる。

血のうねりが頭に昇り、同時に胃がきゅっと縮む。ちょうど危険なものがぶつかって来るのを危うく避けたかのようだ。それはまるで、自分が盗みをしたり嘘を言っているのが見つかったり、他人が陰で自分の悪口を言っているのを聞いてしまったような感じだ。その時と同じ恥ずかしさ、罪悪感、恐怖心、そして冷ややかな自己嫌悪に襲われる。しかし、このような感情がどこからやって来るのか、自分が何をしたのかわからない。

私はわかりたくないのだ。それが何であれ、私が必要なもの、欲しいものではない。私はただここに居たいだけ。五月のある火曜日、このサニーサイドの赤いテーブルのボックス席に座って、コーデリアがミルクセーキを最後までストローで優雅にすすっているのを見ながら。彼女は何も気づいていない。

「一つ思いついたわ」と私が言う。「洗ってない鶏がなぜ道を二度渡るのでしょうか?」

「なぜ?」とコーデリアが言う。

「だって、汚い二枚舌の裏切り者だから〔訳注 crossには「道を渡る」と「人を騙す」の二つの意味がある〕よ」と答える。

コーデリアはパーディーのように目を丸くする。「すごく面白いわ」と彼女が言う。

私は目を閉じる。頭の中に四角い暗闇と赤紫色の花が見える。

46

私はコーデリアを避け始める。なぜだかわからないけれど。

彼女と一緒のダブルデートもしなくなる。私の付き合っている相手には、彼女にふさわしい友だちがいないからと言う。学校に居残りしなくてはならないと言い訳もするが、それは本当である。今度のダンスパーティーのための飾り付けに、ヤシの木とフラダンスのスカートをはいた女の子たちの絵を描いているのだ。

時どきコーデリアが私を待っているので、やっぱり一緒に歩いて帰らねばならない。何事もなかったかのように彼女はしゃべりまくり、私は黙りがちになる。いずれにせよ、その頃の私はほとんどしゃべらなかった。しばらくして、彼女が妙に明るい声で「でも私、ずっと自分のことばかり話してるみたい。あなたの方はどうしているの?」と言うので、「大したことないわ」と微笑んで答える。時どき彼女はそれを茶化して、「でも、私についてはもう十分だわ。〈あなた〉は、私のことどう思うの?」と尋ねるので、私は「大したことないわね」と冗談で応じる。

コーデリアは、さらに多くの試験に落ちるようになる。彼女はそのことをあまり気にしていないようだし、いずれにせよ、そのことを話したがらない。私は彼女の宿題をもう手伝わない。そんなことしたって彼女がちゃんと聞かないことがわかっているからだ。彼女は何かに集中するのが難しくなってきた。学校からの帰り道、彼女は話している最中に途中で急に話題を変えたりするので、何を言っているのかついていけなくなる。身だしなみでも失態をさらし、何年も前のだらしない格好に戻っている。染めた髪を伸び放題にしているので、こちらが面食らってしまうほど色がはっきり二つに分かれている。ストッキングは伝線し、ブラウスのボタンもはずれている。口紅も唇からはみ出しているように見える。

コーデリアは、再び学校を変わった方が良いということになり、その通りになる。このあと、彼女はしきりに電話をかけてくる。でもその後、徐々に回数が減ってくる。また、会いましょうね、と彼女は言う。私はそれを否定はしないが、いつ会うと決めるわけでもない。しばらく話してから「もう、行かなくちゃ」と言う。

コーデリアの家族は、もっと北の高級な住宅街にある、別の、もう少し大きな家に引っ越して行く。以前の彼女の家には、オランダ人一家が引っ越して来る。彼らはチューリップをたくさん植える。彼女については、もうこれで終わりのように思える。

私は十三学年の高校最終試験を、何教科も何教科も連日体育館の机に座って受ける。葉が茂り、アヤメが咲き、熱波がやって来る。体育館はオーブンのように熱くなり、私たちは皆そこに座って、さらに過熱しながら書き続ける。一方、体育館は過去のスポーツ選手たちのにおいを発散する。先生たちが通路を歩いて監視する。数人の女子生徒が気を失う。男子生徒の一人も倒れる。彼は冷蔵庫に入っていたトマトジュースをピッチャー一杯分飲んだが、実はそれは母親がブリッジクラブのために用意していたお酒のブラッディマリーだったと、後になってわかった。彼らの体が運び出されて行くときも、私が試験用紙から顔を上げることはほとんどない。

二つの生物学の試験は良くできたとわかる。私はどんなものでも描くことができる。ザリガニの耳の内部、人間の目、カエルの生殖器、金魚草の花の断面図など。私は総状花序と根茎の違いがわかる。光合成を解説できるし、〈スクロフラリエシア（Scrofulariaciae）〉［訳注 ゴマノハグサ科の植物］と綴ることもできる。しかし、植物学の試験の真っ最中、まるで癲癇の発作に襲われたかのように突然、自分は、これまでの考えとは違って、生物学者にはならないだろうと実感する。私は絵描きになるんだ。胞子から子実体になるキノコのライフサイクルが描かれたページを眺めながら、このことを絶対的な確信をもって理解する。音もなく、一瞬の間に私の人生は変わった。しかし、何事もなかったかのように、塊茎、球根、豆果の説明を書き続ける。

ある晩、試験が終わった直後、電話が鳴る。コーデリアだ。この電話を内心では予想していたことに気づく。

「会いたいんだけど」と彼女が言う。私は会いたくないけれど、会うだろうとわかる。〈会いたい〉ではなく、〈会う必要がある〉と私には聞こえる。

翌日の午後、暑い中を地下鉄やバスを乗り継いで、彼女が今住んでいる北の方へ向かう。これまで、このあたりへ来たことはない。通りは曲がりくねり、大きくてどっしりしたジョージ王朝様式の家並みを、重々しい植え込みが引き立てている。玄関へ近づくと、正面の窓の後ろに、青白いぼんやりしたコーデリアの顔が見えたような気がする。私が呼び鈴を鳴らす前に、彼女がドアを開ける。

「まあ、お久しぶり。元気？」と彼女が言う。これは偽りの陽気さだと二人にはわかる。というのも、コーデリアはすっかり惨めな有り様なのだ。髪は艶がなく、顔色は青白い。体はずいぶん太ってしまったが、がっちりとした筋肉質の太り方ではなく、ぶよぶよとした水ぶくれだ。口紅も鮮やかすぎるオレンジ・レッドに戻っており、そのため彼女の顔が黄色っぽく見える。「わかっているの」と彼女が言う。「ハギス・マックバギスみたいに見えるでしょ」

家の中は涼しい。玄関の床は白黒の格子で、優美な中央階段がある。その近くの光沢あるテーブルの上に、グラジオラスの花が活けてある。家は静まりかえり、居間にある時計の音しか聞こえない。家には他に誰もいないようだ。

私たちは居間に行かないで、階段裏のドアを通り抜けて台所へ入る。そこで、コーデリアはインスタントコーヒーをいれてくれる。台所は美しく、穏やかな淡い色合いできちんと整えられている。冷蔵庫とコンロは白だ。今では薄い緑色やピンク色の冷蔵庫を買う人もいるが、私はこういう色付きのものは好きではなく、コーデリアのお母さんも同じ趣味でうれしい。台所のテーブルの上には、線を引いた学校のノートが広げてある。そのテーブルは、真ん中の二枚の板が外されているが、昔の家から持ってきた食卓だと気づく。ということは、新しい食卓があるということだ。私は、コーデリアと話すよりこの新しい食卓を見たいと思っている自分に愕然とする。

コーデリアは冷蔵庫をかきまわし、店で買ってきた口の開いたドーナッツの袋を持って来る。「この残りを食べる口実を待っていたの」と彼女が言う。しかし、最初の一口を食べるとすぐ、彼女は煙草に火をつける。

「それで、最近どうしてる？」と彼女が言う。それは、以前彼女が男の子たちに対して使っていた妙に明るい声だ。今、その声を聞くとぎょっとする。

「別に、変わりないわ。試験もそろそろ終わるしね」と私は言う。私たちは互いを見つめる。彼女にとって事態は悪くなっている、ということだけははっきりしている。このことに気づかないふりをして欲しいのかどうかわからない。「あなたの方はどうなの？」と私は尋ねる。

「家庭教師がついていてね。勉強することになっているの。夏季講習に向けて」。新しい学校に移ったにもかかわらず彼女は落第したに違いないことが、言われなくても二人にはわかる。たくさん落としたに違いない。落とした科目が何であれ、次の試験で合格しなければ、早晩、大学進学への道が永遠に閉ざされるだろう。

「家庭教師の先生は素敵な人？」と私は新しい服のことを尋ねるかのように言う。

「そう思うわ。名前はミス・ディングル。本当にそんな名前よ［訳注　ディングル（dingle）には「渓谷」の他に「ペニス、陰茎」の意味がある］。しじゅう瞬きするし、涙目なの。この家のむさ苦しい一室に住んでいるの。サーモン・ピンクの下着を持っているけど、それが汚い風呂場のシャワーカーテン棒に吊されてるのよ。先生の健康について質問して、しょっちゅう科目の話をそらすことができるわ」とコーデリアは言う。

「どんな科目から？」と私は尋ねる。

「どんな科目からでも。物理、ラテン語、どんな科目からもよ」と彼女が答える。彼女は少し恥ずかしそうだが、それでも得意気で、興奮さえしているようだ。ちょうど昔、彼女が万引きしていた時のように。家庭教師を欺くこと、これが最近の彼女の成果だ。「私が毎日勉強しているって、どうしてみんな思っているのかわからないわ。いっぱい寝てるし、そうじゃないときはコーヒー飲んだり、タバコ吸ったり、レコード聞いたりしてるわ。時どきパパのウイスキー瓶からちょっと失敬するけど、元の瓶には水を足しているの。パパはまだ気がつかないのよ！」と彼女は言う。

「でも、コーデリア、あなた〈何か〉しなくちゃ！」と私は言う。

「どうして？」と昔のように、少しけんか腰で彼女が訊く。ただふざけて言っているのではない。

そして、私は彼女に返す理由を持ち合わせていない。「だってみんながそうしているから」とは言えない。「生活費を稼がなきゃ」とも言えない。彼女は明らかにその必要はないし、こんな大きな家に住んでいるのに一銭も稼いでいないのだ。なぜなら、彼女は、古い時代の女性、未婚の叔母、家を出ることなく年老いていくオールドミスと同じ様に、こんな暮らしを続けていくことができるのだろう。両親が彼女を追い出すなんてありそうにないし。

それで私は、「だって退屈でしょ」と答える。

コーデリアはやけに大きな声で笑いながら、「それで、もし勉強したらどうなるの？」と続ける。「試験に通って、大学に行って、いろんな事を学んで、あげくの果てにミス・ディングルになるなんて、まっぴら御免だわ」

「馬鹿言わないでよ。ミス・ディングルにならなくちゃいけないなんて誰が言っているの？」と私は言う。

「たぶん私は馬鹿よ。ああいうことに集中することができないし、教科書のページをじっと見つめているなんて、とてもできないの。文字がすべて小さな黒い点に見えてきちゃうから」と彼女は言う。

「たぶん秘書養成学校になら行けるんじゃない？」と私は言う。そう言ったとたん、自分が裏切り者のような気がする。眉を抜いてクモの足のように細くし、ピンク色のナイロンのブラウスを着た秘書養成学校に通う女の子たちのことを、私たち二人がどう思っているか彼女にはわかるはずだ。

「どうもありがとう」。一瞬の間がある。「でも、そういうことは話さないことにしましょう」と彼女は妙に明るい声に戻って言う。「楽しいことを話しましょうよ。あのキャベツのこと覚えている？　ころころ転がったやつ」

「ええ」と私は言う。彼女は妊娠しているのかもしれない、あるいは妊娠していたのかもしれない、とふと思う。学校をやめる女の子について、そう思うのは自然なことだ。でも、これはありそうにないと判断する。

「私、とっても恥ずかしかったわ」と彼女は言う。「よく街へ出かけて行って、ユニオン駅で写真を撮ったこと覚えてる？　自分たちがとてもカッコいいって思ってたわね」

「地下鉄ができる直前ね」と私は言う。

「よく、おばさんたちに雪玉を投げつけたわね。変な歌を歌ったりして」

「ライ病」と私が言う。

「あなたの心臓をほんの少し」と彼女が答える。「自分たちが超イカしてるって信じてたわ。今、その年頃の子たちを見ると、なんて〈ガキ〉かしらと思うけど」

彼女は、それが自分の黄金時代だったかのようにその頃を振り返る。おそらく今よりましなので、彼女にはそう思えるのかもしれない。しかし、彼女にこれ以上思い出してほしくない。さらに遠いもっと暗い彼女の記憶から、自分自身を守りたい。何か厄介なことが起こる前に美しくここから立ち去りたい。彼女は作りものの陽気さの端でバランスをとっているが、いつ何時、正反対の涙と絶望の中に転がり落ちるかもしれない。私は彼女がそんな風に崩れるのを見たくない。彼女を慰めるすべは持ち合わせてない。

彼女に対して心を硬くする。彼女は本当にくだらない振る舞いばかりしている。こんなところに、こんなにわびしく退屈で低俗な惨めさの中に、はまり込んでいる必要はないのだ。彼女には、あらゆる種類の可能性や選択肢があるのに。そして、彼女をそれから引き離しているのは、単に意志力の欠如にすぎない。〈しっかりしなさい〉と彼女に言いたい。〈がんばって〉と。

私は、もう帰らなきゃ、これから用事があるのと言う。これは嘘で、彼女もそのことを感づいている。だらしない状態でも、社交上の欺瞞に対する彼女の直観力は鋭くなっている。「もちろん、そうなら仕方ないわね」と彼女は言う。それは冷ややかな大人の声だ。

大慌てで帰るふりをしながら、自分が逃げ出したい理由の一つは、外出先から戻ってくる彼女のお母さんに会いたくないからだ、とふと気づく。お母さんは私を責めるような目で見るだろう。まるでコーデリアを現在のような姿にしたのは私だ、コーデリアではなく私に対して失望した、と言わんばかりに。どうしてそんな目で見られなくてはならないのか、私には責任がないのに。

「さようなら、コーデリア」と私は玄関ホールで言う。彼女の腕をちょっと握り、彼女が私の頬にキスをする前にさっと身を引く。頬にキスをするのが彼女の家のやり方だ。彼女が私に何かを期待していたのはわかっている。それは過去の彼女とのつながり、あるいは、本来の彼女とのつながりだ。私はそれを与えることができなかったと悟る。そんな自分に私は愕然とする。自分の残忍さ、冷淡さ、優しさのなさに。だが一方で、ほっとする。

「また、電話するわね」と私は言う。私は嘘をついている。でも、彼女はそれに気づかないふりをする。

「うれしいわ」と彼女は互いの本心を隠すよう気を配る。

表通りへ向かう小道を歩きながら後ろを振り返る。玄関横の窓の後ろに、再びぼんやりした月影のような彼女の顔が見える。

X　人体デッサン

47

記憶の病にはさまざまなものがある。たとえば、物の名前を忘れたり、数を忘れたり。あるいは、もっと複雑な記憶喪失というものもある。ある場合は、過去のすべてを忘れてしまう。そのときは、すべてを一から始めることになる。靴ひもの結び方、フォークの使い方、文字の読み方や歌い方を学ぶことから。まるで初対面であるかのように、親戚や旧友に紹介される。彼らとは二度目の巡り合わせだが、まっさらな状態から始めることができるので、過去を許すことよりましである。別の症例では、遠い記憶は残るが現在の記憶はすぐ忘れる。五分前に起こったことを覚えておくことができない。長年の知り合いが部屋を出て行き、その後戻ってくると、まるで二十年ぶりに戻ってきたかのような態度で迎える。まるで死者と再会したかのように、喜びと安堵で涙にくれる。

私は時どき、自分がこの先、このうちのどれに苦しむだろうかと思う。なぜなら、そのうちの一つに苦しむことはわかっているからだ。

長い間、私は年を取りたいと思っていた。そして、今、私は年を取っている。

「クワジィ」［訳注 quasiには「擬似的な・うわべだけの」の意味がある］という店のどぎつい過激な黒の中に座り、私は赤ワインを飲みながら窓の外を見つめている。ガラスの向こうをコーデリアが通り過ぎる。それから、それは溶けて再び集まり、別の誰かになる。また人違いだ。

なぜ彼らは彼女にあんな名前を付けたのだろう？　首のまわりにあんな重りをつけたのか？　月の心臓［訳注　ラテン語でコアは「心臓」、デリアは「月の女神」を意味する］、海の宝石［訳注　コーデリアのケルト語での意味］、どの外国語を使うか次第だ。三番目の娘、ただ一人の正直者。頑固者、拒絶される者、聞き入れてもらえない者［訳注　シェイクスピア『リア王』に出てくる三女のコーデリア］。彼女がジェーンという名前だったら、事態は変わっていただろうか？

母は私に、当時の女性がよくしていたように、自分の親友の名前を取って名付けた。イレイン、これはあまりに悲しげな名前だとかつては思ったものだ。もっと明確で短い音の名前が良かった。たとえば、ドット［訳注　ドロシアの愛称］やパット［訳注　パトリシアの愛称］とか、大地を踏む足音のような名前、決して間違えようのない、水っぽく弱々しくない名前が。でも、このイレインという名前も、時間と共に私のまわりで固まっていった。それは、今では、長く使い込まれた手袋のように、頑丈だがしなやかな名前に思える。

ここには最新の黒がたくさんある。革の黒、光沢のあるビニールの黒。今回は私も準備してきた。黒の綿のタートルネックに黒のボタン留めフード付きトレンチコート。でも、生地がふさわしくない。それに、私の年齢も。すなわち、ここにいる人たちは皆十二歳の子どもだ。この場所はジョンの提案だった。最新流行の波の中でひっくり返っても、彼ならきっとサーフボードにしがみついていられるだろう。

ジョンはいつも遅れて来ることにこだわってきた。自分の人生にはいろんな事がぎっしり詰まっていて、そちらの方が私より重要だと言わんばかりに。今日も例外ではない。約束より三十分遅れて、彼がさっそうと入ってくる。しかし、今回は謝る。何かを学んだのだろうか、新しい奥さんに完全に牛耳られているのだろうか。今だに彼女のことを新しいと思っているなんて滑稽だ。

「大丈夫、こんなこと織り込み済みよ」と私は言う。「あなたが遊びに出て来れて嬉しいわ」。奥さんに対するちょっとした牽制だ。

「君との昼食は遊びとは見なされないな」と彼はニヤリとして言う。

彼は今でも十分心得ている。私たちはお互いを観察する。この四年で彼は皺が増え、もみあげや口髭がさらに白くなってきている。「禿《は》げの話は無しだぜ」と彼が言う。

「どこが禿《は》げてるの？」と私は答える。私の肉体の衰えを見逃してくれるなら、彼の衰えも見逃すつもりよという意味だ。彼はそのことについても心得ている。

「君は最高に素敵だね」と彼は言う。「魂を売り渡すって言葉が君にぴったりだ」

「まあ、そうね」と私は返す。「エログロ映画でお尻を舐めたり、女の身体を切り刻むよりずっとましね」。昔の彼だったらこんな言葉にすぐカッとなっただろう。しかし、今ではきっと、自分の運命を受け入れてしまっているのだ。肩をすくめてやり過ごすけれど、とても疲れているように見える。

「長生きすれば、舐める側も舐められる側になるさ」と彼は言う。「あの爆発した眼球がヒットして以来、何をしてもまかり通る。今じゃ、みんなが僕を舐めに来るから、全身唾だらけさ」

その露骨な性的当てこすりとも取れる言葉を、私はひょいとかわす。それでも、彼の言葉は正しいと思う。私たちは、大した者ではないが、今では体制側だ。あるいはそう見えるに違いない。かつて、私の知り合いは自殺やバイク事故や暴力沙汰で死んだ。今では病気で、心臓発作や癌や肉体に裏切られて死ぬ。世の中は私と同年代の人たちによって動かされている。毛が抜け落ち、健康に不安を抱えた、私と同年代の男たちによって。このことに私は驚く。指導者たちが私より年上だったとき、私は彼らの英知を信じることができた。彼らが怒りや悪意や愛への欲求を超越していると信じることができた。今や、私は騙されない。新聞や雑誌の顔を見て、彼らを突き動かしているのはどんな欲望だろうか、どんな怒りだろうかと疑う。

「本業の方はうまくいっているの？」と私は優しく尋ね、彼のことを今でも真面目に考えていると気づかせる。

この言葉は彼の気に障る。「まあまあだよ」と彼は言う。「最近は、あまりやれてないけどね」

私たちは黙ったまま、それぞれの足りない所について考える。かつて目指していたものになるのに、あまり時間は残されていない。ジョンには可能性があった。しかし、それはもはや気軽に口に出せない言葉である。可能性には賞味期限があるのだ。

私たちはサラについて、張り合ったりせず気楽に話をする。まるで彼女の叔父か叔母のようだ。私の回顧展についても話す。

「あなたも、新聞のあのボロクソの批評を見たと思うけど」と私は言う。

「あれがボロクソなのかい？」と彼は言う。

「私が悪いのよ。あの記者に対して失礼だったから」と後悔しているふりをして言う。「どうやら私、ずいぶん気難しい婆さんになってきたわね」

「君がそうならなかったら、がっかりだよ」と彼は言う。「奴らをひどい目に合わせてやれよ。当然の報いだから」。私たちは二人で笑う。彼は私のことがわかっている。私がいかに嫌な女になれるかってことを。

私は、自分が参加した戦争や戦友に対して男の人たちが感じるような、懐かしさと愛しさを込めて彼を見る。昔、この男にいろんな物を投げつけたことがあったなと振り返る。ガラスの灰皿を投げつけたことがあった。かなり安物で割れはしなかったけれど。彼の靴の片方や私のハンドバッグも投げつけた。バッグの口がきちんと閉めてなかったから、鍵やら小銭やらの金属の雨が彼の頭の上に降り注いだ。投げつけた中で最悪のものは、小さなポータブルテレビだった。ベッドの上に立ってそれを持ち上げると、スプリングの弾みを利用して、彼に向かって放り投げた。だが手を放した瞬間、〈ああ、神様、彼が頭を下げますように〉と願った。かつては彼を殺すことができると思ったこともある。今日の私は、あの頃の私たちがお互いもっと理性的になれなかったことを、ほんの少し残念に思う。それでも、あの感情の爆発、あの無謀さ、あの色鮮やかな残骸はすごかった。すごかったし、苦しかったし、ほとんど命がけだった。

今、私は彼から、彼は私から、多少なりとも離れて安全なので、彼のことを優しい気持ちで思い返すことができる。他の男の人たちについては思い出せないような細かいことまでも。昔の恋人というのは古い写真と同じ道をたどる。酸性液の風呂にゆっくり浸《つ》かっているように、徐々に色あせていく。まずホクロやニキビが、次に色の濃淡が、それから顔自体が消え、最後に全体の輪郭以外は何も残らない。

私が七十歳になった時、何が残っているだろうか？　あの奇異な恍惚感、あの醜い衝動のひとかけらも残っていないはず。一つ二つの言葉が、空虚な頭の中をさまよっているかもしれない。おそらく、こちらにつま先、あちらに鼻の穴、あるいは口髭が、漂流物にからまる海藻の切れ端のように浮かんでいるのだろう。

暗闇のように黒いテーブルを挟んで、私の向かいにはジョンが、小さくはなったがまだ動いて息をしている。かすかな痛みと愛おしさが湧き上がる。〈まだ行かないで！　まだ時間じゃないわ！　行かないで！〉自分の涙もろさを、自分の弱点を彼にさらけ出すなんて、相変わらず私は馬鹿だ。

私たちが食べているのはタイ料理らしきもの。スパイスの効いた汁気の多い鶏肉と、赤い葉や紫色の小片が入った珍しい葉っぱのサラダ。けばけばしい食べ物だ。今どきの人たちが、このような場所で食べるのはこんなものだ。トロントはもはや、チキンポットパイやビーフシチューや茹ですぎ野菜の場所ではない。私は二十二歳の時初めて食べたアボカドを思い出す。それは父が初めて聴いたオーケストラの演奏と似ていた。ひねくれ者の私は、子どものころのデザート、戦争中のデザート、素朴で値段が安く淡白な味のデザートを恋しく思う。ゼラチン質の魚の目みたいなつぶつぶ入りのタピオカプディングや、〝ジェロー〟のキャラメルプディング、ジャンケットのデザートなどだ。ジャンケットは筒状容器から取り出した白い錠剤で牛乳を固まらせて作るデザートで、その上にブドウジャムをひとすくいかけて食べたものだ。たぶん今ではもうないだろう。

ジョンはボトルを一本注文した。彼はグラスでちびちびやらない。かつての大言壮語や見栄の名残に、私はほっとする。

「奥さんはどうしてるの？」と彼に尋ねる。

「ああ、メアリー・ジーンとはしばらく離れてみることにしたんだ」と彼は目を落とす。

これであのハーブティーの説明がつくだろう。あのアトリエに密かに漂う、もっと若い菜食主義者の影響のわけが。「きっとあなたに、若い恋人でもできたんでしょうね」と私は言う。「あの人たちが『～だそうよ』の代わりに『～だってさ』と言うのに気づいてた？」

「実を言うと、出て行ったのはメアリー・ジーンの方なんだ」と彼は言う。

「それはお気の毒に」と私は言う。そして、かわいそうにと思ったとたん、ひどく腹が立つ。あの冷酷無情なゲス女は、彼に対してよくもそんな仕打ちができたものだ。ずっと昔に自分も同じことをしたにもかかわらず、私は彼の味方をする。

「僕にも一部責任があると思うんだ」と彼は言う。こんなこと、以前だったら認めなかっただろう。

「僕とは話が通じないと言ったんだ」

きっと彼女が言ったのはそれだけではないだろう。彼は何かを失くしてしまった。昔、彼には絶対必要だと思っていた、ある幻想を失くしてしまった。彼は、自分もまた人間だと悟るようになったのだ。あるいは、これは私への当てつけで、自分は時代遅れでないことを示すための演技だろうか？　おそらく、男というものは自分自身の人間性についてあれこれ言われるべきではないのだ。そんなことをしたら、彼らの居心地を悪くするだけだ。彼らはさらに狡猾でずる賢くなり、もっと言い逃れをして、わかりにくくなるだけだ。

「あなたがあれほど馬鹿じゃなかったら、うまくやれてたかもしれないわね。私たちのことだけど」と私は言う。

その言葉で彼は元気づく。「どっちが馬鹿だったんだい？」と彼は再びニヤリとして言う。「誰が誰を病院に連れて行ったんだい？」

「あなたがいなかったら、私が病院に連れて行かれることもなかったわ」と私は言う。

「その言い方は正しくないよ、君もわかっているだろうけど」と彼は言う。

「そうね。正しくないわ。本当は、あなたが病院に連れて行ってくれてよかったと思ってるのよ」と私は言う。

男を許すことは、女を許すことよりはるかに簡単だ。

「君が行くところまで歩いて送るよ」歩道に出ると彼が言う。そうできたら嬉しいけれど。今のところ二人の間には何の問題もないから、とてもうまくいっている。なぜ彼に恋したかわかる気がする。でも、もうそんな元気はないけれど。

「大丈夫よ」と私は言う。自分がどこへ行こうとしているかわからないと認めたくない。「アトリエを貸してくれてありがとう。何か必要なものがあったら教えてね」。私の滞在中、彼が部屋にやって来ないとわかってはいるものの、鍵のかかる部屋の中に二人一緒にいることは、今でもとても気詰まりだし危険だ。

「また飲みにでも行こうか、そのうちに」と彼が言う。

「ええ、そうね」と私は答える。

ジョンと別れた後、私はクイーン通りを東に向かう。きわどいTシャツを売っている露天商の横を通り、ガーターベルトやサテンのパンティーが置いてあるショーウィンドーの前を通り過ぎる。今頭に浮かんでいるのは、何年も前に描いたある絵のことだ。それは『落ちて行く女たち』と呼ばれた。その頃の私の絵の多くは、言葉についての混乱から始まった。

この絵の中に男はいなかった。しかし、それは男についての絵だった。女の転落を引き起こす男たちの絵だ。この男たちに何らかの意図があると考えたわけではなかった。彼らは天気と同じように、意志は持ってなかった。彼らはあなたをびしょ濡れにし、雷のようにあなたを襲い、ブリザードのように情け容赦もなく進んでいくだけだ。あるいは、彼らは岩にも似ていた。先端がギザギザに尖った滑りやすい岩が並ぶ。あなたは足元に気をつけ、用心しながら岩の間を歩く。もし足を滑らせたら落ちてケガをするが、岩を責めても仕方がない。

落ちた女たちによって表されたのは、そういうことにちがいない。落ちた女たちとは、男たちの上に落ちてケガをした女たちのことだった。自分の意志に反し、また、他の誰かの意志というわけでもなく、ただ下へ向かう動きが示されていた。落ちた女たちとは、引きずり込まれたり、突き落とされた女たちではなく、単に落ちてしまった女たちなのだ。もちろん、「イブと彼女の堕落」の物語があるが、その中に落下のことは述べられてなかった。述べられていたのは、たいていの子どものお話にあるように、食べることについてだけだった。

『落ちて行く女たち』は、あたかも誤って橋から足を踏み外したかのように、風にスカートを鐘のようにふくらませ、髪を上の方へとなびかせながら落ちて行く三人の女たちを描いていた。はるか下のギザギザした暗闇に、目に見えない姿でたまたまそこに横たわっている男たちの上に、彼女たちは落ちて行ったのだ。

48

私は裸の女性を見つめている。絵の中での彼女は裸だが、彼女は絵の中にいるわけではない。鏡の中の自分を除いて、生身の裸の女性を見たのはこれが初めてだ。高校の更衣室では、女の子たちはいつも下着を着けているので、これと同じではない。雑誌の広告の中で、胸元カバーの付いたライクラの伸縮性ワンピース水着を着ている女性たちとも違う。

この女性も、完全に裸というわけではない。左太腿の上に一枚の布がだらりと掛けられ、両脚の間にそれがたくし込まれている。陰毛は見えない。彼女は丸椅子に座り、つぶれた尻が両脇にはみ出ている。ずんぐりした背中は曲がり、膝のところで右足が左足の上に交差している。右肘を右膝の上に置き、左腕を自分の後に置いて丸椅子を手でつかんでいる。うつろな目をし、頭は指示通りに前に傾《かし》いでいる。窮屈で居心地悪そうな様子で、おまけに寒そうだ。彼女の二の腕には鳥肌が立っているのが見える。首は太い。髪は縮れ毛で短く、根元が黒っぽい赤毛である。どうやらチューインガムを噛んでいるようだ。というのも、彼女のあごが時おり横の方へ、ゆっくりとひそかに動くのだ。動いてはいけないはずなのに。

私はこの女性を木炭片で描こうとしている。流れるような線を出そうと努力している。流れるような線になるよう、先生は女性をこのポーズに整えたのだ。私はむしろ硬い鉛筆を使いたい。木炭は指に当たると汚くなるし、髪の毛が描きにくい。さらに、この女性を見るとぞっとする。彼女には贅肉がたくさんついている、特にウエストの下あたりに。腹のまわりがたるみ、乳房は垂れ、巨大な黒い乳首をしている。強烈な蛍光灯の光が彼女の真上から降り注ぎ、彼女の眼窩を洞窟に変え、鼻から頬にかけての下向きの皺を強調する。しかし、そのどっしりとした体躯のせいで、頭が付け足しみたいに見える。彼女は美しくないし、自分もそうなってしまうのが怖い。

これは夜間のクラスである。「人体デッサン」と呼ばれていて、毎週火曜日にトロント美術カレッジで行われる。その大きながらんとした部屋の向こうには、実用本位の階段があり、それからマッコール通り、酔っ払いや路面電車の通るクイーン通り、そして、その向こうには四角い箱のようなトロントの街がある。部屋の中には、希望に満ちた新品同様のブリストル画板を持つ、黒い指先をした十二人の学生がいる。年配女性が二人、若い男性が八人、私と同じ年頃の女の子が一人、そして私だ。私はここの学生ではないが、ある条件をクリアすれば学生ではない人もこの授業を取ることができる。条件とは、自分が本気であることを先生に納得させることだ。しかしながら、自分がどれぐらい続くかはっきりわからないけれど。

先生はミスター・ハービック。三十代半ばで、豊かな黒い縮れた頭髪と口髭、鷲鼻に桑の実のような赤紫色がかった目をしている。彼は何も言わずに人をじっと見つめる癖があり、まばたきもしてないように見える。

彼のところへ面接に行ったときに最初に気づいたのは、その目だった。大学の、紙に埋もれた小さな研究室で、彼は椅子にもたれて鉛筆の先を噛みながら座っていた。私を見るとその鉛筆を置いた。

「いくつだね」と彼は訊いた。

「十七歳です。もうすぐ十八歳です」と私は答えた。

「ああ」と、まるでこれが悪い知らせであるかのように、ため息をつきながら彼は言った。「何をしてきたんだい？」

それは、何か私を責めているように聞こえた。それから、彼が言っている意味がわかった。彼が私を判断できるような「最近の代表作品選集《ポートフォリオ》」というもの、すなわちいくつかの絵を持って来ることになっていたのだ。けれども、私にはそうたくさん持って来る作品がなかった。私と美術との唯一の接点は、高校の九年生のときに取らねばならなかった芸術鑑賞のクラスだった。その授業で、私たちはベートーベンの『月光ソナタ』を聴いて、その解釈をくねくねしたクレヨンの線で表したり、花瓶に入ったチューリップを描いたりした。雑誌『ライフ』でピカソの作品について読んだことはあったが、美術館には行ったこともなかった。

この前の夏、小遣い稼ぎにムスコカのリゾートホテルでベッドメイキングやトイレ掃除のアルバイトをしたとき、ある土産店で小さな油絵の道具を買った。小さなチューブ絵具についている名前はパスワードのようだった。濃青色《コバルトブルー》、焦げ茶色《バーントアンバー》、深紅色《クリムソンレーキ》。時間が空いたとき、私はこの絵の道具を湖畔に持って行き、針のようにとがった松の葉に下からチクチク刺されながら、木にもたれて座った。まわりに蚊が飛びかう中、のっぺりとした金属板のような水面を見つめ、船尾に小さな旗を付けた光沢のあるマホガニーの内機船がゆっくりと進んで行くのを眺めていた。このような船には、時どき特別な女性客室係がいる。彼女たちは乗客の部屋で非合法のパーティーに参加して、ライウイスキーやジンジャーエールを紙コップで飲み、噂では最後の一線を越えることもあったらしい。洗濯室では、たたまれたシーツ越しに、女同士の涙まじりの衝突もあったという。

私はどう描いていいのか、何を描けばいいのかわからなかったが、始めなければならないことはわかっていた。しばらくの間、ラベルのないビール瓶の絵や、壊れた箒のような形をした木の絵、すさまじいほど青い湖を背景に、あいまいでくすんだ色合いの岩の絵を何枚か描いた。また、自分の上に何かをこぼしたように見えてしまう夕日の絵も描いたりした。

私は持参した黒い書類入れからこれらの絵を取り出した。ハービック先生は顔をしかめ、鉛筆をくるくる回し、何も言わなかった。私はがっかりし、また、先生を恐ろしいとも思った。なぜなら、先生は私を圧倒する力を、私を締め出せる力を持っていたからだ。先生が私の絵をひどいと思っているのがわかった。確かにそれはひどかった。

「他には？　他の絵はないのかい？」

私は一か八かで、硬い鉛筆描きに濃淡の色をつけた昔の生物学の絵もいくつか持って来ていた。絵具で塗るより鉛筆による線画の方が上手に描けることを知っていた。そちらを長くやってきたからだ。失うものは何もなかったので、私はそれを差し出した。

「これは何と呼ぶものかね？」と彼は、一番上の絵を逆さまに持って言った。

「それは虫の内臓です」と私は言った。

先生は驚いたようには見えなかった。「これは？」

「それはプラナリアです。部位を染色した」

「そして、これは？」

「それはカエルの生殖器官です。オスのカエルです」と私は付け足した。

ハービック先生はキラキラする赤紫色の目で私を見上げた。「なぜこの授業を受けたいのかね」と尋ねた。

「私が入れるのはここだけなんです」と言ってしまって、それがいかに失礼に聞こえるかに気づいた。

「ただ一つの頼みの綱なんです。他に教えてくれる人を知らないんです」

「なぜ習いたいんだね？」

「わかりません」と答えた。

ハービック先生は鉛筆を手に取り、その先端を口の端に煙草のようにくわえた。それから、それを再び取り出し、自分の髪の毛を指でくるくる巻きつけた。「君はまったくの素人だ。でも、そっちの方がいい時もある。ゼロから始めることができるからね」と言った。彼は初めて私に笑みを見せた。歯並びは不ぞろいだった。「君がどうなるか見てみよう」と彼は言った。

ハービック先生は部屋をゆっくり歩き回る。先生は私たちみんなに、あのモデルを含む私たち全員に絶望している。モデルがこっそりガムを噛むことも彼の気に障る。「じっとしてなさい」と先生は自分の髪を引っ張りながら彼女に言う。「ガムはもうたくさんだ」。モデルは彼を憎々しげに見つめ、歯を食いしばる。先生は、彼女がマネキンであるかのように、彼女の両腕とふくれっ面をした頭の位置を直す。

「もう一度やってみようか」

木炭が紙に擦れるカシカシという音が部屋中に響く中、先生は大股で私たちの間を行ったり来たりしながら、私たちの肩越しにのぞいては、ぶつくさ独り言を言う。「ダメだ、ダメだ」と若い男性に向って言う。「これは〈身体《からだ》〉だ」。彼はそれを〝からーだ〟という風に発音する。「これは車じゃないんだ。この肉体に触れる指のこと、それを手でさすることを想像しなくてはいけない。これは触れたくなるような立体感がなくてはならない」。私は彼が望むように想像しようとするが、怯《ひる》んでしまう。鳥肌だらけのこの女性の身体を手で触れてみたいとは思わない。

年配女性の一人に言う。「可愛いらしく描く必要はない。〝からーだ〟は、花のように美しくはないんだ。あるがままに描きなさい」。彼が後ろに立ち止まると、私は身をすくめて待つ。「医学の教科書を描いているわけじゃないんだ。君が描いたのは女《おんな》ではなく死体だ」と彼が言う。彼はそれを〝をんな〟と発音する。

私は自分が描いたものを見る、すると彼の言う通りだ。注意深く正確だが、私が描いているものは生命の無い、自力で動けない人間の形をした瓶だ。自分をここまで導いてきた勇気が、全身から流れ出す。私には才能がない。

しかし、授業の終わり際、モデルがぎこちなく立ち上がり、身体のまわりのシーツをしっかりつかんで服を着るためにそっと出て行った後、私が木炭を片付けていると、ハービック先生がやって来て私のそばに立つ。だが、先生は素早く私の手を握って、「これは取っておきなさい」と言う。私は自分が描いた絵をスケッチブックから剝ぎ取って、それをくしゃくしゃに丸めようとした。

「なぜですか？　良くないのに」と私は言う。

「後になってそれを見たら、どれだけ上達したかわかるだろう。君は物体《オブジェ》を描くのはたいそう上手だ。だが人体《ライフ》はまだうまく描けていない。神はまず塵から〝からーだ〟をお創りになった、そしてその後、神はそれに魂を吹き込まれた。塵と魂、どちらも必要だ」。彼は私にちらっと微笑み、私の上腕をギュッと握る。「情熱がなくてはならない」

私は疑わしそうに彼を見る。彼が言っていることはプライバシーの侵害、道徳違反だ。というのも、人は病気のことを話すとき以外に身体のことは口にしないし、教会以外で魂の話はしない。セックスを意味しないで情熱を語ることはない。けれどもハービック先生は外国人だから、こんなことを知っているとは期待できない。

「君は未完成の〝をんな〟だ。でもここで磨かれ完成するだろう」と彼は小声で付け加える。〈完成した（finished）〉という言葉が、もうすっかり終わって用済みだという意味を持つことを、彼は知らない。励ましているつもりなのだ。

49

私はロイヤル・オンタリオ博物館地下の薄暗い講堂に座り、チクチクするフラシ天に覆われた硬いシートにもたれて、むっとする埃のにおいや布張りシートの饐《す》えたにおい、他の学生たちの甘ったるい白粉《おしろい》の匂いなどを吸い込んでいる。目が次第に丸くなり、瞳がフクロウのように大きくなっていくのを感じる。というのも、私は一時間スライドをずっと見つめているのだ。頭頂部が平らになった白い大理石の女性たちの、時どきぼやける黄色っぽいスライドだ。これらの頭は石のエンタブラチュア［訳注 古代建築で円柱の上部に渡した水平部分］を支えている。それはとても重たそうに見え、彼女たちの頭のてっぺんが平らになっているのも不思議ではない。これらの大理石の女性たちはカリアティッド［訳注 彫刻女人像柱］と呼ばれ、元は古代ギリシアの町カリエのアルテミス［訳注 ギリシア神話で狩りと月の女神］の巫女たちのことを指していた。しかし、彼女たちはもはや巫女ではない。今では支えの円柱としての役割も兼ねた装飾装置である。

たくさんの円柱のスライドもある。ドーリア式、イオニア式、コリント式など、いろいろな時代のさまざまな種類の円柱だ。ドーリア式円柱は最も力強く単純で、コリント式円柱は最も軽やかで装飾が多く、優美な渦巻型や螺旋形をした何列ものアカンサスの葉に飾られている。長い指示棒がスクリーン横の暗闇から現れ、渦巻型や螺旋形を指して、どれがどれかを説明する。後にこれらの言葉が必要になるだろう、飲み込んだ知識を試験で吐き出さねばならないときに。そこで、これらの言葉をノートに書き留めるため、字が見えるように頭を紙に近づける。もうずいぶん長い時間、暗闇で意味のわからない言葉を書き続けている。

来月はギリシア、ローマ時代から中世、ルネサンス時代に移るので、もう少し楽になると期待している。〈古典〉は私にとって色あせて壊れたものを意味するようになってきた。ギリシア、ローマ時代のものは、たいてい身体の一部が欠けている。ペニスがちょん切られているのはもちろん、全般的に腕や脚や鼻がないのが気になる。また、その灰色がかった白さもだ。けれども驚いたことに、これらの大理石像のすべては、昔は鮮やかな色が塗られていた。黄色い髪や青い目や肌色をしており、時には人形のように本物の服を着ていたのだ。

この授業は美術概論のクラスである。今後もっと専門的なコースへ進む準備として、関心の方向を早晩自分自身で見定められるようにと計画されたクラスだ。これはトロント大学の美術考古学の授業の一環で、美術に近づくための唯一認可された道筋だ。また、私が費用を負担できる唯一のコースでもある。私は奨学金を獲得したが、それは当然のことと予想されていた。父は、「神様が与えて下さった頭脳を使うべきだ」としょっちゅう言っているが、この才能は実際には自分が授けたものだと父が思っていることを、お互いわかっている。もし私が大学をやめたり、自分の奨学金を放棄したりしたら、父が他の何かにお金を出してくれるとは、とうてい思えなかった。

私が最終的に生物学に進まず画家になるということを初めて両親に伝えたとき、彼らは非常に驚いた。母は、もし私が本当にそうしたいのならそれでもいいが、私がどうやって稼いでいけるか心配だと言った。美術は、貝殻細工や木彫りのように趣味としてならいいけれど、頼りになるものではなかった。しかし、美術考古学は両親を安心させた。私が考古学の方面に進み、発掘が好きになるかもしれないし、それならもっと堅実だ。

最低でも私は学位を持って卒業するだろうし、学位があれば常に教職に就くことはできる。私はこの考えに内心疑問を抱いている。というのも、しつこい嫌がらせに困っていたバーナム高校の芸術鑑賞の先生、ずんぐりしたミス・クレイトンのことを私は覚えている。彼女はしばしば、革ジャンを着て髪をなでつけた男子生徒たちから、絵具や紙が保管されている備品室に閉じ込められていたものだ。

母の友だちの一人が言うには、美術《アート》は家で暇なときにするものだ。

美術考古学の他の学生たちは一人を除いて全員女子である。先生は一人を除いて全員男性なのに。女子でない学生と男性でない先生は変わっていると思われている。その学生の肌ときたら哀れな状態で、先生の方は神経性の吃音症だ。女子学生の誰一人として画家になりたいとは思ってない。むしろ、高校の美術の先生か、あるいは美術館の学芸員になりたいと思っている。そうでない場合は、自分が何になりたいのか漠然としている。つまり、これ以外の職業が必要になる前に、彼女たちは結婚するつもりなのだ。

彼女たちはカシミヤのツインセットにキャメルのコート、上質のツイードスカートに真珠のボタンイヤリングを身に着けている。きちんとした中ヒールのパンプスに、あつらえのブラウスやジャンパースカート、あるいは、ボタンのついたかわいいチョッキとお揃いのスカートを着ている。私もこういうものを着てクラスに溶け込もうとしてみる。授業の合間に、談話室や売店や喫茶店などに座って、彼女たちと一緒にコーヒーを飲んだりドーナツを食べたりする。彼女たちはドーナツの砂糖のついた指を舐めながら、洋服の話をしたり、デート相手の男の子の話をしたりする。彼女たちのうち二人は既に婚約者がいた。こんな会話をしているときの彼女たちの瞳は、まだ目の見えていない子猫の目のように、露に濡れて霞がかかり、柔らかく潤んで傷つきやすそうに見える。しかし、その目はまた、ずる賢く思わせぶりで、貪欲さと欺瞞に満ちている。

彼女たちと一緒にいると落ち着かない。まるで自分が偽りの仮面をつけてここにいるかのようだ。ハービック先生や肉体の触感というものは、美術考古学と相容れない。裸の女性を描く私の下手な試みは時間の無駄としか見なされないだろう。美術《アート》は、他の場所で成し遂げられてきた。美術《アート》に関することで残されているのは、暗記することだけだ。「人体デッサン」の授業全体が思い上がりで、その上馬鹿げていると見なされるだろう。

しかし、その授業は私の生命綱、私の真の生活なのだ。私は次第に、それと相容れないものはすべて排除し、自分自身を削り落とすようになる。その最初の授業に、私は格子柄のジャンパースカートと丸襟のブラウスを着ていくという失敗を犯したが、すぐに学んだ。私は男の子たちや、もう一人の女の子が着ているようなものを着るようになる。すなわち、黒いタートルネックとジーンズである。この服装は、他の服装のように偽装ではなく、芸術への忠誠を意味している。私は勇気を出して、昼間の美術考古学の授業にも、次第にこういう格好をしていくようになる。そこでは誰も着ていないジーンズはやめて、代りに黒いスカートを着る。高校時代の下ろした前髪を伸ばし、顔にかからないようにピンで後ろに留め、厳しい顔に見えるようにする。カシミヤと真珠を身に着けた女子大生たちは、芸術家気取りのビートニク［訳注 一九五〇年代後半の米国で物質文明や既成の習俗に反抗したボヘミアン的な若者たち］たちのことをからかい、段々私に話しかけなくなる。

「人体デッサン」クラスの年配女性の二人は、私の変化にも気づく。「で、誰が死んだの？」と彼女たちは私に訊く。彼女たちの名前はバブズ［訳注 バーバラの愛称］とマージョリー［訳注 マーガレットの異形］で、プロの絵描きだ。二人とも似顔絵を描く。バブズは子どもの、マージョリーは犬とその飼い主の似顔絵だ。彼女たちは、「人体デッサン」の授業を再教育コースとして取っていると言う。彼女たち自身は黒のタートルネックは着ず、妊婦のようなスモックを着ている。二人はお互いを「あんた」呼ばわりし、互いの作品を大声で批評し、いけないことをしているかのようにトイレで煙草を吸う。彼女たちは母と同じ年代なので、裸のモデルと二人が一緒にいる部屋に、自分が同席するのは気恥ずかしい。同時に、彼女たちは威厳がないようにも見える。しかし、二人は私の母というより、隣のファインスタイン夫人を思い出させる。

ファインスタイン夫人は、体にぴったりした赤いスーツを着て、それに合うサクランボの飾りが付いた、しゃれた縁なし帽をかぶるのが好きだった。彼女は私の新しい装いを見てがっかりする。「あの子はまるでイタリアの未亡人みたいね」と私の母に言う。「段々身なりを構わなくなってきて、残念ね。格好いい髪型にして、ちょっと化粧すればびっくりするくらいきれいなのに」。このことを、母は面白そうに笑いながら私に報告するが、それが母なりの心配の表し方であることはわかっている。私はだらしなさの寸前まで来ている。〈身なりを構わない〉というのは憂慮すべき傾向だ。それは、太った薄汚い老女や、投げ売りされる品物について使われる言葉だ。
もちろん、母の心配にも一理ある。私は以前の自分を手放しつつあったのだ。

50

「人体デッサン」クラスの他の学生たちと一緒に、ビアホールで十セント生ビールを飲んでいる。無愛想なウェイターが片手で丸いお盆のバランスをとりながらやって来て、グラスをドンと置く。それは普通の水用のグラスに見えるが、実際はビールがいっぱい入っている。泡があふれる。私はビールの味はあまり好きではないが、今ではその飲み方も知っている。泡を減らすためには、その上に塩をまくということまで知っている。

このビアホールには、薄汚れた赤い絨毯に安っぽい黒テーブル、ビニール張りの椅子があり、照明が薄暗く、自動車の灰皿のような臭いがする。私たちが飲みに行く他のビアホールも似たようなものだ。そのような店は「ランディの小道」とか「メープルリーフ酒場」というような名前がついていて、すべての店が昼でも暗い。というのも、道から中を覗けるような窓を作ることが許されてないからだ。これは未成年者を堕落させることを防ぐためだ。私自身も未成年（法律上の飲酒は二十一歳から）だが、ウェイターの誰も私に身分証明書を見せるように言わない。ジョンによれば、私はとても幼く見えるから、もし本当に法定年齢を過ぎてないなら飲む度胸がないだろうと彼らは思っているのだ。

ビアホールは二つに区切られている。「男性専用」の方は騒々しい酔っ払いやアル中がたむろし、床にはおが屑が撒いてあり、そこから、こぼれたビールや昔の小便や吐しゃ物の臭いが漂ってくる。時どき中から叫び声やグラスが割れる音が聞こえ、鼻血を出して腕を振り回している男が、レスラー並みの体格のウェイター二人につまみ出されるのを見かけることもある。

「女性同伴」の方はもっと清潔で静かだし、より上品で匂いもいい。男性は女性と一緒でないとそこに入れないし、女性は「男性専用」には入れない。これは、男性が売春婦に言い寄られるのを防ぐためと、男性酔客が女性客に迷惑をかけるのを防ぐためだと考えられている。イギリスから来たコリンは、暖炉があってダーツをしたりぶらついたり、歌うこともできるパブのことを話してくれるが、そのどれもがビアホールでは許されない。そこはビールを飲むためだけ、それだけの場所なのだ。あまり大声で笑うと、出て行くように言われることもある。

「人体デッサン」クラスの学生たちは「女性同伴」の方を好むが、そこに入るには女性が必要だ。そのため、彼らは私を誘ってくる。彼らは私にビールをおごってもくれる。私は彼らの入場許可証なのだ。授業の後に誘えるのは私だけの時もある。なぜなら私と同じ年のスージーは頻繁に誘いを断り、マージョリーとバブズは家に帰るからだ。二人には夫がいるし、本気で相手にされていない。男の子たちは彼女たちを「女性絵描き」と呼んでいる。

「もしあの人たちが女性絵描きなら、私はどうなの?」と私が訊く。

「少女絵描きだね」とジョンがふざけて言う。

まがりなりにも礼儀をわきまえているコリンは次のように説明する。「もし君が下手くそなら、君は女性絵描きだ。そうでなければ、君はただの絵描きだ」。彼らは「画家《アーティスト》」とは言わない。自分自身を画家《アーティスト》と呼ぶような絵描きはクソ野郎だ、少なくとも彼らの間では。

私は以前のようなやり方でデートするのをやめてしまう。どういうわけか、そんなことは、もはや大事だと思えない。また、黒いタートルネックを着始めて以来、私は誘われなくなる。ブレザーに白シャツの男の子たちは、自分にふさわしい女の子がわかっているのだ。ともあれ、彼らは男の子で男性ではない。彼らのピンク色の頬や集団でのニヤニヤ笑い、良い女の子と悪い女の子の分類法、ガーターベルトやブラジャーの境目を押し下げようとするぎこちなさは、もはや私の注意を引かない。むしろ、長年生やした口髭やニコチンのしみついた指先に私は惹かれる。経験を積んだ皺、重たげな瞼、厭世的な忍耐力、口から煙草の煙を吐き出しては無意識に鼻の穴からそれを吸い込むことのできるような男性に惹かれる。このイメージがどこからやって来たのかはっきりわからない。どこからともなく、それは完全な形をして、やって来たようだ。

「人体デッサン」クラスの学生たちはこんな風ではない、もっとも、ブレザーも着ないけれど。彼らは絵具で汚れ、わざとみすぼらしくした服を着て、最近生え始めた顔髭をたくわえ、過渡期の状態にある。しゃべりはするが、言葉を信じていない。彼らの一人でサスカチュワン出身のレジ［訳注　レジナルドの愛称］は、言葉がとても不明瞭でほとんどしゃべらないが、この言葉の少なさが彼に特別な地位を与えている。まるで視覚が彼の脳の一部分を食いつくし、彼を白痴の聖人にしてしまったかのようだ。イギリス人のコリンは、しゃべりすぎるというより、しゃべるのが上手すぎて信用されない。本物の絵描きは、マーロン・ブランドのように低い声で一言うなるだけだ。

しかし、彼らは自分の感情を人に知らせることはできる。肩をすくめたり、つぶやいたり、話を途中で切ったり、手の動きなどで。たとえば、ぐいと突いたり、拳を握ったり、指を開いたり、空中で気まぐれな形を作ったりして。時どき、この手話で他の人たちの絵について語る。彼らは「ひってぇ」と言ったり、ほんの時たま「チョー、すっげー」と言ったりする。彼らが良いと認める絵は、あまり多くない。おまけに、トロントはシケた場所だと思っている。「ここでは何も起こらない」と彼らは言い、会話の多くはここを脱出する計画についてである。パリはもはや過去のものだし、イギリス人のコリンでさえイギリスには戻りたくない。「あそこでは、みんなが黄緑色の絵を描くんだ」と彼は言う。「ガチョウの糞のような黄緑色さ。まったく気が滅入るよ」。ニューヨーク以外はどこもダメだ。あらゆることが起きているのはニューヨークだ。そこにこそ活動《アクション》があるんだ。

何杯かビールを飲むと、彼らは女性について語ることもある。自分たちの恋人のことを引き合いに出すが、そのうち何人かは恋人と一緒に暮らしている。この女性たちは「僕の奥さん」と呼ばれている。彼らはまた、毎晩変わる「人体デッサン」クラスのモデルたちについて冗談を交わす。そのモデルたちと寝た話をするが、まるで、これは自分の好みに合うか合わないかだけで決まるかのようだ。これに対する彼らの反応は二通りある。舌なめずりをするか、吐き気を催すような嫌悪感を示すかだ。彼女たちを「デブ」とか「ブス」とか「ひどいクズ女」と言ったりする。時には、私がどんな反応を示すか見ようとして、私の方を見ながらそう言ってみる。体の部位の描写が詳しくなり過ぎると——「ゾウの尻の穴のようなおまんこ」「え、どうしてわかるんだい？　ゾウとしこたまやったのかい？」——彼らはまるで母親の前にいるかのように互いにシーッと合図する。まるで、私が誰かを決めかねているかのようだ。

　私はこうしたことをちっとも不快に思わない。むしろ、自分には特権が与えられていると思う。すなわち、自分がわかりもしないある規則に対し、自分は例外であると思っているのだ。

　むっとするビールのにおいと煙草の煙が混じった、じめじめする空気の中、私は口を閉じ目を見開き、少しふらふらしながら座っている。私は何も期待してないから、彼らのことがはっきり見えるのだと思う。本音では、たくさん期待しているけれど。私は彼らに受け入れられることを期待しているのだ。

彼らの行動で、一つだけ嫌なことがある。それはハービック先生をからかうことだ。先生の下の名前はジョセフなので、彼らは先生のことを「ジョーおやじ」と呼ぶ。というのも、先生は口髭を生やし、東ヨーロッパなまりがあり、その意見には権威主義的なところがあるからだ。これは公平ではない。なぜなら、私は——今では私たち皆が——知っている。戦争が勃発したために先生が異なった四つの国を転々としてきたこと、鉄のカーテンの向こうに閉じ込められて残飯を食べて暮らし、ほとんど飢え死にしかけたこと、ハンガリー動乱［訳注　一九五六年ブダペストでソ連軍の撤退を要求する学生、労働者のデモをきっかけとして始まるが、二か月後ソ連軍により鎮圧された］の際におそらく命の危険を冒して逃れてきたことを。先生がその正確な状況を話したことはなかった。実際、授業ではこれには全く触れなかった。それでも、この事実は知れ渡っている。

　しかし、それが男の子たちに影響を及ぼすことはない。デッサンはつまらないし、ハービック先生は古いタイプの人間だ。彼らは先生をD・Pと呼ぶが、それは、私が高校時代に覚えた古臭い侮辱語〈強制移民（displaced person）〉を意味している。それは、いわゆるヨーロッパからの亡命者、愚かで不器用で、社会に溶け込もうとしない人たちを指した。男の子たちは先生のなまりや、先生が身体について話す口調を真似る。「人体デッサン」の授業は必須なので取っているだけだ。「人体デッサン」は今の流行ではない。アクションペインティング［訳注 一九四〇年代末に米国で発生したキャンバスに絵の具を垂らしたり、はねかしたりする動的で太いタッチの抽象画の一様式］が今の流行で、そのためには、デッサンの仕方など知る必要は確かにないのだ。特に、服を着てないデブ女の描き方など知る必要はない。それでも、彼らは「人体デッサン」のクラスにやって来て、ハービック先生が絶望のあまり自分の髪をつかんで大股で行ったり来たりする間、木炭をカシカシやりながら、私と同じように胸や尻や太腿や首を、ある夜などは足だけの絵を、次々と描いていく。

男の子たちの顔は無表情だ。私には彼らの侮蔑が良くわかるが、ハービック先生は気づかない。私は先生をかわいそうに思い、私をクラスに入れてくれたことに感謝する。また、先生のことを崇拝もする。戦争は今や、熱狂するにはあまりに遠く離れたものになってしまったが、彼はそれを経験してきたのだ。その身体には弾痕、あるいは、その他の勇気の痕跡があるのではないかと思いを巡らせる。

今晩、「メープルリーフ酒場」の「女性同伴」にいるのは、私と男の子たちだけではない。スージーも同席している。

スージーの髪は黄色で、それを巻いてセットした後、手櫛でボサボサにし、先端を灰色がかった金髪に染めているのがわかる。彼女もジーンズと黒いタートルネックを着ているが、彼女のジーンズはぴったりしていて、首にはいつも銀の鎖かペンダントのようなものをぶら下げている。瞼にはクレオパトラのように黒く太いアイラインを引き、黒いマスカラをつけ、くすんだ紺色のアイシャドーを塗ってアイメークをしている。その結果、彼女の目は青く縁取られ、まるで誰かにパンチをくらったような青あざ色をしている。さらに、白粉《おしろい》や淡いピンク色の口紅を使っているせいで、病気か、もしくは、何週間も毎晩遅くまで起きていたように見える。豊かな腰つきで、胸はその身長にしてはあまりに大きく、まるでキューキューと鳴るゴム製のおもちゃの頭のてっぺんを押し潰したために、この場所が膨らんでしまったみたいだ。声は息を切らしたように小さく、驚いたような小さな笑い声を出す。彼女の名前までもが白粉のパフのようである。私は彼女を、頭が悪すぎて大学に行けず、美術学校でぶらぶらしているだけの単純な娘だと思っている。もっとも、男の子たちに対してはこのような批判はしないけれど。

「ジョーおやじは今晩荒れていたね」とジョンが言う。ジョンは背が高く、もみあげがあり、大きな手をしている。彼はたくさんの留め金がついたデニム地のジャケットを着ている。イギリス人のコリン以外では、彼がもっとも言葉が明瞭である。彼は二、三人しかいないときには〈彩度（purity）〉とか〈絵画平面〉というような言葉を使うが、グループの皆がいるときには使わない。

「まあ」とスージーは言い、まるで息を吐くのでなく吸うような、小さく喘ぐような笑い声を出す。「その言い方は意地悪だわ！　先生をそんな風に呼んではいけないわ！」

この言葉は私を苛立たせる。なぜなら彼女は、私自身が言うべきだったのに勇気がなくて言えなかったことを口に出しただけでなく、まるで猫が足にすり寄って来るように、あるいは腕の力こぶにすごいわねと手を置くような感じで、この弁明を行なったからだ。

「もったいぶった屁のようなジジイだ」と自分の方に彼女の注意を少しでも引こうとしてコリンが言う。

スージーは大きな青い縁取りの目を彼に向ける。「先生は年寄ではないわ」と彼女は真面目くさって言う。「たったの三十五歳よ」。みんなが笑う。

でも、どうして彼女は知っているのだろう? 私は彼女を見て不思議に思う。朝早く授業にやって来た時のことを思い出す。まだモデルは来ておらず、私一人が教室にいた。すると、すでにコートを脱いだスージーが入って来て、そのすぐ後にハービック先生が現れた。

スージーは、私が座っているところへやって来て言った。「雪って嫌よね!」彼女は普段、私に話しかけることはなかった。それに、雪の中、ずっと外にいたのは私の方だった。彼女はぽかぽか暖かそうに見えた。

51

二月の昼間。灰色の博物館の講堂は、濡れたコートと冬用ブーツから融け出した雪のせいで蒸している。咳をする人がたくさんいる。

私たちは、聖骨箱や、身体を長く引き伸ばされた聖人たちのいる中世時代に別れを告げ、ルネッサンス期の重要な点だけを急いで進んでいる。聖母マリアがたくさんいる。それはまるで、一人の巨大な聖母マリアがたくさんの娘を産んだかのようだ。娘たちのほとんどは母親にどこか似ているが、まったく同じではない。彼女たちは金箔の光輪を脱ぎ捨て、石や木で出来た、のっぽで胸が平べったい外観が消え、もっとふっくらしてきた。あまり頻繁には天へ昇らなくなる。何人かのマリアは無表情に真面目くさった顔で、暖炉のそばや当時の椅子や開いた窓辺に座っており、その向こうでは屋根の作業が行われている。不安気な表情のマリアもいれば、晴れ渡るイタリアの青空を背景に、母乳を与えている薄紅色のマリアもいる。その背後には針金のように細い光輪が見え、金色の細い巻き毛がベールからはみ出している。彼女たちはキリスト降誕の揺りかごの上に屈みこんだり、自分の膝の上にイエスを乗せたりしている。

イエスの腕や脚はあまりにひょろ長いので、とても本物の赤ん坊のようには見えない。赤ん坊に見えるときでも、決して生まれたてのようには見えない。私は萎《しな》びた干しアンズのような生まれたばかりの赤ん坊を見たことがあるが、これらのイエスは全然そうではない。まるで、一歳になって生まれてきたか、あるいは、しぼんだ男の人のようである。これらの絵には赤や青がたくさん使われ、母乳を与えている場面が数多くある。

暗闇から乾いた声がして、構図上の形式的特徴や、円形を強調するための布の襞の配置、質感の表現、通路を覆うアーチや足元のタイルにおける遠近法の使用などに注目させる。母乳を与えているところはさっと通り過ぎる。どこからともなく現れる指示棒は、決してむき出しの乳房の上に降りることはない。乳房の中には静脈が浮き出て、気味の悪い赤みがかった緑色のものもあれば、片手で乳首を押えているため本物の母乳が見えるものもある。こんな時は、椅子の中でもぞもぞ音がする。母乳を与えることなど誰も想像したくない。教授はもちろん、きっと女の子たちもそうだ。コーヒーを飲みながら彼女たちは震える。自分たちは潔癖性だから、哺乳瓶から飲ませよう、とにかく、その方がずっと衛生的だ。

「母乳を与えることの重要な点は、聖母の身分がそれほど卑しいということよ」と私は言う。「当時、ほとんどの女性は、もし余裕があれば、自分の子どもには誰か乳母をつけたのよ」。私は図書館の本の山から掘り出した一冊の中で、このことを読んだことがあった。

「まあ、イレイン、あなたって賢いわね」と彼女たちは言う。

「もう一つの重要な点は、キリストがこの世に哺乳類として生まれたということなの」と私は言う。「マリア様はおむつをどうしたのかしら。今ならそれも遺物になるでしょうに。〝聖なるおむつ〟ってわけ。どうしておまるの上にいるキリストの絵がないのかしら。〝聖なる包皮〟のかけらがあるのは知っているけど、〝聖なる糞〟のかけらっていうのはどうかしら？」

「あなたって、ひどいわね！」

私はニヤリとする。膝の上に足首を乗せ、テーブルに肘をつく。私は、こういう些細なつまらない方法で女の子たちを困らせ、楽しんでいる。それによって、彼女たちと同じでないことを示すのだ。

これは一つの生活、私の昼間の生活だ。もう一つの、本当の生活は夜に行われる。

私はスージーをじっと見張り、彼女が何をするかに注意を払っている。スージーは、実際は私と同い年ではなく、二歳かそれ以上年上で、もうすぐ二十一歳だ。彼女は両親と一緒の家に住んでおらず、セント・クレア大通り北のアヴェニュー・ロードにある、新しい高層ビル群の中の独身女性用アパートに住んでいる。彼女の両親が家賃を払っているらしい。他にどうやって支払えるだろう？ これらの建物にはエレベーターや、植物を飾った広い玄関ホールがあり、モンテ・カルロみたいな名前がついている。こういう所に住むのは、大胆で、おしゃれなことだ。もっとも、絵描きのみんなには馬鹿にされているが。というのも、そこには看護婦たちが三人組で住んでいるのだ。絵描きたちはと言えば、ブルア通りやクイーン通りにある金物店や旅行かばん卸売店の二階や、移民たちが住む裏通りに住んでいる。

スージーは授業が終わった後に居残りしたり、早くやって来てぶらぶらしたりする。授業中は、ハービック先生を横目でこっそりと見るだけだ。彼女が先生の部屋から出て来るのに遭遇すると、彼女はびっくりして私に微笑みかけ、それからくるりと向きを変え、「ありがとうございます、ハービック先生！ また、来週お目にかかります！」とわざとらしい、とても大きな声で呼びかける。ドアが半分閉まり、先生には彼女の姿がおそらく見えないのに、彼女は小さく手を振る。その手は、私に対して振っているのだ。すぐに見抜くべきだったと、今さらながら気がつく。すなわち、彼女はハービック先生と恋愛関係にあるのだ。また、彼女は誰もこのことに気づいていないと思っている。

この点に関しては、彼女は間違っている。私は、マージョリーとバブズがこのことを遠まわしに話しているのを偶然耳にする。「ねえ、あんた、あれが単位を取る一つのやり方だよ」と彼女たちは言う。「ベッドにひっくり返るだけで、私もそうできたらいいのにね」「無理だね。そんな時期はとっくに過ぎちまっているよ」。そして、今起こっていることは大したことではない、もしくは、滑稽なことであるかのように、彼女たちは気楽に笑い飛ばす。

私は、この恋愛関係が滑稽であるとはちっとも思わない。これが恋愛関係だというのは、私の見方だ。私は〈恋愛〉と〈関係〉という言葉を切り離すことができない。もっとも、二人のうちどちらがどちらを愛しているのかはっきりしないが。私は、ハービック先生の方がスージーを愛していると決めつける。あるいは、先生はスージーを本当に愛しているのではなく、彼女にぼうっとなっているだけだ、と。私はこの〈ぼうっとなる〉という言葉が好きだ。糖蜜に酔っぱらうハエのように、ベロベロに酔っぱらっていることを連想させるから。スージー自身は愛するなんてできないだろう、だってあまりに浅薄だから。彼女の方が、意識的に先生を操っているのだと思う。すなわち、彼女は四十年代の映画ポスターからそのまま出てきたような、硬くとり澄ました様子で彼を弄《もてあそ》んでいるのだ。釘のように硬く無慈悲に。そして、その釘あるいは爪［訳注　nailには釘と爪の両方の意味がある］がどんな色かも知っている。「火と氷」の色だ。彼女の傷つきやすそうな外見や愛想の良さにもかかわらず、これが真実だ。彼女は甘い匂いのように罪をふりまき、ハービック先生はぼうっとなって自分の運命に向かってよろめいていくのだ。

スージーはクラスのみんなが知っているとわかると――バブズとマージョリーは、自分たちが知っていることを伝える彼女たちなりの方法を持っている――より大胆になる。彼女はハービック先生のことを下の名前で呼び、ジョセフがこう思うだの、ジョセフがこう言うだの、話の中に彼の名前をひょいひょい入れてくる。先生の居場所は常に知っている。彼は時おり、週末にモントリオールに出かけるが、そこには、はるかに素敵なレストランや上等なワインがある。彼女は行ったことがないのに、そう断言する。彼女は先生にまつわる内々の面白い情報をさりげなく口にする。彼はハンガリーで結婚していたが、妻は彼と一緒にやって来ず、今では離婚している。彼には二人の娘がいて、その写真を彼は常に財布に入れている。娘たちと別れているのは、死ぬほどつらいことだ。――「本当に〈死ぬ〉思いなのよ」と彼女は目を潤ませて優しく言う。

マージョリーとバブズはこの話をむさぼり聞く。二人にとってスージーは、自堕落女という身分から抜け出し、家庭婦人の領域に入りつつある。彼女たちはスージーをけしかける。「いいかい、あんたのことを責めはしないよ。彼はとってもかわいいからね！」「食べちゃいたいぐらいかわいいね！　でも私がそんなことしたら、若いツバメといちゃつくことになるからねえ」。トイレで、二人は隣同士の小部屋に入り、勢いよくオシッコの音を立てながら話をする。一方、私は鏡の前に立ってそれを盗み聞きする。「自分が何をしているのか、彼がわかっているといいんだけどね。あんなに良い娘なのに」。二人が言いたいのは、先生は彼女と結婚すべきだということだ。あるいは、もし彼女が妊娠したら結婚すべきだと、おそらく言いたいのだ。それが道徳にかなったことだろう。

一方で、絵描きの卵たちはスージーに対して手厳しい。「やれやれ、ジョセフの話はもうやめてくれよ！　恋は盲目とはよく言ったもんだぜ」。でも、スージーは黙っていられない。彼女はおずおずとすまなそうに、クックッと笑う。そのことが、ますます彼らの、そして私の気に障る。あのあふれんばかりの色気を、私は以前も見たことがある。

私はハービック先生を守らねばならない、救わなければならないと感じる。男とは、多くの点では素晴らしいのに、ある点では全然ダメになることを、私はまだ知らない。また、男にとっての騎士道精神が女の場合には愚行になることを、私はまだ学んでいない。すなわち、男はひとたび救助してしまえば、はるかに簡単にその場から抜け出すことができるのだ。

52

私はまだ親の家に住んでいる、それは恥ずかしいことだ。しかし、大学が同じ町にあるのに、なぜ寮に住んで余分な金を払わなくてはならないのか？　これは父の考えで、道理にかなっている。私が考えているのは寮なんかではないことを、父は全く知らない。それは、家の外を路面電車がガタゴト走り、黒く塗られた卵の箱で天井が覆われた、エレベーターのない今にも崩れそうなパン屋やタバコ屋の二階のぼろ部屋なのだ。

それでも、私はもはや、バニラ色の照明器具や窓カーテンのある子供部屋には寝ていない。勉強がはかどるからと主張して、地下室に引きこもっている。地下のボイラーに隣接した薄暗い貯蔵室の中で、みすぼらしい下宿の代わりとなる領域を作り上げた。押入れいっぱいの昔のキャンプ備品の中から、私は軍払い下げの簡易ベッドとごつごつしたカーキ色の寝袋を掘り出して、母がちゃんとしたマットレスが置けるようにと私のベッドを地下室に移そうとするのを阻止した。壁には地元で上演された演劇――ベケットの『ゴドーを待ちながら』やサルトルの『出口なし』――のポスターをテープで貼った。そのポスターには、わざとつけられた指紋とその上にインク焼付けの黒い文字、そして洗濯でにじんだように見える影のような人物が描かれている。また、私が注意深く描いた足の絵もいくつか貼ってある。母は、その演劇のポスターは陰気だと思い、足の絵の方は全く理解できない。だって足には体がついているべきだから。何もわかってないのねと、疑わしそうに薄目で母をじっと見る。

父の方は、私の絵の才能は素晴らしいのに、それが無駄にされていると思っている。その才能は茎の断面図や藻の細胞を描くのに使われた方がずっと良かったのにと。父にとって私は、なりそこないの植物学者なのだ。

バナージさんがインドへ戻って以来、父の人生観は暗くなった。この件に関しては不明瞭なところがあり、あまり多くは語られない。バナージさんはホームシックになったのよ、と母はノイローゼを仄めかすが、それ以上のことがあったのだ。「奴らは彼を昇進させようとしなかった」と父は言う。〈私たち〉ではなく〈奴ら〉、昇進〈させなかった〉ではなく昇進〈させようとしなかった〉という言葉の裏には大きな意味がある。「彼はちゃんと評価されなかったのだ」。これが何を意味するか、わかる気がする。人間についての父の見方は常に厳しかったが、科学者は例外だった。それが、今ではそうじゃない。父は裏切られたと感じている。

両親の足音が頭上で行ったり来たりする。家事をする音、ミキサーや電話や遠くから聞こえるニュースの音が、病気で寝ていた時のように、私のところへ染み出してくる。私は眩しそうに目をパチパチさせながら食事に現れ、腑抜けのようにほとんど無言で座り、チキンのホワイトソース煮とマッシュポテトをちびちび食べる。一方、母は私の食欲の無さや顔色の悪さについてあれこれ言い、父は私がまだ幼い子どもであるかのように役に立つ面白そうなことをしゃべる。窒素肥料が藻の生育を促進することで魚の生命を破壊しつつあるということを、私は理解しているだろうか。製紙会社が水銀を川に投棄するのを止めさせないと、私たち皆が奇形の白痴になってしまう新しい病気について、私は聞いたことがあるだろうか。私は理解してないし、聞いてもいなかった。

「あなた、ちゃんと眠れてる?」と母が言う。

「ええ」と私は嘘をつく。

父は、放射能で巨大化した昆虫映画の新聞広告に目を留める。「みんな知っているだろうが、あんな巨大なバッタは実際には絶対生存できないんだ。あの大きさでは、呼吸器官が崩壊するからね」と父が言う。

私にはわからない。

四月、まだ芽が出る前のこと、私が試験勉強をしている最中に兄のスティーブンが逮捕される。これは起こるべくして起こったことだ。

スティーブンはここにはずっといなかった。夕食の席で私を救い出すために、ここにいるべきだったのに。この一年間、兄はずっと家に戻っていない。その代りに世界中をのらりくらりと動き回っている。兄はカリフォルニアの大学で宇宙物理学を研究しており、四年間でなく二年間で学士号を取った。今は大学院で研究している。

私は一度も行ったことがないので、カリフォルニアがどんなところかよくわからないが、そこは年中天気が良く暖かいところだと思う。空は鮮やかなアニリンブルーで、木々は異常なほど青々している。

そこには、本物のヤシの木と一緒に、ヤシの木の絵がついたスポーツシャツを着て、サングラスをかけ日焼けしたハンサムな男性たちがいて、白いコンバーチブルの横には、同じく日焼けした金髪で足長の女性たちがいるのを想像する。

サングラスをかけたこのような流行の最先端を行く人々の中で、私の兄は異質である。男子校を卒業した後、兄は昔のだらしない格好に戻り、モカシン革靴と肘が擦り切れたセーターで歩き回っている。人に言われないと散髪もしないが、言ってくれる人がまわりにいるだろうか？　彼は目に見えない数字の光輪に頭を覆われ、ヤシの木の間をぼんやりと口笛を吹きながら歩く。カリフォルニアの人たちは彼を何と思うだろうか。きっと浮浪者か何かと思うだろう。

この日、兄は双眼鏡と蝶の本を持ち、カリフォルニア蝶を探しに中古自転車に乗って田舎へ向かう。見込みのありそうな野原に着くと自転車を降りて鍵をかける。彼もある程度は用心深いのだ。野原の中に入っていくと、そこには背の高い草や、いくつかの小さな茂みがあるはずだ。兄は二匹の珍しいカリフォルニア蝶を見つけ、それを追いかけ始める。時おり立ち止まって双眼鏡で蝶を探すが、この距離からだとよくわからない。そして、前進するたびに蝶は逃げていく。

野原の端まで追いかけてくると、そこには金網のフェンスがある。蝶はそれをすり抜けて行き、兄はそれをよじ登る。向こう側には、また、さらに平坦で草木が少ない野原がある。そこを舗装されてない道路が横切っているが、兄はこのことに注意を払わないで蝶を追いかける。その蝶は、赤と白と黒が混ざった砂時計模様のある、今までに見たこともないような種類だ。この野原の向こうの端には、もう一つのより高いフェンスがある。兄はこれもよじ登る。そしてついに、ピンクの花をつけた熱帯産の低い茂みの上に蝶がとまり、兄が片膝をついて双眼鏡の焦点を合わせているとき、制服を着た三人の男たちがジープに乗って近づいて来る。

「ここで何をしているんだ?」と彼らが言う。

「どこでだい?」と兄は答える。兄は男たちにイライラしている。彼らが邪魔をしたので蝶はまた逃げて行ってしまったのだ。

「標識を見なかったのか? **『危険、立ち入り禁止』**と書いてあっただろう」と彼らは言う。

「いや、見てない。僕はあの蝶を追いかけていたんだ」と兄は言う。

「蝶だと?」と一人が言う。二番目の男が耳のそばで指をクルクル回す仕草をして、頭がおかしいことを示す。「こいつイカレてるぜ」と言う。三番目の男が「そんなこと信じてもらえると思っているのか?」と言う。

「君たちが何を信じようと、僕の知ったことじゃない」とか、そんな類いのことを兄は言う。

「偉そうな口をたたくじゃねえか」と彼らは言う。というのも、漫画本の中でアメリカ人はそう言うのだ。私は、口の端にくわえた煙草、拳銃やその他の武器、そしてブーツを漫画に付け加える。

彼らは軍人で、ここは軍の訓練場だとわかる。彼らは兄を本部に連れて帰り留置場に入れる。また、兄の双眼鏡も没収する。彼らは兄のことを、蝶を捕まえに出かけた宇宙物理学専攻の大学院生だとは信じてくれず、てっきりスパイだと思いこんでいる。もっとも、彼らにしても、兄がなぜこの点についてあれほど無防備だったのか理解できない。兄は知らなくても、私や軍の人たちは心得ているように、スパイ小説には無害な蝶愛好家のふりをするスパイがうじゃうじゃ登場するのだ。

ついに電話をかけることが許される。それで、大学から大学院の指導教官が、兄を保釈しにやって来なくてはならない。兄が自分の自転車を取りに戻ってみると、それはすでに盗まれていた。

私はビーフシチューを食べながら、両親からこの事件のあらましを聞く。彼らは驚くべきか、面白がるべきかわからない。しかし、兄の方からは、これに関することは何も言ってこない。その代りに、引きはがしたルーズリーフのページに鉛筆で書かれた一通の手紙を受け取る。兄の手紙はいつも挨拶なしに始まり、署名もなく終わる。それはまるで、終わりのないペーパータオルのように、どんどん繰り出される、一つの手紙の一部のようだ。

木のてっぺんからこの手紙を書いている、と兄は言う。そこから、スタジアムの壁の向こうのフットボールの試合を見ている――チケットを買うより安上がりだ――そしてピーナツバターサンドイッチを食べている、レストランに行くより安上がりだ。兄はお金のやりとりが好きではないのだ。実際、その手紙にはいくつか油のシミがついている。ポンポンに覆われた去勢された雄鶏の一団が跳びはねているのが見えるという。これは男のチアリーダーたちに違いない。よだれを垂らして女の子の尻を追っかけ回したり、アメリカ産ビールで酔っぱらうこと以外何もしない大勢の軟弱野郎たちと一緒に、兄は学生寮に住んでいる。兄の意見では、アメリカ産ビールで酔っぱらうのはなかなか大変だ。というのも、それはシャンプーより薄く、おまけにシャンプーみたいな味がするからだ。朝は冷凍を温め直した卵焼きを食べるが、それは四角い形で黄身には氷のかけらが入っている。現代技術の勝利だ、と兄は言う。

それを除けば兄は楽しくやっている、「宇宙の本質」についての研究に懸命に取り組みながら。差し迫った問題は、宇宙は拡大し続ける巨大な気球のようなものか、あるいは脈打って、拡張したり収縮したりしているのか、ということだ。そのどっちつかずの状態は、たぶん私をイライラさせるだろうが、兄が最終的な答えを出すまで、あと数年待たねばならないだろう。「**次回をお楽しみに**」と兄は大文字で書いている。

〈君は絵画の方面に進んだと聞いているが〉と兄は普通の大きさの文字で続ける。〈僕も若い時にそういうことをしたものだ。君がタラの肝油錠剤を飲んで、うまくやっていくことを祈る〉。それで手紙は終わりだ。

私は、カリフォルニアの木のてっぺんに座っている兄のことを想像する。兄は誰に手紙を書いているか、もはやわからないだろう。なぜなら、一目見ただけではわからないくらい、私はすっかり変わってしまったから。そして私も、誰が書いているのか、もはやわからない。私は常に変わらぬ兄の姿を思い描くが、そんなことはあり得ないから。兄は、以前知らなかったことを今では知っているはずだ。私がそうであるように。

それに、もし兄がサンドイッチを食べながら同時に手紙を書いているとしたら、どうやって木につかまっているのだろうか。兄は狙撃兵のように高い場所にいて、とても幸せそうだ。でも、もっと気をつけた方がいい。私は兄が勇敢だといつも思ってきたが、単に結果を気にしないだけなのかもしれない。自分はこういう人間だから大丈夫だと兄は思っている。でも、彼は野外で、知らない人たちに囲まれているのだ。

53

私はフランス料理店でジョセフと一緒に座って、白ワインを飲み、カタツムリを食べている。それは私が初めて食べたカタツムリで、ここは私が初めて入ったフランス料理店だ。ジョセフによると、ここはトロントで唯一のフランス料理店だ。ラ・ショミエールと呼ばれているが、それは「萱葺《かやぶ》き小屋」という意味だとジョセフが教えてくれる。しかし、ラ・ショミエールは萱葺き小屋なんかではなく、トロントの他の建物と同様、平凡で野暮ったい建物である。カタツムリも巨大な黒い鼻くその塊に見える。先が二本に分かれた尖ったフォークでそれを食べる。ゴムみたいだが、なかなかおいしいと思う。

ジョセフは、それは生のカタツムリではなく、缶詰のやつだと言う。彼は諦めたように、寂し気にこう言う。まるで、これで終わりだと言わんばかりに。しかし、何の終わりなのか、はっきりしない。これが、いろいろなことを語る際の、彼の語り口だ。

たとえば、彼が私の名前を初めて呼んだ時もそんな風だった。それは、さかのぼること五月、「人体デッサン」の最終授業だった。私たちは個別評価のために一人ずつハービック先生と面談して、一年間の上達ぶりを話し合うことになっていた。マージョリーとバブズが私の前で、持ち帰り用のコーヒーを手に廊下に立っていた。「やあ、おちびさん」と彼女たちは声をかけてきた。マージョリーは、ユニオン駅で男が自分のイチモツをどんなふうに彼女に見せたかという話をしていた。彼女は駅で、キングストンから列車でやって来る娘に会うことになっていた。彼女の娘は私と同じ年頃で、クイーンズに行く予定だった。

「そいつはレインコートなんか羽織っちゃってさ」とマージョリーが言う。

「まあ」とバブズが応じる。

「それで奴の目を見たんだ――そいつの〈目〉をね――そして、言ってやったよ。『もっとましなの見せられないのかい？』ってね。だって、すごいミニソーセージもいいとこだよ。その哀れな間抜け野郎が、それを誰かに見てもらおうと駅をいくつも駈け回るのも無理はないよ」

「それで？」

「いいかい、上がったものは必ず下がるってね。結局、萎《しぼ》んでおしまいさ」

彼女たちはコーヒーの飛沫《しぶき》を吹き出してけたたましく笑い、煙草の煙に咳き込んだ。冗談事ではないことを冗談にするなんて、例によって、彼女たちは少し品が悪いと思った。

スージーがハービック先生の部屋から出てきた。「こんにちは、みなさん」と彼女は陽気なふりをして言った。彼女のアイシャドーは滲み、目は赤くなっていた。私は現代フランス小説やウィリアム・フォークナーも読んでいた。愛がどんなものかわかっていた。それは、かすかな嫌悪感を伴う妄執だ。スージーはこの種の恋愛を楽しむような娘だった。彼女なら卑屈になり、しがみつき、ひれ伏しかねない。床に倒れて呻《うめ》き、先生の黒い革靴に（先生は靴を履いているはずだ、部屋を出て行こうとしているから）金色の海藻のような髪を垂らして、ハービック先生の脚にすがりつくかもしれない。ただ、この角度からだとハービック先生の姿は膝のところで切れ、スージーの顔は見えないけれど。彼女は情熱に押しつぶされてしまうに違いない、跡形も残らないくらいに。

しかし、私は彼女をかわいそうだと思わなかった。少し羨ましかった。

「かわいそうなウサちゃん」とバブズは、帰っていくスージーの背後で言った。

「ヨーロッパ人ってやつは」とマージョリーは言う。「彼が離婚しているなんて、私はちっとも信じちゃいないよ」

「ねえ、もしかすると彼は〈結婚〉もしてなかったかもしれないよ」

「あの彼の子どもたちはどうなんだい？」

「おそらく姪っ子たちかなんかだろうよ」

私は彼女たちを睨みつける。彼女たちの声は大きすぎて、ハービック先生に聞こえてしまう。

彼女たちが行ってしまい、私の番が来た。中に入り、ハービック先生が座ったまま机の上に広げた私の代表作品選集《ポートフォリオ》を一つずつ見直している間、私はそこに立っていた。私が緊張するのは先生が点検しているせいだと思った。

先生は黙って鉛筆を噛みながら、手、頭、尻のページをめくっていった。「これはいいね。君は上達したね。ここのこのライン、これが前よりゆったりしている」

「どこですか？」私は机の上に手をついて前屈みになりながら言った。彼が頭を横にして私の方を振り向くと、すぐそこに彼の目があった。それは、結局、赤紫色ではなく濃い茶色だった。

「イレイン、イレイン」と悲しげに彼が言った。彼は片手を私の手の上に置いた。腕に寒気が走り、胃に伝わった。自分の本心に気づいて、私は凍りついたままそこに立ちつくした。彼を救いたいという思いの裏で、私が求めていたのはこのことか？

彼はあきらめたかのように、あるいはどうしようもないというふうに首を振り、それから、私を自分の膝の間に引き寄せた。彼は立ち上がりさえしなかった。それで、私は床にひざまずき、頭を後ろに傾けると、彼の手が私の首筋を優しく撫でた。これまでそんな風にしてキスされたことはなかった。まるで香水の広告のようだ、危険で退廃の香りを秘めた異国の香水の。私は立ち上がり逃げ出すこともできた。しかし、あと一分間じっとしてさえいれば、男の子たちと車の座席や映画館の中で身体をまさぐったり、ブラジャーのホックで小競り合いすることも、もう必要ない。馬鹿げた振る舞いやおふざけも要らなくなる。

私たちはタクシーでジョセフのアパートへ向かった。タクシーの中で、彼は私とかなり離れて座ったが、手は私の膝に置かれたままだ。その頃の私はタクシーに慣れておらず、運転手がバックミラーで私たちを見ているような気がした。

ジョセフのアパートはヘイゼルトン大通りに面していた。そこは完全な貧民街というわけではないが、その近くではあった。あたりの家々は古く、密集しており、野暮ったい小さな前庭と尖った屋根が見え、玄関まわりには朽ちかけた木製の渦巻模様があった。歩道脇には車が縦列駐車していた。ほとんどの家は二軒一組になっていて、壁の一面を共有していた。ジョセフが住んでいたのは、このような、崩れかかった尖《とん》がり屋根の二戸建住宅の一つだった。彼は二階を借りていた。

ワイシャツにサスペンダー姿の太った年配の男が、ジョセフの隣家の玄関ポーチで揺椅子に座っていた。男は、ジョセフがタクシーに金を払い、私たちが玄関へ近づいて来るのをじっと見ていた。「いい天気だね」と彼が言った。

「そうですね」と私は答えた。ジョセフは無視した。私たちが狭い内階段を上るとき、彼は私の首の後ろに軽く手を置いた。彼が触れるところは、どこでも重たく感じた。

彼のアパートは三部屋あった。手前の部屋、簡易台所のある中央の部屋、そして奥の部屋だ。部屋は狭く、家具はほとんどなかった。たった今引っ越してきたか、これから引っ越して行くような感じだった。彼の寝室は薄紫色に塗られていた。壁の上にはいくつかの複製画があったが、それは、くすんだ色合いの引き伸ばされた人物像だった。この部屋には、床のマットレスとその上のメキシコ製毛布以外に何もなかった。私はそれを見て、大人の生活を見ているのだと思った。

ジョセフは、今度は立ったまま私にキスをしたが、私は落ち着かなかった。誰かが窓からのぞき込んでいるのではないか心配だった。ジョセフが私に服を脱ぐように求めるのではないか、また、私をあちらこちらに向けて遠くから眺めるのではないかと心配した。私は後ろから見られるのが嫌だった。自分ではどうすることもできない眺めだから。でも、もし求められたら、そうしなくてはならないだろう。少しでも躊躇したら、私はきっと恋人とは見なされないからだ。

彼はマットレスの上に横になり、待っているかのように私を見上げた。すぐに、彼のそばに横になると、彼は再び私にキスをし、私のボタンを優しくはずした。それは、暖かくなってきたのでタートルネックの代わりに着ていた、だぶだぶの木綿シャツのボタンだった。私は彼に腕を回しながら思った、彼は戦争に行ったんだと。

「スージーはどうなるの?」と私は言った。そう言ってすぐ、これは高校生の質問だと気づいた。

「スージー?」まるで彼女の名前を思い出そうとしているように、ジョセフは尋ねた。彼の唇が私の耳に触れていた。その名前は後悔のため息のようだった。

メキシコ製毛布がチクチクしたが、気にならなかった。初めてのセックスは気持ちよくないと聞いていた。ゴムのにおいや痛みも覚悟していた。しかし、あまり痛みはなく、みんなが言うほどたくさんの出血もなかった。

ジョセフはこの痛みを予期してなかった。「こうすると痛いかい?」ある瞬間彼が訊いた。たじろぎながらも「いいえ」と答えると、彼はやめなかった。彼はこの出血も予想してなかった。毛布は洗濯してもらわなくてはならないだろう。でも、彼はそのことには触れず、やさしく私の太腿を撫でた。

ジョセフとの関係は夏中続いた。彼は、格子柄のテーブルクロスが掛けられ、キアンティのワインのボトルにろうそくが差し込んであるようなレストランに、時おり連れて行ってくれる。スウェーデン人や日本人が出てくる外国映画を見に、あまり混んでない小さな映画館へ連れて行ってくれることもある。しかし、最後はいつも彼のアパートに戻って、メキシコ製毛布の上か下で終わることになる。彼の愛し方は気まぐれだ。時には貪欲に、時には決まりきった手順で、時には落書きでもしているかのように上の空だ。私が虜《とりこ》になった理由の一つは、この気まぐれなところだ。この気まぐれと彼の欲求、それは時どき、どうしようもないもの、彼のコントロールを超えたもののように見える。

「行かないでくれ」彼は私の体を撫でながら言う。事の後ではなく、いつもその前に。「耐えられないんだ」。これは言い古された言葉で、他の男だったら滑稽に聞こえるだろう。だが、ジョセフの場合はそうではない。私は彼の求めにメロメロだ。そのことを考えただけでじっとり濡れてきて、ぐんなりとなる。まるでスイカの果肉みたいに。このため、私はムスコカのリゾートホテルで昨夏のように働く計画を取り止めた。その代りに、ブルア通りのスイスシャレー〔訳注　スイスの山小屋風レストラン〕での仕事を見つけた。ここは、看板に書かれているように、「あぶり焼きされた」チキン以外は提供しない所だ。チキンとディップソース、コールスローに白い丸パン、一種類のアイスクリーム（鮮やかな紫色のバーガンディチェリー味）だけだ。私は高校の体操服のように胸に名前が刺繍された制服を着る。

ジョセフは時どき、仕事帰りに私を迎えに来る。「チキンのにおいがするね」とタクシーの中で、私の首筋に顔を押し当ててつぶやく。私もタクシーの中では、すべての慎みを失くしてしまう。彼にもたれかかると、彼は腕を回して、私の腋の下や乳房の上に手を置く。あるいは、彼の膝に頭をのせたまま座席に横たわる。

さらに私は、家も出た。夜一緒にいると、彼は私に朝までずっといて欲しいと言う。そばに私が眠っている状態で目を覚まし、私を起こさないままセックスを始めたがる。両親には夏の間だけだし、スイスシャレーの近くに住めるからと言った。彼らは、そんなことはお金の無駄だと思っている。二人はどこか北の方でのんびり過ごすつもりで、私は家を一人占めできるのだから。しかし、自分が思っている私と、両親が思っている私は、もはや同じではない。

もし私がムスコカに行っていたら、今年の夏も家に住まないことになっていたという点では同じだが、同じ町にいて家に住まないのは話が違う。今では、スイスシャレーで働く同じ学生アルバイトの他の二人の女の子たちと一緒に、ハーボード通りにある回廊型のアパートに暮らしている。風呂場にはストッキングやパンティーが花綱状に飾られ、台所のカウンターの上には、ヘアカーラーが剛毛で覆われた芋虫のようにちょこんと置かれ、流しには汚れがこびりついた皿が積み重なっている。

私は週二回ジョセフと会う。それ以外の時に彼に電話したり会ったりしないことは、十分わきまえている。彼は部屋にいないか、あるいはスージーと一緒だろう。なぜなら、彼女に会うことを全然やめていないからだ。でも、私たちは、彼女に私のことは言わないつもりだ。このことを秘密にしておくつもりだ。「彼女がひどく傷つくからね」と彼は言う。事情を知っているという重荷に耐えるのは、列の最後に加わった者の役目だ。だから、もし誰かが傷つかねばならないとしたら、それは私でなければならない。しかし、私は彼に信頼されていると感じる。というのも、私たちは共に関わっているのだ、このスージーを守るということに。それは、彼女の幸せのためなのだ。ここには、あらゆる秘密がもつ満足感がある。すなわち、私は彼女が知らないことを知っているのだ。

スージーは私がスイスシャレーで働いていることを、どういうわけか見つけ出した。うまく気づかれないように、何気ない調子で彼女に教えたのは、たぶんジョセフ自身だろう。私とスージーが一緒にいると思うと、きっと彼はわくわくするのだ。それで、客があまりいない午後遅く、彼女は時おりコーヒーを飲みにやって来る。彼女は少し体重が増え、頬の肉がふっくらしてきた。気をつけなければ十五年後に彼女がどんなふうになっているか、私には想像がつく。

私はこれまで以上に彼女に優しくする。また、彼女に対して少し用心深くなる。もし彼女が気づいたら、彼女は残っている最後の自制心を失くし、ステーキナイフを持って私に向って来るだろうか？

彼女は話をしたがる。時どき私と二人だけになりたがる。彼女は今でも「私とジョセフが」と言う。彼女は寂しそうに見える。

ジョセフはスージーのことを、まるで問題児のことを話題にするように語る。「彼女は結婚したがっているんだ」と言う。彼女がだんだん聞き分けがなくなってきたと仄めかすが、この高価すぎるおもちゃを彼女に与えないことで、やはり自分も深く傷つくのだと言う。私は自分自身を同じカテゴリーに入れたくない。感情的で、すぐに拗《す》ねる女たちの中に。ジョセフとは、いや誰とも結婚したくない。私は結婚を恥ずべきものと見なし、無償の贈り物というより、愚かな取引だと考えるようになる。それに、結婚のことを考えるだけでも、ジョセフを貶《おとし》め、彼を台無しにすることになるだろう。結婚は、そのあり方からして、彼がいるべき場所ではないのだ。彼の秘密、あのがらんとした部屋、恐ろしい記憶や悪夢を思い浮かべれば、彼の居場所は恋人なのだ。ともかく私は、結婚を超越したところに身を置いてみた。そこから眺めると、結婚は子どもの持つ人形のように無邪気で飾り立てられたもの、そして、取り返しのつかないもののように見える。私は結婚ではなく、絵を描くことに身を捧げるつもりだ。最後には、髪を染め、奇抜な服を着て、重い外国製の銀の装身具を身に着けよう。たくさん旅をして、たぶん、お酒も飲むだろう。

（もちろん、妊娠という不安材料はある。結婚していないとペッサリーは買えないし、コンドームは男性にだけこっそりと売られている。車の後部座席で一線を越え、妊娠し、高校を中退した女の子たちや、説明されることのない不思議な事故にあった女の子たちがいる。これについては、おどけた言い方がある。たとえば「ヘマをしでかす」や「できちゃう」など。でも、このようなトイレで交わされるような言葉は、ジョセフや彼の経験豊かな薄紫色の部屋とは何の関係もない。それはまた、彼の深い陰鬱の魔力に包まれている私とも何の関係もない。しかし、それでも、私は自分のポケットカレンダーに小さな印をつけておく)

仕事が休みでジョセフと会わないとき、私は油絵を描いてみる。時には色鉛筆で描いてみる。私が描くのはアパートの家具だ。たとえば、脱ぎ捨てられた服が散らばっている救世軍払い下げの厚く布張りされたソファーや、ルームメイトのお母さんから借りた電気スタンドの丸い電球や、台所の腰掛などだ。しばしば描く気力さえない時があり、そういうときは結局、浴槽の中で殺人事件の推理小説を読んで過ごす。

ジョセフは、戦争のことや、どうやって革命の最中にハンガリーから脱出したのかについては話そうとしない。こういうことは彼の心をひどく不安にするので、ただ忘れてしまいたいと言う。死ぬ方法はたくさんあり、中には他より嫌な死に方もあるそうだ。私がこんなことを知る必要がないのは幸運だと言う。「この国には英雄がいない。君たちの国は、ずっとこのままでいるべきだ」と語る。私はまっさらで手つかずだ、このままでいて欲しいと呟く。彼はこう言いながら私の肌の上に手をすべらす。さすりながらなめらかにし、やがて私を消し去ろうとするかのように。

しかし、彼は自分が見た夢については語る。彼はこの夢にとても興味を持っている。それは実際、私がこれまで聞いた覚えがないような夢である。その夢には、赤いビロードのカーテン、赤いビロードのソファー、赤いビロードの部屋が出てくる。端が房になった白い絹のロープも出てくる。布地にとても注目している。朽ちかけた紅茶茶碗もある。

彼は、顔まですっかりセロハンに包まれた女の夢を見る。また、白い経帷子を着てバルコニーの手すり沿いに歩く女や、浴槽にうつ伏せになって横たわる別の女の夢を見る。彼がこの夢の話をするときは、私の方をまともに見ない。まるで、私の頭の内側数インチの地点を見ているようだ。どう反応していいかわからない。それで私は弱々しく微笑む。夢の中のこの女たちに、私は少し嫉妬する。どの女も私ではないからだ。ジョセフはため息をつき、私の手を撫でる。「君はとても若いね」と言う。

自分が若いとは感じないが、これに対し返すべき言葉は何もない。この瞬間、私は年老いた気がする。くたくただし、暑すぎる。あぶり焼きチキンの絶え間ないにおいが私の食欲を奪う。七月の終わり、トロントの湿気が沼気《しょうき》のように町に漂い、おまけに今日、スイスシャレーのエアコンが故障した。苦情が噴出した。誰かが丸パンとディップソース付きの四つ身チキンの大皿を台所の床にひっくり返し、私は滑ってしまった。シェフが私を、間抜け女と怒鳴りつけた。

「僕には祖国がない」とジョセフは悲しそうに言う。彼は私の目を見つめながら、頬に優しく触れる。「今では君が僕の祖国だ」

私は本物でない缶詰のカタツムリをもう一つ食べる。突然、みじめさがこみあげてくる。

54

コーデリアが家を逃げ出した。彼女がこう説明したわけではない。

彼女は、私の母を通じて私の居場所を探し出した。私は昼休みに、スイスシャレーではない喫茶店で彼女と会う。あそこならコーヒーをただにすることもできるが、今ではできる限りそこから抜け出したい。奥の部屋の吐き気を催す生の鶏肉のにおい、死んだ赤ん坊のような裸の鶏の列や、どろどろになった生温かい客の食べ残しの残飯から離れたい。それで、代わりに、私たちは通りの先にあるパークプラザホテルの中のマリーズにいる。そこは、まあ小ぎれいだし、エアコンはないけれど天井扇風機がある。少なくともここでは、厨房で何が行われているか知らずに済む。

コーデリアは以前よりほっそりしている。痩せこけたと言ってもいいくらいだ。長い顔の頬骨が目立ち、灰緑色の目が顔の中で大きく見える。目のまわりには緑のラインが引いてある。日焼けした肌に、唇は控えめなオレンジがかったピンク色だ。腕は骨ばり、首すじはすっきりと美しく、髪はバレリーナのように後ろに引っつめている。夏というのに黒いストッキングにサンダル履きで、そのサンダルも華奢な女性用の夏サンダルではなく、素朴な農民風バックルが付いた、厚底で芸術家風のものだ。また、胸を強調する深い襟ぐりの黒いジャージー地の半袖トップスに、黒い渦巻きや四角い抽象柄のあるくすんだ青緑色のゆったりした綿スカート、幅広の黒いベルトをしている。重そうな指輪を二つはめており、うち一つはトルコ石である。また、ずっしりした四角いイヤリングとシルバーのブレスレットも身に着けている。メキシコ産シルバーだ。彼女は美しいとは言えないが、人の目を引きつけて離さない。ちょうど、今の私が彼女から目が離せないように。生まれて初めて、彼女は目立っている。

　私たちは、見つけるとすぐに手を差し出して軽く抱き合い、久しぶりに会った女同士がするような、驚きと喜びの声をあげて、互いに挨拶する。今、マリーズで薄いコーヒーを飲みながら、私はぐったりと座り込んでいる。その向こうでコーデリアがしゃべっているが、なぜ会うことに同意したのか不思議だ。私の状況は不利である。肉汁のシミがついた皺くちゃのスイスシャレーの制服を着て、腋は汗ばみ、足は痛み、この湿気で髪の毛はじっとりして跳ねまくり、焦げた毛糸のようにちりちりになっている。昨晩はジョセフとの夜だったので、目にはくまができている。

　一方、コーデリアは私に自分を見せびらかす。彼女は、あの怠惰と過食と挫折の日々以降、自分がどうなったかを私に見て欲しいのだ。彼女は自分自身を全く新しく作り直した。そして、涼しい顔で、何気ない情報を次々語る。

　彼女が今やっているのは、ストラトフォード［訳注　カナダ、オンタリオ州南東部の町］でのシェークスピア祭に関する仕事である。彼女は端役を演じている。「〈とっても〉小さな役よ」と、ブレスレットとイヤリングをこれ見よがしに揺らしながら言う。それは、彼女が言うほど小さな役ではないことを意味している。「実は、槍持ちみたいなちょい役なのよ。もちろん実際に槍は持たないけどね」と笑いながら煙草に火をつける。コーデリアはカタツムリを食べたことがあるかしらと私は思い、どうやら、そのことに詳しそうだとわかって、暗い気持ちになる。

ストラトフォードのシェークスピア祭は、今ではとても有名だ。それは、ストラトフォードという町で数年前に始まった。そこにはエイヴォン川が流れていて、白と黒両方のハクチョウがいる。こんなことは全部雑誌で読んだことがある。人々はピクニックの籠を携《たずさ》え、列車やバス、あるいは車に乗ってそこに出かける。時には週末中ずっとそこに滞在して、シェークスピア劇を三つ四つ次から次に見る。初め、この祭りはサーカスのように大きなテントの中で行われた。しかし今では、本物の建物、丸い形をした奇妙な現代風の建物がある。「だから、三方向に向かって大声を出さなくてはならないの。声をふりしぼらなくちゃいけないのよ」とコーデリアは非難めいた笑みを浮かべて言う。まるで彼女自身が上演中ずっと大声を出したり、声をふりしぼっているかのようだ。彼女は、やっていくうちにだんだん役になりきるタイプらしい。彼女は今や即興で演じているのだ。

「ご両親はどう思っているの?」と私は言う。これは最近私の頭に浮かんでいる疑問だ。両親はどう思うだろうか、ということが。

彼女は一瞬顔を伏せ、「私が何かやっているのを喜んでいるわ」と言う。

「パーディーやミリーは?」

「パーディーのことは知っているでしょう?」ときつい口調で返す。「いつもあれこれ難癖つけてくるの。でも、私のことはもういいわ。〈あなた〉は、私のことどう思うの?」これは彼女の昔からの冗談なので笑ってしまう。「真面目な話、あなたは最近どうしてるの?」それは私がよく知っている口調、すなわち、丁寧だが、あまり興味がない口調だ。「最後に会ってから」

私はこの最後に会った時のことを、後ろめたい気持ちで思い出す。「特に大したことないわ。学校に行っているしね」と私は言う。この瞬間、私の人生は全く大したことがないように思える。この一年間、本当に私は何をしてきたんだろう？　美術史をちょっとかじり、木炭をいじくり回していただけだ。見せるべきものは何もない。ジョセフのことがあるが、はっきり言って彼は私がやり遂げたものではない。それで、彼のことは言わないことにする。

「学校ですって！」とコーデリアは言う。「〈学校〉が終わって、私、どんなに嬉しかったことか。あぁ、なんてつまらない所だったのかしら」。でも、ストラトフォードは夏の間だけしか行われない。彼女は、冬のために何か他のことを考えねばならない。高校を巡っていくアール・グレイ劇団とか。たぶん彼女は、そこでやっていけるぐらいにはなっているだろう。

ストラトフォードでの仕事は、アール・グレイ劇団員の一人の口利きで手に入れた。その人は、彼女がバーナム高校でシーツをまとっていた頃から彼女のことを覚えていた。「知り合いの伝手《つて》というやつよ」と彼女は言う。彼女は今、『テンペスト』でプロスペローのお供の妖精の一人を演じている。彼女は、ボディーストッキングの上に枯葉やスパンコールが散りばめられた、薄く透き通ったコスチュームを着なければならない。「とても卑猥なの」と彼女は言う。また、冒頭の場面では水夫にもなる。彼女は背が高いから、この役をうまくやってのけることができる。『リチャード三世』では宮廷女官の役を、『尺には尺を』では尼僧長の役をする。この芝居では、彼女は実際に数行の台詞をしゃべる。蜂蜜色の英国風アクセントで、私に暗唱してみせる。

話をするならば、顔を見せてはなりませんし、
顔を見せれば、話をしてはならないのです。

「リハーサルでは、ずっと混同しっぱなしよ」と彼女は言う。指を折りながら、「話す、顔を隠す、顔を見せる、黙る」。彼女は祈るような様子で両手を合わせ、前方に頭を下げてお辞儀する。それから頭を上げると、『リチャード三世』での正式な宮廷式お辞儀をして見せる。お茶を飲んでいるマリーズの女性客たちが、あっけにとられて彼女を見つめる。「来年やりたいのは『タータン一族』［訳注　『マクベス』のこと］の第一魔女よ。『いつまた三人、会うことに？　雷、稲妻、雨のなか？』ボスが、君はその役をもうやれるかもしれないね、と言うの。〈若い〉第一魔女を使うのは素晴らしいアイデアだと思ってるらしいわ」

ボスとはイギリス人の演出家タイロン・ガスリー［訳注　英国の演出家で一九五三年にカナダのストラトフォードを本拠にシェークスピア・フェスティバルを創始した］のことだとわかり、あまりにも有名なので彼のことを知らないふりはできない。「それはすごいわ」と私は言う。

「バーナム高校での『タータン一族』を覚えてる？　あのキャベツのこと？　私、とっても恥ずかしかったわ」と彼女が言う。

私は思い出したくない。過去は水面をかすめ跳ぶ石や絵葉書のように、とぎれとぎれになってきた。自分の姿が浮かぶ、暗転、また浮かぶ、そして消える。昔、私は袖がコウモリの翼のような服を着て、別珍の上靴を履いたりしたのだろうか？　ダンスパーティーでは色付マシュマロみたいなドレスを着

て、知らない人の股間を私の股間に突っ込ませ、床の上を摺り足で踊ったりしたのだろうか？　枯れた小さな花束《コサージュ》は随分前に捨ててしまった。卒業証書、クラスバッジ、写真などは、変色した銀食器と一緒に、母の地下室にある船旅用トランクの中にしまいこまれているに違いない。口紅を塗り、額に巻き毛を撫でつけた何列もの子どもたちの写真をちらりと思い浮かべる。私はそんな写真のために決して笑おうとしなかった。私は遠くを、思春期の楽しみの向こう側を、無表情に見つめていた。

私は自分の毒舌を思い出す。自分がいかに賢いと思っていたかを思い出す。しかし、その頃の私は賢くなかった。今では賢いけれども。

「昔、私たちがどんな風に物をくすねていたか、覚えている？」とコーデリアが言う。「あの当時、私が本当に好きだったのはあれだけだったわ」

「どうして？」と私が尋ねる。私はあまりそういうことが好きではなかった。いつも捕まるんじゃないかと心配していた。

「あれなら私にもうまくやれたから」と彼女は言うが、どういう意味なのか私にはわからない。

コーデリアはショルダーバッグからサングラスを取り出してかける。すると、その鏡のような目の中に、実物大よりはるかに小さな、モノクロームの私が映る。

コーデリアは、自分の演技を見てもらうために、ストラトフォードの無料券をくれる。私はバスに乗って行く。それは昼間の興行なので、到着して芝居を見てから再びバスに乗って、スイスシャレーでの夜の勤務に間に合うよう戻ることができる。演目は『テンペスト』だ。私はコーデリアを待ち構える。そして、プロスペローの従者たちが、小刻みに震える照明の中を音楽と共に現れると、どれが彼女だろうかと仮装した衣装の奥を探して、目を凝らす。しかし、どれだかわからない。

55

ジョセフは私を作り直しつつある。「髪は結ばずに垂らした方がいい」と言い、雑にまとめた髪からピンを抜き、指で髪の毛をとかしてふんわりさせる。「ジプシーみたいで素敵だ」。彼は私の鎖骨に唇を押し付け、私の体に巻き付けたシーツの襞を伸ばす。

私はじっと立って彼のなすがままになる。彼の好きなようにやらせる。八月になり、動くのも暑すぎる。靄《もや》が湿った煙のように町の上に漂う。そして、それは油を含んだ被膜で私の肌を覆い、私の肉体に染み込んでいく。そんな日はゾンビのように動きまわり、一時間、また一時間と、あてもなくやり過ごす。私は部屋で家具を描くのをやめ、代わりに浴槽に冷たい水を張り、それに浸《つ》かる。しかし、その中でもう本は読まない。もうじき、学校に戻る時期だ。そのことについて、ほとんど考えることができない。

「紫色のドレスを着た方がいい。ずっと素敵になるよ」とジョセフは言う。彼は窓辺の薄明かりを背に私を立たせ、私の向きを変え、少し後ろに下がって私の脇腹を手で上下にさする。誰が覗いていようがもはや構わない。膝がくずおれ、口元がゆるむ。二人でいるときの彼は、せかせか歩き回ったり自分の髪をかきむしったりしない。ゆっくり、やさしく、とても慎重に動く。

ジョセフは、私に新しい紫色のドレスを着せ、パークプラザホテルの屋上ガーデンに連れて行く。その服は身ごろがきっちりし、首元の開いた、ゆったりしたスカートのドレスで、歩くたびに私の生脚をこする。結ばずに下ろした髪はじめじめしている。まるでモップみたいだと思う。しかし、上に昇るエレベーターのスモークミラーの壁の中に、思いがけず自分の姿をちらりと見る。そして、一瞬ジョセフが見ているものを見る。つまり、雲のような髪と痩せた白い面差《おもざし》に、物憂げな瞳をした華奢な女を。そのスタイルに私は気づく。十九世紀後半のラファエル前派風だ。ケシの花でも持っていたら、もっといいかもしれない。

私たちは外のテラス席に座り、マンハッタン〔訳注　ベルモットとウィスキーのカクテル〕を飲みながら石の手すりの向こうを眺めている。ジョセフは最近マンハッタンが気に入っている。ここは、このあたりで一番高い建物の一つだ。足元に広がるトロントは夕方の暑気に倦み、木々が擦り切れた苔のように広がり、遠くの湖は亜鉛メッキをされたようだ。

ジョセフは昔、ある男の頭を撃ち抜いたことがあると私に語る。彼を不安にしたのは、そうすることがいかに簡単かということだった。彼は「人体デッサン」のクラスにはうんざりだ、このままずっとこの田舎の澱《よど》みに閉じ込められて、アホどもに初歩を教えながらこんなことを続けていくつもりはない、と言う。「僕は、もはや存在しない国からやって来た。そして、君は、まだ存在してない国の出身だ」

らと思う。

と語る。昔だったら、この言葉は意味が深いと思っただろう。今では、いったい何を言っているのかし

トロントについては、活気も情熱もない街だと言う。ともかく、絵を描くこと自体がヨーロッパの過去の遺物なのだ。「それはもはや重要ではない」と片手で振り払うようにして言う。彼は映画業界に入って、アメリカで監督をしたいのだ。手はずが整い次第すぐにそこへ行くつもりだ。良い伝手《つて》がある。たとえば、同じハンガリー人のネットワークとか。ハンガリー人、ポーランド人、チェコスロバキア人たちの。少なくともあそこに行けば、映画に関するもっと大きなチャンスがある。というのも、この国の映画と言えば、本編の前に上映される短編だけだ。フルートの音色に合わせて葉っぱが水たまりに舞い落ちたり、低速撮影で花が開いていく様子とかの。アメリカで成功している別の知り合いもいる。彼らが自分を受け入れてくれるだろう。

私は彼の手を握る。この頃の彼の愛し方は、まるで他のことを考えているかのように、何かを反芻しているいる感じだ。私は自分が少し酔っていると気づく。それに、高い所が怖い。これまでこんなに空の高いところにいたことはない。石の手すり近くに立ち、向こう側へゆっくり倒れていくことを想像する。ここからアメリカ合衆国が、地平線上の薄いけばのように見える。ジョセフは、一緒にそこへ行こうとは一言も言わない。私も何も尋ねない。

その代りに、「君はとても無口だね」と言う。そして、私の頬を撫でて、「謎めいている」と言う。私は謎めいている感じはしない、うつろなだけだ。

「僕のためになら、何でもしてくれるかい?」と、私の目を見つめて彼が訊く。私は地上から遠く離

れ、彼の方へと揺れ動く。〈ええ〉というのはとてもたやすいことだ。

「いいえ」と私は言う。これは私にとっても驚きだ。どこからその言葉が、この予期せぬ頑固な正直さがやって来たのか、わからない。それはとても無作法に聞こえる。

「そうだろうと思ってたよ」と彼は悲しそうに言う。


ある日の午後、ジョンがスイスシャレーに現れる。彼の方を見てないので、最初は気づかない。布巾でテーブルを拭いているが、手を動かすのもやっとで、腕が重く力が入らない。昨晩はジョセフと一緒だったが、今夜はそうでない。なぜなら、今夜は私との夜ではなく、スージーとの夜なのだ。

最近、ジョセフはめったにスージーのことを口にしない。口にするときは、まるで彼女がすでに過去のものであるかのように、あるいは、美しいまま死んで詩に出てくる誰かみたいに、懐かしそうに語る。でもこれは、単に彼の話し方なのかもしれない。二人は平凡で家庭的な夕べを一緒に過ごしているのかもしれない。彼女がキャセロールを準備する間、彼は新聞を読んだりしながら。私のことは秘密だ、と彼は言うが、私とジョセフがスージーのことを話していたように、二人は私のことを話し合っているのかもしれない。こんな風に考えるのはあまり気持ち良いものではない。

私はスージーが、アヴェニュー・ロードのモンテ・カルロの高いビルに閉じ込められ、ペンキ塗りの薄い金属板バルコニー越しに窓の外を見つめて、ジョセフが現れるのをめそめそ涙ぐみながら待っているような女だと思いたい。彼女がそれ以外の他の生活を持っているとは想像できない。私と同様に、たとえば下着のパンツを洗い、タオルに包んで絞り、風呂場のタオル掛けに干しているなんて考えられない。彼女が食べている姿を想像できない。彼女は意志が弱い軟弱者で、恋のために骨抜きにされているのだ、私と同じように。

「久しぶりだね」とジョンが言う。テーブルを拭く私の腕の向こうの視界に、彼が飛び込んでくる。彼は、記憶にあるより日焼けした顔に真っ白な歯を見せ、私に向ってにこっと笑う。灰色のTシャツ、膝上でちょん切られた古いジーンズ、ランニングシューズに靴下なしという姿で、私が拭いているテーブルにもたれかかる。彼は冬場よりも健康そうに見える。私はこれまで昼間に彼を見たことがない。自分の汚れた制服が気になる。腋の汗や鶏の脂のにおいがしないだろうか。「どうやってここに来たの?」と私が訊く。

「歩いてさ。コーヒーでも一杯どうだい?」

彼は市の土木課で夏のバイトをしていて、道路の穴を埋めたり、凍上によるひび割れをタールで塞いだりしている。それで、かすかにタールのにおいがする。彼は、いわゆる清潔なタイプではない。「後でビールなんかどうだい?」と彼は言う。これは、彼が以前よく言っていた言葉だ。つまり、彼はいつものように、「女性同伴」への入場許可証が欲しいのだ。私は何もする予定がないので、「もちろんいいわよ。でも着替えなくちゃ」と言う。

仕事の後、念のためシャワーを浴び、紫色のドレスを着る。「メイプルリーフ」で彼と落ち合い、「女性同伴」に入る。私たちは、少しは涼しい暗がりの席に座り、生ビールを飲む。彼と二人きりでいるのは落ちつかない。以前はいつも仲間と一緒だったからだ。ジョンが、最近どうしてるかと尋ねるので、特に大したことないわと答える。ジョーおやじをどこかで見かけなかったかと訊くと、いいえと答える。

「たぶんスージーの下穿きの中にでも隠れているんだろう。運のいいクソ野郎め」と彼が言う。彼は私を今でも名誉少年のように扱い、今だに女性についての露骨な冗談を言っている。私はパンティーを意味するイギリス英語の「下穿き《ニッカーズ》」という言葉に驚く。その言葉は、イギリス人のコリンからの聞きかじりに違いない。彼は私のことも知っているのかしら、陰で私の下穿きについて何か言っているのかしら。でも、そんなことできっこない。

土木課の仕事は良い金になる、と彼は言う。しかし、他の人たちに自分が絵描きであることは秘密だ。特に年配の正規職員たちには。「僕がホモか何かと思うかもしれないからね」と彼は言う。

私は生ビールをむやみやたらと飲む。それから明かりがチラつき出して閉店時刻になる。私たちは外の暑い夏の夜道に出てくるが、一人で家に帰りたくない。

「ちゃんと帰れるかい?」とジョンが訊く。私は何も答えない。「しっかりしろよ、歩いて送るから」と彼は言う。彼が私の肩に手を置くと、タールと野外の埃と日に焼けた肌のにおいがする。それで、私は泣き出してしまう。「男性専用」からよろめきながら出てきた酔っ払いたちと一緒に通りに立ち、両手で口を押えて泣きながら、バカだなと思う。

ジョンはびっくりする。「よう、ダチ、どうしたんだい?」と彼は言い、ぎこちなく私をさする。

「なんでもないの」と私は言う。〈ダチ〉と呼ばれて私はますます泣きじゃくる。自分が弱虫になった気がする。それに、みっともないと思う。飲み過ぎてしまったのだと彼が思ってくれることを願う。

彼は私に腕を回し、きつく抱きしめる。「しっかりしろよ。コーヒー飲みに行こうぜ」と言う。

通りを歩きながら私は泣き止む。旅行かばん卸売店そばの入り口まで歩くと、彼は鍵を取り出し、二人で暗い階段を昇る。二階のドアの内側で彼は私にキスをする。その口はタールとビールのにおいがする。明かりはついてない。私は彼の腰を両腕でつかみ、まるで泥の中に沈んでいくかのようにしがみつく。すると、彼は私をそのまま抱え上げると、暗い部屋の中を壁や家具にぶつかりながら運んで行く。そして、二人一緒に床の上に倒れ込む。

XI

落ちて行く女たち

56

クイーン通りを東に歩き続ける。昼食のワインのせいでまだ少しふらふらしている。ほろ酔い気分とかつては呼んでいたものだ。アルコールには鎮静作用があり後で気分を落ち込ませるが、今のところは元気いっぱいで、少し口を開け、一人鼻歌を歌っている。

ここには、黒い汚れが金属の血のようにしたたり落ちている青銅色の彫像の一群がある。笏《しゃく》を持って座っている一人の女性を三人の若い兵士が行進しながら取り囲む。彼らの足には包帯のように見えるゲートルが巻いてあり、帝国を守るその真剣な顔には破滅の予感が漂い、時の流れの中で動きを止めている。彼らの上方の石板の上には、もう一人の女性が今度は天使の羽をつけて立っている。それは勝利か死、あるいはその両方を表している。これは九十年ほど前の南アフリカ戦争「訳注　一八九九年から一九〇二年まで行われた大英帝国と独立ボーア人民共和国の間の戦争、第二次ボーア戦争ともいう」を称えた記念碑だ。その戦争を覚えている人がいるだろうか。また、のろのろ進むこの車列の中からでさえ、それに目を向ける人が一体いるだろうか。

私は大学大通りを北に向かう。滅菌された病院が立ち並ぶあたりを通り過ぎ、サンタクロースのパレードが行われた昔の道を進んで行く。動物学研究棟の建物が取り壊されてから、ずいぶん経ったはずだ。私がかつてヘビや防腐剤やネズミの臭いを嗅ぎながら、ずぶ濡れの妖精たちや霜焼けのできた雪片役の人たちを見ていた窓枠は、今では何もない空間だ。昔それがあった場所を覚えている人が他にいるだろうか。

今ではこの道路沿いのあちこちに、噴水や四角に仕切られた花壇や新しい風変りな彫像がある。私は議事堂を囲む曲線道路を進んで行く。黒っぽいピンク色をした議事堂は、スカートを膨らませてぼんやりしゃがんでいるヴィクトリア朝の裕福な未亡人の姿を彷彿とさせる。建物の前には、今では州旗に降格させられ、当時は絶対に描けなかったあの旗がはためいている。深紅色をしたその旗の上部隅にはユニオンジャックが描かれ、下の方には描くのが不可能なビーバーや木の葉などが紋章に入れられている。新しい国旗もそこではためいているが、二本の赤い帯と白地に一枚の赤いカエデの葉が立ち上がっているその旗は、安物のマーガリンの商標か雪の中でフクロウに仕留められた獲物のように見える。ずいぶん前に変更されたのに、私は今でもこの旗を新しいと思ってしまう。

通りを横切り、再開発の際に取り残された小さな教会の裏道に入る。〈信じることは見ることである〉［訳注　「見ることは信じること」のもじり］という日曜日の説教が、スーパーマーケットの特売品そっくりに掲示板上に告知されている。板ガラスの垂直の光の波が掲示板に砕け散る。ショーウィンドーの磨き上げられた前面ガラスの後ろには、フェルトの花束、なめし革、しゃれた銀の装身具がある。最高においしいパスタの店も。神学も年月と共に変わってきた。〈当然の報い《デザート》〉は、以前は、みんなが人生の最期に受けるものと思われていた。今、それはケーキ専門のレストランの名前になっている。罪悪感を捨て〝エス〟を付け足しさえすればいいのだ［訳注　当然の報い（desert）に“s”を付け足すと食後のデザート（dessert）となる］。

角を曲がり脇道に入ると、両側には手編みのニット、フランス製の妊婦服、リボンに包まれた石鹸、輸入タバコなどを売る高級ブティックや、脚の細いワイングラスを備えた、場所代や諸経費を売っているような贅沢なレストラン、デザイナージーンズの大型店、ベネチアンペーパーの小間物店、ネオン照明の動く脚があるストッキング専門店などが並んでいる。

これらの家々は昔はあばら家同然だった。そこはジョセフのかつての縄張りで、ビールで酔っぱらった太った男たちが、八月の暑さの中、汗をかきながら玄関先に座っていた。一方、子どもたちは金切り声を上げ、フェンスに繋がれた犬は擦り切れたロープをつけて喘ぎながら寝そべり、木部のペンキは剥がれ、猫に小便をかけられて元気のないマリーゴールドが、ひび割れた通路沿いに萎《しお》れていた。あの頃、良い場所を数千ドルで手に入れていたら、今頃は億万長者だ。でも、誰が予想できただろう？　私にはできなかった。薄れゆく光の中、ジョセフの手に腰を押されながら、息を弾ませて彼の住む二階への狭い階段を上る私には。ゆったりとした、禁断の、悲しいまでに甘美な夏の夕暮れ。

今ではジョセフのことを当時よりもっと理解できる。それは私が年を取ったせいだ。彼の憂鬱、彼の野望、彼の絶望や満たされない空虚な心の片隅を理解できる。その危うさも理解できる。

たとえば、自分より十五歳も年下の二人の女性と、彼は何をしていたのだろうか。もし、私の娘の一人がそんな男に恋したら、私は逆上するだろう。ちょうど、サラと彼女の親友が学校から急いで帰ってきて、「ママ、ママ、男の人がズボンを下ろしていたよ！」と公園で初めて露出狂を見たと告げたときのように。

その言葉は私に、恐怖と猛烈な怒りを呼び起こした。〈彼女たちに指一本触れでもしたら殺すわよ〉。しかし、彼女たちにとって、それは単に面白くて滑稽なことにすぎなかった。

あるいは、サラを産んだ後、初めて自分の台所を見たときのように。サラを病院から家に連れて帰って、私は考えた、〈あのナイフやら、あの尖った物、熱い物すべて〉のことを。見るものすべてが、彼女を傷つけるかもしれないと恐ろしかった。

もしかすると、私の娘の一人は、ジョセフやジョンのような男を密かに隠しているかもしれない。娘たちが、自分自身のために、あるいは私に対抗するために、どんな薄汚い年寄りの男たちを利用しているか、わかったもんじゃない。私がひどいショックを受けるだろうと思って、娘たちはずっと自分たちのことから私を守ってきたのだ。

新聞の一面に、以前は大声で口にされることがなく、まして印刷されることなどなかった言葉――〈性交、堕胎、近親相姦〉――を見かけると、たとえ娘たちが大人になっていても、あるいは大人と認められていても、私は彼女たちの目を覆いたくなる。私は母親だから、ショックを受ける資格がある。母親でなかったときには、その資格はなかったけれど。

娘たちがまだ幼かった頃、私が出かけた時いつもそうしたように、娘たちそれぞれに、ちょっとしたプレゼントを買わなくてはと思う。昔は彼女たちが欲しいものが勘でわかった。今はもうわからない。彼女たちが何歳になったかを正確に思い出すのが難しい。昔、私が大人であることを母が忘れてしまうのが嫌だった。しかし、私自身が、黄ばんだ赤ん坊の写真を探し出したり、赤ん坊の髪の毛をぼんやり見つめながら、とりとめないことをしゃべる時期に差し掛かっている。

ショーウィンドーの中にある、灰緑色と青緑色の混ざった素晴らしい色合いのイタリア製シルクスカーフを眺めているとき、誰かが私の腕に触れるのを感じて、一瞬ドキっとする。

「コーデリア」と私は振り向きざまに言う。

しかし、それはコーデリアではない。私が知っている人ではない。それは中東あたりから来た女性、いや実際は少女だ。彼女はくるぶしまでの長いたっぷりしたプリント地の木綿スカートの下に、不釣り合いなカナダ製のゴム底ブーツを履いている。ボタンをぴっちり留めた短いジャケットに、修道女の頭巾のように両脇に襞をとって額のところでまっすぐ折りたたまれたスカーフをしている。私に触れた手は北国用の手袋の中でごつごつしており、手袋とジャケットの袖口の間からのぞく手首は、生クリームを入れたコーヒーのように茶色がかっている。その目は大きく、絵画によくある浮浪者の目のようだ。

「お願いです」と彼女は言う。「大勢の人たちが殺されているんです」。どことは言わない。多くの場所で、あるいは中間地帯で起こり得ることだ。祖国喪失は、今では国籍となっている。どういうわけか、戦争は結局なくならないで、小さく散らばり拡散し、至る所に入って来て、締め出すことができない。今や殺戮には終わりがなく、それは一つの産業となり、そこに金がからんでいる。良い側と悪い側を区別するのがとても難しい。

「そうだわね」と私は言う。これはスティーブンを殺した戦争だ。

「何人かここに住んでいます。みんな何も、何も持っていません。殺されるかもしれません、もし……」

「そうね、わかるわ」と私は言う。散歩に出かけるとこういうのに出くわす。車に乗っていると、もっと遮断されているのだが。彼女が名乗る通りの者だと、どうやってわかるだろう。彼女は薬物中毒者かもしれない。お金を無心するこの商売には、詐欺が横行している。

「家族は四人です。子どもが二人いて、一緒に暮らしています。私は、私には責任があるんです」。彼女は〈責任〉というところで少し詰まるが、なんとか言い切る。彼女は恥ずかしがりで、自分がやっていることが、このように通りで人を捕まえたりすることが好きではないのだ。

「そうなの？」

「私は頑張っているんです」。私たちは互いを見つめる。彼女は頑張っているのだ。「二十五ドルあれば、家族四人が一か月間食べていくことができます」

いったい何を食べることができるのだろう？　古くなったパンか、それとも捨てられたドーナツか。彼女は一週間と言っているつもりなのか。もしそう信じているなら、彼女は私のお金を受け取る権利がある。私は手袋をはずして財布をあさり、紙幣をカサカサ言わせる。ピンク色の紙幣、青い紙幣、赤紫色の紙幣。私がこんな大きな力を持っているなんて、その上、こんなに無力感を味わうなんて、とても腹立たしい。おそらく彼女は、私なんか大嫌いだろう。

「さあ」と私は言う。

彼女は頷く。しかし感謝するのではなく、私が予想通りの人物だったこと、あるいは自分の成果をただ確認するだけだ。彼女はお金を受け取るために分厚い毛糸の手袋をはずす。私は二人の手を見比べる。彼女の滑らかな手と淡い半月が見える爪、私の甘皮がぼろぼろになった爪とヒキガエルになりかけた皮膚を。彼女はジャケットのボタンの間にそのお札を突っ込む。ひったくりの手が届かない場所に、彼女は財布を持っているに違いない。それから、ピンク色の毛糸で葉っぱが刺繍された濃赤色のミトンに手をするりと入れる。

「神様のお恵みがありますように」と彼女は言う。彼女はアラーとは言わない。アラーと言うなら、私にも信じられるかもしれないが。

私は手袋をはめ、彼女から歩き去る。毎日こんなことがもっとたくさん起こる。もっと多くの声にならない嘆きや、あのように〈お願い、お願い、助けて、助けて〉と差し出される多くの飢えた手があり、きりがない。

57

九月になり、私はスイスシャレーをやめて学校に戻る。両親の家の地下室にも戻っていく。お金がないのでそうするしかない。この二つの場所はどちらも危険だ。というのも、今では私の生活は多様化し、私自身は断片化している。しかし、もはや無気力ではない。それどころか、晩夏の暑さにもかかわらず、私は機敏でアドレナリンに満ち溢れている。私がこういう状態なのは、人を欺いている上に、裏切り行為をしているせいだ。すなわち、私はジョセフを両親から、ジョンをすべての人たちから隠す必要があるのだ。私は、ばれるのを恐れてびくびくしながら、こそこそ動き回る。夜遅くなるのを避け、忍び足でこっそり抜け出す。奇妙なことに、こうすることでさらに不安になるどころか、より一層安心するのだ。

男性が二人いるのは一人しかいないより良いことだし、少なくとも私は気分がいい。私は両方に恋していると自分に言い聞かせる。そして、二人いるということは、そのどちらかに決める必要がないということだ。

ジョセフは私に、これまでいつも与えてくれたものに加え、恐怖心も与えるようになる。彼は、男の頭を撃ち抜いた話をしたときと同じ何気ない調子で、この国以外のほとんどの国では女は男のものであり、もし男が自分の女に別の男がいることがわかって、その両者を殺したとしても、その男は許されるのだと語る。ジョセフは、男に別の女性がいる場合に女がどうするかついては何も言わない。私の腕や肩や首のあたりを軽く手で撫でながらこんなことを言うので、一体何を疑っているのだろうかと思う。彼は私に、話をしてくれとせがむようになり、そうでないときは、私の口を手でふさぐ。私は目を閉じ、ぼんやりと体を動かしながら、彼に身を任せる。もし彼のことを客観的に見ることができれば、彼はどこかおかしいと気づくはずだ。しかし、私はそうすることができない。

ジョンについては、彼が何を与えてくれるか私にはわかる。彼は逃避を、すなわち、大人たちからの逃走を与えてくれる。楽しさと混乱を与えてくれる。茶目っ気を与えてくれる。

私は、ジョンにジョセフのことを話して、どうなるか見てみようかと考える。しかし、これには違う種類の危険が伴うだろう。年寄りであるばかりでなく滑稽だと彼が思っているジョセフと私が寝ていることを知ったら、ジョンは私を嘲笑うだろう。私がなぜそんな男のことを真剣に考えられるのか、彼には理解できないだろう。この抑えがたい欲望が彼にはわからないだろう。彼は私のことを軽んじるようになるかもしれない。

旅行かばん店の上にあるジョンのアパートは細長い形で、アクリル塗料や使用済み靴下の臭いが漂い、バスルームの他には二つの部屋しかない。そのバスルームは赤紫色で、壁から上の天井へ、そして反対側の壁にまで赤い足跡がついている。手前の部屋は真っ白に塗られ、もう一つの部屋（寝室）は光沢のある黒である。ジョンによれば、これはあの嫌な家主に対する仕返しだ。「僕が出て行ったら、あれを全部覆い隠すには、十五回はペンキを塗らなくちゃいけないぜ」と彼は言う。

ジョンはこのアパートに一人で住むこともあるが、時にはもう一人、時には二人が寝袋で床に寝泊まりしていることがある。この人たちは、腹を立てた家主から逃げ出して来たり、臨時仕事が途切れた絵描きたちだ。私が階下の呼び鈴を鳴らしたとき、誰がドアを開けるか、何が起きているか知る由《よし》もない。朝になると、徹夜のパーティーの残骸や、さまざまな口論の遺留品がある。たとえば、誰かが吐いた跡とか。ジョンはそれを「クッキーの放り込み」と呼び、面白がる。

いろいろな女が階段を上ったり下りたりして私とすれ違う。女たちが白い部屋の奥でうろついているのを見かけることもある。そこにはホットプレートと電気湯沸しだけの、間に合わせの台所がある。この女たちが誰の恋人なのか、はっきりしない。おしゃべりしに立ち寄った女子画学生のこともある。もっとも、彼女たちはお互いにあまり話したりはしない。男たちと話すか、あるいは黙っている。

ジョンの絵は白い部屋に掛けられるか、その壁に立てかけられている。絵はほぼ毎週変わる。ジョンは多作だ。彼は、強烈に目に焼き付く赤やピンクや赤紫のアクリル塗料で、輪や渦巻きの狂乱を非常に素早く描いていく。私自身はそんな風に描けないので、このような絵をすごいと思うべきだと感じ、実際ひと言ふた言ほめることもある。しかし、内心こういう絵はあまり好きではない。何かが車にひかれたとき、幹線道路わきでこんなものを見かけたことがある。

しかしながら、絵というものは、見てわかるような絵である必要はない。それは、キャンバスに捕えられたプロセスの一瞬だ。絵とはまさに、描くという行為そのものだ。

ジョンは色の〈彩度（purity）〉において傑出しているが、純粋で汚れがないのは芸術においてだけだ。彼の家事については当てはまらない。家事とは、すべての母親、特に自分の母親に対する生き生きとした抵抗なのだ。彼が皿を洗うときは浴槽の中で洗うので、排水溝にはパンくずや缶詰のトウモロコシの粒が引っかかっているのが見える。彼の居間の床は、週末が終わった後の浜辺のような感じだ。彼のベッドシーツはそれ自体がプロセスの一瞬だが、かなり長い間続く一瞬なのだ。私は、より汚れの少ない彼の寝袋の上で寝る方を選ぶ。彼のトイレは、北方の片田舎の道路沿いにある給油所のトイレのようで、便器の中には茶色い輪があり、煙草の吸殻でも浮かんでいそうだ。タオルがあっても手の跡が付いており、床のあちこちに得体の知れない紙片が落ちている。

今のところ、私は部屋をきれいにしようと動き出していない。そうすることは、ある境界を踏み越えること、カッコ悪いブルジョワ根性を示すことだ。「君は誰だい、僕のママかい？」カビの生えたゴミを集めようと空しい努力をしながらうろつく女性の一人に、彼がこう言うのを聞いたことがある。私は彼のママにはなりたくない、むしろ、彼の仲間の共謀者になりたい。

ジョンとの愛の行為は、ジョセフとのゆったりとした、悶えるような恍惚と違って、泥の中の子犬のように騒々しい。それは、道端での喧嘩やジョークのように汚らしく下品だ。終わってから、私たちは彼の寝袋の上に横になり、袋からポテトチップを食べ、意味もなくくすくす笑う。ジョンは、ジョセフのように、女が頼りない花であるとか、女体は構図を決めてじっくり鑑賞すべきものだとは思わない。女は頭がいいか馬鹿かのどちらかだと思っている。これが彼の分け方だ。「いいかい、ダチ。君は他のほとんどのやつより賢いよ」と彼は私に言う。この言葉は私を喜ばせるが、同時に私をはねつけもする。自分一人でやっていけるということだ。

ジョセフは私に、どこに行っていたか、何をしていたかと尋ね始める。私は適当にごまかす。ジョンは、ジョセフに対する切り札として取っておく。もしジョセフに二股が可能なら、私もそうできるはずだ。しかし、彼はもうスージーのことは口にしなくなる。

最後にスージーと会ったのは、私がスイスシャレーをやめる前の八月の終わり頃だった。彼女は一人でやって来て、ハーフチキンとバーガンディチェリー・アイスクリームの夕食を食べた。彼女は髪の毛に構わなくなり、その色も前より濃くなって、ウェーブもとれてきた。身体がずんぐりしてきて、顔が丸くなった。まるで、食べることが嫌な仕事であるかのように、機械的に食べ物を口に運んだ。それでも、全部を食べ終えた。彼女はジョセフのことが原因で、慰めを求めて食べているようだった。たとえどんなことが起こっても、彼は決して彼女と結婚しないだろうし、彼女もそのことをわかっていたに違いない。ジョセフのことを話しに来たのだと察した私は彼女を避け、曖昧な笑みを浮かべて軽くあしらった。彼女のテーブルは私の担当ではなかったし。

でも彼女は、店を出る前にすぐ近くへやって来て、「ジョセフを見かけなかった?」と尋ねた。彼女の声は悲しげで、そのことが私をイラつかせた。

私は下手な嘘をついて、「ジョセフ?」と顔を赤らめながら言った。「いいえ。どうして私が知っているの?」

「彼がどこにいるのか、あなたなら知ってるかもしれないと思っただけよ」と彼女が言った。咎《とが》めるというより、あきらめている感じだった。彼女は中年女性のように前屈みになって歩いて出て行った。あんなお尻をしていたら、ジョセフが離れていくのも無理はないと思った。彼は痩せた女は好きではなかったが、その反対にも限度があった。スージーはだんだん身なりを構わなくなってきた。

ところが、今、彼女から電話がかかってくる。午後遅く、私が地下室で勉強していると、母が電話だと呼びに来る。

電話口でのスージーの声は、かすかだが必死の、悲痛な叫びだ。「イレイン、お願い来て!」と彼女が言う。

「一体どうしたの?」と私は言う。

「言えないわ。いいから来てほしいの」

睡眠薬だ、と私は思う。彼女のやりそうなことだ。でも、なぜ私に? なぜジョセフに電話しなかったのだろう。私は彼女をひっぱたきたくなる。

「大丈夫?」と私は訊く。

「いいえ、大丈夫じゃないの。何か変なの」と彼女は声を荒げて答える。

タクシーを呼ぶことなど思いつかない。タクシーはジョセフとの逢瀬のためのものだ。私は、バスや路面電車や地下鉄に乗ってどこへでも行くことに慣れている。モンテカルロまでたどり着くのに、ほぼ一時間かかる。スージーは自分のアパートの部屋番号を私に教えていなかったし、私も聞こうなんて考えてもみなかった。それでまず、管理人の居場所を突き止めねばならない。彼女の部屋のドアを叩くが何の返事もない。それで、また管理人に助けを求める。

「彼女が中にいるのはわかっているんです」。管理人がドアの鍵を開けるのを躊躇するので言う。「私に電話してきたんです。緊急事態なんです」

ようやく中に入ると、部屋は暗い。カーテンが引かれ、窓は閉められ、変な臭いがする。服があちこちに散らばっている。ジーンズ、冬用ブーツ、スージーが羽織っているのを見かけたことがある黒いショール。家具はまるで彼女の両親が選んだかのようだ。四角い肘掛がある緑がかったソファー、小麦色の絨毯、コーヒーテーブル、シェードにまだセロハンがついている二つのランプ。そのどれもが、私が想像していたスージーと一致しない。

絨毯の上に黒い足跡がある。

スージーは、寝る場所を仕切っているカーテンの後ろにいる。彼女は、ピンク色のナイロン製の短いネグリジェを着て、目を閉じ、調理前の鶏のように蒼白な顔でベッドに横たわっている。ベッドの掛布団とピンク色の房のついたベッドカバーが床に落ちている。彼女の下のシーツの上には、鮮血の大きなシミが真っ赤な翼のように彼女の両脇に広がっている。

みじめさが一瞬私を襲う。わけもなく、自分が見捨てられたような気分になる。

それから、私は吐き気をもよおす。トイレに駆け込み嘔吐するが、そこはなおさら悪い。というのも、便器の中はどす黒い血でいっぱいなのだ。白と黒のタイルの床には血の足跡があり、洗面台には指跡がある。ゴミ箱には血をぐっしょり吸った生理用ナプキンが詰め込まれている。

私はスージーの水色のタオルで口を拭き、血の飛び散った洗面台で手を洗う。次にどうすればいいかわからない。これが何であれ、私は巻き込まれたくない。もし彼女が死んでいたら、殺人罪に問われるかもしれない、という馬鹿げた考えが一瞬よぎる。こっそり部屋を抜け出し、ドアを閉め、自分の痕跡を消し去ってしまおうかと考える。

そうする代わりに、ベッドに戻ってスージーの脈をとる。これこそ私がしなくてはいけないことだとわかる。スージーはまだ生きているのだ。

管理人を探すと、彼は救急車に電話をかけている。私もジョセフに電話するが、彼は留守である。

スージーと一緒に救急車の後ろに乗り込み病院へ行く。今、彼女は意識が朦朧としているので手を握ってみる。すると、その手は冷たくて小さい。「ジョセフに言わないでね」と彼女は私にささやく。ピンクのネグリジェを見て、はっきりわかる。彼女は私が思っていたような女の子ではない、そうだったことは一度もない。着飾って遊んでいるだけの、気立ての良い娘なのだ。

しかし、彼女がやったことは彼女を特別な存在にしてしまった。それは、水面下にある山のように、日常の会話の下に潜んだまま、決して口にされることなく覆い隠される事実の一部となる。私の年齢の者なら皆そのことを知っている。そして誰もそのことを語らない。ただ、さまざまな噂は聞こえてくる。台所のテーブル、こっそり交わされるお金。不吉な老婆、闇医者、恥辱と殺生。そこにあるのは恐怖だ。

二人の救急隊員たちは、冷ややかに蔑《さげす》む。彼らは以前にもこういうものを見たことがあった。

「彼女は何を使ったんだい、編み棒かい?」と一人が言う。非難めいた口調だ。彼は私が彼女を手伝ったと思っている。

「知らないわ、たいした知り合いじゃないもの」と私は言う。私は関わり合いになりたくない。

「たいていこうなるのさ。馬鹿な娘たちだ。もうちょっと分別を持つべきだと思わないかい?」と言う。

彼女は馬鹿なことをしたという彼の意見には賛成だ。同時に、もし自分が彼女の立場だったら、私も同じように馬鹿なまねをしただろう。彼女と同じことをしたはずだ、徐々に、少しずつ。彼女のように私もパニックになっただろう。彼女のように私もジョセフには言わなかっただろう。彼女のように私もどこへ行けばいいか分からなかっただろう。彼女に起こったことはすべて、私にも十分起こりうることだった。

しかし、もう一つの声も聞こえる。小さく意地悪な声、昔からある独善的な声、それが私の頭の中のどこか深い所からやって来る。〈いい気味だわ、自業自得よ〉という声が。

やっと見つかったジョセフは、打ちのめされている。「かわいそうな子だ。かわいそうな子だ。どうして僕に知らせなかったんだ？」と言う。

「あなたが怒ると思ったのよ」と私は冷たく言う。「あの子の両親みたいにね。妊娠したせいで、彼女を追い払うと思ったのよ」

私たちは二人とも、これはあり得ることだとわかっている。「いや、そんなことはない」と彼は自信なさそうに言う。「僕は彼女の面倒を見たはずだ」。これはいろんなことを意味するだろう。

彼は病院に電話するが、スージーは彼に会うのを拒む。彼女の中で何かが変わった、硬くなった。彼女は、もう二度と赤ん坊を産めないかもしれない、と彼に告げる。彼のことは愛してないし、彼とは二度と会いたくない、と。

今になってジョセフはもがき苦しむ。「僕は彼女に何てことをしたんだ？」彼は髪をつかんで呻《うめ》くように言う。

彼は以前にも増してふさぎ込むようになる。夕食に出かける気力も、セックスする気力もない。彼がこもっているアパートの部屋は、もはや小ぎれいでも、すっきりともしておらず、中華料理の持ち帰り容器や洗濯してないシーツなど、彼のだらしない生活の断片であふれている。

今回の件から、スージーに対してしてしまったことから、自分は二度と立ち直れないだろうと彼は言う。これが彼のとらえ方なのだ、スージーに対し、彼女のぐったりした無垢の肉体に対し、自分がしてしまったことについての。同時に、彼は彼女の行為に傷ついている。どうして彼女は僕にこんな仕打ちができるんだ？　僕を彼女の人生から切り離すなんてことが。

彼は、自分自身の罪悪感や自分がこうむった傷について、私に慰めてもらうことを期待する。でも、私はこういうことは苦手だ。私は彼を嫌いになり始める。

「あれは僕の子どもだったんだ」と彼が言う。

「だったら彼女と結婚したと思う?」と私は尋ねる。彼が苦しむ光景を見て、私は同情するどころか冷酷になる。

「君は残酷だ」とジョセフが言う。これは以前、性的な意味合いで、彼がからかいながらよく言っていた言葉だ。今、彼は本気でそう言っている。今や彼の言うことは正しい。

スージーがいないと、二人の均衡を保ってきたものがなくなる。ジョセフのすべての重さが私にのしかかってきて、私にはあまりに重すぎる。私は彼を幸せにすることができず、自分の無力さに憤る。私では、彼には不十分だ、私はふさわしくない。女にしがみつき、魚のように骨抜きにされた彼は、今では弱々しく見える。女によってこんなにダメになってしまう男は尊敬できない。彼の悲しげな目を見て、私は軽蔑を感じる。

電話口で私は言い逃れる。とても忙しいと告げる。ある夜、私はデートをすっぽかす。これがとても心地よかったので再びそうする。彼は大学まで私を探しに来る。授業の合間に歩いていると、ボサボサの髪に髭も剃らず、突然とても老けた彼が、私に追いすがる。このように二つの世界が重なり合うことに、私は怒りをおぼえる。

「あの人は誰?」とカシミヤのツインセットを着た女の子たちが訊く。

「昔知っていた人よ」と私は軽く答える。

ジョセフは博物館の外で待ち伏せして、自分を自暴自棄に追いやったのは私だと告げる。彼に対する私の仕打ちのせいで、永遠にトロントを去るつもりだと言う。私はだまされない。どのみち、彼はそうするつもりだったのだ。私の毒舌が頭をもたげる。

「良かったわね」と私は言う。

彼は、傷ついたような、咎《とが》めるような眼差しを向けると、きりっと背筋を伸ばして、闘牛士のように尊大で、大袈裟なまでにこわばった態度をとる。

私は彼を残したまま歩き去る。この歩き去るという行為は、私をとてつもなく喜ばせる。まるで、意のままに人を登場させたり消したりできる感じだ。

ジョセフの夢は見ない。その代わりスージーの夢を見る。彼女は黒いタートルネックにジーンズをはき、実際より背が低く、髪の毛を切ってページボーイ風にしている。くすぶっている落ち葉の山に囲まれ、ぐるぐるに巻かれた跳び縄を持ち、オレンジのアイスキャンディーの半分を舐めながら、知ってはいるがどこかわからない通りに立っている。彼女は、私が最後に見たときのように、ぐったりと疲れ切ってはいない。それどころか、狡猾な眼差しで、抜け目ない様子だ。「ツインセットを知らないの?」と彼女は意地悪く言う。

彼女はアイスキャンディーを舐め続ける。私は自分が何か悪いことをしたのだとわかる。

58

時が過ぎ、スージーは徐々に消えて行き、ジョセフは二度と現れない。

このため、私にはジョンだけが残される。ジョンはブックエンドの片方のように、一人だけでは不完全な感じだ。それでも、彼に対してもう何も隠し事がないので、私は貞淑な気分がする。しかしながら、彼にとっては何の違いもない。そもそも、私が何かを隠しているなんて、彼は知らなかったのだから。私と会ってない時間に彼が何をしているかを、私がどうして気にするようになったのか、彼にはわからない。

私は、彼に恋しているのだという結論に達する。もっとも、それを口に出すほど馬鹿ではないが。彼はその言葉に異議を唱えるかもしれないし、あるいは、それを束縛と思うかもしれない。

私は、今でも彼の細長い白黒のアパートに行き、今でも寝袋の上で終わる。とはいえ、たまたまそうなるわけだが。ジョンは、前もって計画したり、約束を覚えておくのがあまり好きではない。私が階下のドアのところにやって来ても、返事がない時がある。また、電話代が未払いのため電話が切られていることもある。私たちは、ある意味では恋人同士だが、二人の間で明白になっていることは何もない。彼は、私と一緒のときは一緒である。すなわち、彼の中では恋愛関係とはまだ呼べない範囲で、行けるところまで行ってみよう、という感じだ。

明かりを消し、瓶の中にチラチラするろうそくを立てた、暗くて煙たいパーティーが開かれる。他の絵描きたちや、タートルネックを着たさまざまな種類の女たちがやって来る。彼女たちは、長く真っ直ぐな髪を真ん中で分けた姿で現れる。彼らは暗い中、床にかたまって座り、短剣で刺された女たちについてのフォークソングを聞きながら、マリファナ煙草を吸ったりする。これはニューヨークで皆がやっていることだ。彼らはこれを「薬《ヤク》」とか「葉っぱ」と呼び、自分たちの芸術を解放してくれるものだと主張する。

どんな種類の煙草でもむせてしまうので、私はそれを吸わない。ジョンが真っ直ぐな髪の女の子たちと何かしでかすのを見たくないため、私は他の絵描きの誰かと奥の部屋へ引っ込んだりする夜もある。それがどういうものであれ、ジョンがこっそりとやってくれればいいのだが。でも、彼は何も隠す必要はないと思っている。すなわち、性的所有はブルジョワ的なもので、私有財産の不可侵という概念の名残にすぎない。誰も誰かの所有物ではないと。

彼はこういうことを全然口には出さない。ただ「おい、僕は君のものじゃないぜ」と言うだけだ。

他の絵描きたちは、麻薬や酒に酔ってただぼうっとしていることもあれば、自分たちの悩みを私に打ち明けたいときもある。彼らは途中何度もつっかえ、口ごもりながら短い言葉でしゃべる。彼らの悩みは、ほとんどが恋人のことである。もうじき、彼らは靴下を繕ってもらったり、ボタンを縫い付けてもらいに私のところへやって来るようになるだろう。彼らのせいで私はおばさんになった気がする。嫉妬心を抱く代わりに、私はこんなことをしているのだ。嫉妬してもうまくいく見込みは無い、少なくとも私にはそう思える。

ジョンは渦巻きや内臓の絵を描くのをやめた。彼によれば、そのような絵はあまりに甘ったるく情緒的で、あまりに女々しく感傷的である。今の彼は、形がすべて直線か完全な円でできた絵を描いている。線を真っ直ぐに引くためにはマスキングテープを使う。区画ごとに平塗りをし、重ね塗りはしない。

彼はこれらの絵を『謎（エニグマ）、青と赤』『変奏曲（ヴァリエーション）、白と黒』『作品番号三十六』［訳註　英国の作曲家エドワード・エルガー（1857-1934）の『エニグマ変奏曲、作品三十六』のもじり］などと呼ぶ。そういう絵を見ると、目が痛くなる。ジョンはそれが大事な点だと言う。

昼間、私は学校へ行く。

美術考古学は昨年より陰気ではあるが、柔らかく深みのあるものとなる。絵具を厚く盛上げる重ね塗り技法インパストや、光の明暗の対比により物の立体感を出す技法キアロスクーロがあふれている。聖母マリアもまだ出てくるが、その身体は以前のようにみなぎる光に囲まれておらず、夜の背景が多くなる。聖人もまだ見られるが、彼らはもはや、死の象徴のしゃれこうべや犬に似た獅子を足元に置いて、静かな部屋や砂漠に座ってはいない。その代わりに、たくさんの矢に突き刺されたり、杭に縛られて歪んだ姿勢で身悶えしている。聖書の主題が暴力の方へ傾く。ホロフェルネスの首を斬ったユデト［訳注『旧約聖書外典』でユダヤ人の未亡人ユデトは、自分の町に侵略してきた敵の大将ホロフェルネスを魅惑し、その首を斬り町を救った］が今では人気だ。ギリシアやローマの神々や女神がはるかに多くなる。以前と同じように戦争や闘いや虐殺などがあるが、前より混乱がひどくなり、手足が絡み合っている。金持ちの肖像画もまだあるが、服の色がより暗くなっている。

世紀を追うにつれ、新しいものが現れる。船だけの絵とか、犬や馬といった動物だけの絵。農夫たちだけの絵。家々が在ったり無かったりする風景画。花だけの絵、果物や肉片がロブスターと一緒に、あるいはそれ無しに盛られた皿の絵。ロブスターはその色のせいで格別に人気がある。

裸の女性たちの絵。

モチーフの重複がかなり多く見られる。二匹の犬を傍《かたわ》らに侍らせる花の冠を被った裸の女神。服を着ていたり着ていなかったりする聖書中の人物たちに、動物や立木や船が一緒だったり無かったり。神や女神のふりをする金持ちたち。果物と虐殺はあまり一緒に描かれないし、神と農民の組み合わせもない。裸の女性たちが、肉や死んだロブスターの皿と同じ手法で描かれる。肌に映るろうそくの光のゆらめきが、肉やロブスターと同じぐらい注意深く、同じぐらい官能的に、同じぐらい肉感的で豊かな細部描写と共に、同じぐらい画家好みの立体感でもって提示される。（〈豊かな細部描写〉〈画家好みの立体感〉なんて私は書いている）。彼女たちは食卓に差し出されているように見える。

私はこのような陰影の多い粘着質の絵は好きではない。昼間の明るさがあり、落ち着いた控えめな様子をした初期の絵の方が好きだ。私は油絵にも見切りをつけた。油絵の濃厚さ、線の消滅、舐めた唇のような外観、画家の筆使いに注目させるやり方が嫌いになってきた。油絵についてはさっぱりわからない。その代わり私が望むのは、自らの意志で存在しているように見える絵だ。光を発散するような物体が欲しい。光り輝く平面が。

私は色鉛筆で描いてみる。あるいは、僧侶たちの技術であるテンペラ絵具で描く。この技術を今では誰も教えてくれないので、私は図書館に行き説明書を探す。テンペラ画は難しいし、汚れるし、骨が折れる。おまけに、最初のうちはひどい出来だ。母の台所の床や鍋を汚して下塗り用白色顔料のゲッソを作り、何枚も何枚も画板を駄目にして、絵を描くための滑らかな表面を作るための塗り方を習得する。また、卵黄と水を入れた瓶のことを忘れてしまい、それが腐って地下室中に硫黄のような臭いが充満したりする。私はたくさんの卵黄を使い尽くす。卵白は注意深く分けて、上にいる母のところに持って行くと、母がそれでメレンゲクッキーを作ってくれる。

誰もいないときには上の居間の見晴窓のそばで描いたり、地下室の窓から差しこむ昼の光の中で描いたりする。夜は、電球が三つある首の曲がる電気スタンドを二つ使う。これだけでは十分ではないが、私にできることはそれだけだ。将来は、天窓のついた大きなアトリエを持つかもしれないが、そこでどんな絵を描くのか全くわからない。それが何であれ、その絵は、のちのち飾り皿や本の中に現れるだろう。ちょうどレオナルド・ダ・ヴィンチの作品のように。私は、手や足や髪の毛や死者に関する彼の研究を、綿密に調べている。

ガラスの効果や、その他の光を反射する表面の効果に、私は魅かれるようになる。真珠や水晶や鏡や、輝く真鍮の細部が描かれている絵を研究する。ファン・エイク〔訳注 一三九〇～一四四一年。一五世紀オランダの最も重要な画家。初期フランドル派の創始者で油絵画法を改良した〕の『アルノルフィーニ夫妻像』に長い時間をかけ、教科書に載っている、色合いが良くないこの絵のカラー写真を虫めがねで入念に調べたりする。私が惹かれたのは、手を握り合っている繊細で蒼白な撫で肩の二人の姿ではなく、彼らの後ろの壁にある窓間鏡だ。鏡の凸状の表面には、二人の後ろ姿に加え、元の絵自体には存在していない他の二人が映っている。鏡に映ったこれらの人物の姿は、まるで違う重力法則や異なる空間配置が存在しているかのように、わずかに傾いて鏡の内部に存在しており、ちょうどペーパーウェイトの中にいるように、この鏡の中に閉じ込められ、封印されている。この丸い鏡は目のようだ、絵を眺めている人より多くのものが見える、たった一つの目。鏡の上部には、〈ヤン・ファン・エイクここにありき、一四三四年〉と書かれている。それは、トイレのなぐり書きやスプレーペンキによる壁の落書きに、びっくりするほどよく似ている。

私の家には、練習台にするような窓間鏡はない。それで私は、ジンジャーエールの瓶、ワイングラス、冷蔵庫から出した角氷、光沢のあるティーポット、母の偽物の真珠のイヤリングなどを描く。磨き上げられた木や金属を描く。たとえば、底の方から見た銅底のフライパンやアルミの二重鍋などを。私は自分の絵の上に身を屈め、小さな刷毛《はけ》で明るい部分を軽く塗りながら、細部に手を入れる。

私は自分の好みが流行ではないと気づいているので、隠れて仕事する。たとえば、ジョンならこれをイラストだと呼ぶだろう。彼に関する限り、見てわかるような絵は何でもイラストなのだ。このような作品の中には自発的エネルギーがないと彼は言うだろう。創作行為の過程、プロセスがないと。私は写真家か、ノーマン・ロックウェル［訳注　一九四〇年代後半から五〇年代に人気の米国の画家・イラストレーター］になる方がいいかもしれない。彼の意見に賛成する日もある。だって、これまで私は何をしてきたのだろう？　イートンズ・カタログの家庭用品部門から適当に取ってきたように見えるものばかりだ。それでも、私は描き続ける。

水曜の夜、私は別の夜間コースをとる。今年は、激しやすいユーゴスラビア人が教えている「人体デッサン」のクラスではなく、「広告美術」のクラスだ。そこの学生たちは、「人体デッサン」クラスの仲間とは大分違っている。彼らは主に、美術カレッジの美術専攻コースからではなく、宣伝広告コースから来ている。やはり、ほとんどが男子だ。中には芸術的野心を持っている者もいるが、ビールはあまり飲まない。彼らはより清潔で真面目で、卒業したらお金になる仕事をしたいと思っている。私もそう思う。

先生は年配で痩せた、負け犬のように見える男性だ。彼は現実社会では失敗したと思っている。しかし、彼はかつて、私が子どもの頃から見覚えのあるポークビーンズの缶詰の有名なラベルの絵を考案していた。戦争中はポークビーンズの缶詰をたくさん食べたものだ。彼の得意分野は笑顔を描き出すことだ。そのコツは歯を見せること、隙間が無く歯並びの良い白いステキな歯を見せることだ。そのため、その笑顔はとても犬に似ているし、入れ歯をしているようにも見える（実際、先生は入れ歯だった）。先生は、私には笑顔を描く能力があり、成功するだろうと言う。

ジョンはこの夜間コースのことで私を少しからかうが、予想していたほどではない。彼はその先生をビーニー・ウィーニー［訳注　豆とウィンナーの煮込み料理で缶詰もある］先生と呼び、それ以上口を出さない。

59

私は大学を卒業したが、自分の学位でやれることは大してないことに気づく。いずれにせよ、やりたいことは何もない。大学院へは進みたくないし、高校で教えたり、博物館の見習い学芸員にもなりたくない。

この頃までには、私は美術カレッジの夜間コースの単位を五つ取得しており、そのうち四つが宣伝広告部門である。私はその証明書と、笑顔や皿にのったキャラメルプディングや半分割の桃の缶詰などの自分の作品集を、さまざまな広告代理店に見せて回る。そのために、シンプソンズで（特売の）ベージュ色のウールのスーツ、それに合う中ヒールのパンプス、真珠のボタンイヤリング、（特売の）上品な絹のスカーフを買う。これは、昨晩のレイアウト・デザインクラスの女性講師の勧めである。彼女は髪を切るようにも勧めたが、私は大きなカーラーとヘアセット用ジェルとたくさんのボビーピンの助けを借りてフレンチロール［訳注 髪をかき上げて後頭部で縦ロールにする結髪法］にするにとどめようと思う。やっとのことで、私は印刷物のレイアウトをするつまらない仕事を得て、ブルア通り北のアネックス地区にある大きなぼろ屋敷の中に、玄関が別々で簡易台所のある二部屋の小さな家具付きアパートを手に入れる。二番目の部屋は絵を描くために使い、そこに通じるドアは閉めておく。

このアパートには本物のベッドと本物の台所用流しがある。ジョンは夕食にやって来て、私が（特売で）買ったタオルや、手に入れた耐熱皿や、シャワーカーテンのことをからかう。彼は「『すてきなお家とお庭』［訳注 家庭生活用雑誌の名称］かい？」とからかう。彼は私のベッドについてもからかうが、そこで寝ることは気に入っている。今では、私が彼のところに行くより、彼が私のところへ来る方が多くなる。

両親は家を売り北方へ引っ越す。父は大学を辞め、研究活動に戻った。今では、スー・セント・マリーにある「森林昆虫研究所」の所長をしている。父によれば、トロントは人口があまりに増えすぎて汚染もひどい。五大湖の南側は世界最大の下水溝であり、飲料水に何が入りつつあるか知ったら、私たちは皆アルコール中毒者になるだろう。空気に関しては、化学物質でいっぱいなのでガスマスクをつけたほうがいい。北の方ではまだ息ができるだろうが、と言う。

母は自分の庭を離れるのがあまり嬉しくなかったが、今回の転居を最大限活かすよう努めた。「少なくとも地下室にある、あのたくさんのガラクタを処分するいい機会だわ」と言った。二人はスーで新たな庭を造り始めたが、そこで植物が育つ期間ははるかに短い。もっとも、夏の間はほとんど、虫の群れを追いかけて車で移動しているけれど。虫の数が不足することはない。

私は親がいなくなって寂しいとは思わない。まだ、思わない。むしろ、親と一緒には暮らしたくない。私は自分の思うようにやれて、好きなようにだらしなくできるのが嬉しい。今ではでたらめに食事をすることができる。バランスのとれた食事を気にすることなく、ジャンクフードの軽食や持ち帰り料理を食べることができる。好きな時に寝て、汚れた洗濯物はカビが生えるにまかせ、皿洗いもサボることができる。

私は昇進する。しばらくして、出版会社の美術担当部門に移り、そこで本の表紙のデザインをする。夜、ジョンがいないときは絵を描く。時どき寝るのも忘れ、夜明けになったのに気づき、仕事着に着替えて職場へ出かける。そんな日はふらふらで、言われていることを聞き取るだけで大変だ。でも、誰も気づいていない様子だ。

ダルースやカプスケーシングという場所から母が送って来る絵葉書や、時おりの短い手紙を受け取る。

母は道がとても混むようになったと言う。「トレーラーが多すぎる」とこぼす。私は自分の仕事のこと、自分のアパートのこと、天気のことなどを書いて送る。ジョンの事にはふれない、というのも変わったことは何もないからだ。ニュースというのは、婚約のような何かはっきりした、ちゃんとしたことでなくてはならない。

兄のスティーブンはあちこち動き回っている。ますます口数が少なくなってきた。今では兄も絵葉書で連絡してくる。ドイツからの葉書は、革の短パンをはいた男の写真の横に、〈立派な粒子加速装置〉とのメッセージ付きだ。ネバダからの絵葉書はサボテンの横に、〈興味深い生命体〉とのメモがある。休暇でだと思うが兄はボリビアに行き、山高帽をかぶって葉巻をふかしている女性の絵葉書に、〈素晴らしい蝶たち。君の健康を祈る〉と書き送る。ある時兄は結婚し、そのことをサンフランシスコからの葉書で知らせて来る。その絵葉書にはゴールデンゲートブリッジの夕日と一緒に、〈結婚した。アネットからよろしくとのこと〉と書いてある。結婚について私が聞いたのはこれだけだ。数年後、自由の女神像の絵葉書をニューヨークから送ってきて、〈離婚した〉と言ってくる。兄はこの両方の出来事にきっと困惑しただろうと推測する。それはまるで、彼自身が故意にしたことではなく、足の指をぶつけたみたいに、偶然彼にふりかかった出来事のようだ。兄は、危害を加えられるかもしれないとも思わず、外国で夜中に公園に入って行くように、うっかり結婚に踏み込んでしまったのだと思う。

兄はある学会で講演をするためにトロントに戻って来る。事前にボストンから、ポール・リヴィア［訳注　一七三五～一八一八年、ボストン生まれ。米国独立戦争における愛国者の象徴］像のついた絵葉書でそのことを知らせて来る。〈十二日の日曜日に到着する。僕の講演は月曜日だ。じゃあ、また〉

私はその講演を聴きに行く。それが自分のためになるだろうという高尚な期待からではなく——講演の題目は『最初のピコ秒と統一場理論の探求——いくつかの小考察』——講演者が私の兄であるからだ。大学の講堂が聴衆で埋まっていく間、私は爪を噛みながら座っている。聴衆の大半は男性だ。そのほとんどが、高校時代の私だったらデートしようなんて考えてもみないタイプの人たちだ。

ほどなく、兄が紹介者の男性と一緒に入って来る。私は何年も兄と会っていない。兄は以前より痩せ、髪が後退し始めている。自分の原稿を読むのに眼鏡が必要だ。というのも、兄の胸ポケットから眼鏡が突き出ているのが見えているのだ。誰かが兄のために服装を整えてくれたらしく、スーツにネクタイ姿である。しかしこのせいで、兄はもっと普通に見えるどころか、さらに異常に見える。人間の服を着た地球外生命体のようだ。兄は、驚くほど才気あふれる輝かしい表情をしている。まるで、今すぐにも頭が光り出して透明になり、内部にある巨大な明るい色の脳が現れそうだ。同時に、兄の髪はくしゃくしゃで、当惑しているようにも見える。ちょうど、楽しい夢から覚めて小人のマンチキンたち［訳注『オズの魔法使い』に出てくる小人の一族］に囲まれているのに気づいたかのように。

紹介者の男性は、兄については紹介するまでもないと言い、兄が書いた論文のリストや獲得した賞、これまでの貢献などについて述べる。拍手が起こり、兄が壇上に上がる。兄は映写機の白いスクリーンの前に立つと咳払いをし、緊張して足を踏み替え、眼鏡をかける。今や兄は、後に切手になって現れる偉人のように見える。兄はそわそわしており、そのせいで私も緊張する。兄が口ごもるのではないかと心配だ。しかし、いったん話し出すと、もう大丈夫だ。

「私たちが夜空を見つめるとき」と彼は始める。「私たちは過去の断片を見ているのです。私たちが見ている星が、何億光年も離れた時空で起こった出来事の痕跡だというだけではありません。あの上空のすべてが、そして、この地上のすべてが化石なのです。宇宙誕生の最初の数ピコ秒の遺物なのです。そのとき、宇宙は原始の均一なプラズマの中から結晶となって現れました。最初のピコ秒におけるその状況は、ほとんど想像がつきません。もし我々がタイムマシーンに乗ってこの爆発の瞬間にまで戻ることができたら、我々は、自分たちの理解を超えたエネルギーや、認識できないほど歪められた奇妙に動くフォースが充満している世界に、自分たちがいることがわかるでしょう。さらに過去へと遡《さかのぼ》ればのぼるほどに、この状況はより激烈になるのです。現在の実験装置では、我々はこの道をほんのわずかしか辿ることができません。その地点を超えたら、我々を導くものは、理論しかありません」。この後も、兄は英語のように聞こえるがそうではない言語で語り続ける。というのも、私には一言もそれが理解できないのだ。

幸運なことに見るものがある。部屋が暗くなりスクリーンが照らされ、宇宙あるいはその一部が現れる。黒い宇宙空間に白く、青く、赤く熱した銀河や星たちが点在している。スクリーン上で矢印がその間を動き回り、探したり見つけたりする。それから、図表や一連の数字、そして私以外のここにいるすべての人たちがわかる事柄について言及される。どうやら、四つ以上の、もっとたくさんの次元があるらしい。

部屋中に興味を示すつぶやき声がさざ波のように広がる。ささやき声や紙がカサカサ擦れる音がする。最後に再び電気がつくと、兄は話に戻る。「しかし、最初の瞬間の向こうの瞬間はどうなっているのでしょうか？」と兄は言う。「〈以前〉という言葉を使うことに意味があるでしょうか？　というのも、時間は空間なしに存在できないし、時空は事象なしには、事象は物質エネルギーなしには存在できないのです。しかし、それ以前にも何かが存在していたはずです。その何かとは理論上の構造、もしくは、エネルギーの法則が働いているに違いない枠組《パラメーター》みのことです。今の我々が手に入れることができ、わずかではあるが増えつつある証拠から判断すると、宇宙がもし〈光あれ（fiat lux）〉という言葉で創られたとしたら、〈あれ〉という言葉はラテン語ではなく、まさに唯一の普遍言語である『数学』で表現されたはずです」。これは形而上学にとても似ているように聞こえる。しかし、聴衆の男性たちはそれがおかしいとは思わないようだ。拍手喝采が起こる。

私はその後の歓迎会に参加するが、そこでは大学が用意したお決まりの飲食物、まずいシェリー酒に濃い紅茶、市販のクッキーなどが出される。男性たちは集まって、ぶつぶつと数字をつぶやいたり、互いに握手したりする。彼らの中にいると私は極度に目立ち、場違いな気がする。

兄を見つけて、「すばらしかったわ」と言う。

「少しでもわかってくれたら嬉しいよ」と兄は皮肉を込めて言う。

「まあ、数学はすごく得意ってわけじゃなかったけどね」と私は言う。兄は優しそうに微笑む。

私たちは両親についての情報を交わす。最後に両親から便りがあったのはケノラからで、西に向かっていた。「今でもあの懐かしい青虫たちを数えているんだろうね」と兄が言う。

私は、兄が道路脇でどんな風に吐いたかを、また、兄の杉鉛筆のにおいを思いだす。テントや伐採小屋での生活、切られた材木やガソリンのにおい、踏みつぶされた草や鼻をつくチーズのにおい、そして、暗闇の中をどんな風にこっそり動き回ったかを思い出す。オレンジ色の血の付いた兄の木製の剣や、彼の漫画本のコレクションを思い出す。私は、兄が湿原にしゃがみ込み、〈倒れろ、お前は死んだんだ〉と叫んでいるのが見える。彼がお皿をフォークで急降下爆撃するのが見える。兄の幼少期の姿は、すべてが鮮明でくっきりして色鮮やかだ。だぶだぶの短パンにストライプのTシャツ、日に焼けたボサボサの髪、冬用ズボンや革のヘルメットなど。それから空白があり、再び向こう側に兄が現れる、どういうわけか二歳年上だ。

「戦争中に兄さんが歌っていたあの歌、覚えてる？　口笛で吹いたりもしたわね。『片翼でかすかな望みでも戻ってこい』って」と私は言う。

兄は当惑した様子で、少し眉をひそめる。「覚えているとは言えないな」と言う。

「兄さんは爆発の絵をいろいろ描いたわね。自分のを使い切ったので、私の赤鉛筆を借りたりしたわ」兄は私を見つめる。こんなことを自分自身は覚えていないというより、私が覚えていることにびっくりしているという感じだ。「あの頃、君はあまり大きくなかったはずだが」と言う。

兄にとって、自分につきまとう妹がいるということは、どんな感じだったのだろう。私にとって兄は既定事実、すなわち、兄がいない時というのはなかった。しかし、兄にとって私は既定事実ではなかった。かつて彼は一人であり、私は侵入者だった。私が生まれたとき、兄は私を憎らしく思っただろうか？　きっと、私のことをうるさいと思っただろう。兄が時どきそう思ったことは確かだ。しかし、何もかもひっくるめて考えてみると、兄は私のことをできる限り我慢してきたのだ。

「橋の下に兄さんが埋めたビー玉の瓶のことを覚えてる？　どうしてそんなことをしたのか、私に教えようとしなかったわね」と私が言う。手の届かない地面の中に埋められた一番良いビー玉、赤と青のピューリー、ウォーター・ベービー、キャッツ・アイ。兄はきっと瓶の上に泥をかけて踏みしめ、葉っぱを撒き散らしただろう。

「思い出した気がする」と兄は言う。まるで以前の若い頃の自分をあまり思い出したくないような感じだ。兄が自分自身に関するいくつかのことは思い出せるのに、それ以外のことは思い出せないことに、そして、彼が失くしたり忘れたりした記憶は、今では私にとってだけ存在することに困惑する。もし、兄があれだけ多くのことを忘れてしまったとしたら、私は一体何を忘れてしまったのだろうか。

「たぶん、まだあそこにあると思うわ。あの新しい橋が作られたとき、誰かあれを見つけたかしら。兄さんは地図も埋めたわよね」と私が言う。

「そうだったね」と兄は言い、あの懐かしく秘密めいた、じらすような微笑みを浮かべる。兄がまだ教えるつもりがないので、私は安心する。すなわち、兄の外見は変わり、髪は薄くなり、間に合わせのスーツを着ていても、その下は同じ人間のままなのだ。

兄がどこか次のところへ行ってしまった後で、誕生日のお祝いに、兄の名前の付いた星を買ってあげることを思いつく。私はこんな広告を見たことがある。「お金をお送り下さい。そうすれば証明書と一緒に、自分の名前のついた星が載っている星の地図をもらえます」。きっと、面白いと思ってくれるだろう。でも、〈誕生日〉という言葉が、彼にとって今でも意味があるのかどうか、私にはわからないけれど。

60

ジョンは目が痛くなるような幾何学模様をやめ、宣伝用のイラストみたいな絵を描いている。巨大なアイスキャンディー、特大の塩コショウ容器、シロップ漬けにされた半分割の桃、フライドポテトであふれんばかりの紙皿など。彼はもはや、色の彩度については口にせず、今の時代の図像的凡庸さを反映するために、平凡な文化表象システムを使う必要性を語る。私は、自分自身の仕事上の経験から、彼に少し助言を与えることができると思う。たとえば、半分割の桃にもっと光沢をつけるとか。でも、私は何も言わない。

ジョンは次第にこういう絵を私の居間で描くようになる。彼は絵具やキャンバスをはじめ、自分のものを段々持ち込むようになる。彼の部屋には人が多すぎて、そこでは絵を描けないと言う。それは本当だ。手前の部屋は、転々と居を変える徴兵逃れのアメリカ人たちでふさがっている。彼らは全員が誰かの友人のようだ。ジョンが壁にたどり着くためには、彼らを跨いで行かねばならない。というのも、彼らは独りわびしく薬を吸いながら、次にどうしたらいいだろうかと考えつつ、寝袋に入ったままその辺に寝転がっているのだ。彼らは気が滅入っている。なぜなら、トロントは彼らが想像していたような戦争のないアメリカ合衆国ではなく、たまたま迷い込んで抜け出すことができなくなった一種の辺獄《リンボ》［訳注 カトリックの概念で、洗礼を受けてない者が死後に行き着くとされる地獄の周辺部のこと］なのだ。トロントは退屈な場所で、そこでは何も起こらない。

ジョンは週に三、四日ここに泊まるようになる。その他の夜、彼がどうしているのかは聞かない。

彼は、私が望んでいると思えることに対して、自分は大いに譲歩してやっていると考えている。そして、たぶん私はそれを望んでいるのだ。私が一人の時は、台所の流しに皿を積み重ねたままにし、食べ残しの容器に色のついたカビが生えるにまかせ、きれいなパンティーがなくなるまで洗わない。しかし、ジョンのおかげで私は片付けと手際良さの手本となる。朝起きると彼のためにコーヒーをいれ、テーブルに二枚の皿と、新しく手に入れた白地に斑点入りの耐熱陶器を置く。彼の洗濯物を自分のと一緒にコインランドリーで洗っても気にしない。

ジョンはこのような清潔な服を着るのに慣れていない。ある日、私がたたんだシャツとジーンズの山を持って現れると、「君は、結婚すべきタイプの女の子だ」と彼が言う。これは侮辱かもしれないと思うが、はっきりわからない。

「じゃあ、自分で洗濯しなさい」と私は言う。

「おい、そんなに怒るなよ」と彼は言う。

日曜日はいつも、遅くまで寝ていて、愛を交わした後、手をつないで散歩に出かける。

何の変哲もないある日、いつもと違うことは何もなく、何も起こらなかったある日、私は自分が妊娠していることに気づく。私の最初の反応は、まさかという気持ちだ。私は身体の内部に耳を澄ませて、何度も何度も数え直し、足音を待つように一日、また一日と待つ。ついに、オシッコを瓶に入れ、犯罪者のような気持ちで、こっそり薬局まで出かける。結婚している女は医者に行く。結婚していない女はこうするのだ。

薬局の男性は、結果は陽性ですと私に告げる。「おめでとうございます」と非難めいた皮肉をこめて言う。彼は私の気持ちがお見通しなのだ。

ジョンに告げるのは恐ろしい。まるで歯でも抜くように、取ってもらいに行くのを望むだろう。彼が「それ」と呼ぶかもしれないものを。あるいは、彼が浴槽に熱湯を注ぐ間中、そこに座っていなさいと言うかもしれない。私にジンを飲むよう勧めるかもしれない。さもなければ、彼は姿をくらましてしまうだろう。芸術家は他の人たちのように、手のかかる家族や贅沢品に縛られて生きていくことはできないと、何度も繰り返し言っていたから。

私はこれまで聞いたことのある、いろんなことを考えてみる。ジンをたくさん飲むこと、編み棒やコート用ハンガーのこと。でもそれでどうするのだろう？　スージーのことや、翼のように広がった赤い血のシミのことを考える。彼女がやったことが何であれ、私はそういうことは絶対しない。あまりに恐ろしすぎる。彼女のような結末になるのは御免だ。

私はアパートに戻り、床に横になる。身体の感覚がなく、ぐったりして、何も感じられない。動くことも、息をすることもほとんどできない。自分が無の中心にいるような、がらんとした真暗な四角形の真ん中にいるような感じだ。そして、自分が外に向かってゆっくり爆発し、冷たく燃える宇宙空間の中へと広がっていくのを感じる。

目が覚めると真夜中だ。自分がどこにいるのかわからない。両親の家の半透明の照明器具がある昔の自分の部屋に戻って、以前私たちが軍払い下げの簡易ベッドに寝ていた頃よくしたように、ベッドから落ちて床に横になっているのだと思う。でも、あの家は売られて、両親はもうそこにいないことはわかっている。私はどういうわけか、見落とされ、置いてきぼりにされている。

これは、ある夢の終わりにすぎない。私は起き上がり電気をつけ、自分のために温かいミルクを用意し、寒さに震えながら台所のテーブルにつく。

これまで、私は常に実際そこにあるもの、自分の目の前にあるものを描いてきた。今は、そこにないものを描き始める。

私は銀色のトースターを描く。取っ手とドアのついた古いものだ。ドアの一つが半分開いて、内側の赤く熱したグリルが見えている。ガラス製のコーヒーパーコレーターを描く。透明な水の中に泡が出てきて、黒っぽいコーヒーの一滴が落ちて広がり始めている。

絞り機付きの洗濯機を描く。洗濯機は白いエナメル製のずんぐりした円筒形である。絞り機自体は、不気味なピンクがかった肌色をしている。

これらは記憶に残っている品物に違いないとわかるが、記憶の中の物のようには見えない。端々がかすんでおらず、くっきりと明瞭だ。それらは、背景から切り離されている。通りでちらりと見かける品物のように、ただぽつんとそこに置かれている。

私は、その品物と関わっている自分を想像できない。その品物は不安に満ちているが、私自身の不安ではない。不安は、その品物自体にある。

私は三つのソファーを描く。一つはくすんだバラ色のチンツ地で、もう一つは刺繍の飾りマット付きのえび茶色のビロード地だ。真ん中のは青リンゴ色である。そのソファーの真ん中のクッションの上に、割れた殻の入った実際の五倍の大きさのゆで卵立てがある。

ガラス瓶を描く。そこからベラドンナの花束が煙のように、魔法の瓶《ランプ》から出てくる暗闇のように立ち昇る。その茎はねじ曲がり絡み合い、枝には赤い実と赤紫色の花がぎっしりとついている。密集し、もつれている艶のある葉っぱのずっと後ろに、ちらりと覗いているのは猫の目だ。

昼間私は仕事に行き、戻って来ると話をし、食事をする。ジョンがやって来て食事をし、眠り、出て行く。私は超然と彼を見つめるが、彼は何も気づかない。私のすべての動きは、夢の中のようにぼんやりしている。誰もそばにいないとき、私は爪を噛む。日々の生活に自分をつなぎとめるためには、肉体の痛みを感じなくてはならない。今や私の身体は独立した物体だ。時計のようにカチカチ音をたてている。中で時が刻まれているのだ。身体は私を裏切り、そんな身体を私は嫌悪する。

私はスミース夫人を描く。彼女の姿が何の前触れもなく、死んだ魚のように浮かび上がり、私が描いているソファーの上に姿を現す。最初は、くるぶしのない、毛のまばらに生えた彼女の白い脚が、それから彼女の太いウエストとジャガイモ顔が、そしてメタルフレームの眼鏡をかけた目が現れる。毛糸の肩掛けが膝の上にだらりと置かれ、彼女の後ろには団扇《うちわ》のようなゴムの木が浮かびあがる。彼女の頭には、日曜日によくかぶっていた、ぞんざいに包まれた小包のようなフェルトの帽子が載っている。

彼女は平らな絵の表面から今や三次元の存在となって、口を閉じたまま薄ら笑いを浮かべ、独善的な眼差しで非難するように外の私を見つめる。私に何が起ころうとも私自身の責任だ、私が悪いことをしたせいだ。

スミース夫人は、それが何かわかっている。だが、何も語りはしない。

スミース夫人の絵は、次々と別の彼女の絵に繋がっていく。彼女は壁の上で細菌のように増殖する。服を着ていたり着てない状態で、立ったり座ったり飛んだりしながら。また、街角の安っぽい店で売られているイエスの三D絵葉書のように、多くの目で私を追い回しながら。私は時どき、彼女の顔を壁の方に向ける。

61

融けかかった雪の山をよけながら、サラを乗せたベビーカーを押して通りを行く。サラは二歳を過ぎているが、買い物に行くときに、まだ、あの赤い長靴を履いて一緒について行けるほど速くは歩けない。それに、こうすることで私はベビーカーの取っ手に食料品の袋をかけたり、サラのまわりに袋を詰め込んだりできる。以前は知る必要のなかった品物や器具や場所の再利用の仕方などのちょっとしたコツを、今はたくさん知っている。

私たち三人は、今ではもっと広い場所に暮らしている。ブルア通り西の脇道にある、四角い木製の玄関柱がたわんでいる、赤レンガ造りの棟続き二戸建住宅の上部二つの階だ。この辺りには、多くのイタリア人が住んでいる。既婚婦人や未亡人など年配の女性たちは、昔の私のように黒い服を着て化粧もしない。私が妊娠後期の頃、彼女たちは、まるで私が彼女たちの仲間の一人であるかのように、よく微笑みかけてくれたものだ。今では、まずサラに笑いかけるけれど。

私自身は、原色のミニスカートの下にタイツとブーツを履き、その上にくるぶし丈コートを羽織っている。私はこの服装を完全に気に入っているわけではない。この服を着て座るのは大変だ。それに、サラを産んでから体重が増えた。こんな短いスカートや窮屈なトップスは、私よりもっと細身の女性たち向けにデザインされたものだ。今では、そんな女性たちが何十人、何百人もいるようだ。イタチ顔の女の子たちは、長い髪を尻あたりまで垂らし、胸はベニヤ板みたいに平たくて、彼女たちと比べると自分がデブに思えてくる。

新しい言葉が彼女たちと共に現れる。彼女たちは、〈いかすぅ〉〈すっごーい〉とか〈しびれるぅ〉〈ばっちりぃ〉とか〈ぶっちゃけろ〉などと言う。私は、そんな言葉を使うには自分が年を取りすぎていると感じる。それは若い子向けの言葉で、私はもはや若くはない。左耳の後ろに白髪を一本見つけた。あと二年で三十歳。もう、オバサンだ。

私は玄関までの歩道をサラを乗せたベビーカーを押して行き、留め具をはずして彼女を玄関ポーチの外階段下に降ろし、買い物袋をはずしてベビーカーをたたむ。サラには玄関ドアまでの外階段を歩いて登らせる。この外階段は滑りやすい。私は買い物袋とベビーカーを取りに戻り、それらをつかんで外階段を上がり、バッグの中の鍵をまさぐってドアを開け、サラを抱えて中に入り、それから買い物袋とべビーカーを入れ、ドアを閉め、鍵をかける。サラに内階段を歩いて登らせ、内ドアを開け、彼女を部屋の中に入れ、幼児用ゲートを閉め、買い物袋を取りに下に降り、それを持って上がり、ゲートを開けて入り、ゲートを閉めて台所に行き、テーブルの上に買い物袋を置き、中身を取り出し始める。卵、トイレットペーパー、チーズ、リンゴ、バナナ、ニンジン、ホットドッグ、丸パン。ホットドッグをあまり頻繁に出すのは心配だ。私が若い頃、それは祭りで売られる食べ物で、体に悪いとされていた。それを食べるとポリオに罹《かか》るかもしれなかった。

サラがお腹を空かしているので、私は食品を取り出すのを中断し、彼女に牛乳を一杯飲ませる。彼女のことはものすごく愛おしいが、同時に、イライラさせられることもたびたびだ。

最初の一年間、私はずっと疲れており、ホルモンのせいでぼうっとしていた。しかし、今ではそこから抜け出しつつある。私は自分のまわりを見回し始めている。

ジョンが帰って来て、サラを抱き上げてキスをし、髭で彼女の顔をくすぐり、キーキー言う彼女を抱えて居間にやって来る。「一緒にママから隠れよう」とジョンは言う。自分たち二人は私に敵対する同じグループ、架空の同盟に属しているというわけだ。そのことが必要以上に私の気に障る。また、ジョンが私をママと呼ぶのも気に入らない。私は彼のママではない、サラのママだ。でも、彼も娘を愛しているのだ。これは驚きで、私はそのことを充分感謝し尽したとは言えない。サラは私が彼に与えた贈り物だとは今でも思えず、彼が私に許してくれたものだと思っている。私たちが市役所で、最も古くからある理由のせいで結婚したのは、サラのせいなのだ。その理由はほとんど時代遅れになっていた。しかし、私たちはそのことを知らなかった。

ナイアガラフォールズ出身で、名ばかりのルーテル派信者であるジョンは、ハネムーンにはナイアガラへ行こうと考えた。彼は〈ハネムーン〉と言いながら笑い転げた。面白おかしい旅になると思ったのだ。巨大なコーラ瓶の絵と同様に、自意識過剰で陳腐なことになると。「びっくりする眺めだよ」と彼は言った。彼は私を蝋人形館や花時計や遊覧船の〈霧の乙女号〉に連れて行きたがった。ポケットに二人の名前が、背中には「**ナイアガラの滝**」の文字が刺繍されたサテンのシャツを買いたいと言った。しかし、私たちの結婚に対する彼のこの態度に、私は内心不愉快だった。これから一週、また一週と過ぎていき、私の身体がゆっくり肉風船のように膨らんでいくにつれ、他のどんな事が起きようとも、私たちの結婚は冗談事ではないのだ。それで結局、私たちは行かないことにした。

結婚直後の私は、肉感的に満ち足りた気だるさに陥った。私の身体は、暖かくてぐんにゃりした、とても寝心地良い羽根布団のようで、私はその中にすっぽりくるまれて横たわっていた。それはきっと、アドレナリンを吸い取る妊娠のせいだったのかもしれない。あるいは、安心したせいだったかもしれない。その頃のジョンは私にとって、日の光を浴びたスモモのように、濃厚な色合いの完璧な姿で輝いていた。私は、手で撫でるように彼を目で追いながら、彼のそばでベッドに横になったり、台所のテーブルに腰かけたりした。私の憧れは肉体的なもの、言葉にならないものだった。私はよく、〈ああ〉これ以上何もいらないわ、と吐息を漏らすようにつぶやいた。あるいは、彼は〈私のものよ〉と、子どものように思ったりした。それが本当でないとわかってはいたけれど。〈そのままでいて〉と願ったものだ。

しかし、彼はそうすることができなかった。

ジョンと私は喧嘩をするようになる。その喧嘩は、夜サラが眠っているとき行われる人目を憚る喧嘩だ。ひそひそ声での口喧嘩。私たちはサラがわからないように喧嘩をする。というのも、もし喧嘩が私たちにとって恐ろしいものなら――実際そうなのだが――サラにとってそれはどんなにか恐ろしいことだろう?

私たちは、大人たちから逃げていると思っていたが、今や私たちが大人なのだ。これが最も厄介な点だ。私たちのどちらも、丸々全部の責任をしょい込みたくない。たとえば、私たちは、どちらがより体調が悪いかを競い合う。私の頭が痛いと、彼は片頭痛になる。彼の背中が痛むと、私の首が死ぬほど痛くなる。私たちのどちらも、救急絆創膏を貼ってやる側にはなりたくないのだ。私たちは、子どものままで居続ける権利を巡って喧嘩をする。

初めのうち、私はこの喧嘩に勝てない。愛しているせいだ、そう自分に言い聞かせる。もし私がこの喧嘩に勝つことになれば、世の中の秩序が変わるだろうし、私にはまだその準備ができていない。それで、代わりに、私はこんな喧嘩には負けて、違う技に熟達するようになる。肩をすくめたり、口を閉ざしたまま黙って非難したり、ベッドで背を向けたり、質問に答えなかったりする。「あなたの好きなようにやれば」と言い、ジョンをむっとさせる。彼が望んでいるのは、単に私が降伏することではなく、彼自身やその考えを私が熱狂的に賞賛することだ。だから、それが叶わないと、ごまかされたように感じるのだ。

今ではジョンにも仕事がある。生協の絵画教室でパートの指導員をしている。私もパートで勤めている。二人で協力して、何とか家賃を払うことができる。

ジョンはもはや、キャンバスや平たいものの上には描いていない。実際、彼はもう絵を描いていない。平たいものの上に絵を描くことを、彼は「壁の上の芸術」と呼ぶ。芸術が壁の上でなくてはならない理由はないし、まわりに額縁をはめたり、絵具を塗ったりする必然性もない。そうする代わりに彼は、ガラクタの山から集めたものや、あちこちで見つけたものから、いろいろな構造物を作っている。彼は、仕切りのある木製の箱を作り、それぞれに違うものを入れる。たとえば、蛍光色の巨大な女性用パンティー三枚、長い付け爪のある石膏の手、浣腸の袋、男性用カツラなどを。彼は、ひとりで床を動き回る毛むくじゃらの寝室用電動スリッパを作ったり、ペッサリーの集団に怪物映画の目や口を付け、下には跳躍脚を取り付けた装置を作り、それらが放射線にやられた牡蠣のようにテーブルの上を跳ね回ったりする。彼は、私たちのバスルームを赤とオレンジ色に塗り、その壁には赤紫色の人魚が泳ぎ回り、便座が上がると〝ジングル・ベル〟が流れるような仕掛けを作った。これは、サラのためである。彼はサラのためにおもちゃも作り、自分の作業中、木切れや余り布やさほど危険でない道具などで彼女を遊ばせる。

それは、彼がここにいるときの話だ。ほとんどの時間はそうではないが。

サラが生まれた後の一年間、私は全く絵を描かなかった。その頃の私は、自宅で自由契約《フリーランス》で働いていたが、引き受けたわずかの本の表紙デザインの仕事を間に合わせるだけで大変だった。まるで服を着たまま泳いでいるようで、重りをつけられている感じがした。今では半日は働いており、大分ましである。

いわゆる自分自身の仕事も少しはするようになる、迷いながらではあるが。というのも、手は練習不足だし、眼の方も使ってなかったからだ。主にするのはデッサンだ。なぜなら、テンペラ画の表面の準備や骨の折れる下塗りや細部の集中作業は、私には大変過ぎるからだ。私は自信を失くしている。おそらく、今の自分以上にはなれないだろう。

私は舞台上で、折り畳み式の木製椅子に座っている。カーテンが開いているので、狭くて古びた、がらんとした観客席が見える。また、舞台上には終わったばかりの芝居の舞台装置が、まだ撤去されないまま置いてある。その装置は、わずかな家具と、おびただしい数の円筒形の黒い柱と、いくつかの簡素な階段から成る未来を表わしている。

柱のまわりに並べられた他の木製椅子や、階段上のあちこちには、十七人の女性たちが座っている。そのすべてが、芸術家かその類いの人たちだ。女性の役者が数人、ダンサーが二人、私の他に絵描きが三人いる。雑誌記者が一人、私の出版社の編集者が一人いる。女性の一人はラジオのアナウンサー（昼間のクラシック音楽番組担当）で、子ども向けの人形劇をしている人や、プロの道化もいる。舞台装置のデザイナーもいて、そのおかげで、私たちはここにいる。彼女が私たちのためにこの集会の場所を取ってくれたのだ。私がこういったすべてを知っているのは、輪になった私たちが順に、自分の名前や仕事を言わねばならなかったからだ。生活のための仕事ではない。生活のための仕事は違っている、特に役者の場合は。私の場合もそうだ。

　これは集会である。このような集会に私が参加したのは初めてではないが、今でも驚かされる。一つには、全員が女性であるからだ。それ自体が珍しい上に、秘密めいた雰囲気が漂い、何となく引きつけられる卑猥さがある。私が最後に女性だけの集まりに参加したのは、高校の保健の授業だった。そのとき、女子は月経についての話を聞くために、男子とは別に集められた。月経という言葉が使われたわけではない。〝あの日〟というのが、一般に認められた正式な言い方だった。生理用タンポンは、若い娘たち（処女のことだとみんな知っていたが）には勧められないが、体の中で行方不明になって肺に行き着くなんてことはあり得ないと説明された。あちこちでくすくす笑いが起こる。そして、先生が〈血〉――B・L・O・O・D――と書くと、女の子の一人が気絶した。

　今日はくすくす笑いや気絶はない。この集会は怒りについての集まりなのだ。

　これまで意識して考えたことがないような事柄が話し合われる。いろいろなことが覆《くつがえ》されていく。たとえば、なぜ私たちは脚の毛を剃るのか、口紅を塗るのか、セクシーな服で着飾るのか、体形を整えるのか？　ありのままでいることが、なぜいけないのかなど。

　このような質問を投げかけるのは、絵描きの一人のジョディだ。彼女は着飾ってないし、体形も整えていない。ワークブーツを履き、ストライプのオーバーオールを着ているが、その下の生脚を私たちに見せるために片脚をめくりあげると、それは大胆にも眩いばかりに毛むくじゃらだ。私は自分自身の卑怯にも脱毛した脚のことを思い浮かべ、自分が洗脳されていると感じる。なぜなら、彼女に全面的には賛同できないとわかるからだ。私は腋毛処理のところで一線を引いてしまう。

私たちがありのままでいられないのは、男たちのせいである。

男たちについて、いろいろな事が語られる。たとえば、ここにいる女性のうち二人は強姦されたことがある。一人はぶん殴られたことがある。別の人たちは職場で、昇進の候補から外されたり無視されたりして、差別を受けたことがある。彼女たちの芸術は馬鹿にされ、あまりに女々しいと退けられたりした。自分の給料を男性のと比べて、少ないと気づいた人たちもいる。

このようなことは全部本当だと思う。強姦者は存在するし、子どもにいたずらしたり、少女を絞め殺したりする人もいる。私は見かけたことがないが、渓谷に潜む悪い男たちのように、彼らは人目につかない場所に存在しているのだ。彼らは暴力をふるい、戦争を行い、殺人を犯す。女性ほど仕事しないのに、より多くの金を稼ぐ。家事を女性たちに押し付ける。

男たちは鈍感で自分自身の感情と向き合うことをしない。彼らは騙されやすく、また騙されたがる。たとえば、女性がほんの少しヒーヒー喘《あえ》いだだけで、彼らはいとも簡単に騙されて、自分が性の達人だと思いこんでしまう。この言葉に対し、そうだと認めるくすくす笑いが起きる。私は、そうと気づかないでオーガズムのふりをしたことはないだろうか、と思い始める。

しかし、男たちに不利な証言をするという点で、私は危うい立場にいる。というのも、男と一緒に暮らしているからだ。私のように夫と子どもがいる女性は、〈核家族〉の代わりに〈核〉と呼ばれて蔑《さげす》まれる。〈出産促進論者〉は、突然悪い言葉となる。このグループの中には他にも何人か核がいるが、彼女たちは多数派ではなく、自分を弁護するようなことは何も言わない。子どもがいても男がいない女性は、より尊敬に値するようだ。そのことで報いを受けているからだ。男と一緒に居続けるとしたら、あなたが抱えているどんな問題もあなた自身の責任なのだ。

実際には、このようなことは全く口に出されないけれど。

このような集会は、私にもっと勇気を与えてくれるはずだし、ある意味では、その通りだ。怒りは山をも動かす［訳注　「信念は山をも動かす」（マタイ十七章二十節）のもじり］のだ。さらに、この集会には驚かされる。すなわち、女性の口からあのような言葉が出るのを聞くのは衝撃的だし、刺激的だ。愚かで意気地なしだと思っていた女性たちは、私がそうだったように、単に事実を隠していただけなのかもしれない、と私は思い始める。

しかし、このような集会はまた、私を不安にもする。そして、それがなぜなのかわからない。私はあまりしゃべらないし、気詰まりで、自信もない。私が何を言っても、それは間違いかもしれないからだ。私は十分苦しんでないし、報いを受けてもいない。私には発言する権利がないのだ。私は、部屋の中で自分についての決定がなされ、非難の判決が下されてようとしているあいだ、閉ざされたドアの外に立っているような気分だ。と同時に、みんなに気に入られたいとも思う。

姉妹関係は、私にとって理解しがたい概念なのだと自分に言い聞かせる。なぜなら、私には姉妹がいないからだ。兄弟関係ならわかるのだが。

私は夜や早朝、サラが寝ているとき仕事をする。今は聖母マリアを描いている。私が描くマリアは青色のドレスに、いつもの白いベールをつけているが、その頭は雌ライオンだ。膝の上には、子どもライオンの姿をしたキリストがいる。伝統的な図像学においてそうであるように、もしキリストがライオンならば、聖母マリアは雌ライオンであってもいいはずだ。ともかく、母親ということに関しては、美術史にある昔ながらの生気がなく面白味のないマリアより、この方が正しいように思える。私の聖母マリアは獰猛で、危険に対して敏感で、野性味がある。彼女は、ライオンの黄色い眼で、見物人を真っ直ぐ見つめる。かじられた骨が一本、彼女の足元に転がっている。

雪とぬかるみに覆われた地面に降り立つ聖母マリアを描く。彼女は青色の長いドレスの上に冬用コートを着て、肩にハンドバッグをぶら下げている。食料品のいっぱい入った二つの茶色い紙袋をかかえている。品物がいくつか袋から落ちている。卵一個、玉ねぎ一個、リンゴ一個。彼女は疲れているように見える。

〈絶えざる御助けの聖母〉と彼女を呼ぶ。

ジョンは私が夜に絵を描くことを嫌う。「他のいつなら描けるって言うの？　教えてよ」と私は言う。たった一つの答えしかない。彼自身の時間を奪うことのないただ一つの答え、それは、〈全く描かないこと〉だ。しかし、彼はそれを口にしない。

彼が私の絵をどう思っているか言わないけれど、いずれにせよ、私にはわかる。私の絵は時代遅れだと思っている。彼の頭の中では、私が描く絵は、花を描く女性たちとひと塊になっている。〈ひと塊になった〉という言葉がずばりそのものだ。現在時制は、概念を次々脱ぎ捨てて前へ進んでいくが、私はどこか脇の離れたところで、テンペラと平たい表面をいじくっている。まるで二十世紀がまだ始まってないかのように。

しかし、ここには自由がある。私は何をしたってかまわない、好きなことができるのだから。

私たちはドアをバタンと閉めたり物を投げたりし始める。私は自分のハンドバッグや灰皿、チョコチップの袋などを投げる。その袋が衝撃で破れて、私たちは、何日もチョコチップを拾い集めている。ジョンはコップに入ったミルクを投げる。コップでなくミルクを。というのも、私とは違って、彼は自分の力を知っている。彼は、まだ開けてないチェリオスの箱を投げる。

私は彼よりひどいものを投げるが、私が投げるものは当たらない。彼が投げるものは当たるが、害のないものだ。

芝居がかった行為がどんな風に一線を越えて殺人に至るか、私はわかり始める。

ジョンは物を粉砕し、割れた図柄そのままの状態で、その破片を糊づけする。その魅力を私は理解できる。

ジョンが絵描きの一人とビールを飲みながら居間に座っている。私は台所で鍋をたたきつける。

「どうしたんだい、彼女?」とその絵描きが言う。

「頭にきてるのさ、女だからね」とジョンが言う。これは、高校のとき以来、ずいぶん長い間耳にしなかった言葉だ。かつて、男がその言葉を口にするのは恥だったたし、自分についてそう言われることは屈辱的なことだった。その言葉には暗に、変わり種、奇形、不感症という意味が含まれていた。

私は居間の入り口から言い返す。「女だから頭にきているんじゃないの。あなたがクソ野郎だから頭に来ているのよ」

62

集会の参加者のうち数人が集まって、女性だけのグループ展を開くことになる。これは危険を伴う企画であり、私たちもそのことを承知している。ジョディは、男性芸術家のお偉方たちにこきおろされるだろうと言う。最近の彼らの決まり文句は、偉大な芸術は性差を超える、というものだ。ジョディの決まり文句は、これまでのほとんどの芸術は、もっぱら男性たちがお互い同士を褒め合ったものだ、となる。女性芸術家は、脇役や一種の異常な例外としてだけ、彼らに賞賛され得るのだ。「オッパイ無しの達人たちにね」とジョディは言う。

自分たちは選ばれた者だと出しゃばることで、私たちは女性たちからもこきおろされるかもしれない。エリート主義者と呼ばれるかもしれない。落とし穴がいっぱいだ。

そのグループ展には、私たちの中から四人が参加した。黒い前髪をまっすぐに切りそろえたおかっぱ頭に、天使のような丸顔のキャロリンは、自分を織物芸術家と呼んでいる。彼女の作品は、創意に富むパッチワークキルトである。その一つは、(未使用の)タンポンを詰め込まれたコンドームがキルトに接着されて文字を形作り、「**アイトハナニカ?**」と綴られている。別のキルトには、花柄の生地に次のメッセージが縫い付けられている。

くたばれ！　UP YOUR
男の　MAN
主張！　IFESTO!

あるいはまた、トイレットペーパーをロープのようにねじって、それに、かつて〝芸術映画〟と呼ばれていた時代遅れのヌード映画のフィルムを編み込んで作った壁掛けを制作する。「中古ポルノよ。リサイクルしたっていいじゃない？」と彼女は陽気に言う。

ジョディは店のマネキンを使い、それをのこぎりでバラバラに切って、各部分を再びくっつけ直して異様なポーズにする。彼女はそれに色を塗ったり、寄せ集めたり、適切な場所にスチールウールを貼り付けて修復する。その一体は、肉を吊す鉤にみぞおちのところをひっかけて吊されており、別の一体は、ジョディの作品だとはとても思えないきめ細やかさで、緻密な刺青のように木や花などが顔中に描かれている。もう一体は、古い人形の頭が六個か七個お腹にくっつけられている。私はそのうちのいくつかに見覚えがある。スパークル・プレンティー［訳注　一九四〇年代の人形］、ベッツィ・ウェッツィ［訳注　一九五〇年代のミルクのみ、おもらし人形］、バーバラ・アン・スコットだ。

肌も露わな金髪のジーラは、数年前の華奢なフラワーガールたち［訳注　一九六〇年代後半のアメリカで、ヒッピーと呼ばれる若者たちが愛と平和の象徴として花を身につけたことに由来する。フラワーチルドレンとも呼ばれる］のようだ。彼女は自分の作品を〈綿くず風景画〉と呼んでいる。それは、衣類乾燥機フィルターにたまってシートのように剥がせるフェルトに似たけばの塊から作られる。私もそれをゴミ箱に入れるときに、何度かその肌ざわりや柔らかい色合いに感心したことがある。ジーラはさまざまな色合いのタオルをたくさん買ってきて、それらを乾燥機に繰り返し入れ、ベッド下で見かける普通の灰色の綿くずの他に、ピンクや灰緑色やオフホワイトの色付きの綿くずを手に入れる。これを切り取って形を作り、それを裏板の上に注意深く糊付けし、雲景画に似た多層構造の作品を作る。私はそれをうっとりと見つめ、自分が最初にこれを思いつけばよかったと思う。「スフレを作るようなものよ。冷たい息ひとつでおじゃんなんだから」とジーラは言う。

一番の責任者であるジョディが、私の絵を調べて展示用の絵を選んだ。彼女は静物画をいくつか選んだ。『絞り機』『トースター』『猛毒のベラドンナ』そして『三人の魔女』だ。『三人の魔女』は三つの異なるソファーの絵である。

静物画以外で私が展示しているのは、ほとんどが具象的なものだ。もっとも、ストローと茹でてないマカロニでできた二つの構造物や、『銀紙』と呼ばれるものも含まれている。私はこれらを入れたくなかったが、ジョディが気に入っていた。「家庭的な材料ね」と彼女は言った。

聖母マリアの絵がいくつかと、スミース夫人の絵の全部が展示される。スミース夫人の絵が多すぎると思ったが、ジョディが入れたがった。「セクシー美人の対極としての女性ね。いつも若くて美しい女性を描く必要はないはずよ。憐れみを込めて描かれた年配の女性の身体も、たまにはいいものだわ」と彼女は言う。このようなことを、もっと大げさな言葉で、彼女はカタログの中に書いている。

グループ展の会場は、ブルア通り西にある使われなくなった小さなスーパーマーケットだ。そこは間もなく〝ハンバーガー天国〟に改装されることになっているが、今のところは空いている。そして、女性たちの一人が、そこを所有する不動産屋の妻の従妹を知っており、二週間そこを使わせてくれるようにと、なんとか彼を説得したのだ。ルネッサンス期には、最も有名な君主たちは、その美的趣味や芸術の支援で知られたのだと言うと、この考えが彼の興味をそそった。彼は、それが女性だけの展示会とは知らない。彼女は、何人かの芸術家とだけ告げていた。結局、その場所を汚さないなら、使っても構わないということになる。

「汚すってどういうこと？」私たちが見回していると、キャロリンが訊く。彼女の言うとおり、ここはすでに十分汚い。野菜売り場のカウンターと棚はずたずたに裂け、リノリウム張りだった床は数か所剝がれ、むきだしの板が大きくのぞいている。電灯が針金の籠の中でぶら下がり、そのうちいくつかしか点《つ》かない。ただ、レジカウンターは今でも使える状態で、壁にはぼろぼろになった看板が垂れ下がっている。「**特売三ドル九十五セント**」「**カリフォルニア直送**」「**あなた好みの肉**」

「この場所は使えるわね」とジョディがオーバーオールのポケットに両手をつっこんで、大股で歩き回りながら言う。

「どんな風に？」とジーラが訊く。

「無駄に柔道を習ってるわけじゃないわ。敵の勢いを利用して相手のバランスを崩すのよ」とジョディは答える。

これは、実際には次のことを意味する。ジョディは「**あなた好みの肉**」の看板をくすねてきて、それを彼女の構造物の一つに組み込むのだ。特に、手足が乱暴に切断され、ロープと革ひもしか身に着けず、ついには、逆さまになった自分の頭を腋の下に抱え込んでいるマネキン像に。

「あなたが男なら、ぶちのめされたでしょうね」とキャロリンがジョディに言う。

ジョディは優しく微笑んで、「でも、男じゃないからね」と言う。

私たちは三日間、並べては、また並べ直してみる。作品を定位置に据えた後、借りてきた架台式テーブルがバーカウンター用にいくつか集められ、安酒とつまみが買われることになる。〈安酒〉と〈つまみ〉とはジョディの言葉だ。私たちは、四リットル大瓶のカナダワイン、それを入れる発泡スチロールのカップ、プレッツェルとポテトチップ、ビニールフィルムに包まれたチェダーチーズの塊、リッツクラッカーなどを買う。私たちが買えるのはこんなものぐらいだ。しかし、食べ物は絶対に庶民的なものでなければならない、という暗黙のルールもある。

私たちのカタログは、謄写版印刷された二枚の紙の上部の隅《すみ》をホッチキスで留めたものだ。このカタログ作りは共同作業のはずだが、実際には、やり方を知っているジョディがその大部分を書いた。キャロリンは、まるで誰かがその上で血を流したみたいに見えるよう染められたベッドシーツで横断幕を作り、外のドアの上部に掲げた。

（われわれ）四人はみんなのために　F(OUR) FOR ALL.

「あれはどういう意味だい?」とジョンが訊く。彼は、おそらく私を乗せて帰ろうと思って、実際は様子を見るために立ち寄ったのだ。私が他の女性たちと一緒にやっていることを胡散臭く思っている。もっとも、それを口に出すようなまねはしないが。それでも、彼は、みんなを「お嬢さんたち」と呼んでいる。

「それは、〈飛び入り歓迎（free for all)〉のもじりよ」と私は彼に言う。彼がこれに気づいているとわかってはいるが。「さらに、〈われわれの（our)〉という言葉を封じ込めているのよ」。〈封じ込める〉というのもジョディの言葉だ。

ジョンは何も言わない。

新聞の目に留まったのは、あの横断幕だ。これまでにないことだ、大事件だ、混乱が予想される、とある。新聞社の一つが事前にカメラマンをよこしたが、彼は私たちの絵を撮影しながら冗談交じりに「さあ、お嬢さんたち、僕のためにブラを燃やしてくれよ」と言う。

「ブタ野郎め」とキャロリンが低い声で言う。

「落ち着いて。あなたがかっとなると奴らが喜ぶわ」とジョディが言う。

グループ展の初日、私は会場に早めに来る。以前通路だったところを行ったり来たりしながら、展示物をゆっくり見て回る。レジカウンターのまわりには、ジョディの彫像がステージ上のモデルのようにポーズをとっている。壁のところでは、キャロリンのキルトが抵抗を叫んでいる。これは力強い作品だと思う。私のよりもずっと力強い。ジーラによるガーゼの構造物でさえ、私の絵にはない自信と繊細さと安定感を持っているように見える。この状況の中で、私の絵はあまりに洗練され、あまりに装飾的で、ただきれいなだけである。

私は進むべき方向を見失い、さまよっている。私は意思表明ができてない。周辺をうろついているだけだ。

私はまずいワインを少し飲み、それからもう少し飲む。すると、気分が良くなってくる。もっとも、後で気分が悪くなるのはわかっていた。それは、鍋で肉を柔らかく煮込むために使うワインのような味がした。

私は発砲スチロールのカップを握ったまま、ドアの近くの壁にもたれて立っている。私がここに立っているのは、ここが出口だからだ。ここはまた、入口でもある。人々がやって来る。その後、さらに多くの人たちがやって来る。

その多くが、ほとんど女性である。いろんな種類の女性たちがいる。長い髪に長いスカートの女性、ジーンズやオーバーオール姿の女性、イヤリングや建設作業員風の帽子やラベンダー色のショールなどを身に着けた女性もいる。何人かは絵描きたちで、外見がそう見えるだけの人たちもいる。この時刻までには、キャロリン、ジョディ、ジーラもやって来る。あちこちで挨拶が交わされ、抱き合ったり、頬にキスをしたり、歓声が上がったりする。彼女たちは皆、私よりもっと多くの友だち、もっとたくさんの親しい女友だちがいるようだ。私はこれまでこのことを、友だちがいないことをあまり考えたことがなかった。他の人たちも、私と同じだと思っていた。昔はそうだった。でも、今は違う。

もちろん、コーデリアがいる。しかし、彼女とは何年も会っていない。

ジョンは来ると言ったのに、まだ来ない。彼が来られるようにとベビーシッターまで雇ったのに。私は誰かよからぬ男性といちゃついて、どうなるか見てみようかと思うが、その可能性はあまりない。というのも、男性はあまり多くないのだ。私はあのひどい料理用赤ワインの入った発砲スチロールの新しいカップを手にし、仲間外れの気分にならないように、人混みの中をかき分けていく。

私の真後ろで、「まあ、確かに〈変わっている〉わね」と女性の声がする。それは、トロントの中流階級のご婦人方の典型的けなし文句、究極の非難である。彼女たちが貧民街について述べる言葉だ。それは、ソファーの上に掛けるにはふさわしくない絵、という意味だ。振り向いて女性を見る。仕立ての良い銀灰色のスーツに真珠のネックレス、上品なスカーフ、高価なスエードの靴という出で立ちだ。彼女は自分の正しさ、発言の権利を確信している。私のような者はここでは大目に見られるのよ、と言わんばかりに。

「イレイン、あなたに母を紹介するわ」とジョディが言う。この女性がジョディの母親だとはびっくりだ。「ママ、イレインがあの花の絵を描いたのよ。ママが好きな絵よね?」

彼女は『猛毒のベラドンナ』のことを言っている。「ええ、そうよ」とジョディの母親が暖かい微笑みを浮かべて言う。「あなたたちはみんな、とても才能があるわ。私はあの絵が気に入ったの、色が素敵だもの。でも、あの目玉たちは絵の中で何をしているの?」

これはまさに私の母が言いそうなことなので、一瞬、母への懐かしさに襲われる。私の母もここに居てくれたらと思う。母は、ここのほとんどのものは嫌いだろう、特に切断されたマネキンは。母はそれを全く理解できないだろう。でも、微笑んで何か素敵な言葉を見つけるはずだ。ごく最近まで、私はそういう才能を馬鹿にしてきた。今では、私にもその才能が必要だ。

私はワインをもう一杯とチーズをのせたリッツクラッカーを取り、ジョンか誰か知り合いはいないかと、人混みを見つめる。人々の頭の向こうに見えるのは、スミース夫人だ。

スミース夫人が私を見つめている。彼女はターバンのようなよそゆきの帽子をかぶり、毛糸の肩掛けにくるまれてソファーに横たわっている。私はこの絵を、そのポーズと彼女の背後にある団扇《うちわ》のようなゴムの木のせいで、『トロントダリスク・アングルへのオマージュ』〔訳注 一八一四年ドミニク・アングル作の『グランド・オダリスク』のもじり〕と名付けた。別の絵の彼女は、私が昔読んだ『ライ病』という名のホラーコミックに出てきた悪党のように、顔の皮半分が剥けた状態で鏡の前に座っている。もう一人の彼女は、片手に危険な皮むきナイフを、もう片手に皮が半分剥かれているジャガイモを持って、台所の流しの前に立っている。この絵は**『目・には・目・を』**と呼ばれている。

この隣には『白い贈り物』があり、それは四枚のパネル画になっている。最初のパネルでは、スミース夫人がスパムの缶詰かミイラか何かのように白い薄葉紙に包まれ、そこから首だけを突き出し、顔には偏狭な薄笑いを浮かべている。次の三枚では、彼女の覆いが次第に剥がれていく。プリント地のドレスに胸当て付きエプロン姿、イートンズのカタログの巻末にある肌色の矯正下着姿——彼女がそれを持っていたとは思わないが——そして最後に、脚部がたるんだ綿の下着パンツの上に、彼女の巨大な一つの乳房が切り開かれて、中の心臓が見える絵だ。その心臓は死にかかっているカメの心臓である。は虫類の、暗赤色の、病んだ心臓。このパネルの下の部分には、「**神の・王国は・あなたの・中に・ある**」という文字が、ステンシルで刷られている。

なぜ私が彼女をこれほど嫌悪するのか、今でも謎だ。

スミース夫人から目をそらすと、また別のスミース夫人がいる。ただ、これは動いている。彼女はドアから入って来たばかりで、私の方へ進んで来る。彼女は、当時の夫人と同じ年頃である。まるで、壁から、いくつもの壁面から降りてきたみたいだ。同じように丸い赤剥けしたジャガイモ顔、がっちりとした骨太の体つき、キラキラ光る眼鏡、ヘアピン頭。私の胃が恐怖でギュッと縮む。それから、すぐに、あのむかつくような嫌悪感が一瞬沸き上がる。

しかし、これはもちろんスミース夫人であるはずがない。彼女は今ではずっと年を取っているはずだ。実際、そうではない。ヘアピン頭は眼の錯覚だった。それは、白髪混じりの短く刈り込まれた、ただの髪の毛だ。それはグレイス・スミースだ。魅力をなくした独りよがりの彼女が、不格好で年齢不詳の灰褐色の服を着ているのだ。彼女は指輪も装身具も身に着けていない。唇をきつく噛み、カブのような白い肌に虫刺されみたいなそばかすを目立たせ、表情をこわばらせて震えながら大股でゆっくり歩いて来るその様子から、私は、自分の弱々しい微笑みでは、これを気軽な社交の場に変えることはできないだろうと悟る。

とにかく私はやってみる。「グレイスなの？」と訊く。近くにいた数人が、途中で話を止める。この女性は、どんな種類の画廊の開幕式であろうと、普通よく見かけるタイプの女性ではない。

グレイスは容赦なく前へとドシリドシリと歩いていく。彼女の顔は以前より太っている。私は、整形用の靴、ライル糸ストッキング、洗濯で薄くなり灰色になった下着、石炭置き場の地下室を思い浮かべる。彼女が怖い。私に対する彼女の行動ではなく、彼女の審判が怖い。そして、今、その時が来る。

「なんて嫌な人なの。神の名をみだりに使ったりして。どうしてみんなを傷つけたいの?」と彼女が言う。

何と答えればいいだろう。スミース夫人というのはグレイスの母親でなく、創作だと言い張ることはできる。形式上の重要性や入念な色使いについて述べることはできるだろう。しかし、『白い贈り物』は創作ではなくスミース夫人についての絵であり、しかも不謹慎な絵である。それは、より高い地位にまで引き上げられたトイレの落書きだ。

グレイスは、私の向こうの壁を見つめている。ぞっとするほど嫌な絵は、一つや二つではなくたくさんある。スミース夫人は額縁ごとに変身する。ビロード地のえび茶色の大型ソファーや聖なるゴムの木、神の御使いたちと共に、裸だったり、肌をむき出したり、冒涜されたりしている。私はあまりにやりすぎたようだ。

グレイスはこぶしを握りしめ、太ったあごを震わせ、実験室のウサギのように眼を赤く潤ませる。あれは涙だろうか? 私はぎょっとするが、同時に深い満足を覚える。彼女はついに人前で恥をさらし始め、私は自分を抑える。

しかし、再びよく見ると、この女性はグレイスではない。グレイスに似てさえいない。グレイスは私と同じ年齢で、こんなに老けてはいないだろう。よくある他人の空似にすぎない。この女性は全く見知らぬ人だ。

「恥を知りなさい」とグレイスでない女性がいう。眼鏡の奥の目がつり上る。彼女はこぶしを振り上げ、私はワインの入ったカップを落とす。赤い飛沫が壁や床に飛び散る。

彼女の握りこぶしの中にあるのはインクの瓶だ。彼女は震える手で蓋をひねって開ける。恐怖と好奇心から、私は息を殺して見つめる。私に向かって投げつけるのかしら？　というのも、彼女が投げようとしているのは明らかなのだ。私のまわりの人たちは息をのむ。これは、あっという間のできごとだ。キャロリンとジョディが前に突き進んでくる。

グレイスでないその女性は、インクを瓶もろとも『白い贈り物』に向って一直線に投げつける。瓶がすごいスピードで飛んで絨毯の上にドサッと落ち、インクが空の景色の上に降り注ぎ、パーカーの水溶性青色インクがスミース夫人を覆う。その女性は勝ち誇ったような微笑みを浮かべて振り向き、今度はゆっくりとした大股ではなく、小走りでドアの方へ向かう。

私は叫ぼうとするかのように、両手を口に当てる。キャロリンが私を抱きしめる。彼女は母親のような匂いがする。「警察を呼ぶわ」と彼女が言う。

「やめて。インクは落ちるわ」と私は言う。たぶん、インクは落ちるだろう。というのも『白い贈り物』にはワニスが塗ってあり、板の上に描かれているからだ。おそらく、へこみもないだろう。

女性たちが衣擦れの音をたてながら私のまわりに集まって来て、優しい声でささやく。まるでショック状態にあるかのように、私はなだめられ、慰められ、優しく肩をさすられ、大事にされた。おそらく、彼女たちは心からそうしてくれている。結局、私は彼女たちに好かれているのかもしれない。女性の場合だと、判断するのはとても難しい。

「あれは誰だったの?」と彼女たちが尋ねる。

「宗教的な狂信者か、反動主義者か何かね」とジョディが言う。

今や、私は敬意をこめて見つめられるだろう。インク瓶を投げつけられるような絵、あんなひどい暴力や、あんな大騒動や問題行動を引き起こせる絵は、風変わりで革命的な力を持っているに違いないと。私は大胆で勇敢だと思われるだろう。英雄的資質の一面が私に付け加えられた。

「**フェミニストの喧嘩で羽根が飛び交う**」と新聞が報じる。写真では、口を両手で覆い立ちすくむ私の背後で、真っ裸のスミース夫人がインクを滴《したた》らせている。女性たちの喧嘩がニュースになることを、私はこうやって知る。それは衝撃的かつ滑稽で、イブニングドレスにハイヒール姿の男性たちのように、心をくすぐるものがある。これは、〈めんどりたちの喧嘩〉と呼ばれる。

展示会そのものには「イライラさせる」「攻撃的だ」「とげとげしい」などと手厳しい言葉が並ぶ。こういう風に言われているのは、主にジョディの彫像とキャロリンのキルトだ。ジーラによる綿くず風景画は「主観的だ」「内向的だ」「軽薄だ」と評される。他の人たちに比べると私は、「フェミニストのレモン汁をほんの少し垂らしただけの素朴なシュールレアリスム」と厳しい批判を逃れている。

キャロリンは、赤い文字で「イライラさせる」「攻撃的だ」「とげとげしい」と書かれた鮮やかな黄色の横断幕をドアの外に掲げる。大勢の人たちがやって来る。

63

私は待合室で待っている。その待合室には、座部がオリーブグリーン色の特徴のない白木の椅子がいくつかと、三つのサイドテーブルがある。これらの家具は、今では全く流行遅れになった、十年から十五年前の初期の北欧風家具の野暮ったい模造品だ。一つのテーブルには、読み古された『リーダーズ・ダイジェスト』や『マクリーンズ』［訳注　カナダの総合週刊誌］の雑誌が数冊置かれており、別のテーブルには、バラの蕾のふち飾りがついた白い灰皿が一つ置いてある。カーペットはオレンジ色がかった緑色で、壁は黄色味を帯びている。絵画が一つ掛かっているが、それはオーストリア風の似非《えせ》農民服を着た、恥ずかしそうな薄気味悪い二人の子どもが、キノコを傘代わりに使っている石版画である。

この部屋は、古いタバコの煙や古いゴムのにおい、肌にあまり長く触れていたために擦り切れて着心地が良くなった布のにおいがする。さらに、廊下の向こうから、上に塗られた床洗浄用消毒剤のにおいが漂ってくる。窓は一つもない。この部屋は、黒板に爪を立てるように、私の神経を苛立たせる。また、歯医者さんの待合室や、望まぬ仕事の面接前に待機する部屋にも似ている。

ここは人目につかない私立の精神病院である。療養所と呼ばれている。ドロシー・リンウィック療養所だ。それは裕福な人々が、人前に出るのは適切でないと思える家族を隠すために、あるいは、人目を引く公立の九九九クイーンへ家族が運び込まれるのを避けるために使うような場所だ。

九九九クイーン、すなわちクイーン通り九九九番地は、実在する場所であると同時に、精神病院や療養施設に対するさまざまな蔑称の代わりに、高校生が使う別名である。当時はそういうものを全く見たことがなかったので、私たちはそれを想像するしかなかった。私たちは、口の端から舌を突き出し、寄り目にして、耳の横で人差指をぐるぐる回して「九九九クイーン」とよく言ったものだ。実際はとても恐ろしく、ものすごく恥ずかしい他のあらゆることと同様に、気が狂うことは滑稽なことだと見なされていた。

私はコーデリアを待っている。いや、それはコーデリアだろうと思う。電話口での声は彼女らしくなく、以前よりゆっくりしていて、なんとなく酔っぱらっているように聞こえた。「あなたを見たわ」と彼女が言った。まるで、ほんの五分前に一緒に話をしていたかのような感じだ。でも、実際は、七年か八年、あるいは九年ぶりなのだ。ストラトフォードのシェイクスピア祭で彼女が働いた夏、ジョセフとのあの夏以来だ。「新聞でね」と彼女は付け加えた。それから沈黙。まるで質問でもしたかのように。

「そうなのよ」と私は言った。それから、そうすべきだと気がついて「一緒に会わない?」と言った。

「外に出られないの。あなたがここに来てよ」とコーデリアが同じくゆっくりした声で言った。

それで、私はここにいる。

コーデリアが部屋の奥のドアから、まるでバランスをとっているかのように、あるいは、足が不自由であるかのように、用心深く歩いてやって来る。だが、彼女は足が不自由ではない。コーデリアの後ろには別の女性がいて、雇われ付き添いならではの、歯をむき出しにした陽気な作り笑いを浮かべている。コーデリアだとわかるのに一瞬の間がある。なぜなら、彼女は以前とは全く様子が変わっているからだ。いやむしろ、私が最後に彼女に会ったときの、ゆったりした木綿のスカートに素朴なブレスレットを身に着け、エレガントで自信に満ち溢れていた様子とは全く違って見えると言った方がいい。彼女はずっと以前の姿に戻っている、あるいは、これからの姿と言おうか。彼女は今、柔らかな緑色のツイードのスーツに育ちの良さを感じさせるあつらえのブラウスを着ていて、既婚婦人のように見える。というのも、彼女は太ってしまったからだ。いや、そうだろうか？　肉付きは良くなったが、泥が山の下へずり落ちるように、贅肉が身体の中心の方へずり落ちているのだ。顔の表面に長い骨が浮き出て、その上にある皮膚が、逆らえない重力に引っ張られるかのように、下の方へ引きずられている。彼女が年を取ったらどんな風になるか、私には想像できる。

誰かが彼女の髪を整えたようだ。自分でやったのではない。自分でやったのなら決して髪をあんな風に縮らせたりしないだろう。

コーデリアは少し目を細め、頭を前に突出して、象やのろまな動物が驚いたときするように、わずかに左右に揺れながら、ふらふらと立っている。「コーデリア」と私は立ち上がりながら言う。

「さあ、あなたのお友だちよ」と、付き添いの女性が冷酷な笑みを浮かべて言う。その女性はコーデリアの腕をつかみ、少し引っ張って、正しい方向へ踏み出させる。「やっと会えたわね」と私は言い、不用意にも子どもに対するように彼女に話しかけてしまう。私は前に進み出て、ぎこちなく彼女にキスをする。驚いたことに、私は彼女に会えて嬉しいと思う。

「遅れても来てくれないよりましね」とコーデリアは、電話で聞いたのと同じ口ごもった、不明瞭な声で言う。女性は私の前にある椅子へとコーデリアを誘導し、ちょうど年寄りの頑固婆さんを扱うように、少し押しながら彼女をその椅子に腰掛けさせる。

突然、私は憤慨する。誰もコーデリアをこんな風に扱う権利なんてない。私が睨みつけると、その女性は「来てくださってよかったわ！　コーデリアは誰かが訪ねて下さるのが楽しみなのよね？　そうでしょう？」と言う。

「私を連れ出してよ」とコーデリアが言う。彼女は承諾を求めて女性を見上げる。

「そうね。お茶か何かぐらいなら。つまり彼女を連れて戻ると約束して下されば、だけどね！」と女性は言い、まるで冗談を言っているかのように陽気に笑う。

私はコーデリアを連れ出す。ドロシー・リンウィック療養所はハイパークにあり、そこは私がこれまで行ったことがない郊外なので、このあたりのことはよく知らないが、数区画先の町角にカフェがある。コーデリアはこのカフェと、そこへの行き方は知っている。彼女の腕をつかんだ方がいいのかわからないので、つかまない。その代わりに、彼女が盲人であるかのように、交差点では用心し、彼女に合わせてゆっくりとそばを歩く。

「私、お金を全然持ってないの」と彼女が言う。「私にお金を持たせてくれないの。タバコも自分で買わせてくれないのよ」

「大丈夫よ」と私は言う。

私たちはボックス席へゆっくり進み、コーヒーとこんがり焼いたデーニッシュパンを二つ頼む。注文は私がする。というのも、ウェイトレスからじろじろ見られたくないからだ。コーデリアはもぞもぞ手探りして煙草を取り出す。火をつける手が震えている。「燃えるような青い頭をした偉大なるイエスの〝きんたま〟ね」と、一語一語苦労しながら彼女が言う。「あそこから出られて嬉しいわ」。彼女は笑おうとする。そして、私も彼女と一緒に笑うが、咎《とが》められているような、非難されているような気がする。

彼女にいろんなことを尋ねなくてはいけない。私たちが会わなかったこの数年間、彼女がどうしていたのか、女優業の方はどうなのか、舞台はどうなったのか、結婚はしているのか、子どもはいるのか、今の所へ送られることになったのは一体どうしてなのかを。でも、こういうことは全て大したことではない。そんなことはどうでもいい、付け足しだ。重要なのはコーデリアだ、今の彼女だ。

「一体全体、何を飲ませられてるの？」と私がいう。

「精神安定剤か何かよ。大嫌いだわ。よだれが出るもの」と彼女が言う。

「何で？　どうしてあんな精神病院に行く羽目になったの？　私と同じくらい正気なのに」と私が言う。

コーデリアは煙を吐きながら私を見つめる。しばらくして、「うまくいかなくなったの」と言う。

「それで？」と私が言う。

「それで、薬を飲んでみたの」

「まあ、コーデリア」。何かが薄刃で私の身体を切り裂く。まるで子どもが転んで顔を岩にぶつけるのを見ているようだ。「どうして？」

「わからないわ。ふと思いついたの。とても疲れてたから」と彼女が言う。

そんなことはすべきじゃなかったと言っても仕方がない。私は高校生がするような質問をする。すなわち、事の詳細について尋ねる。「それで、意識が無くなったわけ？」

「そう。ホテルにチェックインして、やったんだけど、支配人か誰かに見つかっちゃったの。胃を洗浄してもらわなくちゃならなかった。あれは実に嫌なものよ。ヘドが出そうと言った方がいいかも」

彼女の顔は大層こわばっているが、やっていることはお笑いぐさだ。私は泣きそうな気分になる。と同時に、なぜかわからないが、コーデリアに腹が立つ。彼女が私の手の届かない、捕まえることのできない向こう側へ行ってしまったかのようだ。彼女は理想の自分というものを手放してしまった。彼女は失われてしまった。

「イレイン、私を連れ出して」と彼女が言う。

「何ですって？」私は、はっとして答える。

「あそこから逃げ出すのを手伝ってほしいの。あそこがどんなところか、知らないでしょう。プライバシーが全くないのよ」。これは、これまで彼女がしてきた中で、最も差し迫った懇願だ。

〈弱い者いじめはやめろ〉という言葉が頭をよぎる。土曜日の午後、漫画本を読んでいる男の子たちが残した言葉だ。「どうやればいいの？」と私は尋ねる。

「明日私を尋ねて来て、一緒にタクシーに乗るの」。彼女は、私がためらうのを見ている。「お金を貸してくれるだけでもいいわ。それだけでいいの。朝の薬は隠して、飲まないことにするから。そしたら、大丈夫だから。私がこんな風になっているのは、あの薬のせいだってわかっているの。必要なのは、たった二十五ドルよ」

「あまりたくさん、お金は持っていないわ」と私は言う。それはもちろん本当だが、言い逃れだ。「あの人たちが捕まえに来るわよ。あなたが薬を飲んでないことがわかるだろうし、きっと見破られるわ」

「あいつらなんかいつでも騙せるわ」とコーデリアは、昔の狡猾さをちらりと見せて言う。そう、彼女は女優なのだ、と私は思う。あるいは女優だったのだと。彼女はどんな風にでも装うことができる。

「とにかく、あの医者たちはものすごく間抜けなの。いろんな質問をしてきて、私が答えることは何でも信じて、それを全部書き留めるの」

それでは医者がいるのだ。複数の。「コーデリア、私は責任を取れないわ。話もしてないし、医者の誰とも話をしてないから」

「奴らはみんなクソ野郎よ。私はどこも悪くないの。あなたもそう言ったじゃない」と彼女は言う。

その閉ざされた、たるんだ顔の背後には、半狂乱になった子どもがいる。

私はコーデリアを連れ去って、助け出す場面を想像する。しようと思えばそれに近いことができるだろう。でも、その後、結局彼女はどうなるだろうか？　徴兵逃れや亡命者や強制移民たちのように、私たちのアパートに隠れ、間に合わせのベッドに寝て、台所でマリファナを吸い、ジョンの方は、彼女は一体何者だ、どうしてここにいるのだ、と訝《いぶか》しがるだろう。今でさえ、ジョンと私の関係は順調ではないのに、コーデリアの面倒まで見る自信はない。コーデリアは私自身のもう一つの過失となって、ジョンの頭の中の帳簿に記されることになるだろう。おまけに、私自身だって完全にしっかりしているわけじゃない。

それに、サラのことも考えなければならない。サラはコーデリアおばちゃんを好きになるだろうか。コーデリアは子どもと一緒だとどうなるのだろう？　それはともかく、彼女の頭は正確にはどれぐらい病んでいるのだろう？　私が帰ってきて、鮮やかな赤い夕陽の中、彼女が風呂場の床に冷たく横たわっているのを、あるいはもっとひどい状況を目にするまで、どのぐらいもつだろうか。ジョンの作業机は兵器工場で、小さなのこぎりやノミがあちこち置いてある。ひょっとしたら、メロドラマのようになる程度で済むかもしれない。一つ二つの軽い切り傷や、昔のような芝居じみた言動ぐらいで。でもおそらく、舞台の人たちは彼女に劣らず、いやもっと危険なのだろう。役のためとあれば、彼らは何でも犠牲にするから。

「ごめんなさい、コーデリア」私は優しく言う。しかし、彼女に対して自分が優しいなんて思わない。言葉に出せない、説明できない怒りで、はらわたが煮えくり返っている。〈よくもまあ、私に頼んだりできるわね〉。私は彼女の腕をひねり上げ、雪の中にその顔をこすりつけてやりたい。

ウェイトレスが勘定書を持って来る。私は快活さを装って「存分に堪能されましたか？」と言い、話題を変える。しかし、コーデリアは馬鹿ではなかった。

「じゃあ、手伝ってくれないのね」と彼女は言う。それから、寂し気につぶやく。「あなたはずっと私を憎んでいたでしょうね」

「いいえ」と私は返す。「どうして私が？　そんなこと絶対ないわ！」私は愕然とする。彼女はどうしてこんなことを言うのだろう？　コーデリアを憎んだことがあるなんて、思い出すこともできない。

「とにかく、私は逃げ出すわ」と彼女は言う。今や彼女の声は、不明瞭でもためらってもいない。彼女は、あの頑固で挑むような表情をする。ずっと前から覚えている〈それで？〉というあの表情を。

私は彼女と一緒に歩いて戻り、彼女を預ける。「また、会いに来るわ」と言う。そのつもりはあるが、同時に、その可能性はわずかなこともわかっている。彼女は大丈夫だ、と私は自分に言い聞かせる。高校の終わり頃もこんな風だったけど、その後、状態は良くなった。また良くなることもあるだろう。

帰りの路面電車の中で、私は広告を読む。ビール、チョコバー、鳥に変身するブラジャー。私は、ほっとしたつもりになる。肩の荷が下り、解放された気がする。

しかし、私は解放されない、コーデリアのことから。

私はコーデリアが落ちて行く夢を見る。黄昏の中、崖や橋から、手を広げ、スカートを鐘のようにふくらませ、空中に雪の天使を作りながら落ちて行く。彼女は決してぶつかったり地面に降り立ったりしない。彼女はどんどん落ちて行く。そして私は、制御不能の急降下するエレベーターの中にいるように足元の重力がなくなって、目覚めると心臓がドキドキしている。

彼女がクイーン・メアリー小学校の校庭に立っている夢を見る。学校はなくなっており、野原とその後ろのやせ細った常緑樹の木々しかない。彼女は子ども用の防寒ジャケットを着ているが、子どもでなく、今の年齢だ。私が彼女を見捨てたと知り、怒っている。

ひと月、ふた月、み月たった後、私はコーデリアに短い手紙を書く。字を書くスペースがあまりないような花模様の便箋を使う。わざわざこのために買った便箋だ。私の手紙は陽気すぎて嘘っぽいので、一刻も早く封をしてしまいたい。その手紙の中で、私はもう一度訪問すると伝える。

しかし、私の手紙は〈宛先不明〉と走り書きされて送り返される。私はこの筆跡をあらゆる角度から眺め、コーデリアが偽って書いたのではないか確かめようとする。もしそうでないとしたら、もしあの療養所にいないとしたら、彼女はどこに行ったのだろう？　いつ何時、彼女が玄関の呼び鈴を鳴らしたり、電話をかけてきたりするかもしれない。彼女はどんな所にでも存在できるから。

私はマネキン像の夢を見る。手足がもぎ取られた後くっつけ直された、ジョディがグループ展に出品したようなやつだ。それはスパンコールに覆われた薄地の衣装しか着ていない。人形は首のところで終わっている。その腕の下には、白い布に包まれたコーデリアの頭がある。

XII

片翼《かたよく》

64

駐車場の片隅の、きらびやかなブティックが立ち並ぶ中に、四十年代風の食堂が現れた。四D《フォーディー》食堂といって、改装ではなくまったくの新築だ。

少し前なら、こうした昔風の建物はすぐにでも姿を消してしまっただろう。清潔すぎるという以外、中はかなり当時のままのしつらえだ。だが、四十年代というよりは五十年代初めの感じだ。ソーダ水用カウンターにどぎつい黄緑色の座部の丸椅子や、初期のサメひれ型オープンカーの肌理《きめ》のようなつややかな紫色のビニールを張ったボックス席がある。ジュークボックスにクロムメッキのコート掛け、壁には画像の粗いモノクロ写真など、本物の四十年代風食堂の再現だ。ウェイトレスは黒い垂れ飾りのついた白い制服を着ているが、口紅の赤の色合いは必ずしもあの時代だとは言えないし、唇の端まできちんと塗っておくべきだっただろう。ウェイターはソーダ水売りの帽子を斜めにかぶり、首のうしろまで短く刈り込んだあの頃の髪型だ。店は活気を呈し、店員はほとんどが二十代の若い子だ。

この店はまるで博物館に改装されたサニーサイドだ。かつてのコーデリアと私をはく製にして据え付けたり、あるいは蝋人形にしてここに飾っておくことだってできただろう。コウモリの翼型の袖に幅広のベルトという格好で、ミルクセーキを飲みながら、目一杯退屈そうにしていたあの二人の姿を。

コーデリアに最後に会った時、彼女は療養所のドアを抜け、消えて行った。その時が彼女と話した最後だった。もっとも、彼女が私に話しかけたのは、それが最後というわけではなかったが。

アボカドと芽キャベツのサンドイッチはない、コーヒーもエスプレッソではないが、ココナッツクリーム入りのパイはあの頃の味にも劣らない。コーヒーにパイをつまみながら、紫色のボックス席に座り、若者たちが過ぎ去った時代の懐しい趣向だと思い込み、歓声をあげるのを見つめている。

過去は、そこに身を置いている間は、古風で物珍しいとはとうてい思えない。後になって安全な距離ができたときに初めて、つまり自分の人生を押し込めている枠でなくて、いわば舞台装置として過去を眺めることができたとき、その感覚が生れる。

今ではエルヴィス・プレスリーのズッキーニ用鋳型というものさえ、出回っている。ズッキーニの実が小さいうちにまわりを型で固定すると、大きくなるにつれプレスリーの頭の形に変形していく。いったい、彼はこんなことのために歌ってきたのか？　ズッキーニになるために？　菜食主義とか霊魂の生まれ変わりなども流行っているが、これもやり過ぎだ。私ならダンゴムシにでもなって戻って来たい。それとも炒めた小エビにでもなろうか。地獄なんかを思いつくよりまだこんな考え方の方が情があると思うが。

「当時の感じそのままね」とウェイトレスに声をかける。「もちろん、値段は違うわ。あの頃、コーヒー一杯たった十セントだったのよ」

「ほんとに?」と彼女は言うが、別に訊いているわけではない。彼女はお義理で笑っている。〈勘弁してよ、ダサイおばあさん〉。年齢は私の半分も行かないけれど、彼女はすでに私には想像もできない生活を送っているのだ。彼女が何をやましく思うか知らないが、さまざまな憎しみや怖れは、私たちの若い頃と同じではない。この女の子たちは、エイズについてはどうしているのだろうか。かつての私たちのように、ただベッドに寝転がればいいというわけにはいかない。もしかしたら、お互いに医者の電話番号を交換し合うとか、求愛の儀式があるのだろうか? 私たちにとっての恐ろしい出来事は、性が仕掛けてくる罠、命取りになる妊娠だった。今ではもうそれはない。

支払いを済ませ、チップを弾み、荷物を引き寄せる。娘たちそれぞれにイタリア製のスカーフを、ベンには万年筆を買った。万年筆がまた復活している。辺獄《リンボ》のどこかに古い文具や器具や服が並べられて、次の出番を待っているようだ。

通りを歩いて行くと、角のところへ出る。次の通りはジョセフが住んでいた界隈だ。私は家を数える、これが彼の家のはずだ。玄関ドアの板は取り払われ、ガラス張りになり、芝生は敷石に変わっている。窓にはアンティークの子ども用木馬や擦り切れたキルト、顔が潰れた木の人形が見える。かつて捨てられたものが、お金のようにまた利用されている。値札みたいに無分別なものはない、つまり、法外な値段だという意味だ。

ジョセフは結局どうなったのだろう。もしまだ生きていれば六十五歳か、それ以上になっているに違いない。あの頃、すでに汚らしい中年だったとしたら、今ではどんなにいやらしくなっているだろうか。

彼は映画を製作した。あれは彼だったと思う。いずれにせよ、監督は彼と同じ名前だった。ある映画祭で、私は偶然その作品を観た。ずっと後のことで、すでにバンクーバーに住んでいた頃だ。

それは髪がふわりとして、人物像が曖昧な二人の女をめぐる映画だった。二人が野原をさまよい歩くと、その薄いドレスは風に吹かれて足にからみつき、時おり、彼女たちは謎めいた眼差しを投げかけた。一人はラジオをバラバラにし、部品を小川に落としてしまい、蝶を口に入れたかと思うと、猫の咽喉をかき切ったりする。気がふれていたからだ。もし彼女が金髪の天女のような姿ではなく、醜い女だったとしたら、この演出がこれほど観客の興味をそそることはなかっただろう。もう一人は、祖父の古めかしい剃刀を使い、腿に小さなためらい傷をつけた。終盤、彼女は窓のカーテンさながらにドレスを翻し、鉄道の陸橋から川へと身を投げた。髪の色を除いては、二人を区別することは難しかった。

この映画に登場する男は、女を二人とも愛していて、心を決めることができなかった。だから女たちは狂気に陥った。ジョセフだと確信した理由はこれだ。男には関係なく、狂気になる女自身の理由があるとは、彼には思いもよらなかっただろう。

映画の中で流された血は、本物ではなかった。ジョセフにとって女性に実体がなかったように、私にとってのジョセフも現実的ではなかった。だから彼の苦しみを、あれほどの嘲《あざけ》りと無関心であしらうことができた。ジョセフは現実の人間ではなかったのだ。私が彼についての夢を見たことがない理由、それは、彼がすでに夢の世界に属していたからだ。彼は不合理で一貫性のない、何かに取りつかれたような世界の住人だった。

もちろん、私は彼に対して公平だったとは言えない。けれども、公明正大であろうとしたら、私はいったいどこにいただろうか。結婚して囚われの身になっていたか、それとも仕事の軛《くびき》につながれていただろうか。若い女性には公正ではないことも必要なのだ。それは女たちにとって、数少ない守り刀の一つだから。無情さと無知も必要である。暗闇の中、切り立った断崖の端を彼女たちは歩を進めて行く。自分は傷つくことはないと信じ、一人鼻歌を歌いながら。

映画のことではジョセフを責めることはできない。私と同じように、彼も自分なりに現実を解釈し、自分自身の幻を呼び起こす権利があった。私は彼の役に立ったかもしれないが、彼も同じように私の目的に仕えてくれた。

たとえば、今画廊の壁に掛かっている『人体デッサン』は、ゼリーで固められた食べ頃のジョセフの姿だ。彼は絵の左側にいて、全裸だが観客から半分体をよじっているので、まず最初に尻の端が見え、次に横向きの胴体が浮かび上がる。右側には、同じ姿勢でジョンがいる。彼らの身体はいくぶん理想化され、実際よりも体毛が少なく、筋肉群がくっきりと際立ち、皮膚には光沢がある。トロントという街に敬意を表し、二人にはぴったりしたジョッキーショーツをはかせようとしたが、やはり思い止まった。二人ともすばらしい臀部の持ち主だから。

彼らはそれぞれ絵筆を握り、絵はイーゼルの上にのっている。ジョセフの絵には、太り過ぎとは言えないまでも、かなり豊満な女性が両脚の間にシーツをかけ、胸をはだけ椅子に座っている。陰鬱で故意に謎めいた表情は、ラファエル前派を思わせる。ジョンの絵にはひとつながりに渦巻く腸が、刺激的なピンク色や、ラズベリーの赤とバーガンディ・チェリーの赤紫色で描かれている。
モデルは二人の間の椅子に座り、顔は正面を向き、素足をぺたりと床につけている。彼女はまとった白いシーツを、胸の下あたりまで引き寄せている。両手は膝の上にきちんと重ねられ、頭部は青みがかったガラスの球体だ。

私はジョンと二人、パークプラザホテル屋上のバーのテーブルに向かい、白ワインのカクテルを飲んでいる。私からの提案で、もう一度ここを見たいと思ったからだ。この街の高層建築の輪郭線は変わってしまい、もはや、パークプラザはこのあたりで一番高い建物ではない。林立するガラス張りの洗練された高層ビルに囲まれ、今やずんぐりとした過去の遺物と化している。真南には、倒立した巨大な氷柱《つらら》のようなCNタワーが聳えている。こんな建築はこれまで、SFマンガの世界でしか見たことがなかった。湖に映ったモノトーンの空にタワーがのっぺり張りついているのを見ると、私は時間の流れを前に向かってではなく脇に脱け出して、二次元の宇宙に踏みこんだような感覚を覚える。

しかし、内部はそれほど変わってはいなかった。バーは摂政時代［訳注 英国でジョージ三世の時代に、ジョージ皇太子が摂政を務めた時期（一八一一〜一八二〇）］の高級娼家の雰囲気を今も漂わせている。小ぎれいに髪を整え、困惑したような、慎重な物腰のウェイターたちでさえ、昔と変わらないように見えるし、おそらくそうなのだろう。店は以前、忘れてきた紳士方のために、ネクタイをクロークに用意していたものだ。そこでは〈お忘れになったのですね〉と声を掛けられた。確かに紳士なら、故意にネクタイを着けずに来店したりはしなかっただろう。かつて、このバーがパンツスーツの女性たちに踏み込まれたのは、大事件だった。まず、シックな黒人のモデルがそれをやってのけたが、店側は彼女の入店を拒むことができなかった。人種差別として訴えられる可能性があったからだ。この出来事と、その時感じたちょっとした勝利の興奮を記憶している私は、いかにも時代遅れだ。今どき、パンツスーツで解放運動を思い起こす女性など、どこにいるというのだ?

ここへはジョンと一緒に来たことはなかった。その頃なら、ジョンは布張りの年代物の椅子やループ付きのカーテン、光沢紙のウィスキー広告から切り取ったような男女を、あざ笑ったことだろう。私が一緒に来たのはジョセフの方で、向かい合うテーブル越しに、彼の手に私の掌を重ねた。今のように、ジョンの手の上ではなく。

指先にほんの少しだけ、そっと触れる。今はあまり話さない。昼食の時のような言葉のつつき合いはない。分かち合うごく短い言葉に、沈黙の時が続く。なぜここにいるのか、私たちにはわかっているからだ。降りて行くエレベーターの中で、スモークミラーの壁に目を向けると、古びてぼんやりとした暗い鏡の中に、不格好な石のような自分の顔が浮かびあがる。どんな年齢だと言っても通用するだろう。

倉庫まで戻るタクシーの中で、座席の上に二人の手を並べて置く。息が切れないようにゆっくりと階段を上がり、アトリエへと向かう。二人とも、苦しそうな中年の息づかいに気づかれたくはない。ジョンの手が私の腰のあたりに触れている。そこはなじみのある場所だ。かつて住んでいて、何年も戻っていない家なのに、どこに明かりのスイッチがあるかを知っているような感覚だ。ドアに辿り着き、中に入る前に彼は私の肩をそっと叩く。うながすように、そして思い悩んであきらめたかのように。

「明かりはつけないで」と私が言う。

ジョンは両腕で私の肩を抱き、首筋に頬を寄せてくる。欲望というより、くたびれた仕草だ。秋の夕暮れ、アトリエは紫がかった灰色の光に満ちている。石膏でできた腕や脚は廃墟の中の壊れた彫像のように、おぼろげに白い光を放っている。部屋の隅に私の服が散らかり、空のコップが作業台や窓際などあちこちに点在し、空いている所を求め、私が一日辿った跡を示している。今ではここが私自身の部屋のように思えてくる。まるでずっとここに住んでいたかのようだ。実際には私は他のどこかにいて、他の何かをしていたとしても。どこかよそへ出かけて行って、ようやく帰還したのはジョンの方なのだと。

二人は互いの服を脱がせていく、最初の頃よくしていたように。その頃より恥じらいながら、でもぎこちないとは思われたくない。夕暮どきでよかった。腿の裏側、膝の上の皺、腹部の皮膚の柔らかな重なりなど、必ずしも太ったわけではなく、襞ができただけなのだが、それでもやはり気にかかる。彼の胸毛が白くなっているのは衝撃だ。少しビール腹になりはじめたところや、さまざまな彼の体の変化には、気づいていてもそれとなく目を逸らす。私自身の変わり様に、彼もまたきっと気づいているに違いないから。

口づけを交わすとき、互いに引き合う力を感じる。これは以前にはなかったことだ。かつての二人は貪欲で身勝手だった。

安らぎを求め愛し合う。彼の体はわかる、真っ暗な闇の中でも彼だとわかる。どんな男にも自分自身のリズムがあり、変わることはない。彼のリズムに私を迎えてくれた安堵感を覚える。

ベンに不実なことをしているとは感じない。それとは別な何かに、忠実であろうとしているだけだ。ベンに先立つ、彼とは無関係な、何か古い昔のつけに対して。

それに、私はもう二度とこんなことはしないだろうとわかっている。それはナイアガラの滝の夜景のような、かつて訪れたことのある贅沢な場所、戻らないとわかっているその場所に、これから背を向けて行こうとするその間際の、最後の一瞥のようなものだ。

掛け布団の下で、互いに腕を回して二人は横たわる。以前、何のことで争ったのかも思い出せない。かつての怒りは消え去って、それと共に、互いへのとげとげしい妬み深い欲望もない。残ったのは相手への愛着と悔恨。それは次第に消えて行く楽節《ディミヌエンド》だ。

「開幕に来ない？」と言う。「ぜひ、来て欲しいわ」

「いいや」と彼が言う。「行きたくないよ」

「どうして？」

「居心地が悪そうだし、そんな風な君を見たくないよ」と彼は答える。

「どんな風な？」と私。

「君のことをやたらとほめ上げる人たちと一緒だから」

つまり、彼は単なる観客ではいたくないのだ。自分のための場所がないというのも、確かに彼の言う通りだ。私の前の夫に過ぎない存在だと思われたくはない。やって来れば、彼は私からも、自分からも疎外された気分になるだろう。私もそれは望んでいないので、本当は彼に来て欲しくない。必要ではあるけれど、そうして欲しくはない。

振り向いて片肘をつき、もう一度、今度は頰に唇を寄せる。髪の毛の下の方、耳の後ろあたりがすでに白くなっている。すんでのところで実現したのだと思う。危うく手遅れになりかねない、ちょうどその時に。

65

ジョンといると、階下へと落ちて行くような感じがする。これまでずっと、前触れのようにつまずいては、体勢を立て直し、取っ手につかまろうとしてきた。しかし、今やすべての均衡は失われ、騒々しい音を立てながら優雅さなどかけらもなく、真っ逆さまに二人は落ちて行く。落ちるにつれ加速度は増し、擦り傷だらけになる。

怒りを抱いたまま眠りに入ると、今度は目を覚ますのが怖い。いざ目覚めるとベッドの上、ジョンの眠っている体のすぐそばに私は横たわっている。寝息のリズムが聞こえ、こんなにも全てを忘れ、眠り呆けられる彼に腹が立つ。

ジョンはこの何週間か、いつもより口数が少なくなり、家も留守がちになる。彼が家にいないのは、私が家にいる時だ。仕事で私が外出すると、サラが保育園に行っている時でさえ、彼はちゃんと家にいる。私は痕跡を捜し始める。小道に撒かれたパン屑のように、私が通る所に残されている小さな手がかりを。ピンクの口紅がついた煙草や、流しに置いた使ったグラスが二個、枕の下にあった私のではないヘアピンを。それらをそっと片付けて、今は口にはせず、本当に必要な時のために取っておく。

「モニカとかいう人が、あなたに電話してきたわよ」と彼に言う。

まだ朝なので、切り抜けなくてはならない一日が丸ごと待っている。言い逃れと抑えつけられた怒り、偽りの平穏さが続く一日が。今の二人は物を投げ合ったりという地点を、はるかに越えている。

彼は新聞を読んでいる。「えっ？　俺に何の用だって」と彼は訊く。

「モニカから電話があったと、伝えてくれだって」


夜遅く彼は帰宅する。私はベッドで寝たふりをしているが、頭がぐるぐる回り始める。ごまかしを見つけ出そうとやっきになる。香水の匂いがしないかシャツを調べ、通りを尾行し、クローゼットに隠れ、二人を見つけた瞬間かっとなって飛び出して行くとか、他にできることはないか考える。サラと一緒に行先も告げず出て行く。あるいはとことん話し合おうと迫ることもできるだろう。それとも何にも起こってはいないふりをして、普段と変わらない生活を続けるとか。十年前だったら、女性雑誌の忠告はこんな風だっただろう、嵐が過ぎ去るのを待ちなさいと。

これらは最後まで演じ切るとおそらくすぐに破棄される劇の台本のようなものだ。一つを採用したらあとはできないというものでもない。

現実の生活では、日々はいつものように進んでいく。暗澹と冬に向かい、語られないものが重たく淀む。

「君はさ、美術学校のジョーおやじと、何かあったんだろう?」さりげなくジョンが訊く。土曜日にサラをグレンジ公園へ雪あそびに連れて行き、ふつうの家族をやっている時だ。

「えっ、誰のこと?」と私が訊く。

「ジョセフ何とかっていう、ほら、年寄りのステッキ野郎さ」

「ああ、彼ね」と私は答える。サラは他の子どもたちと、向こうのぶらんこのそばにいる。私たちは雪を払いのけて、ベンチに座っている。雪だるまを作ったり、良い母親だったらしそうなことを、何かやらなくてはと思う。しかし、私はすでに疲れ切っている。

「でも、何かあったんだろう?　奴とさ」とジョンが言う。「僕と同時進行じゃないか」

「そんな考え、どこから思いついたのよ?」と私が言い返す。責められている時はわかるので、私の側の攻撃材料をざっと調べる。ヘアピンや、口紅、電話の呼び出しに、流しのグラスだ。

「僕だってそんな馬鹿じゃないさ。ピンと来たんだ」

つまり彼にも嫉妬心があり、癒すべき傷があるということだ。私がつけてやった傷だ。ここは嘘を言ってすべてを否定すべきなのだろうが、そうはしたくない。その瞬間、ジョセフが私の自尊心を少し取り戻してくれたから。

「何年も前のことよ。大昔のことだし、どうってことないわよ」と私が言う。

「ムカつくなあ」と彼が言う。ジョセフのことを知ったなら、きっと私のことを馬鹿にするだろうと思っていた。驚いたことに、彼はジョセフをライバルとして本気で受け取っている。

その夜、私たちは愛を交わす。こんな言葉がまだ当てはまるとするならば。それはもはや愛の形も、色合いもなく、苛烈で金属的な戦いの色調を帯びている。事態は正体を現していく。あるいは否認されていく。

翌朝、出し抜けに彼が訊く。「他に誰がいたんだよ？　君がクソじじい連中と手当たりしだい寝ていなかったって、一体どうしたらわかるんだ？」

「ジョン、大人になって」とため息まじりに私が言う。

「ビーニー・ウィニー氏とはどうだったんだ？」と彼は続ける。

「まあ、いいかげんにして」と言う。「あなただって、天使だったってわけじゃないでしょ。部屋はいつも、がりがりの女の子たちでいっぱいだったじゃない。繋がれるのを嫌がっていたくせに、忘れたの？」

サラはまだベビーベッドで眠っている。だから安心して二人で取り組むことができる、必ずしも真実とは限らない忌まわしい真相を語り合うことに。一度始めると、止めるのは難しい。そこにはある種の快感すらあるからだ。

「少なくとも僕には隠し事はなかったぞ」と彼は言う。「こそこそなんてしなかったぞ。君みたいに、くそったれの純情とか誠実なんて、そんなふりさえしなかったさ」

「たぶん、あなたを愛していたからよ」と言う。とたんに過去形だと気づき、ハッとする。彼もそれに気がつく。

「もし愛に出会ったとしても、君は気がつかないんだろうなあ」と彼は言う。

「モニカのようには、わからないってこと?」と私は言う。「あなたは今では、隠し事がないわけではないのね。私のベッドの上に、あのヘアピンがあったのよ。どこか別の所でやるくらいのマナーは、少なくとも心がけて欲しいわ」

「君はどうだい」と彼は言う。「君はいつも出かけているよね、あちこちに」

「私が?　そんな時間ないわ。考える時間さえも、絵を描く時間もない。トイレに行くのもやっとよ。いまいましい家賃を払うのに忙し過ぎるんですから」

最悪のことを言ってしまった。言い過ぎだ。「それなんだよ」とジョンが言う。「いつも君なんだ。君がどんなに頑張っているか、君がどんなに耐え忍んでいるかだ。決して僕ではないんだ」。彼は上着を探し、ドアへと向かって行く。

「モニカの所に行くっていうわけ?」とありったけの嫌味を込めて私は言う。こんな高校生の喧嘩みたいなことは嫌だ。抱き合って涙を流し、互いを許し合うようなことがしたい。知らぬ間に空に虹がかかるように、私が何の努力をしなくても、そんなことがひとりでにやってきて欲しい。

「トリシャだ」と彼が言う。「モニカはただの友だちさ」

冬だ。暖かさが去ってはまた戻り、また去って行って、天気は落ち着かない。サラは風邪を引いている。夜中に咳をするので、起き上がっては咳止めシロップをスプーンで飲ませ、水を持ってくる。昼間になると、二人ともぐったりしてしまう。

今年の冬は私の体調もすぐれない。何度もサラに風邪をうつされ、週末の朝ともなるとベッドの中から、ただ天井をじっと見上げている。頭の中には綿がぎっしり詰まった感じだ。子どもの頃のジンジャーエールや、しぼり立てのオレンジジュース、遠くから聞こえるラジオの音が恋しい。けれどすべては永久に失われ、トレーにのって出てくるものは何もない。もしジンジャーエールが欲しければ、店に行くか台所に行くか、買うかそれとも、自分で注ぐかのどちらかだ。居間ではサラがテレビのアニメを見ている。

もう絵はまったく描いてない。絵について考えることさえできない。政府の芸術プログラムから若手奨学金をもらっているが、絵筆を取るための段取りさえできないくらいだ。私は仕事へ、お金を引き出すために銀行へ、食料を買いにスーパーへと、時間の中を押し分けて進む。時どき、テレビで昼メロを見る。そこでは事態は現実生活よりも深刻で、みんながもっとおしゃれな服を着ている。私はサラにかかりきりだ。

他には私は何もしないし、女同士の集まりにはもう行かない、気分が悪くなるだけだ。ジョディが電話をかけてきて、みんなで集まろうと言うけれど、私ははぐらかす。彼女は私をおだて元気づけ、期待には応えられないほど前向きな提案をしてくるだろうから。後になってだめな人間だ、という気持が強くなるだけだ。

誰にも会いたくない。カーテンを引き寝室で横になると、無がゆるやかな波のように私を洗う。私には何が起きていようとも、みんな自分自身のせいなのだ。私が過ちを犯したのだ。大きすぎて私には理解することさえできない過ちを、自分を溺れさせてしまうような間違いを。私は無能で、愚かで、価値がない。死んだ方がましだ。

ある晩、ジョンが帰宅しない。こんなことは今までになかった、暗黙の了解を越えている。遅くなる時でさえ、彼は必ず夜中までには帰ってくる。この日喧嘩はしていなかった。ろくに言葉さえ交わしていないのだから。どこにいるかを知らせるための電話もなかったが、彼の意図ははっきりしている。寒さの中、私を一人置いて行ったのだ。

暗闇で寝室にうずくまり、ジョンの古い寝袋にくるまって、サラがぜいぜい息をする音と、窓を打つみぞれのささやきに耳を傾ける。愛は目を曇らせてしまうが、いったんそれが退くと、それまでよりもずっとよく見えるようになる。それはあたかも潮が引いて行くようなもので、投げ捨てられ沈んでいたあらゆる物が、忽然と現われる。割れた瓶や、古い手袋、錆びついたソーダ缶、つっつきかじられた魚の死体、残った骨。暗がりの中、目を開けてこれからの行く末もわからないまま座っていると、こうした物が浮かびあがる、自分が作り出した残骸が。

気力を失くし、私の体の動きは鈍い。血液を循環させるため、動き続けなくてはと思う。凍死しないよう、吹雪の中ではとにかく動けと言われている。力をふり絞って立ち上る。台所に行ってお茶を入れよう。

家の外ではぬかるんだ雪の中を、滑るように車が通り過ぎ、音も立てずに走り去る。街灯の光が窓から注いでいるだけで、居間は闇の中に沈んでいる。ジョンの作業机に置かれた工具が薄明かりの中できらめく、彫刻刀の平たい刃先や金づちの頭が。私は地球の引力を体に感じる。重力の暗い曲線が私を引っ張るので、原子の間の空間へと簡単に落ちて行けるかもしれない。

この時だ、あの声を聞いたのは。決して私の頭の中ではなく、この部屋の中で、はっきりと〈やりなさい。さあ早く、やりなさい〉という声を。この声は選択を許さない、有無を言わせぬ力がある。自ら飛び込んで行くのか、それとも突き落されるかの違いがあるだけだ。

切傷をつけるために使ったのは、カッターナイフだ。痛みすら感じる間もない。なぜなら、その直後にカサカサという音がして空間が閉じ、私は床に倒れているから。こんな状態の私をジョンが見つける。暗闇では血は黒くて見えないので、明かりをつけるまではわからない。

救急外来の人には事故だと説明する、私は絵描きで、キャンバスを切った時に手がすべってしまったのだと。けがをしたのは左手首だったので、それらしく聞こえる。怖いので、真実は隠してしまいたい。今でもこれから先だって、クイーン通り九九九番地の精神病院に押し込まれる気などさらさらない。

「真夜中なのに?」と医者が言う。

「仕事は、よく夜にするんです」と私は答える。

ジョンは私を援護してくれるが、私と同じくらい怖がっている。台所の布巾で私の手首を縛り、彼が車で私を病院へと連れて来た。血は布巾から染み出し、助手席のシートに付いた。

「サラは?」思い出して、私が言った。

「階下《した》だよ」とジョンが答えた。一階には家主で、イタリア系の中年の未亡人がいる。

「あの人に何て言ったの?」私は訊いた。

「盲腸だって言った」とジョン、私はくすっと笑った。「一体どうしたんだ?」

「わからない」と返事をした。「この車、掃除してもらわなくちゃ」。血の気が失せ青ざめてはいるけれど、介抱され、清められ、安らかな気分だ。

「誰かに話したいとは思わないんですね?」救急医が尋ねる。

「もう大丈夫です」と私は答える。今一番したくないことが、人と話をすることだ。〈誰か〉というのが誰のことかもわかっている、精神科医だ。あなたは頭がおかしいですと言ってくれる人。あんな声が聞こえてくるのは、どんな人たちなのかもわかっている。大酒飲みの人、薬物で頭がいかれてしまった人、手すりを越えて落ちてしまうような人。私はまったくしっかりしていると感じる、もう心配もしていない。このあと、明日になってどうするかもすでに決めている。包帯で腕を吊り、手首を折ったと説明しよう。そうすれば精神科医に話す必要はない。ジョンにも他の誰にも、あの声のことだけは。

本当は声などしなかったのだとわかっている。けれど、確かに聞こえたのだ。

声そのものに恐ろしい感じはなかった。脅すのではなくうきうきとして、悪ふざけやいたずらや、特別に考え出した遊びに誘っているかのようだった。大切にしまっておいた秘密の企てへと、九歳の子どもの声が誘った。

66

雪が融けた。あとには金線細工のような模様が、汚らしく残っている。冬中置かれていた砂利のあたりに風が吹きわたり、踏み潰され荒れ果てた芝生から、クロッカスが土を押し上げ、芽吹き始めた。このままここにいたら、私は死んでしまうだろう。

私が離れなければならないのはこの町だと思う、そして、もちろんジョンからも。私を痛めつけているのはこの町なのだ。

町は突然、私を殺そうとするかもしれない。特に何かを考えるということもなく、通りを歩いていると、とたんに私は向きを変え、縁石から車道へと飛び出し、高速で走ってきた車に轢かれてしまうかもしれない。あたりに何の警告を発することもなく、地下鉄の車両の前によろめいて倒れてしまうか、そうするつもりなどないのに、橋から身を投げるかもしれない。聞こえてくるのは、いわくありげに招くような声、嬉々として私を駆り立てるあの小さな声だ。私はそんなことをやり出しかねない。

（さらに厄介なことがある。私はこうした思いを恐れ、恥じてもいて、昼間はメロドラマのようで馬鹿げていると本気にしていないが、ひそかに心の奥にしまい込んでいる。それはアルコール依存症の患者が隠し持っている秘密の酒瓶のようなものだ。それに手を出すつもりはまったくない、今すぐには。けれどあるとわかっていれば、ずっと安心だ。それは頼みの綱だ。悪い習慣だけど、出口でもあり、武器にもなる）

夜、サラのベビーベッドの傍らに座り、夢を見るサラの瞼が震えるように動くのを見つめながら、寝息に耳をそばだてる。サラは一人残されてしまうだろう。いや、一人ではない、ジョンがいる。だが、この子に母親がいないなんて考えられない。

居間に明かりをつける。荷作りを始めなくてはいけないけれど、何を持って行くのかわからない。衣類とサラのおもちゃ、ふわふわしたウサギのぬいぐるみ。あまりに大変そうなので、ついベッドに入ってしまう。すると、そこにはすでにジョンが壁の方を向いて眠っている。見せかけの停戦と改善への努力の期間を過ぎ、二人はそのまま暗礁へ乗り上げている。今さら彼を起こしたりなどしない。

朝、彼が出て行ったあと、サラをくるんでベビーカーに乗せ、銀行で奨学金をいくらか引き出す。行く先はまだ決まっていないが、出て行こうという思いだけがつのる。バンクーバー行きの切符を買う。そこは暖かいので都合がいい。持物は軍払い下げ物資店で買った厚い布地のバッグに詰め込んでいく。ジョンが戻ってきて私を止めて欲しい。今や行動を開始してはみたものの、実際に自分がこんなことをやっているとは、とうてい信じられないからだ。けれど、彼は帰って来ない。

書き置きを残し、ピーナッツバターのサンドイッチを作る。二つに切って半分をサラにあげ、牛乳も渡す。タクシーを呼ぶ。私たちはコートを着たまま台所のテーブルで、サンドイッチを食べ、牛乳を飲みながら待っている。

そこへジョンが帰ってくる。私は食べ続ける。

「いったいどこへ行くつもりなんだ?」と彼が訊く。

「バンクーバーよ」と私は答える。

テーブルにつき、彼は私をじっと見つめる。何週間も眠らなかったような顔つきだ。実際には彼は十分眠っていたし、寝過ぎていたくらいだが。「僕は君を止められないよ」と彼は言う。これは事実を述べているだけで、何らかの方策があるわけではない。口論もせず彼は行かせてくれるだろう。彼もまた、疲れ果てているのだ。

「タクシーが来たらしいわ。手紙を書くから」と私は言う。

私は別れ上手だ。その秘訣は自分自身を閉ざすことだ。何も聞かず、何も見ようとしないこと。振り返ったりしないこと。

お金を節約しなくてはいけないので、寝台車は利用しない。私は一晩中起きていて、サラは私の膝の上で大の字になり、鼻をグスグスさせながら寝そべっている。時どきぐずったりしても、私がしたこと、これから二人でやろうとしていることは、幼すぎて理解できない。乗客たちは通路にまで長々と足を伸ばす。荷物が広がっていき、淀んだ空気の中を煙草の煙が漂い、食べ物の包み紙が手洗いに詰まる。客車の前方で乗客たちはビールを飲みながら、トランプのゲームに興じている。

列車は北西へと進んでいる。何百マイルも続く枯れ細った森と露出した花崗岩を越え、名もない、数え切れないほどの小さな青い湖を過ぎて行く。岸には沼地や葦、すがれたトウヒが点在し、日陰には雪が残っている。雨と埃が筋になって流れる列車の窓ガラスから外をのぞくと、そこには、私の幼い子どもも時代の風景がぼんやりと滲んで広がっている。何のにおいも伝わって来ることなく、触ることさえできないまま、ひたすら後方へと遠ざかって行く。

長い間隔をおいて、時おり、列車は道路を横切る。砂利道か、あるいは薄く舗装され中央に白線が引かれた道を。あたりには何の気配もなく、静かなように見える。けれど私には、人気《ひとけ》がなく森閑としているどころではない。そこにはありとあらゆるこだまが満ちている。

〈ふるさとだわ〉と私は思う。しかし私が戻れる場所はどこにもない。


着いた所は、思っていたよりも悪くもあり、また良くもあった。

ある時は、こんなことをしたなんて狂っていると思い、またある時は、この何年かで一番まともな行動だったと思ったりもする。

バンクーバーは物価が安い。短期間、ホリデー・インに滞在したあと、私は手ごろな貸家を見つける。キツラノ海岸の奥の高台にある、見かけよりは中が広い、あのおもちゃのような家の一つだ。そこからは湾と対岸の山々が見渡せ、夏には夜景の明かりが切れ目なく続く。サラのために協同組合保育園を見つける。しばらくは奨学金に頼る生活だ。少し自由契約《フリーランス》で働いてから、次は古物商のもとで、家具の塗装をやり直すパートタイムの仕事を見つける。この仕事が気に入ったのは、家具は無心だし、話しかけて来ないからだ。私は沈黙に対して渇きを感じる。

床に横になると、無に押し流され、必死でしがみつく。夜が来ると泣いてしまう。いろんな声が聞こえるので怖い、特にあの声が。私は地の果てまで辿り着いたが、この端から突き落とされるかもしれない。

たぶん、精神科医に診てもらった方がいいのではないかと思う。精神のバランスを失った人々にとって、今では認められているやり方だし、確かに私はバランスを欠いている。そこで、意を決して行ってみる。精神科医は男性で、親切な人だ。六歳以前に起こったことすべてを話すように、その後のことは話さなくてもいいと言う。六歳になると、いわば青銅の鋳型にはめ込まれるのだと仄めかす。その後は重要ではないと。

記憶力はいいので、戦争について医者に話す。

彼にはカッターナイフと手首のことは話すが、あの声のことは言わないでおく。狂人だと思われたくはない。私のことをよく思って欲しい。

無についても語る。

オーガズムがあるかと尋ねられ、それは問題ではないですと言う。

すると、隠している事があるのではと思われる。

しばらくして、私は行くのを止める。

しだいに、私は以前の腕前を取り戻して行く。絵を描くために、朝早くサラが目を覚ます前に起きるのが習慣になる。トロントでのあのグループ展以来、たかが知れているが、少しは世間にも知られるようになり、パーティーに招かれる。最初、みんなの口調には恨みがましい棘がある。私がいわゆる〈東部出身〉だったからだ。東部の人はそれだけで不当な利益を得ていると思われている。しかし、しばらくして、長く住むようになると、ここの出身として通用するようになり、その後は、東部出身者に対し根に持ったような振舞いを、自分自身やってのけることができる。

また、私は招かれて、ほとんどが女たちだけの幾つかのグループ展に参加する。彼女たちは私の作品にインクをかけられた話を聞いており、見下したような批評も読んでいて、東部出身であっても私を正統なのだと認めてくれる。ここではさまざまな女流の芸術家や、多方面の女性たちが力を蓄えつつあり、いわば発酵が進んでいる。女たちは狭い空間に閉じ込められたうえに、圧力をかけられ爆発寸前のエネルギーで沸き立ち、あらゆる宗教運動における、初期の純粋主義者の熱情で煮えたぎっている。口先だけの賛同や給与の平等を信じても十分でなく、心からの回心がなくてはならないのだ。あるいは、そう彼女たちは示唆する。

告白が流行っているが、自分の落度ではなく、男から受けた苦しみについての告白だ。痛みは重要だが、ある種の苦痛に限られている。つまり女性の痛みであって、けっして男性のものではないということだ。痛みについて語るこの行為は分かち合い《シェアリング》と呼ばれている。私はこんな風に分かち合いたくはない、傷も十分な深さではない。みんなから比べると特権的な生活を送っていた。ひどく殴られたことも、性的暴行を受けたことも、ひもじい思いをしたこともなかった。もちろん金銭的に問題はあったけれど、ジョンも私と同じくらい貧しかった。

確かにジョンのことはあるが、一方的に彼にやられっぱなしだったとは感じていない。彼が私にしたことは何であれ、やり返してやった。たぶんそれ以上のことを。今、彼はサラが恋しくて、じたばたとあがいている。長距離電話をかけてくるが、電話の声は戦時下の放送のように途切れがちだ。敗北に打ち沈むその口調には、次第に男性一般に通じる、太古からの悲しみが滲むようだ。

彼に情けはいらないわと、あの女たちなら言うだろう。私は情け深くはないが、ただ、少しかわいそうなのだ。

女たちの多くはレズビアンだ。新たにカミングアウトしたか、あるいは性転換した人もいる。勇気があると同時に、必要に迫られてのことだ。ある人たちによれば、女同士の同性愛が、女性にとって唯一可能な対等な関係だと言う。それ以外の関係では、本来の自分になることはできないそうだ。

私はそういう気持ちにはなることができず、欲望も感じないので恥ずかしい。しかし本当のところは、女性と一緒にベッドに入ることを想像しただけでぞっとしてしまう。女たちは不平不満をつのらせ、恨みを抱き、変わっていく。彼女たちはしっかりした合理的な判断を下し、それは空想的な考え、無知、偏見、そして願望などで目が曇っている男たちの鈍感な憶測とはまったく違う。女たちは知り過ぎるほど知っているので、だまされることもない代わり、信頼されることもない。なぜ男が女を恐れるかはよくわかる。それは女性を恐れているということですら、しばしば糾弾されるからだ。

パーティーではみんなの誘導尋問が始まり、まるで取り調べのような響きがある。私の立場や主義主張を聞きたがる。そういったものはあまり持ち合わせていないので、少し後ろめたい気がする。私は非正統派で、絶望的なまでの異性愛者、母親、それに裏切り者で、隠れ弱虫だ。私の本心はいくらよく見ても、うさんくさい代物で、汚点だらけで油断できない。今でもすね毛を剃っているから。

私は、少しずつ、こうした女同士の集まりを避け始める。彼女たちから認めてもらえるだろうか、あるいは、火あぶりの刑にでもされてしまうのだろうかと恐れながらも、遠ざかって行く。陰では、きっとあれこれ噂しているだろう。だが、彼女たちはこれまでにも増して、私をイライラさせてしまう。彼女たちは私にある型に嵌《は》まって欲しいのだけれど、私はそうではないからだ。彼女たちは私を良くしたいと思っているが、時どき、反抗したい気持ちになる。何の権利があって、こんな風に考えろと言うのか。私は女性の代表ではないし、そんなものに押し込まれるなんて真っ平だ。〈なんて嫌な女〉とひそかに思う、〈偉そうに指図しないで！〉

しかし一方で、男についての彼女らの確とした信念や楽観主義、男を扱う無頓着な大胆不敵さ、女同士の友情は私には羨ましい。勇ましい歌を歌い、部隊が男らしく戦場へ向かうとき、私は脇から見守り、怯えたようにハンカチを振っている女のようだ。

とりたてて親しいというわけではないが、何人か女の友だちができる。同じくシングルマザーで、保育園で知り合いになった。夜、出かけなければならない時に子どもを預けたり、当たり障りない愚痴をこぼし合う。互いの傷に深入りすることはない。私たちは昔の「人体デッサン」クラスの、バブズとマージョリーの姿にどこか似ている。少々哀れで滑稽な感じだ。女たちにとってそれは古くからのやり方だが、今では私たちも年を重ね古くなっている。

ジョンが訪ねて来て、和解に向け、とりあえずの手を打つ。私も仲直りは大歓迎なのだが、うまく行かず、遠く離れて住む私たちはついに離婚する。

私の両親もやって来るが、私よりサラが恋しいのだと思う。私はクリスマスに東部へ帰らなかった言い訳を繰り返した。西海岸の山々を背景にすると、二人は場違いな感じで、体も少し縮んで見える。手紙の方が本来の二人らしい。私について、たぶん壊れてしまった家庭のことで二人は悲しみ、どう言ったらいいのか分からない。「そうね」と、母はジョンのことを言う。「いつも思っていたんだけど、あの人、とても気性が激しかったわね」。厄介なことになりそうな不吉な言葉である。

大木が林立しているスタンリー公園へ二人を連れて行く。太平洋を見せ、海草の中をバシャバシャと歩く。巨大なナメクジも見せてあげる。

兄のスティーブンから葉書が来る。サラには恐竜のぬいぐるみを送ってくる。水鉄砲や、蟻と蜜蜂が出てくる「かぞえてみよう」の絵本も。それから、ビニール製のモビールにした太陽系や、天井に貼ると夜に光る星などを。

しばらくして、美術界というちっぽけな世界で（ちっぽけというのは、本当に誰も知らないし、テレビに出ることもないからだ）、渦巻きや、四角形、巨大ハンバーガーをモチーフにした絵画のブームが終わり、別の画風が流行り出す。すると突然、私は小さな波の前方に乗っている。こうしたことにはよくあるが、ブームがどっと押し寄せてきて、私の絵がさらに高い値で、何枚も売れ始める。今や気がつくと、東部に一つ、西部に一つと、二つの常設画廊の代表作家になっている。私はシングルマザーの友人にサラを預け、短期間だがニューヨークへと向かう。カナダ政府が企画し、貿易委員会で働く人々が大勢出席するグループ展のためだ。黒い服を着てニューヨークの通りを歩く。みんな独り言を呟いているようなそこの人たちと比べると、私の方がよっぽど正気だと感じる。そして私は戻ってくる。長い間隔をとり、少しやけになりながらも、男友だちを作ってみる。しかし、こうした恋愛事は慌ただしく、何か満たされないものを残す。細やかな事柄につぎ込む時間が足りないし、こんな短い幕間の恋でさえ、私にはあまりにも骨が折れる。

男たちが私を拒絶したわけではなく、彼らにその機会を与えなかったのは私の方だ。何が危険なのかよくわかっているので、私は物の切っ先から身を離す。あまりに眩しいものや、鋭利過ぎるものから、そして眠りを妨げるものから。ふらふらすると感じ始めたら、無がやってくると思い横になる。するとそれはやって来て、黒い空虚な波となり私を洗う。波が去って行くのを、待てばいいことはわかっている。

それからさらに時間が経ち、私はベンと知り合う。彼は陳腐極まりないやり方で、スーパーで私に声をかけてくる。実は、買い物袋を持ちましょうかと言って来たのだ。袋は重そうに見え、実際私には重かったので、彼にはそうしてもらう。けれどあきれるほど古めかしいアプローチなので、まずはあたりを見回して、知り合いの女性が見ていないかを確かめる。

何年も前なら、彼はあまりに分りやすくて、退屈で、実際単純過ぎる人だと見なしただろう。そしてそのあとも数年間は、少し人当たりがいいだけの男性優位主義者だと思ったことだろう。これらすべてに、彼は当てはまっている。けれど、飲み食いを重ねた長い宴会が終わったあとでは、彼はまるでリンゴのように新鮮だった。

彼は家にやって来ては、持参したのこぎりと金づちで裏口のポーチを修理する。これは昔の女性誌に載っている話のようだ。そのあと芝生の上でビールを飲む。これはまるで広告のシーンだ。高校卒業以来、耳にしたことのない冗談を彼は口にする。でもこんな平凡な楽しみに、自分が感謝しているとは驚きだ。私は彼が必要なわけでもないし、輸血で助けてくれるというのでもない。そうではなくて、私を喜ばせてくれるのだ。ただ単純にうれしい気持ちになるのは幸せなことだ。

ドラッグストアで売っている恋愛小説のように、彼は私をメキシコに連れて行く。彼は小さな旅行社を買い取ったばかりだったが、それは趣味の延長のようなものだ。それ以前に、不動産業でお金を稼いでいた。しかし写真を撮ったり、日光浴が好きで、自分の好きなことをして同時にお金が入る仕事を、これまでずっと望んでいた。

ベッドでの彼は引っ込み思案なところがあり、造作ないことにも驚き、すぐに喜んでくれる。

私たちは所帯を一つにして、これまでよりも大きな三つ目の家で暮らすことにする。しばらく経って私たちは結婚するが、ドラマチックなことは何もない。彼にとってはふさわしいかもしれないが、私にとっては常軌を逸したことに思える。それは慣習への挑戦だからだ。しかし、彼にしてみれば、聞いたこともない慣わしなのだ。それに、自分自身の行動を私が異様だと思っているとは、彼は知らない。

彼は私より十歳年上だ。彼自身も離婚を経験し、大きな息子が一人いる。サラは彼が欲しがっていた娘になり、ほどなく私たちはアンを授かる。アンはもう一度、やり直す機会を与えてくれる。アンはサラほどじっくり考え込むたちではないが、姉より頑固なところがある。サラはすでに、自分が望むものすべてが必ずしも手に入るわけではないとわかっている。

　ベンは私を善良な人間だと思っているので、私はこの信頼を崩すようなことはしない。彼には私のいかがわしい真実など、必要がないからだ。芸術家なのだから、私は少し傷つきやすい存在だとも考えている。だから、鉢植えの植物のように、大事に世話をする必要があるのだと。私の中の最高のものを引き出すために、ちょっとした剪定や、水やり、除草、添え木にも気を配ってくれる。どの絵がいくらで売れたのかを知るために、絵画のビジネス用帳簿を一式用意してくれる。所得税の還付申請で、何が控除できるかを教えてくれ、納税申告書も彼が書く。そのほかにも台所に特別な棚を設け、香辛料をアルファベット順に並べてくれるし、その棚も彼が作る。

　こうしたものがなくても暮らしていくことはできるだろう。以前の私はそうしてきた。それでもやはり、このことは気に入っているのだ。

　私の絵そのものに対しては、彼は驚異と同時に不安な眼差しで眺めている。まるで幼子がろうそくの炎を見つめているように。彼が注目するのは、どんな風にうまく私が人の手を描いているかだ。これは難しい技術だと彼にもわかっている。かつて、自分も絵筆を取ってみたかったが、稼がなくてはならないので、できなかったと彼は言う。これは画廊での展覧会初日で人々がよく口にすることだが、彼なので許してあげる。

　彼は出張の間合いをうまく取って出かけて行き、彼がいなくて寂しいと思う機会を作ってくれる。

暖炉の前に座ると、椅子の背のようにがっしりした彼の腕が、私を包んでくれる。心を和ませるバンクバーの霧雨の中、防波堤沿いの道を歩く。淡い色合いの海岸線に打ち寄せるさざ波と、眼前に茫漠と広がる太平洋。何の見返りを求めることなく、海は来る日も来る日も美しい落日を送り届けてくれる。背後にはとうてい本物とは思えないような山々が連なり、その向こうには途方もなく大きな防塁のような土地が広がっている。

トロントはさらにその奥、遠く離れた彼方にある。私の想像の中では、そこはゴモラ［訳注　旧約聖書の中に出てくる町、道徳的な退廃のために、神に火と硫黄で滅ぼされた］のように燃えさかっている。そこへはあえて目を向けない。

XIII

一兆分の一秒《ピコセカンド》

67

朝遅くなって目が覚める。オレンジ、トースト、それに卵を食べる。卵は紅茶茶碗の中で潰す。卵の殻の底にあけた穴はコーデリアが言っていたように、魔女が海へ船出しないようにするためのおまじないとは関係がない。殻が簡単に外せるように、殻とカップの間に空気を入れるためだ。こんなことを理解するのに、なぜ私は四十年もかかったのだろうか。

サクランボ色《セリーズ》のもう一着のジョギングスーツを着る。ジョンの部屋の床の上で、形だけストレッチの練習をする。ここはまたジョンの部屋に戻り、私のものではなくなる。今まで私がしまい込んでいた彼自身や、二人一緒の生活のいろいろな思い出と共に、部屋を彼に返すことができたと感じる。これは中世の宗教画を思い出させる。武器は持っていないと、上げた手を広げ、〈安心して行きなさい〉と送り出し、祝福を与えている絵だ。私のやり方は聖人たちの作法といくぶん違ってはいたが、同じくらいうまく行ったように見える。和平はまた、それを申し出た人のためにもなった。

朝刊を買いに下へ行く。じっくり読もうとせず、時間潰しにざっとページをめくる。私がここでやることになっていることを、忘れてしまいそうだ。西海岸へ帰りたくてたまらない。今の暮らしを送っている時間帯の中に戻って行きたい。でも、いまだそれはかなわず、歯医者か空港の待合室にいるかのように、宙ぶらりんになって足止めされている。ただもう一つの幕間劇を待っているだけで、それも鎮痛剤や飛行機の機内装飾みたいに味気なく、食指が動かないものでしかない。こんな風に、明日の夜に迫った個展の開幕について考えている。とにかく、大失敗をやらかすことなく、切り抜けなければならない。

画廊に行き、すべて順調に進んでいるかを確認する必要がある。主役として少なくとも、最低限の礼儀は尽くすべきだろう。しかし、そうはせず、私は地下鉄に乗り、墓地の正門近くの駅で降り、落葉を擦って歩きながら、排水溝を探り、南へ東へと歩き回る。歩道に視線を落とし、タバコの箱の銀紙や五セント白銅貨や、風で落ちた果実がないかと探す。私は今でもこんなものがまだあって、見つかるかもしれないと信じている。

もし誰かに軽く押されでもして、はっきりしない境界の端をいったん滑り落ちてしまえば、私も買い物袋を持ったホームレスの女になってしまうかもしれない。私がゴミの山を物色し、捨てられたものをいじったりするのは、ホームレスと同じ本能だ。不要なものとして捨てられても、掘り起こし、再利用できるかもしれないと何かを探す。ホームレスの場合は空間の切れ端を、私の場合は時間の断片をかき集める。

ここは私が学校から家に帰って行った、昔の通学路だ。この歩道を、他の子どもたちの後ろになったり、前になったりして歩いたものだ。街灯の柱の間で、冬の雪に映る私の影が前方に伸びては二重になり、縮んではまた消えて行った。霧にかすむ月のように、街灯はあたりに光の輪を投じる。この芝生はコーデリアが雪の上にあおむけに倒れ、雪の天使を真似たところだし、ここは彼女が走ったところだ。

家々も昔と変わらない。もっとも、今ではもう、白い色がすぐに剥がれてきたり、冬には灰色に変色するような、安っぽい塗装で仕上げられてはいない。戦後のみすぼらしさもないけれど。かつては壁を磨く砂吹き機があった。窓の掃除人もいた。こうした家の室内では、ベンジャミンの木と熱帯の蔓植物が優勢になり、以前、台所の窓際で育てられていた、貧弱なセントポーリアを追い出している。これらの家々の姿を透かして、私にはかつての家の様子が見えてくる。壁に塗られていたさまざまな色合いが浮かんでくる。灰色がかったばら色、くすんだ緑色、マッシュルーム色。光沢のある花柄のカーテンはもうなくなっている。この家々はいったいどの年代に属しているのだろうか？　それらが建っている現在か、それとも私が住んでいた頃なのか？

わずかに上り坂になった通りを歩くと、三々五々、お昼に家へ帰る小さな子どもたちと行き交う。女の子は自由の象徴のジーンズをはいているが、彼らに昔のような声高さはない。一緒に単調に繰り返す歌も歌っていないし、冷かす声も聞こえない。重い足どりでただ黙々と歩いて行く、あるいはそんな風に私には見える。たぶん、それはもう私が彼らと同じ背丈ではないからだろう。背が高い私の耳まで、音は濾過されて届いてくる。それとも、私がいるからおとなしいのかもしれない。子どもに力を及ぼすことができる大人がいるからだろう。

何人かが私を見つめたりしているが、たいていの子は見向きもしない。いったい、私の何を見るというのだろうか？　コートのポケットに両手を入れて、ブーツにジョギングスーツの裾を押し込んでいる中年の女は、これといって変わっていることもなく、すぐに忘れ去られる。

何軒か、玄関ポーチにカボチャが置かれている。幸せそうな顔や悲しげな顔、威嚇するような顔が彫られたカボチャが、今夜を待っている。死者の霊が、バレリーナやコーラ瓶、宇宙飛行士やミッキー・マウスの格好をして、生者の元を訪れる万聖節の夜なのだ。悪霊に化けたりしないようにと、生者は彼らにキャンディーを与える。今でも、あのお祭り気分の味わいを思い出す。ピリッとした大気と口に広がるキャラメルの味、ドアを叩くときの胸の高まり、子どもたちみんなが当たり前だと思っていた、ただで何かがもらえるという確信を。けれど、もう自家製のポップコーンやリンゴはもらわないだろう。剃刀が中に入っていたとの噂が巷にあふれているし、毒が混入される可能性もある。私の子どもたちの時代にも、リンゴには心配した。あまりに多くの悪意が解き放たれて、あたりを吹き回っているからだ。

メキシコではこの祭りを正しいやり方で、何も取り繕うことなく祝っている。色鮮やかな頭がい骨の菓子、墓地での家族ピクニック、お客銘々への取り皿セット、霊のために灯すろうそくで。祭りが終わると、死者も一緒に皆がうれしそうに帰っていく。私たちのところでは、異なる次元でのこうした気軽な往来を拒絶してきた。私たちは死者を話題にしたくない。名前を呼ぶことも、食べ物を与えることも拒否している。それで私たちの死者は痩せ細り、体は黒ずみ、聞きとれないほどかすかな声になってしまい、そして腹をすかせている。

68

兄のスティーブンは五年前に亡くなった。死んだと言うべきではなく、殺されたのだ。実際はそうなのだが、私はそれを殺人ではなく、列車の爆発のような、ある種の事故だと思うように努めている。あるいは地すべりのような自然災害として。保険金を支払う目的条項としては、神の御業というものだと。

目には目をという報復主義、あるいは誰かのそうした主張によって兄は死んだ。極端な大義名分によって、彼は死んだのだ。

兄は飛行機で窓側の席に座っていた。ここまではわかっている。

座席の前のナイロンの網ポケットには、ラクダの記事が載った機内誌があり、兄はそれを読んでいた。また別の記事は、ビジネスマンの服装改善法を特集していたが、これは読んでいなかった。イヤホーンのセットや乗物酔いの袋もあった。

前方の座席の下、裸足の向こうには――兄は靴も靴下も脱いでいた――書類かばんがあり、宇宙の推論的構造というテーマをめぐって、彼が書いた論文が入っている。かつておそらく宇宙は、三十二の異なった色の極めて小さな紐で成り立っているだろうと彼は考えた。紐はあまりに小さいので、「色」と言っても言葉の綾みたいなものだ。しかしこれについて彼は疑問を持ち始め、他の理論的可能性を想定し、そのうち二つについて彼は論文で概説した。宇宙を明確に定義するのは難しい。というのは、宇宙に目を向けると、あたかも知られることに抗《あらが》うかのように、宇宙はその姿を変容させるからだ。

兄は一昨日、フランクフルトで研究発表をすることになっていた。そこでは他の論文の発表を聞き、多くのことを学び取ったことだろう。

座席の下には書類かばんと一緒に、スーツの上着が押し込んである。兄が今持っている三着のうちの一着だ。シャツの袖をまくり上げていたけれど、その効果はあまりない。冷房が故障して、機内は過熱状態になっている。また、ひどい臭いがあたりに漂うのは、少なくともトイレが一つ壊れているからだ。よく飛行機で旅行する兄の観察によると、機内で人はたびたび放屁するらしい。さらに今はパニックが起こっているために、一層ひどくなっている。パニックは消化不良を引き起こすからだ。二つ座席が離れたところに、太った禿《は》げ頭の男性が口を開け、いびきをかき、見えない口臭のもやを放っている。

窓の日除けは下ろしてある。しかし、日除けを上げると熱で揺らめく滑走路が見え、その向こうには目の眩むような海を背景に、月世界のような見知らぬ赤茶けた風景が広がっていることを兄は知っている。平屋根の茶色い長方形の建物がいくつかあるが、そこからは救援がやって来るのか、来ないのか。日除けが下ろされる前に、兄はこれらすべてを見ていたが、これらの建物がいったいどこの国にあるのかはわからない。

朝から兄は何も食べていなかった。外からサンドイッチが届けられた。見慣れない粒の粗いパンで、塗ったバターは液状になり、プトマイン［訳注 食べ物の腐敗の際に細菌によって生じる化合物で、かつては食中毒の原因とされた］を思わせる薄茶色のミートペーストがはさんである。さらに、ビニールに包まれ、汗をかいているような青白いチーズも。このチーズとサンドイッチを食べたので、今や彼の両手はかつて戦時中のピクニックで、道端で食べた昼食のようなにおいがしてくる。

最後の飲み水は四時間前に配られた。彼はペパーミント味の、ライフセーバー社キャンディーを一本持っている。ひどい揺れに備え、旅にはいつも携行している。その一粒を、特大の眼鏡をかけて、格子縞のパンツスーツを着た隣の中年女性にあげた。彼女が行ってしまったとき、彼は少しほっとする。声も立てず感情も表に出そうとはせず、ひたすら鼻をすすり上げ泣き続ける彼女に、少々イライラがつのっていた。女性と子どもは全員降りることが許された。兄はそのどちらでもないし、機内に残ったのは皆男性だ。

二人ずつペアにされ、それぞれの組の間に一つ席を空けて座らされた。パスポートが集められ、集めた男たちは一定の間隔を空けて通路に立っている。全部で六人だ。三人は小さな機関銃を持ち、他の三人は手榴弾を握っているのが見える。彼らは全員、頭には機内用の枕カバーをかぶり、目と口の所に穴を開けている。その穴がうす暗い光の中で、白とピンクに光っている。赤い枕カバーから下は、皆ありふれた服装で、レジャーウェアや、白いシャツをたくし込んだ灰色のフランネルのスラックスと、地味な濃紺のスーツのズボンだ。

当然のことながら、彼らは乗客を装って乗り込んだ。しかし、彼らがどのようにセキュリティを通り抜け、武器を持ち込むことができたのか、誰にもわからない。空港に手助けをした仲間がいたに違いない。だからイギリス海峡上空のどこかで、こんな風にいきなりその場に立ち上がって、大声で叫び出し、指図し、武器を振り回すことができたのだろう。それとも武器は機内のどこかに、お膳立てした隠し場所に準備されていたのではないか。というのも、昨今ではいかなる金属であれ、X線検査を通り抜けることはまず不可能なはずだから。

他に二人か、たぶん三人の男が操縦室にいて、管制塔と無線で交渉している。自分たちがいったい何者で何を求めているのか、乗客にはまだ伝えていない。強いなまりはあるが、何とか理解できる英語で彼らが伝えたことは、ただ、機内にいる全員は一蓮托生、生死を共にするということだけだ。他は、〈おまえ、ここ〉というような短い単語で指示している。同じ枕カバーをかぶっているせいで、合せて何人いるのかもわからない。この男たちは昔の漫画の登場人物のように二つの顔を持ち、その変身の最中に捕まってしまったのだ。英雄かあるいは悪者へとその姿を変えて行く途中で、肉体はごく普通なのに、頭だけが強力になり、超自然的な力を備えてしまったようだ。

兄がこんな風に想像したかはわからない。しかし、今、彼に代わって私はそう考えている。隣りで大口を開けていた男とは違って、兄は眠れないままだ。それで彼は、理論的な策略に思いを巡らす。それは自分が彼らの立場、つまり枕カバーをかぶった男たちだったら、どうするかということだ。機内に充満しているのは、男たちの緊張感や一触即発の興奮と、遮断されたアドレナリンだ。一方で乗客の体は弛緩し、疲労と諦めの色が見える。

もし兄が彼らの一人だったなら、もちろん死を覚悟しているはずだ。それを前提としていなければ、こんな作戦は無意味だし、考えられもしないだろう。では何のための死か？　おそらくは宗教的な動機が根底にある。もちろん前面にはお金か、それともこの連中がやっていることとほぼ似たようなことをして、薄汚い刑務所に放り込まれた仲間の解放とか、より直接的な何かの理由がある。仲間たちもまた何かを爆破したり、爆発すると脅したり、誰かを撃ち殺したりしたのだろう。

ある意味で、これらはすべて馴染みのものだ。まるでずっと以前に、兄も体験したような気さえする。不快感といらだちを覚え、待ちあぐね、不安が入り混じっているにもかかわらず、兄は彼らにある種の仲間意識を感じる。この男たちが冷静さを保ち、うまくやってのけることを彼は望んでいるのだ。たとえそれが何であったとしても。乗客の中にめそめそ泣き出したり、失禁するものがいないことを、そして誰かが暴れて叫び始め、不安に駆られた大虐殺の引き金にならないよう願っている。兄が彼らに望むのは、冷静な手元としっかりした眼差しだ。

そこへ男が一人、飛行機の前方から入ってきて、他の二人と話をする。なにか議論しているようで、手を盛んに振り回し、語気を荒げていく。立っている他の男たちの間には緊張が漲《みなぎ》り、彼らの四角い赤い頭が、奇怪なレーダーのように乗客を見渡す。目を合わせないように、頭を伏せなければと兄もわかっている。そこで目の前のナイロンの網の物入れを見つめ、ライフセーバー社キャンディーの包みをこっそりはがす。

新しく来た男は三つの穴があいた四角い頭を左右に動かし、機内の通路を歩き始める。二人目の男がその後をついて歩く。気味の悪いことに、機内通話装置から甘ったるい眠気を催すような録音の音楽が流れてくる。男は立ち止まり、目の悪い愚鈍な怪物のように、ばかでかい頭を重々しく左に動かす。彼は腕を伸ばし手で合図をする。〈立て〉。彼が指さしたのは兄だった。

ここらあたりで話を作り上げるのは止めにしよう。私は目撃者、すなわち生存者から話を聞いたのだ。だから兄が立ち上がり、通路側の乗客に「失礼」と言いながら、そっと抜け出したことを知っている。戸惑いながらも、兄は好奇の表情を浮かべている。こうした連中は不可解だが、人間はたいていはそうなのだから。たぶん彼らは、兄を他の誰かと間違えたのだろう。あるいは彼に、交渉を手伝って欲しかったのかもしれない。なぜなら彼らは前方へ歩いて行ったからだ。そこには別の枕カバーの男が待っていた。

ホテルの礼儀正しいドアマンのように、兄のためにドアを開け、ギラギラした白昼の光を機内に差し入れたのはこの男だ。薄暗がりを出たあとの猛烈な明るさの中で、兄がまばたきをしながら立っていると、幸福な休暇の絵葉書のような砂浜と海が彼の目にはっきりと映じる。その直後、兄は落ちて行く、光の速度よりスピードを上げて。

こうして、兄は過去の中へと入って行く。

私は飛行機を乗り継ぎ空港で待ち合わせ、十五時間かけて現地に着いた。到着後、私はあの建物群や海、長く伸びた滑走路を見たが、飛行機そのものはすでに飛び立っていた。最後に連中が手にしたのは、安全通行権だけだった。

遺体を確認したくはなかったし、そもそも見たいとも思わなかった。もし遺体を目にすることがなければ、兄は死んではいないと、すんなり信じられるような気がするからだ。けれども一つだけ、どうしても知りたかったのは、彼らが兄を撃ったのは兄を外へ突き飛ばす前か、それとも後なのかということだ。私は後だったと思いたかった。後ならば、たとえわずかな瞬間でも、兄は自由の身になって、太陽の光を浴び、空を飛んだつもりになれただろう。

あの旅の間、私は夜遅くまで起きていないようにした。星を見たくなかったからだ。

死体は独自のやり方で自らを防御し、物事を遮断する方法を持っている。政府関係の人々は、私は立派に振舞ったと述べたが、つまりそれは彼らに面倒をかけなかったという意味だ。悲しみに泣き崩れることもなかったし、物笑いの種になるようなこともしなかった。記者たちと話し、書類に署名し、さまざまな決定も行った。しかし、ずっと後になって初めて考え、理解したことはたくさんあった。

その時私が考えたのは、宇宙旅行に出かけて行った双子の兄弟のことだった。弟が惑星間を巡る旅に出かけ、一週間後に戻ってみると兄はすでに十歳年を取っていたという。

それなら、年を取るのは私だと思った。そして、兄は年を取らないだろうと。

69

私の両親はスティーブンの死をまったく理解しなかった。死ぬ理由がなかったし、兄と結びつく理由がいささかも見つからないからだ。しかし、彼の死を乗り越えることもできなかった。それまで二人は活動的で機敏で元気に溢れていたが、その後はしだいに弱って行った。

「何歳だったかは問題じゃないのよ」と母が言った。「子どもはいくつになっても、親にとっては子どもなの」。これから私も心得ておかなければいけないこととして、母は私に話す。

背が低くなり痩せてきた父は、見るからに体が小さくなった。以前の父らしくなく、何もせず長い間座っていた。長距離電話の向こうで、父の様子を母はこんな風に話していた。

息子は父より前に死んではだめなの。自然に反しているし、順序が違っているわ。いったい誰が後を引き継ぐのよ?

両親はふつうに老人たちが死んでいくような原因で亡くなった。私自身もそうやって、思っているより早く死ぬことになるだろう。父はあっという間に亡くなり、母の方はより緩やかだが、より苦痛の伴う病気がもとで、一年後に逝ってしまった。母は「あんな風に死ねたのは、お父さんにとってはいいことだったわ」と言った。「お父さんなら、こんなのはたまらなかったでしょう」。自分がたまらないとは、母は言わなかった。

うちの娘たちが一週間泊まりにやってきたのは、母の病気の初期で、夏の終わり頃だった。母がまだスーの家にいて、私たちは皆普段通りの訪問を装うことができた。娘たちが帰っても私は母のもとに留まって、庭の草取りをしたり、皿洗い機を買おうとしない母の水仕事を手伝った。地下室の全自動洗濯機を使って洗濯をした。だが乾燥機は電気を消費し過ぎると母は思っていたので、洗濯物は外の物干しに吊した。マフィンの型に油を塗り、母の子どもの役を演じた。

母は疲れていても、動き回ろうとする。午睡も取らず、角の店まで歩いて行くと言い張る。「大丈夫だから」と母は言う。母は私に料理をして欲しくない。「ここの台所に何があるか、あなたは見つけられないわ」。もし私が台所をかき回し始めたら、あとで自分がものを見つけられないという意味だ。冷凍のＴＶディナー〔訳注　テレビを見ながら食べられる、トレーにセットされた冷凍食品〕を冷蔵庫にこっそり持ち込み、今食べないと捨てることになると、うまく言いくるめて食べさせる。無駄にしないということは、今でも母の強迫観念だ。母を映画に連れて行く。あらかじめ暴力や、セックス、死などが出てこないか調べておいて、映画のあとは中華料理店で食事をとる。かつて、北の地方にいたときは、唯一頼れる食堂は中華料理店だった。他の店は水で溶いたグレービーソースを白パンにはさんだサンドイッチや、生ぬるいインゲン豆のトマトソース煮、ボール紙と糊で作ったような味のパイをよく出していた。

鎮痛剤が使われ、しだいに薬は強くなっていく。横になることも多くなったが、「入院して、手術する必要がなくてよかったわ」と母は言う。「今まで入院したのは、あなたたちを産んだ時だけよ。スティーブンの時はエーテル麻酔を嗅がされたわ。明かりが消えるみたいに意識がなくなって、目が覚めると彼がいたのよ」

母の話の大部分はスティーブンのことだ。「彼が化学の実験セットで、ひどい臭いを出したこと覚えてる？　ブリッジパーティーをやっていた日よ！　真冬なのに、ドアを全部開けなくちゃいけなかったわ」。あるいは「ベッドの下にしまいこんでいたあの漫画本のこと、覚えているかしら？　取っておくには多過ぎたから、彼が家を出たあと処分したの。使い道が他にあるとは思わなかったけど、漫画本を集めている人がいるらしいね。読んだことがあるわ。今ではひと財産になるそうよ。ただのゴミだと、いつも思っていたけどね」。母は自分をネタにして、笑い話をするように語る。

母がスティーブンのことを話すとき、兄は決して十二歳以上になることはない。それから先は、母の手が届かないところへと兄は進んで行った。母は兄に畏敬の念を抱いていたが、同時にかすかに彼を怖れてもいた。今でもやはりそうなのだ。母はそんな人物を産むとは思いもよらなかった。

「あの女の子たち、あなたにいじわるだったわね」と、ある日母が話し出す。私は母と自分のためにお茶を入れた——母はこれだけは許してくれた——二人で台所のテーブルに座ってお茶を飲む。しかし私が一人前にお茶を飲んでいるのを見て、母はいまだに驚きを隠さない。牛乳の方がいいんじゃないのと私に何度か確かめる。

「どの子たちのこと?」と私は言う。私の指はぼろぼろだ。食卓に隠れて見えないようにこっそりとむしる。ストレスを感じたときについ出てくる、断ち切ることのできない昔からの悪癖だ。

「あの子たちのことよ。コーデリアとグレイス、それからもう一人。キャロル・キャンベルよ」。母は探りを入れるように、少しいたずらっぽく私を見る。

「キャロル?」と私は言う。跳び縄を回していたずんぐりした子を思い出す。

「もちろん、コーデリアは高校ではあなたの親友だったわね」と母が言う。「彼女が陰にいたなんて、思いもしなかった。コーデリアじゃなくて、あのグレイス。グレイスが彼女をけしかけていたといつも思っていたのよ。コーデリアはどうしているの?」

「知らないわ」と私は答える。コーデリアのことには触れたくない。彼女を置き去りにして助けなかったことに、私はまだ罪の意識を感じている。

「どうしていいか、私もわからなかったのよ」と母は言う。「三人があの日私の所へ来て、あなたが先生に失礼なことをしたので、学校に残されたと言ったの。そう言ったのはキャロルよ。でも本当じゃないと思ったわ」。母はできる限り、〈うそをついた〉という言葉を避けている。

「いつのこと?」私は注意深く尋ねる。母がいつのことを指しているのかわからない。薬のせいで物事を混同し始めた。

「あの日、あなたは危うく凍死するところだったわ。もし、あの子たちの言うことを信じていたら、あなたを探しに行かなかったでしょう。墓地に沿って下りて行っても、あなたはいなかった」。母は心配そうに私を見つめる。私が何と答えるのかしらと言うかのように。

「ああ、あの日のことね」と、母の話が分かったふりをしながら返事する。母を混乱させたくはない。けれど次第に私の方が乱れてくる。水に息を吹きかけた時のように、記憶が揺らいでくるのだ。一瞬、コーデリアとグレイス、そしてキャロルの姿が目に浮かぶ。驚くほど白い雪の中を、顔は陰りを帯びたまま、三人がこちらに歩いて来るのが私には見える。

「とっても心配したわ」と母が言う。母が私に求めているのは許しなのだ。けれどいったい何のために?

何日間か、母はいつもより元気になる。すると、もしかしたらよくなるかもしれないという期待を抱いてしまう。今日は私に、地下室の物を整理する手伝いをして欲しいと言う。「そうすれば、あなたがあとで古いガラクタの山を片づけなくてもいいからね」。母は言葉を慎重に選ぶ。あえて〈死ぬ〉という言葉は使わず、私の気持ちを思いやってくれる。

私は地下室が好きではない。ここはまだ仕上げがされてなく、灰色のセメントがあり、上方には垂木がむき出しだ。一階へのドアが開いているのを確認する。「お母さん、この階段には手すりをつけなくちゃだめよ」と言う。とても狭くて危なっかしい。

「私なら大丈夫よ」と母が言う。自分で十分やれていた頃の言葉だ。

古い雑誌や取っておいた大小さまざまの段ボール箱や、棚の上のきれいな瓶を選り分ける。母は引っ越しの時ほとんど物を捨てていないし、逆に、もっと貯めこんでしまった。階段を上がって、いろいろな物を運び、それらをガレージにしまい込む。それで始末できたように思えてくる。

父の靴や長靴が対になって、ずらりと並んでいる棚がある。穴がぽつぽつあるつま先飾りが付いた、町で履くための靴や、防寒靴、ゴムの長靴、釣り用の水中長靴だ。森を歩くときの重たい底の長靴はベーコン脂の古いつやが出て、革の靴ひもがついている。そのいくつかは、五十年かあるいはそれ以上も前の物に違いない。母は捨てないだろうと私にはわかっているが、母も靴については口にしない。感情を抑えることについて、母が私に何を期待しているかはわかる。父の葬儀で私はひどく嘆き悲しんだ。そんな泣き虫の子に関わる必要はないと母は思っている、今のうちはまだ。

土曜日によく訪れた、父の大学の動物学研究棟の古い建物を覚えている。ギシギシ軋む暑過ぎる廊下と、眼球が保存されていた瓶があり、ホルマリンとハツカネズミの妙に安らぐような臭いがした。コーデリアと一緒に夕食の席についていたことを思い出す。そこでは、二人に対し父の環境問題への警告が押し寄せてきた。汚染された水、木々には有毒な化学物質が降り注ぎ、蟻のように踏み潰され、次々と絶滅していく生き物たちのことが。これが予言だとは思いもしなかった。その時は私たちとは無関係な大人の雑談みたいなもので、退屈だとしか感じなかった。今やそのすべてが実現した。よりひどい状況になったということ以外は。私は父の悪夢の中で生きている。目に見えないからと言って、現実感が薄まることはない。私たちはまだ空気を吸うことができるが、あとどれくらいの間だろうか？

今にして思えば、父の暗い予言と対照的な母の明るい振舞いは、彼女の強い意志の力によるものだろう。

私たちは船旅用トランクに取り掛かる。トロントの家の頃から見覚えがある。私にとってそれは、今でも謎を秘めた宝の保管庫だ。母もまた冒険だと感じている。もう何年も中をのぞいていないので、何が入っているのかわからないと母は言う。最後の時が迫っていても、これまでと変わらず生き生きとしている。

トランクを開けると、ナフタリンの臭いが立ち昇る。現れたのは薄紙に包まれたベビー服と黄ばんで黒ずんだ花模様の銀食器だ。「これはあの子たちにとっておけば」と母が言う。「あなたにはこれよ」。ウェディングドレスや結婚式の写真、セピア色の親戚たち、羽根の包みや房のついたブリッジ用得点表と白いヤギ革の手袋が二組。「お父さんはダンスがすばらしく上手だったのよ。結婚する前のことだけど」。こんなこと、今までちっとも知らなかった。

積み上げられた山の下の方へと二人は発掘を重ね、発見を続けていく。口紅を塗った口元が笑っていない、高校時代の私の写真。封筒に入った誰かの髪、片方だけの手編みのベビー用靴下、古ぼけたミトンやネクタイ、そしてエプロン。取っておくもの、捨てるもの、譲ることのできるものを選別する。私が持ち帰るものもある。いくつか塊ができていく。

母の気分が高揚し、その興奮が私にも伝わる。まるでクリスマスの靴下のようだ。必ずしも純粋な喜びばかりではないけれど。

朽ちかけたゴムひもで束ねたスティーブンの飛行機の交換用カード、スクラップブック、爆発を描いた絵、昔の彼の成績票は、母が別のところに選り分ける。

私の絵とスクラップブックもある。今も覚えているパフスリーブや、ピンクのスカートとヘアバンドをつけた小さな女の子たちの絵。それからスクラップブックには、雑誌から切り抜いた見なれない絵もある。四十年代の服装をした女性の体に別の女性の顔が貼りつけられている絵だ。〈こちらは**あなた**を監視している見張りの鳥〉の絵も。

「あなたはこんな雑誌が好きだったわね」と母が言う。「病気で横になっている時は、何時間も見つめていたわ」

スクラップブックの下には、黒い台紙を靴ひものようなもので結んで束ねた、古い私の写真帳がある。高校に行く前に、トランクに入れたことを今思い出す。

「あれは、私たちがあげたのよ」と母が言う。「クリスマスに、あなたのカメラに合わせてね」。中には兄が雪玉を持って構えている写真や、花の冠をつけたグレイス・スミースの写真がある。白い鉛筆で名前を下に書いた一組の大きな岩も。私はと言えば、袖が短くなってしまった上着を着て、モーテルの部屋のドアを背にして立っている。部屋番号は九だ。

「あのカメラはどうしたのかしら」と母が言う。「きっと誰かにあげてしまったのだわ。しばらくすると、あなたは飽きてしまったから」

母との間に心の壁があることに気がつく。その壁はずいぶん前からあったのだ。これは私がずっと腹立たしく思ってきたことだ。母に腕を回したい。しかし、思い止まってしまう。

「それは何?」と母が尋ねる。

「昔の私のハンドバッグよ」と私は答える。「教会によく持って行ったわ」。そうだった。あの教会が目に浮かぶ。玉ねぎの形の尖塔、会衆席、ステンドグラスの窓。「**神の・王国は・あなたの・中に・ある**」

「あら、そうだったの。どうして取っておいたのかしら」と少し笑いながら母が言う。「捨てるものの中に入れといて」。バッグはぺしゃんこに潰れて、赤いビニールは両端の縫い目のところが破れている。拾い上げて元の形に戻そうと押してみると、何かが音を立てる。中を開けて、私の青いキャッツ・アイを取り出す。

「まあ、ビー玉!」と母が子どものようにうれしそうに言う。「スティーブンが集めていたビー玉のことを覚えている?」

「ええ」と答える。けれど、このビー玉は私のもの。のぞき込むと、私の人生が全部見える。

70

その店はこの通りを下ったところにあった。赤い甘草のお菓子に、風船ガム、オレンジのアイスキャンディー、最後は種になってしまう黒い堅《かた》キャンディー、これらが王の顔が描かれた一ペニーの硬貨で買えるものだった。〈ジョージ六世、神の恩寵によりて〉と刻まれていた。

大人になった女王の姿に、慣れることは決してなかった。硬貨の上に描かれた、頭だけ切り取られた女王を見るたびに、ガールガイドの制服を着た十四歳の彼女のことを思ってしまう。彼女は私たちの模範のように、背筋を伸ばし、ラムリー先生が担当する四年生の黒板の、黄ばんだ新聞の切り抜きから私を見下ろしている。ロンドンが爆撃されたとき、女王は不格好な菱形のラジオマイクの前に立ち、熱意と悟られないよう隠した不安で眉間に皺を寄せながら、軍隊の奮起を促していた。私たちはと言えば、脅迫するようなラムリー先生の木製の指示棒の動きに合わせ、「英国は永遠なりき」を歌った。もっともそれは少しばかり時がずれ、八年後のことだが。

それから、女王には孫もできた。帽子は何千も廃棄され、胸も大きくなって、(こんなことを考えるのは不敬だが)二重あごも出始めた。でも、こんなことではだまされない。本当の女王はきっとどこかにいる、あの姿のままで。

次の区画を歩き角を曲がる、なじみのあるくすんだ四角い学校が見えるはずだと期待しながら。雨風に晒され乾いたレバー色の赤レンガ、炭殻を敷いた校庭、ハロウィーンのためにオレンジ色の紙のカボチャと黒猫を貼りつけた細長い高窓。十九世紀末の霊廟の碑文のように、扉の上に**男子**、**女子**の銘板が見えると心待ちにして。

しかし、なんとあの学校は消えていた。代わりに新しい学校が、蜃気楼のように瞬時に浮かび上がった。積み木型のテカテカ光る、モダンな明るい色の校舎が。

胃のくぼみのあたりに、殴られたような痛みが走る。初めからそこにはまったくなかったかのように、古い学校は消し去られ、空間から拭き取られていた。脳から何かが切り取られたように私は惑乱し、電柱に寄りかかる。突然、骨の髄までくたくたになり、横になりたいと思う。

しばらくして、私は新しい学校に近づき、門を抜けて周囲をゆっくり歩いてみる。**男子**、**女子**の銘板はもうない。それだけは明らかだ。金網のフェンスはまだあるけれども。校庭には鮮やかな原色のぶらんこと、登り棒やすべり台が点在する。子どもたちが数人、早めに昼食を済ませて戻り、よじ登って遊んでいる。

すべてがとてもこざっぱりとして開放感がある。隠し事のできないガラス張りのドアの向こうには、長い木製の指示棒や、黒いゴムの鞭、固い木の机の列はきっともうない。いかめしく盛装した王や王妃の肖像やインク壺もない。髭の生えた厳しい年寄りの女教師もいないし、先生の下着のことを陰で笑うことも、残酷な秘密もない。そんなものはすべてなくなっている。

裏手の角を回ると浸食された小山があり、まばらに木が生えている。それくらいはあの頃と変わらない。

そこには誰もいない。

木の階段を登り、かつて立っていたあたりに私は立つ。私が今立っているところ、まだ消えてはいない場所に。下の運動場から聞こえる子どもたちの声、それはどの時代のどんな子どもの声にも聞こえてくる。すると木陰の光が濃さを増し、みるみる悪意に変わっていく。邪悪な意志が私を取り囲み、息をするのが苦しくなる。吹雪に向かってドアを開ける時のように、まるで何かを自分への圧力を、必死で押し返しているような感じだ。

ここから出してちょうだい、コーデリア。私は閉じこめられているの。

ずっと九歳のままではいたくない。

風は穏やかになり、秋の気配が漂い、陽が差してくる。じっと立ちすくんでいた私は、ようやく歩き出す。頭《こうべ》を垂れたまま、揺るぎもしない風の中へと。

XIV

統一場理論

71

ジョンのニッパで値札をとり、買ったばかりのドレスを着る。結局、黒に行き着いた。バスルームに向かい、脂で汚れた間に合わせの鏡に映る自分の姿を横目で見る。着てみると、これまでの私の黒いドレスとさほど違わないように思えてくる。糸くずが付いていないかを確かめて、ピンク色の口紅を塗ると、それなりに素敵になったと納得する。けれど、見た目は良くても、取るに足らない人間には変わりない。

どうにか華やかな装いにはできそうだ。ぶらぶら揺れるイヤリング、腕輪《バングル》や、銀色の蝶結びが付いた小粒のチェーンネックレス、イサドラ・ダンカンを思わせる、うっかりすると首を絞めかねないくらい長いスカーフや、悪趣味な三十年代風の模造ダイヤのブローチを身に着けるのはどうだろう。しかし、どれも手元にはなくて、買いに行くには遅すぎる。これで済ませるしかないだろう。かつてのような「平服でどうぞ」というパーティーだから、このままで行こう。

一時間早く画廊に着く。チャーナも他の人たちも見あたらない。食事に出かけてしまったか、あるいは着替えか何かに行ったのだろう。が、支度はすべてできている。レンタルの脚が太いワイングラス、そこそこのウイスキーの瓶、それに禁酒主義者のためのミネラルウォーター。と言うのも、純正の塩素が入った水道水など出せるはずはないのだから。端が固くなりかけているチーズ、蝋で塗ったかのように甘美で艶やかなブドウには硫黄がたっぷり浸みている。貧苦に喘ぐカリフォルニア農民の血で購われて熟した果実。こんなことを知りすぎるほど知っていても、何の得にもなりはしない。どのみち、何かを口にするときは必ずそこに含まれた死を味わうことになる。

ジェルで髪を整えた、ゆったりとした黒いワンピース姿の、きつい目をした若い女性のバーテンダーが、カウンターに使う長机の陰でグラス類を磨いている。彼女から私はワインを一杯手に入れる。お金のためにこの仕事をしてるのだろう。やる気のない様子から、野心が別のところにあるのだとわかる。私にワインをゆっくりとつぐ間、彼女は唇を固く閉じている。彼女は私など認めていない。たぶん彼女は絵描き志望だ。そして私のことを自分の主義を妥協させ、成功に屈してしまった人間だと考えている。かつての私もどんなにか、こうしたちっぽけでいやらしい俗物気取りに興じたことか。どんなに気楽なことだったろう、かつては。

ワインをすすりながら、ゆっくり画廊を歩いて回る。ようやく作品を見ることを自分に許そうという気になっている。実際そんな気持ちははじめてだ。ここには何が展示されていて、何がないのだろう。プロ顔負けのコンピューターとレーザープリンターの技術を活かし、チャーナが編集したカタログが置かれている。私の最初の展覧会のカタログを思い出す。謄写版で印刷された、汚れて判読しにくいカタログは、貧しさが本物の徴《しるし》だった頃のこと。ローラーの回る音、インク特有のあのにおい、忘れられない腕の痛み。

結局、時系列による配置が採用されている。初期のものは東の壁、チャーナが中期と呼ぶ作品が奥の壁、西壁にはまだ展示したことのない最近の五点の絵が掛かっている。この一年間で仕上げられたのはこの五点だけだった。近頃は以前より、もっとゆっくり仕事をする。

ここの何枚かは静物画だ。チャーナの解説によれば「リズリーによる、女性的シンボリズムの領域と家庭的オブジェのカリスマ性への襲撃の幕開け」となる。具体的にはあの頃のトースター、コーヒーパーコレーター、絞り機が付いた母の洗濯機、そして三つのソファー、銀紙である。

さらに進むとジョンとジョセフの絵が掛けられている。ある思い入れを抱いて私は彼らを見つめている。彼らの存在、彼らの筋肉、そして女性に対する曖昧な彼らの観念を。彼らの若さにはぞっとしてしまう。これほど未熟な人間たちの手に、私はなぜ自分を委《ゆだ》ねることができたのだろう。

彼らの隣りにはスミース夫人、彼女をめぐる一連の作品だ。坐っている姿、立っている姿、彼女の聖なるゴムの木の傍らに横たわる夫人、スミース氏を背中に付着させ、甲虫の交尾さながらに飛行する情景。ラムリー先生の濃紺のブルーマーを着用する夫人。先生は、おぞましい共生関係により、なぜか夫人と結びつく。体を覆う白い薄葉紙が一枚一枚はがされていくスミース夫人。実物、つまりかつての彼女より、はるかに大きなスミース夫人。神を消し去るほどの大きさだ。

想像上の彼女の肉体を描くことに私は多大な労力を費やした。ゴボウの根のように白く、豚肉の脂身みたいに締まりがなく、耳奥のように毛深い体。今になってわかるのだが、相当な悪意を込めて、私はその作業に打ちこんだ。しかし単なる嘲《あざけ》りや冒涜などでは決してない。彼女の姿にはしっかり光も当てている。青白い脚、スチールで縁取られた目はかつてのまま、明瞭すぎるくらいに再現した。私はこれまでずっと言ってきた、〈見て〉と。そして、言ってきたのだ、〈こう見えるの〉と。

今、私が見つめるのはその目だ。金属フレームの奥にのぞくのは、したり顔で豚みたいな、独善的な目だと、かつては思っていたし、今でもそう見える。だが、それは敗北者の目でもある。確信のない沈鬱なそのまなざしは、人の嫌がる義務を背負って重たげだ。それは、神が残酷な老人にすぎないと感じてしまった人間の目、田舎町の古臭い体面の目だ。スミース夫人はさらに辺ぴなどこかから、トロントに移ってきた人間だ。彼女も強制移民だったのだ、私がそうであったように。

こうして描かれた夫人の両目を通し、今、私は自分が見える。どことも知れないところからやって来たちりちり頭の浮浪児で、ジプシー同然の子である私。異教徒の父と、ズボン姿でほっつき歩き、野草を摘んでまわる無頓着な母を持つ女の子。洗礼を受けていない私は悪霊の温床だったはずだ。私には冒瀆と不信仰の菌がはびこっているのだと夫人はどうして知ることができたのか。それでも彼女は私を受け入れた。

そこには真実もあるに違いない。しかし、それを正当に評価せず、私は感謝すらしなかった。代わりに選んだものは復讐だ。

「目には目を」を進めていけば、ますます見えなくなるだけだ。

新作の置かれた西の壁に移動する。どれも通常私が使う様式よりも大きいが、バランスよく配置されている。

一枚目は『一兆分の一秒《ピコセカンド》』という。チャーナによれば、「グループ・オブ・セブン〔訳注　主に一九二〇年代に活動したカナダの風景画家七人のグループ〕」の技法を踏襲しつつ、現代的実験とポストモダン的なパスティーシュを踏まえて、彼らの風景のヴィジョンを再構築した〈機知に富む作品《ジュー・デスプリ》〉」である。

実際にはその絵は油彩で描かれた風景画だ。紫色を下塗りにした青い湖、ごつごつした岩と風に吹き晒されたみすぼらしい木々、二十年代から三十年代を思い起こさせる重厚に塗り上げるインパスト技法。この景観が絵の空間の大半を占める。ブリューゲルの絵に描かれた、消えていくイカルスの足のように、右手下方の人目につかない片隅で、私の両親が昼食の支度をしている。二人は火を絶やさない。その上にブリキの料理容器が掛かっている。格子縞の上着を着た母が前屈みでそれをかき混ぜ、父は火に薪をくべている。絵の後方に私たちのスチュードベイカー車が止まっている。

両親は風景とは異なる手法で描かれている。なめらかで、精密に調整された写真みたいな現実感がある。二人にはまるで別の光が注いでいるかのようだ。場面の背後や内部を露わにするために風景そのものに開かれた窓があり、そこから覗かれているかのように二人の姿が見えるのだ。

下の方で、地下の土台のように彼らを支えるのは、エジプト墳墓のフレスコ画を思わせる平面的なスタイルで描かれた一列のイコンに似たシンボルだ。赤いバラ、オレンジ色のカエデの葉、貝殻のシンボルそれぞれは白い球体に包まれている。実はそれらは四十年代のガソリン給油機のロゴマークである。こうしたあからさまな人工物があるせいで、風景と同様に、人物のリアリティにも疑問が投げかけられる。

二枚目の絵は『三人のミューズ』と題される。この作品にチャーナはいささか戸惑っている。「リズリーは、とりわけ超自然的なイメジャリーに関し、ジェンダー性とそれをめぐる力学の認識を惑乱する脱構築作業を継続する」と彼女は記す。確かにある観点に絞って眺めると、彼女の捉え方も理解できる。女神はすべて女性ということになっているが、この中の一人はそうではない。この作品を『踊り子たち』と名づけて、チャーナを苦境から救い出してあげるべきだったかもしれない。しかし三人は踊り子ではない。

右手に見えるのは花柄の部屋着を着て、本物の毛皮のミュールを履いた小柄な女性だ。頭の上にサクランボの飾りを付けた縁なし帽をのせている。黒髪の彼女は大きな金色のイヤリングを着け、ビーチボールほどの大きさの丸い物体を運んでいる。実際にはそれは果物のオレンジだ。

左手にはふくらはぎまで裾のあるラベンダー色の絹のガウンをまとった、青灰色の髪の高齢の女性がいる。袖の中にレースのハンカチがたくし込まれ、看護婦用のガーゼマスクが鼻や口を覆っている。マスクの上に真っ青な彼女の瞳がのぞいている。目じりに皺が寄っているが、眼光は鋲《びょう》のように鋭い。彼女は両手で地球儀を抱えている。

中央には痩せた一人の男性がいる。茶色っぽい肌と白い歯の見えるその男性は曖昧な微笑みを浮かべている。豪華な刺繍を施された東洋風の金と赤の衣装。ヤン・ホッサールトの『三賢王の礼拝』［訳注 イエスの誕生時にやって来て拝んだとされる三賢人を描いた絵画。黒人（三賢王の一人バルタザール）が描かれた西洋絵画の一つ］の絵の中のバルタザールを思わせるが、王冠やスカーフは描れていない。彼もまた丸いものを差し出している。円盤のように平らで、紫色のステンドグラスらしきものでできている。その表面には鮮やかなピンク色の物体がいくつか一見無作為に配されている。それらは抽象画で見かけるものに似てなくもない。実際にはそれらはハマキガの幼虫の卵の断面だ。もっとも生物学者を除いては、気づく人などいないだろう。

人物の配置は古典的な美の女神たち［訳註 ギリシャ神話の美と喜びと優雅の三姉妹］、あるいは昔、日曜学校の新聞の表紙に載っていた、イエスを花輪のように囲むさまざまな肌の色の子どもたちの配置を思い起こさせる。しかし、その女神たちや子どもたちは輪の内側に顔を向けていたのに対し、私の絵の三人は輪の外側に顔を向けている。彼らは贈り物を前に差し出している、まるでその絵の外に座っている人や立っている人にそれを捧げようとするかのように。

ファインスタイン夫人、小学校のスチュアート先生、バナージ氏。彼らは本来の自分ではありえなかった。自分たち自身に対してでさえも。彼らが自分たちの人生で本当には何を見、どんな思いで過ごしたかなど誰も知らない。大戦直後のあの頃に、ファインスタイン夫人の脳裏に日々吹き抜けていた死の収容所の遺灰のことなど、一体誰が想像できるだろう。この町の通りを歩くときのバナージ氏は必ず恐れを感じたはずだ。小突かれはしないか、ささやき声や罵《ののし》る声が聞こえやしないかと。スチュアート先生は亡命者だ。略奪された上に、今も凋落しつつある三千マイル離れたスコットランドから先生は来た。彼らにとって私など二次的な存在だったはずだ。私に対する彼らのやさしさは、何気ない、取るに足りないことだった。気に留めるようなことでもなく、どんな意味があるかなど考えもしなかったろう。けれどその気になったなら、私は彼らにお返しをすべきではないか。神様の真似事をして、彼らを讃える絵画を描き、後の世へ残すべきではなかったか。仮に私がそうしても、彼らが知る由《よし》もないけれど。今では亡くなっているか、年老いているに違いない。どこか別の、知らない土地で。

三枚目の絵は『片翼』という。兄の死後に彼のために描いた作品だ。

三枚続きの連作で、側面二枚のパネルはいくぶん小さい。片方の絵にはタバコカード風の第二次大戦中の飛行機が、もう一枚には大きな淡緑色のヤママユガが描かれている。

中央のより大きなパネルには男性が一人、空から落下しつつある。飛んでいるのではなく落下していることは体の向きから明らかだ。ほとんど逆さまの状態で、何片かの雲に対して、斜め方向に位置している。にもかかわらず彼の表情は穏やかだ。第二次大戦時のカナダ空軍の制服。パラシュートは装着していない。手には子ども用の木製の剣が握られている。

それは悲しみを和らげるために私たちがやりそうなことではある。

チャーナはこの作品を、男性、そして青年に特有な好戦的性質についての言説と考える。

四枚目の絵は『キャッツ・アイ』という。一応は自画像だ。私の頭は右手前方にある。しかし鼻の中央から上の部分しか見えてはいない。上半分の鼻、絵の外側を見つめる目線、額と髪のてっぺんだけがのぞいている。見え始めた皮膚の皺、そして瞼の端には小さなニワトリの足跡が描き加えられている。数本の白髪が描かれているが、これは事実とは違う、私の場合は抜いているから。

半分の顔の後方、絵の中央の虚空に窓間鏡が掛かっている。華麗な鏡枠に縁どられた凸面鏡。その中に私の頭の裏側が部分的に映っている。けれど髪型は違っていて、若いときのものだ。

ずっと奥に、湾曲した鏡の空間に凝縮されて、四十年前の女子の冬服を着た三人の小さな人影がある。彼女らは前方へと歩く。雪原を背景にした顔は陰っている。

最後は『統一場理論』である。縦に長い長方形で他の作品よりも大きな絵だ。三分の一ほど上のあたりに全体を横切るように木の橋が架かる。橋の両側に葉を落とした梢が見え、重たく湿った雪が降った後なのか、それらは雪に覆われている。この雪は橋の手すりや筋かいにも積もっている。

橋の手すりの一番高い部分の上方に、両足はほとんど手すりに触れていない状態で、一人の女性が佇んでいる。黒衣をまとい、黒い頭巾、あるいはベールのようなものが髪を覆う。服やマントの黒色に光の粒が点在する。背後には夕暮れの去った後の空が広がる。空の高みに月の下半分が懸《か》かっている。彼女の顔の一部は影の中だ。

彼女は失われしものの聖母マリア。両手の間、心臓の高さのところに彼女はガラスの物体を握っている。それは中心が真っ青な巨大なキャッツ・アイのビー玉だ。

橋の下には望遠鏡から覗いたような夜の空が広がっている。赤や青、黄色や白の星また星、渦巻く星雲、銀河の彼方にさらなる銀河が。高温白熱と暗黒の中の宇宙、ふと、そんな思いが心によぎる。だが下方には石がころがり、甲虫がいて、細かい根茎も見える。なぜならここは地面の下側なのだから。

その絵の下端あたりは、闇がうっすらと遠のいて、より明るい色調の澄んだ青い水の色と混じり合う。そこには、墓地の方からこちらへと、地面の下や橋の下を小川が流れているからだ。死者の土地からこちらへと。

カウンターに行き、ワインをもう一杯もらう。こうした催しの際に私たちがよく買い求めた安物よりはましなワインだ。

描き上げてきた過去の時間に取り囲まれて、私は会場を歩いている。そこはひとつの場所ではなく、おぼろげな何か、その中で私たちが生きている、移り変わる境界だ。流動しながら、波のように寄せては、引き返していくところ。流れゆく時間の中で失うまいと、私も何かを救い出していると思いこんでいたのかもしれない。ちょうど数世紀前の絵描きたちが、自分たちが天国を、神の恩寵を、そして永遠の星々を地上にもたらしたと考えたように。しかし、その木板も石膏も盗まれて、違った場所に移送され、燃やし、粉砕されて、腐食やカビで台無しにされてしまっただけだ。

水漏れのする天井や、一本のマッチと灯油があれば、こうしたすべてを葬り去れる。なぜこんな思いが私の心によぎるのだろう？　それを恐れるのではなく、誘惑として。

なぜならこれらの作品はもはや私が思い通りにすることも、その意図さえも伝えることができないからだ。たとえそれらがどんな力を秘めていようとも、私から抜け去っていったもの。私は残滓にすぎないのだ。

72

薄紫色の革のドレスを着たチャーナがイミテーションの金のアクセサリーをカチャカチャ鳴らし、急いでこちらに向かってくる。奥の事務室に入るよう私を急き立てる。お祭り気分の最初の客がちらほらやって来るときに、がらんとした画廊の中で私に所在なさそうにぶらぶらしてほしくない。つまり彼女は、売れない画家が売り込もうとするような私の姿は見たくないのだ。人声が程よい大きさになる頃に、彼女は私と一緒に入場しようと思っている。

「ここでゆっくりしていらして」と彼女は言う。そんなことはできそうにない。誰もいない彼女の事務室を、行きつ戻りつ、私は二杯目を飲んでいる。これは誕生パーティーみたいなもの、これは飾りリボンや風船を準備して、ホットドッグが台所で待っている誕生パーティーのようなものなのだ。しかし、用意はしたのに誰も来なかったらどうしよう？　どちらがひどいことだろう、観客がやって来るのと来ないのとでは？　まもなくドアが開く。すると中傷好きで、油断のならない女の子たちがどっと中に入ってきて、ひそひそ声で話したり、指を差したりするはずだ。そして私はこびへつらい、ありがたそうに振舞うだろう。

手が汗ばむ。もう一杯飲むと落ち着くだろう。でもそれは悪い兆しだ。用もないのに会場へ出て行き、誰かといちゃついてみようか、私がまだ男性の関心を引けるかどうかを知るために。けれどそんなことができる人は来てやしないかもしれない。そんなときは酔っぱらい、トイレの中で吐いてしまう。飲み過ぎても、そうでなくても。

他の場所ではこんなふうに私はならない、こんなにひどい状態には。戻って来るべきではなかったのだ。私に恨みを抱いているこの町へ。私は睨み倒すことができると思っていた。しかし、町はまだ力を失くしていない。ずたずたの半顔だけを映す鏡のように。

裏口から、逃げ出すことを考える。あとで電報を送ることだってできるだろう、病気になったと申し出て。良い噂がたつはずだ。長患いの、原因不明の病気となれば、永久にこうしたことから抜け出せる。

けれどその時、チャーナが上気した面持ちで再びドアから現れる。「もう、たくさん人が押しかけてるわ」と彼女が言う。「みんな、あなたにとても会いたがっているわ。あなたは私たち皆の誇りだわ」。これはいかにも母親や叔母や家族が言いそうなことだったから、私は警戒心を解いてしまう。でも、ここでの家族はいったい誰で、それは誰の家族だろう？　私はうまく乗せられている。私はピアノの演奏会を前にした聞き分けのない困った子ども、いやむしろ、銃痕が体に残るつわもので、ほとんど忘れ去られた古戦の退役軍人が、今まさに金の腕時計、握手、そして心からの感謝状が贈られようとしているところなのだ。青いインクの円光が薄れながら私にまとわりついている。

突然チャーナが私に近寄り、すばやく金属的な抱擁をする。たぶんあの温もりに偽りはなく、気難しく、皮肉っぽい私の思いこそ恥じるべきだろう。おそらく彼女は心底私に好意を持ち、幸運を祈ってくれている。私はほとんどそう思えそうになる。

私は画廊の中央に立つ、首から爪先まで黒くきめて、三杯目の赤ワインを手にしている。チャーナはここを離れ、人だかりの中で、私に会いたいと思う来場者を探しまわる。私は彼女の意のままだ。人混みの間から覗くように首を伸ばす。絵は観覧者に覆い隠されてしまっている。見えるのは数人の頭のてっぺんと空の一部、それにわずかの背景や雲だけだ。知っているはずの人や知り合いだった人が現れても半分もわからないのではと私は期待や恐れを抱き続ける。彼らは両手を大きく広げ、大股でこちらにやって来るだろう。高校時代の女友だちはぶくぶく太っているか、縮んでしまったかのどちらかで、肌には皺が広がって、しかめっ面が普段の顔になっている。三十年前にはすべすべ肌の男友だちも、禿《は》げているか、口髭を生やしたか、小さくなっているだろう。〈イレイン！　久しぶり！　こうして会えてうれしいよ！〉私よりは彼らの方が有利なはずだ、私の顔はポスターに掲載されているのだから。歓迎の笑みを浮かべてはいるものの、彼らの名を思いだそうと頭の中は一心不乱、過去へと急発進して遡《さかのぼ》る。

本当に待ち望んでいるのはコーデリア、コーデリアに会いたい。彼女に聞いておかなければならないことがある。失われたあの頃に何があったかということではない。今の私にはそれはわかっているのだから。聞かなくてはならないのは、それがなぜだったかということだ。

もし彼女がそれを覚えているとしたらの話だが。しかし、たぶん都合の悪いことは忘れてしまったに違いない、彼女が私に言ったことやしたことは。それとも、覚えてはいるけれど、何てこともないといった風かもしれない。まるで何かの遊びや、話してもすぐに忘れてしまう女の子のちょっとした悪ふざけ、ちょっとした他愛ない秘密を思い出すかのように。

コーデリアには彼女なりの記憶がある。私は彼女の物語の中心にはいない。彼女自身が主役なのだから。けれど、私は彼女に、別の人間からしか得られない何かを与えることはできるだろう。外側から見た自身の姿、鏡に映るひとつの像を。おそらくこれが彼女に戻してあげられる、彼女自身の一部なのだ。

私たちはそれぞれに半分の鍵が与えられている昔話の双子のようだ。

コーデリアは初日の人の波をかき分けて、私の方に歩いてくるだろう。落ち着いた緑色のアイリッシュ・ツイードのドレスを着て、金の輪が付いた真珠の母貝のイヤリングを着け、見事な靴を履く年齢不詳の女性となり、かつてソワニエと呼ばれたような端正な身だしなみで。彼女も私と同じように自分の身なりに気を配っている。髪はうっすらと白髪が混じり、訝《いぶか》しそうな微笑みを浮かべるだろう。私には彼女が誰かわからないかもしれない。

部屋には多くの女性が集まっている。他の絵描きたちやお金持ちの連中もいる。チャーナが引き連れるのはたいてい裕福な人たちだ。握手を交わし、彼らの口が動くのを見つめている。ここは違う場所でなら、こうしたこと、つまり自分を晒す行為に対してもくじけない気力は保持している。平然と立ち向かうことさえ私はできる。しかしここでは、身をこすり落とされ、裸にされた感じがしてしまう。

お金持ち連中の間隙を縫い、一人の若い女性が人混みを押し分けて進んでくる。見るからに彼女は絵描きだが、彼女はともかく、そのことを伝える。ミニスカート、ぴったりとしたレギンス、紐の付いた、平たくがっしりした黒い靴。髪型はかつての私の兄のように後ろ髪を剃りあげた四十年代後半の堅物のダサい少年たちを彷彿させる。彼女は〈ポスト〉何でも屋、つまり何かの後に続く人間だ。彼女は私の後にやって来るすべてのものの体現なのだ。

「最初の頃の作品が気に入っていたわ」と彼女は言う。「『落ちて行く女』、好きだったわ。あの作品は、言ってみれば、ひとつの時代を集約していますよね」。私に意地悪く当たるつもりはない。しかし彼女は、磁石式電話機や鯨のひげで作ったコルセットと共に私を忘却のゴミの山へ追いやったことに気づかない。以前の私なら、さんざんに彼女をやっつけるような、品性を欠く、手厳しい言葉を放っていただろう。けれども即座にはそれが思い浮かばない。調子が崩れ、気圧《けお》されてしまっている。いずれにしても、言い返したとして何になる？　過去時制を使った賞賛は彼女の正直な感想だ。私は感謝すべきなのだ。私はその場に立ちつくし、にこやかな笑みが石へと変る、まるで自分が制度の一部になったように。名声が壊疽《えそ》のように両脚を這い上がる。

「ありがとう」と何とか呟く。迷ったときは、歯の間から白々しい嘘をつくことだ。そうできる歯が残っていたのは運が良いと私は思う。

なみなみとついでもらったワインをもう一杯手に持って、私は壁を背にして立っている。首を伸ばして来客者の向こうの、きちんと並んだ頭の向こうをじっと見つめる。コーデリアが現れる時間だ。でも彼女は姿を現わさない。失望感がつのる。もどかしさ、そして不安が。彼女はこちらに向かって出発したはずだ。途中で何かがあったに違いない。

さらに多くの人と握手を交わし、さらに多くの人と会話をし、やがて徐々に会場から客足が引いていく間、私はそんなことを考えている。

「大成功ね」ため息をつきながらチャーナが言う。安堵のため息だと私は思う。「あなたはすばらしかったわ」。私は誰にも噛みつかず、客の足に飲み物をこぼしたりもしなかった。それに画家らしくも振舞ったから、彼女は満足しているのだ。「夕食でもいかが、私たちみんなと」

「ありがとう」と私は答える。「でも、今夜はよしておくわ。本当に骨の髄までくたくたなの。まっすぐ帰るわ」。私はもう一度見まわしてみる。けれど、コーデリアはいない。

〈骨の髄までくたくた〉は、母が昔使っていた言い回しだ。でも骨そのものは疲れたりしない。骨は丈夫で、耐久力がある。長年月を生き続ける。身体の残りの部分が消えた後でさえ。

ある未来に向かって私は進んでいる。私は車椅子に支えられ、身体をだらしなく伸ばし、髪の毛が抜け、よだれを垂らし、見知らぬ若者にスプーンで、すり潰した食べ物を口に入れてもらっている。そして私は橋の下の雪の中に立って、立って、立ち続ける。けれどコーデリアは消えてゆく、そしてさらに消えてゆく。

私は外へ出る。画廊の外の黄昏の光に包まれた歩道の中へ。タクシーを拾いたい、でも手を上げるのさえやっとだ。

およそのことに心の準備はできていた。この不在と沈黙以外には。

73

アトリエに戻ろうとタクシーに乗り、夜にはいつも薄暗い明かりが灯るだけの階段を、踊り場ごとに休みながら四つの階を登っていく。鼓動に耳を傾ける。心臓は何枚もの布地の下で鈍く速い鼓動を打っている。衰弱した欠陥のある心臓。あんなワインをあれほど飲まなければよかったと思う。ここは寒い、暖房を出し渋っているのだ。自分の呼吸音が聞こえてくる。他の人が息をしているかのように自分の体から離れた喘ぎだ。

〈コーデリアは存在する気配がある〉

手探りで鍵を鍵穴に入れ、明かりのスイッチを探り当てる。あちこちに模造の体のパーツなんかなければいいのに。少しばかりふらつきながら簡易台所に向かう。寒気がするのでコートは着たままだ。

コーヒーが必要だ。コーヒーを入れ、温かいカップのまわりを両手で包み、作業台に運んでいく。ワイヤーや刃先の鋭い道具の間に、肘をつける場所を確保する。明日、私はこの町を出て行くだろう、手遅れになる前に。ここはあまりに過去の時間に満ちている。

〈そうよ、コーデリア、私はあなたに仕返しをしたのよ〉

正義を求めてはならない、自分も仕返しされるかもしれないから。

コーヒーを飲む。震えながらカップを握る。熱い液体があごを伝う。レストランにいなくてよかった。女性が酩酊するのは品がない。しかし、男性の酔っぱらいには寛容で、あっさり許されてしまうのはなぜだろう？　もっともな理由が果たしてあるのかどうか考えなくてはならない。

コートの袖で顔をぬぐう。泣いていたので私の顔は濡れている。これは私が警戒しなくてはならないことだ。理由なく泣いて、恥をさらしてしまうこと。見ている人はいなくても、醜態だと感じてしまう。

〈あなたは死んだわ、コーデリア〉

いえ、私は死んでなんかいない。

〈いや、死んだのよ。あなたは死んだの。起き上がらないで〉

XV

橋

74

病み上がりのように、頭は今もふらふらする。羽毛布団に丸くなって眠っていた。着替える気力も失って、黒いドレスは着たままだ。頭に綿が詰まったような状態で、正午になって目が覚めた。二日酔いで動悸も速く、おまけに飛行機に乗り遅れたことを知る。あんなに飲んだのはしばらくぶりだ。たとえどんな場合でも、ほどほどにしているべきなのに。

午後の遅い時間になる。空はやわらかな灰色で、雲が低く垂れこめ、湿っていて、濡れた吸い取り紙のようにぼやけている。まるでだれもが立ち去って、もう何もやって来ないかのような空虚な日だと思えてくる。

取り壊された学校をあとにして、私は歩道をゆっくり歩いていく。昔ながらの道はまだ目を閉じていても進んで行ける。この道筋を辿っていると、自分は嫌われているのだと、いつもながらの思いに囚われる。

下方には橋がある。ここから見るとこれといった特徴のない橋だ。坂の上に立って、息を整える。そして私は下り始める。

何と昔のまま変わらないのだろう。泥だらけの小道はなくなったが、両側には同じ家々が並んでいる。小道の代わりに、形のそろった小さな手すりを備え、セメントで舗装された遊歩道ができている。落ち葉のにおいは今も漂い、ゆっくり朽ちていくときの、焦げたようなにおいもそのままだ。しかし、赤紫色の花々と赤い血の滴りのような実をつけるベラドンナの蔓や雑草の類い、それに雑多なゴミの残骸は取り除かれて、不要なもののない市民の憩いの場所に変えられた。

にもかかわらず、カサカサ擦れる音が聞こえてくる。見せかけのこぎれいさの陰で今も聞こえる猫たちの下卑た忍び声やエサあさり、ひそかな爪とぎの音。さらに別の、より荒々しく、複雑にもつれあった風景が表面下から立ちのぼる。

私たちは犬のように、においを通して思い出す。

遊歩道にしだれかかる柳の木は変わらない。木も丈が伸びたが、私の方も大きくなった。だから互いの距離はずっと変わらない。橋そのものはもちろん以前とは違う。コンクリートに変わり、夜はライトアップされている。崩れかけ、朽ちたにおいを放つ木造の橋ではなくなった。それでもやはり同じ橋だ。

スティーブンの光の瓶はそこのどこかに埋まっている。

この時期の日は早く暮れてゆく。あたりは静かで、子どもたちの声も聞こえない。鴉の単調な鳴き声と、背後に海鳴りみたいな車の音が遠く広がっていくだけだ。コンクリートの橋壁に手を休め、乾いた珊瑚のように葉を落とした枝の間から下を見下ろす。もし橋から跳び降りるなら、それは落下というよりは飛び込みに似ていると想像したものだ。そんな風に死んだなら、それは穏やかに溺れていくようなものだろうと。けれど、ずっと下の地面には、放り込まれてぐしゃりと潰れたカボチャが見え、人間の頭部のようで薄気味悪い。

渓谷は以前よりもっと多くの藪や木々が生い茂る。その中を小川が縫って流れている。澄んではいても、飲むと危険な水を湛えて。錆びた車の部品や廃棄されたタイヤなど、そんなガラクタ類は撤去されている。ここはもう非公認のゴミ捨て場などではなくなって、ジョギングを楽しむ人のコースになったのだ。私の真下の、砂利を敷きつめたジョギングコースは坂を登り、遠くに見える道路へと、そして墓地へと続いている。そこは死者たちが待つところ。彼らはひとつの原子、また次の原子へと自分自身を忘却し、氷柱《つらら》のように溶解しながら、坂を下って、川へと流れ込む。

あそこは私が水に落ちた場所。そこには私が這い上がった土手がある。降りしきる雪の中、歩き出す気力を奮い起こすこともできずに立ちつくした場所だ。そこはあの声を聞いた場所。

けれど声はなかった。誰も橋から中空を歩いて来なかった、黒いマントで身を包み、私の方に体を屈めてくれた女の人もいなかった。橋から注ぐ光を背に、頭巾で覆われた姿の輪郭、マントを透いて映じた心臓の赤い色、それらが今も、あらゆる細部まで鮮やかに甦ってはくるけれど、そんなことは起こらなかったと私はわかる。あったのは暗闇と沈黙だけ。誰もそこにはいなかった、何も起こりはしなかったのだ。

音が聞こえる、ぐらつく石を踏む靴音が。

戻らなくてはならない時間だ。セメントの橋壁から離れると空が横の方へと位置を変える。

今すぐに振り返り、道の前方に目をやれば、誰かが佇んでいるはずだ。最初はそれが昔の上着に身を包み、青い毛糸の帽子をかぶった自分自身だと思う。でも、その瞬間に、それはコーデリアだと気づく。彼女は坂の中腹あたりに立ち、肩越しに振り返って私を凝視している。灰色の防寒ジャケットを着ているが、フードは首のうしろに寝かせていて、彼女の頭はむき出しだ。当時と同じ緑色のハイソックスはくるぶしのあたりまでだらしなく下ろしている。つま先が擦れた茶色い登校用のブローグ靴、片方の靴ひもは切れて、もつれている。黄褐色の髪の切り下げた前髪が、目のあたりまでかかっている。その瞳は灰緑色だ。

外気は冷え、ますますあたりは寒くなっていく。みぞれがさらさら降り始め、氷の下で動く水の音が聞こえてくる。

彼女が私を見つめている。片方にかしいだ口元がかすかに微笑む。頑なな表情は挑むかのようだ。あの頃と同じ屈辱感、こみ上げてくる吐き気、あの頃と同じ自分自身の過ちや不器用さ、弱さを覚える。あの頃と同じ、愛されたいという願い、同じ寂しさや恐れも。しかしこうした感情は、もはや私のものではない。それはコーデリアのものだ、いつもそうであったように。

今では私の方が年上になった、彼女より強くもなった。もし彼女がこのままここにいたら、凍え死んでしまうだろう。まずい時間においてきぼりになるだろう。今はもう、遅すぎるくらいの時間なのだ。

コーデリアに腕を差し伸べる。体を屈め、何も危険なものは持っていないと伝えるために私は両手を広げて、彼女に言う。〈大丈夫よ。もう、お家に帰りなさい〉

私の目の中で雪が煙のように退いてゆく。

最後に私が振り返ると、コーデリアの姿はそこにはない。桜色の頬をした無帽の中年女性が坂を下り、こちらに向かってくるだけだ。ジーンズをはき、厚ぼったい白のセーターを着て、彼女は緑の首輪をつけたテリア犬を連れている。型通りの、曖昧な微笑みを浮かべ、通り過ぎてゆく。

確かめる必要のあるものはもはや何もない。その橋はただの橋にすぎず、その川はただの川、あの空はただの空にすぎない。空虚な風景が広がるばかりのこの場所は、今では休日のランニング愛好者のためのものになっている。いや、空虚などではないかもしれない。私が見ていないときに、たとえそれが何であろうとも、それだけで満ち足りているのだから。

75

私は飛行機に乗っている。飛んでいるのか、それとも飛ばされているのだろうか、雨が多い沿岸地方、絵葉書の山々がある西へと向かう。前方の窓の外に日が沈む。赤や紫やオレンジの、血を流したようにどぎつく鮮やかで、絵には描けないくらい光り輝く色彩のショー。後方ではいつもと変わらない夜が再び姿を現して来る。眼下の地上はすでに雪化粧が施され、蛇行する川がなぐり書きのように見える大草原が続いていく。広漠として、何の変哲もない、幻覚と見まがうような光景だ。

窓側の席につく。私の隣りの席には二人の年配の婦人、いや女性が座っていて、二人は共にニットのカーディガンを羽織り、髪は黄色っぽい白髪で、鎖のついた厚いレンズの眼鏡を首から下げている。乾いた唇には、少し虚勢を張って赤い口紅を塗っている。二人はトレーを下ろし、お茶を飲み、トランプ遊びに興じている。滑りやすいカードをぎこちなく扱いながら、ずるをしたり、間違えたりするたびに、まるで砂利道を走る車のような大声を出して笑っている。ときどき二人は立ち上がり、苦労してシートベルトを外しては、飛行機の後部へよろよろ進み、煙草を吸ったり、用足しのために列に並ぶ。戻ってくるとトイレにまつわる冗談を言う。下着を濡らしてしまったとか、紙が足りなかったとかを面白おかしく話している。その度ごとに、巧みに私の方にも目くばせする。肉体を偽装した彼らは、自分たちがいったい何歳だと思っているのだろう。あるいは私が何歳だと思っているのだろう。ひょっとして彼女たちの母親くらいに見えているのかもしれない。

彼らは驚くほど屈託がない。この旅行のためにお金を貯めて、存分に楽しむつもりなのだろう。一人は関節炎で、もう一人は両脚がむくんでいるにもかかわらず。二人は手におえないくらいはしゃいでいて、元気はつらつだ。十三歳の女の子みたいに逞しく、無垢で下品で、まわりのことなどちっともかまわない。責任などというものは彼女たちから剥がれ落ちてしまっている。義務も遺恨も憤懣さえも。今、ほんの少しの間だけ子ども時代に戻ったように、二人してまた戯れることができるのだ。今度は痛みを伴うこともなく。

コーデリア、あなたと持てなくてさびしいと思うのはこれなの。失われた何かでなくて、決して起こることのない何か。二人の老女がお茶を飲み、くすくす笑ったりするような。

今は夜も更け、月もなく澄みわたり、夥《おびただ》しい数の星が広がっている。けれど星はかつて思い込んでいたように不変のものではありえない。あるのだと信じた場所にとどまり続けるわけでもない。もし星が音だとしたら、それはこだまのようなものになるだろう。数百万年も前に起こった何かの出来事のこだま。数字で表されるひとつの言葉。無の中心からきらめく光のこだま。

それははるか昔から届いた光、だから、それほど明るく照らしはしない。しかし、それによってものを見るには十分な光ではある。

訳者あとがき

本書は、Margaret Atwood, *Cat's Eye* (Toronto: McClelland and Stewart, 1988) の日本語による全訳である。『キャッツ・アイ』は、現代カナダ文学の代表的作家マーガレット・アトウッドの七作目の長編小説で、カナダで生まれ育った画家のイレイン・リズリー (Elaine Risley) が、女性として、母親として、画家として、いかに困難を克服し自己を確立していったか、その半生が描かれている。

イレインは幼少期に女の子の友だちからいじめを受けたという過去を持つが、そのトラウマを絵画に表現することで、かろうじてサバイバルをはかってきた。画家として大成した彼女は、回顧展を機に自らの心の奥底まで降りていき、憎しみの呪縛から自己を解放しようとする。抑圧された怒りを発散させ、サバイバルの手段となった創作活動が、自他の立場を客観視するきっかけとなり、最終的には画家自身の精神的変革をもたらしていく。

幼い女の子たちの「いじめ」は、大人社会における他者の排除、すなわち自分と異なるものに対する残酷な仕打ちや、ジェンダー役割の押し付けの真似事であり、大人社会をそのまま模したものであることが、回想が進むにつれ明らかになる。また、抑圧された側が一転すると抑圧する側に回るという人間心理の奥底に潜む闇にも光が当てられる。

危機を乗り越えたかに見えるイレインだが、苦しみの記憶は今でも時おり悪夢のようによみがえる。最終章、イレインは渓谷で幼い自分のようでもあり、あるいはコーデリアのようにも見える、行き暮れた少女に出会い、「早くお家へ帰りなさい」と優しく言葉をかける。イレインの自己像が投影されたこの女の子は、いじめの最も過酷な時点に置き去りにされたままになっている自分自身であり、大人になった自分が保護の手を差し伸べることで、幼い時に傷ついた自我がようやく癒される。そして、飛行機の中で出会う仲睦まじい二人の老女の姿に、和解のイメージが重なっていく。

いじめによって無価値で無意味だと思わされてしまった自分という存在を救い出すこと、人が犠牲者や被抑圧者の立場に追い込まれたとき、どのようにすればそれをはね返し、自らの力を取り戻すことが可能になるのか、そのサバイバルの総体が「物語」の形式で伝えられる。アトウッドのカナダ文学論『サバイバル――現代カナダ文学入門』（一九七二年）のテーマがこの自伝的な作品の中で息づいている。

「いじめ」という暗い深刻な主題にもかかわらず、幼少期の思い出は生き生きと甦ってくる。物事を象徴的なイメージで把握し、読者の想像にじかに訴えかける文学的な想起力や風景描写の力が存分に発揮されているため、きわめて鮮やかな印象を与える。キャッツ・アイのビー玉、猛毒のベラドンナ、赤いハンドバッグ、森の中で見た毛虫、星空の多様なイメージなどが、それぞれ一篇の詩のように浮かび上がってくる。詩人としてのアトウッドの力量が余すところなく発揮されているといえるだろう。

自伝的な要素がふんだんに盛り込まれたこの小説は、アトウッドの他の作品を鑑賞する上でもきわめて重要なものである。例えば、『寝盗る女』（一九九三年）、『昏き目の暗殺者』（二〇〇〇年）、『オリクスとクレイク』(二〇〇三年)などに登場する人物たちの原型と思われる人々がしばしば登場する。さらに、『オリクスとクレイク』や『負債と報い』(二〇〇八年)における環境問題に対する作家の関心は、父親の影響が極めて大きく、野外生活の中から実感として生まれたことがわかる。才気あふれる兄、個性に富んだ両親の人物像や自然と共に生きる生活のエピソードは、自分を育んでくれた家族やカナダという祖国へのオマージュであろう。また、アトウッドの作品の中で、生物学や宇宙物理学など科学への関心と、宗教的でゴシック的な要素が共存するようになった起源もうかがえる。

作品には、ビー玉遊びをはじめ、なわ跳びやボール遊びをしながら歌うわらべ歌、リリアン編みや紙の着せ替え人形などの子どもの遊び、洗濯機やテレビなど新しく登場した電化製品に対する好奇心と戸惑いなど、第二次大戦後の日本にも通じる生活の様相が描き出されている。その後も、イレインの成長を通して、思春期の女の子たちの性的成長の過程、ボーイフレンドや恋人との関係、女性の仕事と子育て、結婚生活との両立などが、フェミニズムに揺れるカナダ社会の変化と共に示されている。それゆえ、この作品はカナダの近現代の社会史を映し出す貴重な資料にもなっていくだろう。ただ、原書には今日では差別的表現と見なされる部分があり、翻訳する際には細心の注意を払ったものの、作品の時代背景から使用もやむを得ないと判断した箇所があることをご寛恕いただきたい。

文体として現在時制が多用されているが、これは被抑圧者の文化的発信や、過去の出来事の「侵入的回想」を示唆する重要な特徴である。しかし、日本語による翻訳で常に現在形で通すことにはかなりの困難が伴った。アトウッドのきびきびとした文体、その詩的な音楽性をどう日本語に反映させるかも問題であったが、さらには彼女が得意とする言葉遊びを英語から日本語にするのは至難の業であった。その面白さを読者に十分伝えられているかどうか、いささか心許ない。博覧強記なアトウッドなので、いろいろな文学作品への言及がなされているが、汲み取ることができない部分もあったのではないかとの懸念もある。このように訳者として及ばないところは多々あるけれども、アトウッドの重要な作品を翻訳し、紹介できることは喜ばしい限りである。

本書の翻訳にあたっては、前掲のテキストを使用した。章ごとにあらかじめ分担を決めて翻訳を進めたが、最終的には三人が協力して全原稿に目を通し、率直に意見を交わし合い、訳語の統一と正確さを期した。シェイクスピアの翻訳については、小田島雄志訳『尺には尺を』『マクベス』(白水社)から引用させていただいた。

この本が出来上がるまでには、多くの方々のお世話になった。貴重な助言をいただいたベヴァリー・カレン氏、ジェーン・オハロラン氏、ジュディス・三上氏、ロバート・マクガイヤー氏、ダニエル・ハドルストン氏、大屋ふく代氏には心から感謝の意を表したい。内容のイメージを膨らませてくれるカバーデザインは松田奈那子氏が、装丁は山口匠氏が快く協力してくださった。最後になったが、当初の出版予定よりも遅れてしまった翻訳作業を温かく見守ってくださって、適切な助言をいただいた開文社の安居洋一氏に心よりお礼を申し上げる。

訳者一同

二〇一六年　十月

訳者紹介

松田　雅子（まつだ　まさこ）
元岡山県立大学教授
九州大学大学院文学研究科博士課程中退
研究分野：イギリス文学、カナダ文学

松田　寿一（まつだ　じゅいち）
北海道武蔵女子短期大学教授
筑波大学大学院教育研究科修士課程修了
研究分野：アメリカ詩、カナダ詩

柴田　千秋（しばた　ちあき）
福岡大学非常勤講師
福岡大学大学院人文科学研究科修士課程修了
研究分野：イギリス文学・現代英語圏小説

キャッツ・アイ　（検印廃止）

2016年12月5日 初版発行　2017年4月1日 第2刷発行

著　　者　マーガレット・アトウッド
訳　　者　松田雅子
　　　　　松田寿一
　　　　　柴田千秋
カバー（デザイン）　山口　匠
　　　（絵）　松田奈那子
発 行 者　安居洋一
印刷・製本　創栄図書印刷

〒162-0065　東京都新宿区住吉町 8-9
発行所　開文社出版株式会社
電話 03-3358-6288　FAX 03-3358-6287
www.kaibunsha.co.jp

ISBN 978-4-87571-085-1　C0097